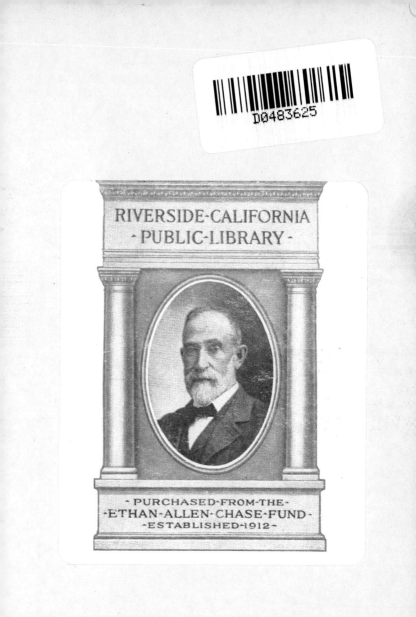

CODICIA

Ángeles Caídos I

J. R. Ward es una de las autoras más consagradas de romance paranormal. Sus libros han ocupado los puestos más altos en las listas de best sellers de *The New York Times* y *USAToday*. Su serie de La Hermandad de la Daga Negra ha vendido miles de ejemplares en todo el mundo. Público, crítica y numerosos premios literarios la avalan. Con *Codicia* inaugura otra serie paranormal, en este caso sobre ángeles.

www.jrward.com

J.R. WARD
CODICIA

Ángeles Caídos I

Traducción de Eva Carballeira

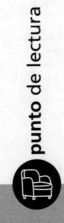

punto de lectura

Título original: *Covet*
© 2009, Jessica Bird
Edición publicada por acuerdo con NAL Signet,
miembro de Penguin Group (USA) Inc.
© Traducción: Eva Carballeira
© De esta edición:
2012, Santillana Ediciones Generales, S.L.
Torrelaguna, 60. 28043 Madrid (España)
Teléfono 91 744 90 60
www.puntodelectura.com

ISBN: 978-84-663-2553-0
Depósito legal: B-1.377-2012
Impreso en España – Printed in Spain

© Imagen de cubierta: Xavier Torres-Baccetta
Diseño de cubierta: María Pérez-Aguilera

Primera edición: febrero 2012

Impreso por

Todos los derechos reservados. Esta publicación
no puede ser reproducida, ni en todo ni en parte,
ni registrada en o transmitida por, un sistema de
recuperación de información, en ninguna forma
ni por ningún medio, sea mecánico, fotoquímico,
electrónico, magnético, electroóptico, por fotocopia,
o cualquier otro, sin el permiso previo por escrito
de la editorial.

Para nuestro Theo

Agradecimientos

Gracias a:

Kara Cesare, Claire Zion, Kara Welsh, Leslie Gelbman y toda la gente de NAL. Como siempre.

Gracias también a Steven Axelrod, la voz de la razón.

Con cariño al Equipo Waud: Dee, LeElla, K., y Nath, sin los cuales nada de esto sería posible.

Gracias también a Jen y a Lu, y a todos nuestros moderadores y prefectos.

Toda mi gratitud para Doc Jess (alias Jessica Andersen), Sue Grafton, Suz Brockmann, Christine Feehan y su maravillosa familia, Lisa Gardner y Linda Francis Lee.

Y con todo mi amor a mi marido, a mi madre, a la mejor mitad de WriterDog y a toda mi familia.

Prólogo

D emonio» era una palabra horrible.
Y tan de la vieja escuela. Cuando la gente oía «demonio», se imaginaba todo tipo de caos, como en un cuadro de El Bosco; o peor aún, como en esa basura estúpida del *Infierno* de Dante. Por favor. Montones de llamas y almas atormentadas, y todo el mundo gimiendo.

Vale, puede que en el infierno hiciera un poco de calorcito. Y que si en él hubiera habido un pintor de cámara, El Bosco habría sido lo mejor de lo mejor.

Pero ésa no era la cuestión. El demonio se consideraba más un entrenador con libre albedrío. Mucho mejor, más moderno. El anti Oprah, por así decirlo.

Todo era cuestión de influencias.

La cuestión era que las características de las almas no eran diferentes a los componentes del cuerpo humano. La forma corpórea tenía una serie de órganos rudimentarios, como el apéndice, las muelas del juicio y el coxis, todos ellos innecesarios en el mejor de los casos y, en el peor, capaces de hacer peligrar el funcionamiento del conjunto.

Con las almas sucedía lo mismo. Ellas también tenían cierto bagaje inútil que les impedía funcionar como era debido, pedazos incómodos y puritanos que colgaban como un apéndice esperando a infectarse. La fe, la esperanza y el amor... La prudencia, la templanza, la justicia y la fortaleza... Todo ese amasijo inútil infiltraba demasiada maldita moralidad en el corazón, y se interponía en el camino del alma y su deseo innato de malignidad.

El papel de un demonio era ayudar a la gente a reconocer y expresar su verdad interior sin permitir que le empañase toda esa mierda de humanidad, que no hacía más que incordiar. Mientras la gente permaneciera fiel a su esencia, las cosas irían por el buen camino.

Y últimamente había sido más o menos así. Entre las guerras que había en el planeta, el crimen, la indiferencia por el medio ambiente y esa fosa séptica de las finanzas llamada Wall Street, a lo que había que añadir las desigualdades que reinaban por doquier, la cosa iba bien.

Por hacer una analogía deportiva, la Tierra era el campo de juego y el partido llevaba jugándose desde que se había construido el estadio. Los Demonios eran el equipo local. El visitante era el de los Ángeles, los proxenetas de esa quimera de felicidad, el cielo.

Donde el pintor de cámara era Thomas Kincaid, hay que joderse.

Cada alma era un *quarterback* en el campo, una participante de la lucha universal de lo bueno contra lo maligno, y el marcador reflejaba el valor moral relativo de sus hechos en la Tierra. El nacimiento era el saque inicial y la muerte era el final del partido, cuando la puntuación se añadía a una cuenta mayor. Los entrenadores tenían que permanecer en las líneas de banda, aunque podían añadir diferentes complementos para los jugadores humanos sobre el campo para tratar de influir en la situación y también pedir tiempo muerto para arengar a los jugadores. Era lo que se conocía comúnmente como «experiencia cercana a la muerte».

El problema era el siguiente: como si se tratase de un espectador que estuviera viendo un partido de pretemporada en un frío asiento con demasiados perritos calientes en el estómago y un gritón sentado justo detrás de la oreja, el Creador estaba observando la salida.

Demasiadas pérdidas de balón. Demasiados tiempos muertos. Demasiados empates que llevaban a demasiadas prórrogas no resueltas. Lo que había comenzado como una apasionante competición había perdido, evidentemente, todo su atractivo y a los equipos ya les habían dado el aviso: id acabando el partido, chicos.

Así que ambos bandos tuvieron que ponerse de acuerdo para designar a un solo *quarterback*. A un *quarterback* y siete jugadores.

En lugar del interminable desfile de humanos, todo se redujo a siete almas situadas en la cuerda floja entre lo bueno y lo maligno… Siete oportunidades para decidir si la humanidad era buena o mala. El empate no era una posibilidad y se jugaban… todo. Si el equipo de los Demonios ganaba, se quedaba con las instalaciones y con todos los jugadores que hubiera y que llegara a haber. Y los Ángeles se convertían en sus esclavos para toda la eternidad, lo cual hacía que la tortura de los pecadores humanos pareciera un aburrimiento.

Si los Ángeles ganaban, la tierra en su totalidad se convertiría en una ridícula mañana de Navidad gigante, en una arrasadora ola de felicidad, cordialidad, bondad y convivencia que se apoderaría de todo. Con ese espantoso panorama, los Demonios dejarían de existir no sólo en el Universo, sino en los corazones y en las mentes de toda la humanidad.

Aunque teniendo en cuenta toda esa felicidad y alegría, era lo mejor que les podía pasar llegada esa situación. Eso, o que les clavaran una y otra vez un palo en un ojo.

Los Demonios no soportaban la idea de perder. Simplemente, no era una opción. Siete oportunidades no eran demasiadas, y el equipo visitante había ganado el cara o cruz metafísico, así que fueron ellos los que propusieron al *quarterback* que iba a dirigir a las siete «pelotas», por así decirlo.

Ah, sí… el *quarterback*. Como es lógico, la elección de esa posición clave fue motivo de una acalorada discusión. Al final, sin embargo, acabaron eligiendo a uno, uno en el que ambos bandos estuvieron de acuerdo. Uno con el que ambos entrenadores esperaban inclinar la balanza hacia sus valores y objetivos.

El pobre imbécil no sabía dónde se metía.

La cuestión era que, sin embargo, los Demonios no estaban dispuestos a poner una responsabilidad tan trascendental en manos de un humano. El libre albedrío era maleable, después de todo, y ésa era la base de todo el juego.

Así que decidieron sacar a un jugador al campo. Iba en contra de las normas, por supuesto, pero era implícito a su naturaleza. Y era algo que sus oponentes eran incapaces de hacer.

Ésa era la ventaja del equipo local: lo bueno de los Ángeles era que nunca meaban fuera del tiesto.

No les quedaba otro remedio.

Imbéciles.

Capítulo 1

Aquélla quiere algo contigo.

Jim Heron levantó la vista de su Budweiser. Al otro extremo del oscuro y abarrotado club, más allá de los cuerpos vestidos de negro y llenos de cadenas colgando, al otro lado del aire lleno de sexo y desesperación, divisó a la «aquella» en cuestión.

Había una mujer con un vestido azul de pie al lado de una de las escasas luces que había en el techo de La Máscara de Hierro, con un halo dorado flotando bajo su cabello castaño a lo Brooke Shields, su piel de marfil y su cuerpazo. Era una aparición, un toque de color que destacaba entre las sombrías candidatas neovictorianas adictas al Prozac, bella como una modelo, resplandeciente como una santa.

Y estaba mirándole a él, aunque él cuestionó la parte del interés: tenía los ojos hundidos, lo que hacía que pareciera que lo estaba analizando; el ansia que hizo que se le ralentizaran los pulmones podía ser producto, simplemente, de la forma del cráneo de ella.

¡Qué demonios!, tal vez ella sólo se estaba preguntando qué hacía él en el club. Qué hacían ambos.

—Te estoy diciendo que esa mujer quiere algo contigo, tío.

Jim levantó la vista hacia el señor Casamentero. Adrian Vogel era la razón por la que él había acabado allí, y La Máscara de Hierro era definitivamente el lugar perfecto para él: Ad iba vestido de negro de los pies a la cabeza y tenía *piercings* en sitios en los que la mayoría de la gente no querría ni ver acercarse una aguja.

—Qué va. —Jim le dio otro trago a su cerveza—. No soy su tipo.

—¿Tú crees?

—Sí.

—Eres idiota. —Adrian se pasó la mano por los negros rizos de su cabeza y éstos se pusieron en su sitio como si estuvieran bien entrenados. Dios, si no fuera porque trabajaba en la construcción y era un malhablado, te preguntarías si usaba laca de pelo para rociarse los alerones.

Eddie Blackhawk, el otro tío que estaba con ellos, sacudió la cabeza.

—Que no le interese no significa que sea idiota.

—Porque tú lo digas.

—Vive y deja vivir, Adrian. Es lo mejor para todos.

Recostado en el sofá de terciopelo, Eddie tenía más aspecto de motero que de gótico con sus tejanos y sus botas militares así que, igual que Jim, él también parecía fuera de lugar; aunque con la corpulencia que tenía el tío y aquellos extraños ojos de color marrón rojizo, era difícil imaginárselo encajando con alguien más que con una panda de aficionados a la lucha: incluso con aquella larga trenza con la que se recogía el pelo nadie se burlaba de él en la obra, ni siquiera aquellos techadores idiotas que eran unos botarates.

—Jim, parece que no eres muy hablador. —Adrian escudriñó la multitud, sin duda buscando una Vestido Azul para él. Después de fijarse en las bailarinas que se retorcían en las jaulas de hierro, se centró en la camarera que les atendía—. Y después de un mes trabajando contigo, sé que no es porque seas tonto.

—No tengo gran cosa que decir.

—Eso no tiene nada de malo —murmuró Eddie.

Ésa era probablemente la razón por la que Jim prefería a Eddie. Aquel hijoputa era otro de los miembros del Club de Hombres Parcos, un tío que nunca pronunciaba una palabra si un movimiento de cabeza o un gesto cumplían la misma función. Cómo se había hecho tan amigo de Adrian, que carecía de la posición de punto muerto en el cambio de marchas de su boca, era un misterio.

Cómo conseguía compartir piso con ese cabrón era algo inexplicable.

En fin. Jim no tenía intención alguna de descubrir los cómos, porqués y dóndes. No era nada personal. En realidad era del tipo de listillos cabezotas que podrían haber sido sus amigos en otro momento, en otro planeta, pero aquí y ahora, su mierda no le incumbía en absoluto y sólo había salido con ellos porque Adrian había amenazado con seguir insistiendo hasta que lo hiciera. Conclusión: Jim vivía la vida siguiendo el código de la no vinculación y esperaba que el resto del mundo lo dejara en paz dentro de su rutina de «soy una isla». Desde que había dejado el ejército había estado vagabundeando, y simplemente había acabado en Caldwell porque había decidido parar ya de conducir; tenía pensado volver a la carretera cuando finalizaran el proyecto en el que los tres estaban trabajando.

El caso era que, en lo que concernía a su antiguo jefe, era mejor continuar siendo un objetivo móvil. Nunca se sabía cuánto tiempo pasaría antes de que apareciera una «misión especial» y Jim fuera llamado a filas de nuevo.

Mientras finiquitaba su cerveza, pensó que le iba bien tener sólo su ropa, su camioneta y aquella Harley estropeada. Estaba claro que no eran demasiadas cosas que ofrecer para tener treinta y nueve años…

Mierda… La fecha.

Tenía cuarenta. Esa noche era su cumpleaños.

—A ver, cuéntame —dijo Adrian, inclinándose—. ¿Estás casado, Jim? ¿Por eso pasas de Vestido Azul? Venga ya, está buenísima.

—El físico no lo es todo.

—Sí, ya, pero está claro que tampoco hace daño.

La camarera se acercó y, mientras el resto pedía otra ronda, Jim le echó un vistazo a la mujer sobre la que estaban charlando.

Ella no apartó la mirada. No parpadeó. Se limitó a humedecer lentamente los labios rojos como si hubiera estado esperando a que él volviera a establecer contacto visual con ella.

Jim volvió a fijar la mirada en la Budweiser vacía y se movió en su sitio para cambiarse de posición, sintiéndose como si le hubieran metido brasas de carbón en los calzoncillos. Había pasado mucho tiempo desde la última vez. No se trataba de una época de escasez de lluvia, ni siquiera de sequía. Era más como el desierto del Sáhara.

Pues al parecer su cuerpo estaba listo para finalizar ese periodo en que lo único realmente activo había sido su mano izquierda.

—Deberías acercarte —dijo Adrian— y presentarte.

—Prefiero quedarme aquí.

—Lo que significa que puede que tenga que reconsiderar tu grado de inteligencia. —Adrian tamborileó con los dedos sobre la mesa y el pesado anillo de plata que llevaba resplandeció—. O al menos tu libido.

—Tú primero.

Adrian puso los ojos en blanco, claramente captando la idea de que no había ninguna posibilidad en lo que a Vestido Azul se refería.

—Vale, ya te dejo en paz.

El tío se recostó en el sofá para repanchingarse en él como lo estaba Eddie. Como era de esperar, no consiguió permanecer con la boca cerrada durante mucho tiempo.

—¿Os habéis enterado de lo del asesinato?

Jim frunció el ceño.

—¿Otro?

—Sí. Han encontrado un cadáver al lado del río.

—Suelen aparecer por ahí.

—¿En qué se está convirtiendo este mundo? —dijo Adrian, y se bebió de un trago lo que le quedaba de cerveza.

—Siempre ha sido así.

—¿Tú crees?

Jim se echó hacia atrás mientras la camarera plantaba las bebidas fresquitas delante de los chicos.

—No, lo sé.

Deinde, ego te absolvo a peccatis tuis in nomine Patris, et Filii, et Spiritus Sancti...

Marie-Terese Boudreau levantó la vista hacia la ventana enrejada del confesionario. Al otro lado del panel, el rostro del sacerdote se veía de perfil y lleno de sombras, pero ella sabía quién era él. Y él sabía quién era ella.

Sabía perfectamente lo que ella hacía y por qué tenía que ir a confesarse, al menos, una vez a la semana.

—Puedes irte, hija mía. Cuídate.

Mientras cerraba el panel que había entre ambos, el pánico se le agarró al pecho. En esos momentos de silencio después de confesar sus pecados, el lugar degradante en el que había acabado quedaba al descubierto, las palabras que pronunciaba emitían una brillante luz sobre la horrible forma en que pasaba sus noches.

Las desagradables imágenes siempre tardaban un poco en desaparecer. Pero el sentimiento asfixiante que le producía el saber adónde se dirigía a continuación no hacía más que empeorarlo.

Recogió su rosario, puso las cuentas y los eslabones en el bolsillo del abrigo y recogió el bolso del suelo. Unos pasos fuera del confesionario la hicieron quedarse allí.

Tenía sus razones para querer pasar desapercibida, algunas de las cuales no tenían nada que ver con su «trabajo».

Cuando el ruido sordo de los tacones se hizo más débil, abrió la cortina de terciopelo rojo y se fue.

La catedral de San Patricio de Caldwell era más o menos como la mitad de la de Manhattan, pero aun así era lo suficientemente grande como para sobrecoger incluso a los fieles más indiferentes. Con sus arcos góticos que parecían alas de ángeles y un techo tan alto que parecía estar a sólo unos centímetros del cielo, se sintió a la vez indigna y agradecida de estar allí.

Y le encantaba el olor que había allí dentro. A cera de abejas, limón e incienso. Delicioso.

Mientras pasaba al lado de las capillas de los santos, iba entrando y saliendo del andamiaje que habían levantado para limpiar los mosaicos del triforio. Como siempre, las hileras de parpadeantes velas votivas y los tenues puntos de luz de las imágenes inmóviles la tranquilizaron, recordándole que había una paz eterna esperando al final de la vida.

Eso suponiendo que te dejaran cruzar las puertas del cielo.

Las puertas laterales de la catedral estaban cerradas a partir de las seis de la tarde y, como siempre, tuvo que salir por la entrada principal, algo que le parecía excesivo para ella. Aquellos paneles tallados eran mucho más apropiados para dar la bienvenida a los cientos de fieles que acudían a los servicios cada domingo… o para los invitados de bodas importantes… o para los fieles virtuosos.

No, ella era más una persona de las de puerta lateral.

Al menos, ahora lo era.

Justo cuando se estaba apoyando con todo su peso en la gruesa madera, oyó su nombre y miró por encima del hombro.

Allí no había nadie, al menos que ella viera. La catedral estaba vacía, ni siquiera había gente rezando en los bancos.

—¿Hola? —dijo, y su voz resonó—. ¿Padre?

No obtuvo respuesta, y un escalofrío le recorrió la espalda.

Con un rápido movimiento empujó su cuerpo contra la hoja izquierda de la puerta y salió a la fría noche de abril.

Juntó las solapas de su abrigo de lana y se apresuró. Sus zapatos bajos hacían *clip, clip, clip*, al golpear los escalones de piedra y la acera, mientras se dirigía hacia el coche. Lo primero que hizo cuando estuvo dentro fue poner el seguro de todas las puertas.

Jadeando, echó un vistazo a su alrededor. Las sombras serpenteaban en el suelo bajo los árboles sin hojas, y la luna se podía entrever tras las nubes vagabundas. La gente se movía en las ventanas de las casas al otro lado de la iglesia. Un coche familiar pasó lentamente.

No había ningún acosador, ningún hombre con pasamontañas negro, ningún agresor al acecho. Nadie.

Intentando controlarse, consiguió poner en marcha su Toyota y se aferró con fuerza al volante.

Después de echar un vistazo a los espejos, salió con cuidado a la calle y se internó en el centro de la ciudad. Por el camino, las luces de las farolas y de otros coches le iluminaban la cara e inundaban el interior del Camry, dejando ver la bolsa negra de lona que estaba sobre el asiento del acompañante. Dentro estaba el horrible uniforme que pensaba quemar en cuanto saliera de aquella pesadilla, junto con todo lo que se había tenido que poner sobre el cuerpo cada noche durante el último año.

La Máscara de Hierro era el segundo lugar donde ella había «trabajado». El primero había saltado por los aires hacía cuatro meses. Literalmente.

No se podía creer que siguiera aún en el negocio. Cada vez que hacía la bolsa se sentía como si volviera a estar inmersa en una pesadilla, y no estaba segura de si las confesiones en San Patricio mejoraban o empeoraban la situación.

A veces tenía la sensación de que todo aquello sólo servía para remover la mierda que era mejor que siguiera enterrada, pero la necesidad de perdón era demasiado imperiosa como para resistirse.

Giró en la calle Trade y desfiló por delante de la concentración de clubes, bares y estudios de tatuaje que formaban Caldie Strip. La Máscara de Hierro estaba hacia el final y, como el resto, estaba a reventar todas las noches con su perpetua cola de aspirantes a zombis. Se metió por un callejón, dio un salto sobre el bache al lado de los contenedores y desembocó en el aparcamiento.

El Camry encajó perfectamente en un sitio que había al lado de la pared de ladrillo en el que se leía SÓLO PARA EMPLEADOS.

Trez Latimer, el dueño del club, insistía en que todas las mujeres que trabajaban para él usaran los espacios reservados que estaban más cerca de la puerta trasera. Era tan bueno como el reverendo en lo que a cuidar a sus empleados se refería, y todos se lo agradecían. Había una zona sórdida en Caldwell, y La Máscara de Hierro estaba justo en el meollo.

Marie-Terese salió del coche con su bolsa de lona y levantó la vista. Las brillantes luces de la ciudad eclipsaban las pocas estrellas que parpadeaban alrededor de las nubes irregulares, y el cielo parecía estar aún más lejos de lo que estaba.

Cerró los ojos y respiró profundamente unas cuantas veces aferrándose al cuello del abrigo. Una vez dentro del club, estaría en el cuerpo y en la mente de otra persona. De alguien a quien no conocía y que no querría recordar en un futuro. Alguien que le daba asco. Alguien a quien despreciaba.

Última respiración.

Justo antes de abrir los párpados, el pánico volvió a aflorar, haciendo que el sudor sustituyera al frío bajo su ropa y sobre su frente. Con el corazón palpitando como si estuviera huyendo de un atracador, se preguntó cuántas noches más como ésta le quedarían. La ansiedad parecía empeorar cada semana, era como una avalancha que aceleraba, que la arrollaba, cubriéndola con un peso helado.

Pero no podía dejarlo. Aún estaba pagando sus deudas… Algunas financieras y otras que le parecían existenciales. Hasta que volviera a estar en el punto de partida, necesitaba quedarse donde no quería estar.

Y además, se dijo a sí misma que no quería dejar de sentir esa horrible ansiedad. Significaba que no había sucumbido completamente a las circunstancias y que, al menos, una parte de su verdadero yo seguía vivo.

No por mucho tiempo, puntualizó una vocecilla.

La puerta trasera del club se abrió y una voz con fuerte acento pronunció su nombre de la manera más hermosa posible.

—¿Estás bien, Marie-Terese?

Ella abrió de golpe los ojos, se puso la máscara y se dirigió con calma deliberada hacia su jefe. Sin duda, Trez la había visto por una de las cámaras de seguridad; Dios sabía que estaban por todas partes.

—Estoy bien, Trez, gracias.

Él le abrió la puerta y, mientras entraba, sus ojos negros la analizaron. Con una piel del color del café, un rostro que parecía etíope por la suavidad de su estructura ósea y unos labios perfectamente simétricos, Trez Latimer era muy guapo. Aunque para ella lo más atractivo de él eran sus modales. El tío había hecho de la galantería toda una ciencia.

Aunque era mejor no llevarle la contraria.

—Haces lo mismo todas las noches —le dijo mientras cerraba la puerta tras ellos y echaba el cerrojo—. Te quedas de pie al lado del coche y miras al cielo. Todas las noches.

—¿Sí?

—¿Te preocupa alguien?

—No, pero si así fuera, te lo contaría.

—¿Te preocupa algo?

—No. Estoy bien.

Trez no parecía convencido mientras la escoltaba hasta el vestuario de las chicas y la dejaba en la puerta.

—Recuerda, estoy disponible veinticuatro horas al día, trescientos sesenta y cinco días al año. Puedes hablar conmigo cuando quieras.

—Lo sé. Y te lo agradezco.

Él se llevó la mano al corazón e hizo una pequeña reverencia.

—De nada. Cuídate.

El vestuario tenía las paredes recubiertas de taquillas metálicas alargadas y lo atravesaban bancos atornillados al suelo. Contra la pared del fondo, ante un espejo de corista con luces había un tocador de dos metros de largo lleno de maquillaje, y había pelucas, ropa minúscula y zapatos de tacón de aguja por todas partes. El aire olía a sudor femenino y a champú.

Como siempre, tenía el sitio para ella sola. Era siempre la última en llegar y la primera en irse, y ahora que estaba en modo trabajo no había vacilaciones ni interrupciones en la rutina.

El abrigo dentro del armario. Lo primero, zapatos de calle fuera. Quitarse la goma del pelo de la cola de caballo. Abrir la bolsa de lona de un tirón.

Los vaqueros, el jersey blanco de cuello vuelto y el forro polar azul marino fueron sustituidos por un conjunto que no se pondría en Halloween ni muerta: una falda microscópica de *lycra*, una camiseta de cuello *halter* que le llegaba por debajo de las costillas, medias con la parte superior de encaje y unos tacones de putón verbenero que le oprimían los dedos de los pies.

Todo negro. El negro era el color oficial de La Máscara de Hierro y también lo era del anterior club.

Nunca se vestía de negro cuando no estaba trabajando. Cuando llevaba un mes en esa pesadilla, había tirado toda la ropa que tenía que tuviera algo negro, hasta el punto que había tenido que salir a comprar algo que ponerse en el último funeral al que había asistido.

Ante el espejo iluminado, pulverizó sus cinco toneladas de pelo negro con laca y luego se abrió paso entre las paletas de sombras de ojos y colorete para elegir colores oscuros y brillantes, que eran casi tan inocentes como el desplegable central de *Penthouse*. Rápidamente, se pintó la raya del ojo a lo Ozzy Osbourne y se puso unas pestañas postizas.

Lo último que hizo fue sacar del bolso una barra de labios. Nunca compartía las barras de labios con las otras chicas. Supervisaban todo minuciosamente cada mes, pero no quería arriesgarse: tal vez ella controlase lo que hacía y fuera escrupulosa al máximo en lo que a seguridad se refería. Pero tal vez las otras chicas tenían unos parámetros diferentes.

El brillo rojo sabía a fresa de plástico, pero la barra de labios era fundamental. Nada de besos. Nunca. La mayoría de los hombres lo sabía, pero con una capa de carmín ponía punto final a cualquier debate: ninguno de ellos quería que sus mujeres o novias supieran qué habían estado haciendo en la «noche de chicos».

Evitando mirar su reflejo, Marie-Terese le dio la espalda al espejo y se dirigió hacia fuera para enfrentarse al ruido, a la gente y al trabajo. Mientras recorría el largo y lúgubre pasillo hasta el club propiamente dicho, la base de la música se iba oyendo cada vez más alta, al igual que el sonido de su corazón, que le golpeaba en los oídos.

Tal vez eran una sola cosa.

Al final del pasillo el club se desplegó ante ella, con sus paredes de color púrpura oscuro, el suelo negro y el techo rojo tan escasamente iluminado que era como entrar en una cueva. El ambiente era sexualmente desinhibido, con mujeres bailando en jaulas de hierro forjado, cuerpos moviéndose de dos en dos o de tres en tres y música erótica y psicodélica que inundaba el aire denso.

Cuando sus ojos se acostumbraron a la oscuridad, analizó a los hombres aplicando unos baremos que le gustaría no haber adquirido nunca.

No adivinabas si serían posibles clientes por la ropa que llevaban, ni por con quién estaban ni por si llevaban alianza. Ni siquiera se trataba de cómo te miraban, porque todos los hombres te hacían un barrido de arriba abajo. En lo que se diferenciaban los posibles clientes era en que se te quedaban mirando con algo más que avaricia: mientras recorrían tu cuerpo con la mirada, el acto ya estaba hecho, en lo que a ellos se refería.

A ella, sin embargo, no le molestaba. Ningún hombre le podía hacer nada peor de lo que le habían hecho ya.

Y había dos cosas que tenía claras: las tres de la mañana llegaban tarde o temprano. Y al igual que su turno, esta fase de su vida no iba a durar eternamente.

En sus momentos más lúcidos y menos depresivos, se decía a sí misma que esta mala racha era algo que iba a superar y de lo que iba a salir, como si su vida tuviera la gripe: aunque era difícil tener fe en el futuro, debía confiar en que un día se levantaría, miraría hacia el sol y descubriría que la enfermedad había desaparecido y que la salud había vuelto.

Eso suponiendo que se tratara sólo de la gripe. Si por lo que estaba pasando era algo más parecido a un cáncer… Entonces tal vez una parte de ella se había ido para siempre, perdiéndose por culpa de la enfermedad.

Marie-Terese desconectó el cerebro y avanzó entre la multitud. Nadie había dicho nunca que la vida fuera divertida o fácil o incluso justa, y a veces hacías cosas para sobrevivir que resultaban total y absolutamente incomprensibles para la parte más familiar de tu cerebro.

Pero en la vida no existían los atajos, y tenías que pagar por tus errores.

Siempre.

Capítulo 2

Joyería Marcus Reinhardt, desde 1893, ponía en el elegante edificio de ladrillo en el centro de Caldwell desde que habían puesto los cimientos de sus gruesas paredes rojas. La empresa había cambiado de manos durante la Depresión, pero el *ethos* del negocio había continuado siendo el mismo y perduraba en la era de Internet: importantes joyas de lujo vendidas a precios competitivos y con un servicio personal incomparable.

—El vino de hielo se está enfriando en el reservado, señor.

—Excelente. Ya casi es la hora —James Richard Jameson, bisnieto del hombre que le había comprado el negocio al señor Reinhardt, se enderezó la corbata ante uno de los expositores con espejos.

Satisfecho con su aspecto, se giró para pasar revista a los tres miembros del personal que había elegido para que se quedaran hasta más tarde. Todos vestían trajes negros y corbatas club deportivas de William and Terrence de rayas doradas y negras con el logotipo de la tienda grabado, y Janice llevaba un collar de oro y ónice de los años cincuenta. Perfecto. Su gente era tan elegante y discreta como el resto de la tienda, y cualquiera de ellos era capaz de mantener una conversación en inglés o en francés.

Por lo que Reinhardt ofrecía, los clientes eran capaces de subir desde Manhattan o de bajar desde Montreal, y venir desde el norte o desde el sur; el viaje siempre merecía la pena. Miraras adonde miraras veías destellos centelleantes, una galaxia resultante de la cosecha que habían sembrado, y los ángulos de la iluminación directa y de la disposición de las vitrinas de cristal estaban estratégicamente pensados para minimizar la diferencia entre querer y necesitar.

Justo antes de que el reloj de pie situado al lado de la puerta diera las diez, James se precipitó hacia una puerta corredera, sacó rápidamente una Oreck y pasó la aspiradora sobre las pisadas que había en la antigua alfombra oriental. De vuelta al armario de las escobas, se dio la vuelta para comprobar que todo estaba perfecto.

—Creo que ya está aquí —dijo William desde al lado de una de las ventanas enrejadas.

—Dios mío —murmuró Janice inclinándose hacia su compañero—. Desde luego, es él.

James deslizó la aspiradora fuera de la vista y volvió a abrocharse la chaqueta del traje. El corazón le saltaba en el pecho latiendo aceleradamente, pero su apariencia era tranquila mientras caminaba talón-punta, talón-punta para mirar hacia la calle.

Los clientes normales eran bienvenidos en la tienda de diez de la mañana a seis de la tarde, de lunes a domingo.

Los clientes preferentes eran recibidos en privado después del cierre. Cualquier día y a cualquier hora que les viniera bien.

El caballero que se bajó del BMW M6 estaba claramente en el territorio de los clientes preferentes: traje de corte europeo, nada de abrigo a pesar del frío, complexión de deportista, cara de asesino. Se trataba de un hombre muy listo y poderoso que, probablemente, escondía algo turbio, pero en Marcus Reinhardt no se discriminaba el dinero ni de la Mafia ni de la droga. El negocio de James era vender, no juzgar, así que, para él, el hombre que llamaba a su puerta era un dechado de virtudes sobre un par de mocasines de Bally.

James quitó el cerrojo y le abrió la puerta antes de que tocara el timbre.

—Buenas noches, señor DiPietro.

Su apretón de manos era firme y breve; su voz, profunda y cortante; sus ojos, fríos y grises.

—¿Preparados?

—Sí —James titubeó—. ¿Se unirá a nosotros su prometida?

—No.

James cerró la puerta y le indicó el camino hacia la trastienda, ignorando deliberadamente la manera en que Janice clavaba los ojos en el hombre.

—¿Podemos ofrecerle algo de beber?

—Puede empezar a enseñarme diamantes, ¿qué le parece?

—Como desee.

La sala privada de ventas tenía óleos en las paredes, una gran mesa antigua y cuatro sillas de oro. Había también un microscopio, un tapete negro de terciopelo para mostrar las piezas, el vino de hielo frío y dos copas de cristal. James hizo una señal con la cabeza a sus empleados y Terrence se adelantó para llevarse la cubitera de plata mientras Janice retiraba los cálices, un poco nerviosa. William permanecía en la puerta, preparado para cualquier cosa que se les ofreciera.

El señor DiPietro tomó asiento y puso las manos sobre la mesa. Un reloj Chopard de platino centelleó bajo el puño de su camisa. Aquellos ojos, del mismo color que el reloj, no miraban a James a los ojos, sino a la parte trasera de su cráneo.

James se aclaró la garganta mientras se sentaba enfrente del hombre.

—Conforme a nuestra conversación, he elegido una selección de piedras de nuestra colección, además de una serie de diamantes que vienen directamente de Amberes.

James sacó una llave de oro y la insertó en el cajón superior de la mesa. Cuando trataba con un cliente que aún tenía que ver las piezas o hacer una compra, como ahora, hacía una llamada para saber si era de los que querían ver las opciones de mayor calidad que se podían permitir o ir directamente a las piezas más caras.

Estaba claro en qué categoría encajaba el señor DiPietro.

Había diez anillos en la bandeja que James puso sobre el tapete, todos habían sido limpiados con vapor para la presentación. El que sacó de la manta de terciopelo negro no era el mayor, aunque sólo por una fracción de quilate. Sin embargo, era el mejor con diferencia.

—Siete coma siete quilates y corte de esmeralda, color D, interior perfecto. Tengo los certificados GIA y EGL por si los quiere examinar.

James se quedó en silencio mientras el señor DiPietro cogía el anillo y se inclinaba para examinarlo. No tenía sentido mencionar que el pulido y la simetría de la piedra eran excepcionales o que el engarce de platino había sido hecho a mano para el diamante o que era el tipo de artículo que raras veces salía al mercado. Los reflejos de fuego y luz hablaban por sí mismos, los destellos se irradiaban hacia arriba tan brillantes que no quedaba más remedio que preguntarse si la piedra no sería mágica.

—¿Cuánto? —preguntó el señor DiPietro.

James puso los certificados sobre la mesa.

—Dos millones trescientos mil.

Con hombres como el señor DiPietro, cuanto más caro mejor, aunque la verdad es que era un buen trato. Para que Reinhardt continuara en el negocio tenía que equilibrar el volumen y el margen: demasiado margen, volumen insuficiente. Además, siempre y cuando el señor DiPietro se librara de la cárcel o de la bancarrota, era el tipo de hombre con el que a James le interesaba mantener una larga relación.

El señor DiPietro le devolvió el anillo y examinó los documentos.

—Hábleme de los otros.

James se tragó su sorpresa.

—Por supuesto. Sí, por supuesto.

Empezó de derecha a izquierda por la bandeja y describió los atributos de cada anillo, mientras se preguntaba si había malinterpretado a su cliente. También le pidió a Terrence que le trajera seis más, todos de más de cinco quilates.

Una hora después, el señor DiPietro se recostó en la silla. El hombre no había aumentado ni disminuido su atención y no había habido ninguna rápida consulta a su Black-Berry ni ninguna broma para romper la tensión. Ni siquiera le había echado un vistazo a Janice, que era preciosa.

Concentración total y absoluta.

James no pudo evitar imaginarse a la mujer cuyo dedo luciría el anillo. Debía de ser guapa, naturalmente, pero también muy independiente y no demasiado sensible. Normalmente, hasta al hombre más lógico y con más éxito le brillaban los ojos cuando compraba un anillo como ésos para su mujer. Ya fuera por la emoción de sorprenderla con algo excesivo o por el orgullo de poder permitirse algo que sólo el 0,1% de la población podía, los hombres solían mostrar cierta emoción.

El señor DiPietro era tan frío y duro como las piedras que contemplaba.

—¿Hay algo más que pueda enseñarle? —dijo James, desalentado—. ¿Tal vez unos rubíes o unos zafiros?

El cliente metió la mano dentro de la chaqueta y sacó una delgada billetera negra.

—Me llevaré el primero que me enseñó por dos millones redondos.

Mientras James parpadeaba, el señor DiPietro puso una tarjeta de crédito sobre la mesa.

—Si le voy a dar mi dinero, quiero que se lo gane. Y me hará un descuento por la piedra, porque su negocio necesita clientes habituales como yo.

James se tomó un momento para asumir el hecho de que, finalmente, cabía la posibilidad de que se llevara a cabo una transacción.

—Yo… Admiro su perspicacia, pero el precio son dos millones trescientos mil.

El señor DiPietro le dio unos golpecitos a la tarjeta.

—Es de débito. Dos millones. Ahora mismo.

James hizo rápidamente algunos cálculos mentales. A ese precio todavía le ganaba unos trescientos cincuenta mil a la pieza.

—Creo que puedo hacerlo —dijo.

El señor DiPietro no pareció sorprendido.

—Muy inteligente por su parte.

—¿Y la talla? ¿Sabe qué talla tiene su…?

—Los siete coma siete quilates es la única talla que le va a importar. Ya nos ocuparemos del resto.

—Como desee.

James solía hacer que sus empleados se ocuparan de los clientes mientras él metía la compra en su caja e imprimía la tasación para el seguro. Aquella noche, sin embargo, les hizo un gesto negativo con la cabeza mientras DiPietro cogía un teléfono móvil y empezaba a marcar un número.

Mientras James trabajaba en la oficina de la parte trasera, oyó al señor DiPietro hablar por teléfono. Su tono no era incitador ni sugerente.

—Cariño, tengo algo para ti. Voy ahora a verte.

No, el señor DiPietro no estaba llamando a su futura prometida, sino a alguien llamado Tom por un asunto de unos terrenos.

James pasó la tarjeta. Mientras esperaba la autorización, volvió a limpiar de nuevo el anillo con vapor, comprobando de vez en cuando la pantalla digital verde del lector de tarjetas. Cuando le pidió que llamara directamente al servicio de atención veinticuatro horas del banco no le sorprendió, dado el importe de la compra, y tan pronto como se puso en contacto con ellos, el comercial le pidió que le pasara al señor DiPietro.

Transfirió la llamada al teléfono de la mesa de la sala de compras y asomó la cabeza por la puerta.

—Señor DiPietro…

—¿Quieren hablar conmigo? —El hombre extendió la mano derecha mostrando aquel reloj y descolgó el auricular. Antes de que James pudiera acudir para responder la llamada en espera, el propio señor DiPietro contestó y empezó a hablar.

—Sí. Sí, soy yo. Sí. Sí. El apellido de soltera de mi madre es O'Brian. Sí. Gracias. —Levantó la vista hacia James mientras volvía a poner la llamada en espera y el teléfono de nuevo en su sitio—. Le van a dar un código de autorización.

James se inclinó y regresó a la oficina trasera. Cuando volvió a aparecer, llevaba una elegante bolsa roja con asas de seda y un sobre con el recibo dentro.

—Esperamos que vuelva a visitarnos si podemos serle útiles.

El señor DiPietro cogió lo que ahora era suyo.

—Sólo tengo intención de comprometerme una vez, pero habrá aniversarios. Muchos.

Los empleados se retiraron para dejarle paso, y James tuvo que apresurarse para abrir la puerta de la tienda antes de que el señor DiPietro llegara hasta ella. Cuando el hombre se fue tranquilamente, James volvió a echar la llave y miró por la ventana.

Su coche resultó magnífico al arrancar, con el motor rugiendo y las brillantes luces de las farolas reflejadas sobre la pintura negra, tan brillantes como si se tratara de charcos de agua.

Cuando James se dio la vuelta, sorprendió a Janice inclinada sobre otra ventana, con los ojos entrecerrados. Estaba claro que ella no se estaba fijando en el coche, como él, sino en el conductor.

Era extraño que lo que no podías tener siempre pareciera tener más valor que lo que tenías, tal vez por eso DiPietro era tan distante: podía permitirse todo lo que le habían enseñado, así que para él aquella transacción era como para un ciudadano medio comprarse un periódico o una lata de Coca-Cola.

No había nada que las personas verdaderamente ricas no pudieran tener, y qué afortunados eran.

—No os ofendáis, pero creo que me voy a largar.

Jim dejó el casco de la cerveza y cogió su cazadora de cuero. Ya se había tomado sus dos Budweiser, con una más daría positivo, así que era hora de retirarse.

—No me puedo creer que te vayas a ir solo —dijo Adrian arrastrando las palabras, mientras sus ojos se posaban en Vestido Azul.

Ella seguía de pie bajo aquella luz del techo. Y seguía mirando. Y seguía impresionante.

—Solo como un perro.

—Pocos hombres tienen tu autocontrol. —Adrian sonrió y el aro de su labio superior centelleó—. La verdad es que es bastante admirable.

—Sí, soy un santo, vale.

—Bueno, pues conduce con cuidado para poder seguir sacándole brillo a esa aureola. Nos vemos mañana en la obra.

Tras una ronda de apretones de manos, Jim se abrió camino entre la multitud. Mientras se iba, sentía las miradas de aquellos individuos vestidos de negro con cadenas y collares de pinchos, probablemente como les pasaba a aquellos góticos cuando iban a algún centro comercial: «¿Qué coño estás haciendo aquí?».

Supuso que los Levi's y la camisa limpia de franela herían su sensibilidad de cuero y encaje.

Jim eligió un camino que lo mantuviera alejado de Vestido Azul y, una vez fuera, respiró hondo, como si hubiera pasado algún tipo de examen. El aire frío no le proporcionó el alivio que ansiaba, sin embargo, y mientras se dirigía al aparcamiento trasero, metió la mano dentro del bolsillo de la camisa.

Había dejado de fumar y un año después aún seguía buscando su paquete de Marlboro. Esa maldita costumbre era como sentir dolor en un miembro amputado.

Mientras doblaba la esquina y entraba en el aparcamiento, pasó por delante de una hilera de coches que estaban aparcados con el morro hacia el edificio. Todos ellos estaban sucios, con los laterales llenos de sal para carreteras y de mugre de nieve blanca que llevaba allí meses. Su camioneta, que estaba bajando al final de la tercera fila, estaba exactamente igual.

Miró a derecha e izquierda mientras iba hacia ella. Aquella era una zona mala de la ciudad y, si lo iban a asaltar, quería verlo venir. No es que le preocupara una buena pelea. Se había metido en muchas cuando era más joven y luego lo habían entrenado apropiadamente en el ejército. Además, gracias a su trabajo estaba fuerte como una roca. Pero siempre era mejor…

Se detuvo cuando un destello dorado parpadeó desde el suelo.

Se agachó, recogió un delgado anillo de oro, no, era un pendiente de aro, una de aquellas cosas que encajaban en sí mismas. Limpió la mugre y echó un vistazo a los coches. Se le podía haber caído a cualquiera y no era muy caro.

—¿Por qué te vas sin mí?

Jim se quedó helado.

Mierda, su voz era tan sexy como el resto de ella.

Se irguió por completo, se giró sobre sus botas de trabajo y miró al otro lado de los maleteros de los coches.

Vestido Azul estaba a unos diez metros de él, de pie bajo una luz de emergencia que le hizo preguntarse si siempre elegía puntos de luz que la iluminaran.

—Hace frío —dijo él—. Deberías volver dentro.

—No soy friolera.

De eso no cabía duda. Caliente como el demonio era el adjetivo más apropiado.

—Bueno… Me voy.

—¿Solo? —Se acercó abriéndose camino a través del asfalto desigual con sus tacones.

Cuanto más se acercaba, más guapa parecía. Mierda, sus labios, de color rojo oscuro y ligeramente entreabiertos estaban hechos para el sexo. Y ese pelo… Lo único en lo que podía pensar era en abalanzarse sobre su pecho desnudo y sus muslos.

Jim se metió las manos en los bolsillos de los pantalones. Era mucho más alto que ella, pero su forma de andar tenía el efecto de un golpe bajo en el plexo solar que lo inmovilizaba con pensamientos calientes y gráficos planes: mientras observaba su pálida y fina piel, se preguntó si sería tan suave como parecía. Deseaba con todas sus fuerzas saber qué había bajo aquel vestido. Se preguntaba cómo sería sentirla bajo su cuerpo desnudo.

Cuando se detuvo ante él, tuvo que inspirar profundamente.

—¿Dónde está tu coche? —preguntó.

—Es una camioneta.

—¿Dónde está?

En ese momento una brisa fresca vino del callejón y ella se estremeció ligeramente, a la vez que elevaba sus delgados y preciosos brazos para envolverse en un abrazo. Sus oscuros ojos, que habían sido seductores en el club, se volvieron de repente suplicantes… e hicieron casi imposible rechazarla.

¿Iba a hacer eso? ¿Iba a caer en la cálida trampa de una mujer, aunque sólo fuera por un breve instante?

Los barrió otra ráfaga de aire y ella golpeó el suelo con uno de sus tacones de aguja, y luego con el otro.

Jim se quitó su cazadora de cuero y redujo la distancia entre ellos. Mientras se miraban a los ojos, la cubrió con lo que él había estado utilizando de abrigo.

—Estoy allí.

Ella lo cogió de la mano. Él le mostró el camino.

Los Ford F-150 no eran precisamente los mejores del mundo para follar, pero había espacio suficiente si lo necesitabas y, para qué nos vamos a engañar, era lo único que podía ofrecer. Jim le ayudó a subir y luego dio la vuelta y se sentó detrás del volante. Arrancó inmediatamente y cerró la ventilación hasta que el chorro de aire gélido se calentara.

Ella se deslizó por el asiento hacia él, con los pechos sobresaliéndole por los estrechos ribetes de su vestido a medida que se acercaba.

—Eres muy amable.

Amable no era precisamente como él se definiría. Sobre todo no en ese momento, dado lo que tenía en mente.

—No me gusta que una dama pase frío.

Jim la recorrió con la mirada. Estaba acurrucada en su destrozada cazadora de cuero, con la cabeza inclinada y el pelo cayéndole sobre el hombro y enroscándose en su escote. Tal vez se las diera de seductora, pero en realidad era una buena chica que se había metido en algo que le venía grande.

—¿Te apetece hablar? —dijo él, porque ella merecía algo mejor que lo que él quería de ella.

—No —dijo negando con la cabeza—. No, quiero hacer... algo.

Muy bien, Jim definitivamente no era un tipo amable. Era un hombre que estaba a un palmo de distancia de una mujer guapa, y aunque le daba la sensación de que ella era una persona vulnerable, jugar a los terapeutas con ella no era el tipo de situación horizontal que él perseguía.

Levantó la mirada y pudo apreciar una tristeza de huérfana en sus ojos.

—Por favor... ¿me puedes besar?

Jim se contuvo, su expresión le hizo echar el freno y algo más.

—¿Estás segura de esto?

Ella se echó el cabello sobre el hombro y lo colocó detrás de la oreja. Al asentir, el diamante del tamaño de una moneda de diez centavos que llevaba en el lóbulo brilló.

—Sí... mucho. Bésame.

Ella mantuvo su mirada en lugar de mirar hacia otro lado y Jim se inclinó, sintiéndose atrapado y sin importarle lo más mínimo.

—Iré despacio.

Dios...

Sus labios eran tan suaves como se los había imaginado, y él le acarició delicadamente la boca con la suya, con miedo a romperla. Ella era dulce, cálida, y confió en que él marcara un ritmo cuidadoso, recibiendo su lengua dentro de ella y luego echándose hacia atrás para que la palma de la mano de él pudiera bajar con facilidad desde su cara hasta su escote... y hasta su pecho.

Lo que cambio el ritmo de las cosas.

De repente, ella se sentó y se quitó su cazadora.

—La cremallera está en la espalda.

Sus ásperas manos de obrero la encontraron rápidamente, y le dio miedo estropear el vestido azul mientras la bajaba. Y luego dejó de pensar mientras le quitaba la parte de arriba, descubriendo sus pechos y dejando ver un sujetador de seda y encaje que probablemente costaba tanto como su camioneta.

A través del fino tejido se apreciaban sus pezones erectos, y en las sombras emitidas por la tenue luz del salpicadero, eran un espectacular festín para un hambriento.

—Mis pechos son de verdad —dijo suavemente—. Él quería que me pusiera implantes, pero yo… yo no quiero.

Jim frunció el ceño, pensando que cualquier cerdo gilipollas al que se le hubiera ocurrido eso merecía que lo operaran de la vista… con una llave de tuercas.

—No lo hagas. Eres preciosa.

—¿En serio? —le tembló la voz.

—De verdad.

Su tímida sonrisa lo conmovió, se le clavó en el pecho, en lo más hondo. Sabía demasiado sobre el lado desagradable de la vida, había vivido esa clase de cosas que podían hacer que un solo día pareciera un mes, y no le deseaba nada de eso. Sin embargo, al parecer, ella ya había pasado por muchas de ellas.

Jim se inclinó hacia delante y puso la calefacción para que ella entrara en calor.

Cuando se volvió a recostar, ella se separó una de las copas del sujetador y se sujetó un pecho con la mano, ofreciéndole el pezón.

—Eres increíble —susurró él.

Jim se inclinó y tomó la carne con sus labios, lamiéndola suavemente. Mientras ella jadeaba y metía las manos en su pelo, el pecho acogía su boca y tuvo un momento de pura lujuria, de esos que transforman a los hombres en animales.

Pero entonces recordó la manera en que lo había mirado, y supo que no iba a acostarse con ella. Iba a cuidar de ella, allí, en la cabina de la camioneta, con la calefacción encendida y las ventanas empañadas. Le iba a demostrar lo bonita que era y lo perfectas que eran las formas de su cuerpo y su tacto y... su sabor. Pero no le iba a arrebatar nada.

Demonios, tal vez no era tan malo.

«¿Estás seguro de ello? —lo interrumpió su voz interior—. Estás realmente seguro de ello?».

No, no lo estaba. Pero Jim la tumbó en el asiento, enroscó su cazadora de cuero para convertirla en una almohada para su cabeza y juró hacer lo correcto.

Joder... ella era preciosa a rabiar, un pájaro perdido, exótico, que había encontrado un gallinero para refugiarse. ¿Por qué entre todas las personas de este santo mundo lo habría elegido a él?

—Bésame —susurró ella.

Mientras sujetaba su peso sobre sus fuertes brazos para inclinarse sobre ella, pudo ver el reloj digital del salpicadero: 11.59. Exactamente la hora en la que había nacido hacía cuarenta años.

Qué cumpleaños tan feliz había resultado ser.

Capítulo 3

Vin DiPietro estaba sentado en un sofá tapizado de seda en un salón decorado en dorado, rojo y color crema. Los suelos de mármol negro estaban cubiertos de alfombras antiguas, las librerías estaban llenas de primeras ediciones y su colección de estatuas de cristal, ébano y bronce relucía.

Pero lo más espectacular era la vista que había de la ciudad a la derecha.

Gracias a una pared de cristal que recorría la sala a todo lo largo, los puentes gemelos de Caldwell y todos sus rascacielos formaban parte de la decoración tanto como las cortinas, las alfombras y las obras de arte. El panorama que se extendía ante la vista era el esplendor urbano en su máxima expresión, un paisaje vasto y titilante que nunca era igual, aunque los edificios no cambiaban.

El dúplex de Vin en el Commodore ocupaba enteros los pisos veintiocho y veintinueve del rascacielos de lujo, y medía en total novecientos metros cuadrados. Tenía seis dormitorios, un apartamento para la sirvienta, gimnasio y cine. Ocho baños. Cuatro plazas de garaje en el aparcamiento subterráneo. Y dentro era todo exactamente como él había querido: cada baldosa de mármol, cada bloque de granito, cada metro de tela, cada plancha de madera noble, cada centímetro de alfombra; todo ello había sido seleccionado personalmente por él entre lo mejor de lo mejor.

E iba a mudarse.

Tal y como iba la cosa, calculaba que podría entregarle las llaves al nuevo propietario en otros cuatro meses. Tal vez en tres, dependiendo de lo rápido que fueran las cuadrillas en la obra.

Si aquella vivienda ya estaba bien, la que Vin estaba construyendo a orillas del río Hudson iba a hacer que el dúplex pareciera un piso de protección oficial. Había tenido que hacerse con media docena de refugios y terrenos de caza para conseguir la extensión y la cantidad de ribera que quería, pero al final todo se había solucionado. Había derribado las casuchas, desbrozado el terreno y cavado el hueco para una bodega lo suficientemente grande como para jugar al fútbol dentro. La cuadrilla estaba ahora con el armazón y trabajando en el tejado; luego su escuadrón de electricistas instalaría el sistema nervioso central de la casa y sus fontaneros pondrían las arterias. Finalmente, le llegaría el turno a toda esa mierda de los detalles: encimeras y alicatados, electrodomésticos y acabados, y decoradores.

Todo estaba encajando a la perfección, como por arte de magia. Y no sólo en lo que se refería al lugar donde iba a vivir.

Delante de él, sobre la superficie de cristal de la mesa, estaba la caja de terciopelo de Reinhardt.

Mientras el reloj de pie daba las doce de la noche, Vin se recostó sobre los cojines del sofá y cruzó las piernas.

No era ningún romántico, nunca lo había sido y Devina tampoco lo era, y ésa era sólo una de las razones por las que encajaban a la perfección. Ella le dejaba su espacio, se mantenía ocupada y siempre estaba dispuesta a meterse en un avión cuando él necesitaba que lo hiciera. Y no quería tener hijos, lo que era una enorme ventaja.

Eso sí que no. Pecados de los padres, y todo eso.

Él y Devina no se conocían desde hacía tanto tiempo, pero cuando algo iba bien, iba bien. Era como comprar tierras para la construcción. Simplemente sabías al mirar el terreno que ahí era donde necesitabas que estuviera el edificio.

Mientras observaba la ciudad allá fuera desde una percha mucho más alta que la de mucha gente, pensó en la casa en la que había crecido. Entonces la única vista que tenía era la de la pequeña construcción cutre de al lado de dos plantas y se había pasado muchas noches intentando ver más allá de donde estaba. Con el estruendo de las peleas de alcohólicos de sus padres de fondo, lo único que quería era escapar. Escapar de sus padres. Escapar de aquel patético barrio de clase media baja. Escapar de sí mismo y de lo que lo separaba del resto del mundo. Y contra todo pronóstico, eso fue exactamente lo que sucedió.

Prefería infinitamente esta vida, este paisaje. Había sacrificado muchas cosas para llegar aquí, pero la suerte siempre había estado de su parte, como por arte de magia.

Cuanto más duro trabajaba, más suerte tenía. Y que todos y todo se fueran al infierno, porque así era como pensaba quedarse.

Cuando Vin volvió a mirar el reloj, habían pasado cuarenta y cinco minutos. Y luego media hora más.

Justo cuando se estaba inclinando hacia delante para coger la caja de terciopelo, el clic y el cerrojo de la puerta principal lo devolvieron a la realidad. Allá en el vestíbulo, los tacones de aguja repiquetearon sobre el mármol y se fueron acercando hacia él. O pasaron por delante de él, más bien.

Devina pasó de largo ante el arco de la sala quitándose su visón blanco y dejando al descubierto un vestido azul de Herve Leger que se había comprado con el dinero de él. Hablando de quedarse boquiabierto: las curvas perfectas de su cuerpo mostraban aquellas bandas de tela que llevaba puestas, sus largas piernas estaban mejor diseñadas que los Louboutin de suela roja que llevaba puestos y su cabello oscuro brillaba más que la lámpara de cristal que pendía sobre su cabeza.

Resplandeciente. Como siempre.

—¿Dónde has estado? —le preguntó.

Ella se detuvo en seco y miró hacia él.

—No sabía que estabas en casa.

—Te he estado esperando.

—Deberías haberme llamado. —Tenía unos ojos espectaculares, con forma de almendra y más oscuros que su cabello—. Habría venido si me hubieras llamado.

—Quería darte una sorpresa.

—A ti no te gustan las sorpresas.

Vin se puso de pie y mantuvo la caja oculta bajo la palma de la mano.

—¿Qué tal la noche?

—Bien.

—¿Dónde has estado?

Ella dobló el abrigo de piel sobre el brazo.

—En un club.

A medida que se iba acercando a ella, Vin abrió la boca y apretó con la mano lo que le había comprado. «Cásate conmigo».

Devina frunció el ceño.

—¿Estás bien?

«Cásate conmigo. Devina, cásate conmigo».

Entornó los ojos fijándose en sus labios. Estaban más hinchados de lo habitual. Más rojos. Y curiosamente no los llevaba pintados.

La conclusión le llegó en forma de escueto y vívido recuerdo de su madre y su padre. Ambos se estaban gritando el uno al otro y lanzándose cosas, ambos borrachos como cubas. La razón era la de siempre, y pudo oír la voz iracunda de su padre clara como el agua: «¿Con quién estabas? ¿Qué coño has estado haciendo, mujer?».

Después de eso, el siguiente punto del orden del día era el cenicero de su madre estrellándose contra la pared. Gracias a la práctica que había acumulado tenía mucha fuerza en el brazo, pero el vodka tendía a hacer fallar el objetivo, así que sólo le daba a su padre en la cabeza una vez de cada diez disparos.

Vin deslizó la caja del anillo en el bolsillo de su chaqueta del traje.

—¿Te lo has pasado bien?

Devina entrecerró los ojos como si estuviera teniendo problemas para adivinar su estado de ánimo.

—Sólo he salido un rato.

Él asintió, preguntándose si el efecto despeinado de su pelo era consecuencia del estilismo o de las manos de otro hombre.

—Bien. Me alegro. Voy a trabajar un poco.

—Vale.

Vin se dio la vuelta y atravesó el salón, la biblioteca y bajó a su estudio. Durante todo el rato mantuvo la mirada en las paredes de cristal y en la vista.

Su padre tenía dos convicciones acerca de las mujeres: que nunca podías confiar en ellas y que si les dabas la mano, te cogían el brazo. Y aunque Vin no quería ninguna herencia de ese hijo de puta, no era capaz de alejar los recuerdos que tenía de su padre.

El hombre siempre había estado convencido de que su mujer lo engañaba, lo que era difícil de creer. La vieja de Vin se teñía de rubio sólo dos veces al año, lucía unas ojeras del color de las nubes de tormenta y su armario se reducía a una bata de casa que limpiaba con la misma frecuencia con que la caja de Clairol entraba en casa. La mujer nunca salía de la vivienda, fumaba como un carretero y tenía un aliento a alcohol capaz de despintar un coche.

Aun así, por alguna extraña razón, su padre creía que los hombres se sentían atraídos por eso. O que ella, que nunca movía un dedo a no ser que hubiera un cigarrillo que encender, reunía el coraje suficiente para salir y encontrar a tíos cuyo gusto en cuestión de chicas tuviera que ver con los ceniceros y el serrín en el cerebro.

Los dos le pegaban. Al menos hasta que fue lo suficientemente mayor para ser más rápido que ellos. Y probablemente lo mejor que habían hecho por él como padres fue matarse el uno al otro cuando él tenía diecisiete años, lo cual fue condenadamente patético.

Cuando Vin llegó a su estudio, se sentó tras la mesa con superficie de mármol y observó su oficina desde fuera de la misma. Tenía dos ordenadores, un teléfono con seis líneas, un fax, un par de lámparas de bronce. La silla era de cuero rojo sangre. La alfombra era del color del artesonado de arce de ojo de pájaro. Las cortinas eran de color negro, crema y rojo.

Metió el anillo entre una de las lámparas y la consola del teléfono, dio la espalda al trabajo y volvió a la vista sobre la ciudad.

«Cásate conmigo, Devina».

—Me he puesto más cómoda.

Vin miró sobre su hombro y vio a su chica, que ahora estaba envuelta en transparencias negras.

Hizo girar la silla.

—Salta a la vista.

Mientras ella se acercaba a él, sus pechos se balanceaban adelante y atrás bajo el fino tejido, y él notó que se le ponía dura. Siempre le habían gustado sus tetas. Cuando ella le había dicho que quería ponerse implantes, él se lo había prohibido al instante. Era perfecta.

—Siento mucho no haber estado aquí cuando tú querías —dijo ella quitándose la bata transparente y arrodillándose delante de él—. Muchísimo.

Vin levantó una mano y le pasó el pulgar por su grueso labio superior.

—¿Qué le ha pasado a tu barra de labios?

—Me he lavado la cara en el baño.

—¿Y por qué llevas aún el lápiz de ojos?

—Me lo he vuelto a poner —dijo con voz suave—. He tenido el teléfono conmigo todo el tiempo. Me dijiste que tenías una reunión hasta tarde.

—Sí.

Devina puso las manos sobre los muslos de él y se inclinó, con los pechos hinchados sobre el canesú de su bata. Dios, qué bien olía.

—Lo siento —gimió ella antes de besarle el cuello y clavarle las uñas en las piernas—. Déjame recompensarte.

Cerró los labios sobre su piel y succionó.

Mientras Vin dejaba caer la cabeza hacia atrás, la miró desde debajo de los párpados. Era la fantasía de cualquier hombre. Y era suya.

Entonces ¿por qué coño no podía quitarse esas palabras de la cabeza?

—Vin… por favor, no te enfades conmigo —susurró.

—No estoy enfadado.

—Tienes el ceño fruncido.

—Sí. —Exactamente, ¿cuándo había sonreído él alguna vez?—. Bueno, ¿por qué no ves qué puedes hacer para mejorar mi humor?

Los labios de Devina subieron como si eso fuera precisamente el tipo de invitación que había estado esperando y, en rápida sucesión, le desató la corbata, le abrió el cuello de la camisa y le desabrochó los botones. Continuó besándolo bajando hacia sus caderas, le desabrochó el cinturón, separó la parte de debajo de la camisa y le arañó la piel con las uñas y los dientes.

Sabía que a él le gustaba el rollo salvaje y ella no tenía el menor problema en complacerle.

Vin le retiró el pelo de la cara mientras daba rienda suelta a su excitación a sabiendas de que él no era el único que podría ver lo que ella le iba a hacer: las dos lámparas de la mesa estaban encendidas, lo que significaba que si alguien en aquellos rascacielos estaba aún en la oficina y tenía unos prismáticos, estaban a punto de dar un condenado espectáculo.

A Devina le gustaba tener público.

Mientras su boca se abría sobre la cabeza de su polla, él gimió y luego apretó los dientes mientras ella se la tragaba hasta la garganta. Se le daban muy bien esas cosas, encontraba un ritmo que lo volvía loco y lo miraba fijamente mientras se lo hacía. Sabía que le gustaba un poco guarro, así que en el último momento ella se echó hacia atrás para que él se corriera sobre sus tetas perfectas.

Con una débil risa, lo miró por debajo de las cejas como una niña traviesa que aún no estaba saciada. Devina era así, cambiante dependiendo de la situación, capaz de ser toda una dama en un momento y una puta al siguiente, tenía una serie de máscaras de actitudes que se ponía y se quitaba a voluntad.

—Todavía tienes hambre, Vin. —Su bonita mano descendió por su fino corpiño hasta el tanga y se quedó allí mientras se acostaba—. ¿No?

A la luz, sus ojos no eran de color marrón oscuro, sino de un negro denso, y estaban llenos de experiencia. Tenía razón. La deseaba. Lo había hecho desde el momento en que la había visto en la inauguración de una galería y se había llevado un Chagall y a ella a casa.

Vin separó la silla y se arrodilló entre sus piernas, abriéndoselas más. Estaba preparada para él, y él la tomó allí mismo, sobre la alfombra, al lado de su mesa. El sexo fue rápido y salvaje, pero a ella le volvía loca y eso lo excitaba.

Cuando tuvo un orgasmo dentro de ella, ella dijo su nombre como si él le hubiera dado exactamente lo que quería.

Dejó caer la cabeza sobre la fina alfombra de seda, respiró con fuerza y no le gustó cómo se sintió. Una vez desaparecida la pasión, se sintió más que agotado; se sintió vacío.

A veces parecía que cuanto más la llenaba a ella, más vacío se quedaba él.

—Quiero más, Vin —dijo ella con una voz profunda y gutural.

En la ducha del vestuario de La Máscara de Hierro, Marie-Terese se metió bajo la ducha caliente y abrió la boca, dejando que el agua la lavara por dentro, además de por fuera. Sobre un plato de acero inoxidable había una pastilla dorada de jabón y ella extendió la mano para cogerla sin tener siquiera que mirar. El sello de Dial estaba casi borrado, lo que significaba que el jabón iba a durar sólo un par de noches más o tres.

Mientras se lavaba cada centímetro de su cuerpo, sus lágrimas se confundieron con el agua llena de espuma, siguiendo su camino hacia el sumidero, a sus pies. En cierto modo, ésa era la parte más dura de la noche, el momento en el que se enfrentaba sola al vapor tibio y al jabón barato, peor incluso que la melancolía que seguía a las confesiones.

Dios, estaba llegando a un punto en que hasta el olor del jabón Dial era suficiente para que se le llenaran los ojos de lágrimas, lo cual demostraba que Pavlov no sólo sabía de perros.

Cuando hubo acabado, salió y cogió una áspera toalla blanca. Su piel se tensó con el frío, contrayéndose y convirtiéndose en una especie de armadura, y su voluntad de seguir adelante experimentó una contracción similar, aparcando sus sentimientos y guardándolos a buen recaudo una vez más.

En la cabina de fuera se cambió y se puso de nuevo los vaqueros, el jersey de cuello vuelto y la chaqueta antes de embutir su ropa de trabajo en la bolsa de lona. El pelo necesitó unos diez minutos de secado antes de estar lista para salir a la fría noche con él, y el tiempo de más pasado en el club le hizo rogar que llegara el verano.

—¿Ya estás lista para irte?

Oyó la voz de Trez a través de la puerta cerrada del vestuario, y tuvo que sonreír. Todas las noches las mismas palabras y siempre en el preciso instante en el que apagaba el secador.

—Dos minutos —gritó ella.

—No te preocupes. —Trez lo decía en serio. Siempre insistía en escoltarla hasta el coche, no importaba cuánto le llevara arreglarse para irse.

Marie-Terese apagó el secador, se echó el pelo hacia atrás y puso una goma alrededor de las gruesas ondas.

Se inclinó para acercarse más al espejo. En algún momento durante el turno había perdido un pendiente y Dios sabía dónde estaría.

—Maldita sea.

Se echó el petate al hombro, salió del vestuario y se encontró a Trez fuera, en el vestíbulo, enviando un mensaje con su BlackBerry.

Se metió el teléfono en el bolsillo y se la quedó mirando.

—¿Todo bien?

No.

—Sí. La noche ha ido bien.

Trez asintió una vez y la acompañó a la puerta trasera. Mientras salían, ella rezó para que no le diera una de sus charlas. La opinión de Trez sobre la prostitución era que las mujeres podían elegir hacerlo y que los hombres podían elegir pagarlo, pero que se tenía que realizar de forma profesional. Demonios, él había despedido a chicas por pasar de usar condón. También creía que si alguna mujer se sentía mínimamente incómoda con su elección, había que darle la oportunidad de que se replanteara lo que estaba haciendo y se fuera.

Era la misma filosofía que el reverendo tenía en ZeroSum y lo irónico era que, precisamente por eso, la mayoría de las chicas no querían dejar esa vida.

Mientras se dirigían a su Camry, él la paró poniéndole la mano en el brazo.

—Sabes lo que voy a decir, ¿no?

Ella sonrió ligeramente.

—Tu discurso.

—No es simple retórica. Siento cada una de las palabras.

—Ya lo sé —dijo ella sacando las llaves—. Y es muy amable por tu parte, pero estoy donde necesito estar.

Durante una fracción de segundo, podría haber jurado que sus ojos oscuros brillaron con un destello color oliva, pero probablemente fuera sólo un espejismo provocado por las luces de seguridad que inundaban la parte trasera del edificio.

Y cuando la miró como si estuviera eligiendo las palabras, ella movió la cabeza.

—Trez… por favor, no lo hagas.

Frunció el ceño con fuerza, maldijo entre dientes y abrió los brazos.

—Ven aquí, niña.

Se inclinó hacia delante y se quedó de pie al abrigo de su fuerza, preguntándose cómo sería tener un hombre como ése, un buen hombre que tal vez no fuera perfecto, pero que fuera honrado y recto, y se preocupara por la gente.

—Tu corazón ya no está en esto —le dijo Trez suavemente al oído—. Es hora de que te vayas.

—Estoy bien…

—Mientes. —Se echó hacia atrás, y su voz sonó tan segura y convencida que ella tuvo la sensación de que él era capaz de mirar dentro de su corazón—. Déjame darte el dinero que necesitas. Me lo puedes devolver sin intereses. Tú no estás hecha para esto. Algunas lo están. Tú no. A tu alma no le está yendo bien aquí.

Tenía razón. Tenía tanta, tanta razón. Pero ella ya no confiaba en nadie, ni siguiera en alguien tan decente como Trez.

—Lo dejaré pronto —le dijo dándole unas palmaditas en su enorme pecho—. Sólo un poco más y se acabó. Entonces lo dejaré.

La expresión de Trez se hizo más tensa y apretó la mandíbula, muestra de que iba a respetar su decisión aunque no estaba de acuerdo con ella.

—Recuerda mi oferta de lo del dinero, ¿vale?

—Lo haré. —Se puso de puntillas y besó su oscura mejilla—. Te lo prometo.

Trez la dejó en el coche y, después de dar marcha atrás para salir de la plaza de aparcamiento y ponerse en marcha, echó un vistazo al espejo retrovisor. Allí estaba él, bajo el resplandor de las luces traseras, mirándola con los brazos cruzados sobre su fuerte pecho..., y de repente desapareció, como si se hubiera esfumado.

Marie-Terese pisó el freno y se frotó los ojos, preguntándose si se estaría volviendo loca..., pero entonces apareció un coche detrás de ella y sus luces delanteras se reflejaron en el espejo retrovisor, cegándola. Volviendo a la realidad, pisó el acelerador y salió disparada del aparcamiento. El que iba pegado a su culo giró en la siguiente calle y ella tardó unos quince minutos en llegar a casa.

La casa que tenía alquilada era diminuta. Era una casita de estilo Cape Cod que estaba en buen estado, aunque había dos razones por las que la había elegido entre otras cuando llegó a Caldwell: estaba en una zona escolar, lo cual quería decir que había vigilancia en el barrio, y el dueño le había dejado poner rejas en las ventanas.

Marie-Terese aparcó en el garaje, esperó a que la puerta rodara hasta cerrarse y luego salió del coche para entrar en el oscuro pasillo trasero. Fue hacia la cocina, que olía a las manzanas frescas que siempre tenía en un cuenco, y caminó de puntillas hacia el resplandor de la sala de estar. De camino metió la bolsa de lona en el armario de los abrigos.

Ya la vaciaría y la volvería a hacer cuando no hubiera nadie mirando.

Una vez en la zona iluminada, susurró:

—Soy yo.

Capítulo 4

S e había acostado con ella.

A la mañana siguiente, lo primero que a Jim le vino a la cabeza fue un verdadero horror y, para tratar de librarse de él, dio una vuelta en la cama, lo que sólo hizo que se sintiera peor y que encima se espabilara. Las primeras luces del amanecer le estaban pateando el culo a la cortina que estaba a su lado y, mientras el resplandor chocaba contra su cráneo, deseó que la puta ventana estuviera hecha de Pladur.

Joder, no se podía creer que se hubiera acostado con aquella preciosa y vulnerable mujer en su camioneta, como si se tratara de una puta, o algo así. Que después hubiera vuelto aquí y se hubiera hundido en los efluvios de un estado *Coronitatoso* era un poco más creíble. A todo ello había que añadirle que aún se sentía mal por lo que había hecho y que iba a tener que pasarse todo el día clavando clavos con resaca.

Genial. Organización.

Se quitó la manta de encima y vio en el suelo los vaqueros y la camisa de franela que llevaba puestos en el club.

Se había desmayado antes de tener la oportunidad de desnudarse y estaba todo arrugado, pero se pondría los Levi's para ir a trabajar. A la camisa, sin embargo, tendría que ahorrarle doce horas de trabajo en la construcción. Era la única buena que tenía, es decir, sin salpicaduras, sin agujeros, sin botones de menos y sin puños gastados. Aún.

Jim se levantó y tiró la camisa en la torre inclinada de ropa sucia que estaba al lado de la cama. Mientras metía su dolor de cabeza en la cabina de la ducha, recordó por qué no tener muchos muebles era algo positivo. Además de sus dos montones de ropa, el de la limpia y el de la que había que limpiar, lo único que tenía era el sofá de ratán que venía con el estudio y una mesa con dos sillas, todo ello, afortunadamente, fuera del camino del baño.

Se afeitó a toda velocidad y se dio una ducha rápida; luego se puso los bóxer y los Levi's y se tomó cuatro aspirinas. Lo siguiente fue la camiseta interior, seguida de los calcetines y las botas. De camino a la puerta, cogió su cinturón de herramientas y su chaqueta de trabajo.

Su casa de alquiler estaba encima de un edificio anexo similar a un garaje, y se detuvo en lo alto de las escaleras entornando tanto los ojos que enseñó los dientes. Maldición… Toda aquella luz se le clavó en los ojos como si el sol hubiera decidido devolver la atracción a la Tierra y se hubiera acercado un poco más para cerrar el trato.

Bajó los chirriantes escalones de madera. Cruzó el sendero de gravilla hasta la camioneta helada. Hizo todo el camino con cara de tener una astilla clavada en un pie.

Al abrir la puerta del lado del conductor le vino un olorcillo a perfume y maldijo. Las imágenes volvieron a su cabeza, tan carnales todas ellas como el demonio, cada una otra fuente de inspiración para el dolor de cabeza.

Siguió maldiciendo con los ojos entornados mientras salía del camino y pasaba por delante de la granja blanca de su anciano casero, el señor Perlmutter. No vivía nadie en la casa grande desde que Jim era inquilino, tenía las ventanas tapiadas con tablas desde dentro y el porche perpetuamente vacío de cualquier cosa de mimbre.

Esa rutina de que no hubiera nadie en casa, junto con los treinta días de aviso antes de irse, eran sus dos partes preferidas del lugar donde se alojaba.

De camino al trabajo, paró en una gasolinera y compró un café largo, un bocata de pavo y una Coca-Cola. El autoservicio olía a zapatos viejos y a suavizante de lavandería, y cabía la posibilidad de que hubieran hecho el bocadillo la semana anterior en Turquía*, pero llevaba comiendo lo mismo el último mes y aún estaba vivito y coleando, así que estaba claro que aquella mierda no lo iba a matar.

Quince minutos más tarde conducía a todo trapo por la carretera 151N, bebiendo café, con las gafas de sol puestas y sintiéndose ligeramente más humano. La obra estaba en la ribera oeste del río Hudson y cuando cogió el desvío hacia ella, volvió a tapar la taza de poliestireno y sujetó el volante con las manos en la posición de las diez y diez. El camino que bajaba por la península estaba lleno de baches por el medio debido a toda la maquinaria pesada que pasaba a toda pastilla por su espalda desnuda, y los amortiguadores de la camioneta se quejaron y gimieron durante todo el camino.

En algún momento mejorarían su aspecto poniendo césped por todas partes, pero por ahora el terreno ondulado recordaba la piel de un chico de quince años. Había innumerables tocones de árboles en la descuidada hierba

---

* En inglés se usa la misma palabra *(Turkey)* para «Turquía» y para «pavo». *(N. de la T.)*

de color marrón invernal, granos en la cara del terreno que habían sido creados por un equipo de tíos con sierras eléctricas. Y eso no era lo peor. Habían echado abajo cuatro cabañas enteras; lo único que quedaba de unas estructuras que habían estado allí durante más de cien años eran los cimientos y los terrenos baldíos bajo sus primeros pisos.

Pero hubo que derribarlo todo, ésa fue la orden del contratista. Que era su propio cliente. Y casi tan divertido como una resaca en una alegre y fría mañana.

Jim llegó a la hilera de camionetas que se iba formando a medida que los trabajadores iban llegando. Dejó el bocadillo y la Coca-Cola abajo, en el suelo de la cabina, para que se mantuvieran fríos y cruzó las sucias roderas machacadas por los neumáticos hacia la casa en gestación. Su esqueleto de tablones de madera de cinco por diez ya había sido levantado, y ahora estaban poniéndole la piel clavando las planchas de aglomerado a la estructura ósea del armazón.

Aquella puñetera cosa era una monstruosidad, era tan grande que hacía que aquellas McMansiones de la ciudad parecieran del tamaño de casas de muñecas.

—Jim.

—Chuck.

Chuck, el capataz, era un tipo de metro ochenta, hombros cuadrados, barriga redondeada y, perpetuamente pegada a la boca, una colilla de puro que seguía allí cuando hablabas con él. El caso era que Jim tenía claro en qué parte de la casa estaba trabajando y qué tenía que hacer, y ambos lo sabían. Había una cuadrilla de unos veinte carpinteros trabajando en el proyecto con varios niveles de experiencia, compromiso y seriedad, y Chuck sabía cómo funcionaba todo el mundo. Si tenías dos dedos de frente y sabías darle bien al martillo, te dejaba en paz. Dios sabía que tenía más que suficiente con los inútiles.

Se preparó para la faena y se dirigió hacia donde estaba el material. Las cajas de clavos estaban almacenadas bajo llave en un armario de la zona del garaje de hormigón con cabida para seis coches y, a su lado, alineados en fila, estaban los generadores de electricidad a gasolina que ya estaban rugiendo. Se estremeció con el ruido y pasó por encima de las serpientes de alargadores que salían de las sierras de banco y de las pistolas de clavos, y llenó la bolsa del lado izquierdo de su cinturón de herramientas.

Fue un alivio dirigirse al ala sur de la casa que, según el plano de planta, estaba prácticamente en el condado de al lado. Listo para trabajar, empezó a levantar tableros de aglomerado de uno veinte por uno ochenta y a ponerlos en su lugar contra las estructuras. Él usaba martillo en lugar de pistola de clavos porque tenía ese sabor a vieja escuela y porque, hasta utilizando herramientas manuales, era uno de los carpinteros más rápidos que había allí.

El sonido de un par de Harleys que se acercaban por el sucio camino le hizo levantar la cabeza.

Eddie y Adrian aparcaron las motos juntas y desmontaron a la vez, quitándose las cazadoras de cuero y las gafas de sol también al mismo tiempo. Mientras se acercaban a la casa venían señalando en su dirección, y Jim gruñó: Adrian lo estaba mirando con una expresión de «qué demonios ha pasado con la tía buena» clavada en su cara llena de *piercings*.

Lo que significaba que el tío se había dado cuenta de que Vestido Azul había desaparecido casi al mismo tiempo que Jim.

—Mierda —murmuró.

—¿Qué?

Jim agitó la cabeza mirando al tío que tenía al lado y se volvió a centrar en lo que estaba haciendo. Colocó uno de los paneles contra la estructura, lo sujetó con la cadera, descolgó el martillo de su cinturón, cogió un clavo y lo golpeó. Otra vez. Otra vez. Otra vez.

—¿Te lo pasaste bien anoche? —dijo Adrian mientras se acercaba.

Jim siguió golpeando.

—Venga ya, no necesito todos los detalles…, aunque podrías darme unos cuantos. —Adrian miró a su compañero de piso—. ¿Me ayudas, o qué?

Eddie se limitó a pasar de largo y a golpear a Jim con el hombro, que era su versión de los buenos días. Sin que se lo pidiera, se puso a sujetar el panel, lo que permitía a Jim darle al martillo el doble de rápido. Formaban un gran equipo, aunque Adrian ralentizaba el paso. No era nada trabajador y prefería pasar el rato haciendo el gilipollas y dándole a la lengua. Era un milagro que no lo hubieran despedido en las cuatro semanas que llevaba en la obra.

Ad se apoyó en el marco desnudo de una puerta y puso los ojos en blanco.

—¿No me piensas decir si tuviste o no regalo de cumpleaños?

—No. —Jim colocó un clavo y le golpeó la cabeza. Dos golpes y la parte superior quedó alineada con el tablero. Luego le dio otro martillazo fuerte imaginando que el objetivo era la cara de Adrian.

—Eres un mamón.

Sí, claro que lo había tenido, aunque aquello no era de la incumbencia de aquel agradable charlatán hijo de puta fetichista de lo metálico que tenía al lado.

Las cosas volvieron a su ritmo habitual y los otros tíos se quitaron del camino de Jim y Eddie mientras ellos giraban para cerrar el hueco desde donde lo habían dejado el día anterior, sellándolo todo para las lluvias de primavera que acababan de empezar. La casa iba a tener alrededor de mil cuatrocientos metros cuadrados, por lo que cerrarla en sólo una semana era una ardua tarea. Aun así, Jim y Eddie se estaban partiendo la espalda y los techadores ya iban por la mitad de las vigas. A finales de semana ya no tendrían que preocuparse más por la llovizna helada o por las temperaturas bajo cero, gracias a Dios. El día anterior había sido una asquerosa orgía de lluvia y todavía había charcos por aquí y por allá que le salpicaban los vaqueros.

La hora de comer llegó rápido, como solía ocurrir cuando trabajaba con Eddie y, mientras los otros tíos se apoyaban al sol en el extremo de la casa, Jim volvió a su camioneta y comió solo, sentado en la cabina.

El bocadillo aún seguía frío, lo que siempre mejoraba el sabor, y la Coca-Cola estaba espectacular.

Desde su machacado asiento le echó un vistazo al que estaba vacío a su lado… y recordó el oscuro cabello esparcido sobre la tapicería, el arco de un cuello femenino bajo las luces del salpicadero y el tacto de un suave cuerpo bajo el suyo.

Él había sido un mierda por aprovecharse de ella de aquella manera y, aun así, cuando todo terminó, ella le había sonreído como si él le hubiera dado exactamente lo que ella quería. Pero eso no podía ser cierto. El sexo entre desconocidos era sólo un respiro temporal de la soledad. ¿Cómo podía eso ser suficiente para alguien como ella? Por el amor de Dios, si ni siquiera sabía cómo se llamaba. Cuando los jadeos terminaron, ella lo besó recreándose en sus labios; después se subió la parte de arriba del vestido, se bajó la de abajo, y se fue.

Jim maldijo abriendo la puerta del conductor y se llevó su comida hasta el parachoques trasero. Se estaba más calentito al sol pero, sobre todo, el aire olía a tableros frescos de pino, no a perfume. Mientras giraba la cara hacia el cielo e intentaba dejar la mente en blanco, perdió interés por el bocadillo y lo guardó en su film transparente para centrarse en la Coca-Cola.

El perro apareció un instante después, mirando a hurtadillas desde detrás de un montón de árboles talados que se iban a llevar. Aquella cosa tenía el tamaño de un pequeño terrier y tenía un pelaje que parecía de estropajo de aluminio moteado. Tenía una oreja girada y una especie de cicatriz en el hocico.

Jim bajó su botella de Coca-Cola mientras ambos se quedaban mirando fijamente.

El maldito animal estaba asustado y utilizaba los llorosos tocones como escondite porque eran mucho, mucho mayores que él, pero también estaba muerto de hambre: a juzgar por la forma en que aquella naricilla negra olfateaba el aire, estaba claro que el olor del pavo lo reclamaba.

El perro hizo amago de salir. Y luego otra vez. Y otra.

Cojeaba al andar.

Jim extendió una mano hacia un lado lentamente, para coger el bocadillo. Levantó el pan de arriba, separó la lánguida lechuga y el tomate de poliestireno y cogió una loncha de pavo.

Se agachó y le tendió la carne.

—No es gran cosa, pero no te va a matar. Te lo prometo.

El perro trazó un círculo y se acercó cojeando con una de las patas de delante. El viento primaveral levantó su áspero abrigo dejando ver unas afiladas costillas. El animal extendió la cabeza tanto como le permitió el cuello, con las patas traseras temblando como si fuera a dar un salto hacia atrás en cualquier momento. El hambre, sin embargo, lo empujó a ir a donde él no quería estar.

Jim se quedó quieto y dejó que el animal estuviera a unos centímetros.

—Venga —dijo Jim toscamente—, lo necesitas.

De cerca, el perro parecía agotado y cuando cogió el pavo lo hizo con un rápido mordisco y se echó de nuevo hacia atrás. Jim tenía listo otro trozo, y esa vez el animal se acercó más rápido y no se alejó tanto. El tercer trozo fue aceptado con una boca delicada, como si la naturaleza innata del animal no fuera aquella en la que sus experiencias lo habían convertido.

Jim le dio también el pan.

—Se acabó.

El perro plantó su trasero delante de Jim, se sentó acurrucado e inclinó la cabeza hacia un lado. El animal tenía una mirada inteligente. Inteligente, ancestral y cansada.

—No soy de perros.

Evidentemente, aquel perro no entendía ni una palabra. Con un brinco sorprendentemente elegante, se lanzó al regazo de Jim.

—¿Pero qué…? —Jim levantó los brazos quitándolos del camino y miró hacia abajo—. Jesús, qué poco pesas.

Claro. Probablemente hacía días que no comía.

Jim posó una mano indecisa sobre su espalda. ¡Dios mío! Era todo huesos.

Sonó el silbato que indicaba que la hora de la comida se había terminado, así que Jim acarició al perro y lo puso de nuevo en el suelo.

—Lo siento, como ya he dicho, no soy de perros.

Sacó el cinturón de herramientas de la cabina y se lo volvió a poner mientras se alejaba. Lo de volver la vista atrás fue una mala idea.

Mierda, el perro estaba detrás de la camioneta, tras la rueda trasera, con aquellos ancestrales ojos clavados en Jim.

—No me gustan las mascotas —gritó Jim mientras se iba.

En la obra se oyó el ronroneo de un coche acercándose y, cuando los hombres que estaban alineados arriba en el borde de la casa miraron hacia abajo, y su expresión se convirtió en un «no jodas» colectivo, Jim no necesitó volver a girar la cabeza para saber exactamente de quién se trataba.

El contratista / dueño / grano en el culo ya estaba allí otra vez.

El muy hijo de puta aparecía a cualquier hora, como si no quisiera fijar un horario del que la cuadrilla estuviera al tanto para que así sus inspecciones del lugar fueran más precisas. Por lo tanto, no hacía falta ser un genio para imaginarse lo que buscaba: trabajadores relajados, construcciones chapuceras, errores, robos. Te hacía sentir deshonesto y vago aunque no lo fueras y, para muchos de los tíos, aquello era un insulto que sólo eran capaces de consentir porque les pagaba puntualmente cada viernes.

Jim aceleró el paso mientras el BMW M6 se detenía justo a su lado. No miró ni el coche ni al conductor: siempre se mantenía alejado del camino de ese tío, no porque tuviera nada por lo que disculparse en términos de rendimiento, sino porque él era un simple soldado raso: cuando el general venía a inspeccionar las tropas, la cadena de mando exigía que fuera Chuck, el capataz, el que se ocupara de aquel gilipollas, no Jim.

Gracias a Dios.

Jim se subió al revestimiento del suelo y se dirigió hacia el sitio donde había estado trabajando. Eddie, siempre dispuesto a ayudar, lo siguió, y Adrian también.

—¡Joder!

—¡Guau!

—¡*Santa Madonna*...!

Los comentarios de los trabajadores hicieron que Jim volviera la cabeza.

Diablos, no... Hablando de polvos: una morena increíblemente guapa estaba saliendo del coche con la elegancia de una bandera desplegada bajo una suave brisa.

Jim cerró con fuerza los ojos. Y la vio en la cabina de su camioneta, tendida con sus perfectos pechos desnudos pegados a su boca.

—Ésa sí que es una mujer —dijo uno de los trabajadores.

Joder, había momentos en la vida en los que desaparecer era una gran idea. No por cobardía, sino por evitar el lío de enfrentarse a algo.

Y éste era uno de ellos. Como mínimo.

—Joder, Jim... —Adrian se pasó la mano por su espeso pelo— Es...

Sí, ya lo sabía.

—No tiene nada que ver conmigo. Eddie, ¿tienes ese tablero listo?

Mientras Jim se daba la vuelta, la morena miró hacia arriba y sus ojos se encontraron. Su preciosa cara centelleó al reconocerlo y su pareja se le acercó y le rodeó la cintura con el brazo.

Jim dio un paso atrás sin mirar hacia dónde iba.

Todo sucedió en un instante. En un abrir y cerrar de ojos. En menos de lo que canta un gallo.

El tacón de la bota de Jim aterrizó sobre una pieza de cinco por diez que estaba entre un alargador, y la gravedad se apoderó de su cuerpo, desequilibrándolo. Al caer, rompió el alargador que estaba sujeto a otro, el extremo se quedó suelto y se cayó en uno de los charcos.

Jim cayó al suelo cuan largo era…, lo que en circunstancias normales habría tenido como consecuencia unos simples rasguños en nalgas y hombros.

Pero su mano desnuda aterrizó en el agua.

La descarga eléctrica le sacudió el brazo y le golpeó directamente en el corazón. Su columna vertebral se elevó en el aire y sus dientes se apretaron, los ojos se abrieron como platos y el oído sufrió un cortocircuito. El mundo se desvaneció hasta que lo único que pudo sentir fue ese salvaje y acuciante dolor por todo el cuerpo.

Lo último que vio fue la larga trenza de Eddie describiendo un amplio balanceo mientras se precipitaba sobre él para ayudarle.

Vin no vio caer a aquel tío. Pero oyó el fuerte ruido de un cuerpo al desplomarse y luego el barullo de las botas y los juramentos en voz alta mientras la gente corría en todas direcciones.

—Quédate aquí —le dijo a Devina mientras sacaba el móvil.

Marcó el número de emergencias mientras se dirigía apresuradamente al lugar del alboroto, pero sin pulsar aún el botón de llamada. Saltando sobre las tablas del suelo, corrió hacia allí.

Su pulgar apretó el botón e hizo la llamada.

El trabajador que estaba en el suelo miraba fijamente sin ver hacia el brillante cielo azul que estaba sobre su cabeza, y tenía las extremidades tan rígidas como las de un cadáver. El cable del alargador suelto permanecía en el charco, pero los espasmos del hombre lo habían alejado de la fuente de la descarga mortal.

Respondieron a la llamada de Vin.

—Nueve uno uno, ¿de qué tipo de emergencia se trata?

—Un hombre se ha electrocutado. —Vin separó el teléfono de la boca—. ¡Apagad los putos generadores! —Volvió a ponerse al teléfono—. La dirección de la obra es: camino rural número setenta y siete, ciento cincuenta y uno Norte. Parece inconsciente.

—¿Alguien le está haciendo un masaje cardíaco?

—Ahora vamos.

Vin le pasó el teléfono a Chuck, el capataz, y separó a los hombres de su camino.

Se puso de rodillas, abrió la chaqueta del trabajador y agachó la cabeza sobre su musculoso pecho. El corazón no latía y, cuando se inclinó sobre su boca, vio que tampoco respiraba.

Vin tiró hacia atrás de la cabeza del hombre, comprobó las vías respiratorias, le apretó la nariz e introdujo dos bocanadas de aire en lo más hondo de aquellos pulmones petrificados. Se trasladó hacia el pecho, unió las manos, situó las palmas sobre el corazón del hombre y realizó diez compresiones. Dos bocanadas más de aire. Treinta compresiones más. Dos bocanadas más de aire. Treinta compresiones más. Dos bocanadas más de aire...

La cara del hombre ya no tenía buen color y no hacía más que empeorar.

La ambulancia tardó unos quince minutos en llegar, aunque no porque no fueran a todo trapo. Caldwell estaba a casi quince kilómetros y aquélla era el tipo de geografía que, por mucho que apretaran el acelerador, no iba a mejorar. Nada más llegar, los servicios de emergencia subieron inmediatamente a la casa y lo alejaron de Vin, mientras le hacían una revisión de estadística vital antes de que uno de ellos continuara con lo que Vin había empezado y el otro se fuera corriendo a por la camilla.

—¿Está vivo? —preguntó Vin cuando levantaron al hombre del suelo.

No obtuvo respuesta porque los médicos tenían mucha prisa, lo que tal vez era una buena señal.

—¿Adónde se lo llevan? —preguntó Vin mientras saltaba de los cimientos y los acompañaba apresuradamente.

—Al San Francisco. ¿Sabe su nombre, edad o algún dato de su historial médico?

—¡Chuck! Ven aquí, necesitamos información.

El capataz se acercó corriendo.

—Jim Heron. No sé mucho más de él. Vive solo en Persing Lane.

—¿Tiene algún teléfono de contacto en caso de emergencia?

—No, no está casado ni nada.

—Yo soy el contacto —dijo Vin sacando su tarjeta para dársela al médico.

—¿Es familiar suyo?

—Soy su jefe, y lo único que tienen por ahora.

—Está bien, alguien del San Francisco se pondrá en contacto con usted.

El médico hizo desaparecer los datos de Vin dentro de su chaqueta y metieron al trabajador en la ambulancia. Una fracción de segundo más tarde cerraron la puerta de doble hoja y el vehículo arrancó con las sirenas y las luces encendidas.

—¿Se pondrá bien?

Vin se volvió para mirar a Devina. Tenía los oscuros ojos llenos de lágrimas no derramadas y sujetaba con las manos el cuello de su abrigo de piel, como si, a pesar de todo aquel visón blanco, estuviera congelada.

—No lo sé. —Se dio la vuelta y la cogió suavemente del brazo—. Chuck, ahora vuelvo. La voy a llevar a casa.

—De acuerdo. —Chuck se quitó el casco y sacudió la cabeza—. Maldita sea. Maldito sea el demonio. Era uno de los buenos.

Capítulo 5

N igel, eres un cabrón.

Jim frunció el ceño en la oscuridad que lo rodeaba. La voz con acento inglés venía de la derecha, y la tentación inmediata fue abrir los ojos, levantar la cabeza y ver qué pasaba.

La práctica hizo que desestimara el impulso. En el ejército había aprendido que, cuando volvías en ti y no sabías dónde estabas, era mejor hacerse el muerto hasta que tuvieras algún tipo de información sobre el enemigo.

Se movió imperceptiblemente, extendió las palmas de las manos y palpó a su alrededor. Estaba sobre algo blando, pero era mullido, como una alfombra muy afelpada o… ¿hierba?

Inspiró profundamente y su nariz confirmó la sensación de sus manos. Mierda, ¿hierba fresca?

De repente se acordó de su accidente laboral. Pero diablos, lo último que recordaba era que ciento veinte voltios de electricidad le habían recorrido el cuerpo, así que lo lógico sería pensar que, si aún podía hilar dos pensamientos seguidos, debía de estar vivo y, por lo tanto, en un hospital. Sólo que, por lo que sabía, las camas de los hospitales no estaban cubiertas de… césped.

Y en Estados Unidos la mayoría de las enfermeras y doctores no hablaban como auténticos caballeros británicos ni se llamaban «cabrones» unos a otros.

Jim abrió los ojos. El cielo sobre su cabeza estaba salpicado de nubes hinchadas como de algodón y, aunque no se veía el sol, había una luminosidad como de domingo de verano. No se trataba sólo del sol y del cielo despejado, sino también de la tranquilidad. Era como si no hubiera nada urgente que hacer, nada por lo que preocuparse.

Miró hacia las voces… y llegó a la conclusión de que estaba muerto.

A la sombra de los enormes muros de piedra de un castillo, cuatro tíos con mazos de cróquet estaban de pie alrededor de un puñado de palos y bolas de colores. El cuarteto estaba vestido de blanco, y uno de ellos llevaba una pipa y otro un par de gafas redondas con cristales rosas. El tercero tenía la mano sobre la cabeza de un lebrel irlandés. El cuarto tenía los brazos cruzados sobre el pecho y cara de aburrimiento.

Jim se sentó.

—¿Dónde diablos estoy?

El rubio que estaba preparando su golpe lo miró y habló alrededor de su pipa. Lo que hizo que su acento fuera aún más aristocrático.

—Un momento, si haces el favor.

—Yo digo que sigas hablando —murmuró su colega, el de los brazos cruzados y el pelo oscuro, con la misma voz seca que había despertado a Jim—. De todos modos, está haciendo trampas.

—Sabía que volverías en ti —gorjeó Gafas Redondas en dirección a Jim—. ¡Lo sabía! ¡Bienvenido!

—Vaya, estás despierto —comentó el que estaba al lado del lebrel—. Es un placer conocerte.

Santo cielo, eran todos guapos y tenían ese aire de «no me importa nada» que te da no sólo el ser rico, sino el proceder de generaciones de gente adinerada.

—¿Nos dejamos de cháchara, colegas? —El Tío Pipa, que evidentemente se llamaba Nigel, miró a su alrededor—. Me gustaría tener un poco de silencio.

—Entonces ¿por qué no dejas de decirnos lo que tenemos que hacer? —dijo el del pelo oscuro.

—Muérete, Colin.

Cambió de lado la pipa en la boca, golpeó con un «crac» y una bola de rayas rojas rodó a través de un par de palos y derribó uno azul.

El rubio sonrió como el príncipe que sin duda era.

—Es la hora del té. —Miró a su alrededor y se encontró con los ojos de Jim—. Venga, vamos.

Muerto. Definitivamente estaba muerto y aquello era el infierno. Tenía que serlo. O eso o se había muerto delante de la tele viendo un maratón de *Cuatro bodas y un funeral* y eso era algún sueño extraño a consecuencia de ello.

Jim se puso de pie mientras aquellos tíos y el lebrel se dirigían a una mesa con cubertería de plata y vajilla de porcelana y, como no le quedaba más remedio, los acompañó a «tomar el té».

—¿No tomas asiento? —dijo Nigel señalando la silla libre.

—Me quedaré de pie, gracias. ¿Qué estoy haciendo aquí?

—¿Té?

—No. ¿Quiénes sois?

—Yo soy Nigel. Este loco tan mordaz. —El rubio hizo un gesto con la cabeza para señalar al tío del pelo negro— es Colin. Byron es nuestro optimista residente y Albert es el amante de los perros.

—Mis amigos me llaman Bertie —dijo el señor Canino acariciando el cuello del lebrel—. Encantado, de todos modos. Y éste es mi querido *Tarquin*.

Byron elevó sus redondeces rosadas a la altura de su recta nariz y aplaudió.

—Sabía que este té iba a ser fabuloso.

Por supuesto que lo era. Totalmente.

«Finalmente ha sucedido —pensó Jim—. Finalmente he perdido la maldita cabeza».

Nigel cogió una tetera de plata y empezó a servir en las tazas de porcelana.

—Me imagino que te sorprende un poco estar aquí, Jim.

¿Tú crees?

—¿Cómo sabes mi nombre, y qué lugar es éste?

—Has sido elegido para una importante misión. —Nigel dejó la tetera y cogió los terrones de azúcar.

—¿Una misión?

—Sí. —Nigel levantó su té con el dedo meñique extendido y, mientras miraba sobre el borde de la taza, le resultó difícil precisar el color de sus ojos. No eran ni azules, ni grises, ni verdes… Pero tampoco eran marrones ni castaños.

Santo Dios, eran de un color que Jim nunca había visto antes. Y todos los tenían iguales.

—Jim Heron, vas a salvar el mundo.

Hubo una larga pausa. Durante la misma los cuatro colegas lo miraron con cara de póquer.

Como nadie se echó a reír, Jim se encargó de ello. Dejó caer hacia atrás la cabeza y contrajo la barriga con tanta fuerza que los ojos se le llenaron de lágrimas.

—No es ninguna broma —le espetó Nigel.

Cuando Jim fue capaz de tomar aliento, dijo:

—Claro que lo es. Pero tío, ¿qué puto sueño es éste?

Nigel bajó la taza, se puso de pie y caminó sobre la hierba de color verde intenso. De cerca olía a aire fresco, y aquellos ojos extraños que tenía eran completamente hipnóticos.

—Esto. No. Es. Un. Sueño.

El muy cabrón le dio un puñetazo a Jim en el hombro. Enroscó su suave mano en forma de puño y le dio fuerte.

—¡Joder! —Jim se frotó el dolor, que era considerable. Tal vez el Tío Pipa fuera delgado y larguirucho, pero sabía dar puñetazos.

—Permíteme que me repita. Ni estás soñando ni esto es una broma.

—¿Ahora puedo pegarle yo? —dijo Colin con una sonrisa perezosa.

—No, tienes una puntería horrible y podrías darle en algún sitio delicado. —Nigel volvió a su asiento y cogió un pequeño bocadillo de una rueda perfecta de cosas para picar—. Jim Heron, tú eres el que hará que el partido desempate, el hombre elegido por ambos bandos para estar en el campo y decidir el resultado del marcador.

—¿Ambos bandos? ¿Desempate? ¿De qué demonios estáis hablando?

—Tendrás siete oportunidades. Siete oportunidades para influir sobre el prójimo. Si actúas como creemos que lo harás, las almas en cuestión se salvarán y prevaleceremos sobre el otro bando. Si esa victoria se produce, la humanidad continuará prosperando y todo irá bien.

Jim abrió la boca para dejar escapar alguna mierda, pero las expresiones de los colegas se lo impidieron. Hasta el graciosillo del grupo parecía serio.

—Esto tiene que ser un sueño.

Nadie se levantó para volver a darle un puñetazo, pero como lo miraban con tanta seriedad, empezó a tener la desagradable sensación de que aquello podía ser algo más que su subconsciente hablando mientras estaba desmayado.

—Esto es muy real —dijo Nigel—. Entiendo que no te hayas imaginado en esa tesitura, pero has sido elegido y así son las cosas.

—Supongamos que no sois unos mentirosos de mierda, ¿qué pasa si digo que no?

—No lo harás.

—Pero ¿y si lo hago?

Nigel miró al infinito.

—Entonces todo acabará como está ahora. No ganará ni el bueno ni el malo y todos, incluido tú, estaremos acabados. Ni cielo, ni infierno; todo lo que ha habido antes desaparecerá. Adiós al misterio y al milagro de la creación.

Jim pensó en su vida..., en las decisiones que había tomado, en las cosas que había hecho.

—Parece un buen plan.

—No lo es. —Colin tamborileó con los dedos en el mantel—. Piénsalo Jim. Si todo deja de existir, todo lo anterior no tiene sentido. Así que tu madre no importa. ¿Estás dispuesto a admitir que ella no es nada? ¿Que su amor por ti, por su querido hijo, no tiene valor?

Jim exhaló como si lo hubieran golpeado de nuevo, sintiendo cómo el dolor de su pasado le rebotaba en el pecho. Hacía años que no pensaba en su madre. Tal vez décadas. Siempre lo acompañaba; por supuesto, era el único rincón cálido de su frío corazón, pero no se permitía pensar en ella. Nunca.

Y de repente, de la nada, le vino a la cabeza una imagen de ella. Una imagen tan familiar, tan vívida, tan dolorosamente real que fue como si le hubieran implantado un trozo de pasado en el cerebro: ella le estaba haciendo unos huevos en la vieja cocina de su antigua casa. Sostenía la sartén de hierro con fuerza, tenía la espalda recta y el oscuro cabello corto. Había empezado siendo la esposa de un granjero y había acabado siendo la propia granjera, su cuerpo era fibroso y fuerte, y su sonrisa suave y amable.

Él adoraba a su madre. Y aunque ella le preparaba huevos todas las mañanas, él recordaba ese desayuno en particular. Era el último que había hecho. No para él, sino en general.

La habían asesinado al anochecer.

—¿Cómo la conocéis? —preguntó Jim con voz quebrada.

—Tenemos un amplio conocimiento de tu vida. —Colin alzó una ceja—. Y eso nos lleva a preguntarnos qué opinas, Jim. ¿Estás preparado para relegar todo lo que hizo y todo lo que fue, como tú mismo dirías sin rodeos, a la categoría de mierda?

A Jim no le caía muy bien Colin.

—No te preocupes —murmuró Nigel—. Nosotros también pasamos de él.

—No es verdad —soltó Bertie—. Yo adoro a Colin. Se esconde tras su aspereza, pero es un maravilloso...

La voz de Colin interrumpió el cumplido.

—Serás hada…

—Soy un ángel, no un hada, y tú también. —Bertie miró a Jim y resumió, jugando con la oreja de *Tarquin*—. Sé que vas a hacer lo correcto, porque amabas a tu madre demasiado como para no hacerlo. ¿Recuerdas cómo solía despertarte cuando eras pequeño?

Jim cerró los ojos con fuerza.

—Sí.

Cuando era pequeño dormía en una pequeña cama gemela en una de las habitaciones del piso de arriba de la granja, en la que se colaba el aire. Muchas noches dormía con la ropa puesta porque estaba demasiado cansado de trabajar en los campos de maíz como para cambiarse o porque hacía demasiado frío como para acostarse sin varias capas.

Los días de colegio, su madre venía y le cantaba…

«Tú eres mi sol, mi único sol… Tú me alegras cuando el cielo está gris… Nunca sabrás cuánto te quiero… Por favor, no te lleves mi sol».

Pero no fue él quien la dejó a ella, y cuando ella se fue, no lo hizo de forma voluntaria. Había luchado como una leona para quedarse con él, y él nunca olvidaría su mirada antes de morir. Se había quedado mirándolo con la cara magullada y le había hablado con sus ojos tristes y sus labios ensangrentados, porque no le quedaba aire en los pulmones para hablar.

«Te querré siempre —había murmurado—. Pero corre. Vete de casa. Corre. Están arriba».

La había dejado donde estaba tumbada, medio desnuda, sangrando y violada. Se escabulló por la puerta trasera, corrió hacia la camioneta, aunque era demasiado joven para conducir y los pies apenas llegaban a los pedales, y la arrancó.

Lo habían perseguido y aún hoy no tenía ni idea de cómo se las había arreglado para conseguir que aquella vieja camioneta corriera tanto por la polvorienta y sucia carretera.

Bertie habló con calma.

—Debes aceptar esto como realidad y como tu destino. Por su bien, si no por el de los demás.

Jim abrió los ojos y miró a Nigel.

—¿Existe el cielo?

—Ahora mismo estamos en la entrada. —Nigel señaló, con la cabeza sobre su hombro, hacia la pared del castillo que se divisaba en la distancia—. En lo más profundo de nuestra misericordiosa casa parroquial, las almas de los buenos hacen recuento en campos de flores y arboledas, pasan las horas al sol disfrutando de su calidez y ya nada les preocupa, puesto que han olvidado su dolor.

Jim miró hacia la pasarela que había sobre el foso y hacia las puertas de doble hoja, cada una del tamaño de una autocaravana.

—¿Está ella ahí?

—Sí. Y si tú no lo evitas, desaparecerá como si nunca lo hubiera estado.

—Quiero verla. —Dio un paso adelante—. Antes tengo que verla.

—No puedes entrar. Los que están de paso no son bienvenidos allí, sólo los muertos.

—A la mierda eso y a la mierda vosotros. —Jim se dirigió andando y luego corriendo hacia el puente, sus botas resonaron primero sobre la hierba y luego en las planchas de madera sobre el río plateado. Cuando llegó a las puertas, se aferró a los enormes tiradores de hierro y tiró tan fuerte que los músculos de su espalda se quejaron.

Levantó una de las manos para aporrear la madera de roble y volvió a tirar.

—¡Déjame entrar! ¡Déjame entrar, hijo de puta!

Necesitaba ver con sus propios ojos que ya nadie le hacía daño, que ya no sufría y que estaba bien. Necesitaba hasta tal punto estar seguro de ello, que se sentía destrozado mientras luchaba por atravesar la barrera golpeándola con los puños impulsados por el recuerdo de su querida madre, tendida sobre el linóleo de la cocina con el pecho apuñalado y el cuello sangrando sobre el suelo, las piernas separadas, la boca abierta de par en par y los ojos aterrorizados que le imploraban que se salvara, que se salvara, que se salvara...

Sacó al demonio que llevaba dentro.

Todo se volvió blanco a medida que la ira se apoderaba de él. Sabía que aporreaba algo con fuerza, que su cuerpo estaba fuera de control, que alguien le ponía una mano en el hombro y él lo tiraba al suelo de un puñetazo.

Pero no oyó nada ni vio nada.

El pasado siempre lo volvía vulnerable, por eso se había propuesto no volver a pensar en él nunca más.

Cuando Jim volvió en sí por segunda vez, estaba en la misma posición que la primera vez: tumbado boca arriba, con la hierba bajo las manos y los ojos cerrados.

Sólo que esta vez notó algo húmedo en la cara.

Abrió los párpados y se encontró con la cara de Colin justo sobre la suya. La sangre que caía de él goteaba sobre las mejillas de Jim, así que lo de la «lluvia» quedó aclarado.

—Vaya, estás despierto, qué bien. —Colin echó un puño hacia atrás y le dio un puñetazo a Jim en toda la cara.

Cuando el puño lo alcanzó, Bertie dejó escapar un grito, *Tarquin* gimió y Byron se acercó corriendo.

—Vale, ya estamos en paz. —Colin bajó la mano y la sacudió—. La verdad es que tomar forma humana tiene sus ventajas. Esto no ha estado nada mal.

Nigel sacudió la cabeza.

—Esto no va nada bien.

A Jim no le quedó más remedio que estar de acuerdo con él mientras se sentaba y aceptaba el pañuelo que Byron le tendía. Contuvo la sangre de su nariz sin poder creerse que hubiera estallado de tal manera a las puertas de aquel castillo, pero estaba conmocionado.

Nigel puso los brazos en jarras.

—Quieres saber por qué has sido elegido, y creo que tienes derecho a saberlo.

Jim escupió la sangre que tenía en la boca.

—Tengo una ligera idea.

Nigel extendió la mano y cogió el pañuelo ensangrentado. En el momento en que la tela entró en contacto con sus manos, la mancha desapareció y las fibras blancas quedaron tan prístinas como lo estaban antes de haber sido utilizadas para frenar aquel géiser rojo.

Se lo devolvió para que lo siguiera usando.

—Tú eres las dos mitades juntas, Jim. Lo bueno y lo malo en igual medida, capaz de albergar grandes océanos de bondad y profundos abismos de depravación. Por eso, ambos bandos te han aceptado. Nosotros… y los otros. Ambos creemos que cuando se te presenten las siete oportunidades, tú influirás en el curso de los acontecimientos según nuestros valores. Nosotros por los buenos, ellos por los malos. El resultado determinará el destino de la humanidad.

Jim dejó de limpiarse la cara y se centró en el Hombre Inglés. No podía discutir nada de lo que había dicho sobre su carácter, pero aun así su cerebro permanecía hecho un lío. O tal vez tenía una conmoción cerebral gracias a Colin, aquel hijo de puta *rompehuesos*.

—Entonces ¿aceptas tu destino? —preguntó Nigel—. ¿O todo termina aquí?

Jim se aclaró la garganta. Rogar no era algo a lo que estuviera acostumbrado.

—Por favor…, sólo dejadme ver a mi madre. Yo… necesito saber que está bien.

—Lo siento mucho, pero como ya he dicho, sólo los muertos pueden pasar al otro lado. —Nigel puso la mano sobre el hombro de Jim—. ¿Qué dices, tío?

Byron se acercó.

—Puedes hacerlo. Eres carpintero. Construyes cosas y las reformas. Las vidas son construcciones exactamente iguales.

Jim miró hacia el castillo y sintió que le latía el corazón en la nariz rota.

Si se lo tomaba todo en serio, si todo era verdad, si él era una especie de salvador, entonces…, si se iba, la única paz que había conocido su madre desaparecería. Y por muy atractivos que le pudieran parecer el vacío y la eternidad de la no existencia, era un frío cambio comparado con donde estaba ahora.

—¿Cómo va el tema? —preguntó—. ¿Qué hago?

Nigel sonrió.

—Siete pecados capitales. Siete almas dominadas por ellos. Siete personas en encrucijadas que deben tomar una decisión. Tú entras en sus vidas e influyes en su camino. Si ellos eligen lo correcto sobre el pecado, nosotros ganamos.

—Y si no…

—Gana el otro bando.

—¿Qué es el otro bando?

—Lo contrario a lo que somos nosotros.

Jim echó un vistazo a la mesa con su mantelería blanca y su brillante plata.

—Es decir, una panda de vagos despatarrados en sofás reclinables viendo *Girls Gone Wild* y bebiendo cerveza.

Colin se rió.

—Qué más quisieras, tío. Aunque podría ser, la verdad.

Nigel fulminó con la mirada a su colega y miró de nuevo a Jim.

—El otro bando es la maldad. Debería dejar que tu mente buscara la referencia apropiada, pero si quisieras empezar por algún lado sólo tienes que pensar en lo que le hicieron a tu madre y saber que quienes se lo hicieron disfrutaron.

El estómago de Jim se revolvió tanto que se inclinó hacia un lado y tuvo una arcada. Una mano le acarició la espalda y tuvo la sensación de que era Bertie. Estaba en lo cierto.

Finalmente, el reflejo de la arcada de Jim dejó de joder y recuperó el aliento.

—¿Qué pasa si no soy capaz de hacerlo?

Colin habló claro.

—No te voy a mentir, no va a ser fácil. El otro bando es capaz de todo. Pero a ti no te faltarán recursos.

Jim frunció el ceño.

—Un momento, ¿el otro bando cree que voy a ser una mala influencia? ¿En las encrucijadas de esas personas?

—Nigel asintió.

—Tienen la misma fe en ti que nosotros. Pero nosotros teníamos la ventaja de poder ponernos en contacto contigo.

—¿Cómo lo conseguisteis?

—Lo echamos a cara o cruz.

Jim parpadeó. Vaya, igual que en un partido de fútbol.

Centró su atención en las puertas e intentó imaginarse a su madre no como él la había dejado en el suelo de aquella cocina, sino como estos príncipes le habían dicho que estaba. Feliz. Liberada de toda carga. Plena.

—¿Quiénes son las siete personas?

—Para que identifiques a la primera de ellas te prestaremos un poco de ayuda y así será obvio —dijo Nigel poniéndose en pie—. Buena suerte.

—Espera un momento, ¿cómo sabré qué hacer?

—Usa la cabeza —intervino Colin.

—No —dijo Bertie, acariciando la cara de su lebrel—, el corazón.

—Simplemente confía en el futuro. —Byron levantó sus gafas tintadas de la nariz—. La esperanza es el mejor...

Nigel puso los ojos en blanco.

—Limítate a decirle a la gente lo que tiene que hacer. Te ahorras el rollo y te deja tiempo libre para tareas que merecen más la pena.

—¿Como hacer trampas al cróquet? —murmuró Colin.

—¿Os volveré a ver? —preguntó Jim—. ¿Puedo acudir a vosotros en busca de ayuda?

No le respondieron. En lugar de eso, recibió otra sacudida que juraba que parecía como de doscientos cuarenta..., y de repente salió propulsado por un pasillo largo y blanco, bajo una luz cegadora y con el viento golpeándole la cara.

No tenía ni idea de dónde iba a acabar esta vez. Quizá de nuevo en Caldwell. Quizá en Disneylandia.

Visto lo visto, quién coño sabía.

Capítulo 6

Mientras caía la noche, Marie-Terese agarró el mango de una sartén antiadherente y deslizó una espátula alrededor del borde de una tortita perfecta. El truco era estar alerta para darle la vuelta mientras una composición de pequeñas burbujas se formaban en su cremosa superficie.

—¿Estás listo? —preguntó.

Su hijo sonrió desde su taburete de supervisión, al otro lado del mostrador.

—Vamos a contar, ¿vale?

—Sí.

Sus voces se unieron en el tres, dos…, uno. A continuación, con un giro de muñeca, ella hizo volar la tortita y la recogió justo en el medio.

—¡Lo has conseguido! —dijo Robbie mientras aumentaba el chisporroteo.

Marie-Terese sonrió invadida por una punzante tristeza. Los siete años demostraban la aprobación de forma espectacular, eran capaces de hacerte sentir como si fueras una camarera milagrosa con la más simple de las victorias.

Ojalá se mereciera los mismos elogios por las cosas importantes.

—¿Me pasas el sirope, por favor? —dijo ella.

Robbie se deslizó del taburete y caminó hasta la nevera con sus zapatillas. Llevaba una camiseta de Spiderman, vaqueros y una chaqueta con capucha de Spiderman. Su cama tenía sábanas de Spiderman y un edredón de Spiderman, y la lámpara al lado de la que leía sus cómics tenía la silueta de Spiderman. Su obsesión anterior había sido Bob Esponja, pero en octubre, cuando se preparaba para tirar los seis años a la basura, había declarado que ya era mayor y que, por lo tanto, sus regalos deberían ser del caballero de las telarañas.

Vale. Entendido.

Robbie abrió la puerta de la nevera y cogió el envase de plástico estrujable.

—¿Siempre tenemos *de* hacer tanta gramática como hoy?

—Se dice «tenemos que» y sí, está claro que es necesario.

—¿No podemos hacer más mates?

—No.

—Por lo menos *teno* tortitas para cenar. —Marie-Terese lo miró y él sonrió—. Tengo tortitas.

—Gracias.

Robbie se volvió a encaramar al taburete y cambió de canal en la pequeña televisión que había al lado de la tostadora. La mini Sony podía estar encendida durante los descansos de los estudios y la Sony grandota, que estaba en la sala de estar, podía encenderse los sábados y los domingos por la tarde y por las noches después de cenar, hasta la hora de irse a dormir.

Deslizó la tortita sobre un plato y se puso a hacer otra vertiendo el Bisquick con un cucharón. La cocina era demasiado pequeña para una mesa, así que la parte de la encimera que sobresalía hacía las veces de una. Se sentaban en taburetes que ponían debajo y comían siempre sobre aquella franja de formica.

—¿Preparado para lanzar la segunda?

—¡Sí!

Ella y Robbie entonaron juntos la cuenta atrás, ella ejecutó otra acrobacia aérea con la tortita…, y su precioso y angelical hijo le sonrió como si en su mundo volviera a brillar el sol.

Marie-Terese le pasó el plato y luego se sentó delante de la ensalada que se había preparado con antelación. Mientras comían, le echó un vistazo al montón de cartas que había sobre el mostrador y supo sin abrirlas a cuánto ascenderían las facturas. Dos de ellas eran peces gordos: había tenido que poner a plazos los pagos tanto del investigador privado que había necesitado para encontrar a Robbie, como el del bufete de abogados que había contratado para conseguir el divorcio, porque 127.000 dólares no era el tipo de cantidad por la que pudiera extender un cheque. Obviamente, los pagos a plazo exigían intereses y, a diferencia de las tarjetas de crédito, la morosidad no era una opción: no quería dar opción ni al investigador privado ni a aquellos abogados para que intentaran encontrarla. Mientras pagara cuando debía, no había razón alguna para que su actual paradero saliera a la luz.

Y siempre enviaba las órdenes de pago desde Manhattan.

Después de dieciocho meses, había pagado alrededor de las tres cuartas partes de lo que debía, pero al menos Robbie estaba a salvo y con ella, y eso era lo que importaba.

—Eres mejor que ella.

Marie-Terese aterrizó.

—¿Perdona?

—Esa camarera ha tirado toda la comida en la bandeja. —Robbie señalaba la pequeña pantalla de televisión—. Tú nunca harías eso.

Marie-Terese miró el anuncio de una mujer con prisa que estaba teniendo un mal día trabajando en una cafetería. Tenía el pelo como si hubiera metido los dedos en un enchufe, el uniforme manchado de kétchup y la placa con su nombre torcida.

—Tú eres mejor camarera, mamá. Y cocinera.

De repente la escena cambió y la Camarera Agobiada estaba ahora sentada en un sofá blanco con un albornoz rosa puesto, mientras sumergía sus doloridos pies en una palangana vibratoria. La expresión de su cara era de felicidad absoluta mientras el producto, obviamente, aliviaba las doloridas plantas de sus pies.

—Gracias, cariño —dijo Marie-Terese toscamente.

El anuncio cambió al modo de «pídalo ya» y un número de ocho cifras apareció bajo el precio de 49,99 dólares mientras el anunciante decía: «¡Si llama ahora, sólo le costará 29,99!». Mientras una flecha roja empezaba a parpadear al lado del precio, él dijo: «¿No es una ganga?», y la feliz y relajada camarera volvió a aparecer y dijo: «¡Sí, lo es!».

—Venga —interrumpió Marie-Terese—. Hora del baño.

Robbie se deslizó del taburete y metió su plato en el lavavajillas.

—Ya no necesito ayuda, ¿sabes? Me puedo bañar solo.

—Lo sé. —Dios, sí que estaba creciendo rápido—. Sólo quiero asegurarme de que…

—… me lave detrás de las orejas. Me lo dices siempre.

Mientras Robbie se dirigía hacia las escaleras, Marie-Terese apagó la tele y se puso a limpiar la sartén y el cuenco. Volvió a pensar en aquel anuncio y deseó con todas sus fuerzas ser una simple camarera…, y que lo único que necesitara para hacer desaparecer su estrés fuera un barreño que se enchufara en la pared.

Eso sería el paraíso.

A la tercera va la vencida.

Finalmente, Jim se despertó en una cama de hospital: estaba tendido sobre sábanas blancas, con una fina manta blanca subida hasta el pecho y unas pequeñas barandillas levantadas a ambos lados de él. La habitación también encajaba con lo esperado: paredes anodinas, un baño en la esquina y una televisión sujeta al techo que estaba encendida pero sin volumen.

Por supuesto, la vía en el brazo era la prueba definitiva.

Sólo había sido un sueño. Toda esa mierda sobre aquellos cuatro refinados personajes tocados del ala, el castillo y todo eso sólo había sido un sueño extraño. Gracias a Dios.

Jim levantó la mano para frotarse los ojos y se quedó petrificado. Tenía una mancha de hierba en la mano. Y le dolía la cara como si le hubieran pegado.

De pronto, la aristocrática voz de Nigel resonó en su cabeza tan claramente, que fue algo más que un recuerdo: «Siete pecados capitales. Siete almas atrapadas por esos pecados. Siete personas en encrucijadas con una decisión que tomar. Tú entras en sus vidas e influyes en su camino. Si eligen la rectitud sobre el pecado, nosotros ganamos».

Jim respiró hondo y miró hacia la ventana sobre la que colgaba una cortina de gasa. Era de noche. Perfecto para las pesadillas. Pero por mucho que intentaba convencerse de que sólo había sido un sueño, aquella mierda era tan real, tan reciente... Y cabía la posibilidad de que a los hombres les saliera pelo en las palmas de las manos al electrocutarse, ¿pero hierba?

Además, no solía ser precisamente un maestro del autocontrol.

Y mucho menos lo había sido la noche anterior, gracias a aquella morena. ¿Verdad?

El problema era que, si eso era lo que había pasado en realidad, si había estado en un universo paralelo donde todo el mundo era una mezcla entre Simon Cowell y Tim Gunn, si había aceptado algún tipo de misión... ¿Cómo demonios había...?

—Estás despierto.

Jim levantó la vista. Acercándose a los pies de la cama estaba Vin diPietro, el contratista general del infierno, que obviamente era el novio de la mujer a la que Jim se había... eso.

—¿Cómo estás?

El tío aún tenía puesto el traje negro que llevaba cuando él y la mujer aparecieron, y también la misma corbata rojo sangre. Con su cabello oscuro peinado hacia atrás y una ligera sombra de barba en su duro rostro, parecía exactamente lo que era: rico y poderoso.

No era posible que Vin DiPietro fuera la primera misión.

—¿Hola? —dijo DiPietro agitando la mano—. ¿Estás ahí?

No, pensó Jim. No podía ser. Eso sería pasarse.

Sobre el hombro del tío, el anuncio que estaba en la televisión mostró de repente un precio de 49,99 dólares..., no, de 29,99, y una flechita roja que... estando Vin donde estaba, le apuntaba justo a la cabeza.

—Mierda, no —murmuró Jim. ¿Ése era el tío?

En la pantalla de televisión, una mujer con un albornoz rosa sonrió a la cámara y pudo leer en sus labios: «¡Sí, lo es!».

DiPietro frunció el ceño y se inclinó sobre la cama.

—¿Necesitas una enfermera?

No, necesitaba una cerveza. O una caja de ellas.

—Estoy bien. —Jim se frotó de nuevo los ojos, sintió un olor a hierba fresca y tuvo ganas de maldecir hasta quedarse sin aliento.

—Oye —dijo DiPietro—, supongo que no tienes seguro de salud, así que yo pagaré las facturas. Y si necesitas tomarte un par de días libres, no te los descontaré del sueldo. ¿Te parece bien?

Jim dejó caer las manos sobre la cama y le alivió ver que las manchas de hierba habían desaparecido como por arte de magia. DiPietro, por otra parte, obviamente no iba a ir a ningún lado. Al menos hasta que se hubiera hecho una idea de por lo que Jim podría demandarlo. Estaba clarísimo que el tío no estaba a los pies de su cama ofreciéndole su tarjeta de crédito, sin duda ilimitada, porque le importara lo más mínimo cómo se sentía Jim. No quería que los trabajadores tomaran acciones legales contra su empresa.

En fin. El accidente era lo último que le importaba a Jim; lo único en lo que podía pensar era en lo que había sucedido la noche anterior en su camioneta. DiPietro era exactamente el tipo de hombre que llevaría a una Vestido Azul del brazo, pero la frialdad de su mirada revelaba que también era de los que eran capaces de encontrar imperfecciones en una mujer con una belleza perfecta. Dios sabía que aquel HDP encontraba fallos en todo lo que se hacía en la obra, desde la manera en que echaban el cemento en los cimientos hasta la tala de los árboles, pasando por la nivelación del terreno y la posición de las cabezas de los clavos en las tablas del armazón.

No era de extrañar que ella hubiera buscado a otra persona.

Y si Jim tuviera que acusar a DiPietro de cometer alguno de los pecados capitales, no cabría la menor duda: la palabra «avaricia» estaba impresa no sólo en la ropa de diseño del tío, sino en su coche, en su mujer y en sus gustos inmobiliarios. A éste le encantaba tener dinero.

—Oye, voy a llamar a una enfermera...

—No. —Jim se incorporó sobre las almohadas—. No me gustan las enfermeras.

Ni los médicos. Ni los perros. Ni los ángeles..., o los santos..., o lo que quiera que fueran aquellos cuatro colegas.

—Bueno, entonces —dijo DiPietro con suavidad— dime qué puedo hacer por ti.

—Nada. —Dada la forma en que el destino tenía agarrado a Jim por las pelotas, la cuestión era qué podía hacer él por su «jefe».

¿Qué iba a hacer él para que la vida de ese tío cambiara radicalmente? ¿Tendría que darle la charla para que hiciera una donación importante a un comedor de beneficencia? ¿Sería eso suficiente? Joder, ¿o iba a tener que conseguir que ese hijo de puta misógino vestido de seda y que conducía un M6 renunciara a todo lo material y se convirtiera en un puto monje?

Un momento… La encrucijada. Se suponía que DiPietro debía de estar en algún tipo de encrucijada. Pero ¿cómo demonios se suponía que Jim iba a saber cuál era?

Hizo un gesto de dolor y se masajeó la sien.

—¿Seguro que no quieres una enfermera?

Mientras la frustración lo ponía al borde de un aneurisma, las imágenes de la tele cambiaron y aparecieron dos cocineros en la pantalla. Y qué creéis, el del pelo oscuro se parecía a Colin y el tío rubio que estaba a su lado tenía exactamente la misma cara de jefe de Nigel. Ambos se inclinaron hacia la cámara con una bandeja de plata cubierta y, cuando la descubrieron, apareció un plato llano sobre el que había una especie de escasísima y elaborada comida.

Maldita sea, pensó Jim mientras miraba la televisión. No me hagáis hacer eso. Por lo más sagrado…

DiPietro puso la cara en el campo de visión de Jim.

—¿Qué puedo hacer por ti?

Como hecho a propósito, los cocineros de la tele esbozaron una gran sonrisa: «¡Ta-chán!».

—Creo que… quiero cenar con usted.

—¿Cenar? —DiPietro enarcó las cejas—. En plan… ¿cena?

Jim controló el impulso de dedicarles un corte de manga a los cocineros.

—Sí… Pero no una cena, cena. Sólo comida. Cenar.

—Eso es todo.

—Sí.

Alcanzó la vía que tenía en el brazo, retiró el esparadrapo del pinchazo y se quitó la aguja de la vena. Mientras el suero, o lo que fuera que había en la bolsa de al lado de la cama, empezaba a gotear sobre el suelo, él se metió bajo las sábanas y gruñó al quitarse el catéter de la polla. Lo siguiente fueron las almohadillas eléctricas del pecho, y luego se echó hacia un lado y apagó el equipo de monitorización.

—Cenar —dijo con brusquedad—. Es lo único que quiero.

Bueno, eso y una pista sobre lo que debería hacer con aquel tío. Pero tenía la esperanza de que con la comida viniera alguna idea de guarnición.

Cuando se puso de pie el mundo giró y tuvo que apoyarse en la pared para no caerse. Tras un par de profundas respiraciones, fue dando bandazos hasta el baño y se dio cuenta de que se le había abierto el camisón del hospital porque DiPietro dejó escapar un «joder» entre dientes.

Estaba claro que el tío había visto en todo su esplendor lo que le cubría a Jim toda la espalda.

Jim se detuvo en la puerta y miró por encima del hombro:

—¿«Joooder» es la manera que tenéis los ricos de decir que sí?

Cuando sus miradas se cruzaron, los ojos desconfiados de DiPietro se entornaron aún más.

—¿Por qué demonios quieres cenar conmigo?

—Porque hay que empezar por algo. Hoy me viene bien. A las ocho.

Cuando todo lo que obtuvo por respuesta fue un tenso silencio, Jim sonrió ligeramente.

—Sólo para darle un empujoncito: o la cena o reclamo una indemnización que hará temblar su chequera. Usted elige, a mí ambas opciones me parecen bien.

Vin diPietro había tratado con muchos hijos de puta durante su vida, pero ese tal Jim Heron bien podría ocupar uno de los primeros puestos de la lista. No necesariamente por la rotunda amenaza. Ni por los noventa kilos de aquel armario empotrado. Ni siquiera por su actitud en general.

El verdadero problema eran sus ojos: cuando un extraño te miraba como si te conociera mejor que tu familia, debías preguntarte por qué. ¿Te había investigado? ¿Sabía dónde habías enterrado los cadáveres?

¿Qué tipo de amenaza representa?

¿Y lo de la cena? El muy cabrón podía haber intentado sacarle una pasta y lo único que quería era un pedazo de carne y dos hojas de lechuga.

A menos que la verdadera razón viniera una vez fuera del hospital.

—Cenamos a las ocho —dijo Vin.

—Y como soy un tío justo, le dejo elegir el lugar.

Qué demonios, eso era fácil. Si iba a haber problemas, un gallinero público no era el tipo de aderezo que Vin quería.

—En mi dúplex del Commodore. ¿Conoce el edificio?

Los ojos de Heron se dirigieron hacia la ventana que estaba sobre la cama y regresaron.

—¿Qué piso?

—Veintiocho. Le diré al portero que te deje subir.

—Hasta esta noche, entonces.

Heron se dio la vuelta, dejando entrever de nuevo su espalda.

Vin se tragó otro juramento mientras le echaba un segundo vistazo al tatuaje negro que cubría cada centímetro de la piel de Heron que quedaba a la vista. Al lado de una tumba, la Muerte lo miraba desde aquella musculosa espalda con la cara cubierta con una capucha y los ojos brillantes entre las sombras creadas por la túnica. Con una mano huesuda sujetaba su guadaña y estaba inclinada hacia delante, con la palma libre extendida como si fuera capaz de robarte el alma en un segundo. Igualmente estremecedora resultaba la especie de cuenta que había en la parte inferior: bajo el borde de la túnica de la Muerte, había dos hileras de pequeñas marcas agrupadas de cinco en cinco.

Toda aquella mierda sumada llegaba fácilmente a los cien.

La puerta del baño se cerró justo cuando una enfermera entró a toda prisa con sus zapatos de suela dura chirriando sobre el suelo.

—¿Qué…? ¿Dónde está?

—Se ha desenchufado. Creo que va a mear y luego se va a ir.

—No puede hacer eso.

—Buena suerte si pretende hacerle cambiar de opinión.

Vin salió y se dirigió hacia la sala de espera. Al entrar atrajo la atención de los dos empleados que habían insistido en quedarse hasta que Heron se despertara. El de la izquierda tenía la cara llena de *piercings* y ese aire de tipo duro y retorcido de quien se divierte con el dolor. El otro era enorme y tenía una trenza larga y negra sobre el hombro de su chaqueta de cuero.

—Ya puede irse a casa.

El de los *piercings* se levantó.

—¿Los médicos ya le dejan irse?

—No tiene nada que ver con los médicos. Ha sido él quien ha tomado la decisión. —Vin hizo un gesto con la cabeza hacia el pasillo—. Está en la habitación seiscientos sesenta y seis. Y va a necesitar que lo lleven a casa.

—Para eso estamos —dijo *piercings* con sus serios ojos plateados—. Lo llevaremos adonde necesite.

Vin se despidió del dúo y cogió un ascensor hasta el primer piso. Entró, sacó la BlackBerry y llamó a Devina para informarle de que iban a tener un invitado para cenar. Cuando saltó el buzón de voz, dejó un mensaje corto y dulce e intentó no pensar en qué demonios estaría haciendo mientras se lo dejaba.

O con quién, para ser más exactos.

A mitad del descenso, el ascensor se detuvo y las puertas se abrieron para dejar entrar a un par de hombres. Continuaron bajando y ambos intercambiaron sonidos de afirmación, como si acabaran de concluir satisfactoriamente una conversación y estuvieran reforzando el hecho. Ambos vestían pantalón de traje y jersey, y el de la izquierda tenía una calva incipiente en la coronilla, donde su cabello marrón se disparaba como si le diera miedo estar en la cima de la montaña.

Vin parpadeó. Y volvió a parpadear.

Una sombra surgió alrededor del hombre medio calvo, un aura brillante y cambiante del color del grafito, y con la consistencia del efecto del calor sobre el pavimento.

No podía ser… Dios, no… Tras todos aquellos años de tranquilidad, no podía haber vuelto.

Vin apretó los puños y cerró los ojos deseando fervientemente que la visión desapareciera, echándola de su cerebro, denegándole el acceso a sus neuronas. No había visto aquello. Y si lo había hecho, había sido un espejismo debido a la iluminación del techo.

Aquella mierda no había vuelto. Se había librado de ella. *No había vuelto.*

Abrió un párpado, miró al tío… y se sintió como si le hubieran dado un puñetazo en la barriga: la sombra transparente era tan obvia como la ropa que llevaban puesta los hombres, y tan tangible como la persona que estaba a su lado.

Vale, Vin era capaz de ver a los muertos. Antes de que se murieran.

Las puertas de doble hoja se abrieron en el recibidor, y cuando los dos tipos salieron, Vin bajó la cabeza y caminó lo más rápidamente posible hacia la salida. Intentaba escaparse a todo correr del lado de sí mismo que nunca había entendido y con el que no quería tener nada que ver, cuando se tropezó con una bata blanca que llevaba un montón de archivos. Mientras los papeles, los sobres y las carpetas de papel manila alzaban el vuelo como pájaros asustados, Vin sujetó a la mujer para que no se cayera y luego se agachó para ayudarla a recoger aquel desbarajuste.

El hombre de la calva que estaba de pie delante de él en el ascensor hizo lo mismo.

Los ojos de Vin se clavaron en él y se negaron a moverse. El humo emanaba del lado izquierdo del pecho del hombre y hervía en el aire saliendo desde ese punto en concreto.

—Vaya a ver a un médico —se oyó decir Vin—. Vaya a verlo ahora mismo. Es en los pulmones.

Antes de que nadie pudiera preguntarle de qué demonios estaba hablando, Vin se puso en pie y salió disparado del edificio, con el corazón en la garganta e hiperventilando.

Le temblaban las manos cuando llegó al coche; menos mal que en los BMW podías entrar y encender el motor sin introducir la llave en ningún sitio.

Se aferró al volante y agitó la cabeza hacia atrás y hacia delante.

Creía que había dejado atrás toda aquella extraña mierda. Pensaba que aquella porquería de la clarividencia había quedado enterrada en su pasado. Había hecho lo que le habían dicho y, aunque no confiaba en las medidas que había tomado, parecía que habían funcionado al menos durante veinte años.

Mierda... Las cosas no podían volver a ser como antes.

Ni de broma.

Capítulo 7

Cuando Jim salió del baño, DiPietro se había ido y una enfermera con mucho que decir había ocupado su lugar. Mientras ella no paraba de hablar sobre…, mierda, sobre lo que diablos fuera, Jim fijó la vista sobre su hombro con la esperanza de abreviar la diatriba.

—¿Ha acabado? —preguntó cuando ella respiró más de una vez seguida.

Cruzó los brazos sobre su enorme pecho y lo miró como si esperara que le dejara volver a ponerle el catéter.

—Voy a llamar al doctor.

—Enhorabuena, pero eso no va a hacerme cambiar de opinión. —Miró a su alrededor y supuso que le habían dado la habitación individual por las influencias de DiPietro—. ¿Qué ha pasado con mis cosas?

—Oiga, hasta hace quince minutos estaba inconsciente y entró aquí muerto. Así que antes de que se vaya como si sólo tuviera un resfriado, debería…

—Mi ropa. Eso es lo único que me interesa.

La enfermera se quedó mirando hacia él con una especie de odio, como si estuviera harta de que los pacientes pasaran de ella.

—¿Se cree inmortal?

—Al menos de momento sí —murmuró—. Oiga, no quiero discutir. Deme algo que ponerme y dígame dónde está mi cartera, o me iré con esto puesto y haré que el hospital me pague el taxi a casa.

—Espere aquí.

—No pienso esperar mucho.

Cuando la puerta se cerró, caminó de un lado a otro rebosante de energía. Se había despertado atontado, pero esa sensación había desaparecido por completo.

Recordaba aquella sensación de cuando estaba en el ejército. Una vez más tenía un objetivo y, como antes, eso le daba fuerza para zafarse del agotamiento y de las heridas, y de cualquiera que intentara distraerlo de dicho objetivo.

Lo que significaba que la enfermera haría mejor apartándose de su camino.

No fue ninguna sorpresa que cuando volvió un par de minutos más tarde lo hiciera no con una, sino con tres unidades de refuerzos. Lo cual no le iba a servir de nada. Mientras los médicos formaban un círculo de pensamiento racional alrededor de Jim, él se limitó a ver cómo se movían sus bocas, cómo sus cejas subían y bajaban, y cómo sus elegantes manos gesticulaban.

Mientras pensaba en su nuevo trabajo —porque si había algo condenadamente claro era que no estaba escuchando a la brigada médica—, se preguntó cómo iba a saber qué hacer. Sí, tenía una cita con DiPietro… ¿Y qué? Y, santo Dios, ¿iba a estar su novia presente?

Hablando de «adivina quién viene a cenar».

Se centró en el gallinero.

—Ya está bien. Me voy. Ahora ¿les importaría darme mi ropa? Gracias.

Chirridos de fondo. Luego todo el mundo se fue malhumorado, lo que demostraba que creían que era estúpido, pero no mentalmente discapacitado, porque a los adultos con la cabeza hueca se les permitía tomar malas decisiones.

Mientras la puerta se cerraba, Adrian y Eddie metieron la cabeza en la habitación.

Ad sonrió.

—¿Así que has largado a los de las batas blancas con una patada en el culo, eh?

—Sí.

El tío se rió entre dientes y él y su compañero de piso entraron.

—No sé por qué no me sorprende…

La enfermera chivata irrumpió con unos pantalones de pijama de hospital y una enorme camisa Hawaiana doblada sobre el antebrazo. Ignorando a Eddie y a Adrian como si ni siquiera estuvieran allí, arrojó las cosas sobre la cama y le tendió a Jim una carpeta.

—Sus cosas están en ese armario y ya se han hecho cargo de su factura. Firme aquí. Es un formulario en el que consta que usted ha obtenido el alta CRM. Contra recomendación médica.

Jim cogió el Bic negro que le ofrecía y puso una X en la línea de la firma.

—Mi firma. Una X es legalmente suficiente. Ahora, ¿quiere disculparme? —Desató la cinta del cuello del camisón y dejó que la prenda resbalara sobre su cuerpo.

Su desnudo integral la hizo salir de la habitación sin decir nada más.

Mientras se iba disparada, Adrian se rió.

—Eres un tío de pocas palabras, pero sabes cómo hacer las cosas.

Jim se dio la vuelta y se abrochó los botones del pantalón del pijama.

—Cómo mola el tatuaje —dijo Adrian en voz baja.

Jim se encogió de hombros y cogió aquella camisa horrible. Tenía un estampado rojo y naranja sobre un fondo blanco, y se sintió como un extravagante regalo de Navidad con aquella maldita cosa puesta.

—Te ha dado ésa porque te odia —dijo Adrian.

—Tal vez sólo sea daltónica. —Aunque era más probable que fuera lo primero.

Jim fue al armario y encontró sus botas alineadas al fondo en una bolsa de plástico con el sello del hospital San Francisco colgado de un gancho. Metió los pies descalzos en sus Timberland y sacó su chaqueta de la bolsa para taparse la maldita camisa. Su cartera seguía en el bolsillo interior de su abrigo y revisó los compartimentos. Todo estaba allí. Su carné de conducir, su tarjeta falsa de la Seguridad Social y la VISA de crédito vinculada a su cuenta de Evergreen Bank. Ah, y los siete dólares del cambio del bocadillo de pavo, el café y la Coca-Cola de aquella mañana.

Antes de que la vida le diera aquella condenada y enorme sorpresa.

—¿Por casualidad alguno de vosotros no ha venido en moto? —preguntó a los compañeros de piso—. Necesito que alguien me lleve otra vez a la obra para recoger mi camioneta.

Aunque si para salir de allí tuviera que encaramarse al portabultos de una Harley, no se lo pensaría dos veces.

Adrian sonrió y se pasó la mano por su precioso pelo.

—Me he traído mis otras ruedas. Me imaginé que necesitarías transporte.

—En este momento sería capaz de irme en un coche de payasos.

—Dame un poco más de credibilidad que eso.

Se fueron los tres y cuando pasaron por el puesto de enfermeras, ninguna de ellas se interpuso en su camino, aunque todo el personal dejó lo que estaba haciendo y se quedó mirando.

El trayecto desde el San Francisco hasta el templo en ciernes de DiPietro les llevó unos veinte minutos en el Explorer de Adrian, que les hizo escuchar AC/DC todo el camino. Lo cual no habría supuesto ningún problema a no ser por el hecho de que el tío cantaba cada palabra de cada canción y no era precisamente aspirante al siguiente *American Idol:* el muy cabrón no sólo carecía de oído musical, sino que tenía ritmo de blanco y demasiado entusiasmo.

Mientras Eddie miraba por la ventana como si se hubiera quedado petrificado, Jim subió aún más el volumen con la esperanza de ahogar los gemidos de gato herido con el dial.

Cuando finalmente se metieron por el polvoriento camino de DiPietro, el sol ya se había puesto, la luz del cielo se estaba agotando y los tocones de los árboles y el terreno agreste proyectaban sombras más alargadas por el ángulo de iluminación. El terreno desbrozado estaba completamente baldío y falto de atractivo, y contrastaba radicalmente con la frondosa orilla opuesta, aunque sin duda DiPietro repoblaría el terreno con todo tipo de especies.

Definitivamente, era del tipo de personas que necesitaban tener lo mejor.

Se fueron aproximando a la casa, donde la camioneta de Jim era la única que quedaba y él se preparó para saltar a ella antes de que el Explorer se detuviera.

—Gracias por traerme —gritó.

—¿Qué? —Adrian bajó por completo el volumen—. ¿Qué dices?

En aquella aspiradora acústica a Jim le pitaban los oídos como campanas de iglesia, y resistió la tentación de intentar alejar la vibración de su cráneo golpeándose la frente contra el salpicadero.

—Digo que gracias por traerme.

—De nada. —Adrian asintió mirando hacia el F-150—. ¿Estás bien para conducir?

—Sí.

Cuando salió, él y Eddie chocaron los nudillos antes de irse a su camioneta. Mientras iba hacia ella, su mano derecha palpó el bolsillo de la camisa que le habían dado en el hospital. Nada de Marlboro. Maldita sea. Pero venga ya, ¿iban a darle una caja de clavos para el ataúd de regalo de despedida al salir del San Francisco?

Mientras Adrian y Eddie le esperaban, llenó la mano de los cigarrillos con las llaves y abrió su...

Un movimiento repentino al lado de la rueda trasera captó su atención.

Jim miró hacia abajo y el perro con el que había compartido su almuerzo salió cojeando del abrigo que le proporcionaba el sistema de transmisión.

—Oh, no... —Jim sacudió la cabeza—. Escucha, ya te he dicho...

Oyó el sonido de la ventanilla de un coche al bajarse y luego la voz de Adrian:

—Le caes bien.

El chucho hizo aquella cosa de sentarse todo retorcido y se quedó mirando a Jim.

Mierda.

—Aquel pavo que te di era una mierda. Que lo sepas.

—Cuando tienes hambre, todo sabe bien —intervino Adrian.

Jim echó un vistazo por encima del hombro.

—No es por ofender, pero ¿por qué seguís aquí?

Adrian se rió.

—No pasa nada. Chao.

El Explorer dio marcha atrás, sus ruedas crujieron sobre el suelo helado y los faros giraron e iluminaron la casa a medio hacer antes de barrer el terreno desbrozado y el río que estaba más allá. Mientras la iluminación se iba por el camino, los ojos de Jim se fueron acostumbrando a la oscuridad y la mansión se presentó ante él como una bestia irregular: el primer piso cerrado era su barriga; el armazón dentado del segundo piso, su cabeza con púas; los montones de maleza y troncos amontonados, los huesos de sus víctimas. Su llegada había consumido la península, y cuantas más fuerzas cogía, más iba dominando el paisaje.

Dios… Se iba a poder ver desde kilómetros en todas direcciones, desde tierra, mar y aire. Era un verdadero templo de la avaricia, un monumento a todo lo que Vin diPietro había obtenido en su vida, lo que hacía que Jim apostara a que ese tío había venido de la nada. La gente que tenía dinero heredaba casas antiguas de ese tamaño, no las construía.

Colega, hacer que DiPietro se apartara de esa mierda iba a ser un trabajo duro. Muy duro. Y no parecía que la amenaza de la condenación eterna fuera a ser lo suficientemente motivadora. Un tío como él no iba a creerse que hubiera vida después de la muerte. Ni de broma.

Un viento helado recorrió la propiedad, y Jim giró la cabeza y miró hacia abajo, hacia el perro.

El animal parecía estar esperando una invitación. Y dispuesto a esperar allí sentado eternamente.

—Mi apartamento es un zulo —dijo Jim mientras se miraban el uno al otro—. Más o menos de la calidad de aquel bocadillo. Si te vienes conmigo olvídate del lujo asiático.

El perro dio un zarpazo al aire como si un techo y cuatro paredes fueran lo único que necesitara.

—¿Estás seguro?

Más zarpazos.

—Vale. Está bien.

Jim abrió la puerta de la cabina y se agachó para coger al animal, esperando que hubiera entendido correctamente la conversación y que no le fuera a hacer perder la punta de un dedo. Sin embargo, todo fue bien. El perro se limitó a levantar el culo y a dejarse alzar por la palma que rodeaba su barriga.

—Joder, a ver si te engordamos un poco, chico.

Jim depositó al animal en el asiento del copiloto y se sentó al volante. La camioneta se encendió al instante y él apagó el aire para que aquel personajillo no cogiera un resfriado.

Encendió las luces, metió la marcha y, siguiendo el recorrido de Adrian y Eddie, dio la vuelta y salió por el camino. Cuando llegó a la 151N, puso el intermitente izquierdo y…

El perro se coló por debajo de su brazo y se sentó en su regazo.

Jim bajó la vista hacia aquella cabeza cuadrada y se dio cuenta de que no tenía nada para alimentar al bicho. Ni a sí mismo.

—¿Quieres más pavo, perro? Puedo parar en el Citgo de camino a casa.

El bicho no sólo meneó el rabo, sino todo su huesudo trasero.

—Vale. Eso será lo que haremos. —Jim pisó el acelerador y salió del camino de acceso de DiPietro mientras acariciaba con la mano libre la espalda del perro—. Oye, una cosilla… ¿No estarás adiestrado, por casualidad?

Capítulo 8

La oscuridad trajo, entre muchas otras bendiciones, la ventaja del reinado de las sombras. Algo que era mucho más útil que la luz del día.

Cuando el hombre se sentó al volante de su taxi, se dio cuenta de que tanto él como su vehículo eran invisibles para la persona a la que vigilaban. Ella no lo podía ver. No sabía que él estaba allí ni que le había hecho fotos ni que llevaba semanas siguiéndola. Y eso confirmaba el poder que tenía sobre ella.

A través de las rejas de las ventanas la veía sentada en el sofá con el niño. No los podía ver con claridad porque había un visillo de por medio, pero podía reconocer sus siluetas, la grande y la pequeña, acurrucadas en el sofá de la sala.

Había convertido en su trabajo aprenderse su horario. Durante la semana, tenía al niño en el colegio hasta las tres de la tarde, y de lunes a jueves lo llevaba al YMCA para sus clases de natación y baloncesto. Mientras el niño estaba en las instalaciones, ella nunca se iba. Ya fuera en la piscina o en la cancha, estaba perpetuamente sentada en las gradas donde los niños dejaban sus chándales y sus bolsitas. Cuando el niño acababa, lo esperaba justo en la puerta del vestuario y, después de cambiarlo de ropa, se iban directos a casa en coche.

Cuidadosa. Era realmente cuidadosa, menos por el hecho de que sus rutinas nunca cambiaban: todas las noches menos los domingos le daba la cena al niño a las seis, luego aparecía la canguro a las ocho y ella se iba a San Patricio para confesarse o para asistir al grupo de oración. Después de lo cual se iba a aquel club dejado de la mano de Dios.

Él aún no había entrado en La Máscara de Hierro, pero aquello iba a cambiar aquella noche. Su plan era seguirla durante horas mientras trabajaba de camarera por las mesas, en la barra, o donde fuera, para saber más cosas de ella y de su vida. Los detalles lo eran todo, como se solía decir, y él necesitaba conocerlos a fondo.

Se miró en el retrovisor y se puso la peluca y el bigote que usaba como disfraz. No eran sofisticados, pero escondían lo suficiente sus rasgos y los necesitaba por varias razones.

Además de disfrutar con la sensación de ser invisible para ella, la emoción de observarla sin que ella lo supiera lo excitaba sexualmente.

A las siete y cuarenta, un turismo aparcó delante de la casa y bajó una mujer afroamericana. Era una de las tres canguros que había visto aquella semana, y después de seguir a una de ellas hasta su casa y ver adónde iba a la mañana siguiente, se había enterado de que todas procedían de un servicio social llamado Centro para Madres Solteras de Caldwell.

Diez minutos después de que la niñera entrara, la puerta del garaje se levantó y él se hundió en su asiento: ya eran dos participantes en el juego de a ver quién era más cauteloso.

Las siete cincuenta. Justo a su hora.

La mujer dio marcha atrás en el camino y esperó hasta que la puerta se hubo cerrado, como si le diera miedo que en cualquier momento se detuviera. Cuando terminó de hacer eso, las luces rojas de freno desaparecieron y el coche dio marcha atrás en la calle y arrancó.

Él puso en marcha el coche e iba justo a arrancar cuando la voz del operador de radio rompió el silencio. «Uno cuarenta. ¿Dónde estás, uno cuarenta? Uno cuarenta, necesitamos que nos devuelvas el maldito coche».

Ni de broma, pensó. No tenía tiempo para ir a dejar el taxi y darle alcance. La siguiente parada sería San Patricio, y mientras él fichaba la salida del trabajo, ella ya habría acabado en la iglesia.

—¿Uno cuarenta? Maldito seas…

Apretó un puño y a punto estuvo de golpear la radio para que se callara. Le costó controlar su mal humor. Siempre le había costado. Pero se recordó a sí mismo que en algún momento tendría que devolver el taxi, y si se cargaba el equipo tendría que darle explicaciones al operador de radio.

Tenía que evitar los conflictos porque nunca acababan bien ni para él, ni para la otra persona. Era algo que había aprendido.

Y tenía grandes planes.

—Ya voy —dijo por el receptor.

Lo importante era verla en el club, aunque se sintió decepcionado porque se la perdería en San Patricio.

Marie-Terese se sentó en el sótano de la catedral de San Patricio en una silla de plástico que le hacía doler el trasero. A su izquierda tenía a una madre de cinco niños que siempre acunaba su Biblia en la curva del brazo como si fuera un bebé. A su derecha había un tío que debía de ser mecánico: tenía las palmas de las manos limpias, pero siempre llevaba una línea negra bajo las uñas.

Había doce personas más en el círculo y una silla vacía, y ella conocía a todos los de la sala además de a la persona que faltaba aquella noche. Después de haberlos oído hablar sobre sus vidas durante los últimos dos meses, podría recitar los nombres de sus maridos, esposas e hijos, si los tenían, conocía los acontecimientos críticos que habían marcado sus pasados y había visto las esquinas más oscuras de sus armarios interiores.

Llevaba yendo al grupo de oración desde septiembre, y se había enterado de que existía por una nota que habían puesto en el tablón de anuncios de la iglesia: *La Biblia en el día a día, martes y viernes a las 8 de la tarde.*

El debate de aquella noche era sobre el libro de Job y las extrapolaciones eran obvias: todo el mundo hablaba de las enormes luchas que estaban afrontando y de cómo estaban seguros de que su fe sería recompensada y de que Dios les depararía un futuro próspero, siempre y cuando siguieran creyendo.

Marie-Terese no dijo nada. Nunca lo hacía.

Al contrario que cuando se confesaba, allí abajo, en el sótano, lo que buscaba no era precisamente hablar. La cuestión era que no había ningún otro lugar en su mundo donde estuviera rodeada de gente más o menos normal.

Estaba claro que en el club no la iba a encontrar y fuera del trabajo no tenía amigos, ni familia, ni nada.

Así que cada semana iba allí y se sentaba en aquel círculo e intentaba conectar ligeramente con el resto del planeta. Como le estaba sucediendo en ese momento, se sentía como si estuviera en una costa lejana mirando fijamente hacia el otro lado del río embravecido a la Tierra de los Lamentos, y ni les tenía envidia ni los menospreciaba. Al contrario, pretendía que estar en su compañía le diera fuerza, pensaba que tal vez si respiraba el mismo aire que ellos y bebía el mismo café y escuchaba sus historias..., tal vez algún día volvería a vivir entre ellos.

Por eso aquellas reuniones para ella no tenían carácter religioso y, a diferencia de aquella hembra y madre fecunda que estaba a su lado haciendo ostentación de la Biblia, el Libro Sagrado de Marie-Terese estaba guardado en su bolso. La verdad era que sólo lo llevaba por si alguien le preguntaba dónde estaba, y era muy práctico que fuera del tamaño de la palma de la mano.

Frunció el ceño intentando recordar de dónde la había sacado. Había sido de algún sitio al sur de Mason-Dixon, de alguna tienda de autoservicio de... ¿Georgia? ¿Alabama? Estaba persiguiendo a su ex marido y necesitaba algo, a alguien que la guiara en sus días y sus noches para no volverse loca.

Eso había sido... ¿hacía tres años?

Parecían tres minutos y tres milenios, al mismo tiempo.

Dios, aquellos horribles meses. Sabía que dejar a Mark iba a ser terrible, pero no tenía ni idea de hasta qué punto.

Después de que él la hubiera golpeado y secuestrado a Robbie, se había pasado dos noches en el hospital para recuperarse de lo que le había hecho. Luego había contratado a un investigador privado y había salido en su busca. Le había llevado todo mayo, junio y julio localizar a su hijo y, a día de hoy, no tenía ni idea de cómo había conseguido salir adelante durante aquellas horribles semanas.

Curiosamente, no es que ella hubiera recuperado la fe entonces y que las cosas hubieran funcionado, que se le concediera el milagro por el que había estado rezando aunque ella no creyera realmente en la persona a la que se lo estaba pidiendo. Sin embargo, estaba claro que los ruegos habían surtido efecto y recordaba con total claridad la imagen del Navigator negro del investigador privado acercándose al Motel 6 en el que ella se había alojado. Robbie había abierto la puerta del todoterreno y había salido al sol de Florida. Se suponía que ella debería haber corrido hacia él, pero las rodillas le habían fallado. Se había hundido en la acera con los brazos extendidos, llorando.

Creía que estaba muerto.

Robbie se había girado al oír aquel sonido como de alguien asfixiándose…, y justo al verla había salido disparado cubriendo la distancia que los separaba tan rápido como había podido. Se había echado en sus brazos con la ropa sucia, el pelo enredado y oliendo a macarrones con queso quemados. Pero estaba vivo, respiraba y estaba en sus brazos.

Sin embargo, él no había llorado. Y no había vuelto a llorar desde entonces.

Tampoco había vuelto a hablar de su padre ni de aquellos tres meses. Aunque el terapeuta lo había intentado.

Marie-Terese había asumido que la peor parte de la experiencia había sido no saber si el hijo que ella había parido y amado estaba vivo o no. Su vuelta a casa, sin embargo, fue otro infierno. Tenía ganas de preguntarle si estaba bien a cada minuto de cada día, pero obviamente no podía hacer eso. Y cuando cada cierto tiempo no lo podía evitar y le hacía la pregunta, él se limitaba a decirle que estaba bien.

No estaba bien. Era imposible que estuviera bien.

Los detalles que el investigador privado había podido proporcionarle eran muy escasos. Su marido se había llevado a Robbie por todo el país, de coche de alquiler en coche de alquiler y viviendo de una serie de nombres falsos y de ahorros millonarios. Al parecer, había intentado pasar desapercibido por un par de razones, ya que Marie-Terese no era la única que lo estaba buscando.

Y para evitar que Robbie intentara escapar, era probable que Mark lo hubiera intimidado. Lo que hizo que tuviera ganas de matar a su ex marido.

Después de recuperar a Robbie y pedir el divorcio, había huido tan lejos como había podido de donde vivían, sobreviviendo con el dinero que había sacado de Mark y de las joyas que él le había regalado. Por desgracia, no había sido suficiente como para poder vivir durante mucho tiempo, no después de los honorarios de sus abogados, la factura del investigador privado y el coste de reinventarse a sí misma.

Lo que había tenido que acabar haciendo para conseguir dinero le hizo pensar en Job. Apostaba a que cuando la corriente se había vuelto contra él, no se había dado ni cuenta de lo que había pasado: un minuto estaba bien y hecho un dandi, y al siguiente le habían arrebatado todo lo que lo había definido, y había caído tan bajo que seguramente se le había pasado por la cabeza hacer cosas para sobrevivir que una vez le habrían resultado incomprensibles.

A ella le había pasado lo mismo. Nunca se lo habría imaginado. Ni la caída en picado ni el duro aterrizaje al tocar fondo y tener que dedicarse a la prostitución.

Aunque debería de habérselo imaginado. Su ex había tenido un lado oscuro desde el principio, era un hombre que tenía dinero en efectivo en todas partes menos en cuentas bancarias. ¿De dónde demonios creía ella que procedía el dinero? La gente que tenía negocios legítimos tenía tarjetas de crédito y de débito, y tal vez un par de billetes de veinte en la cartera. No guardaban cientos de miles de dólares en maletines de Gucci escondidos en los armarios de sus suites de hotel en Las Vegas.

Por supuesto, no lo había sabido desde el principio. Cuando empezó todo, estaba demasiado desbordada con los regalos, las cenas y los viajes en avión. Sólo más tarde había empezado a hacerse preguntas y entonces ya era demasiado tarde: tenía un hijo al que amaba y un marido al que le tenía pavor, y eso le había hecho callarse rápidamente.

Para ser cruelmente sincera consigo misma, el misterio de Mark había sido lo que realmente le había atraído al principio. El misterio, el cuento de hadas y el dinero.

Había pagado esa atracción. Cara.

El ruido de las sillas arrastradas por el suelo la trajo de vuelta de su ensimismamiento. La reunión se había acabado y los participantes estaban haciendo aquello de los abrazos de apoyo, lo que significaba que tenía que irse rápido antes de que la pillaran por banda.

Una cosa era escucharlos y otra era sentirlos contra ella.

Eso sí que no lo podía soportar.

Se puso de pie, se colgó el bolso al hombro y fue directa hacia la puerta. Mientras se dirigía a la salida les dijo algunas cosas rápidas y generales al resto y, como siempre, le dedicaron aquellas miradas que los cristianos otorgan a los menos afortunados, en plan «pobrecita mía».

Se preguntaba si serían tan generosos con su apoyo si supieran adónde iba y qué hacía después de aquellas reuniones. Quería creer que no sería diferente. Sin embargo, no podía evitar dudarlo.

Fuera, en el vestíbulo, había otro grupo de personas esperando para la siguiente reunión de la noche. Tenía entendido que era un grupo de Narcóticos Anónimos que había empezado a reunirse en San Patricio. Ambos grupos de personas con problemas eran muy cordiales cuando se encontraban en el momento de la transferencia de la sala.

Mientras buscaba en el bolso las llaves del coche, se tropezó con un muro humano.

—¡Lo siento! —Levantó la vista hacia un par de ojos leoninos—. Yo…

—Tranquila, no pasa nada. —El hombre la miró fijamente y le dedicó una leve y amable sonrisa. Su cabello era tan espectacular como su mirada amarilla, todo tipo de colores diferentes caían sobre sus anchos hombros—. ¿Está bien?

—Eh… —Lo había visto antes, no sólo en el vestíbulo sino también en ZeroSum, y le había maravillado su aspecto irreal y había pensado que quizás era modelo. Y, por supuesto, a una parte de ella le preocupó que supiera qué hacía para ganarse la vida, pero él nunca pareció sentirse incómodo con ella ni tener el más mínimo reparo.

Además, si asistía a Narcóticos Anónimos, también él tenía algunos demonios propios a los que enfrentarse.

—¿Oiga? ¿Hola?

—Vaya… Dios, lo siento. Sí, estoy bien, debería mirar por dónde ando.

Le devolvió la sonrisa, se deslizó por el hueco de las escaleras, se dirigió al primer piso de la catedral y salió por aquellas enormes puertas de doble hoja que había en la entrada principal. Ya en la calle, pasó apresuradamente por delante de las hileras de coches que estaban aparcados en doble fila y deseó haber encontrado un sitio mejor. Su Camry estaba en una calle tranquila y ella llevaba los dientes apretados del frío cuando se metió dentro y empezó el ritual de encender el motor.

—Vamos…, vamos.

Finalmente obtuvo un resuello y un «ruuuunnn», y al momento estaba haciendo un cambio de sentido no permitido sobre la doble línea amarilla que recorría el centro de la calle.

Ensimismada, no vio el par de faros que siguieron su estela… y se quedaron allí.

Capítulo 9

Mientras Jim aparcaba la camioneta a media manzana del Commodore, pensó que se imaginaba a Vin viviendo allí. El exterior del edificio era austero, de simple cristal biselado engarzado en delgadas vigas de metal, pero eso era lo que proporcionaba a cada uno de los apartamentos unas vistas tan increíbles. Y por lo que podía ver del vestíbulo desde la calle, el interior hacía gala del más absoluto hedonismo, inundado de luz y de mármol rojo sangre, con un arreglo floral del tamaño de un camión de bomberos plantado en medio de la sala.

También encajaba que Vestido Azul viviera en un lugar como aquél.

Mierda, debería haber sugerido que él y DiPietro fueran solos a cenar fuera: con lo que había sucedido la noche anterior aún tan reciente, estar en el mismo lugar cerrado con esa mujer no era la mejor idea del mundo. Y luego, encima, estaba la complicación de tener que salvar a su puñetero novio de la condenación eterna.

Apagó el motor, se frotó la cara y por alguna razón pensó en *Perro*, al que había dejado en casa acurrucado sobre la cama deshecha. El personajillo se había quedado dormido en un santiamén, con su delgada ijada subiendo y bajando, y su barriga redonda como un balón que le hacía despatarrar sus pequeñas piernas.

¿Cómo demonios había acabado teniendo una mascota?

Metió las llaves en su chaqueta de cuero, salió de la camioneta y cruzó la calle. Mientras se dirigía al vestíbulo, lo que desde la calle le había parecido suntuoso de cerca se convirtió en magnífico, aunque no iba a perder el tiempo admirando el lugar. En cuanto entró, el portero que estaba detrás de la mesa levantó la mirada con el ceño fruncido.

—Buenas noches, ¿es usted el señor Heron? —El hombre tendría unos cincuenta y pico años y llevaba puesto un uniforme negro. Sus ojos no eran ni lentos ni estúpidos. Era muy probable que fuera armado y que supiera cómo manejar lo que llevaba en la funda.

Jim asintió.

—Sí, soy yo.

—¿Podría mostrarme alguna identificación, por favor?

Jim sacó la cartera y la abrió por el carné de conducir del Estado de Nueva York que había comprado unos tres días después de llegar a Caldwell.

—Gracias. Llamaré al señor DiPietro. —El portero estuvo dos segundos al teléfono y luego señaló con el brazo hacia los ascensores—. Arriba del todo, señor.

—Gracias.

El viaje hasta el piso veintiocho fue suave como la seda y Jim se entretuvo localizando los ojos, en su mayoría ocultos, de las cámaras de seguridad: los artilugios estaban situados en las esquinas superiores, donde los paneles dorados de espejo convergían y estaban pensados para que parecieran parte de la decoración. Con aquellas cuatro cámaras daba igual hacia dónde miraras, siempre obtendrían una imagen clara de tu cara.

Bien. Muy bien.

El *din* que anunciaba que Jim había llegado fue igual de discreto y, cuando las puertas se abrieron, se encontró a Vin diPietro justo allí, de pie en un largo pasillo marfil, como si fuera el dueño del maldito edificio.

DiPietro extendió la mano.

—Bienvenido.

Su apretón de manos era firme y rápido, y su aspecto perfecto, lo cual no le sorprendió en absoluto. Mientras Jim llevaba su segunda mejor camisa de franela y lucía una cara recién afeitada, Vin llevaba un traje diferente al que vestía apenas tres horas antes en el hospital.

Probablemente se ponía las cosas una sola vez y luego las tiraba.

—¿Te importa que te llame Jim?

—No.

DiPietro se dirigió hacia una puerta y se abrió camino hacia… Joder, aquel lugar parecía sacado de la colección de Donald Trump, estaba todo lleno de mármol negro, florituras doradas, mierdas de cristal y estatuas talladas. Desde el suelo del pasillo de entrada hasta las escaleras que llevaban al segundo piso. Y en el salón había tanta piedra tallada y pulida, que a Jim no le quedó más remedio que preguntarse cuántas canteras habían vaciado para equipar aquella habitación. Y los muebles… Dios, los sofás y las sillas parecían joyas, con tanto laminado en oro y tanta seda del color de piedras preciosas.

—Devina, ven a conocer a nuestro invitado —dijo DiPietro llamándola por encima del hombro.

Mientras el sonido de unos zapatos de tacón se acercaba al salón, Jim se centró en la vista realmente impresionante que había sobre Caldwell, e intentó no pensar en la última vez que había visto a aquella mujer.

Llevaba el mismo perfume de la noche anterior.

Y qué nombre más apropiado. Realmente era divina.

—¿Jim? —dijo DiPietro.

Jim esperó un poco más para darle tiempo a ella a que lo viera de perfil y pudiera recomponerse. Verlo de lejos era una cosa, pero tenerlo en su propia casa, lo suficientemente cerca como para tocarlo, era otra. ¿Iba otra vez vestida de azul?

No, de rojo. Y DiPietro le rodeaba la cintura con el brazo.

Jim asintió mirando hacia ella, evitando que entrara en su cabeza un solo recuerdo.

—Encantado de conocerla.

Ella sonrió y le tendió la mano.

—Bienvenido. Espero que le guste la comida italiana.

Jim le apretó la mano fugazmente y luego introdujo la suya en el bolsillo de los vaqueros.

—Sí.

—Perfecto. El cocinero no vuelve hasta la semana próxima y prácticamente lo único que sé cocinar es comida italiana.

Mierda. ¿Y ahora, qué?

Durante el posterior silencio, los tres se quedaron allí de pie como si todos se estuvieran preguntando lo mismo.

—Si me disculpa —dijo Devina—, voy a ver cómo va la cena.

Vin le dio un beso en la boca.

—Tomaremos algo aquí.

Mientras el repiqueteo de aquellos tacones altos se alejaba, DiPietro se dirigió hacia un mueble bar.

—¿A qué veneno le das?

Interesante pregunta. En su antiguo trabajo Jim había usado cianuro, ántrax, tetrodotoxina, ricino, mercurio, morfina y heroína, además de algunos de los nuevos gases nerviosos de diseño. Los había inyectado, mezclado con la comida, espolvoreado sobre pomos de puertas, pulverizado sobre el correo, y había contaminado todo tipo de bebidas y medicamentos. Y eso antes de haberse vuelto tremendamente creativo.

Sí, era tan bueno con esas cosas como con los cuchillos, las armas, o las manos vacías. Aunque no era necesario que DiPietro lo supiera.

—Supongo que no tendrás una cerveza —dijo Jim mirando todas aquellas botellas de licor de gama alta.

—Tengo la nueva Dogfish. Es fantástica.

Bueno, en realidad Jim estaba pensando en una Budweiser. Dios sabía qué era aquello. Que él supiera, ni los perros ni los peces se alimentaban de lúpulo. En fin.

—Suena bien.

DiPietro sacó dos vasos largos y abrió un panel que resultó ser una mini nevera. Cogió un par de botellas, las abrió y sirvió una cerveza negra con una espuma tan blanca que parecía la del mar.

—Creo que te gustará.

Jim aceptó uno de los vasos junto con una servilletita de lino que tenía bordadas las iniciales V. S. dP. Tras el primer trago, lo único que pudo decir fue: «Demonios».

—Buena, ¿eh? —DiPietro cogió la suya y la puso a contraluz como si estuviera analizando su carácter—. Es la mejor.

—Recién llegada del cielo. —Jim saboreó lo que se deslizaba sobre su lengua y echó un vistazo con otros ojos a todas aquellas fruslerías. Tal vez el ricachón tuviera su punto—. Tremenda choza.

—La casa al borde del río va a ser aún más grandiosa.

Jim se acercó a la cristalera y se inclinó para admirar la vista.

—¿Por qué ibas a querer dejar esto?

—Porque el sitio al que voy es mejor.

Se escuchó un sutil timbre similar al de una puerta y Jim bajó la vista hacia un teléfono.

Vin también miró.

—Es la línea del trabajo, tengo que contestar. —Con la cerveza en la mano, se dirigió hacia una puerta situada en el lado opuesto de la sala—. Siéntete como en tu casa. Ahora vuelvo.

Mientras el tío se alejaba, Jim se rió para sus adentros. ¿Como en su casa allí? Sí, ya. Se sentía como si formara parte de uno de esos concursos infantiles en los que el niño tenía que elegir el objeto que no encajaba: zanahoria, pepino, manzana, calabacín. Respuesta: la manzana. Sofá tapizado en seda, mantita de lana de primera, obrero, licoreras de cristal. Respuesta: es obvio.

—Hola.

Jim cerró los ojos. Su voz seguía siendo preciosa.

—Hola.

—Yo…

Jim se dio la vuelta y no se sorprendió al ver que sus ojos seguían siendo tristes.

Mientras ella intentaba encontrar las palabras adecuadas, él levantó la mano para impedírselo.

—No tienes por qué darme explicaciones.

—Yo…, yo nunca había hecho nada como lo de la otra noche. Sólo quería…

—¿Algo completamente diferente a él? —Jim agitó la cabeza y ella se puso nerviosa—. Mierda… Oye, no llores.

Dejó la cerveza que DiPietro le había servido y avanzó tendiéndole la servilleta. Le habría secado las lágrimas él mismo, pero no quería emborronarle el maquillaje.

La mano de Devina tembló al coger lo que le ofrecía.

—No se lo pienso contar. Jamás.

—Pues por mí tampoco se va a enterar.

—Gracias. —Sus ojos se posaron en la consola del teléfono, donde una luz parpadeaba al lado de la palabra «estudio»—. Le quiero. De verdad… Sólo que… es complicado. Es un hombre complicado y sé que se preocupa por mí a su manera, pero a veces me siento invisible. Pero tú… Tú me viste de verdad.

Sí, lo había hecho. No lo podía negar.

—La verdad —murmuró ella— es que aunque no debería haber estado contigo, no me arrepiento.

Él no estaba tan seguro de ello, dada la forma en que ella lo miraba como si estuviera esperando unas palabras sabias o de absolución que él no le podía dar. Nunca había tenido una relación, así que no podía aconsejarle sobre ella y Vin, y sólo había tenido rollos de una noche, así que a ella le sorprendería todo lo que había experimentado en cuestión de sexo.

Sin embargo, una cosa estaba clara. Mientras aquella espectacular mujer lo miraba con aquellos ojos oscuros y luminiscentes, él podía ver el amor que ella sentía por el hombre con el que estaba: lo irradiaba desde su corazón.

Joder, Vin diPietro sería un idiota redomado si se cargaba aquello.

Jim levantó la mano hacia su cara y secó una de sus lágrimas.

—Escucha. Vas a olvidar todo lo que ha pasado. Lo vas a guardar bajo llave y no vas a pensar en ello nunca más, ¿de acuerdo? Si no lo recuerdas, no es real. Nunca ha sucedido.

Ella gimió un poco.

—Vale, de acuerdo.

—Buena chica. —Jim le puso un mechón de su suave cabello tras la oreja—. Y no te preocupes, todo irá bien.

—¿Cómo puedes estar tan seguro?

Y fue entonces cuando cayó en la cuenta. Tal vez aquélla era la encrucijada de Vin: estaba justo ahí, delante de él, deseando amarlo, con la esperanza de que le dieran una oportunidad, pero perdiendo la batalla de seguir unidos. Si el tío fuera capaz de ver lo que tenía, y no en lo que se refería a propiedades inmobiliarias o coches o estatuas y mármol, sino a lo que realmente importaba, tal vez cambiaría su vida y su alma.

Devina se secó una lágrima.

—Creo que estoy perdiendo la fe.

—No lo hagas. Yo estoy aquí para ayudarte. —Jim inspiró profundamente—. Yo haré que todo salga bien.

—Dios..., me vas a hacer llorar más. —Devina sonrió y le apretó la mano—. Pero muchas gracias.

Maldita fuera... Aquellos ojos le hacían sentirse como si hubiera atravesado sus costillas y le hubiera cogido el corazón con su delicada mano.

—Tu nombre —susurró él— te va como anillo al dedo.

Ella se ruborizó.

—En el colegio lo odiaba. Quería llamarme Mary, o Julie, o tener cualquier otro nombre normal.

—No, es perfecto. No podrías llamarte de ninguna otra manera. —Jim bajó la vista hacia el teléfono y vio que la luz se había apagado—. Ha acabado de hablar.

Ella se limpió la parte de debajo de los ojos.

—Debo de estar hecha un desastre. Te traeré unos aperitivos. Llévaselos y entretenlo en el estudio mientras voy a arreglarme.

Mientras esperaba a que volviera de la cocina, Jim acabó la cerveza y se preguntó cómo demonios había acabado en el papel de Cupido.

Joder, si aquellos cuatro colegas tenían la más mínima intención de hacerle llevar alas y un pañal mientras lanzaba flechas, iba a tener que renegociar su contrato de trabajo. Y no con palabras.

Devina volvió con una bandeja de plata de bocaditos.

—El estudio está abajo, por ahí. Me reuniré con vosotros cuando no tenga tanta cara de haber llorado.

—A la orden. —Jim cogió la bandeja y se dispuso a hacer de camarero y a ocuparse de DiPietro—. Lo entretendré allí.

—Gracias. Por todo.

Antes de hablar demasiado otra vez, Jim se fue sujetando la bandeja con ambas manos mientras pasaba por una interminable serie de habitaciones. Cuando llegó al estudio, la puerta estaba abierta y DiPietro estaba sentado tras una gran mesa de mármol en la que había un montón de ordenadores. Sin embargo, el tío no estaba mirando las máquinas. Estaba de espaldas, observando la parpadeante panorámica a través de la cristalera.

Tenía algo pequeño y negro oculto en la mano.

Jim golpeó el marco de la puerta.

—Traigo algo para abrir boca.

Vin se giró en la silla y dejó la caja del anillo al lado del teléfono. Heron estaba de pie en la puerta del estudio con una bandeja en las manos, convertido en un insólito camarero, y no por la camisa de franela y los vaqueros. Simplemente, no era del tipo de personas que se prestaban a servir a nadie.

—¿Hablas francés? —murmuró Vin señalando con la cabeza al *amuse-bouche*.

—Ella me dijo lo que eran.

—Ah. —Vin se puso de pie y se acercó—. Devina es una gran cocinera.

—Sí.

—¿Ya los ha probado?

—No, lo digo por el aroma que viene de la cocina.

Cogieron cada uno un champiñón relleno. Y un diminuto sándwich con rodajas de tomate finas como el papel y hojas de albahaca. Y una cuchara plana con caviar y puerro.

—Siéntate —dijo Vin, señalando la silla que estaba al otro lado de la mesa—. Hablemos. Es decir, ya sé que quieres comida..., pero hay algo más, ¿no?

Heron dejó la bandeja, pero no se sentó. En lugar de ello, fue hacia la ventana para ver Caldwell.

En silencio, Vin se volvió a acomodar en su trono de piel y analizó a su «invitado». El muy cabrón tenía una mandíbula como de cinco por diez centímetros, era alto y fuerte, y tenía las cartas bien pegadas al pecho: su rostro no daba ninguna pista en absoluto.

Lo que indicaba que el territorio en el que se iban a adentrar era oscuro y peligroso.

Vin hizo girar una pluma de oro sobre el escritorio mientras esperaba la pregunta; lo de oscuro y peligroso no le preocupaba. Había hecho la mayoría de su fortuna en la construcción, pero no había empezado en el terreno legítimo de las tablas y los clavos, y sus contactos con el mercado negro de Caldwell seguían siendo buenos.

—Tómate tu tiempo, Jim. Es más fácil pedir dinero que..., otras cosas. —Sonrió levemente—. ¿Quieres algo que no está en este momento disponible en el Hannaford del pueblo, por casualidad?

Las cejas de Heron se movieron nerviosamente, pero eso fue todo mientras continuaba buscando las luces de la ciudad.

—¿A qué te refieres exactamente?

—¿Qué pretendes exactamente?

Hubo una pausa.

—Necesito saber cosas de ti.

Vin se echó hacia delante en la silla, no muy seguro de haber oído bien.

—¿Cómo que saber cosas de mí?

Heron giró la cabeza y se quedó mirando hacia abajo.

—Estás a punto de tomar una decisión. Algo importante. ¿No es así?

Los ojos de Vin miraron el cuadrado de terciopelo negro que había escondido.

—¿Qué hay ahí? —preguntó Heron.

—No es de tu incumbencia.

—¿Un anillo?

Vin maldijo y cogió lo que había comprado en Reinhardt. Mientras guardaba la caja en un cajón, empezó a perder la paciencia.

—Oye, deja de hacer el gilipollas y dime qué quieres. No es ni cenar ni conocerme. ¿Por qué no te metes en la cabeza que no hay nada en esta ciudad que no esté a mi alcance y acabamos de una vez? ¿Qué coño quieres?

La amable respuesta que recibió parecía no encajar:

—No se trata de lo que quiero, sino de lo que voy a hacer. Estoy aquí para salvar tu alma.

Vin frunció el ceño y estalló en carcajadas. ¿El tío del tatuaje de la Muerte y el cinturón de herramientas quería salvarlo? Sí, claro.

Además, postdata: el «alma» de Vin no se estaba ahogando.

Heron hizo una pausa para respirar hondo y dijo:

—¿Sabes? Ésa fue exactamente mi reacción.

—¿Ante qué? —preguntó Vin mientras se frotaba la cara.

—Digamos la llamada del deber.

—¿Eres uno de esos radicales religiosos?

—No. —Finalmente, Heron rodeó la mesa y se sentó en la silla con las rodillas caídas hacia los lados y las manos relajadas sobre los muslos—. ¿Puedo preguntarte algo?

—Claro, qué demonios. —Vin imitó la postura de Heron, se echó hacia atrás y se relajó. Había llegado a un punto en que todo era tan extraño, que estaba empezando a pensar que no importaba—. ¿Qué quieres saber?

Heron echó un vistazo a los libros de primera edición y a las obras de arte.

—¿Para qué quieres toda esa mierda? No pretendo ser grosero. Yo nunca voy a vivir como tú, así que sólo me pregunto para qué quiere alguien todo eso.

Vin tuvo la tentación de ignorar la pregunta, y más tarde se preguntaría por qué no lo había hecho. Pero por alguna razón le dijo la verdad.

—Es como un lastre que me pone los pies en la tierra. Me siento seguro en mi casa rodeado de cosas bonitas. —Apenas hubo pronunciado aquellas palabras, deseó retirarlas—. Quiero decir… Joder, no lo sé. No procedo de una familia adinerada. Yo sólo era un niño italiano del norte de la ciudad y mis padres siempre tenían que arreglárselas para ir tirando. Luché para llegar alto porque quería que me fuera mucho mejor que a ellos.

—Bueno, has llegado muuuuy alto, eso está claro. —Heron echó un vistazo a los ordenadores—. Así que debes de trabajar mucho.

—Constantemente.

—Supongo que eso significa que te has ganado estas vistas increíbles.

Vin giró la silla.

—Sí. Disfruto mucho de ella, últimamente.

—¿Las vas a echar de menos cuando te mudes?

—Podré mirar al río. Y esa casa que tú y los chicos estáis construyendo va a ser espectacular. Me gustan las cosas espectaculares.

—Esa cerveza ha sido probablemente la mejor que he tomado nunca.

Vin se fijó en el reflejo de aquel tío sobre el cristal tintado.

—¿Heron es tu verdadero apellido?

El tipo sonrió ligeramente.

—Claro.

Vin volvió la cabeza por encima del hombro.

—¿Qué otros idiomas hablas, además de francés?

—¿Quién ha dicho que lo hable?

—El hecho de que no tengas ni idea de cervezas exóticas me hace dudar que seas un sibarita y que conozcas la jerga *gourmet*. Y Devina nunca habría traducido *amuse-bouche* porque sería de mala educación insinuar que no sabes lo que significa. Por lo tanto, asumo que hablas el idioma.

Heron tamborileó con los dedos en la rodilla mientras parecía reflexionar sobre ello.

—Si me dices qué hay en esa caja que has escondido en el cajón, puede que te responda.

—¿Te han dicho alguna vez que hay que sacarte las palabras con sacacorchos?

—Continuamente.

Imaginárselo no fue una verdadera revelación porque, en realidad, ¿cuándo iba a tener Heron nada que ver con Devina? Vin sacó de nuevo la caja de Reinhardt y abrió la tapa. Mientras la giraba para que Heron pudiera ver lo que había en ella, el tipo dejó escapar un débil silbido.

Vin se limitó a encogerse de hombros.

—Como ya he dicho, me gustan las cosas bonitas. Lo compré anoche.

—Dios santo, vaya roca. ¿Cuándo te vas a lanzar?

—No lo sé.

—¿A qué esperas?

Vin cerró de golpe la caja.

—Ya has hecho más de una pregunta. Me toca. ¿Hablas francés, *oui ou non*?

—*Je parle un peu. Et vous?*

—He hecho un par de negocios inmobiliarios al norte de la frontera, así que lo hablo. Sin embargo, tu acento no es canadiense. Es europeo. ¿Cuánto tiempo estuviste en el ejército?

—¿Quién ha dicho que estuviera?

—Me he lanzado a adivinar.

—Puede que cruzara el charco para ir a la universidad.

Vin lo miró fijamente.

—No me parece que sea tu estilo. No te gusta que te den órdenes y no te imagino tan contento detrás de un pupitre durante cuatro años.

—¿Y por qué iba a enrolarme en el ejército si no me gusta que me den órdenes?

—Porque te dejan hacer cosas por ti mismo. —Vin sonrió mientras la expresión del otro tío continuaba completamente hermética—. Te dejaban trabajar solo, ¿no, Jim? ¿Qué más te enseñaron?

El silencio se expandió no sólo hasta llenar la habitación, sino hasta llenar todo el dúplex.

—Jim, date cuenta de que cuanto más tiempo sigas callado, más elucubraciones puedo hacer sobre tu corte de pelo militar y sobre ese tatuaje que tienes en la espalda. Te he enseñado lo que querías ver, es justo que me devuelvas el favor. Es más, ésas son las reglas del juego.

Jim se inclinó lentamente, con los pálidos ojos tan muertos como una piedra.

—Si te cuento algo tendría que matarte, Vin. Y eso nos aguaría la fiesta a los dos.

Así que aquel tatuaje no era simplemente algo que aquel tío hubiera visto en la pared de una tienda de *piercings* y tatuajes de tres al cuarto y decidiera hacerse porque le parecía guay. Jim era de los auténticos.

—Me intrigas mucho —murmuró Vin.

—Te sugiero que pases de todo.

—Lo siento, amigo. Soy un hijo de puta tenaz. ¿Crees que me he comprado toda esta mierda que miras embobado con dinero de la lotería?

Hubo una pausa y la cara de Jim se quebró con una pequeña sonrisa.

—Quieres hacerme creer que tienes pelotas, ¿no?

—Puedes estar seguro de que las tengo, amigo mío. Y he de decir que son grandes como las campanas de una iglesia.

Jim se recostó en la silla.

—¿En serio? ¿Entonces por qué estás sentado sobre ese anillo?

Vin entornó los ojos, centelleantes de ira.

—¿Quieres saber por qué?

—Sí. Es una mujer increíblemente guapa y te mira como si fueras un dios.

Vin inclinó la cabeza hacia un lado y verbalizó lo que llevaba rondándole la cabeza desde la noche anterior.

—Mi Devina salió anoche con un vestido azul. Cuando llegó a casa, se lo quitó inmediatamente y se dio una ducha. Esta mañana, lo cogí de la cesta de la ropa para lavar en seco y tenía una mancha negra en la espalda, como si no sólo hubiera estado sentada en la pulcra silla de un bar. Pero además, Jim, cuando acerqué el vestido a la nariz, el tejido olía a algo muy parecido a colonia de hombre.

Vin analizó todos y cada uno de los músculos faciales de aquel tío. No se movió ni uno.

Vin se echó hacia delante en la silla.

—No es necesario que te diga que no era mi colonia, ¿verdad? Y tal vez te interese saber que se parece condenadamente a la tuya. No es que piense que tú hayas estado con ella, pero un hombre se hace ciertas preguntas cuando la ropa de su mujer huele como otra persona, ¿no te parece? Así que, como puedes ver, no es una cuestión de no tener pelotas, sino de dudar si ha estado con alguien más.

Capítulo 10

Vaya fiesta.

Mientras Jim miraba a través de la mesa a su anfitrión, se dio cuenta de que hacía mucho, mucho tiempo que no había conocido a ningún hombre que lo impresionara, pero Vin DiPietro había acabado con aquella racha. El muy HDP era tranquilo, frío, sereno. Más listo que el hambre y cualquier cosa menos gallina.

Y era evidente que el tío en realidad no creía que Jim hubiera estado con su novia, al menos eso era lo que a Jim le decía su instinto y, como rara vez se equivocaba, solía confiar en él. Pero ¿cuánto duraría aquello?

Dios, si pudiera volver a la noche anterior y dejar a Devina en aquel aparcamiento. O…, joder, simplemente llevarla adentro, al calor, y dejar que encontrara a algún otro tío con el que ahogar su confusión y su frustración.

Jim se encogió de hombros.

—No tienes la certeza de que haya estado con alguien.

Una sombra barrió el rostro de Vin.

—No.

—¿Tú la has engañado alguna vez?

—No. No creo en esas mierdas.

—Yo tampoco. —Qué raro…, por primera vez el hecho de mentir hizo que un rayo atravesara el pecho de Jim. La verdad era que en aquel momento no le había importado que Devina tuviera pareja.

El silencio volvió y Jim se dio cuenta de que el hombre estaba esperando otra revelación, así que tamizó su vida, buscando algún detalle de los buenos. Finalmente, dijo:

—También hablo árabe, dari, pastú y tayiko.

La sonrisa de Vin fue en parte como la del gato de Cheshire y en parte de respeto.

—Afganistán.

—Entre otros lugares.

—¿Cuánto tiempo estuviste en el ejército?

—Un poco. —No bromeaba cuando dijo que tendría que matarlo si el intercambio de información sobre ese tema iba demasiado lejos—. Y dejemos aquí la conversación, si no te importa.

—Vale.

—¿Cuánto tiempo llevas con tu novia?

Los ojos de Vin se clavaron en un dibujo abstracto que estaba colgado en una de las paredes situadas al lado de la mesa.

—Ocho meses. Es modelo.

—Salta a la vista.

—¿Has estado casado alguna vez, Jim?

—Joder, no.

Vin se rió.

—¿Y no estás buscando a tu media naranja?

—Eso no es para mí. Me muevo mucho.

—Ya.

El sonido de los tacones sobre el mármol hizo que los dos miraran hacia la puerta del estudio. Quedó claro que Devina había aparecido y no sólo por aquel suave perfume floral que invadió el aire: la mirada de Vin la recorrió lentamente de arriba abajo, como si hiciera mucho tiempo que no la veía.

—La cena está lista —dijo.

Jim miró hacia la cristalera del otro lado de la sala y analizó su reflejo. Estaba, una vez más, envuelta en luz, y el radiante brillo la hacía contrastar contra la vista nocturna de fondo.

Frunció el ceño. Una extraña sombra flotaba detrás de ella, como una bandera negra agitada ondeando al viento..., como si la estuviera siguiendo un fantasma.

Jim miró a su alrededor y parpadeo con fuerza. Cuando sus ojos buscaron el espacio que había tras ella, se encontraron con un vacío absoluto. Ella estaba de pie bajo una luz, sonriéndole a Vin mientras éste se acercaba a ella y la besaba en la boca.

—¿Listo para comer, Jim? —dijo el hombre.

¿Y qué tal un trasplante de cerebro antes de la maldita pasta?

—Sí, no estaría mal.

Los tres pasaron por varias habitaciones hasta llegar a otra mesa de mármol. Ésta era lo suficientemente grande para veinticuatro comensales, y si llegaba a haber más cristal colgando del techo, aquello parecería una cueva de hielo.

La cubertería era de oro. Y, sin duda, macizo.

«¿Me estáis tomando el pelo?», pensó Jim mientras se sentaba.

—Como el cocinero está de vacaciones, nos serviremos nosotros mismos —dijo Vin mientras acomodaba a Devina en su silla.

—Espero que te guste lo que he cocinado —dijo Devina cogiendo su servilleta de damasco—. He hecho algo sencillo, una salsa boloñesa con unos *linguini* caseros. La ensalada sólo lleva brotes de verduras, corazones de alcachofa y pimiento rojo, y está aliñada con una vinagreta de vino de hielo que he hecho en un momento.

Fuera lo que fuese, olía estupendamente y tenía un aspecto aún mejor.

Después de pasarse grandes cuencos con los bordes de oro y llenar los platos, todos empezaron a comer.

Vale, Devina era una cocinera impresionante. Punto. Aquellos brotes de no sé qué con el aliño de la cosa aquella helada era simplemente espectacular…, y eso que aún no había probado la pasta.

—La obra de la casa en la orilla del río va bien —dijo Vin—. ¿No crees, Jim?

La pregunta dio paso a un debate de una hora sobre construcción, y Jim se quedó de nuevo impresionado. A pesar de su piso de lujo y su llamativo guardarropa, estaba claro que Vin conocía de primera mano el trabajo que Jim y los chicos estaban llevando a cabo, además de todo por lo que los electricistas, los fontaneros, los encofradores y los techadores se levantaban por las mañanas. El hombre sabía de herramientas, de clavos, de tablas y de aislamiento. De transporte y de retirada de escombros. De asfaltado. De permisos. De normativas. De sótanos.

Tanta atención a los detalles no parecía propia de un propietario gilipollas y quisquilloso, sino más bien de un compañero de gremio de alto nivel.

Sí, no cabía duda de que en su momento había sido un soldado raso.

—… eso va a ser un problema —dijo Vin—. El peso sobre los muros de carga del vestíbulo de esa catedral de cuatro pisos va a ser demasiado. Al arquitecto le preocupa.

Devina abrió la boca por primera vez.

—Bueno, ¿y por qué no lo haces más bajo y listo? ¿Más cerca del suelo?

—La altura del techo no es el problema, sino la inclinación y el peso del tejado. Aunque creo que podremos resolver el problema poniendo vigas de acero.

—Ah. —Devina se limpió la boca como si se sintiera avergonzada—. Parece una buena idea.

Mientras Vin se enfrascaba en otra discusión sobre la casa, Devina se dedicó a doblar la servilleta sobre su regazo.

Joder, aquel tío entendería de construcción, pero dudaba que si alguien le preguntaba cuál era el color preferido de su mujer él hubiera dado la respuesta correcta.

—La comida estaba fantástica —dijo finalmente Vin—. Por el *chef*.

Cuando levantó la copa de vino e hizo un gesto con la cabeza hacia Devina, ella agradeció la atención radiante de alegría. Después volvió à desequilibrar la balanza hablando sobre algo con lo que ella no estaba familiarizada, relegándola a un papel de observadora aparentemente sin importarle en absoluto.

—Voy a retirar los platos para traer el postre —dijo ella poniéndose en pie—. No, por favor, siéntate. No tardaré nada.

Jim se volvió a sentar en la silla y se centró en Vin. En el silencio que se produjo mientras Devina entraba y salía por la puerta de servicio con los platos, prácticamente se podía oler la madera que se quemaba entre las orejas del hombre.

—¿En qué piensas? —preguntó Jim.

—En nada. —Se encogió fugazmente de hombros y bebió un sorbo de vino—. En nada en concreto.

De postre había helado casero de cereza con trocitos de chocolate y un café tan fuerte que era capaz de resucitar a un muerto. La combinación era sublime, pero aun así no fue lo suficientemente dulce ni sabrosa para hacer que Vin dejara de fruncir el entrecejo.

Cuando los platos de postre se quedaron vacíos, Devina se puso de nuevo en pie.

—¿Por qué no os vais otra vez al estudio mientras yo limpio la cocina? —Negó con la cabeza antes de que a Jim le diera tiempo a ofrecerse a ayudar—. No tardo nada. No…, de verdad, yo lo haré. Vosotros seguid hablando.

—Gracias por la cena —dijo Jim mientras se levantaba—. Ha sido lo mejor que he comido en años.

—Estoy de acuerdo —murmuró Vin dejando la servilleta sobre la mesa.

De nuevo en el estudio, Vin fue hacia el mueble bar que estaba en la esquina.

—Es una cocinera condenadamente buena, ¿verdad?

—Sí.

—¿Un *brandy*?

—No, gracias. —Jim se puso a deambular por allí, mirando los libros encuadernados en piel de las estanterías y los cuadros, los dibujos y los sellos de Estados Unidos enmarcados—. ¿Así que también construyes en Canadá?

—Por todo el país, en realidad.

Vin cogió un vaso de cristal grueso y se sirvió un par de dedos antes de sentarse detrás de la mesa. Al hacer girar el *brandy* para olerlo, movió sin querer un ratón inalámbrico y los planos de su cara se iluminaron bajo el parpadeo del salvapantallas de su ordenador.

Jim se detuvo delante del dibujo que Vin había mirado fijamente cuando estaba pensando en Devina. Representaba un caballo…, o algo así.

—Este artista le da demasiado a los *tripis*, ¿no?

—Es un Chagall.

—No te ofendas, pero es un poco raro.

Vin sonrió y observó la obra de arte —o la mierda, dependiendo del gusto de cada cual— concienzudamente.

—Es relativamente nueva. Lo compré la noche que conocí a Devina. Dios, hacía un montón que no me fijaba en ella. Me recuerda a un paisaje onírico.

Jim pensó en la vida que aquel hombre debía de llevar. Trabajo, trabajo y más trabajo. Luego llegaba a casa y ni miraba todas aquellas cosas caras que tenía.

—¿Le haces caso a tu novia? —dijo Jim de repente.

Vin frunció el ceño y le dio un trago al *brandy*.

Al parecer, aquello era la respuesta.

—Eso no me incumbe —murmuró Jim—. Pero ella sí te hace caso a ti. Eres un hombre afortunado.

Las cejas de Vin se juntaron y, mientras el silencio se expandía, Jim se dio cuenta de que por aquella noche se le estaba agotando el tiempo. Era más que probable que le enseñaran la puerta en quince o veinte minutos y, aunque tenía la sensación de que había identificado el problema de Vin, ni siquiera se acercaba a la línea de gol, por así decirlo.

Pensó en la pequeña televisión que colgaba del techo de aquella habitación de hospital y en los dos cocineros que habían hecho que acabara en aquella condenada cena.

—¿Hay televisión? —preguntó.

Vin parpadeó y pareció volver a la realidad.

—Sí, mira.

Se puso de pie, cogió un mando a distancia y rodeó la mesa presionando botones. De pronto, la estantería se abrió y salió una pantalla del tamaño de una cama individual.

—Tío, te encantan tus juguetitos, ¿eh? —dijo Jim riéndose—. A mí también, no te voy a mentir.

Ambos se sentaron en las sillas delante del escritorio mientras Vin jugaba con más botones. Mientras los canales cambiaban, Jim se sintió como un esquizoide rogando que apareciera alguna señal entre todo lo que se veía. ¿Pretendía que la televisión lo guiara? Lo siguiente sería pensar que los satélites seguían todos sus movimientos.

Un momento…, aquello ya lo había vivido.

Mientras la televisión parpadeaba, tomó nota de los diferentes programas: *¿Quién quiere ser millonario?* Vin había querido, y ahora lo era. *¿Perdidos?* Bueno, ya eran dos, aunque Jim era el único consciente de ello. *¿Un chapuzas en casa?* Eso los identificaba mucho a los dos, aunque difícilmente se podía considerar una novedad.

El cambio de canales se detuvo en alguna película de Leonardo DiCaprio.

—En realidad este año va a salir un modelo mejor —dijo Vin dejando el mando a un lado—. Va a ir en la casa nueva.

Jim intentó interpretar lo que pasaba en la película, pero sólo se veía a Leo vestido como si hubiera salido de una feria medieval engatusando a una chica con un atuendo similar.

Mierda, nada de ayuda.

—Jim, voy a ser sincero. —Los fríos ojos grises de Vin eran claros—. No sé a qué demonios estás jugando, pero por alguna razón me caes bien.

—Ídem.

—¿Cómo va a acabar esto?

Justo lo que Jim se estaba preguntando.

En la pantalla las cosas no le iban nada bien a Leo. Los «chicos malos» medievales le estaban dando una paliza de muerte al pobre chaval.

—¿Qué mierda de película es ésta?

Vin le dio al mando a distancia y apareció un faldón informativo en la parte inferior de la pantalla:

El hombre de la máscara de hierro. Leonardo DiCaprio, Jeremy Irons (1998).

Sólo tenía dos estrellas, obviamente.

A la mierda, ¿La Máscara de Hierro? Joder, el último sitio al que querría volver era a ese club. Sobre todo con...

Devina apareció en la puerta del estudio.

—Supongo que no os apetecerá salir.

Si aquello no era un comienzo...

Jim maldijo para sus adentros mientras intentaba imaginarse allí con ella de nuevo, sólo que esta vez bajo la atenta y suspicaz mirada de su novio. ¿Y lo de la cena le había parecido raro?

Pero lo de la película debía de ser una señal, ¿no? Los cuatro colegas habían dicho que le ayudarían.

—Sí, vayamos al centro —murmuró—. A... ¿qué tal a La Máscara de Hierro?

Los ojos de Devina centellearon como si se hubiera quedado alucinada por su elección de local.

Pues ya eran dos.

Entonces se produjo una breve conversación y Vin se puso de pie.

—Vale, si os apetece a los dos, yo me apunto. —Se volvió hacia su mujer y, como si estuviera intentando hacer un esfuerzo, se agachó y la besó—. Te traeré el abrigo.

Devina se alejó con su hombre y lo siguió por el pasillo. Jim, solo en el estudio, se pasó una mano por el pelo deseando poder quitarse aquello de la cabeza.

Tal vez debía dejar de creer que la televisión le enviaba mensajes. Era una idea estúpida de cojones.

Capítulo 11

Marie-Terese fue la primera en ver a aquel hombre. Estaba de pie al lado de la barra más cercana a la entrada principal de La Máscara de Hierro, pasando revista a la multitud, cuando él entró en el club. Fue, como se suele decir, como en las películas: el resto del mundo desapareció en el momento en que él entró, la gente se desvaneció en la oscuridad convirtiéndose en sombras borrosas mientras ella lo miraba a él, y sólo a él.

Alrededor de uno ochenta de estatura. Cabello oscuro y ojos claros. Traje como salido de un escaparate de la Quinta Avenida.

Llevaba del brazo a una mujer con un vestido rojo y un abrigo blanco de piel, y a su lado iba un tipo más alto con el pelo cortado a cepillo y aire militar. Ninguno de ellos encajaba con la multitud rebosante de cuero, encaje y cadenas, pero eso no era lo que le había llamado la atención.

No, la razón por la que se había quedado mirando era el hombre propiamente dicho. Tenía un magnetismo tan intenso y fuerte como el de su ex: un hombre rico con un ligero toque de gánster, un tío acostumbrado a llevar las riendas de todo lo que sucedía a su alrededor…, y que seguramente era tan amable y cariñoso como una cámara frigorífica.

Por suerte, aplacar su atracción instantánea fue fácil: ya había cometido el error de creer que el dinero y el poder convertía a los tipos como ése en una especie de asesinos de dragones actuales.

Muy mal hecho. A veces los asesinos de dragones no eran más que asesinos.

Gina, otra de las chicas que trabajaban allí, se acercó a la barra.

—¿Quién es el que está al lado de la puerta?

—Un cliente.

—Mío, espero.

Marie-Terese no estaba tan segura. A juzgar por el aspecto de la morena que lo acompañaba, no tenía ningún motivo para comprar compañía sexual. Un momento… Aquella mujer había estado allí la noche anterior, si mal no recordaba, y también el otro tío. Marie-Terese los recordaba por la misma razón por la que se había fijado en ellos hoy: porque no encajaban allí.

Mientras el trío se acomodaba en una esquina oscura, Gina se colocó su escueto corsé y se sacudió su melena ahora pelirroja. El mes pasado había sido blanca y rosa. El anterior negro azabache y así hasta el infinito. Acabaría haciéndole la competencia a Telly Savalas por culpa de la guerra química que le tenía declarada a su raíz.

—Creo que iré a presentarme. Chao.

Gina se fue tranquilamente, luciendo con orgullo su falda negra de látex y sus zapatos de tacón de aguja. A diferencia de Marie-Terese, a ella le daba morbo su manera de ganarse la vida, e incluso aspiraba a convertirse en lo que ella llamaba una «importante estrella erótica multimedia», siguiendo los pasos de Janine Lindemulder o de Jenna Jameson. Fueran quienes fueran. Marie-Terese sólo conocía sus nombres porque Gina hablaba de ellas como si fueran las Bill Gates del porno.

Marie-Terese se quedó atrás y la vio pasar. Mientras Gina se alejaba caminando lentamente, la mujer del abrigo de piel blanco echó un vistazo a aquello que, obviamente, estaba en venta, y su mirada se volvió afilada como la hoja de un cuchillo. Algo innecesario. Su hombre de negocios ni siquiera miró a Gina, estaba demasiado ocupado hablando con su colega. Pero aquel ritual de «aléjate de mi hombre» no hizo más que avivar el coqueteo: Gina se acicaló descaradamente ante aquel odio territorial, insistiendo hasta que el hombre acabó por levantar la vista.

Sin embargo no se fijó en lo que tenía delante. Su mirada pasó de largo del bufé de látex de Gina y se clavó en Marie-Terese.

Atracción. Cósmica. Instantánea. De esa que no se puede disimular delante de la gente, que no se puede reprimir y que no puedes rechazar si tienes la oportunidad de hacer algo al respecto. Con la mirada clavada el uno en el otro, ambos se imaginaron desnudos en brazos del otro, no durante horas, sino durante días.

Lo que significaba que no pensaba acercarse a él, y no porque tuviera una novia posesiva. Si lo que había sentido en un primer momento con su ex le había traído problemas, este momento entre ella y aquel extraño tenía pinta de catástrofe en potencia.

Marie-Terese dio media vuelta y se perdió entre la multitud, sin ver nada ni delante de ella ni a su alrededor.

La mirada gris acero de aquel hombre la estaban consumiendo y, aunque sabía que él ya no la veía, podría haber jurado que aún sentía su mirada clavada en ella.

—Oye, guapa.

Marie-Terese miró por encima del hombro. Un par de universitarios vestidos con vaqueros pitillo, camisetas de Affliction y accesorios con calaveras —es decir, con los pantalones de campana del siglo veintiuno— se habían acercado a ella y le daban un repaso a su cuerpo. A juzgar por sus miradas maliciosas, estaba bastante claro que tenían los bolsillos llenos de dinero de papá, y los cerebros vacíos de todo menos de la típica confianza de los jugadores de fútbol americano grandes y bobos.

También tuvo la impresión de que estaban colocados: movían los párpados nerviosamente en lugar de parpadear y ambos tenían una línea de sudor sobre el labio superior.

Genial. Justo lo que necesitaba.

—¿Cuánto por mí y por mi amigo? —dijo el que había hablado.

—Será mejor que os busquéis a otra. —Gina no tenía problemas con los tríos, por ejemplo. Ni con las cámaras de vídeo. Ni con las cámaras de los móviles. Ni con otras mujeres. Con un poco de suerte su límite era el rollo equino de Catalina la Grande, aunque nunca se sabía: era más que probable que un vigoroso relincho significara «chupa más fuerte» para ella.

El señor Hablador se acercó.

—No queremos a ninguna otra. Te queremos a ti.

Ella dio un paso atrás y los miró a los ojos.

—Buscaos a otra.

—Tenemos dinero.

—Yo soy bailarina. Sólo me pagan para eso.

—Y entonces ¿por qué no te has subido a ninguna jaula?

Él se inclinó de nuevo hacia delante y ella captó el tufillo de su colonia: agua de cerveza.

—Te hemos estado observando.

—No estoy en venta.

—Y una mierda, muñeca.

—Si continuáis molestándome os prohibirán la entrada en el club. Basta una palabra mía a dirección. Y ahora vete al infierno.

Marie-Terese se alejó a sabiendas de que estaban cabreados, pero sin importarle lo más mínimo: gracias, Trez. Por mucho que odiara pedirle ayuda, no dudaría en hacerlo si eso significaba mantenerse a salvo.

En la barra del fondo, pidió una Coca-Cola con mucho hielo y se recuperó. Aún era temprano, alrededor de las diez y media, lo que significaba que todavía le quedaban cuatro horas, más o menos.

—¿Esos dos cerebros de mosquito te están dando problemas?

Ella levantó la vista hacia Trez y sonrió.

—Nada con lo que no pueda lidiar. —Se quedó mirando el abrigo de cuero que llevaba en el brazo—. ¿Te vas?

—Voy a casa de mi hermano a una reunión. Escucha, los gorilas están alerta y yo volveré en una hora, máximo en dos. Aun así, llámame si tú y las chicas necesitáis algo, ¿vale? Tendré el teléfono conectado todo el rato. Puedo llegar aquí en un santiamén.

—Lo haré. Conduce con cuidado.

Él le apretó la mano y se alejó dando grandes zancadas entre la multitud, haciendo que el resto de la gente del club pareciera enana a su lado.

—¿Ése es tu chulo? Tal vez deberíamos hablar con él.

Marie-Terese miró hacia atrás y se encontró a los dos colegas.

—Es mi jefe y se llama Trez. ¿Por qué no vais a presentaros?

—¿Te crees demasiado buena para nosotros?

Ella se dio la vuelta y los encaró.

—Hazte un favor y déjame en paz. A menos que quieras que te saquen de aquí en ambulancia.

El que había hablado todo el tiempo sonrió, dejando al descubierto unos dientes blanquísimos.

—Haznos un favor y deja de pensar que las putas como tú tienen derecho a opinar.

Marie-Terese retrocedió, pero sólo para sus adentros.

—¿Sabe tu madre que hablas así a las mujeres?

—Tú no eres una mujer.

Marie-Terese sintió un fuerte nudo en la garganta.

—Dejadme en paz —dijo con voz ronca.

—Fóllanos.

Vin escudriñó la multitud buscando a la mujer del cabello oscuro y se frustró al no verla. Sus miradas se habían encontrado durante un momento cargado de electricidad y luego ella había desaparecido en el mar de cuerpos como un fantasma.

La había visto antes. No sabía dónde..., pero tenía claro que la había visto antes.

—¿A quién buscas? —preguntó Devina en voz baja.

—A nadie. —Vin le hizo un gesto con la cabeza a una camarera, que se acercó rápidamente.

Después de pedir las bebidas, Devina se deslizó lentamente hacia Vin y puso sus pechos contra su bíceps.

—Vamos a la parte de atrás.

—¿A qué parte de atrás?

—A los baños privados.

Vin frunció el ceño mientras una mujer con el cabello oscuro giraba la esquina a lo lejos. No, no era ésa. Tal vez…, no, tampoco aquella.

Pelo negro, ojos azules, cara con forma de corazón que estaba deseando tomar entre sus manos. ¿Quién era?

—¿Vin? —Devina presionó los labios contra su oído—. Vamos, estoy hambrienta.

A diferencia de la noche anterior, ese rollo de aquí te pillo aquí te mato le molestó más de lo que lo tentó. Sabía condenadamente bien que aquella rutina de seducción no tenía tanto que ver con el sexo entre ambos como con la prostituta que se había acercado para desplegar su artillería. La cuestión era que a Devina no le importaba incluir a otras mujeres, siempre y cuando se hiciera con sus reglas y, evidentemente, entre ellas no se incluían las mujeres de la noche medio desnudas que insinuaban querer montarlo y llevarlo al orgasmo en público.

No, las mujeres tenían que resultarle más atractivas a Devina que a él para que ella aceptara.

—Quiero un poco de privacidad —ronroneó.

—Tenemos un invitado.

—No tardaremos mucho. —Su lengua lamió el lateral de su cuello, haciéndolo sentir como el poste de una cerca en la que estuvieran meando—. Te lo prometo. Estoy hambrienta, Vin.

—Lo siento. —Sus ojos escudriñaron la multitud—. Por ahora estoy lleno.

Devina dejó de actuar y se volvió a sentar en su sitio.

—Entonces quiero irme a casa.

Justo en ese momento, la camarera apareció con una cerveza para Jim, un chupito de Patrón para Vin y un Cosmopolitan para Devina.

—No nos podemos ir ahora —murmuró Vin mientras le daba un billete de cien a la mujer y le decía que se quedara con el cambio.

—Pero yo quiero irme a casa. —Devina cruzó los brazos sobre el pecho y le espetó directamente la petición—. Ahora mismo.

—Venga, Devina. Disfruta de tu copa…

Antes de que pudiera decirle que tendrían un montón de privacidad en cuanto estuvieran de vuelta en el dúplex, Devina lo atajó:

—Entonces tal vez me pague para mí a esa pelirroja, ya que tú pasas de mí.

Muy bien. Las palabras equivocadas. Había pulsado el peor botón posible.

Vin se inclinó hacia un lado y sacó del bolsillo las llaves de su M6.

—¿Quieres que te acompañe al coche? ¿O necesitas dinero para la prostituta?

Los ojos de Devina centellearon negros en el silencio que estalló entre ellos. Pero ella sabía que no debía jugar con él.

En un instante, le arrancó las llaves de la mano.

—Por favor, no te molestaría ni en sueños. Jim me acompañará afuera. Así podrás quedarte y disfrutar un poco más de la vista.

Asintiendo ligeramente, Vin miró al otro hombre.

—Jim, ¿te importaría hacer los honores?

El tipo bajó lentamente su cerveza.

—Oye, si ella quiere irse…

—Es libre de hacerlo. Y quiere que la acompañes hasta el coche.

El pobre infeliz lo miró como si prefiriera agarrar un puñado de colillas antes que entrometerse, y Vin no lo culpó.

Vin descruzó las piernas y se levantó.

—¿Qué demonios…? Tío, tú relájate aquí y yo iré… Devina se puso de pie.

—Jim, por favor, acompáñame a su coche. Ahora mismo. Vin sacudió la cabeza.

—No, yo la…

—Y una mierda —le espetó Devina—. No quiero que me acompañes a ningún sitio.

—No pasa nada —murmuró Jim—. Yo lo haré.

El tipo se levantó, pero se dejó la chaqueta de cuero, como si no esperara entretenerse demasiado.

—Sólo la acompañaré hasta el coche, ¿queda claro?

—Gracias, tío. —Vin se sentó de nuevo y se bebió su Patrón de un trago—. Esperaré aquí.

Jim le señaló el camino hacia la puerta y Devina se alejó caminando con la barbilla bien alta, los hombros hacia atrás y el abrigo de piel en brazos.

Vin vio cómo se alejaban. Era en momentos como aquéllos en los que se cuestionaba lo del anillo. Él no había hecho nada para animar a la prostituta, ni siquiera había mirado hacia ella.

«Pero estabas mirando a otra», puntualizó una voz interior.

Vin continuó escudriñando la multitud, todo el mundo parecía ir vestido de negro y tener el pelo oscuro. Maldita fuera... ¿Por qué tenía que estar ella en un club como aquél, donde todos eran morenos?

Aunque el por qué era bastante evidente: ella no iba vestida como una clienta.

Maldijo y alzó la vista hacia una de las jaulas, en la que brillaba una mujer bajo la luz azul, contoneándose como si se le hubiera caído un penique helado en la parte delantera del tanga y no le dejaran usar las manos para sacarlo. ¿Era su morena una bailarina? ¿O qué era aquella primera mujer?

¿Por qué se engañaba a sí mismo? Estaba claro que lo que había en las jaulas también estaba en venta.

Aun así, prostituta o no, había sido un momento especial cuando se cruzaron las miradas. La atracción había sido innegable, aunque no tuviera sentido. No es que él hubiera juzgado nunca a una mujer por ser una profesional, pero no se imaginaba con nadie que hiciera eso para ganarse la vida. Que lo estuviera haciendo para ganarse la vida.

No. De ninguna manera. Aunque fuera la mujer más sana del mundo, aunque lo hubiera elegido porque le gustase, él no había nacido para compartir. Tenía demasiadas cosas en común con su padre y la paranoia lo mataría.

Maldiciendo, Vin se preguntó cómo demonios había pasado de mirar a una mujer en medio de un club a plantearse una relación con ella. Cuando ya tenía una. Y un diamante del tamaño de una uva esperando en casa a su...

De repente, su morena apareció entre la multitud al fondo. Caminaba con rapidez, golpeando con los hombros a la gente al pasar, con el rostro sombrío y tenso. Y justo en su retaguardia iban un par de tíos con el cuello más grande que la cabeza y expresión desagradable.

Como si fueran dos niños de diez años a punto de arrancarle las alas a una mariposa.

Vin frunció el ceño y se puso de pie.

Capítulo 12

Jim caminaba por la parte trasera de La Máscara de Hierro sin acabar de sentirse bien con lo que estaba haciendo por muchas razones. Y la perspectiva no mejoró cuando Devina deslizó su brazo bajo el de él y lo presionó contra ella.

—Vuelve a hacer frío —dijo en voz baja.

Sí, lo hacía, pero no pensaba hacerla entrar en calor como la noche anterior.

—Déjame que te ayude a ponerte el abrigo.

—No —dijo golpeando el abrigo de piel que llevaba sobre el brazo—. No me quiero poner esto justo ahora.

Lo que, caramba, probablemente significaba que Vin se lo había regalado.

La verdad es que aquello no era nada bueno.

Jim la acompañó hasta el BMW y cuando ella hubo desconectado la alarma de seguridad con la llave electrónica, le abrió la puerta del conductor.

—No se me da bien lo del cambio manual —dijo ella mirando el interior del M6—. La verdad es que no sé conducir con él. —Esperó como si tuviera la esperanza de que él dijera algo—. Jim...

—Métete en ese coche.

Ella miró su camioneta, que estaba aparcada dos plazas más abajo. Aunque no lo dijo en voz alta, el ángulo de su cabeza insinuó una pregunta.

—No puedo. —Jim dio un paso atrás—. Lo siento.

Devina apretó más el visón blanco contra el pecho.

—¿No te gustó lo de anoche?

—Claro que sí. Pero ahora lo conozco y digas lo que digas en este momento, después lo lamentarás.

Hubo una pausa larga y tensa; luego Devina asintió y se sentó lentamente en el asiento del coche. Pero en lugar de cerrar la puerta o ponerse el cinturón, se quedó mirando hacia fuera a través del volante mientras las luces del salpicadero le iluminaban su preciosa cara.

—Lo siento, Jim. No sé por qué te lo he preguntado... No es justo ni para ti, ni para él, ni para mí. Me siento tan vacía que tomo las decisiones incorrectas y no actúo como debería.

Joder, sí que tenía las cosas claras.

—No te preocupes. Suele pasar.

Se agachó para poder mirarla a los ojos y al hacerlo se cabreó con Vin. ¿Ese tío no sabía lo que tenía? Venga ya, ninguno de los dos era perfecto y la riña que acababan de tener en el club lo demostraba en ambos sentidos. Por favor.

—Oye, Devina, ¿has hablado con él? ¿Has intentado explicarle...? —Mierda, Jim no podía creerse que la palabra que empezaba con «s» estuviera a punto de salir de su boca—. ¿Has intentado explicarle cómo te sientes?

—Siempre está muy ocupado. —Lo miró con sus ojos negros y profundos—. Pero tal vez tú podrías hablar con él por mí. Decirle que lo quiero y que quiero estar con él…

—Espera… Eh. —Aquello era casi tan mala idea como la de volver a acostarse con ella—. No soy del tipo de tíos…

—Por favor. Jim, por favor. Está claro que le caes bien y créeme, eso no pasa muy a menudo. Podrías decirle simplemente que tú y yo hemos estado hablando aquí fuera y que lo echo de menos aunque forme parte de mi vida. Vale, no soy tonta. Sé qué tipo de hombre es. Ganar dinero siempre va a ser importante para él y tiene sus ventajas estar con alguien así. Pero se necesita algo más. —Sus ojos parecieron resplandecer—. ¿No crees que se necesita algo más para vivir, Jim?

Por un momento pensó que veía centellear cierta dureza en sus ojos, pero luego ella volvió a asentir y se puso el cinturón sobre los pechos.

—Vin no es quien yo creía que era. —Devina encendió el motor y metió la marcha—. Esperaba que se ablandara, que confiara en mí y que me amara, pero eso no ha sucedido y yo estoy perdiendo las fuerzas para seguir esperando, Jim, te lo digo de verdad.

—Te ha comprado un anillo.

Mientras ella giraba la cabeza, Jim estaba totalmente seguro de que no sólo se había pasado de la raya, sino que además estaba meando fuera del tiesto. Pero lo importante era que ella siguiera formando parte de la vida de Vin.

—¿De verdad? —dijo conteniendo el aliento.

—Aguanta sólo un poco más. —Tal vez podría hablar con Vin esa noche. Dios sabía que a Jim se le daba bien mentir y, en ese caso, por una vez sus motivos eran buenos:

podía intentar argumentar que el matrimonio era algo en lo que merecía la pena creer—. Deja que me siente a hablar con él, ¿vale?

—Gracias. —Estiró los brazos y le apretó las manos—. Muchas gracias. De verdad quiero que esto funcione.

Le lanzó un beso y cerró la puerta. Él se hizo a un lado y la vio salir del aparcamiento y acelerar en la calle Trade, con el motor respondiendo a los cambios de marcha suave como la seda.

Jim frunció el ceño y pensó que si aquello era no saber cómo funcionaba un cambio manual, qué sería ser un experto.

Joder, necesitaba un cigarro.

Un coche se acercó traqueteando y runruneando al muro de ladrillo del club y aparcó bajo una de las señales de personal autorizado.

De él salieron dos mujeres semidesnudas con tetas a lo *Playboy* y piernas como palillos que se detuvieron al verlo.

—Eh —dijo la rubia con una sonrisa sexy—, ¿te vienes al club?

Su amiga llevaba una colmena a lo Amy Winehouse y un collar en el que ponía ZORRA escrito con diamantes.

—¿Qué te parecería *venirte* con nosotras por la puerta de atrás?

La insinuación era demasiado obvia para el gusto de Jim, y aquel colgante que llevaba alrededor del cuello implicaba que a él le interesaría mucho más si ella estaba involucrada, pero si aquello le ahorraba un paseo alrededor del local en aquella fría noche… Genial, gracias señora.

Jim se acercó mientras un gorila le abría la puerta a las chicas.

—Viene con nosotros —le dijo Rubita al tío—. Es mi primo.

163

—¿Qué pasa, colega? —El gorila le extendió los nudillos y Jim se los golpeó con los suyos—. Encantado.

Una vez dentro, el tipo volvió a cerrar la puerta y habló por el manos libres que llevaba prendido en la oreja.

—¿Delante? Vale. Voy. Mierda. Chicas, hay una bronca entre los presos comunes. Tendréis que quedaros aquí colgadas hasta que haya acabado.

—Encontraremos algo que hacer —bromeó la rubia.

—O a alguien con quien hacerlo—añadió la de la colmena mientras cogía del brazo a Jim y se frotaba contra él.

Él se soltó.

—Me están esperando.

—¿Hombre o mujer? —preguntó la rubia.

—Hombre.

—Perfecto para una doble cita. La entrada del club está por ahí. Ahora nos vemos.

La de la colmena se acercó a su oído:

—Si te parece que ya estoy buena ahora, espera a verme con mi uniforme de trabajo.

Entraron apresuradamente por una puerta en la que ponía «VESTUARIO FEMENINO», dejándolo en la oscura sala pensando que, si se iban a cambiar para ponerse algo más pequeño de lo que llevaban, aquel par saldría vestido con sellos de correos.

Mientras se dirigía hacia el club propiamente dicho, una empleada de cabello oscuro dobló la esquina un poco más allá y se dirigió hacia él. La reconoció al momento: era a la que Vin estaba mirando cuando la Némesis de látex de Devina le había suplicado atención, y a Jim no le hizo ninguna gracia ver quiénes la seguían. Aquel par de jóvenes enormes estaban demasiado cerca, y tenían una mirada en sus rostros como si la hubieran seguido hasta aquel pasillo oscuro y aislado porque querían algo que ella, claramente, no tenía interés alguno en darles.

Jim miró a ambos lados. El pasillo tendría fácilmente unos doce metros de largo por tres de ancho y, además de una puerta en la que ponía «OFICINA» que estaba muy lejos, al lado de la salida, el vestuario era la única oportunidad que tenía para deshacerse de ellos.

Y los gorilas estaban ocupados con alguna bronca.

Jim plantó los pies en el suelo preparándose para intervenir cuando, salido de la nada, Vin apareció en la puerta del lado del club, como si hubiera llegado a la misma conclusión de que algo iba mal.

Se acercó rápidamente a grandes zancadas, pero el drama llegó primero a Jim.

—He dicho que no —gritó la mujer por encima del hombro.

—Las mujeres como tú no pueden decir que no.

Perfecto, justo la frase incorrecta. Jim se interpuso en el camino de los dos tipos y se dirigió a la mujer por encima del hombro:

—¿Estás bien?

Cuando ella se giró hacia él, quedó claro por la dureza de su rostro y sus ojos aterrorizados que estaba manteniendo la calma sólo por su fuerza de voluntad.

—Sí, haciendo un descanso.

—¿Por qué? ¿Ya tienes la boca cansada?

Jim se encaró al tipo que había hablado.

—¿Por qué no te vas a tomar por culo?

—¿Quién eres? ¿Otro de sus chulos? —El HDP extendió el brazo y la agarró de la muñeca—. ¿Por qué no la dejas hacer...?

Vin DiPietro, que había acortado distancias, reaccionó como si la calle aún corriera por sus venas. Antes de que Jim entrara en acción, él ya estaba agarrando nada amablemente aquel brazo por el bíceps y haciendo que el tío soltara a la chica retorciéndoselo. No dijo ni pío. No era necesario. Estaba dispuesto a reventar a aquel cabrón y sus ojos grises ya no eran fríos, sino volcánicos.

—¡Suéltame el condenado brazo! —gritó el gamberro.

—Oblígame.

Jim miró a la mujer.

—Mi colega y yo solucionaremos esto. ¿Por qué no te tomas un café y le dices a esas otras dos chicas que esperen contigo? Te daré un grito cuando el correctivo haya finalizado.

Sus ojos se movieron hacia Vin. Estaba claro que no le gustaba aceptar ayuda, pero no era tonta. A juzgar por la excitación que reflejaban los ojos de los dos universitarios, no sólo estaban borrachos, sino puestos de coca o *speed*. Lo que significaba que las posibilidades de que aquello se convirtiera rápidamente en una bola de nieve eran elevadas.

—Llamaré a un gorila —murmuró mientras abría la puerta del vestuario.

—Hazme un favor —dijo Vin aún aferrado a su chico—. No llames a nadie.

Ella sacudió imperceptiblemente la cabeza y se largó del pasillo.

Y entonces apareció la navaja en la inmóvil mano del chico.

Jim dejó que Vin se las arreglara con el reportero más dicharachero de Barrio Sésamo y él se adelantó y anticipó la dirección de donde vendría el ataque con el arma blanca. Estaba claro, aquel maldito idiota iba a atacar desde la derecha porque era diestro, así que todo era cuestión de esperar…

Jim interceptó al tío en pleno ataque. Lo agarró por la muñeca, se la retorció y se la apretó hasta que el arma cayó al suelo. Justo cuando le estaba presentando la cara de aquel cabrón a la pared, Vin irrumpió peleándose, esquivó un puñetazo desviado y levantó los nudillos desnudos como un boxeador. Su impacto fue realmente espectacular…, pero el problema de los estimulantes ilegales era que, además de poder convertirte en un adicto y hacerte cometer delitos graves, era obvio que tenían propiedades anestésicas.

Con lo cual, el chico de la boca asquerosa y ahora ensangrentada, no parecía sentir nada en absoluto. Le respondió asestándole un gancho a Vin en la cara, que no falló. Ambos se volvieron brutos como mulas convirtiendo el pasillo en un octógono de artes marciales mixtas, y atención al dato: Vin era tanto el agresor como el castigador de aquel par.

Para dejarle espacio suficiente para la paliza que estaba dando, Jim quitó a su peso muerto de en medio, dispuesto a actuar de forma civilizada siempre y cuando su saco de mierda le diera los problemas y las opiniones justas.

Pero el muy cabrón tuvo que abrir la boca.

—¿Y a ti qué coño te importa lo que haga una puta cualquiera? Sólo es un puto agujero andante, joder.

A Jim se le nubló la vista por momentos, pero se contuvo y alzó la vista al techo. Estaba claro que había cámaras a intervalos, lo que significaba que todo aquello estaba siendo grabado. Por otro lado, él y Vin habían sido lo suficientemente listos como para dejar que sus oponentes lanzaran el primer puñetazo y sacaran el arma, así que legalmente podían alegar defensa propia.

Y lo que era más, dos universitarios gilipollas que habían estado consumiendo sustancias ilegales no iban a querer denunciar ninguna mierda a la policía.

Así que no había ninguna razón para no acabar con aquello.

Jim le apretó la muñeca con más fuerza al chico, lo agarró con la otra mano por la parte superior del brazo, y lo inclinó hacia atrás para poder susurrarle al oído:

—Quiero que respires hondo. Venga, ahora concéntrate. Cálmate y respira hondo para mí. Eso es…

Jim apretó y apretó hasta que el dolor acabó con cualquier resistencia. Y cuando estuvo satisfecho con la respiración acompasada, le dislocó el brazo de la inserción del hombro con un rápido giro. El consecuente grito fue muy fuerte, pero la música de la pista de baile amortiguó el eco. Ésa era una de las razones por las que, en conjunto, los clubes no eran un mal sitio para ajustar cuentas.

El chico se desplomó y Jim se arrodilló ante él.

—Odio los hospitales. Yo acabo de salir de uno. ¿Sabes qué les hacen a las personas con tu tipo de lesión? Les vuelven a poner el brazo en su sitio. Mira, te enseñaré cómo.

Jim cogió la extremidad muerta y ni se molestó en decirle al tipo que respirara hondo. Se limitó a aplicar la presión adecuada para encajar de nuevo el hueso en su sitio. Esta vez no hubo grito: el HDP simplemente se desmayó.

Cuando abandonó su intento de hacer de traumatólogo, Jim levantó la vista para ver cómo iba la otra mitad del altercado y pudo ver a Vin trabajando el hígado de su oponente como si fuera masa de pan. Chico Universitario tenía muy mala cara y parecía machacado de lo lindo. Tenía las manos levantadas no para dar puñetazos, sino para protegerse de ellos, y las rodillas juntas como si estuviera a punto de perder el equilibrio.

Lo que habría sido maravilloso si no fuera porque estaban en apuros.

Al fondo del pasillo había un cliente observándolos.

La luz era tenue, pero no tanto.

Tenían que ir acabando con aquella mierda.

—Vin, tenemos que irnos —masculló Jim.

La información no fue registrada, lo cual no fue ninguna sorpresa dado el ensañamiento de Vin en la pelea. Joder, lo del público era lo de menos, si nadie le impedía seguir con aquello acabaría matando al tipo. O como mínimo convirtiendo a aquel idiota en un vegetal del tamaño de un defensa de fútbol americano.

Jim se levantó, dispuesto a intervenir con algo más que palabras.

Capítulo 13

Vin estaba disfrutando de lo lindo.

Hacía años que no le daba puñetazos a otra cosa que no fuera el saco de arena del gimnasio, y se había olvidado de lo bien que se sentía uno al expresar físicamente su opinión sobre un gilipollas directamente en su cara. Lo recuperó todo: la posición, el poder, la concentración.

Todavía lo tenía. Todavía podía pelear.

El problema era que, como todas las cosas buenas, la fiesta tenía que acabar y parecía no ser de las que acababan con el oponente K.O. Aunque a juzgar por la manera en que le bailaban las piernas al universitario, si Vin tuviera un rato más...

Pero no, Jim interrumpió la diversión al poner una pesada mano sobre el hombro de Vin y devolverlo a la realidad.

—Tenemos público.

Jadeando como un maldito toro, Vin miró hacia el vestíbulo. No cabía duda de que había un tío con gafas y bigote mirándolos a todos, con cara de quien ha sido testigo de un accidente de coche.

Antes de que ninguno pudiera reaccionar, sin embargo, la puerta trasera de entrada al club se abrió y un afroamericano apareció dando zancadas hacia la melé, con pinta de ser capaz de hacer pedazos la defensa de un coche. Con los dientes.

—¿Qué demonios está pasando en mi casa?

La morena de Vin salió del vestuario.

—Trez, el problema son los de la camiseta con la calavera.

Vin pestañeó como un muñeco al oír el maravilloso sonido de su voz, pero luego se volvió a centrar y apretó la cara de su chico contra la pared.

—No te cortes en acabar lo que yo he empezado —le dijo al dueño del club.

Jim dio un empujón al chico de la hermandad que estaba en el suelo.

—Éste es el que llevaba la navaja.

El tal Trez miró a los chicos.

—¿Dónde está el arma? —Jim le dio una patada y el dueño se agachó para recogerla—. ¿Alguien ha llamado a la policía?

Todos miraron a la mujer y, mientras ella agitaba la cabeza, a Vin le resultó imposible apartar la mirada. Si desde el otro lado del club casi había hecho que se le saliera el corazón del sitio, de cerca hacía que se le parara hasta morirse: tenía los ojos tan azules que le recordaban a un cielo de verano.

—Creo que estos chicos ya están listos —dijo Trez dando el visto bueno—. Buen trabajo.

—¿Dónde quieres que los pongamos? —preguntó Jim.

171

—Los sacaremos a la parte de atrás.

«Mírame —pensó Vin dirigiéndose a la mujer—. Vuelve a mirarme. Por favor».

—A la orden —dijo Jim, y empezó a arrastrar su carga por el pasillo.

Al cabo de un rato, Vin siguió su ejemplo y empezó a empujar a su chico. Cuando llegaron a la puerta, Trez la abrió como lo haría un perfecto caballero y se hizo a un lado.

—Donde más os guste —dijo el dueño.

A Jim «le gustó» la pared de ladrillo de la izquierda, mientras que Vin prefirió el lado opuesto.

Cuando dejó caer al chico sobre su trasero, se quedó helado.

Las luces de seguridad que rodeaban la puerta iluminaban las cabezas de los chicos, arrojando un sólido haz de luz hasta sus pies. Sus sombras deberían estar proyectadas sobre el asfalto, pero no lo estaban. Tras sus cabezas había unas aureolas oscuras dibujadas en el ladrillo, un par idéntico de coronas grises como de humo que se movían ligeramente.

—Dios mío —susurró Vin.

Al que él había estado golpeando levantó la vista y lo miró con unos ojos más cansados que hostiles.

—¿Por qué nos miras así?

«Porque vais a morir esta noche», pensó.

Oyó la voz de Jim a lo lejos:

—¿Vin? ¿Qué pasa?

Vin sacudió la cabeza rezando para que aquellas malditas sombras desaparecieran. Pero no hubo suerte. Probó a frotarse los ojos con la esperanza de borrarlas, y se dio cuenta de que le dolía demasiado la cara de los puñetazos que había recibido como para hacer aquello.

Pero las sombras continuaron allí.

Trez hizo un gesto sobre el hombro señalando al club.

—Si queréis adelantaros, yo voy a cruzar unas palabras con este par de cabezas de chorlito. Sólo para asegurarme de que tienen perfectamente claro cómo son las cosas.

—Perfecto. —Vin se obligó a moverse, pero mientras se acercaba a la puerta, volvió a mirar a los chicos—. Andaos con ojo… y cuidaos.

—Que te den —fue lo que le respondieron. Lo que significaba que se lo habían tomado no como un consejo, sino como una amenaza.

—No, me refería a…

—Venga —dijo Jim, empujándolo de vuelta al edificio—. Vamos.

Dios, tal vez estuviera equivocado. Tal vez lo único que necesitaba era revisarse la vista. Tal vez iba a tener migrañas dentro de otros veinte minutos. Pero fuera cual fuera la explicación, no podía volver adentro con aquella mierda en la cabeza. No podía soportarlo.

Una vez en el vestíbulo, Jim lo agarró del brazo.

—¿Te han dado un mal golpe en la cabeza?

—No. —Aunque a juzgar por lo que le ardía la cara aquello no era del todo cierto—. Estoy bien.

—De todos modos le daremos al dueño un minuto ahí fuera y cuando vuelva a entrar, te llevaré hasta mi camioneta.

—No pienso marcharme hasta que vea a esa…

Mujer. Al lado de la puerta del vestuario.

Vin dejó a un lado su paranoia y fue hacia ella, inclinando la cabeza hacia abajo y mirándola fijamente.

—¿Estás bien?

Se había puesto una chaqueta sobre su sugerente atuendo que le caía hasta los muslos, haciendo que pareciera el tipo de mujer que quisieras rodear con tus brazos y abrazar durante toda la noche.

—¿Estás bien? —repitió al no obtener respuesta.

Finalmente sus ojos, sus asombrosos ojos azules, se posaron sobre su rostro, y él volvió a sentir aquella carga de alta tensión que lo atravesaba, animándolo.

Sus labios se curvaron en una ligera sonrisa.

—La cuestión es si tú lo estás. —Vin frunció el ceño y ella observó su cara— Estás sangrando.

—No me duele.

—Creo que va a…

Otras dos mujeres surgieron del vestuario como un par de perritos de los que ladran si parar, hablando a mil por hora, gesticulando con las manos como si fueran rabos, con las cadenas que llevaban alrededor de la cintura rebotando y repiqueteando como los eslabones de un collar. Por suerte, ambas se fijaron en Jim, pero, una vez más, aunque se hubieran arrancado la falda y le hubieran enseñado el trasero, ni siquiera se habría dado cuenta.

—Siento lo de esos tíos —le dijo a la mujer morena.

—No pasa nada.

Dios, tenía una voz preciosa.

—¿Cómo te llamas?

La puerta de atrás del club se abrió y apareció Trez.

—Gracias de nuevo por haberos ocupado de esto.

Empezaron a charlar, pero a Vin sólo le interesaba la mujer que tenía delante. Estaba esperando a que le contestara. Ojalá lo hiciera.

—Por favor —dijo él con suavidad—, dime cómo te llamas.

Al cabo de un rato, la mujer morena se volvió hacia el dueño.

—¿Te importa que lo limpie en el vestuario?

—Adelante.

Vin giró la cabeza para mirar a su compañero de fatigas.

—¿Te importa, Jim?

El tío negó con la cabeza.

—Sobre todo si eso significa que no me vas a llenar de sangre la camioneta.

—No me llevará mucho tiempo —dijo la mujer.

No había problema, pensó Vin. Por él como si duraba para siempre... Se detuvo. Tal vez Devina se hubiera marchado enfadada, pero en aquel momento estaba en su casa, en su cama. Le debía algo más que la manera en la que se estaba comportando con esta otra mujer.

«Al menos, crees que sabes dónde está Devina», puntualizó su voz interior.

—Vamos —le dijo la mujer mientras abría la puerta del vestuario.

Vin volvió la vista hacia Jim por alguna razón, y la expresión que se encontró fue de «cuídate, amigo».

Vin abrió la boca, se preparó para ser razonable y tranquilizarse.

—Ahora vuelvo, Jim —fue lo único que le salió.

Zorra. Puta. Prostituta.

No se lo podía creer. Se estaba prostituyendo. Vendiendo su cuerpo a hombres que la utilizaban para el sexo. La realidad era incomprensible.

Al principio, no había sido capaz de entender lo que parecía estar pasando. Ya habría sido suficientemente ma-

175

lo que fuera una camarera de barra o de mesa o, Dios no lo quisiera, una bailarina de jaula de un club como aquel... Pero entonces la había visto pasearse enseñando las tetas y los muslos desnudos ante los ojos de otros hombres.

Y había obtenido lo que se merecía por hacer lo que hacía: aquellos dos chicos la habían seguido como a una presa, tratándola exactamente como trataban los hombres a las mujeres como ella.

Los había seguido cuando el par la siguió al vestíbulo, y había estado observando hasta que empezó aquella pelea. No había sido capaz de moverse; tal había sido su sorpresa. Se había imaginado un sinfín de cosas a las que ella se podía dedicar, un sinfín de vidas que ella podría llevar en Caldwell, pero no aquello.

Aquello no estaba sucediendo.

Mientras golpeaban a aquellos acosadores en el pasillo, él había retrocedido entre la multitud y se había dirigido a la parte delantera del club a toda prisa, sin tener ni idea de lo que estaba haciendo ni de adónde iba. El frío aire de la noche no aclaró su mente ni su confusión, y fue hacia el aparcamiento sin ningún plan. Cuando entró en su anodino coche, se encerró en él y respiró hondo.

Fue entonces cuando le sobrevino la rabia. Su cuerpo rezumaba grandes oleadas de furia que le hacían sudar y temblar.

Sabía que su temperamento le había acarreado problemas anteriormente. Sabía que aquella ira efervescente no era buena, y recordó lo que le habían dicho en prisión. Cuenta hasta diez. Intenta calmarte. Evoca la imagen de seguridad...

El movimiento en la parte trasera del club le hizo girar la cabeza.

Una puerta se había abierto y los que habían acudido a rescatarla estaban dejando caer al suelo a los dos chicos que la habían estado molestando, como si se tratara de dos bolsas de basura. Un hombre negro se quedó fuera, bajo el frío, y estuvo un rato hablando con los dos agresores antes de volver a entrar en el club.

Sentado al volante, se quedó mirando fijamente a los dos chicos.

El rayo lo golpeó como siempre, barriendo todo del camino: su rabia se condensó y se cristalizó centrándose en los dos que estaban al lado de la puerta trasera, y canalizó hacia ellos toda la ira, la sensación de traición, la furia y la confusión que esa mujer le había generado.

Aturdido, comprobó que el bigote falso y las gafas estuvieran en su sitio. Era muy probable que hubiera cámaras de seguridad en la parte de atrás del club y, como no era la primera vez que lo grababan, incluso en pleno arrebato de ira se contuvo para no hacer aquello delante de los objetivos indiscretos, aunque fuera disfrazado.

Así que esperó.

Finalmente, los universitarios se pusieron en pie con rigidez, uno de ellos sangrando y el otro agarrándose el brazo como si temiera que se le despegara del torso. En frente uno del otro, se pusieron a discutir, aunque las duras palabras que se dedicaron no eran para él más que un teatro mudo, ya que estaba demasiado lejos para oír lo que decían. Aunque la pelea no duró mucho. Se callaron bastante rápido, como si se hubieran quedado sin voluntad colectiva y, después de echar un vistazo alrededor, entraron tambaleándose en el aparcamiento como borrachos.

Probablemente porque la cabeza les daba vueltas de los golpes que habían recibido.

Cuando pasaron al lado de su coche, les echó un vistazo. Piel clara, ojos claros, ambos con un pendiente o dos. Sus caras eran de las que salían en los periódicos, pero no en la sección delictiva, sino bajo el encabezado Liga Universitaria.

Saludables, jóvenes, con toda la vida por delante.

No tuvo ningún pensamiento consciente mientras se escurría en el asiento y salía de detrás del volante. Cerró la puerta del coche con cuidado y siguió de lejos a los chicos.

Era todo pura acción mientras se movía con sigilo.

El dúo fue hacia la última fila del aparcamiento y giró a la derecha hasta meterse en un estrecho callejón. Sin ventanas.

Si él les hubiera pedido que buscaran un lugar un poco más íntimo, no habrían estado más acertados.

Los siguió hasta que estuvieron a medio camino entre los edificios, justo en medio de la doble manzana. Con un tranquilo control, levantó el cañón del arma, apuntó a la fuerte y joven espalda que tenía delante y posó el dedo sobre el gatillo.

Estaban a unos diez metros de distancia, con sus irregulares zancadas se abrían paso entre la nieve medio derretida y sus torsos cambiantes eran blancos en movimiento.

Sería mejor si estuviera más cerca, pero no quería esperar ni arriesgarse a espantarlos.

Apretó el gatillo, se oyó un *pum* seguido de un confuso ruido y un golpe sobre el suelo. La otra mitad del dúo giró sobre los talones.

Lo que hizo que la bala lo alcanzara justo en pleno pecho.

La satisfacción le hizo levitar, aunque sus pies seguían clavados en el asfalto. La expresión libre de su ira y aquella liberación punzante y orgásmica le hicieron sonreír tan abiertamente que sintió el viento helado en los incisivos.

La alegría no duró mucho. La imagen de aquellos dos tendidos uno al lado del otro gimiendo apagó aquello que había hecho arder su cerebro, dando paso a una montaña de horror racional: estaba jodido. Estaba en libertad condicional, por el amor de Dios. ¿En qué estaba pensando?

Empezó a dar vueltas mientras los chicos se retorcían de dolor a cámara lenta y se desangraban. Se había jurado que nunca más se iba a volver a encontrar en aquella situación. Se lo había jurado.

Cuando se detuvo, se dio cuenta de que sus dos víctimas estaban mirando hacia él. Como aún seguían respirando, era difícil estar seguro de si iban a morir o no, pero con más disparos no iba a mejorar la situación.

Sujetó la pistola en la cintura de la parte trasera del pantalón y se quitó la parka. La enroscó hasta convertirla en una almohada de Gore-Tex, y se agachó. Se inclinó primero sobre el más alto.

Capítulo 14

Marie-Terese pensó que era guapísimo.

El hombre que la había protegido era realmente guapo. Cabello abundante y oscuro. Piel ligeramente bronceada. Un rostro que, incluso lleno de moratones, resultaba increíblemente atractivo.

Aturullada por tanto exceso, Marie-Terese sacó uno de los taburetes que estaban delante del tocador de maquillaje e intentó calmarse.

—Siéntate aquí, iré a por una toalla pequeña.

El hombre que se había peleado por ella echó un vistazo a su alrededor e intentó ignorar lo que veía: los zapatos de tacón de aguja rayados y tirados por el suelo, la minifalda rota colgada del banco, las toallas esparcidas por aquí y por allá, el par de medias colgadas del espejo con luces, las bolsas por el suelo.

A juzgar por lo increíble que era su traje negro de raya diplomática, este tipo de caos barato no era claramente a lo que él estaba acostumbrado.

—Por favor, siéntate —dijo ella.

Los ojos grises del hombre se posaron sobre ella. Él era unos veinte centímetros más alto que ella, y sus hombros eran fácilmente tan anchos como dos veces ella. Pero no se sentía incómoda con él. Y no le daba miedo.

Guau, su colonia era deliciosa.

—¿Estás bien? —le preguntó él de nuevo.

Más que una pregunta era una tranquila exigencia. Como si no fuera a dejarle hacer nada con las formas de su cara hasta que estuviera seguro de que no le habían hecho daño.

Marie-Terese parpadeó.

—Estoy bien.

—¿Y el brazo? Te agarró condenadamente fuerte.

Marie-Terese se subió la manga de la chaqueta que se había puesto.

—¿Lo ves…?

Él se inclinó y rodeó su muñeca con la cálida palma de la mano. Cálida y suave. No la agarraba. No le exigía nada. No la… poseía.

Agradable.

De repente, la voz de aquel universitario retumbó en su cabeza: «Tú no eres una mujer».

Aquel desagradable comentario tenía la intención de ser cruel y de herirla, y lo había conseguido. Aunque más que nada porque eso era lo que ella pensaba de sí misma. No era una mujer. No era nada. Estaba vacía.

Marie-Terese se desembarazó de la mano de aquel hombre y volvió a poner la manga en su sitio. No soportaba la compasión. Por alguna extraña razón, le era más difícil de tolerar que los insultos.

—Te va a salir un moratón —dijo él con suavidad.

¿Qué estaba haciendo? Ah, ya. La toallita. Para limpiarlo.

—Siéntate aquí. Ahora vuelvo.

Entró en la ducha, cogió una toalla blanca de un montón que había al lado de los lavabos, se hizo con un pequeño cuenco y abrió el grifo del agua caliente. Mientras esperaba a que ésta se calentara, se miró al espejo. Tenía los ojos como platos y un aire un poco de loca, pero no por aquellos dos que habían sido tan groseramente inapropiados e irrespetuosos. Era por el que les había dado la paliza, el de las manos suaves que estaba sentado allí fuera en el taburete, el que tenía aspecto de abogado, pero que peleaba como Óscar de la Hoya.

Cuando regresó al tocador de maquillaje, estaba un poco más tranquila. Al menos hasta que su mirada se cruzó con la de él. La miraba como si estuviera absorbiendo su aspecto para dentro de su cuerpo, pero lo que le hizo sentirse incómoda no fue esa mirada, sino cómo le hacía sentirse a ella.

Menos vacía.

—¿Te has visto? —le preguntó ella, sólo por decir algo.

Él negó con la cabeza y no pareció importarle lo suficiente como para dejar de mirarla y mirarse en el espejo que tenía detrás.

Ella dejó el cuenco y se puso unos guantes de látex antes de acercarse a él y mojar la toallita.

—Tienes un corte en la mejilla.

—¿Sí?

—Prepárate.

Él no lo hizo y ni siquiera se estremeció cuando ella le tocó la herida abierta.

Un toque, dos toques, tres toques, y vuelta al cuenco, un sonidito tintineante al escurrir la toalla. Un toque, dos toques.

Él cerró los ojos y entreabrió los labios mientras su pecho se elevaba y descendía acompasadamente. Desde tan cerca pudo ver la sombra de las cinco en punto sobre su mandíbula cuadrada, cada una de sus negras pestañas y su cabello cuidado y abundante. Tenía la oreja perforada, sólo la derecha, y estaba claro que hacía años que no se ponía nada en el agujero.

—¿Cómo te llamas? —preguntó él con su voz gutural.

Ella nunca le decía a sus clientes su verdadero nombre falso, pero él no era un simple cliente, ¿no? Si él no hubiera llegado a aparecer, las cosas se habrían puesto muy feas para ella: Trez no estaba en el club, los gorilas estaban solucionando una pelea al lado de la barra y el pasillo desembocaba directamente en el aparcamiento. Un minuto más y aquellos dos robustos universitarios la habrían metido en un coche y...

—Tienes sangre en la camisa —dijo ella, volviendo al cuenco.

Gran conversador, pensó.

Alzó los párpados, pero no se miró a sí mismo. La miró a ella.

—Tengo más camisas.

—No me cabe la menor duda.

Él frunció un poco el ceño.

—¿Estas cosas te pasan a menudo?

Si fuera otra persona habría zanjado la cuestión con un rápido «claro que no», pero pensó que tras lo que él había hecho por ella en el pasillo, se merecía algo más cercano a la verdad.

—¿No serás poli? —murmuró ella—. No es que me lo fueras a decir, pero tengo que preguntar.

Él metió la mano en el bolsillo interior de su abrigo y sacó una tarjeta.

—Imposible que sea poli. Ya no infrinjo la ley tanto como antes, pero nunca me propondrían para darme una insignia aunque la quisiera. Así que, irónicamente, puedes confiar en mí.

Ella le echó un vistazo a lo que él le acababa de dar. *The DiPietro Group*. Con sede allí, en el centro de Caldwell. Unas tarjetas muy caras, un logo muy profesional y llamativo y un montón de números y direcciones de correo electrónico para ponerse en contacto con él. Mientras dejaba la tarjeta sobre el tocador, su instinto le dijo que era cierto que no pertenecía al cuerpo de policía de Caldwell. Lo de confiar en él ya era otra historia. Ella ya no confiaba en los hombres.

Sobre todo en los que le atraían.

—Entonces ¿te pasa muy a menudo? —dijo.

Marie-Terese reanudó el trabajo de limpiarle la cara, recorriéndola de arriba abajo desde la mejilla hasta la boca.

—Con la mayoría de la gente no hay problema. Y el jefe cuida de nosotras. Nunca me han hecho nada.

—¿Eres bailarina?

Por un momento, fantaseó con la idea de decirle que lo único que hacía era pasar el rato en una de aquellas jaulas, moviéndose un poco y limitándose a alegrarle la vista a la gente. Podía adivinar lo que haría él. Respiraría hondo aliviado, y empezaría a dirigirse a ella como si fuera una mujer cualquiera que le atrajese. Sin complicaciones, sin implicaciones, un simple flirteo entre dos personas que tal vez acabara en la cama.

Su silencio le hizo respirar hondo, pero no precisamente de alivio. Mientras exhalaba, los músculos que recorrían su cuello se tensaron como duras cuerdas, como si estuviera reprimiendo un gesto de dolor.

La cuestión era que ella nunca más iba a tener un acercamiento normal a un hombre. Tenía un secreto oscuro, de esos que tienes que calcular cuántas citas pueden pasar antes de tener que contarlo para no convertirte en una mentirosa por omisión.

—¿Qué tal las manos? —dijo para llenar el vacío.

Él las levantó y ella le examinó los nudillos. Los de la mano derecha estaban magullados y sangraban, y mientras aplicaba la toallita sobre ellos, le preguntó:

—¿Acudes a menudo al rescate de mujeres?

—No, la verdad es que no. Has perdido un pendiente, por cierto.

Ella se tocó el lóbulo de la oreja.

—Sí, lo sé. Me iba a poner otros hoy. Pero…

—Me llamo Vin, por cierto. —Extendió la mano y esperó—. Encantado de conocerte.

En otras circunstancias, ella le habría sonreído. Hacía diez años —y toda una vida— habría tenido que sonreírle mientras posaba la mano sobre la suya y se la estrechaba. Ahora, lo único que sentía era tristeza.

—Encantada de conocerte, Vin.

—¿Y tu nombre?

Ella separó la mano de la de él y bajó la cabeza para concentrarse en sus nudillos.

—Marie-Terese. Me llamo… Marie-Terese.

Tenía unos ojos maravillosos.

Marie-Terese, la del maravilloso nombre francés, tenía unos ojos absolutamente maravillosos. Y era tan delicada con las manos mientras lo limpiaba cuidadosamente con aquella toallita caliente, como si sus rasguños y heridas fueran algo importante.

Joder, le daban ganas de meterse en otra pelea sólo para que ella volviera a ser su enfermera.

—Deberías ir al médico —le dijo mientras daba unos toquecitos con la toallita en sus nudillos heridos.

Distraídamente, se fijó en que la toalla que originariamente era blanca estaba ahora rosada por su sangre, y se alegraba de que ella llevara puestos unos guantes de látex. No porque él fuera seropositivo, sino porque esperaba que aquel gesto fuera fruto de la costumbre y significara que ella tomaba precauciones en lo que hacía para ganarse la vida.

Él había deseado que sólo se dedicara a bailar. Lo había deseado con todas sus fuerzas.

Ella enjuagó la toalla.

—Digo que deberías ir al médico.

—Estoy bien. —Pero ¿y ella? ¿Qué habría sucedido si él y Jim no hubieran aparecido?

Dios, de repente se planteaba tantas preguntas. Quería saber por qué alguien como ella se dedicaba a aquel tipo de trabajo. Quería saber qué tipo de adversidades la habían llevado hasta el sitio donde estaba. Quería saber qué podía hacer para ayudarla, no sólo aquella noche, sino el día siguiente, y al otro.

Sólo que aquello no era de su incumbencia. Es más, tenía la sensación de que si insistía para que le diera más detalles, se cerraría en banda.

—¿Puedo preguntarte algo? —dijo él, incapaz de contenerse.

Ella dejó la toalla.

—Dispara.

Él sabía que no debía hacer lo que estaba a punto de hacer, pero era incapaz de resistirse a la irrefrenable atracción que ella le provocaba. No tenía nada que ver con su cabeza, sino con su…, vale, «corazón»; apestaba demasiado a melodrama. Pero fuera lo que fuera lo que lo empujaba, venía de lo más profundo de su pecho.

Bueno, tal vez a su esternón ella le importaba de verdad.

—¿Puedo invitarte a cenar?

La puerta del vestuario se abrió de par en par y la prostituta de melena llameante que había provocado la salida de Devina irrumpió en él.

—Vaya, lo siento… No sabía que hubiera nadie aquí.

Se quedó mirando a Vin y sus brillantes labios rojos se ensancharon en una falsa sonrisa que sugería que sabía exactamente quién estaba en el vestuario.

Marie-Terese se separó de él, llevándose con ella la toalla caliente y el cuenco de agua y sus suaves manos.

—Ya nos íbamos, Gina.

Vin se dio por aludido y se puso en pie. Mientras maldecía la interrupción de la pelirroja, vio todo el maquillaje del tocador y recordó que ella tenía más derecho que él a estar allí.

Marie-Terese entró en el baño, y él se la imaginó limpiando el cuenco y escurriendo la toalla y luego quitándose los guantes. Ella saldría de allí, y él le diría adiós y… ella se quitaría aquella chaqueta y volvería a mezclarse con la multitud.

Mientras miraba fijamente la puerta por la que ella había desaparecido y la prostituta que estaba a su lado cotorreaba sin cesar, Vin tuvo una sensación realmente extraña. Era como si una niebla se hubiera formado en el suelo y lo envolviera desde las piernas subiendo por su pecho hasta el cerebro. De repente se sintió caliente por fuera y frío por dentro...

Joder, sabía qué era aquello. Sabía exactamente lo que estaba sucediendo. Habían pasado años, pero sabía qué significaba aquella constelación de sensaciones.

Vin se aferró al taburete y dejó caer el trasero sobre él. «Respira. Intenta respirar, hijo de la gran puta. Respira».

—He visto cómo se iba tu novia —decía la pelirroja mientras se acercaba lentamente a él—. ¿Quieres un poco de compañía?

Extendió unas manos como garras con las uñas de color rojo sangre, y le colocó su manchada solapa.

Él la apartó de un manotazo.

—Para...

—¿Estás seguro?

Dios, cada vez sentía más calor por fuera y más frío por dentro. Tenía que acabar con aquello porque no quería conocer el mensaje que iba a recibir. No quería tener la visión, la comunicación, la revelación del futuro, pero él era un simple telégrafo que no tenía poder alguno para negarse a recibir las cartas que le enviaban.

Primero el hombre del ascensor, después aquellos dos allá fuera, y ahora aquello.

Se había exorcizado del lado oscuro hacía años. ¿Por qué volvía ahora?

La pelirroja se inclinó sobre su oído frotándose contra su brazo.

—Deja que cuide de ti...

—Gina, déjalo, ¿quieres?

Los ojos de Vin se movieron hacia la voz de Marie-Terese y abrió la boca para intentar decir algo. Pero no le salió ni una sola palabra. Peor aún, mientras la miraba, ella se convertía en un vórtice que absorbía su visión haciendo que todo se volviera borroso menos ella. Se preparó para lo que vendría después y efectivamente el temblor empezó por los pies, como había hecho la niebla, y se fue extendiendo por todo el cuerpo adueñándose de sus rodillas, de su estómago y de sus hombros.

—En fin, yo no necesito rogarle a nadie —dijo Gina mientras iba hacia la puerta—. Diviértete con él. De todos modos parece estar demasiado tenso para fiestas.

—¿Vin? —Marie-Terese se acercó—. Vin, ¿me oyes? ¿Estás bien…?

Las palabras salieron de él como burbujas. La voz no era la suya y estaba poseído de tal forma que no sabía lo que decía porque el mensaje no era para él, sino para la persona a la que él se estaba dirigiendo.

Sus oídos sólo escuchaban cosas sin sentido:

—*Ells ls lskow… Ells ls lskow…*

Ella palideció y dio un paso atrás, subiendo la mano hasta el cuello.

—¿Quién?

—*Ells… ls… lskow…*

La voz de Vin era profunda, oscura y, para él, ininteligible, aunque intentaba escuchar correctamente las sílabas, intentaba descifrar en su cabeza lo que le estaba diciendo: ésa era la peor parte de su maldición, él no podía hacer nada para cambiar el futuro, porque no sabía lo que predecía.

Marie-Terese se alejó de él hasta chocar contra la puerta con la cara pálida y los ojos como platos. Con las manos temblando, buscó a tientas el pomo y salió corriendo del vestuario, desesperada por alejarse de él.

Su ausencia hizo que Vin regresara a la realidad liberándose de aquel agarre que estaba grapado a él, rompiendo las ataduras que lo habían convertido en la marioneta de…, de no sabía qué. Nunca lo había sabido. Desde la primera vez que había sido poseído, nunca había tenido ni idea de qué se trataba, de qué decía o de por qué, entre toda la gente del planeta, lo habían elegido a él para soportar tan terrible carga.

Por el amor de Dios, ¿qué iba a hacer? No podía funcionar bien en su negocio ni en su vida con intrusiones como aquéllas. Y no quería volver a la infancia, cuando la gente creía que estaba loco.

Además, aquello no debería estar sucediendo. Él se había ocupado de eso.

Con las manos en las rodillas, dejó caer la cabeza sobre los hombros, su respiración era superficial y los codos bloqueados eran lo único que lo mantenían erguido.

Así fue como lo encontró Jim.

—¿Vin? ¿Cómo va eso, machote? ¿Has tenido una conmoción?

Ojalá fuera eso. Mejor una hemorragia cerebral que lo de hablar raro.

Vin se obligó a mirar al otro hombre. Y como su boca evidentemente aún no había dejado de tener voluntad propia, se oyó decir a sí mismo:

—¿Crees en los demonios, Jim?

El tío frunció el ceño.

—¿Cómo?

—En los demonios…

Hubo una larga pausa, y luego Jim dijo:

—¿Qué tal si te llevo a casa? No tienes buen aspecto.

El hecho de que Jim pasara por alto la pregunta le recordó la condescendencia con que la gente trataba al rarito en la vida. Sin embargo, había muchas otras reacciones, desde la huida de Marie-Terese hasta la crueldad absoluta, que era lo que había sufrido de niño.

Y Jim tenía razón. A casa era exactamente adonde necesitaba ir, aunque se moría de ganas de encontrar a Marie-Terese y contarle... ¿qué? ¿Que entre los once y los diecisiete años había sufrido aquellos «embrujamientos» de forma regular? ¿Que aquello le había costado perder a sus amigos, que lo tacharan de raro y aprender a pelear? ¿Que sentía que hubiera sufrido dos sustos aquella noche?

Y aún más, ¿que tenía que considerar lo que fuera que le hubiera dicho como si fuera la palabra de Dios y protegerse? Porque él nunca se equivocaba. Podían mandarlo al infierno, pero lo que él decía siempre sucedía.

Por eso sabía que nunca se trataban de buenas noticias. Más tarde, alguien de su alrededor, o tal vez la propia persona le contaba lo que había dicho y lo que significaba. Dios, cómo le horrorizaban las repercusiones de la verdad. Cuando era pequeño y se asustaba con mayor facilidad, se encerraba en su cuarto y se acurrucaba bajo las mantas, hecho un ovillo tembloroso.

Igual que veía a los muertos, predecía el futuro. El futuro malo, sangriento y destructivo.

¿En qué tipo de apuro se encontraba Marie-Terese?

—Venga, Vin. Vamos.

Vin miró hacia la puerta del vestuario. Probablemente, lo mejor que podía hacer por aquella mujer era irse sin más. Cualquier cosa que le explicara no haría más que conmocionarla y asustarla más. Pero eso no la ayudaría a evitar el problema que se iba a interponer en su camino.

—Vin, déjame sacarte de aquí.

—Ella está en peligro.

—Vin, mírame. —El hombre señaló sus dos ojos—. Mírame. Ahora te vas a ir a casa. Te han estado golpeando la cabeza en ese pasillo y, al parecer, casi te has desmayado. Pase que no quieras ir al médico. Pero estás loco si crees que voy a dejar que esto se prolongue más. Ven conmigo ahora mismo.

Maldita fuera. Aquella confusa resaca, la desorientación y la confusión, el temor hacia lo que había dicho y la sensación de estar fuera de control… Joder, hasta aquella expresión de «qué coño es esto» en la cara de Jim. Todo aquello le sonaba. Habían sido tantas veces… Vin lo había vivido infinidad de veces, y lo odiaba.

—Tienes razón —dijo intentado dejarlo pasar—. Tienes toda la razón.

Siempre podría volver y hablar con ella más tarde, cuando las cosas no estuvieran tan frescas. Tal vez al día siguiente. Volvería al día siguiente en cuanto abriera el club. Era lo mejor que podía hacer.

Se levantó con cuidado del taburete y fue hasta donde ella había dejado su tarjeta de visita sobre el tocador de maquillaje. Sacó su pluma, escribió un par de palabras en el reverso y observó todas las bolsas. Sabía perfectamente cuál era la suya. Además de la de Ed Hardy de color rosa y violeta, la de Gucci y las dos idénticas de Harajuku Lovers, había una lisa de color negro sin ni siquiera un logo de Nike.

Tras meter la tarjeta dentro de ésa, fue hacia la puerta a grandes zancadas con los hombros doloridos, su mano derecha empezando a palpitarle y las costillas enviándole un agudo aviso cada vez que tomaba aliento. La verdadera putada, sin embargo, era el dolor de cabeza que se había instalado entre sus sienes y que no tenía nada que ver con la pelea. Siempre lo tenía después de…, de lo que diablos fuera aquello.

Una vez en el pasillo, miró hacia ambos lados y no vio ni rastro de Marie-Terese.

Por un momento, la necesidad ardiente de encontrarla lo invadió con fuerza, pero cuando Jim lo cogió del brazo depositó su fe en la racionalidad del otro hombre y se dejó llevar hacia la puerta trasera del club.

—Espera aquí.

Jim llamó a la puerta del jefe y cuando éste apareció, hubo otra ronda de agradecimientos tras los que Vin se encontró respirando aire fresco y limpio.

Dios, vaya nochecita.

Capítulo 15

En el aparcamiento Vin se puso a caminar entre hileras de coches, aunque no tuvo que buscar mucho…, al menos para ver a aquel tío del bigote y las gafas que había presenciado la pelea desde el extremo del pasillo. Por suerte, al pasar uno al lado del otro, el hombre bajó la mirada como si no quisiera problemas y siguió poniéndose la parka, como si hubiera ido al coche a buscarla.

Cuando llegaron a la camioneta, Vin se deslizó en el asiento del acompañante y se frotó con cuidado la dolorida cara.

Dejó caer la cabeza hacia atrás e ignoró la maraña de dolor que le daba vueltas y le centrifugaba la cabeza, haciéndola estallar. Y el dolor de cabeza empeoró cuando cayó en la cuenta de que, aunque él se iba a su casa, Marie-Terese había vuelto al trabajo. Lo que significaba que en ese preciso instante estaba con otros hombres, dándoles…

Tuvo que parar antes de volverse completamente loco.

Miró por la ventanilla y se centró en cómo las farolas relucían y se iban apagando mientras Jim giraba a derecha e izquierda y se detenía en cruces de camino al Commodore.

Cuando se detuvieron delante de la torre, Vin se quitó el cinturón de seguridad y abrió la puerta. No tenía ni idea de si Devina iba a estar en el dúplex o si se habría ido a la casa que aún conservaba en el antiguo barrio de la industria cárnica de Caldie.

Cuando deseó que no estuviera en su cama, se sintió como un cabrón.

—Gracias —le dijo a Jim mientras se bajaba. Antes de cerrar la puerta, se inclinó hacia dentro—. A veces la vida es una auténtica locura, de verdad… Nunca sabes lo que va a suceder, ¿verdad?

—Tienes toda la razón. —El tío se pasó la áspera mano por el pelo—. Escucha, vete con tu chica. Arregla las cosas con ella, ¿vale?

Vin frunció el ceño al darse cuenta de algo.

—¿Eso es todo entre nosotros? ¿Ya está?

Jim suspiró como si le molestara que su consejo sobre su relación hubiera sido ignorado.

—Qué más quisieras.

—¿Por qué no me dices de una vez qué quieres?

Jim apoyó el antebrazo sobre el volante y miró al otro lado del asiento. En el silencio, sus pálidos ojos azules parecían antiguos.

—Ya te he dicho por qué estaba aquí. Pórtate bien con Devina y duerme un poco antes de que te caigas de culo.

Vin sacudió la cabeza.

—Conduce con cuidado.

—Lo haré.

La camioneta arrancó y Vin subió los peldaños escalonados de la entrada del vestíbulo del Commodore. Pasó una tarjeta de entrada por el lector para abrir una de las puertas, y atravesó el vestíbulo de mármol. En la mesa de recepción, el viejo guarda de seguridad nocturno levantó la vista, echó un vistazo a la jeta de Vin y dejó caer el bolígrafo que estaba sujetando.

Supuso que la hinchazón había empezado a hacer acto de presencia. Lo que explicaría por qué Vin tenía problemas para cerrar uno de los ojos.

—Señor DiPietro… ¿Está usted…?

—Que tengas una noche tranquila —dijo Vin mientras se dirigía a zancadas hacia las puertas del ascensor.

—Gracias…

Mientras subía al edificio, Vin pudo echar un ojo a lo que había hecho que al guarda de seguridad se le cayera el bolígrafo. En los espejos tintados del ascensor, se quedó mirando su nariz rota y el corte en la mejilla, y las primeras señales de los cardenales que iba a tener por la mañana.

De repente le empezó a latir la cara al ritmo del corazón. Lo que le hizo preguntarse si no habría pasado nada si no hubiera visto su reflejo.

En el piso veintiocho, salió al pasillo y sacó las llaves. Mientras manipulaba la cerradura, tuvo la sensación de que aquella noche su vida se había llevado una paliza, igual que aquel chico universitario. Todo le parecía raro. Fuera de lugar.

Esperó no tener que tomarlo por costumbre.

Vin abrió la puerta, aguzó el oído y le invadió un agotamiento supremo. No había alarma de seguridad que desactivar y, desde el segundo piso, pudo oír el rumor de la televisión. Estaba en casa. Esperándolo.

Armándose de valor, giró el cerrojo, conectó la alarma y se apoyó contra la pared. Cuando fue capaz de enfrentarse a ello, levantó la vista hacia el hueco de mármol de la escalera y observó el destello azulado de quién sabía qué programa.

Sonaba a película antigua, como a especial cutre de Ginger Rogers y Fred Astaire.

Supuso que no le quedaba más remedio que subir y apechugar, por así decirlo.

Mientras salían del dormitorio murmullos propios de los años cuarenta, se imaginó a Devina recostada sobre los almohadones de Frette vestida con uno de sus ligeros camisones de gasa. Cuando él entrara, se quedaría de una pieza al ver su cara e intentaría hacerle las curas, y se disculparía por haberse ido del club de la misma manera que lo había hecho por no estar disponible la noche anterior.

O lo intentaría. A él no le apetecía practicar sexo esa noche.

Al menos no con ella.

—Mierda —murmuró.

Maldita sea, lo único que le apetecía era coger el coche y volver a aquel club, pero no para intentar mejorar la opinión que Marie-Terese pudiera tener de él. Quería poner sobre la mesa quinientos dólares y comprar algún tiempo con ella. Quería besarla y apretarla contra su cuerpo y recorrer con la manos el interior de sus muslos. Quería sentir la lengua en su boca y en sus pechos, y quería verla jadeante y húmeda. Quería que le dejara poseerla.

La fantasía hizo que se le pusiera dura al momento, aunque aquello no duró, ni las imágenes ni la erección.

Lo que acabó con la fantasía fue el recuerdo de ella con aquella chaqueta. Era tan pequeña. Tan frágil. No era un objeto que comprar, sino una mujer en un negocio brutal, vendiendo su cuerpo por dinero.

No, él no quería estar con ella de esa manera.

Mientras la mecánica pura y dura de la manera en que ella se ganaba su dinero le vino a la mente, Vin pensó que estaba claro que estaba en peligro. Mira lo que había pasado aquella noche. No se podía confiar en los hombres cuando sus pollas estaban de por medio, y él mismo se declaraba culpable de tener aquella especie de pensamiento fálico. En aquel momento, por ejemplo.

Desesperado por tomarse una copa, Vin fue hacia el bar de la sala de estar. Devina había apagado las luces, pero la chimenea eléctrica estaba encendida y las llamas parpadeaban sobre las paredes, convirtiéndolas en líquido y haciendo que las sombras se movieran como si estuvieran siguiendo sus pasos por la habitación.

Con la mano de pegar herida, se sirvió un *bourbon* y, al bebérselo, notó un dolor en el lado de un labio.

Miró a su alrededor, observó todo lo que había comprado con el dinero que había ganado y, bajo la cambiante luz, todo pareció fundirse a su alrededor. El papel de pared se escurría en rebosantes hojas, las estanterías se combaban, los libros y los cuadros se transformaban en fantásticas imágenes dalinianas de sí mismas.

En plena distorsión, sus ojos se elevaron al techo y se imaginó a Devina encima de él.

Ella era sólo una cosa más de las que había comprado, ¿no era así? La había comprado con ropa, viajes, joyas y gastando dinero.

Y había comprado aquel diamante el día anterior no porque quisiera que ella tuviera la piedra en señal de amor, era sólo una parte más de una transacción en curso.

La verdad era que él nunca le había dicho a Devina que la quería, pero no por represión emocional, sino porque ésos no eran sus sentimientos hacia ella.

Vin sacudió la cabeza hasta que su cerebro dio las vueltas suficientes para que la habitación volviera a la normalidad. Se bebió de un trago el resto del *bourbon* y rellenó el vaso. Y se lo bebió.

Y otra vez. Y se lo volvió a beber. Y se volvió a echar.

No tenía ni idea de cuánto tiempo había permanecido delante del mueble bar bebiendo de pie, pero pudo medir cómo había bajado el nivel de la botella. Y tras diez centímetros decidió terminar lo que quedaba y se llevó el Woodford Reserve al sofá que estaba enfrente de la cristalera.

Mientras miraba fijamente la ciudad, se emborrachó por completo. Estaba pedo. Como una cuba. Condenadamente echado a perder hasta tal punto que no sentía ni las piernas ni los brazos, y tuvo que dejar caer la cabeza hacia atrás contra el cojín porque no era capaz de seguir sosteniéndola.

Al cabo de un rato, Devina apareció desnuda detrás de él. Su reflejo, en la entrada de la sala de estar, brillaba en el cristal.

A través de la bruma de su estado entumecido, se dio cuenta de que algo le pasaba…, algo le pasaba a su forma de moverse, a cómo olía.

Intentó levantar la cabeza para poder ver con mayor claridad, pero era como si la maldita estuviera pegada con velcro al respaldo del sofá, y aunque lo intentó hasta que el aliento le bloqueó la garganta, no fue capaz de moverse.

La habitación se volvió a degradar como si estuviera teniendo un mal viaje por culpa de un ácido, y se quedó sin fuerzas. Estaba congelado. A la vez vivo y muerto.

Devina no se quedó detrás de él.

Dio la vuelta al sofá y sus ojos se abrieron como platos cuando la tuvo delante. Tenía el cuerpo en descomposición, sus manos se habían transformado en garras, su cara no era más que una calavera con tiras de carne gris colgando de las mejillas y la barbilla. Atrapado en su cuerpo paralizado, intentó con todas sus fuerzas irse, pero no había nada que pudiera hacer mientras ella se acercaba.

—Hiciste un trato, Vin —dijo ella con una voz oscura—. Conseguiste lo que querías, y un trato es un trato. No puedes echarte atrás.

Él intentó sacudir la cabeza, intentó hablar. Ya no la quería. Ni en su casa, ni en su vida. Algo había cambiado al ver a Marie-Terese, o tal vez había sido Jim Heron, aunque por qué aquel tipo podía tener algo que ver era algo de lo que no tenía ni idea. Pero fuera cual fuera la causa, lo que sabía era que no quería a Devina.

Ni cuando estaba guapa ni, con certeza, así.

—Sí me quieres, Vin. —Su horrible voz no resonaba sólo en sus oídos, sino en todo su cuerpo—. Tú me pediste que viniera a ti y yo te di lo que querías y más. Hiciste un trato y aceptaste todo lo que yo puse en tu vida, te lo has comido, bebido y follado. Yo soy la responsable de ello y tú te debes a mí.

De cerca no tenía ojos, sólo unas cuencas vacías que eran agujeros negros. Y aun así lo veía. Como Jim había dicho, ella veía directamente su interior.

—Tienes lo que querías, incluyéndome a mí. Y todo tiene un precio y exige un pago. Mi precio es que tú y yo estemos juntos para siempre.

Devina se montó encima de él, poniendo una rodilla esquelética a cada lado de sus muslos, plantando sus horribles y destrozadas manos sobre sus hombros. El hedor de su carne podrida se le introdujo en la nariz y los duros extremos de sus huesos se le clavaron. Sus asquerosas manos buscaron su bragueta y él se retrajo dentro de su piel.

No… No, él no quería. Él no la quería.

Mientras Vin luchaba por abrir la boca y no conseguía despegar la mandíbula, ella sonreía con unos labios cerosos que dejaban a la vista unos dientes anclados en unas encías negras.

—Eres mío, Vin. Y yo siempre cojo lo que me pertenece.

Devina le agarró la polla, que estaba dura de terror, y la alzó entre sus piernas separadas.

Él no quería. Él no la quería. No…

—Demasiado tarde, Vincent. Es hora de que te reclame, no sólo en este mundo, sino en el siguiente.

Y entonces lo agarró, acompasó su cuerpo en descomposición con el suyo, y cogió su carne con un apretón frío y áspero.

Lo único que se movía sobre él, aparte de ella, eran sus lágrimas. Le corrían por las mejillas y por el cuello, donde el cuello de su camisa las absorbía. Atrapado bajo ella, poseído en contra de su voluntad, intentó gritar, intentó alcanzar…

—¡Vin! Vin…, ¡despierta!

De repente se le abrieron los ojos. Devina estaba justo delante de él, con una expresión de pánico en su hermosa cara y tendiéndole sus elegantes manos.

—¡No! —gritó. La apartó de su camino, se puso de pie demasiado rápido y se cayó de bruces sobre la alfombra, aterrizando como su vaso con un fuerte golpe.

—¿Vin…?

Él se dio la vuelta y levantó las manos para pelearse con ella…

Pero ella ya no lo seguía. Devina estaba tirada en el sofá donde él había estado, con su brillante cabello sobre el cojín en el que él había reposado, con su piel pálida y perfecta resaltada por un camisón de satén color marfil. Tenía los ojos como él los había tenido, abiertos como platos, aterrorizados, confusos.

Jadeando, se agarró el pecho, donde su corazón latía a mil por hora, e intentó descifrar qué era real.

—Tu cara —dijo ella finalmente—. Dios mío…, tu camisa. ¿Qué ha pasado?

¿Quién era ella? Se preguntó a sí mismo. El sueño o… ¿Qué era lo que estaba viendo ahora?

—¿Por qué me miras así? —susurró ella, cubriéndose la base del cuello con la mano.

Vin bajó la vista hacia su bragueta. Estaba cerrada y tenía el cinturón abrochado, y tenía la polla blanda dentro de los calzoncillos. Echó un vistazo a la habitación y encontró todo como siempre había estado, en perfecto y lujoso orden, con las llamas de la chimenea dándole un maravilloso efecto a la escena.

—Joder… —gruñó.

Devina se levantó lentamente, como si le diera miedo asustarlo de nuevo. Se quedó mirando la botella de alcohol que estaba tirada en el suelo al lado del sofá y dijo:

—Estás borracho.

Cierto. Borracho como una cuba. Hasta un punto que no estaba seguro de poder soportar… Hasta tal punto que podría estar empezando a alucinar. Hasta tal punto que quizá nada de aquello había sucedido. Lo cual sería una bendición.

Sí, la idea de que todo había sido una pesadilla fruto del *bourbon* lo tranquilizó más que mil respiraciones profundas.

Cogió impulso para levantarse, pero perdió el equilibrio y fue dando tumbos hasta que chocó contra la pared.

—Deja que te ayude.

Él levantó la mano para impedírselo.

—No, quédate ahí. Estoy bien. Estoy perfectamente.

Vin se recompuso y, cuando estuvo preparado, buscó la cara de ella. Lo único que vio fue amor, preocupación y confusión. Y también dolor. Sólo parecía una mujer increíblemente atractiva preocupada por el hombre al que estaba mirando.

—Me voy a la cama —dijo él.

Vin salió de la habitación y ella lo siguió escaleras arriba, en silencio. Mientras intentaba no sentirse ofendido, se recordó a sí mismo que el problema no era ella. Era él.

Cuando llegó a la puerta del baño principal, dijo:

—Dame un minuto.

Después de encerrarse en él, abrió la ducha, se quitó la ropa y se metió debajo del agua caliente. No sentía el agua pulverizada ni siquiera en su cara destrozada, y lo consideró una prueba de que, por muy borracho que estuviera, tenía que ser un poco más generoso en sus consideraciones.

Cuando salió, Devina lo estaba esperando con una toalla. No le dejó que lo secara, aunque sin duda ella habría hecho mejor el trabajo, y se puso un pantalón de pijama aunque solía dormir desnudo.

Se metieron en la cama uno al lado del otro pero sin tocarse, con la televisión parpadeando como una chimenea con llamas azules. En un momento de locura, se preguntó si también aquellas paredes se iban a derretir, pero no. Se quedaron como estaban.

En la tele, Fred y Ginger bailaban. El vestido de ella se movía con fuerza y el frac de él hacía lo mismo.

O Vin no había estado mucho tiempo fuera o aquello era una maratón en un canal cualquiera que ella había elegido.

—¿No me vas a contar lo que ha pasado? —dijo Devina.

—Una simple pelea de bar.

—No con Jim, espero.

—Él estaba de mi lado.

—Ah. Vale. —Silencio.

Y luego:

—¿Necesitas ir al médico?

—No.

Más silencio.

—Vin…, ¿qué estabas soñando?

—Vamos a dormir.

Cuando ella estiró el brazo para coger el mando de la tele y apagarla, él dijo:

—Déjala encendida.

—Tú nunca duermes con la televisión encendida.

Vin frunció el ceño mientras miraba cómo Fred y Ginger se movían a la vez, mirándose fijamente como si no pudieran apartar la mirada el uno del otro.

—Esta noche es diferente.

Capítulo 16

Unos golpes en la puerta despertaron a Jim a la mañana siguiente.

Aunque estaba dormido como un tronco, recobró la consciencia al momento… y apuntó con el cañón de una pistola de 40 milímetros hacia el otro lado del estudio. Tenía las persianas de la ventana grande delantera y de las dos pequeñas de encima del fregadero de la cocina bajadas, con lo cual no tenía ni idea de quién podría ser.

Y teniendo en cuenta su pasado, podía tratarse no precisamente de un amigo.

Perro, que estaba acurrucado a su lado, levantó la cabeza y dejó escapar un murmullo inquisitorio.

—Ni idea de quién es —dijo Jim mientras se quitaba las mantas de encima y se dirigía completamente desnudo hasta la esquina de las cortinas delanteras. Las separó ligeramente y vio el M6 aparcado en el camino de acceso a su casa.

—¿Vin? —gritó.

—Sí —fue la respuesta amortiguada.

—Espera.

Jim volvió a guardar el arma en la funda que estaba colgada en el cabecero de la cama y se puso unos calzoncillos. Cuando abrió la puerta, Vin diPietro estaba de pie al otro lado, hecho un desastre. Aunque se había duchado y afeitado y se había puesto su ropa informal de tipo rico, tenía la cara magullada y su expresión era condenadamente lúgubre.

—¿Ya has visto las noticias? —preguntó.

—No. —Jim se echó hacia atrás para que el tío pudiera entrar—. ¿Cómo me has encontrado?

—Chuck me dijo dónde vivías. Te iba a llamar, pero él no tenía tu número. —Vin fue hacia la televisión y encendió el aparato. Mientras recorría todos los canales, *Perro* se acercó y lo olfateó.

El tío debió de aprobar el examen, porque el animal se sentó sobre sus mocasines.

—Mierda, no lo encuentro… Lo han puesto en todos los programas de noticias locales —murmuró Vin.

Jim le echó un vistazo al reloj digital que tenía al lado de la cama. Las siete y diecisiete. La alarma debería haber sonado a las seis, pero obviamente se había olvidado de ponerla.

—¿Qué dicen las noticias?

En ese momento, el programa *Today* hizo una conexión local y salió la reportera de la emisora de Caldwell, casi guapa, mirando a la cámara con gravedad.

—Los cadáveres de los dos jóvenes, que fueron encontrados en la manzana mil ochocientos de la calle Diez a primera hora de esta mañana, han sido identificados como Brian Winslow y Robert Gnomes, ambos de veintiún años. —Aparecieron en la pantalla las fotos de los dos cabezas de chorlito de los que él y Vin se habían ocupado la noche anterior, a la derecha de la cabeza de la rubia—. Al parecer víctimas de heridas de bala, sus cuerpos fueron encontrados por el cliente de un club alrededor de las cuatro de la mañana. Según el portavoz del Departamento de Policía de Caldwell, ambos eran estudiantes de la Universidad del Estado de Nueva York de Caldwell y compañeros de piso, y fueron vistos por última vez saliendo hacia La Máscara de Hierro, un local de moda de la ciudad. De momento no hay ningún sospechoso. —El ángulo de la cámara cambió y ella se giró hacia la nueva lente—. Y pasamos a un tema completamente distinto: una nueva retirada del mercado de la mantequilla de cacahuete...

Vin lo miró por encima del hombro con actitud serena y tranquila, lo que revelaba que no era la primera vez que se las veía con la policía.

—El tío del bigote y las gafas que miraba desde el pasillo cuando nos estábamos peleando podría suponer un problema. Nosotros no los matamos, pero es probable que se nos compliquen las cosas.

Tenía toda la razón.

Jim se giró, fue hacia el armario y sacó el café soluble. Sólo quedaba un centímetro y medio de granulado en el bote: insuficiente para una taza, y mucho menos para dos. No pasaba nada, de todos modos sabía a comida para cerdos.

Volvió a guardar el tarro y fue a la nevera aunque no había nada en ella.

—¿Hola? ¿Estás ahí, Heron?

—Te he oído —dijo, y deseó con todas sus fuerzas que no se hubieran cargado a aquellos dos idiotas. Meterse en una pelea era una cosa. Estar implicado en un tiroteo era otra totalmente distinta. Tenía la suficiente confianza en su identificación falsa a nivel local; después de todo, la había creado el Gobierno de Estados Unidos. Pero lo último que necesitaba era encontrarse con sus antiguos jefes, y ser declarado sospechoso de asesinato por el Departamento de Policía de Caldwell llamaría la atención sobre él inmediatamente.

—Me gustaría llevar esto lo más discretamente posible —dijo mientras cerraba la puerta de la nevera.

—A mí también, pero si el dueño de ese club me quiere encontrar, puede.

Eso era verdad; Vin le había dado su tarjeta a la prostituta que habían rescatado. Suponiendo que la bolsa negra fuera suya y que no la hubiera tirado, el contacto estaba ahí.

Vin se inclinó y rascó a *Perro* detrás de las orejas.

—Dudo que consigamos mantenernos totalmente al margen de esto. Aunque tengo unos abogados excelentes.

—Estoy seguro de ello. —Mierda, pensó Jim. No podía limitarse a desaparecer de la ciudad. No con el futuro de Vin pendiendo de un hilo en Caldwell.

Era justo lo que les faltaba.

Jim hizo un gesto con la cabeza hacia el baño, que tenía la puerta abierta.

—Oye, será mejor que me duche y que me vaya a trabajar. El tío al que le estoy construyendo la casa puede llegar a ser muy gilipollas.

Vin levantó la vista medio sonriendo.

—Es curioso, a mí me pasa lo mismo con mi jefe. Sólo que yo trabajo para mí mismo.

—Al menos eres consciente de ello.

—Más que tú. Es sábado, así que no tienes que ir a la obra.

Sábado. Maldición, había olvidado en qué día vivía.

—Odio los fines de semana —murmuró.

—Yo también. Por eso me los paso trabajando. —Vin miró a su alrededor y se fijó en los dos montones de ropa—. Podrías aprovechar para ordenar esto.

—¿Para qué? El de la izquierda es el limpio y el de la derecha el sucio.

—Pues deberías ir a la lavandería, porque hay ahí una montaña que no presagia nada bueno para los calcetines limpios.

Jim cogió los vaqueros que se había puesto la noche anterior y los lanzó a la «montaña» de la ropa sucia.

—Se te ha caído algo. —Vin se agachó y recogió el pequeño pendiente de oro que había estado en el bolsillo delantero desde el miércoles por la noche—. ¿De dónde has sacado esto?

—Del callejón que hay al lado de La Máscara de Hierro. Estaba en el suelo.

Los ojos de Vin se clavaron en el objeto como si valiera mucho más que los dos dólares que probablemente había costado hacerlos y los quince por los que los habían vendido.

—¿Te importa que me lo quede?

—En absoluto. —Jim vaciló—. ¿Estaba Devina en casa cuando volviste?

—Sí.

—¿Solucionaste las cosas?

—Supongo. —El tipo hizo desaparecer el aro de oro en el bolsillo del pecho—. ¿Sabes? Me fijé en cómo te ocupabas de aquel chico anoche.

—No te gusta hablar de Devina.

—Mi relación con ella es cosa mía y de nadie más. —Vin entrecerró los ojos—. Has sido entrenado para pelear, ¿verdad? Y no en una academia de artes marciales de tres al cuarto.

—Mantenme informado si te enteras de algo de la policía. —Jim se metió en el baño y abrió la ducha. Las cañerías gimieron y vibraron, y un chorro anémico salió en forma de arco y cayó sobre el suelo de plástico del cubículo. —Y no te molestes en cerrar la puerta cuando te vayas. *Perro* y yo estaremos bien.

El tío se encontró con los ojos de Jim reflejados en el pequeño espejo que había sobre el lavabo.

—Tú no eres quien dices ser.

—¿Y quién lo es?

De repente, la cara de Vin se ensombreció como si se hubiera acordado de algo horrible.

—¿Estás bien? —preguntó Jim frunciendo el ceño—. Parece que hayas visto un fantasma.

—Anoche tuve una pesadilla. —Vin se pasó una mano por el pelo—. Aún la tengo presente.

De repente, Jim oyó su voz dentro de su cabeza: «¿Crees en los demonios?».

Perro gimió y empezó a moverse de uno a otro, renqueante, y a Jim se le erizó el vello de la nuca.

—¿Sobre quién iba el sueño?

No era una pregunta.

Vin dejó escapar una risa forzada, dejó una tarjeta de visita sobre la mesa de centro y se dirigió a la puerta.

—Sobre nadie. No sé de quién iba.

—Vin…, cuéntamelo. ¿Qué coño pasó cuando volviste a casa?

La luz del sol se coló en el estudio cuando éste salió al rellano de la escalera.

—Te avisaré si la policía se pone en contacto conmigo. Tú haz lo mismo. Te dejo mi tarjeta.

Estaba claro que no tenía sentido intentar sonsacarle.

—Vale, bien, hazlo. —Jim recitó su número de móvil y no le sorprendió que Vin lo memorizara sin escribirlo—. Y oye, será mejor que te mantengas alejado de ese club.

Dios sabía que añadir unas rejas a la ecuación no iba a facilitar las cosas. Además, Vin había mirado a aquella prostituta morena de la manera en que debería mirar a Devina, lo que significaba que cuanto menos tiempo estuviera cerca de ella, mejor.

—Ya te llamaré —dijo Vin antes de cerrar la puerta.

Jim se quedó mirando los paneles de madera mientras oía los pesados pasos escaleras abajo y luego el sonido de un potente motor al encenderse. Cuando el M6 salió crepitando por el camino de grava, dio la vuelta, dejó salir a *Perro* y se metió en la ducha antes de que su caldera de agua caliente de litro y medio no pudiera ofrecerle más que agua fría.

Mientras se enjabonaba, la pregunta que Vin le había hecho la noche anterior resonó de nuevo en su cabeza.

«¿Crees en los demonios?».

Al otro lado de la ciudad, Marie-Terese estaba sentada en su sofá con los ojos clavados en una película que no estaba viendo. Era la ¿cuarta? ¿La quinta? La noche anterior no había dormido. Ni siquiera había intentado poner la cabeza en la almohada.

Tenía a Vin en la cabeza… En la cabeza y hablando con aquella extraña voz: «Él viene a por ti. Él viene a por ti».

Cuando entró en aquel extraño trance en el vestuario, el mensaje que había salido de su boca había sido aterrador, pero sus mirada fija había sido incluso peor. ¿Y su primera respuesta? No había sido: «¿De qué demonios estás hablando?». No, ella había pensado para sus adentros: «¿Cómo lo sabes?».

Sin saber qué hacer o cómo actuar ella misma, y mucho menos con él, había salido disparada del vestuario y le había dicho a su amigo que entrara.

Bajó la vista hacia la tarjeta de visita que tenía en la mano. Le dio la vuelta por enésima vez y observó lo que él había escrito: «Lo siento».

Ella creía que…

El timbre del teléfono sonó a su lado y le dio un susto de muerte, sobresaltándola hasta tal punto que la tarjeta se le cayó de las manos y salió volando.

Recobrando el aliento, alcanzó el teléfono móvil que estaba a su lado en el sofá, pero la llamada se cortó antes de que pudiera ver quién era y contestar. Mejor, no le apetecía hablar con nadie, y seguramente era alguien que se había equivocado.

Aquel pequeño Nokia era el único teléfono que tenía. El que estaba en la cocina conectado por un cable a la pared no tenía línea porque nunca la había dado de alta. La cuestión era que, por muy privado que pretendieras que fuera un teléfono fijo, era más fácil que la gente descubriera tu identidad que con un móvil, y para ella permanecer en el anonimato era fundamental, por eso sólo había buscado alquileres que incluyeran los gastos en el precio mensual: así las facturas permanecían a nombre del casero, en lugar de tener que cambiarlas al suyo.

Mientras dejaba el teléfono pensó en el pasado, en la forma en que eran las cosas antes de que intentara dejar a Mark. Entonces su hijo se llamaba Sean. Y ella Gretchen. Su apellido era Capricio.

Y era pelirroja natural. No como Gina, la del club.

Marie-Terese Boudreau era una mentira absoluta, lo único real que había conservado era su fe católica. Nada más. Bueno, eso y la deuda con los abogados y el investigador privado.

En aquel momento, cuando todo hubo terminado, había tenido la opción de entrar en el programa de protección de testigos. Pero los policías podían estar comprados, Dios sabía que había aprendido la lección de su ex y sus capos. Así que hizo lo que tenía que hacer con el fiscal del distrito y, cuando Mark fue declarado culpable de un delito menor, ella fue oficialmente libre para huir hacia el este y alejarse tanto de Las Vegas como le fuera posible.

Dios, no le había gustado nada tener que explicarle a su hijo que se iban a cambiar los nombres que habían tenido hasta entonces. Le preocupaba que no lo entendiera, pero cuando ella se lo empezó a explicar, él la interrumpió. Tenía clarísimo por qué lo tenían que hacer y le dijo que era para que nadie supiera dónde estaban.

Aquella facilidad para entenderlo le había roto el corazón.

El móvil le volvió a silbar y ella contestó. Poca gente tenía su número: Trez, las niñeras y el Centro de Madres Solteras.

Era Trez y la cobertura no era muy buena, por lo que supuso que debía de estar en el coche.

—¿Todo bien? —preguntó ella.

—¿Has visto las noticias?

—He estado viendo HBO.

Mientras Trez empezaba a contarle, Marie-Terese cogió el mando y puso la cadena local de la NBC. Estaban con el programa *Today*.

La última hora de las noticias locales le pusieron los pelos de punta.

—Vale —le dijo a él—. Está bien. Sí, claro. ¿Cuándo? Vale, allí estaré. Gracias. Adiós.

—¿Qué pasa, mamá?

Antes de levantar la vista hacia su hijo, retomó el control de su cara y cambió de expresión. Cuando finalmente se volvió hacia él, pensó que parecía más cerca de los tres años que de los siete, con aquel pijama y su manta arrastrando por el suelo.

—Nada. Todo va bien.

—Siempre dices lo mismo. —Se acercó y trepó al sofá. Cuando ella le pasó el mando, él no cambió de canal a Nickelodeon. Ni siquiera miró hacia la tele—. ¿Por qué estás así?

—¿Así cómo?

—El mal rato ha vuelto.

Marie-Terese extendió los brazos y le besó la cabeza.

—Todo va a ir bien. Escucha, le pediré a Susie o a Rachel o a Quinesha que vengan y se sienten aquí contigo un rato. Tengo que ir un minuto al trabajo.

—¿Ahora?

—Sí, pero antes te haré el desayuno. ¿Tony el Tigre?

—¿Cuándo volverás?

—Antes de comer. O justo después, como mucho.

—Vale.

Mientras se dirigía a la cocina, marcó el número del servicio de niñeras del Centro para Madres Solteras y rezó mientras empezaba a sonar. Cuando le salió el buzón de voz dejó un mensaje y se puso a llenar un cuenco de Frosties.

Le temblaban tanto las manos que se le cayeron los cereales de la caja.

Aquellos dos jóvenes universitarios del club estaban muertos. Les habían disparado en el callejón que estaba al lado del aparcamiento. Y la policía quería hablar con ella porque el cliente del club que había encontrado los cuerpos había dicho que había visto cómo la molestaban.

Mientras cogía la leche, se dijo que era sólo una coincidencia. En el centro de la ciudad asaltaban continuamente a la gente por la fuerza, y aquellos chicos iban claramente puestos de drogas. Tal vez estaban intentando pillar y la transacción se había ido al diablo.

Por favor, que no se viera involucrada en aquello, pensó. Por favor, que su antigua vida no la atrapara de nuevo.

La voz de Vin resonó en su cabeza. «Él viene a por ti»…

Bloqueó con decisión aquella parte de la situación para no perder la cabeza con el miedo y se centró en el hecho de que, en menos de media hora, iba a estar sentada con la policía. Trez parecía convencido de que su tapadera iba a colar, de que todo ese rollo de «sólo soy una bailarina» era un acorazado. Dios mío…, pero ¿y si la detenían por lo que había hecho?

Pues sí, aquella era otra de las cosas que había aprendido de su marido: si tenías una vida con unos cimientos poco firmes, las paredes podían derrumbársete encima en un abrir y cerrar de ojos una vez que la policía empezara a hacer preguntas.

Resultaba que había sido precisamente por eso por lo que ella había tenido que salir huyendo. Él y sus «amigos» habían matado a un «cliente» de más en el negocio «de la construcción» y tanto la policía federal como la local se les habían echado encima. Lo único que la salvó fue el hecho de que, como simple esposa, no tenía ni idea de cómo funcionaba aquella mafia. Su amante, sin embargo, sabía mucho más y había sido acusada de cómplice.

Vaya lío que había sido. Vaya lío que seguía siendo.

Marie-Terese le llevó el cuenco de cereales a su hijo y le dio una de sus dos bandejas de ver la tele. Mientras iba de un lado a otro, su corazón latía tan fuerte que esperó que Robbie no pudiera oírlo, aunque intentó por todos los medios parecer tranquila.

Estaba claro que él no se había tragado su actuación.

—¿Nos vamos a volver a mudar, mamá?

Ella dejó de abrir las patas de la bandeja. Nunca le mentía a su hijo —vale, al menos no sobre la mayoría de las cosas—, pero no estaba segura de cómo suavizar sus palabras.

Aunque no había manera de hacerlo, ¿no?

El teléfono volvió a sonar y ella miró a su hijo antes de contestar a la llamada de una de las niñeras.

—No lo sé.

Capítulo 17

Mientras Vin conducía por las afueras de Caldwell, más con el piloto automático puesto que consciente de lo que hacía, era difícil saber qué le preocupaba más: aquella mierda de los chicos muertos o el espantoso sueño sobre Devina.

Estaba claro que los policías se dejarían caer por La Máscara de Hierro para echar un vistazo, y si alguien abría la boca en relación a lo que había pasado en el vestíbulo, querrían ver qué habían grabado las cámaras de seguridad. Lo que no serían buenas noticias. Por supuesto, ni él ni Jim habían dado el primer puñetazo ni habían sacado una navaja, pero estaba claro que ellos seguían vivitos y coleando mientras los otros dos tenían una recua de marcapasos de plomo implantados en el pecho.

Y aquella horrible pesadilla... Había sido tan real que todavía podía sentir aquellas manos huesudas sobre sus hombros. Demonios, nada más pensar en eso su pene se arrugó en la bragueta como si quisiera hibernar en la parte baja de su intestino.

«Hiciste un trato y aceptaste todo lo que yo puse en tu vida: te lo has comido, bebido y follado. Yo soy la responsable de eso y tú te debes a mí».

¿Un trato? ¿Qué trato? Por lo que él sabía, él no había hecho nada por el estilo con ella. Ni con nadie más.

¿Qué más daba?, estaba discutiendo algo que había vivido en sueños. Era de locos.

Conclusión: terminaría con Devina lo antes posible, y no porque estuviera claro que su subconsciente tenía problemas con ella. La cuestión era que su relación no se basaba en el amor y que nunca se había basado en la pasión. La pasión era sexo con alma, y no importaba cuántas veces le hubiera hecho correrse, lo único que estaba implicado era su cuerpo.

Pensaba que aquello era suficiente. Había asumido que era lo que quería. Pero la primera señal de que algo iba mal se produjo cuando no fue capaz de hacerle la gran pregunta.

Y mirar a los ojos a Marie-Terese le había rematado.

Por supuesto, aquello no significaba que él y Marie-Terese fueran a cabalgar juntos al atardecer hacia el horizonte; su reacción hacia ella simplemente le demostraba que faltaban muchas cosas entre él y la mujer con la que tenía pensado casarse.

Dios, lo de decirlo en pasado era como una bofetada.

Se volvió a centrar en la carretera y maldijo al darse cuenta de dónde estaba. En lugar de conducir hacia la oficina, que era lo que pretendía, había acabado en Trade Street. Al pasar por delante de La Máscara de Hierro, redujo la velocidad. Había dos coches de policía aparcados delante del club y un agente al lado de la puerta principal.

Lo más inteligente sería pasar de largo.

Y eso hizo. Más o menos.

Vin fue hasta la calle siguiente y, girando a la izquierda, rodeó el club para llegar hasta donde los coches estaban aparcados en la parte de atrás. Cuando estaba entrando en el aparcamiento, se detuvo. Había más coches de policía en la parte trasera, y en la manzana de al lado había una cinta amarilla para marcar la escena del crimen atravesada entre dos edificios.

Así que había sido allí donde habían tenido lugar los asesinatos.

El claxon de un coche le hizo mirar por el espejo retrovisor. Detrás de él había un Toyota Camry verde oscuro..., y Marie-Terese iba en el asiento del conductor.

Puso el cambio de marchas en punto muerto, echó el freno de mano y salió. Mientras él se dirigía hacia el coche, ella bajó la ventanilla, lo que él consideró una buena señal.

Dios, le encantó su aspecto con el pelo recogido hacia atrás en una cola de caballo y con un simple cuello cisne rojo y unos vaqueros. Sin todo aquel maquillaje estaba realmente preciosa y, al inclinarse, olía no a perfume, sino a sábanas limpias, de esas que olían a sol.

Vin respiró hondo y sintió cómo sus hombros se relajaban por primera vez desde..., desde ni sabía cuándo.

—¿También te han llamado a ti? —preguntó levantando la vista para mirarlo.

Él volvió a la realidad.

—¿La policía? Aún no. ¿Vas a hablar ahora con ellos?

Ella asintió.

—Trez me llamó hace una media hora. He tenido suerte de poder conseguir una niñera.

¿Una niñera? Sus ojos se giraron hacia el volante, donde ella tenía las manos. No había alianza, pero tal vez tuviera novio… Aunque ¿qué clase de hombre iba a permitir que su chica hiciera lo que ella hacía cada noche? Vin se prostituiría él mismo si ella estuviera con él.

Mierda… ¿Cómo iba a esquivar la pregunta inevitable de qué hacía en el club?

—Escucha, si necesitas un abogado, conozco a algunos muy buenos. —¿No era un buen momento para ofrecer tarjetas de abogados?—. Tal vez deberías conseguir uno antes de hablar con la policía, como tú…

—Todo irá bien. Trez no está preocupado, y yo no lo estaré hasta que él lo esté.

Mientras sus ojos se movían nerviosos, él se dio cuenta de que ella ya tenía un plan de escape y no hacía falta ser Einstein para imaginarse cuál podría ser. Estaba claro que desaparecería si la cosa se ponía muy fea y, por alguna razón, eso le hizo ponerse nervioso.

—Tengo que entrar —dijo ella, señalando el coche de él con la cabeza—. Estás bloqueando la entrada del aparcamiento.

—Sí, claro —dijo vacilante.

Tenía atragantada en la garganta la pregunta que necesitaba hacerle, retenida por la convicción de que aquél no era ni el momento ni el lugar, pero impulsada por el «¿entonces cuándo?».

—Tengo que irme —dijo ella.

—¿Qué te dije anoche? En el vestuario. Cuando… ya sabes. —Ella palideció y él tuvo ganas de pegarse a sí mismo—. Quiero decir…

—Lo siento, pero tengo que irme, de verdad.

Joder, no tenía que haber sacado el tema.

Jurando en silencio, golpeó una vez el puño contra el techo a modo de despedida y se dirigió hacia su coche.

De vuelta en el M6, encendió el motor, quitó el freno de mano y se apartó de su camino, girando lentamente en redondo mientras ella aparcaba el coche con el morro hacia el club y salía del Camry.

El dueño abrió la puerta de atrás a medida que ella se iba acercando y el tío echó un vistazo al aparcamiento, como cuidando de ella. Cuando sus ojos se posaron sobre el M6, asintió con la cabeza como si hubiera sabido todo el rato que Vin estaba ahí, y de repente Vin notó que las sienes le ardían y que la presión aumentaba dentro de su cabeza, como si algo estuviera empujando desde dentro de él. De pronto, sus pensamientos se mezclaron como una baraja de cartas que hubieran tirado sobre una mesa, volando en todas direcciones, desparramando caras por aquí y por allá.

Tan pronto como empezó, terminó. Su mente se aclaró y todo, desde sus ases hasta sus comodines, se puso en orden.

Mientras él hacía una mueca de dolor y se frotaba la cabeza, Trez sonrió abiertamente y le dijo algo a Marie-Terese que la hizo mirar sobre el hombro hacia el M6. Antes de que ambos se metieran dentro, ella levantó la mano haciendo un pequeño gesto y luego la puerta se cerró tras ellos.

Empezó a llover y los limpiaparabrisas de Vin se activaron automáticamente limpiando arriba y abajo, arriba y abajo.

Las oficinas de su empresa no estaban lejos de allí, sólo a cinco minutos, y tenía mucho trabajo que hacer en ellas: planos arquitectónicos que revisar. Solicitudes de permisos que aprobar antes de ser enviadas. Ofertas de compra y venta de terrenos o de casas que necesitaban ser refutadas. Inspecciones que delegar. Malditos concursos entre contratistas que amañar.

Un montón de mierda que debía hacer.

A menos, evidentemente, que prefiriera esperar allí como un perro a que ella saliera.

Patético.

Vin arrancó, salió de La Máscara de Hierro y se dirigió hacia los rascacielos que estaban a la orilla del río. El edificio en el que tenía sus oficinas era uno de los más nuevos y altos de Caldwell y, cuando llegó a él, pasó su tarjeta de acceso y bajó al garaje subterráneo. Después de dejar el M6 en su plaza reservada, entró al ascensor con el que fue pasando por pisos llenos de bufetes de abogados, empresas contables y famosas compañías de seguros.

Sonó el *din* que anunciaba el piso cuarenta y cuatro, las puertas se abrieron y él salió y se dirigió a zancadas hacia la recepción. En lo alto, sobre la densa pared negra que había tras ella, estaba el nombre de su empresa en letras doradas y retroiluminadas: GRUPO DIPIETRO.

Grupo. Vaya mentira. Aunque unos veinte empleados tenían mesas allí y aunque tuviera cientos de contratistas y trabajadores en nómina todas las semanas, era él y punto.

Mientras caminaba sobre la negra y afelpada moqueta hacia su oficina, se iba sintiendo más fuerte a cada paso que daba. Su negocio era algo que conocía y controlaba. Había construido aquella maldita cosa desde los cimientos, como sus casas, hasta que la empresa se había convertido en la mejor y mayor del ramo.

Entró en su oficina en esquina, le dio al interruptor de la luz y todos los paneles de madera de tigre que él mismo había elegido cuidadosamente brillaron como los rayos de sol. En medio de su mesa negra, sobre una carpeta, había un sobre americano tipo manila y pensó que Tom Williams siempre había trabajado tanto como él.

Vin se sentó, levantó la solapa y sacó doblado el estudio del suelo y el plano aprobado de las tres parcelas de unas cuarenta hectáreas cuya venta acababa de cerrar. El proyecto que unificaba las granjas separadas iba a ser una obra maestra, ciento cincuenta viviendas de lujo en lo que actualmente eran pastos para ganado en Connecticut. El objetivo era atraer a la gente de Stamford capaz de conducir cuarenta y cinto minutos cada día para ir a trabajar con tal de vivir como si fueran potentados de Greenwich.

Empezaría la demolición y la construcción en cuanto las ofertas de los contratistas alcanzaran el punto que él quería. La tierra era perfectamente sólida, con una corriente de agua subterránea que implicaba que los propietarios no tendrían que preocuparse por que sus bodegas de vino se dieran un baño cada primavera, y él iba a llevar el agua, la electricidad y el alcantarillado a través de un sistema subterráneo intercomunicado. Lo primero, como en la propiedad de orillas del río, era derribar todas las antiguas granjas y establos, aunque él había decidido conservar los restos de las paredes de piedra para darle un poco de personalidad…, siempre y cuando no estorbaran.

Estaba satisfecho con todo aquello, especialmente con el precio por el que lo había conseguido. Eran tiempos difíciles y sus ofertas más que justas. Además, había enviado a Tom a negociar con el Realtors local, lo que significaba que aquellos pobres diablos no habían tenido ni una oportunidad.

Tom era su asesino con cara de niño. Era un tipo que había hecho un MBA en Harvard y era despiadado. Y resultaba que tenía una cara como de niño de doce años. Tom, dulce como la miel, no tenía problemas en hacerse pasar por alguien preocupado por el medioambiente, y en hacer compromisos verbales no susceptibles de demanda de conservación de los terrenos en los que en realidad se iba a construir.

Bueno, ahora no tenía ningún problema. Al principio Vin lo había tenido que entrenar, pero en cuanto el dinero empezó a entrar a raudales, el tío había espabilado a base de bien.

Ambos habían hecho el espectáculo circense muchas veces. Era prácticamente una rutina en la que Tom iba e inundaba los proyectos de encanto ecologista mientras Vin reunía el dinero, conseguía los permisos y se ocupaba de la parte de las contrataciones. Así precisamente era como habían conseguido la propiedad del río Hudson, aquel cuarteto de antiguas caballerizas que rozaban las cinco hectáreas donde iba a estar su magnífica casa.

En cuanto a su palacio, podía haberlo construido en cualquier sitio, pero había elegido aquella península por la regla de oro de la propiedad inmobiliaria: situación, situación y situación. A menos que un terremoto borrara California de la costa oeste o que el casquete polar de Alaska se fundiera, la zona costera no iba a aumentar y había que pensar en la reventa.

Estaba más claro que el agua que en otro par de años iba a querer algo mayor y mejor que lo que estaba construyendo ahora, y había otra cosa para la que estaba formando a Tom *Cara de Niño:* Tom era el que iba a comprar el dúplex del Commodore.

Nada como arrastrar contigo a la siguiente generación.

Vin levantó el teléfono y llamó a su teniente, dispuesto a llevar la pelota más allá en el proyecto de Connecticut.

—Gracias, señora. Creo que es todo lo que necesitamos por ahora.

Marie-Terese frunció el ceño y miró a Trez, que estaba sentado a su lado en uno de los sofás de terciopelo del club. Mientras ella descruzaba las piernas y se disponía a levantarse, él no pareció sorprenderse en absoluto del poco tiempo que había durado el interrogatorio, casi como si fuera él quien le hubiera pedido al agente de policía que fuera breve.

Volvió a mirar al policía:

—¿Eso es todo?

El agente cerró su bloc de notas y se frotó la sien como si le doliera.

—El detective De la Cruz está a cargo de la investigación y puede que quiera hacerle más preguntas más tarde, pero no es usted sospechosa de nada. Asintió mirando a Trez—. Gracias por cooperar.

Trez esbozó una sonrisa.

—Siento que las cámaras de seguridad no funcionaran. Como ya les he dicho, hace meses que intento arreglarlas. Tengo un registro de fallos que no me importaría enseñarle, por cierto.

—Bueno, le echaría un vistazo pero —dijo el hombre frotándose el ojo izquierdo—, como usted mismo ha dicho, no tiene nada que ocultar.

—Nada en absoluto. ¿Espera a que vaya con ella hasta fuera y luego me acompaña a mi oficina?

—Claro. Esperaré aquí.

Mientras Marie-Terese se alejaba con Trez y se dirigían hacia el vestíbulo trasero, ella dijo en voz baja:

—No me puedo creer que esto sea todo. No sé ni para qué me han hecho venir.

Trez abrió la puerta de atrás y le puso la mano en el hombro.

—Te dije que yo me ocuparía.

—Y realmente lo has hecho. —Sus ojos inspeccionaron el aparcamiento y vaciló en el umbral—. Entonces ¿viste llegar a ese tal Vin?

—¿Se llama así?

—Eso dijo.

—Te pone nerviosa.

En todos los aspectos.

—¿No creerás que él y su amigo…?

—¿Mataron a esos chicos? No.

—¿Cómo puedes estar tan seguro? —Sacó las llaves del coche de la cartera—. Me refiero a que no los conoces. Podrían haber ido a la parte de atrás y…

Pero mientras pronunciaba aquellas palabras, ni ella misma se las creía: no se imaginaba ni a Vin ni a su amigo asesinando a nadie. Se habían peleado con aquellos chicos, por supuesto, pero lo habían hecho para protegerla y habían parado antes de hacerles demasiado daño. Además, Vin había estado con ella justo después en el vestuario.

Aunque sólo Dios sabía exactamente cuándo había tenido lugar el tiroteo.

Trez se inclinó y le acarició la mejilla cariñosamente.

—Déjalo ya. No tienes por qué preocuparte por Vin ni por su colega. Tengo corazonadas con la gente, y nunca me equivoco.

Ella frunció el ceño.

—No me creo que esas cámaras de seguridad estén rotas. Nunca lo tolerarías…

—Esos dos tipos cuidaron de ti cuando yo no estaba aquí. Por eso cuido yo ahora de ellos. —Trez la rodeó con el brazo y la acompañó al coche—. Si vuelves a ver a tu Vin, dile que no se preocupe por nada. Yo lo protejo.

Marie-Terese parpadeó bajo la brillante y fría luz del sol.

—No es mío.

—Por supuesto que no.

Se quedó mirando a Trez.

—¿Cómo puedes estar tan seguro…?

—Deja de preocuparte y confía en mí. Por lo que a ti respecta, el corazón de ese hombre no es oscuro.

Después de pasar por todo lo que había pasado, Marie-Terese había aprendido a no fiarse de lo que le decían. Lo que escuchaba era la alarma de seguridad en el centro de su pecho…, y mientras miraba a Trez a los ojos, su alarma interna se silenció finalmente: él sabía perfectamente de lo que hablaba. No tenía ni idea de cómo lo hacía, pero Trez tenía maneras, como solían decir, maneras de descubrir cosas, solucionar problemas y ocuparse de los asuntos.

Así que así era, la policía no iba a ver nada que él no quisiera que viera. Y Vin no había matado a aquellos chicos.

Por desgracia, ese par de certezas sólo la aliviaron en parte.

«Él viene a por ti».

Trez abrió la puerta del coche y luego le devolvió las llaves.

—Quiero que te tomes la noche libre. Esto ha sido muy fuerte.

Ella entró en el coche, pero antes de poner en marcha el motor, levantó la vista hacia él y verbalizó su mayor temor:

—Trez, ¿y si esos asesinatos tuvieran algo que ver conmigo? ¿Y si alguien los hubiera visto conmigo, alguien además de Vin? ¿Y si los hubieran matado por mi culpa?

Los ojos de su jefe se entornaron como si supiera absolutamente todo lo que ella nunca le había contado.

—¿Y quién relacionado contigo iba a hacer algo así?

«Él viene a por ti».

Por Dios, Trez sabía lo de Mark. Tenía que saberlo. Y aun así Marie-Terese se obligó a decir:

—Nadie. No conozco a nadie capaz de hacer eso.

Trez entrecerró los ojos como si no entendiera su mentira, pero dispuesto a respetarla.

—Bueno, si decides cambiar de respuesta puedes venir a pedirme ayuda. Y si decidieras desaparecer de la ciudad, me gustaría saber si ésa es la razón.

—Vale —se oyó decir.

—Bien.

—Pero estaré aquí de nuevo a las diez de la noche —dijo tirando del cinturón y poniéndolo sobre el pecho—. Necesito trabajar.

—No pienso discutir contigo, aunque no estoy de acuerdo. Sólo recuerda, si ves a tu Vin dile que yo lo protejo.

—No es mío.

—Ya. Conduce con cuidado.

Marie-Terese cerró la puerta, puso en marcha el Camry y dio la vuelta. Mientras salía a Trade, metió la mano en el bolsillo de la chaqueta.

La tarjeta de Vin diPietro estaba exactamente donde la había dejado después de encontrarla metida en su bolsa, y mientras leía sus datos pensó en el aspecto que tenía aquella mañana con la cara golpeada y su inteligente mirada de preocupación.

Era extraño darse cuenta de que le daba más miedo lo que él podía llegar a saber que lo que él podía ser.

La cuestión era que ella era una chica al estilo Skully, de las que no creían en todo ese rollo de los Expedientes X. No creía en los horóscopos, mucho menos en…, mucho menos en lo que fuera que convirtiera a un hombre adulto en una especie de canal para sí, para lo que fuera. No creía en eso.

Al menos no solía hacerlo.

El problema era que, después de haber pasado la mayor parte de la noche recordando lo que le había pasado con él en el vestuario, se preguntaba si era posible que algo en lo que no crees pudiera ser real: él estaba aterrorizado en medio de aquel trance y, a menos que le fueran a dar hoy un Oscar al mejor actor, él no tenía ni idea de lo que le había dicho y estaba de verdad preocupado por lo que aquello significara.

Sacó el móvil del bolso y marcó el número de la parte inferior de la tarjeta que no ponía al lado «móvil» ni «fax». Pero cuando el teléfono empezó a sonar, recordó que era sábado, y que si aquél era el número de la oficina, saltaría el buzón de voz. ¿Qué iba a decir?

«Hola, soy la prostituta a la que el señor DiPietro ayudó anoche y llamo para asegurarle que mi chulo se va a ocupar de todo. Que no tiene por qué preocuparse por aquellos dos cadáveres del callejón».

Perfecto. Justo el tipo de nota que a él le gustaría que su secretaria le dejara pegada en la mesa.

Apartó el teléfono de la oreja y puso el pulgar sobre el botón de colgar…

—¿Sí? —dijo una voz de hombre.

Se hizo un lío para volver a poner el móvil en su sitio.

—¿Hola? Esto…, estoy buscando al señor Di…

—¿Marie-Terese?

Aquella voz profunda era peligrosa. Atrapada por su sonido, había estado a punto de decir: «No, soy Gretchen».

—Sí, perdona que te moleste, pero…

—No, me alegro de que hayas llamado. ¿Algo va mal?

Ella frunció el ceño y puso el intermitente.

—Bueno, no. Sólo quería que supieras…

—¿Dónde estás? ¿Sigues en el club?

—Acabo de irme.

—¿Ya has desayunado?

—No. —«Dios mío», pensó.

—¿Conoces el Riverside Diner?

—Sí.

—Te veo allí en cinco minutos.

Le echó un vistazo al reloj del salpicadero. Se suponía que la niñera iba a estar en casa hasta la tarde, así que tenía mucho tiempo, aunque no tuvo más remedio que preguntarse qué tipo de puerta estaba abriendo. Gran parte de ella quería huir de Vin porque era demasiado guapo y demasiado su tipo, y ella sería idiota si no había aprendido del pasado.

Pero entonces se recordó a sí misma que podía salir corriendo. En menos de lo que cantaba un gallo. Qué demonios, si de todos modos estaba a punto de huir de Caldwell.

«Él viene a por ti».

El hecho de recordar las palabras que él le había dicho le dio fuerzas para quedar con él. Dejando a un lado el tema de la atracción, quería saber qué había visto y por qué le había dicho aquello.

—Vale, te veré allí. —Colgó, puso el intermitente del otro lado y se dirigió a uno de los puntos de referencia de Caldwell.

El River Diner estaba sólo a tres kilómetros y tan cerca de la orilla del Hudson, que sólo podría estar más cerca si las casetas estuvieran ancladas a boyas y flotando en la corriente. Las habían colocado en la base en los años cincuenta, antes de las leyes de protección medioambiental, y todos sus componentes seguían siendo los originales, desde los taburetes giratorios de escay hasta el mostrador de formica, pasando por las extensiones de la gramola en cada mesa y la fuente de refrescos de la que las camareras todavía servían Coca-Colas a los clientes.

Había estado allí una o dos veces con Robbie. Le gustaba la tarta.

Cuando entró, vio inmediatamente a Vin diPietro. Estaba sentado en la última cabina de la izquierda, mirando hacia la puerta. Cuando sus miradas se encontraron, él se puso de pie.

Incluso con el ojo morado, el corte en la mejilla y el corte en el labio inferior, estaba increíblemente sexy.

Joder… Mientras se iba acercando deseó que le atrajeran los contables, los podólogos o los jugadores de ajedrez. Tal vez hasta los floristas.

—Hola —dijo mientras se sentaba.

—Sobre la mesa había un par de cartas, dos juegos de cubiertos de acero inoxidable envueltos en servilletas de papel y un par de tazas de cerámica.

Todo era muy normal, casero y mono. Y con su jersey negro de cachemira y su chaqueta de ante color cámel, Vin tenía el aspecto de alguien que debería estar en un lujoso café en lugar de allí.

—Hola. —Se sentó lentamente en su sitio, con los ojos clavados en ella—. ¿Un café?

—Sí, por favor.

Levantó la mano y una camarera con un delantal rojo y un uniforme rojo y blanco se acercó.

—Dos cafés, por favor. —Cuando la mujer se fue a buscar la cafetera, Vin cogió el menú rojo y blanco—. Espero que tengas hambre.

Marie-Terese abrió el suyo y ojeó todas las opciones, pensando que todas y cada una de ellas eran más que apropiadas para un picnic del 4 de Julio. Vale, tal vez no todo lo que había para desayunar, pero aquél era el tipo de sitio en el que la palabra «ensalada» siempre llevaba un modificador como «pollo», «patata», «huevo» o «macarrones», y la lechuga era sólo para los sándwiches.

Era maravilloso, la verdad.

—¿Ves algo que te guste? —preguntó Vin.

Ella no aprovechó la oportunidad de mirarlo a través de la mesa.

—No suelo comer mucho. Creo que por ahora me quedaré sólo con el café.

La camarera vino y se lo sirvió.

—¿Ya saben lo que quieren?

—¿Seguro que no quieres desayunar? —le preguntó a Marie-Terese. Ella asintió y él cogió las dos cartas y se las tendió a la otra mujer—. Yo tomaré tortitas. Sin mantequilla.

—¿Con patatas fritas y cebolla?

—No, gracias. Con las tortitas tengo más que suficiente.

Mientras la camarera se dirigía a la cocina, Marie-Terese esbozó una sonrisa.

—¿Qué? —preguntó él ofreciéndole azúcar.

—No, gracias, lo tomo solo. Y me río porque a mi hijo también le gustan las tortitas. Yo se las hago.

—¿Cuántos años tiene? —La cucharilla de Vin tintineó mientras removía.

Aunque era una pregunta casual, la manera en que esperó su respuesta no lo era en absoluto.

—Siete. —Miró el dedo anular de él, que estaba desnudo—. ¿Tú tienes hijos?

—No. —Bebió un sorbo de prueba y suspiró como si estuviera perfecto—. Nunca he estado casado y no tengo hijos.

Hubo una pausa como si él esperara que se tratara de un toma y daca informativo.

Ella cogió la taza.

—La razón por la que te he llamado es que mi jefe quería que supieras que él se está ocupando de todo. —Ella dudó—. Ya sabes, de lo que las cámaras de seguridad deberían haber grabado anoche y de cosas así.

Aunque le preocupaba que a él no le hiciera gracia que alguien obstaculizara el trabajo de la policía por él, Vin asintió una sola vez, como si fuera del tipo de hombre que hubiera hecho las cosas como Trez.

—Dale las gracias de mi parte.

—Lo haré.

En el silencio que siguió, Vin se dedicó a subir y a bajar su pulgar por la gruesa asa de su taza.

—Oye, yo no les hice nada a esos chicos anoche. Bueno, no más de lo que me viste hacerles. Yo no los maté.

—Eso es lo que dijo Trez. —Bebió un sorbo y tuvo que estar de acuerdo con él: el café era soberbio—. Y yo no os mencioné ni a ti ni a tu amigo cuando hablé con la policía. No les dije nada de la pelea.

Vin frunció el ceño.

—¿Y qué les dijiste?

—Sólo que aquellos dos tipos me habían estado molestando. Que Trez había hablado con ellos y que cuando aquello no funcionó los echaron del club. Resulta que eso fue lo que los otros dos testigos con los que habían hablado antes dijeron también, así que todo encajaba.

—¿Por qué has mentido por mí? —dijo él suavemente.

Para evitar su mirada, ella miró por la ventana que tenía al lado. El río, que parecía estar lo suficientemente cerca como para poder tocarlo, era manso y opaco, y fluía más denso debido a las lluvias de aquella semana.

—¿Por qué, Marie-Terese?

Ella bebió un largo trago de la taza y sintió cómo el café le iba calentando el cuerpo a su paso hasta llegar al estómago.

—Por la misma razón que Trez. Porque tú me protegiste.

—Es peligroso. Teniendo en cuenta a qué te dedicas.

Ella se encogió de hombros.

—No me preocupa.

Por el rabillo del ojo vio a Vin frotarse la cara y hacer un gesto de dolor como si le doliera el corte.

—No quiero que vuelvas a arriesgarte a tener más problemas por mí.

Marie-Terese disimuló una sonrisa. Era divertido cómo algunas cosas que podían decir los hombres eran capaces de calentarte, no porque las palabras tuvieran ninguna connotación sexual, sino porque iban más allá de ese mínimo común denominador y entraban en un territorio más importante y más significativo.

Luchando contra la atracción de su voz, de sus ojos, de su actitud salvadora, ella dijo:

—Siento haberme ido tan precipitadamente anoche. Del vestuario, me refiero. Estaba desconcertada.

—Ya... —Él exhaló maldiciendo—. Y yo siento haberme puesto como un loco.

—No pasa nada. No... No parecía que pudieras controlarlo demasiado.

—Más bien en absoluto. —Se produjo otra larga pausa—. Siento volver a sacar el tema pero ¿qué te dije?

—¿No lo sabes? —Sacudió la cabeza—. ¿Fue un ataque? La voz de él se volvió más tensa.

—Supongo que podrías llamarlo así. ¿Qué dije? «Él viene a por ti»...

—¿Qué dije? —Vin se inclinó hacia delante y puso suavemente su mano sobre el brazo de ella—. Por favor, dímelo.

Ella se quedó mirando su mano y pensó que a veces no sólo eran las palabras de un hombre lo que te podía hacer entrar en calor... El simple gesto de su mano descansando sobre tu muñeca podía ser suficiente para calentarte el cuerpo y el alma.

—Sus tortitas —dijo la camarera, interrumpiendo el momento. Ambos se echaron hacia atrás en sus asientos y la mujer puso en la mesa un plato y una jarrita de acero inoxidable con tapa dosificadora—. ¿Más café?

Marie-Terese miró su taza medio vacía.

—Yo sí, por favor.

Vin se afanó con el sirope y vertió un delgado chorro ámbar sobre los tres grandes y gruesos círculos dorados.

—Las mías no son tan gruesas —dijo Marie-Terese—. Cuando las hago..., no son tan doradas ni tan gruesas.

Vin cerró la tapa de la jarra del sirope, cogió el tenedor, lo clavó en el montón y sacó el tenedor lleno.

—Estoy seguro de que tu hijo no se queja.

—No… No lo hace. —Pensar en Robbie le hizo arder el pecho, así que intentó no recordar con cuánto amor y fascinación la miraba cuando ella le hacía aquellas tortitas caseras.

La camarera volvió con la jarra del café y cuando se hubo ido después de servirles, Vin dijo:

—Necesito que respondas a mi pregunta.

Sin razón aparente, pensó en Robbie aún con más intensidad. Era una víctima inocente que había sido arrastrada a una vida dura gracias, en primer lugar, al mal marido que ella había elegido y luego a la manera en que ella había decidido solucionar el desastre financiero en el que se encontraba sumida. Vin no era diferente. Lo último que él necesitaba era ser absorbido por el agujero negro del que ella estaba intentando salir. Además, él ya le había demostrado que tenía complejo de salvador. Al menos en lo que a ella se refería.

—No tenía sentido —murmuró—. Lo que dijiste no tenía sentido.

—Pues si no tiene importancia, no hay razón para que no me lo digas.

Ella volvió a mirar el río por la ventana e hizo acopio de todas sus fuerzas.

—Dijiste «piedra, papel, tijera». —Cuando sus ojos se clavaron en su cara, ella se esforzó en mantener la mirada y mentir—. No tengo ni idea de qué significa. Para serte sincera, tú me pusiste más nerviosa que lo que dijiste.

Vin atravesó sus ojos con la mirada.

—Marie-Terese… Tengo mucha experiencia con ese tipo de cosas.

—¿Cómo que mucha experiencia?

Continuó comiendo, como si necesitara hacer algo para aliviar la tensión.

—En el pasado, cuando caía en ese estado y decía cosas…, se hacían realidad. Así que, si te estás guardando algo para ti por cuestiones de privacidad, lo entiendo. Pero te recomiendo encarecidamente que te lo tomes muy en serio dijera lo que dijera.

Las frías manos de ella apretaron la taza caliente.

—¿Como si fueras adivino?

—Tienes un trabajo peligroso. Tienes que tener cuidado.

—Siempre tengo cuidado.

—Bien.

Hubo otro largo período de silencio, durante el cual ella se quedó mirando su café y él se centró en la comida.

No era difícil adivinar que lo de «tener cuidado» no se refería solamente a los asquerosos que fueran detrás de ella. Se refería a otros aspectos de su trabajo.

—Sé qué te estás preguntando —dijo ella con tranquilidad—. En primer lugar cómo soy capaz de hacerlo, y también por qué no lo dejo.

Cuando él finalmente abrió la boca, su voz sonó grave y respetuosa, como si no la estuviera juzgando.

—No te conozco, pero no pareces como…, bueno, esas otras mujeres del club. Así que supongo que algo muy malo te ha debido de pasar para que te dediques a eso.

Marie-Terese miró de nuevo por la ventana y observó cómo pasaba una rama flotando.

—Yo no soy como la mayoría de mis compañeras. Dejémoslo ahí.

—De acuerdo.

—¿La de anoche era tu novia?

Él frunció el ceño y se llevó la taza a los labios. Bebió un largo trago y levantó una ceja.

—Así que tú puedes tener secretos, pero yo no, ¿no?

Ella se encogió de hombros y se maldijo por no mantener la boca cerrada.

—Tienes razón. No es justo.

—Sí, es mi novia. Al menos…, bueno, anoche lo era.

Marie-Terese acabó mordiéndose el labio para evitar presionarlo y que le contara los detalles. ¿Habían roto? Y si era así, ¿por qué?

Vin continuó comiendo, pero sus anchos hombros no se relajaron.

—¿Puedo decir algo que no debería?

Ella se puso tensa mientras él la miraba fijamente.

—Venga.

—Anoche tuve una fantasía contigo.

Marie-Terese bajó la taza lentamente. Sí, vale y había cosas que un hombre podía decir que hacían que te achicharraras. Y algunas miradas que eran como si te estuvieran tocando. Y ambas cosas juntas, viniendo del hombre que tenía en frente…

Su cuerpo respondió a una velocidad increíble, sintió un hormigueo en las puntas de los pechos, sus muslos se tensaron, la sangre se aceleró…, y el efecto la sorprendió. Hacía mucho tiempo —una eternidad, en realidad— que no sentía nada ni remotamente sexual hacia un hombre. Y allí estaba ella en aquella cafetería, sentada enfrente de un enorme cartel de prohibido con jersey de cachemira, experimentando en la realidad lo que fingía cada noche con extraños.

Parpadeó con rapidez.

—Mierda, no debería haber dicho nada —farfulló él.

—No es por tu culpa. De verdad. —Era por su vida—. Y no me importa.

—¿No?

—No. —La voz de ella sonó un poco demasiado profunda.

—Bueno, no estuvo bien.

Se le paró el corazón dentro del pecho. Vale, aquel pequeño comentario hizo desaparecer más eficazmente que cuatro litros de agua helada aquella alegría interior.

—Bueno, si te sientes culpable —dijo ella con aspereza—, creo que te estás confesando con la mujer equivocada.

Quizá había sido por eso por lo que había discutido con su novia.

Pero Vin sacudió la cabeza.

—No estuvo bien porque me imaginé que te pagaba para tenerte y aquella sensación no me gustó en absoluto.

Marie-Terese dejó la taza sobre la mesa.

—¿Y por qué?

Aunque ya sabía la respuesta: porque alguien como él nunca podría estar con alguien como ella.

Mientras Vin abría la boca, ella levantó una mano y al mismo tiempo cogió el bolso.

—En realidad ya lo sé. Y creo que es mejor que me vaya.

—Porque si estuviera contigo, me gustaría que fuera porque tú quisieras. —Sus ojos brillaron al clavarse en los de ella y mantuvieron la mirada—. Me gustaría que tú me eligieras a mí. No que estuvieras conmigo porque yo pagara por ello. Me gustaría que me quisieras y que quisieras estar conmigo.

Marie-Terese se quedó paralizada con medio cuerpo fuera de la cabina.

Él continuó con dulzura.

—Y me gustaría que lo disfrutaras tanto como yo lo haría.

Al cabo de un buen rato, Marie-Terese se volvió a sentar en su sitio. Volvió a coger la taza, contó hasta diez y se oyó hablar a sí misma… Aunque no fue hasta después de haber hablado cuando se dio cuenta de lo que había dicho:

—¿Te gustan las pelirrojas?

Él frunció un poco el ceño y se encogió de hombros.

—Sí. Claro. ¿Por qué?

—Por nada —murmuró ella detrás de su taza de café.

Capítulo 18

U na encrucijada implica elegir entre la derecha y la izquierda, pensó Jim tumbado sobre el suelo del garaje con una llave inglesa en la mano.

Cuando llegas a una encrucijada, por definición, has de elegir uno de los desvíos, porque seguir recto por el camino que ibas ya no es una opción: o cogías la autopista o te quedabas en la carretera normal. Adelantabas a ese coche en línea continua o te quedabas detrás de él para no cometer ninguna imprudencia. Veías un semáforo en ámbar y acelerabas o empezabas a reducir la velocidad.

Algunas de esas decisiones no tenían importancia. Otras, sin saberlo, te llevaban hacia un río de aguas turbulentas o te alejaban de él.

En el caso de Vin, aquel anillo sobre el que estaba sentado era el equivalente de un giro a la derecha que lo apartaba de la ruta de un tráiler que estaba a punto de pisar una placa de hielo sobre la carretera: lo que hiciera sería crucial para su vida y tenía que poner el intermitente e incorporarse con rapidez a la nueva carretera. El muy HDP estaba agotando el tiempo con su mujer y tenía que soltarle aquella importante pregunta antes de que ella...

—¡Mierda!

Jim dejó caer la llave inglesa que se le había resbalado y sacudió la mano. Visto lo visto, probablemente tuviera que prestar un poco más de atención a lo que estaba haciendo, si quería conservar los nudillos en su sitio. El problema era que el tema de Vin lo estaba consumiendo.

¿Qué demonios iba a hacer ahora con ese tío? ¿Cómo lo motivaba para que le pidiera la mano a aquella mujer?

En su antigua vida, la respuesta habría sido fácil: le habría puesto una pistola a Vin en la cabeza y habría arrastrado a aquel cabrón hasta el altar. Pero ¿y ahora? Tenía que ser un poco más civilizado.

Jim se volvió a sentar en el frío suelo de cemento y miró la moto de mierda que había estado llevando de aquí para allá desde que había vuelto a Estados Unidos. No funcionaba ni entonces ni ahora y, a juzgar por los arreglos de pacotilla que le había hecho aquella mañana, su futuro estaba claro. Por Dios, no tenía ni idea de por qué se había comprado aquella cosa. Ansias de libertad, tal vez. O eso, o que, como a cualquier tío con un par de pelotas, le gustaban las Harleys.

Perro levantó la vista desde el trozo de sol en el que había estado dormitando, con las peludas orejas levantadas.

Jim se chupó el nudillo que se había despellejado.

—Perdón por el taco.

A *Perro* no pareció molestarle; apoyó la cabeza sobre las patas y levantó sus pobladas cejas como si estuviera dispuesto a escuchar tacos o lo que fuera que los colegas se dijeran en compañía mixta.

—Encrucijadas, *Perro*. ¿Sabes lo que eso significa? Que tienes que elegir. —Jim cogió de nuevo la llave inglesa y le dio otra vuelta a una tuerca que estaba tan cubierta de aceite viejo que no se sabía si era hexagonal—. Tienes que elegir.

Pensó en Devina mirándolo desde el asiento del conductor de aquel lujoso BMW. «Esperaba que se ablandara, que confiara en mí y que me amara, pero eso no ha sucedido y yo estoy perdiendo las fuerzas para seguir esperando, Jim, de verdad».

Luego pensó en la manera en que DiPietro había mirado a aquella prostituta morena.

Sí, era una encrucijada, de acuerdo. El problema era que DiPietro, el muy idiota, había llegado hasta la señal y, en lugar de ir hacia la derecha, donde la flecha señalaba Feliciópolis, estaba a punto de dirigirse hacia Cava-tu-propia-tumba-y-que-sólo-te-llore-tu-contablelandia.

Jim tenía la esperanza de que contándole a Devina lo del anillo ganaran algo de tiempo pero ¿cuánto duraría aquello?

Tío, en cierto modo su último trabajo era más fácil, porque tenía las cosas mucho más controladas: identificar objetivo, deshacerse del cabrón, salir pitando.

Hacer que Vin fuera capaz de ver algo tan obvio, sin embargo, era mucho más difícil. Además, antes Jim recibía entrenamiento y apoyo. ¿Y ahora? *Rien de rien*.

El rugido de dos Harleys le hizo girar la cabeza. A *Perro* también.

Las dos motos rodaron por la grava hasta el garaje, y Jim envidió a los HDP que agarraban aquellos manillares. Las cabalgaduras de Adrian y Eddie relucían, las defensas y los tubos de cromo reflejaban la luz del sol y centelleaban como si las Harleys supieran que tenían un don y que las maldecirían si ocultaban su orgullo.

—¿Necesitas ayuda con tu burra? —dijo Adrian mientras colocaba la pata de cabra y desmontaba.

—¿Y tu casco? —Jim balanceó los brazos sobre las rodillas—. Es la ley de Nueva York.

—Nueva York tiene muchas leyes. —Las botas de Adrian crujieron sobre el camino y luego golpearon el cemento mientras se acercaba para echar un vistazo al proyecto de bricolaje de Jim—. Tío, ¿de dónde has sacado esa cosa? ¿De un basurero?

—No. De un desguace.

—Claro, hay una gran diferencia, perdona.

Los tíos se portaron bien con *Perro*, dándole palmaditas mientras andaba por allí meneando el rabo. Y la buena noticia era que su cojera parecía estar un poco mejor ese día, aunque Jim seguía pensando llevarlo al veterinario el lunes. Ya había dejado mensajes en tres clínicas diferentes y la que los llamara primero sería la ganadora.

Eddie levantó la vista de la mascota a la que estaba arrullando y acariciando, y sacudió la cabeza mirando la moto.

—Creo que va a ser necesaria más de una persona.

Jim se frotó la barbilla.

—No, está bien.

Los tres, Adrian, Eddie y *Perro*, lo miraron con idénticas expresiones de duda...

Jim dejó caer la mano lentamente con la nuca tan tensa como si le hubieran puesto en ella una mano helada.

Ninguno de ellos tenía sombra. Permanecían de pie a contraluz bajo el brillante sol, en medio de las oscuras huellas proyectadas por las ramas desnudas de los árboles que rodeaban el garaje, como si los hubieran puesto allí en aquel paisaje con Photoshop, pero como si no pertenecieran a él.

—¿Conocéis a un tío inglés que se llama Nigel? —En cuanto aquellas palabras salieron de la boca de Jim, él supo cuál sería la respuesta.

Adrian esbozó una sonrisa.

—¿Tenemos pinta de tener colegas británicos?

Jim frunció el ceño.

—¿Cómo sabíais dónde vivía?

—Chuck nos lo dijo.

—¿Te dijo que era mi cumpleaños el miércoles por la noche? —Jim se puso de pie lentamente—. ¿También te dijo eso? Porque yo no te lo dije, y ayer lo sabías cuando me preguntaste si había recibido mi regalo de cumpleaños.

—¿Dije eso? —Adrian encogió sus grandes hombros—. Me lancé a adivinar. Y tú no respondiste a mi pregunta, ¿verdad?

Mientras ambos se acercaban nariz con nariz, Adrian sacudió la cabeza con una curiosa tristeza.

—Te la tiraste. Te lo montaste con ella. En el club.

—Pareces decepcionado conmigo —dijo Jim arrastrando las palabras—. Algo increíble, si tenemos en cuenta que fuiste tú quien me la señaló primero.

Eddie se interpuso entre ellos.

—Tranquilos, chicos. Aquí somos todos del mismo equipo.

—¿Qué equipo? —Jim se quedó mirando al otro tío—. No sabía que estuviéramos en ningún equipo.

Adrian soltó una carcajada y los *piercings* que llevaba en la ceja y en el labio inferior reflejaron la luz.

—No lo estamos, pero Eddie es pacificador por naturaleza. Es capaz de decir cualquier cosa con tal de hacer que la gente se calme, ¿verdad?

Eddie se quedó callado y clavado justo donde estaba. Como si estuviera dispuesto a separarlos por la fuerza si fuera necesario.

Jim niveló su mirada con la de Adrian.

—Un inglés. Nigel. Anda con otras tres nenazas y con un perro del tamaño de un burro. Lo conoces, ¿verdad?

—Ya he respondido a esa pregunta.

—¿Dónde está tu sombra? Estás de pie bajo el sol y no proyectas absolutamente nada.

Adrian señaló al suelo.

—¿Es una pregunta trampa?

Jim miró hacia abajo y frunció el ceño. Allí, sobre el cemento, estaba el reflejo negro de los anchos hombros de Adrian y sus estrechas caderas. Y del enorme cuerpo de Eddie. Y de la cabeza desaliñada de *Perro*.

Jim maldijo para sí y murmuró:

—Necesito un puto trago.

—¿Quieres que te traiga una birra? —preguntó Adrian—. En algún lugar del mundo son las cinco de la tarde.

—En Inglaterra, por ejemplo —interrumpió Eddie. Ad lo miró, y él se encogió de hombros—. En Escocia también. Y en Gales. Y en Irlanda…

—¿Una cerveza, Jim?

Jim sacudió la cabeza y plantó el trasero de nuevo en el suelo pensando que, si su cerebro no funcionaba bien, no arriesgaría más sus rodillas por si decidían apuntarse a la moda. Mientras observaba el par de Harleys del camino, se dio cuenta de que estaba de un humor de perros y claramente paranoico. Lo cual no era ninguna novedad.

Por desgracia, la cerveza sólo era un remedio a corto plazo. Y los trasplantes de cabeza aún tenían que ser aprobados.

—¿Por casualidad no sabrás manejar una llave de tubo? —le preguntó a Adrian.

—Pues sí. —El tío se quitó la chaqueta de cuero e hizo crujir los nudillos—. Y no tengo nada mejor que hacer que conseguir que este montón de basura vuelva a la carretera.

Mientras Vin miraba al otro lado de la mesa a Marie-Terese, la cascada de luz del sol que se filtraba a través de la ventana de la cafetería la transformó en una visión cuyos ecos resonaron en el fondo de su mente.

¿De qué la conocía? Volvió a pensar. ¿Dónde la había visto antes?

Dios, tenía ganas de tocar su pelo.

Vin pinchó con el tenedor el último pedazo de tortita y se preguntó por qué le habría preguntado si le gustaban las pelirrojas. Entonces se acordó.

—No me gusta lo suficiente el pelo rojo como para estar con Gina, si es eso lo que quieres saber.

—¿No? Es guapísima.

—Para algunos…, probablemente. Mira, yo no soy del tipo de tíos que…

La camarera se acercó a la mesa.

—¿Más café? ¿O quieren la…?

—… van por ahí tirándose a otras mujeres.

Marie-Terese parpadeó y también la camarera.

«Mierda».

—Lo que quiero decir es que… —Se detuvo y miró a la otra mujer, que parecía dispuesta a quedarse allí—. ¿Nos va a servir, o qué?

—Yo me tomaría otro café —dijo Marie-Terese levantando su taza—. Por favor.

La camarera se la llenó lentamente, mirándolos una y otra vez como esperando oír el resto de la historia. Cuando la taza de Marie-Terese estuvo llena, la mujer continuó con él.

—¿Más sirope? —le preguntó.

Él señaló su plato vacío.

—Ya he terminado.

—Ah, vale.

Le retiró lo que tenía delante y se alejó con el mismo entusiasmo con el que había movido la cafetera. La melaza era más rápida que ella.

—Yo no engaño a nadie —repitió cuando tuvieron más privacidad—. Después de ver a mis padres, aprendí más que suficiente sobre qué no hacer en una relación y ésa es más o menos la regla número uno.

Marie-Terese le pasó el azúcar, y cuando él bajó la vista hacia el cuenco como si no supiera qué era, ella dijo:

—Para el café. Tú le echas azúcar.

—Sí…, es verdad.

Mientras adulteraba su café, ella dijo:

—¿A tus padres no les fue bien en el matrimonio?

—No. Y nunca olvidaré cómo se machacaban mutuamente.

—¿Se divorciaron?

—No. Se mataron el uno al otro. —Ella retrocedió en su asiento y él tuvo ganas de maldecir—. Lo siento.

Probablemente no debería ser tan directo, pero fue lo que pasó. Una de sus peleas acabó totalmente fuera de control y se cayeron por las escaleras. No tuvo un final feliz para ninguno de los dos.

—Lo siento mucho.

—Eres muy amable, pero fue hace mucho tiempo.

Al cabo de un rato, ella murmuró:

—Pareces agotado.

—Sólo necesito un poco más de café antes de irnos. —Demonios, por esa regla de tres sería capaz de seguir bebiendo aquello hasta que sus riñones flotaran, si eso significaba pasar más tiempo juntos.

La cuestión era que, mientras ella le miraba desde el otro lado de la mesa, su cálida preocupación la hacía parecer preciosa. Absolutamente preciosa y, por lo tanto, susceptible a la pérdida.

—¿Tomas precauciones en tu trabajo? —le soltó—. Y no me refiero contra la violencia. —Durante la larga pausa que siguió, él sacudió la cabeza, sintiéndose como si le hubieran servido sus mocasines después de las tortitas—. Lo siento, no es de mi incumbencia...

—¿Te refieres a si practico sexo seguro?

—Sí, y no lo pregunto porque quiera acostarme contigo. —Ella se volvió a echar hacia atrás, y él se maldijo a sí mismo—. No, lo que quiero decir es que me gustaría saberlo porque espero que te estés cuidando.

—¿Y por qué iba a importarte a ti eso?

Él la miró fijamente a los ojos.

—Pues me importa.

Ella giró la cara y miró el río.

—Tomo precauciones. Siempre. Lo que me hace diferente de un montón de mujeres llamadas «honestas» que se acuestan con cualquiera sin usar nada. Y cuando quieras puedes dejar de mirarme como si estuvieras intentando resolver algún intrincado misterio. Ahora, por ejemplo.

Él se resignó a bajar la cabeza para mirar su taza.

—¿Cuánto cuestas?

—Creía que habías dicho que no querías estar conmigo de esa forma.

—¿Cuánto?

—¿Por qué? ¿Quieres hacer como en *Pretty Woman* y comprarme durante una semana para alejarme de mi horrible vida? —dijo con una carcajada breve y sonora—. Lo único que tengo en común con Julia Roberts en esa película es que yo también elijo con quién estoy. Por cuánto no te incumbe.

Él continuaba queriendo saberlo. Tal vez porque tenía la esperanza de que si era muy cara la calidad de los hombres sería mejor, aunque si era sincero consigo mismo, eso era una patraña. Claro que quería hacer de Richard Gere, sólo que no quería comprar una semana. Sino más bien años.

Aunque eso nunca iba a suceder.

Cuando la camarera pasó por allí con la jarra del café y las orejas bien alerta, Marie-Terese dijo:

—Ahora sí que nos puede traer la cuenta.

La camarera dejó la cafetera sobre la mesa y rebuscó en su delantal la libreta. Arrancó una hoja, y la dejó boca abajo.

—Cuídense.

Cuando se hubo ido, él extendió el brazo para tocar el de Marie-Terese.

—No quiero que esto acabe con mal sabor de boca. Gracias por mantenerme al margen de la policía, pero no quiero que te preocupes por mí si la cosa se pone fea, ¿de acuerdo?

Ella no se separó, sino que se limitó a mirar el punto por el que estaban unidos.

—Yo también lo siento. No soy una gran compañía. Al menos…, no para la gente civilizada.

Había dolor en su voz. Sólo un ápice, pero él lo percibió tan claramente como si se tratara del tañido de una campana en una noche silenciosa.

—Marie-Terese… —Quería decirle tantas cosas, pero no tenía derecho a decirle ninguna de ellas… Y ninguna de ellas sería bien recibida—. Es un nombre precioso.

—¿Tú crees? —él asintió y ella dijo algo entre dientes que él casi no consiguió descifrar, pero que se parecía mucho a «por eso lo elegí».

Ella rompió el contacto para coger la cuenta y la sujetó mientras abría la cartera.

—Me alegro de que te hayan gustado las tortitas.

—¿Qué estás haciendo? Dame eso.

—¿Cuándo fue la última vez que alguien te invitó a desayunar? —Levantó la vista y esbozó una sonrisa—. O a cualquier otra cosa, vaya.

Vin frunció el ceño y pensó en la pregunta mientras ella sacaba un billete de diez y uno de cinco. Qué curioso…, no recordaba que Devina lo hubiera invitado nunca a nada. Se daba por hecho que él siempre era el del dinero, y eso no le importaba.

—Suelo pagar yo —dijo él.

—No me sorprende. —Empezó a escabullirse de la cabina—. Y no lo digo para mal.

—¿No te tienen que traer el cambio? —dijo él, pensando que sería capaz de hacer cualquier cosa para que ella se quedara un poco más.

—Dejo buenas propinas. Sé lo malo que puede ser trabajar en el sector servicios.

Mientras salía con ella de la cafetería, se metió la mano en el bolsillo para coger las llaves y notó algo pequeño y extraño. Frunciendo el ceño, se dio cuenta de que era el pendiente de oro que le había cogido a Jim.

—¿Sabes una cosa? Tengo algo que te pertenece —le dijo mientras se acercaban al coche de ella.

Ella abrió la puerta.

—¿Sí?

—Creo que esto es tuyo —dijo sosteniendo el aro.

—¡Mi pendiente! ¿Dónde lo has encontrado?

—Mi colega Jim lo encontró en el aparcamiento del club.

—Gracias. —Ella se separó el pelo y se lo puso—. Me dio pena perderlo. No valen mucho, pero me gustan.

—Bueno…, gracias por las tortitas.

—De nada. —Se detuvo antes de sentarse al volante—. ¿Sabes? Deberías tomarte el día libre. Pareces muy cansado.

—Probablemente sea por los moratones que tengo en la cara.

—No, son los que tienes bajo los ojos los que te hacen parecer hecho polvo.

Ella entró en el coche y lo puso en marcha, y Vin miró brevemente hacia la izquierda, hacia el río…

En el momento en que el sol le golpeó la retina, su cuerpo se agarrotó y empezó a notar un hormigueo.

Aquella vez no fue ninguna posesión gradual con niebla. El odioso trance lo reclamó en un segundo, como si lo que había pasado la noche anterior hubiera sido sólo un simulacro y ése fuera el de verdad.

Se dobló contra el capó de Marie-Terese y se abrió un poco el abrigo para que le diera el aire...

Cuando la visión le sobrevino, fue más sonora que visual y se repitió una y otra vez: era un tiroteo. Resonaba y hacía eco. Alguien se desplomaba. Un cuerpo se caía con un sonido ensordecedor...

Y las rodillas se le doblaron y se hundió en el asfalto. Luchaba para permanecer consciente, aferrándose mentalmente a cualquier cosa..., lo que resultó ser el recuerdo de cuando había tenido su primer ataque. Tenía once años y el detonante había sido un reloj, un reloj de mujer que había visto en el escaparate de una joyería en el centro. Había ido de excursión con sus compañeros de clase al Museo de Arte de Caldwell y, mientras pasaba por delante de la tienda, había mirado el escaparate.

Era un reloj de plata y cuando le dio la luz del sol, sus ojos se habían centrado en el resplandor y se había quedado paralizado. Había sangre en el reloj. Había sangre brillante y roja en el reloj.

Mientras él intentaba entender qué era lo que estaba viendo y por qué se sentía de repente tan raro, una mano femenina se había metido en el escaparate y había cogido el objeto. De pie detrás de ella había un hombre con una expectante cara de felicidad, un cliente...

Aquel tipo no debía comprar el reloj..., el próximo que lo llevara iba a morir.

Con el tipo de fuerza que sólo proporcionaba el pánico absoluto, Vin había salido del trance y había entrado corriendo en la tienda. Pero no había sido lo suficientemente rápido. Uno de los padres acompañantes se había apresurado a detenerlo antes de que pudiera decir nada, y cuando había intentado llegar hasta el hombre y el reloj, lo habían sacado por el cuello de la camisa y lo habían castigado a quedarse en el autobús mientras los otros seguían hacia el museo.

No tuvo más noticias de aquella visión.

Al menos no inmediatamente. Siete días después, sin embargo, Vin estaba en el colegio y había visto a una de las profesoras en la cafetería con lo que parecía ser aquel reloj en la muñeca. Se lo estaba enseñando a sus compañeras, hablando de una cena de cumpleaños que había tenido la noche anterior con su marido.

En aquel instante, un rayo de sol se reflejó en el tobogán del patio de recreo y entró por la ventana haciendo que Vin se fijara en él..., y entonces volvió a ver la sangre en el reloj, sólo que esta vez era mucha, mucha más.

Vin se desmayó sobre el linóleo de la cafetería, y cuando la profesora se apresuró a inclinarse sobre él para ayudarlo, él vio con gran claridad el accidente de coche que ella iba a tener: su cabeza golpeaba el volante, y su delicado rostro se partía en dos con el impacto.

Agarrándole la parte delantera del vestido, había intentado decirle que utilizara el cinturón de seguridad. Que le dijera a su marido que la fuera a recoger. Que fuera por otro camino. Que cogiera un autobús. Que fuera en bici. O caminando. Pero mientras su boca se movía no salían de ella más que sílabas al azar, según él creía, aunque las caras de horror de los otros profesores y de los estudiantes sugerían que estaban entendiendo lo que decía.

Después lo habían mandado a la enfermería y cuando sus padres llamaron, les dijeron que necesitaba que lo viera un psiquiatra infantil.

Y la profesora..., la adorable y joven profesora, esposa de aquel considerado marido, se murió aquella misma tarde de camino a casa al salir del colegio con su nuevo reloj en la muñeca.

Accidente de coche. Y no llevaba puesto el cinturón de seguridad.

Cuando Vin se enteró en clase a la mañana siguiente, se deshizo en lágrimas. Por supuesto, muchos niños empezaron a llorar también, pero para él era diferente. A diferencia del resto de ellos, él había tenido la oportunidad de hacer algo para prevenir aquel desenlace.

Todo cambió después de aquello. Se corrió la voz de que era capaz de predecir la muerte, lo que hizo que los profesores se pusieran nerviosos en su presencia y que sus compañeros lo evitaran o se rieran de él por raro.

Su padre había tenido que empezar a pegarle para que fuera al colegio.

De repente, Vin perdió el hilo de su recuerdo y el pasado quedó eclipsado por la imperiosidad del ataque sobre su cuerpo y su mente, y su conciencia más que fluir empezó a decaer.

Un tiroteo. Resonaba y hacía eco. Alguien se desplomaba. Un cuerpo se caía con un sonido ensordecedor. Un tiroteo. Resonaba y hacía eco. Alguien se desplomaba. Un cuerpo se caía con un sonido ensordecedor…

Justo antes de desmayarse, la visión se materializó en el ojo de su mente, ya no sólo con sonidos, sino con imágenes auténticas, como si el viento formara un castillo de arena en lugar de llevárselo: vio a Marie-Terese con las manos levantadas como si tratara de protegerse, la mirada aterrorizada y la boca abierta en un grito.

Y luego oyó los disparos.

Capítulo 19

Alrededor de una hora después de que Adrian y Eddie aparecieran y se pusieran manos a la obra, Jim pasó la pierna por encima de la vieja moto y giró la llave. Posó la suela de su bota de trabajo sobre el pedal de encendido y puso todo su peso sobre él, aunque en realidad no tenía mucha fe en que la cosa fuera a...

Aquella auténtica Harley volvió a la vida inmediatamente.

Al pisar el acelerador el motor vibraba entre sus piernas, y tuvo que elevar la voz por encima de aquel estruendo.

—Dios mío, Ad, lo has conseguido.

Adrian sonrió mientras se limpiaba las manos llenas de grasa en un trapo de gamuza roja.

—No ha sido nada. Vamos a darle una vuelta para comprobar los frenos.

Jim sacó la moto del garaje bajo la luz del sol.

—Voy a por el casco.

—¿Qué casco? —dijo Adrian montándose en su burra—. No sabía que fueras *boy scout*.

Jim volvió con su casco.

—Evitar golpes en la cabeza no es de nenazas.

—¿Y qué me dices de sentir el viento en el pelo, amigo mío?

—¿Y de los enchufes eléctricos que te mantendrán vivo después?

—Yo llevo al perro —dijo Eddie montándose en la suya y estirando las manos. En el momento en que se presentó la oportunidad, el personajillo dio un salto en el aire y aterrizó sobre la funda de cuero del depósito de Eddie.

Jim frunció el ceño, pensando que aquello no le hacía ninguna gracia.

—¿Y si tienes un accidente?

—No lo tendré —dijo como si las leyes de la física no fueran aplicables a él.

Jim estaba a punto de poner fin a aquello cuando vio lo encantado que estaba *Perro* de estar a bordo. Tenía las garras dobladas sobre el cuero bovino como si la felicidad le estuviera haciendo hormiguear los dedos, y movía la cola tan rápido como le permitía su trasero.

Además, cuando aquel hombretón agarró el manillar, sus brazos rodearon al animal.

—Sólo te pido que tengas cuidado con mi maldito perro. Como ese animal se haga daño, entre tú y yo habrá más que palabras.

Vaya, sí que se estaba convirtiendo en un buen amo.

Se abrochó el casco, se puso su cazadora de cuero y se sentó a horcajadas sobre la moto. En cuanto pisó el acelerador, su cabalgadura dejó escapar un desagradable y sordo ruido, como si estuviera maldiciendo, y la potencia de todos aquellos caballos le retumbaron por el cuerpo.

Colega, aunque a veces Adrian era más pesado que un grano en el culo, sabía lo que se hacía en cuestión de motores. Lo que finalmente podría explicar por qué Eddie conseguía vivir con él.

Con un tácito «nos largamos de aquí», los tres despegaron bajo la luz del sol, Adrian primero y Eddie último con *Perro*.

Resultó que la moto de Jim era simple y llanamente mágica, una bestia sin educación alguna, y a medida que se iban internando en el campo, él empezó a encariñarse con ella.

Y por mucho que dijeran, no era necesario sentir el viento en el pelo para ser libre.

Adrian acabó llevándolos por la orilla del Hudson hacia la ciudad, y cuando empezaron a encontrarse con los semáforos en rojo de los parques que había en la ciudad al lado del río, Jim rezó para que todos estuvieran así por el mero hecho de que acelerar le resultaba tremendamente gratificante.

Mientras se acercaban al cruce de las calles Doce y River, le pegó un gritó a Adrian para decirle que necesitaba gasolina.

—Hay una Exxon cerca, ¿no?

—Sí, a dos manzanas.

Cuando el semáforo cambió, ellos rugieron y los sonidos de sus motores explotaron en el aire y se amplificaron al pasar bajo los pasos elevados de la autopista. Una vez en la gasolinera, se acercaron a los surtidores y Jim se dirigió hacia el de alto octanaje.

—¿Qué tal los frenos? —preguntó Adrian mientras miraba a una rubia que se estaba bajando de un cuatro latas. La mujer se dirigió al autoservicio meneando exageradamente las caderas, y las puntas de su largo cabello le hacían cosquillas al tatuaje que llevaba en la parte baja de la espalda.

Jim no pudo evitar reírse. El muy cabrón, boquiabierto, se distrajo al momento, y no cabía duda de que estaba barajando la posibilidad de seguirla hasta dentro y preguntarle si quería jugar con su destornillador, a lo cual, teniendo en cuenta la manera en que ella seguía mirándolo por encima de su hombro, ella respondería con un «sí» como una catedral.

—¿Por qué tengo la sensación de que los míos son mejores que los tuyos? —murmuró Jim mientras retiraba la boquilla de la manguera de su depósito.

—¿Estamos hablando de frenos? —Adrian giró la cabeza—. ¿Tú crees? Pues el que echó un polvo el jueves por la noche fuiste tú, no yo.

—Y pensar que había decidido que merecía la pena ser tu colega por tus habilidades mecánicas —dijo Jim mientras devolvía la manguera a sus sitio, en el surtidor—. Debo de estar como una puta cabra.

Se volvió a subir a la moto y se puso de nuevo el casco.

—¿Entonces quieres volver...?

—Lo siento.

Jim dejó de intentar abrocharse la tira bajo la barbilla. Adrian estaba de pie delante de él, con la cara sombría y la mirada fija en el cielo sobre la estación de servicio. Estaba mortalmente serio.

Jim frunció el ceño.

—¿Qué es lo que sientes?

—Habértela señalado en el club. Creía que todo esto era como una especie de juego, pero no lo es. No debería haberte animado a seguir por ahí. No estuvo bien.

Que Adrian estuviera tan preocupado por lo que, en realidad, era una de esas mierdas que normalmente hacían los tíos fue una sorpresa, aunque tal vez había un interior de mantequilla bajo aquel exterior crujiente.

Jim le tendió la mano.

—Tranqui, no pasa nada.

Adrian la aceptó.

—Intentaré no portarme todo el rato como un imbécil.

—No te pases.

Adrian sonrió.

—Sí, tal vez debería alternarlo con portarme como un gilipollas.

—Algo que también podrías lograr fácilmente. —Jim arrancó su burra y curvó el puño sobre el acelerador para bombear la gasolina fresca directamente dentro de aquellos grandes y hambrientos pistones—. ¿Vamos allá, caballeros?

—Venga —dijo Adrian mientras se encaramaba a su moto—. Ahora ve tú delante.

—¿Qué tal *Perro*, Eddie? —preguntó Jim mirando al animal, que parecía encantado con la aventura.

—Vamos firmes como rocas.

Jim los guió de vuelta a la dirección de la que venían, disfrutando del amarillo de la luz del sol, del blanco brillante de las nubes, del azul del cielo y del gris de la carretera. Allá a la izquierda, el río discurría paralelo a la carretera, al igual que el paseo que habían construido a lo largo de la costa. Aquí y allá surgían árboles de la tierra que parecían lápices y que obligaban al asfalto a serpentear, al igual que los arriates de flores en los que, sin duda alguna, florecerían tulipanes y narcisos en un par de semanas.

El Riverside Diner era otro lugar emblemático de la ribera, un antro milenario de esos en los que Jim se sentía cómodo, y había algo que hacía tiempo que quería comprobar: decían que hacían unas tortitas de muerte.

Jim levantó el pie del acelerador. En el aparcamiento había un maldito BMW M6 que se parecía un montón al de Vin, aparcado al lado de un Toyota Camry verde.

Y había un par de piernas sobresaliendo de entre los coches, como si hubiera un hombre tendido en el suelo.

Al ataque. Acelerador hasta el fondo.

Y es que a Jim no le cupo la menor duda de a quién pertenecían aquellos mocasines.

Entró a todo trapo en el aparcamiento, se dirigió hacia donde la mujer estaba agachada al lado de…, sí, era Vin diPietro quién estaba allí con la barriga apuntando al cielo. El tío no se movía, y tenía la cara como si alguien hubiera clavado un molde de cera de sus rasgos magullados en el extremo vacío de su columna.

—¿Qué ha pasado? —Jim sacó de una patada la pata de cabra y se bajó de la moto.

La mujer del club levantó la vista hacia él.

—Se ha desplomado. Igual que anoche.

—Mierda. —Jim se agachó mientras Adrian y Eddie se acercaban. Antes de que pudieran bajarse de sus Harleys, él les hizo un gesto para que no se acercaran, pensando que cuanta menos gente hubiera involucrada en aquella situación, mejor.

—¿Cuánto tiempo lleva desmayado? —preguntó a la mujer.

—Sólo unos cinco minutos, más o menos… Dios mío… Hola.

Ella se inclinó sobre él mientras abría los ojos lentamente. Primero se clavaron en Marie-Terese, luego en Jim.

—Despierta, dormilón —murmuró Jim mientras comprobaba si aquellas pupilas respondían a la luz de la misma forma. Cuando lo hicieron, sólo se sintió parcialmente aliviado—. ¿Qué te parece si te llevamos a ver a un médico?

Vin gruñó intentando sentarse, mientras Marie-Terese intentaba que se quedara allí quieto.

—No me pasa nada —dijo el tío bruscamente—. Y no, no tengo ninguna conmoción.

Jim frunció el ceño, pensando que incluso a los gilipollas más cabezotas les solía preocupar desmayarse en público, pero Vin no estaba sorprendido ni preocupado. Estaba resignado.

Aquello ya lo había vivido antes, ¿o no?

Mientras el tío empezaba a mirar a su alrededor, Jim miró hacia donde estaban Adrian y Eddie, y les señaló con la cabeza la carretera para que se largaran. Los dos se dieron por aludidos, volvieron a subirse a sus motos y le dijeron adiós con la mano antes de irse.

—Joder… —dijo Vin frotándose la cara—. No ha sido nada divertido.

—Sí, creo que es más que evidente. —Jim miró a la mujer morena y se preguntó por qué habrían quedado. Si Vin no quería que lo relacionaran con aquellos cadáveres, quedar con ella no era la mejor idea del mundo, aunque sólo fuera para tomar un café.

—No sé qué ha pasado —dijo ella—. Sólo hemos desayunado…

—Tú sólo has tomado café —farfulló Vin, demostrando que su memoria a corto plazo funcionaba. Eso suponiendo que ella no se hubiera tomado también unas tortitas.

La mujer levantó la mano como si quisiera acariciarlo, pero luego dejó caer el brazo.

—Él comió algo, estuvimos hablando y luego salimos hasta aquí y…

—Ya estoy mejor. —Vin se levantó del suelo y se apoyó en el capó del Camry—. Estoy bien.

Jim lo agarró por el codo.

—Vamos a ir al médico ahora mismo.

—Y una mierda —dijo Vin soltándose—. Yo me voy a mi casa.

Mierda. Dado el difícil ángulo en que se encontraba su mandíbula, la única opción que le quedaba a Jim era hacer de chófer y llevarlo de vuelta al Commodore.

—Entonces te llevaré hasta la ciudad.

Vin abrió la boca para protestar, pero la mujer le puso la mano en el hombro.

—¿Y si te vuelve a pasar mientras conduces?

Cuando sus ojos entraron en contacto y se sostuvieron la mirada, el sol se coló entre las oscuras nubes y un rayo de calor líquido bajó del cielo y los bañó en un resplandor.

Jim frunció el ceño y levantó la vista hacia el cielo, medio esperando ver un momento Miguel Ángel viviente, con la mano de Dios señalando a aquellos dos. Pero no, allí sólo había nubes, cielo y sol…, y una bandada de gansos canadienses graznando de camino al sur.

Jim se volvió a centrar en la pareja. Lo que había faltado dolorosamente durante la cena en los ojos de Vin cuando miraba a Devina, se mostraba absoluta y completamente ahora: tenía los ojos clavados en la mujer que tenía delante, y Jim era capaz de apostar el poco coco que le quedaba a que si le hubiera preguntado al tío algo sobre lo que ella llevaba puesto, sobre cómo era de alta o, por ejemplo, sobre el perfume que llevaba, la respuesta que daría sería cien por cien exacta.

Jim frunció el ceño aún más… ¿Y si estaba equivocado? ¿Y si Devina no era el camino correcto para Vin?

—Por favor, Vin —dijo la mujer— deja que él te lleve a casa.

Fuera como fuera, ya habría tiempo para preocuparse de aquello más tarde. Ahora tenía que llevar a Vin a casa.

—Dame las llaves, amigo mío.

—Por favor —le urgió la mujer.

Vin acabó haciéndolo. Estiró la palma de la mano con las llaves sobre ella, o en caso del M6 el llavero negro, y se lo tendió a Jim.

—¿Cómo volverás a por la moto? —preguntó Vin.

Jim se palpó el bolsillo trasero pensando en volver a buscarla en taxi, y se dio cuenta de que era tan ilegal como Adrian. No llevaba la cartera. Lo que significaba que no llevaba el carné ni dinero para un taxi.

Mierda, la moto tampoco estaba registrada ni asegurada.

Al parecer la expresión de Jim debió de hablar por sí misma, porque Vin esbozó una sonrisa.

—Esa Harley tuya no tiene matrícula. ¿Tampoco tienes carné para conducirla?

—No pensaba alejarme tanto con ella. Pero no te preocupes. Respetaré las normas de tráfico.

—¿Tu coche es manual? —preguntó la mujer a Vin. Cuando él asintió, ella sacudió la cabeza—. Es una pena, porque no sé conducirlos. Pero podría seguiros y llevarte luego a tu casa —dijo señalando a Jim.

—Aquí estará bien.

—¿No vas a llamar a una grúa para que venga a por la moto? —dijo la mujer—. Porque no puedes estar en una situación más ilegal.

—Sí. Una grúa. La llamaré.

Bien, era el momento de una de esas despedidas que no necesitaban público.

Vin señaló hacia su coche.

—Ya que tienes la llave, ¿te importaría ir calentándolo?

Jim levantó una ceja.

—Puede que te vaya a hacer de chófer, pero no llevo gorra y uniforme. Así que si quieres un poco de intimidad, pídela. —El tipo dio media vuelta e hizo un gesto con la cabeza hacia Marie-Terese—. Nos vemos delante del Commodore.

Ella asintió.

—Nos vemos allí.

Vin vio cómo el tío se ponía al volante del M6 y cerraba la puerta. Un momento después, el motor se encendió y vibró con un ruido sordo. Oyó la radio, qué detalle.

Marie-Terese sacudió la cabeza.

—Tienes que ir a ver al médico, en serio.

—¿Te sentirías mejor si te dijera que llevo haciendo esto desde que tenía once años?

—No.

—Bueno, todavía no me ha matado. —De repente pensó en su visión de la pistola y del sonido del disparo, y tuvo que hacer un esfuerzo enorme para que su voz no sonara tan desesperada como él lo estaba—. Escucha, yo no sé cómo es tu vida... —La cara de ella se tensó y él decidió no ir más allá—. Sé que el dueño de ese club te hace sentir segura, pero eso es sólo en La Máscara de Hierro. ¿Y si alguien te sigue hasta tu casa?

—Si vieras mi casa entenderías por qué no estoy preocupada.

Vin frunció el ceño, pensando que al menos parecía estar preparada.

—Te prometo no entrometerme, pero si sabes quién podría estar siguiéndote, ve a la policía. Y si no puedes acudir a ellos, haz que tu representante se ocupe de ello en privado.

—Ya… Gracias por el consejo.

Dios, no le gustaba nada aquello. Si al menos supiera qué le había dicho durante el trance… Joder, aunque la pistola ya le había dicho demasiado, ¿no?

—¿Dónde vives? —le preguntó él con dulzura.

Ella abrió la boca y él creyó por un momento que le iba a contestar. Pero entonces ella cambió de opinión.

—¿Dónde queda exactamente el Commodore? Es por si os pierdo.

Él le dio las indicaciones pertinentes.

—Vivo en los pisos veintiocho y veintinueve.

—¿En los dos?

—En los dos.

—No me sorprende. Os seguiré hasta allí. Vin pudo sentir cómo ella se cerraba en banda, cortando la conexión entre ellos.

Marie-Terese se dio la vuelta y él le tocó el hombro.

—¿Cuál es tu número de móvil?

Hubo una larga pausa.

—Lo siento… No puedo.

—Está bien. Lo entiendo. Pero tienes el mío. Llámame, por favor. En cualquier momento. —Él se hizo a un lado, abrió más la puerta para que ella pudiera entrar y esperó hasta que tuvo el cinturón de seguridad abrochado sobre el pecho. Tras un par de intentos, el coche resolló en una especie de ralentí, y ella levantó la vista como si estuviera esperando a que él se moviera.

El sonido de una de las ventanillas del M6 al bajarse le dio ganas de maldecir. Y también la voz de Jim:

—Según el manual, para que te lleven a casa tienes que subir al coche. ¿O quieres ir en el parachoques delantero?

Vin, contrariado, rodeó el BMW, entró y se acomodó en el asiento del acompañante.

—No la pierdas.

—No lo haré.

Y no lo hizo. Jim conducía el M6 a la perfección. Era rápido, ágil…, pero no tan veloz como para que Marie-Terese no pudiera seguirlo.

Con un rock clásico de fondo, Vin no sintió la necesidad de explicar por qué él y Marie-Terese estaban solos en la cafetería. Ni lo más mínimo.

En absoluto.

—Dime sólo una cosa —dijo Jim, como si pudiera leer la mente.

—Marie-Terese habló con la policía y el dueño también —dijo Vin mirando al otro lado del coche—. No les hablaron de nosotros ni tienen intención de hacerlo.

Jim le clavó los ojos desde el otro asiento.

—Eso no era lo que te iba a preguntar, pero está bien saberlo. ¿Y las cámaras de seguridad?

—Solucionado.

—Bien.

—No te emociones demasiado. Le he dicho a Marie-Terese que si resultaba comprometido para ella o si sentía presión de algún tipo, podía servirnos en bandeja como un bistec.

—Dime una cosa.

—¿Qué?

—¿Qué piensas hacer con Devina?

Vin cruzó los brazos sobre el pecho.

—Sólo porque haya desayunado con otra persona…

—Y una mierda. Y no te pongas a la defensiva. ¿Qué vas a hacer?

—¿Por qué te importa?

Hubo una larga pausa. Tan larga que duró dos semáforos en rojo.

Mientras aceleraba después del segundo, Jim lo miró. Su mirada era deslumbrante, realmente brillante.

—Me importa, Vin, porque he empezado a creer en los demonios.

Vin giró la cabeza y Jim volvió a centrarse en la carretera y continuó.

—No bromeaba cuando dije que estaba aquí para salvar tu alma. Sin embargo, empiezo a pensar que no estaba haciéndolo bien.

—¿Haciendo bien qué?

—Háblame de la cosa esa que te pasa. Lo de los puñeteros vapores victorianos.

—Un momento, ¿qué es lo que has malinterpretado?

—No creo que debas quedarte con Devina. —El tío sacudió la cabeza lentamente y alzó la vista hacia el retrovisor—. Mi trabajo es ayudarte a superar esta parte de tu vida para llegar a un lugar mejor. Y empiezo a pensar que eso implica que necesitas estar con esa mujer que… sí, se acaba de saltar un semáforo en rojo para seguirnos.

—Deberías haber parado —le espetó Vin mientras agarraba el espejo y lo movía para poder ver a Marie-Terese al volante.

Tenía las manos en la posición de las diez y diez y, mientras se centraba en el M6, la concentración tensaba sus cejas. Estaba moviendo un poco los labios, como si estuviera cantando una canción o hablando sola, y él se preguntó cuál de las dos cosas estaría haciendo.

—¿Y qué me dices de lo del desmayo? —le urgió Jim—. No te sorprendió en absoluto, ¿verdad?

Vin volvió a poner en su sitio el espejo.

—¿Has oído hablar alguna vez de los médiums?

Jim miró hacia él.

—Sí.

—Bueno, pues yo veo el futuro y a veces hablo cuando lo hago. Y alguna mierda más también. Ahora ya lo sabes. Y antes de que pienses que es una puta pasada, permíteme asegurarte que de eso nada. Hice todo lo posible para librarme de ello y creía que había triunfado. Pero supongo que no es así.

Lo único que se oyó fue el ascenso y el descenso del potente motor del M6, así que Vin dijo con aspereza:

—Has ganado puntos por no reírte.

—¿Sabes? Hace un par de días lo habría hecho. —Jim se encogió de hombros—, pero ahora ni de coña. ¿Siempre has sido así?

—Empezó cuando era niño.

—Y..., ¿qué has visto de ella? —Vin no fue capaz de responder, y Jim murmuró—: Entiendo, al parecer no han sido cenas a la luz de las velas y paseos románticos por la playa.

—Nada que ver.

—Sea lo que sea puedes contármelo, Vin. Tú y yo estamos juntos en esto.

Sintió una punzada de ira, dura y caliente.

—Vale, yo ya me he descubierto. Ahora te toca a ti. ¿Qué coño haces…?

—Me morí. Ayer por la tarde… Me morí y me mandaron de vuelta para ayudar a la gente. Tú eres el primero.

Ahora le tocaba a Vin portarse bien y no abrir la boca.

—Parece que tú también has ganado puntos por no reírte —farfulló Jim—. ¿Sabes qué te digo? Asumamos que a ambos nos está sucediendo alguna putada y pasemos a lo siguiente. Tengo que salvarte el culo de ti mismo y, como te he dicho, tengo el presentimiento de que la solución no es Devina, sino la mujer que va detrás de nosotros en ese Camry. Así que, ¿por qué no te dejas de historias y me dices qué has visto de ella? No pienso fallar en mi primera misión, así que cuanto más sepa, mejor.

Jim Heron no tenía pinta de delirar y, teniendo en cuenta lo que Vin había vivido con toda aquella mierda, supuso que podía darle al menos un mínimo de credibilidad a lo que el tío decía. Aunque no tuviera mucho más sentido que…, bueno, los trances en plan médium, por ejemplo.

—He visto un tiroteo.

Jim giró la cabeza lentamente.

—¿A quién le disparaban, a ti o a ella?

—No lo sé. He dado por hecho que a ella.

—¿Te has equivocado alguna vez?

—No.

Sus manos se aferraron al volante.

—Bien. Pues ahí lo tienes.

—Parece que tenemos algo más de qué hablar.

—Sí.

En lugar de eso, no dijeron nada más. Permanecieron sentados uno al lado del otro en el coche y Vin no pudo obviar la metáfora: ambos con el cinturón abrochado en una especie de viaje que sólo Dios sabía cómo acabaría.

Mientras miraba de nuevo por el retrovisor, rezó para que Marie-Terese no fuera la víctima. Mejor él. Mucho mejor.

Cuando finalmente llegaron al Commodore, entraron en el garaje y Marie-Terese se quedó fuera, delante. Vin pensó que tal vez era mejor así: acabaría intentando despedirse de nuevo, y ya estaba bien.

—Mi plaza es la once, aquella de allí.

Cuando el M6 estuvo aparcado, Vin salió del coche, cogió la llave que le devolvió su nuevo colega y se fueron cada uno por su lado. Jim fue hacia las escaleras que lo llevarían hasta la calle. Vin caminó en la dirección opuesta hacia el ascensor y, cuando las puertas se abrieron ante él, entró y se dio la vuelta. Jim casi había llegado a la salida, y se estaba acercando a ella rápidamente con sus grandes zancadas.

Vin bloqueó las puertas del ascensor para que no se cerraran, y gritó:

—Voy a romper con Devina.

Jim se detuvo y miró hacia atrás.

—Bien. Pero no seas muy duro con ella. Está enamorada de ti.

—Está claro que hace que lo parezca. —Pero bajo aquella «amante» fachada había cierta falsedad, y ésa había sido en parte la razón por la que en su momento había querido estar con ella: prefería a una mujer calculadora, porque él creía más en el propio interés que en el amor.

Nunca más. Estaba cambiando y eran cambios que ya no podía controlar, igual que estaba obligado a tener aquellas visiones. Él dedicaba el noventa y nueve por ciento de su día a día a los negocios. ¿Y en las últimas veinticuatro horas? Les había dedicado, como mucho, el cincuenta por ciento: su mente había estado ocupada con otras cosas más importantes…, cosas que tenían mucho que ver con Marie-Terese.

—Te mantendré informado —le dijo a Jim.

—Hazlo.

Vin dejó que las puertas se cerraran y pulsó el botón de su piso. Tenía que hablar con Devina y necesitaba zanjar aquella conversación ya. No sólo era lo más justo, sino que también sentía una especie de urgencia que nada tenía que ver con el hecho de no querer hacerle daño.

Aquel horrible sueño aún seguía con él…, como si hubiera manchado su cerebro para siempre.

En el piso veintiocho, el ascensor dejó escapar un discreto *din* y él salió y se dirigió hacia su puerta. Mientras entraba en el dúplex, Devina bajó corriendo las escaleras con una enorme sonrisa en la cara.

—Mira lo que he encontrado mientras ordenaba tu estudio. —Extendió las manos abiertas, sujetando la caja de Reinhardt—. ¡Vin, es perfecto!

Corrió hacia él, se le colgó del cuello y su perfume lo asfixió más que su abrazo. Mientras seguía diciendo que no debería haberla abierto, pero que no se había podido contener y que hasta el tamaño era perfecto para su dedo, Vin cerró los ojos y vio algunos retazos de la pesadilla que había tenido.

Una certeza se instaló en medio de su pecho, algo tan irrefutable como su propio reflejo en un espejo.

Ella no era quien decía ser.

Capítulo 20

Jim entró en el Camry verde, se inclinó hacia delante y extendió la mano.

—Jim Heron. Ya es hora de que nos presentemos.

—Marie-Terese.

La sonrisa que esbozó la mujer fue breve pero cálida, y mientras él esperaba un apellido, tuvo la sensación de que no iba a llegar.

—Gracias por llevarme de vuelta —dijo él.

—No hay problema. ¿Qué tal Vin?

—Para haberse caído redondo en un aparcamiento, tiene buen aspecto. —Jim la miró mientras se ponía el cinturón de seguridad—. ¿Y tú cómo lo llevas? Hablar con la poli no es ninguna fiesta.

—¿Vin te lo ha contado? ¿Sabes lo de las cámaras de seguridad y...?

—Sí, y gracias.

—De nada. —Puso el intermitente, miró por los retrovisores y salió detrás de un todoterreno—. ¿Puedo hacerte una pregunta?

—Claro.

—¿Cuánto tiempo llevas tirándote a su novia?

Jim tensó los hombros y entornó los ojos.

—¿Perdona?

Anteanoche te vi salir con su novia después de que ella se pasara como una hora mirándote. Y ayer igual. No te ofendas, pero llevo bastante tiempo viendo a gente hacer cosas de ésas, así que dudo que os limitarais a cogeros de la mano en el aparcamiento.

Vaya, vaya, vaya…, era lista. Aquella tal Marie-Terese era muy lista.

—¿Qué opinas de Vin? —le preguntó él.

—¿No me vas a contestar? No me extraña.

—¿Cómo te apellidas? —Reinó el silencio, y él sonrió con expresión grave—. ¿No me vas a contestar? No me extraña.

Ella se ruborizó y él maldijo y se relajó.

—Oye, lo siento. Han sido un par de días muy duros.

Ella asintió.

—De todos modos, no es de mi incumbencia.

Él no estaba tan seguro de ello.

—Sólo por curiosidad, ¿qué opinas de él? —Mientras esperaba la respuesta, Jim se puso a pensar en cómo demonios había acabado convirtiéndose en una especie de Celestina moderna y casamentera. Lo siguiente sería echarse cremas en la cara y planchar la ropa.

O lavarla.

En fin.

—Bueno, la verdad —dijo él ante la ausencia de respuesta— es que no lo conozco demasiado, pero Vin es un buen tío.

Ella le miró.

—¿Cuánto hace que lo conoces?

—Trabajo para él. Se dedica a la construcción y yo tengo un martillo. Dios los cría y ellos se juntan. —Jim pensó en los Cuatro Colegas y puso los ojos en blanco—. Literalmente.

Mientras se aproximaban a un semáforo en rojo, ella dijo:

—No lo busco. Ni a él ni a nadie.

Jim miró el cielo a través de su marco de rascacielos.

—No es necesario buscar para encontrar lo que necesitas.

—No voy a estar con él, así que sí. Eso es todo.

Genial. Un paso adelante y dos atrás. Vin parecía tener posibilidades; Marie-Terese no estaba interesada…, a pesar del hecho de sentirse claramente atraída por él y de que le preocupaba lo suficiente como para querer que volviera a casa sano y salvo.

Mientras seguían el curso del tráfico, pasaron al lado de una pareja que iba hablando el uno al lado del otro, cogidos de la mano. Sin embargo, no eran dos jóvenes amantes, eran mayores. Muy mayores.

Aunque sólo por fuera, no de corazón.

—¿Has estado enamorada alguna vez, Marie-Terese? —preguntó Jim con suavidad.

—Vaya pregunta para una prostituta.

—Yo no. Nunca me he enamorado. Me preguntaba si tú sí. —Le dio un golpecito al cristal y la anciana vio el gesto y claramente pensó que la había saludado. Mientras ella levantaba la mano que le quedaba libre, él se preguntó si lo había hecho.

Le sonrió tímidamente y ella le devolvió la sonrisa, y luego continuó cada uno su camino.

—¿Qué importa eso? —dijo Marie-Terese.

Él se imaginó a Vin en aquel frío y hermoso dúplex, rodeado de preciosos objetos inanimados.

Y luego se imaginó a Vin mirando a Marie-Terese bajo el sol.

Su alma se había nutrido en aquel momento. Él se había transformado. Se había sentido realmente vivo.

—Importa porque estoy empezando a pensar —murmuró Jim— que el amor lo podría ser todo.

—Yo antes creía eso —dijo Marie-Terese con voz quebrada—. Pero luego me casé con quien me casé, y esa fantasía se fue por la alcantarilla.

—Tal vez no era amor.

Una risa ahogada le reveló que estaba en lo cierto.

—Sí, tal vez.

Entraron en el aparcamiento de la cafetería y fueron hacia su Harley.

—Gracias de nuevo por traerme —dijo él.

—Me alegro de servir de ayuda.

Él salió del coche, cerró la puerta y esperó a que ella diera la vuelta. Mientras se iba, memorizó su matrícula.

Cuando estuvo seguro de que ella se había marchado, se puso el casco, arrancó la moto y se largó. Con todos los delitos que había cometido, una Harley sin matricular era *pecata minuta*.

Además, sentir el fuerte viento en el pecho y en los brazos le hizo relajarse un poco y le aclaró la mente, aunque lo que se le vino a la cabeza lo puso enfermo. Estaba bastante claro lo que tenía que hacer ahora y, aunque no le hacía ninguna gracia, a veces había que tragar un poco de mierda: tenía a una mujer a la que necesitaba mantener con vida, la visión de Vin de un tiroteo y dos repugnantes universitarios que ahora estaban muertos después de que alguien los hubiera reventado. Lo que requería aquella situación era información y, que él supiera, sólo había una manera de conseguirla.

No le gustaba prostituirse, pero uno debía hacer lo que debía hacer…, y apostaba a que Marie-Terese también conocía aquel mantra.

En cuanto entró en el camino de grava que llevaba a su estudio, *Perro* salió de debajo de la camioneta y se dirigió cojeando alegremente hacia la moto, sin dejar de menear el rabo mientras lo escoltaba hasta el garaje. Cuando Jim se quitó el casco, se inclinó para saludarlo como era debido, y la cola de *Perro* empezó a moverse con tal rapidez que fue un maldito milagro que aquel personajillo lograra mantener el equilibrio sobre sus patas.

Era extraño tener a alguien que le diera la bienvenida al llegar a casa.

Jim cogió al perro, lo metió bajo el brazo y subió las escaleras para abrir la puerta. Una vez dentro, lo acarició mientras buscaba su móvil en la cama revuelta.

Jim se sentó en el colchón y sintió el pequeño y cálido cuerpo enroscado alrededor de su cadera. Se lo pensó largo y tendido antes de marcar. Le daba la sensación de que estaba dando un paso atrás y la familiaridad de aquella sensación lo puso enfermo, lo cual era en cierto modo interesante.

Dios santo, ¿y allí era donde pretendía empezar de nuevo?

Miró a su alrededor y vio lo que Vin había visto: dos montones de ropa, una pequeña cama individual en la que no podría estar cómodo nadie mayor de doce años, unos muebles que llevaban tatuado «beneficencia» por todas partes y una sola lámpara en el techo con la panta-lla rota.

No era exactamente el material más apropiado para hacer borrón y cuenta nueva pero, por otra parte, compa-rado con donde había estado y con lo que había estado haciendo, dormir en el banco de un parque ya habría si-do un avance.

Mientras miraba el teléfono, tuvo muy claras las con-secuencias de lo que sucedería si aquella vieja voz familiar respondía.

Aun así, Jim marcó los once dígitos y pulsó la tecla de llamada.

Cuando el tono se interrumpió y no saltó ningún buzón de voz, él dijo sólo una palabra: «Zacharias».

La única respuesta fue la risa lacónica de un hombre al cual ya no le sorprendía nada en la vida.

—Vaya, vaya, vaya… Nunca creí que volvería a oír ese nombre.

—Necesito información.

—¿Ah, sí?

La mano de Jim se cerró con fuerza sobre el móvil.

—Es sólo una placa de matrícula y un rastreo de iden-tidad. Podrías hacerlo mientras te echas una puta siesta, pedazo de mierda.

—Sí, está claro que ésa es la manera de conseguir que te haga un favor. Justamente. Siempre has sido muy diplo-mático.

—Que te den. Estás en deuda conmigo.

—¿Ah, sí?

—Sí.

Se produjo un largo silencio, pero Jim sabía muy bien que su llamada no era en vano: el tipo de satélites que el

Gobierno utilizaba para gente como su antiguo jefe eran lo suficientemente potentes como para transmitir una señal desde el puñetero centro de la Tierra.

Volvió a oír aquella risa grave.

—Lo siento, viejo amigo. Hay una ley de prescripción para las deudas, y la tuya ya ha caducado. No me vuelvas a llamar.

La comunicación se interrumpió.

Jim se quedó mirando un momento el aparato, y luego lo lanzó sobre la cama.

—Creo que esto es un callejón sin salida, *Perro*.

Dios santo, ¿y si Marie-Terese era una especie de estafadora que estaba engatusando a Vin?

Se tendió sobre las sábanas arrugadas y se puso a *Perro* sobre el pecho antes de estirar el brazo hacia la mesilla y coger el mando a distancia de la tele. Mientras acariciaba el áspero pelaje de *Perro*, apuntó con el artilugio hacia el diminuto aparato que estaba enfrente del cabecero de la cama y pulsó el botón rojo en el que ponía «on».

«No me vendría mal un poco de ayuda, colegas —pensó—. ¿Cómo se supone que voy a solucionar esto?».

Pulsó un botón y la imagen apareció en la pantalla de cristal, haciéndose cada vez más nítida. Un tipo llevaba a una mujer con un largo vestido de noche rojo desde una limusina hasta un avión privado. No reconoció la película, pero estaba claro que habiéndose pasado los últimos veinte años de su vida en el núcleo duro del ejército, no había tenido mucho tiempo para las malditas obras cinematográficas.

Cuando pulsó el botón «info», a Jim no le quedó más remedio que reírse. Obviamente, *Pretty Woman* trataba de una prostituta y un hombre de negocios que se enamoraban. Levantó la vista hacia el techo.

—Supongo que me equivoqué la primera vez, ¿eh, chicos?

Aquella noche, cuando Marie-Terese entró en la catedral de San Patricio, sus pasos eran lentos y le pareció que la nave lateral que iba hasta el altar medía un kilómetro. Pasó por delante de las capillas de los santos para ir a los confesionarios y se detuvo ante la cuarta. Habían retirado la imagen a tamaño natural de una piadosa María Magdalena de su pedestal, sin duda para limpiar la blanca estatua de mármol de polvo y restos de incienso.

El espacio vacío le hizo darse cuenta de que había decidido irse de Caldwell.

Todo se estaba complicando demasiado. No estaba en un momento de su vida en el que se pudiera permitir vincularse emocionalmente a un hombre, y eso era lo que ya estaba sucediendo con Vin. Dejando a un lado a aquellos universitarios muertos, pasar más tiempo cerca de él no la iba a ayudar y ella era una persona independiente, dispuesta a lanzarse a la carretera en cualquier momento…

El chirrido de una puerta detrás de ella la hizo sobresaltarse, pero cuando miró hacia atrás no había nadie. Como siempre, la iglesia y todos sus bancos estaban prácticamente vacíos, a excepción de un par de mujeres con velo negro que estaban rezando en las filas delanteras y un hombre con una gorra de béisbol de los Red Sox, que estaba arrodillado atrás del todo.

Continuó caminando por la nave lateral y el peso de su decisión de irse de la ciudad la extenuaba. ¿Adónde iba a ir? ¿Y cuánto le costaría inventarse otra identidad? Y el trabajo. ¿Qué iba a hacer al respecto? No había otro como

Trez en el negocio y La Máscara de Hierro era el único sitio en el que se podía imaginar haciendo lo que hacía.

¿Pero cómo iba a pagar las facturas?

En los dos confesionarios había un par de personas delante de ella, así que esperó con ellas sonriendo una vez a modo de saludo y luego mirando hacia otro lado, como hacían ellas. Era siempre lo mismo. Los pecadores no solían tener ganas de conversación cuando estaban a punto de descargar, y se preguntó si los otros estaban practicando lo que iban a decir, como ella.

Fueran cuales fueran sus historias, seguro que podría ganarles en un concurso de pecados. Fácilmente.

—Hola.

Ella miró hacia atrás y reconoció a un tipo del grupo de oración. Era uno callado como ella, un asistente habitual que rara vez abría la boca.

—Hola —dijo ella.

Él asintió una vez con la cabeza y luego miró al suelo, apretando las manos juntas y guardando las distancias. Sin razón aparente, se dio cuenta de que olía a incienso como el que usaban en la iglesia, y el dulce aroma a humo la reconfortó.

Ambos se adelantaron un par de pasos cuando entró otra persona… luego otro par de pasos, y le llegó el turno a Marie-Terese.

Después de que una señora con los ojos enrojecidos saliera de detrás de la gruesa cortina de terciopelo, Marie-Terese se dispuso a entrar y le dedicó una sonrisa de despedida al tipo del grupo de oración antes de introducirse en el cubículo.

Cuando se hubo encerrado y tomado asiento, el panel de madera se deslizó de nuevo y apareció el perfil del sacerdote al otro lado del biombo de latón que los separaba.

Tras hacer la señal de la cruz, ella dijo suavemente:

—Perdóneme, padre, porque he pecado. Hace dos días que no me confieso.

Hizo una pausa porque, aunque había dicho aquellas palabras muchas, muchas veces, eran difíciles de pronunciar.

—Cuéntame, hija mía. Desahógate.

—Padre, he pecado.

—¿De qué manera?

Aunque él ya lo sabía. Pero el objetivo de la confesión era recitar verbalmente las maldades, sin eso no había absolución ni desahogo.

Ella se aclaró la garganta.

—He estado con hombres ilícitamente. Y he cometido adulterio. —Porque algunos de ellos llevaban anillos de casados—. Y he pronunciado el nombre de Dios en vano. —Cuando vio a Vin caerse al suelo en la cafetería—. Y...

Pasó un rato antes de que su lista se agotara y el perfil del cura asintiera con gravedad cuando ella se quedó en silencio.

—Hija mía... Estoy seguro de que reconoces lo errado de tu camino.

—Sí.

—Y las transgresiones contra los caminos del Señor no pueden...

Mientras la voz del sacerdote continuaba, Marie-Terese cerró los ojos e interiorizó el mensaje profundamente. El dolor de lo bajo que había caído y de lo que se estaba haciendo a sí misma le exprimió los pulmones hasta que no fue capaz de coger ni una pizca de aire.

—Marie-Terese.

Ella se recuperó y miró hacia el biombo.

—¿Sí, padre?

—… Y por ello, yo… —el sacerdote se detuvo—. ¿Sí?

—¿Ha dicho mi nombre?

Vio en su perfil cómo fruncía el ceño.

—No, hija mía. No lo he hecho. Pero por tus pecados, dicto…

Marie-Terese miró a su alrededor, aunque no había nada más que ver que los paneles de madera y la cortina roja de terciopelo.

—… *Te absolvo a peccatis tuis in nomine Patris et Filii et Spiritus Sancti.* Amén.

Le dio las gracias al sacerdote dejando caer la cabeza, y cuando éste hubo cerrado la división respiró hondo, cogió el bolso y salió del confesionario. En el confesionario de al lado de donde ella había estado, pudo oír la voz del otro pecador. Suave. Sorda. Totalmente ininteligible.

Mientras caminaba por la nave lateral, la paranoia hizo que sus ojos recorrieran toda la catedral. El par de mujeres con velos estaban aún allí. El hombre que estaba rezando se había ido, pero habían entrado otros dos y ocupado su lugar en la parte de atrás.

Odiaba mirar hacia atrás y preguntarse si había oído su nombre, y preocuparse por si la seguían. Pero desde que había dejado Las Vegas, había estado hipervigilante y tenía la sensación de que siempre sería así.

Una vez fuera corrió hasta el coche y no respiró tranquila hasta que estuvo encerrada dentro de él. Por una vez, el Camry se puso en marcha a la primera, como si le hubiera transmitido su adrenalina al motor, y condujo hacia el club.

Cuando entró en el aparcamiento de La Máscara de Hierro y salió con la bolsa, su paranoia la puso de los nervios. Ningún coche la había seguido. No había ninguna sombra oscura moviéndose para asesinarla. Nada fuera de lo normal…

Sus ojos se dirigieron al callejón donde habían encontrado los cadáveres…, y recordó exactamente por qué se preocupaba constantemente.

—¿Cómo te va?

Marie-Terese se dio la vuelta tan rápidamente que la bolsa la golpeó. Pero sólo era Trez, que la esperaba al lado de la puerta de atrás.

—Estoy bien. —Entornó los ojos y levantó la mano—. No insistas. Esta noche no. Sé que lo haces por mi bien, pero ahora no podría soportarlo.

—De acuerdo —murmuró dando un paso atrás para que ella pudiera pasar a su lado—. Te dejaré en paz.

Por suerte, fue fiel a su palabra y la dejó en el vestuario para que se pudiera cambiar. Cuando tuvo puesto su horrible uniforme, el cabello cardado, los párpados embadurnados de sombra de ojos y la boca toda grasienta, caminó por el largo pasillo hasta el club propiamente dicho, completamente ajena a quién era y a dónde estaba.

Rodeó a la multitud y no tardó demasiado en hacer negocio. Un poco de contacto visual, algo de movimiento de caderas, una leve sonrisa y ya tenía al primer candidato de la noche.

El tipo era completamente normal, en otras palabras, habría encajado perfectamente en cualquier sitio menos en Goticolandia. Medía más de uno ochenta, tenía el pelo castaño y los ojos castaños, y olía a Eternity for Men, de Calvin Klein, todo un clásico que sugería que no era todo lo afable que parecía, pero que al menos tenía un olfato lo suficientemente bueno. Su ropa estaba bien, pero no mejor que la media, y no llevaba alianza.

La conversación sobre la transacción fue forzada y torpe, y él se pasó el tiempo que duró sonrojado, por lo que estaba claro que no sólo no había hecho aquello nunca antes, sino que nunca se había imaginado en la tesitura de intercambiar dinero por sexo.

Bienvenido al club, pensó ella.

Él la siguió a uno de los baños y, en una peculiar deformación de la realidad, ella se sintió como si estuviera fuera de su cuerpo y caminando dos pasos por detrás, viéndolos desaparecer a los dos tras la puerta cerrada.

Dentro del reducido espacio, ella cogió el dinero que él le ofreció y se lo guardó en el bolsillo oculto de su falda. Luego se puso encima de él, con el cuerpo tan frío como el hielo, con la mano temblando mientras le acariciaba el brazo. Compuso una falsa sonrisa con sus labios y se preparó para que él la tocara, obligando a su cuerpo a quedarse donde estaba, rezando para que su autocontrol fuera suficiente para no salir de allí gritando.

—Me llamo Rob —dijo el cliente con voz nerviosa—. ¿Y tú?

De repente el baño se estrechó, las paredes de color morado y negro se convirtieron en compactadoras de basura sobre ella y la apretaron fuerte, haciendo que tuviera ganas de gritar y de pedir auxilio a alguien para que las detuviera.

Respirando con dificultad, Marie-Terese se recompuso y parpadeó con rapidez, con la esperanza de que aclararse la mirada le ayudara a aclararse el cerebro y a volver a tomar las riendas de la situación.

Ella se tambaleó, y el hombre frunció el ceño y se echó hacia atrás.

—¿Has cambiado de idea? —dijo ella esperando que así fuera, aunque eso sólo significaría que tendría que largarse y encontrar a otro.

Parecía perplejo.

—Estás llorando.

Retrocediendo, ella volvió la cabeza buscando el espejo que estaba sobre el lavabo. Dios bendito…, tenía razón. Las lágrimas rodaban por sus mejillas en un lento torrente.

Levantó la mano y se las secó.

El hombre se giró para ponerse también de frente al espejo, y en él se reflejó una cara tan triste como ella se sentía.

—¿Sabes qué? —dijo—. Creo que ninguno de los dos debería estar haciendo esto. Yo estoy intentando vengarme de alguien a quien le importa un bledo con quién me acueste, y no quería que nadie más saliera perjudicado. Por eso decidí acudir a una…

—Puta —dijo ella acabando la frase por él—. Por eso has acudido a mí.

Dios, su reflejo era horrible. Su grueso delineador de ojos se había corrido, tenía las mejillas blancas como la cera y el pelo encrespado.

Mientras observaba su cara, se dio cuenta de que hasta ahí había llegado. El momento había llegado, finalmente. Llevaba un tiempo aproximándose centímetro a centímetro, con todas esos momentos de preparación antes de poder entrar en el club, esas lloreras con aroma a jabón Dial en la ducha y esos ataques de pánico en los confesionarios, pero la aproximación se había acabado.

La meta ya estaba allí.

Metió la mano bajo la falda y sacó los billetes doblados. Le cogió la mano al hombre y le puso el dinero en ella.

—Creo que tienes razón. Ninguno de nosotros debería estar haciendo esto.

El tipo asintió y apretó fuerte el dinero, desesperado.

—Soy una nenaza.

—¿Por qué?

—Es tan típico de mí. Siempre me achico en estas situaciones.

—En realidad tú no te has achicado. He sido yo. Tú has sido amable.

—Ése soy yo. El buen tío. Siempre el buen tío.

—¿Cómo se llama ella? —murmuró Marie-Terese.

—Rebecca. Trabaja en la mesa de al lado y es realmente perfecta. Llevo unos cuatro años intentando impresionarla, pero lo único que hace es hablar de su vida amorosa. Creí que tal vez yo podría hablarle de una cita mía con la que hubiera tenido suerte… El problema es que nunca tengo suerte y se me da fatal mentir.

Se tiró de las mangas de la camisa como si estuviera intentando darse en la cara con su realidad.

—¿Le has pedido una cita? —preguntó Marie-Terese.

—No.

—¿No crees que tal vez ella está intentando impresionarte a ti con todos esos ligues?

El tipo frunció el ceño.

—Pero ¿por qué iba a hacer eso?

Marie-Terese se levantó y volvió la cara hacia el espejo.

—Porque la verdad es que eres guapo y simpático, y tal vez estás malinterpretando la situación. La cuestión es que si le pides una cita y ella te rechaza, tampoco te interesaba de todos modos. No hay razón para ser uno más.

—Dios, no sé cómo le voy a pedir una cita.

—¿Qué te parece: «Rebeca, qué haces el jueves por la noche»? Asegúrate de pedírselo para un día entre semana, el fin de semana es demasiada presión.

—¿Tú crees?

—¿Qué tienes que perder?

—Bueno, trabaja a mi lado y la veo todos los días.

—Pues ahora tampoco lo estás pasando demasiado bien, ¿no? Al menos habrá un desenlace.

Él la miró a los ojos en el espejo.

—¿Por qué llorabas?

—Porque no puedo seguir haciendo esto.

—¿Sabes? Me alegro. Te elegí a ti porque no pareces del tipo de chica que… —Se ruborizó—. Esto…

—Que hace estas cosas. Lo sé. Y tienes razón.

El chico se volvió hacia ella y sonrió.

—Finalmente esto ha acabado bien.

—Sí. —En un arrebato, ella extendió los brazos y le dio un abrazo—. Te deseo toda la suerte del mundo. Y recuerda cuando se lo preguntes que tú eres un buen partido y que ella sería afortunada si te tuviera. Confía en mí. He aprendido por las malas lo difícil que es encontrar un buen hombre.

—¿Tú crees?

Marie-Terese puso los ojos en blanco.

—No tienes ni idea.

Él sonrió incluso más abiertamente.

—Gracias, de verdad. Y creo que se lo voy a preguntar. Qué demonios, ¿no?

—Sólo se vive una vez.

Él salió del baño radiante y rebosante de determinación y, cuando la puerta se cerró suavemente, Marie-Terese volvió a mirarse a sí misma. Bajo la luz que la bañaba desde arriba, todo aquel maquillaje negro corrido la hacía parecer una auténtica gótica.

Qué irónico que en su última noche en el club, finalmente pareciera una más.

Se inclinó hacia un lado y cogió una toallita de papel con la intención de retocarse el perfilador de ojos. Pero en lugar de ello se borró el carmín, eliminando aquella brillante capa de su boca. Nunca más. No volvería a ponerse aquella cosa empalagosa nunca más... ni el resto del maquillaje... ni aquella ridícula ropa de putilla.

Fin. Había puesto fin a aquel capítulo de su vida.

Dios, era increíble lo ligera que se sentía. Increíble e insensato. No tenía ni idea de qué iba a hacer ahora ni adónde iba a ir, así que, racionalmente, tendría que estar aterrorizada.

Pero lo único en lo que podía pensar era en lo liberada que se sentía.

Le dio la espalda al espejo, extendió la mano para agarrar la manilla de hierro forjado de la puerta y se dio cuenta de que había pasado de las lágrimas a la sonrisa. Abrió la puerta y...

Se encontró con la sombría cara de Vincent diPietro.

Estaba apoyado en la pared de enfrente del baño privado, con los brazos cruzados sobre el pecho y con su enorme cuerpo tenso en lugar de lo que debía de ser una pose relajada.

Su expresión era la de un hombre al que hubieran abierto en canal.

Capítulo 21

El problema era que no tenía ni razones ni derecho a sentirse traicionado.

Vin miró a Marie-Terese, se fijó en el rubor de sus mejillas y en la ausencia de carmín en sus labios, y no debería haber sentido nada. Igualmente, cuando aquel tío salió del baño con una sonrisa en la cara y los hombros hacia atrás como si fuera el mejor, no debería haber pasado nada anormal en medio del pecho de Vin.

Aquella no era su chica. Aquello no era de su incumbencia.

—Tengo que irme —dijo mientras se separaba de la pared y daba media vuelta. Le echó un vistazo a la densa multitud y se dirigió a la parte de atrás del club, hacia el pasillo al final del cual, gracias a lo de la noche anterior, sabía que había una salida.

Durante todo el camino lo fue persiguiendo la voz ebria de su padre: «Nunca te fíes de una mujer. Son todas unas zorras. Si les das la oportunidad te joderán, y no en el buen sentido de la palabra».

Marie-Terese le dio alcance más o menos a un tercio del camino hacia la salida, con sus zapatos de tacón repiqueteando sobre el suelo embaldosado. Lo cogió del brazo y lo obligó a detenerse.

—Vin, ¿por qué…?

—¿Me comporto así? —Maldita fuera, no podía mirarla. Simplemente no podía—. La verdad es que no tengo respuesta para eso.

Ella parecía desconcertada.

—No, iba a preguntarte por qué habías venido. ¿Algo va mal?

Dios, no sabía ni cómo empezar.

—Todo va estupenda y maravillosamente. Increíblemente perfecto.

Empezó a alejarse de nuevo, y entonces la oyó decir alto y claro:

—No he estado con él. Con el hombre que estaba allí. No he estado con él.

Vin volvió la cabeza para mirarla; luego retrocedió hacia ella.

—Sí, ya. Estás con hombres para ganarte la vida, ¿o crees que he olvidado lo que hace una prostituta por dinero?

La vio palidecer y se sintió como un auténtico cabrón. Pero antes de que él pudiera retractarse, ella llenó el silencio.

Levantando la barbilla, dijo:

—Es la verdad, si la crees o no es tu problema, no el mío. Ahora, si me disculpas, me voy a cambiar.

Levantó la mano para separarse el cabello por encima del hombro, y él se fijó en algo que llevaba dentro de la mano cerrada…, una toallita de papel arrugada llena de carmín.

—Un momento. —Él la hizo detenerse y miró el papel—. Te has borrado los labios.

—Claro que... Un momento, supongo que diste por hecho que ese hombre me los había borrado al besarme, ¿no? —Dio media vuelta y se fue directa hacia la puerta del vestuario—. Adiós, Vin.

Ahora le tocaba a él soltar una primicia.

—Esta tarde he roto con Devina. Mi novia es ahora mi ex. Es lo que venía a decirte.

Marie-Terese se detuvo, pero no se dio la vuelta para mirarlo a la cara.

—¿Por qué has hecho eso?

Él examinó su espalda, desde sus pequeños hombros hasta su orgullosa columna, pasando por el oscuro cabello que le caía hasta debajo de los omóplatos.

—Porque mientras te miraba a través de la mesa de aquella cafetería, no existía nadie más. Y pase o no algo entre tú y yo, tuve que conocerte para darme cuenta de lo que me faltaba.

Ella miró hacia atrás con sus espectaculares ojos azules atónitos.

—Es la verdad —dijo él—. La verdad y nada más que la verdad. Y por eso estaba tan enfadado en la puerta del baño. No estoy diciendo que seas mía..., sino que me gustaría que lo fueras.

Mientras la música taciturna y deprimente del club llenaba el espacio que los separaba, él intentó reunir una combinación mágica de palabras que evitara que la perdiera.

Aunque probablemente debería empezar por ignorar a su padre, pensó.

Ella se dio la vuelta y él sintió la intensidad de su mirada.

—Me voy a cambiar y a decirle a Trez que lo dejo. ¿Me esperas?

¿Cómo? ¿Había oído bien?

—¿Lo vas a dejar?

Ella levantó la toallita de papel.

—Hacía tiempo que sabía que no podía seguir haciendo esto... No sabía que hoy le pondría punto final. Pero así ha sido.

Vin caminó hacia adelante y la rodeó con sus brazos, abrazándola suavemente para que ella pudiera separarse si quería. Sin embargo, no lo hizo. Cuando sus cuerpos se encontraron, ella respiró hondo y le devolvió el abrazo.

—Sí... Sí, te esperaré —susurró él—. Aunque te lleve horas.

Como si supiera exactamente cuál era el momento oportuno para aparecer, Trez salió de su oficina del extremo del corredor y se dirigió hacia ellos a grandes zancadas.

Le tendió la mano a Vin.

—¿Te la llevas de aquí?

Vin alzó las cejas mientras se estrechaban la mano.

—Ojalá me dejara.

Trez bajó la vista hacia Marie-Terese con sus ojos castaños increíblemente amables.

—Deberías dejarle.

Marie-Terese se ruborizó hasta ponerse del color de una postal del día de San Valentín.

—Yo... Esto... Oye, Trez, no voy a volver más.

—Lo sé. Y te echaré de menos, pero me alegro.

El hombre la estrechó entre sus enormes brazos y se dieron un breve abrazo.

—Yo se lo diré al resto de las chicas y, por favor, no te sientas obligada a no perder el contacto, a veces cortar por lo sano es lo mejor. Sólo recuerda que si necesitas algo, lo que sea: dinero, un lugar para quedarte o un hombro en el que apoyarte, siempre estaré aquí para ti.

Vale, a Vin le caía bien ese tío. Muy bien.

—Lo haré —dijo, y miró a Vin—. No tardaré mucho.

Ella se metió en el vestuario y Vin bajó la voz, aunque podría considerarse innecesario, ya que no había nadie más en el pasillo con ellos.

—Oye, ella me ha contado lo poco colaborador que estás siendo con la policía. Te lo agradezco mucho, pero en el momento en que eso pueda suponer algún problema para ti o para ella déjalo, ¿vale?

El tipo esbozó una sonrisa con una confianza en sí mismo palpable.

—No te preocupes por la poli. Limítate a cuidar de tu chica y todo irá bien.

—En realidad ella no es mi chica. —Aunque si tuviera media oportunidad…

—¿Puedo darte un consejo?

—Sí, claro.

El tío se le acercó. Vin no estaba acostumbrado a que otro hombre lo mirara directamente a los ojos, dada su altura, pero estaba claro que para Trez aquello no era ningún problema.

—Escúchame con atención —dijo el hombre—. Llegará un momento, antes o después, en el que tendrás que confiar en ella. Vas a tener que tener fe en que ella es como tú la conoces y no como temes que sea. Hizo lo que tenía que hacer aquí y tal vez te cuente los porqués. Aunque tardaréis en borrar esta mierda de vuestras mentes, si alguna vez lo conseguís. Sin embargo, deja que te asegure lo que tú ya sospechas. Ella no es como las otras chicas que trabajan aquí. Si la vida no hubiera sido así, ella nunca habría estado aquí, ¿entendido?

Vin entendió perfectamente lo que le quería decir, pero se preguntaba cuánto sabía el dueño del club. A juzgar por la manera en que estaba mirando a Vin, era como si lo supiera todo.

—Sí, está bien.

—Bien. Porque como se te ocurra comerle la cabeza —dijo pegando la boca a la oreja de Vin—, me haré una comida con la carne de tus huesos.

Trez se enderezó y esbozó otra de sus breves sonrisas, y Vin no se equivocó en lo más mínimo cuando empezaron a darle vueltas en la cabeza imágenes de panecillos para perritos calientes, bollos para hamburguesas y salsa barbacoa.

—¿Sabes? —murmuró Vin—, eres un buen tío, en serio.

Trez se inclinó un poco.

—Lo mismo digo de ti.

Cuando Marie-Terese salió unos diez minutos después, llevaba la cara desmaquillada, unos vaqueros y otro forro polar, y su bolsa no se veía por ningún lado.

—He tirado mis cosas —le dijo a Trez.

—Bien.

Caminaron todos hacia la salida y, cuando llegaron a la puerta, ella volvió a abrazar a su jefe.

—Trez, en cuanto a lo de la policía…

—Si aparecen aquí preguntando por ti, te lo haré saber. Pero no quiero que te preocupes por eso, ¿vale?

Ella le sonrió.

—Tú te ocupas de todo, ¿no?

El rostro del hombre se ensombreció.

—De casi todo. Ahora iros de una vez. Y no me ma-linterpretéis, pero espero no volver a veros nunca más.

—Adiós, Trez —susurró Marie-Terese.

Él extendió el brazo y le acarició suavemente la mejilla.

—Adiós, Marie-Terese.

El dueño abrió la puerta trasera y Vin puso su brazo alrededor de la cintura de ella para guiarla hacia el aire nocturno.

—¿Podemos ir a algún sitio para hablar? —dijo él mientras sus pasos resonaban en el silencio.

—¿A la cafetería?

—Estaba pensando en otro sitio. En realidad, hay un lugar que quiero enseñarte.

—Vale. ¿Te sigo?

—¿Y si vamos los dos juntos en mi coche? —Ella se volvió para mirar hacia el club y él sacudió la cabeza—. O mejor sígueme, por favor. Te sentirás más segura en tu propio coche.

Hubo una pausa, como si estuvieran poniendo a prueba sus instintos. Luego ella se encogió de hombros.

—No…, no es necesario —dijo levantando la vista hacia él—. No creo que me vayas a hacer daño.

—Puedes apostar tu vida.

Vin la escoltó hacia el M6 y cuando se hubo sentado en el asiento del acompañante, él se puso al volante.

—Vamos al Wood.

—¿Qué es eso?

—Una zona residencial de la ciudad donde todas y cada una de las calles acaban en «Wood». Oakwood, Greenwood, Pinewood —dijo mientras encendía el coche—. Es como si los que planificaron la ciudad, se hubieran quedado sin nombres originales al llegar allí, y no puedes evitar preguntarte si habrá alguna avenida que se llame Woodwood.

Ella se rió.

—Llevo aquí más o menos año y medio, debería saber dónde está eso.

—No está muy lejos. A unos diez minutos.

A cinco manzanas del club, se metió por Northway y fue hasta la salida de los alrededores del norte de Caldie. Pasaron por calles y calles de urbanizaciones en miniatura con pequeñas casas que se iban haciendo cada vez más pequeñas a medida que avanzaban.

Tenía recuerdos de aquellos barrios, pero no a lo Norman Rockwell: limpísimos y lleno de familias felices. Los suyos tenían más que ver con salir a hurtadillas de casa para alejarse de sus padres y quedar con sus amigos para beber, fumar y pelearse. Por aquel entonces, cualquier cosa era mejor que quedarse en casa.

Dios, cuánto había rezado para que se largaran. O para irse él.

Y su deseo se había cumplido, ¿no?

—Casi hemos llegado —dijo, aunque Marie-Terese parecía encantada a su lado. Tenía el cuerpo relajado y la cabeza apoyada en el reposacabezas del asiento mientras miraba por la ventana.

—Tengo la sensación de que podría quedarme aquí felizmente sentada viendo pasar el mundo mientras tú conduces durante horas —murmuró ella.

Él extendió el brazo y le agarró la mano, apretándosela.

—¿Cuándo ha sido la última vez que has estado de vacaciones?

—Nunca.

—Sé lo que es eso.

Cuando llegó al 116 de Crestwood Avenue, entró en el camino de acceso y se dirigió hacia una diminuta casa de dos habitaciones con bordes de aluminio, que tenía un caminito de cemento que conducía hasta la puerta delantera.

El lugar donde él había crecido nunca había estado tan bonito, con los arbustos que rodeaban los cimientos recortados y el enorme roble sin ninguna rama muerta. Además, cuando había césped, lo cortaban todas las semanas. También había cambiado el tejado hacía dos años y había vuelto a poner los bordes y a asfaltar el camino. Era la casa más cuidada de la calle, si no de todo Wood.

—¿Qué es esto? —preguntó ella.

De pronto se sintió avergonzado, pero aquella era la cuestión. Devina nunca había estado allí. Nadie de los que trabajaban con él sabía siquiera que aquella casa existía. Desde siempre, lo único que le enseñaba a la gente era aquello de lo que se sentía orgulloso.

Abrió la puerta.

—Es el lugar donde me crié.

Cuando él se acercó, Marie-Terese ya estaba fuera del coche recorriendo de cabo a rabo con la mirada cada centímetro de la casa.

Él la cogió del brazo y la guió hasta la puerta delantera. Cuando la abrió, el aroma a limón artificial se extendió como un felpudo de bienvenida, pero era un saludo falso tan de mentira como los químicos que imitaban el olor.

Atravesaron juntos el umbral y él encendió la luz de la entrada, cerró la puerta y encendió la calefacción.

Fría. Húmeda. Desordenada. En contraste con el exterior, la casa por dentro era un desastre. Él la había dejado exactamente como estaba el día en que sus padres habían rodado juntos por las escaleras: una reliquia de fealdad.

—Sí, aquí fue donde me crié —dijo bruscamente bajando la vista para mirar el único trozo de moqueta nueva de toda la casa, situado al pie de las escaleras. Donde habían aterrizado después de caer desde arriba de todo.

Mientras Marie-Terese lo observaba todo, él entró en la sala y encendió una lámpara para que ella pudiera ver también el raído sofá con los parches desgastados en los reposabrazos…, y la mesa de centro baja con las quemaduras de cigarro…, y las estanterías en las que todavía había más botellas de vodka vacías de su madre que cosas legibles.

Joder, la luz no era amable en absoluto con las cortinas naranjas y amarillas que colgaban con mustio agotamiento de sus barras de hierro forjado, ni con la descolorida moqueta en la que se apreciaba un camino desgastado que iba desde la sala a la cocina.

A él se le pusieron los pelos de punta mientras se dirigía hacia el umbral para encender el interruptor de la luz e iluminar los enseres que había sobre la cocina.

Lo que debería haber resultado fascinante a lo Betty Crocker era aún peor que la sala: las encimeras de formica estaban llenas de manchas circulares de latas que habían permanecido allí durante semanas, desangrando su herrumbre sobre la superficie. La nevera con el tirador flojo era de color maíz, o más bien lo había sido cuando la compraron; ahora era difícil de decir hasta qué punto el color era fruto de una elección intencionada o del deterioro y el polvo. Y las alacenas de pino…, qué desastre. Originariamente estaban barnizadas, pero ahora estaban apagadas y en la zona que quedaba bajo la vieja gotera del techo tenían tiras de barniz levantado de la madera, como si fueran marcas de hiedra venenosa sobre la piel.

Se avergonzaba muchísimo de todo aquello.

Era su particular Dorian Gray inmobiliario, la podrida realidad que él mantenía bajo llave en su armario proverbial mientras al resto del mundo le mostraba sólo belleza y riqueza.

Vin miró hacia atrás. Marie-Terese estaba deambulando con la boca ligeramente abierta, como si estuviera viendo una escena de una película que la hubiera dejado anonadada.

—Quería que la vieras —dijo él— porque es la verdad y nunca se la enseño a nadie. Mis padres eran los dos alcohólicos. Mi padre era fontanero… Mi madre era simplemente fumadora profesional. Se peleaban mucho y murieron en esta casa y, para ser sincero, no los echo de menos y no me dan pena. Si eso me convierte en un cabrón, lo asumo.

Marie-Terese fue hacia la cocina. Sobre la encimera, entre los quemadores, había una vieja cuchara. La cogió y le limpió el polvo.

—«La gran evasión».

—Es un parque de atracciones que hay en el norte. ¿Has oído hablar de él?

—No, ya te he dicho que no soy de aquí.

Él se acercó para ver aquel *souvenir* barato con el logo rojo.

—La compré en una excursión del colegio. Pensé que si los otros chicos me veían comprando algo para casa para mi madre, no se enterarían de cómo era realmente. Por alguna razón aquella mentira era importante para mí. Quería ser normal.

Marie-Terese volvió a poner aquello donde estaba con más cariño del que se merecía y se quedó allí de pie, mirándolo.

—Yo voy a un grupo de oración los martes y los viernes por la noche. En San Patricio.

Su revelación lo dejó sin aliento y tuvo que obligarse a conservar la calma.

—¿Eres católica? Yo también. O al menos mis padres se casaron en una iglesia católica. Yo soy no practicante, como mínimo.

Ella se metió un mechón de pelo detrás de la oreja y se estremeció al coger aire.

—Yo voy… voy a las reuniones porque quiero estar rodeada de gente normal. Quiero volver a ser como ellos algún día. —Sus ojos brillaron y se encontraron con los de él—. Así que te entiendo. Entiendo todo esto. No sólo lo de la casa, sino que no traigas a nadie aquí.

El corazón de Vin relampagueó en su pecho.

—Me alegro —dijo con voz queda.

Ella echó un vistazo a su alrededor.

—Sí…, lo entiendo todo perfectamente.

Él le tendió la mano.

—Ven conmigo. Déjame que te enseñe el resto de la casa.

Ella la aceptó y el calor de su mano en la de él fue transformador. Encendió todo su cuerpo, demostrándole con toda precisión lo frío e insensible que solía ser. Tenía la esperanza de que ella lo aceptara incluso con aquel pasado. Hasta había rezado.

Y ahora que veía que lo hacía, por alguna razón tenía ganas de dar gracias a Dios.

Mientras subían las escaleras, los escalones crujían bajo la fétida alfombra que los cubría, y el pasamanos era tan estable como un borracho en un bote. Una vez arriba, pasó de largo por delante de la habitación de sus padres, del único baño que había y se detuvo delante de una puerta cerrada.

—Aquí es donde yo dormía.

Después de abrirla, encendió la luz de arriba. Metida bajo el techo abuhardillado, su vieja y pequeña cama estaba aún cubierta por un edredón azul marino, y la almohada individual del cabecero aún estaba lisa como una rebanada de pan. La mesa en la que hacía sus deberes, cuando de verdad los hacía, seguía estando bajo la ventana y el flexo al lado del que estudiaba llegaba hasta el techo. Allí, sobre el escritorio, estaban su cubo de Rubik, su peine negro Ace y el especial bikinis de *Sports Illustrated* del año 1989, con Kathy Ireland en la portada. Justo donde él los había dejado por última vez.

Sujetos en el marco barato de madera de imitación del espejo que había sobre el tocador, había varios resguardos de entradas, fotos y otras mierdas, y cuando caminó hacia delante y vio su reflejo, tuvo ganas de maldecir.

Sí, seguía siendo el mismo. Seguía mirando una cara llena de cardenales.

Por supuesto, esta vez no había sido su padre el que se la había puesto así.

Vin fue hacia la ventana y mientras la abría para que entrara un poco de aire, le entraron ganas de hablar. Y lo hizo.

—¿Sabes? En nuestra primera cita, llevé a Devina a Montreal. La llevé hasta allí en mi avión y nos quedamos en una suite del Ritz-Carlton. Se quedó tan impresionada como yo pretendía y hoy es el día en que no sabe de dónde procedo. En gran parte porque yo lo quise así, pero la verdad es que ella nunca se interesó por el pasado. Nunca me volvió a preguntar por mis padres después de que le conté que los dos estaban muertos, y yo nunca me ofrecí. —Él se dio la vuelta—. Me iba a casar con ella. Hasta había comprado el anillo..., ¿y qué crees? Ella lo encontró esta tarde.

—Dios mío.

—Muy oportuno, ¿verdad? Cuando Jim me llevó, subí a mi casa, abrí la puerta y allí estaba ella, ilusionadísima, con la caja en la mano.

Marie-Terese se llevó la mano hasta la boca.

—¿Y qué hiciste?

Vin se sentó sobre la cama, se levantó una fina capa de polvo e hizo una mueca, se volvió a poner de pie y cogió el edredón en brazos.

—Espera un momento.

Sacudió la colcha en el pasillo, apartando la cabeza de la nube. Cuando ya no soltaba tanto polvo, volvió a la habitación, cubrió el colchón desnudo y se volvió a sentar.

—¿Qué hice? —murmuró—. Bueno, separé sus brazos de mi cuello y me alejé. Le dije que no me podía comprometer con ella, que había cometido un error y que lo sentía.

Marie-Terese se acercó y se sentó a su lado.

—¿Y ella qué dijo?

—Se lo tomó con una tranquilidad glacial. Lo que, si la conocieras, no te resultaría extraño. Le dije que podía quedarse el anillo y ella se marchó con él escaleras arriba. Volvió unos quince minutos después con un manojo de ropa en una maleta. Dijo que se llevaría inmediatamente el resto de sus cosas y que me daría la llave cuando lo hiciera. Estaba realmente tranquila y comedida. De hecho, no parecía sorprendida. Yo no estaba enamorado de ella y nunca lo había estado, y ella lo sabía.

Vin echó el trasero hacia atrás para poder apoyarse contra la pared. Del conducto de la calefacción que estaba sobre su cabeza salía un aire caliente que le daba en la cara, en contraste con el aire frío que entraba desde el otro extremo, por el alféizar de la ventana.

Al cabo de un rato, Marie-Terese siguió su ejemplo, sólo que ella dobló las rodillas y las rodeó con los brazos.

—Espero que no te moleste mi pregunta…, pero, si no la querías, ¿por qué compraste el anillo?

—Era una adquisición más. Como ella —dijo levantando la vista—. No estoy orgulloso de ello, por cierto. Antes no me importaba nada.

—¿Antes?

Él apartó la mirada de ella.

—Antes de ahora.

Hubo un largo silencio durante el cual las dos fuentes de aire, la caliente y la fría, se mezclaron entre ellas fusionándose para crear una agradable temperatura.

—Mi hijo se llama Robbie —dijo ella de repente.

Él levantó la vista y vio que tenía los nudillos que estaban sobre sus rodillas blancos de la tensión.

—No tiene por qué ser un toma y daca —murmuró él—. Que yo te haya contado cosas no quiere decir que tú tengas que devolverme el favor.

Ella esbozó una sonrisa.

—Ya lo sé. Lo que pasa es que no estoy acostumbrada a hablar.

—Ya somos dos.

Recorrió la habitación con la vista y se quedó mirando la puerta abierta.

—¿Tus padres discutían mucho?

—Constantemente.

—¿Se peleaban con más que palabras…?, no sé si me explico.

—Sí. La mayor parte del tiempo la cara de mi madre parecía un test de Rorschach…, aunque ella daba tanto como recibía. No es que eso justificara de ningún modo los puñetazos de mi padre. —Vin sacudió la cabeza—. Me importa una mierda lo que suceda, un hombre no debería levantarle la mano a una mujer jamás.

Marie-Terese apoyó la mejilla sobre la parte superior de sus rodillas, y se quedó mirando hacia él.

—Algunos hombres no comparten esa filosofía. Y algunas mujeres no devuelven los golpes, como hacía tu madre.

Entonces oyó un gruñido en la habitación y ella se incorporó, sorprendida, para confirmar que, efectivamente, el peligroso y ronco sonido procedía de él.

—Dime que no lo dices por experiencia —dijo Vin con voz grave.

—No —respondió ella rápidamente—. Pero fue difícil salir de mi matrimonio. Cuando le dije a mi ahora ex marido que lo iba a dejar, cogió a nuestro hijo y se lo llevó por todo el país. Estuve sin saber dónde estaba mi niño ni qué había sucedido tres meses. Tres meses, un investigador privado y varios abogados para liberarme del matrimonio y alejarme de él. Lo único que me preocupa es que mi hijo esté a salvo.

Ya empezaba a tener más clara la imagen de ella, pensó Vin. Y se sintió aliviado porque, aunque aquello había sido horrible, al menos encima no la había pegado.

—Debió de costarte mucho dinero.

Ella asintió y volvió a apoyar la cabeza.

—Mi ex se parecía mucho a ti. Era muy rico, poderoso…, guapo.

Vale… Mierda. Era genial que lo encontrara atractivo, pero no le gustaba la dirección inexorable que estaba tomando aquello. ¿Cómo podía convencerla de que él no era…?

—Mark nunca habría hecho nada como esto, sin embargo —dijo con tranquilidad—. Nunca se habría permitido mostrarse tan vulnerable. Gracias por esto. La verdad es que es lo más bonito que un hombre ha hecho nunca por mí, en cierto modo.

Vin levantó la mano muy lentamente, para que ella supiera exactamente dónde estaba. Y cuando llevó la palma hasta su rostro, le dio mucho tiempo para retroceder.

No lo hizo. Se limitó a sostener su mirada.

Los instantes se convirtieron en minutos, y ninguno de ellos apartó la vista.

Mientras el silencio se hacía más denso, Vin se inclinó y los labios de ella se separaron. Levantó la cabeza de las rodillas como si quisiera encontrarse con su boca tanto como él deseaba encontrarse con la de ella.

En el último segundo, él se limitó a besarla en la frente, sin embargo. Y luego la atrajo hacia sus brazos para arroparla y abrazarla. Ella apoyó la cabeza contra su pecho y él recorrió su espalda con la mano dibujando círculos grandes y lentos. El estremecimiento que la recorrió como respuesta fue una capitulación más absoluta, más profunda y más íntima que si ella le hubiera dado su cuerpo para practicar sexo, y él aceptó el regalo de su confianza con la reverencia que se merecía.

Apoyando con cuidado la barbilla sobre la parte superior de la cabeza de ella, Vin observó la habitación…, y obtuvo la respuesta a la pregunta que se había estado haciendo desde la primera vez que la había visto.

Sujeta en el marco del espejo, entre muchas otras cosas, había una imagen de la Virgen en una estampita. En aquella imagen tenía el cabello negro azabache y unos ojos azules y brillantes, y estaba más que preciosa con su cara inclinada, una aureola dorada que dibujaba un círculo sobre su cabeza y una brillante aura que rodeaba todo su ser.

La estampita la había sacado de uno de esos evangélicos que había aparecido allí en la puerta hacía mucho, mucho tiempo.

Como siempre, la única razón por la que había abierto la puerta había sido porque su ebria madre estaba a punto de hacerlo ella misma, y él no podía soportar la vergüenza de que nadie la viera con su sucia bata y con aquel pelo de rata. El tipo que había al otro lado de la puerta llevaba un traje negro y tenía el aspecto que a Vin le habría gustado que tuviera su padre: pulcro, aseado, saludable y tranquilo.

Vin le había mentido cuando le había preguntado si sus padres estaban en casa, y cuando el hombre miró hacia la sala, Vin le dijo que aquélla no era su madre, sino una familiar enferma.

Los ojos del evangélico se habían inundado de pena, como si le sonara a algo la situación, y el tipo se había ahorrado la charla y se había limitado a darle la estampa y a decirle a Vin que llamara al número que estaba en el reverso si necesitaba cobijo.

Vin la había aceptado y había subido las escaleras para sentarse con ella en la mano. Se había enamorado al momento de la mujer del anverso porque no tenía aspecto de emborracharse nunca, ni de gritar ni de pegarle a nadie. Y para asegurarse de que estaba a buen recaudo, había escondido la imagen haciéndola obvia y poniéndola a la vista de cualquiera en el espejo. Normalmente cuando su madre registraba su cuarto sólo abría los cajones y el armario, y miraba debajo de la cama.

Ahora tenía su respuesta.

Mientras miraba fijamente la estampita, se dio cuenta de que Marie-Terese era exactamente igual a ella.

Capítulo 22

Jim tallaba con su cuchillo el trozo de madera, cuidadosamente y con seguridad. A sus pies, delante de él, en el periódico que había desplegado en el suelo, iba creciendo un montón de astillas. *Perro* estaba justo al lado de la escena mirando con esos grandes ojos castaños, con aspecto de entender perfectamente por qué alguien decidía comportarse de aquella manera con un palo.

—Es para mi juego de ajedrez —dijo Jim señalando con la cabeza hacia una caja de zapatos que había ido llenando durante el último mes—. Éste será… Bueno, ya estoy cansado de hacer peones, así que ésta será la reina.

Obtenía la madera de las ramas rotas por el viento de los robles de la propiedad que se caían al suelo, y era lento pero seguro en su afición, tallando un par de piezas de vez en cuando. La herramienta que usaba era un cuchillo de caza que le había regalado su comandante hacía mucho tiempo y, aunque estaba un poco viejo, era realmente bueno. Aquel objeto era una obra maestra de armamento aparentemente humilde, sin ninguna marca identificativa, número de serie, iniciales, ni nada que revelara el hecho de que había sido hecho a mano por un experto para uso de un experto. Jim conocía aquel objeto como la palma de su propia mano: su hoja de acero inoxidable era feroz y la empuñadura forrada de cuero había ido envejeciendo con su propio sudor.

Lo levantó y admiró el reflejo de la luz del techo sobre la pulida superficie de la hoja. Pensó que era curioso que allí, en aquel apartamento de una sola habitación y usado para transformar la madera en la pieza de un juego, era sólo un cuchillo. En casi cualquier otra circunstancia había sido un arma mortal.

El uso lo era todo, ¿verdad?

Volvió al trabajo y el filo hizo un suave ruido mientras él raspaba usando su dedo pulgar para empujar el cuchillo hacia sí mismo, con su mano guiando cuidadosamente cada golpe, reduciendo la cantidad de madera poco a poco para sacar a la luz la pieza de ajedrez atrapada dentro.

Durante los últimos veinte años, se había pasado horas así: solo. Sin radio, sin televisión. Sólo con un trozo de madera y un cuchillo. Había hecho pájaros, animales, estrellas y letras que no deletreaban nada. Había tallado caras y lugares. Árboles y flores.

Aquella afición tenía muchas ventajas. Era barata, portátil y su cuchillo siempre iba con él fuera adonde fuera.

Las pistolas habían ido cambiando. Otro tipo de armas también. Igual que los comandantes.

Pero el cuchillo siempre lo había acompañado.

Dios santo, el día que se lo habían regalado su filo brillaba como un espejo, y lo primero que había hecho había sido sacarlo del cuartel para ensuciar sus dos caras. Tanto al quitarle el brillo como al afilar ambos lados del artilugio estaba potenciando su utilidad.

El arma nunca le había fallado, eso no dejaba de repetírselo. Pero también tallaba muy bien la madera.

Su móvil se activó y sonó sobre la cama deshecha. Mientras iba a ver quién era, dejó la rama de roble en el suelo y se llevó con él el cuchillo por la fuerza de la costumbre.

Abrió la tapa del teléfono, vio que se trataba de un número desconocido y tuvo claro quién era.

Pulsó con el pulgar el botón de descolgar y se llevó el móvil a la oreja.

—¿Sí?

Silencio. Y luego aquella voz profunda y cínica:

—¿Qué pieza estás tallando?

Cabrón. El cabrón de Matthias siempre sabía demasiado.

—La reina.

—Las viejas costumbres nunca mueren, ¿verdad?

Como los antiguos jefes.

—Creía que habías dicho que no te podía llamar nunca más.

—Esta vez no han sido tus dedos los que han salido a pasear, ¿no?

—No me puedo creer que hayas malgastado tus fuerzas sólo para descubrir qué estaba haciendo.

Hubo una pausa.

—El número de la matrícula. ¿Por qué necesitas rastrearlo y por qué te interesa el dueño del vehículo?

Vaya, así que aquél era el porqué de la llamada.

—No es de tu incumbencia.

—No aprobamos el trabajo autónomo. De ningún tipo. Tú ponte a hacer mierdas de ésas y no sólo te apartaremos del servicio activo, sino que te jubilaremos.

Lo que significaba que en su futuro había una caja de pino, no un reloj de oro: sus jefes no te despedían al atardecer con un Rolex. Simplemente una mañana te despertabas muerto.

—Oye, Matthias, conozco el percal, así que si llamas sólo para asegurarte, estás malgastando…

—¿Cuál es el número de matrícula?

Jim hizo una pausa y pensó que al parecer la deuda todavía estaba activa.

Mientras recitaba el número de placa de Marie-Terese y le contaba con pelos y señales lo poco que sabía de aquella mujer, estaba seguro de que la búsqueda no sería tachada de inapropiada, aunque se iba a realizar por medio de los canales gubernamentales. Por una parte, Matthias era rápido. Y por otra, sólo había otro tío con más poder que él.

Y aquel HDP trabajaba desde un despacho oval.

Pues sí, había momentos en los que no venía mal que el pez gordo te debiera la vida.

—Te mantendré informado —dijo Matthias.

Cuando la comunicación se cortó, Jim bajó la vista hacia su cuchillo. A Matthias le habían regalado uno a la vez que a Jim y el tío era condenadamente bueno con él, pero también era excelente en la política «de oficina», mientras que Jim, con todas sus tendencias antisociales, había seguido con el trabajo de campo. Uno de los caminos llevó a Matthias a lo más alto; el otro había hecho que Jim aterrizara en un estudio sobre un garaje.

Con un nuevo equipo de jefes.

Jim sacudió la cabeza mientras comparaba a aquellos cuatro mariquitas aristócratas con sus pelotas de cróquet, su lebrel irlandés y su castillo, con Matthias y compañía: era como comparar unas zapatillas de ballet con unas botas de montaña equipadas con crampones. Nada que ver, al menos a primera vista. Jim tenía la clara impresión, sin embargo, de que aquellos chicos del otro lado escondían tanta mierda bajo la alfombra que haría que todas las armas convencionales y nucleares a disposición de Matthias parecieran juguetes.

Volvió a sentarse en la silla barata al lado de *Perro*, pero esa vez se llevó el móvil con él. Mientras volvía a tallar, se puso a pensar en su nuevo trabajo.

Suponiendo que Vin siguiera adelante y rompiera con Devina, y que consiguiera atravesar el caparazón de Marie-Terese, a Jim no le quedaba más remedio que preguntarse cuál era su maldito papel en el tema de la «encrucijada». Sí, tal vez se había debido a él que ambos estuvieran en el mismo lugar el viernes por la noche, pero aparte de eso, ¿qué había hecho?

O aquél era el curro más fácil del planeta, o se le estaba escapando algo.

Al cabo de un rato, Jim le echó un vistazo al reloj. Y media hora después lo volvió a mirar.

Matthias trabajaba rápido. Siempre. Y, de entrada, la petición era simple: verificar el registro y el dueño de un Toyota Camry de cinco años y llevar a cabo una comprobación de sus antecedentes penales. Era de esas cosas que se hacían en un periquete, sólo tenías que pulsar dos teclas de un ordenador y tardabas más o menos un nanosegundo.

A menos que se hubiera producido una emergencia de seguridad nacional. O que hubieran encontrado algo en la ficha de Marie-Terese.

Había razones por las que la gente sentía la necesidad de mirar hacia atrás en los callejones oscuros. Buenas razones por las que la mayoría de la gente tendía a apresurarse, aunque no hiciera frío. Razones excelentes por las que la gente solía preferir las calles iluminadas por la noche.

—Dios, no… Por favor…

La trayectoria descendente de la llave de tuercas interrumpió la plegaria y la desconexión fue repentina, como si hubieran apagado una luz: en un momento había luz y al siguiente sólo oscuridad.

Ahora ambos tenían la cara ensangrentada.

Mientras mataba a aquel hombre, la ira levantaba su brazo más que cualquier pensamiento consciente, y la rabia le dio el tipo de fuerza que implicaba que aquello no iba a durar mucho. Sólo un golpe más, si acaso, y el silencio sería más que temporal.

Alzó todo su peso para aprovechar al máximo posible la trayectoria descendente, y…

En el extremo del callejón, las luces de un coche lo iluminaron todo, y los dos haces gemelos de luz impactaron sobre el ladrillo del edificio de la izquierda inundando su áspera pared.

No había tiempo para otra estocada. En una fracción de segundo estaría tan iluminado como en un escenario.

Giró sobre sí mismo y salió disparado hacia el lado opuesto del callejón, corriendo lo más rápidamente que pudo. Mientras giraba la esquina, ellos alcanzarían a ver su chaqueta y la parte de atrás de su gorra de béisbol, pero había cientos de cortavientos de Gore-Tex en Caldwell, y una gorra negra era una gorra negra y punto.

Se escuchó un frenazo y a alguien gritando algo.

Él siguió huyendo como alma que lleva el diablo durante tres manzanas más, y cuando dejó de oír los gritos y no escuchó el sonido de ningún coche persiguiéndolo, aflojó el paso y se coló por una puerta que había empotrada y que no tenía luz en la parte superior. Se quitó el cortavientos y enterró la llave de tuercas dentro de él haciendo un nudo tras otro con las mangas para asegurarla mientras contenía la respiración.

Su coche no estaba lejos porque no lo había dejado en el aparcamiento de La Máscara de Hierro para estar más seguro. Y había resultado ser la decisión correcta.

Incluso cuando volvió a respirar lenta y rítmicamente, permaneció donde estaba, oculto y a salvo. Las sirenas de la policía llegaron unos cinco minutos después y vio dos coches patrulla pasar a toda velocidad. Alrededor de un minuto y medio después, un tercero, de incógnito y con la sirena pegada al salpicadero, pasó a todo trapo por delante de él.

Cuando dejaron de pasar, se quitó la gorra de béisbol, hizo una bola con ella y se la guardó en el bolsillo de los vaqueros. Luego se quitó el cinturón, se levantó la chaqueta y aseguró la llave de tuercas de hierro ensangrentada y su envoltorio contra su caja torácica. Después de volver a cubrirse, salió sigilosamente del hueco de la puerta y se dirigió a su coche, que estaba a menos de cuatrocientos metros de distancia.

Se puso a ello sin caminar ni demasiado rápido ni demasiado despacio y mirando a su alrededor con los ojos, pero no con la cabeza. Para cualquier observador casual, él no era más que otro peatón que andaba por ahí después de medianoche, un joven que había quedado con sus amigos o que tal vez iba de camino a la casa de su novia: nada raro, algo completamente anodino si tenía en cuenta que se había cruzado con un par de tíos, una mendiga y un montón de parejas.

Su coche estaba exactamente donde lo había dejado, y tuvo que entrar con cuidado por culpa de lo que llevaba escondido bajo el forro polar. Encendió el motor y se dirigió hacia Trade y, cuando una ambulancia pasó con la sirena encendida a su lado, él hizo lo correcto, hacerse a un lado y apartarse de su camino.

«No es necesario que os apresuréis, chicos», pensó. Le había dado tan fuerte a aquel tío, que no habría manera de reanimarlo.

Cogió un atajo hacia el río y se mezcló con el tráfico; con el poco que había, ya que no había mucha gente en las carreteras tan tarde. Y cada vez fue habiendo menos y menos a medida que se fue alejando más y más del centro.

Al menos veinticinco kilómetros más tarde, se hizo a un lado de la carretera.

Allí no había farolas. Ni coches. Sólo un tramo de asfalto con árboles y maleza que llegaba justo hasta el arcén de grava.

Salió del coche, lo cerró con llave y se internó en el bosque en dirección al río. Cuando emergió en la ribera del Hudson, miró hacia el otro lado. Había algunas casas en la otra orilla, pero sólo tenían encendidas las luces exteriores, lo que significaba que sus habitantes estaban dormidos, aunque daba igual que estuvieran despiertos, tendidos en sus camas, o hasta caminando por sus cocinas en busca de un tentempié. Nadie lo iba a ver. Allí el río era ancho, ancho y profundo.

Levantó su forro polar negro, sacó la llave de tuercas y la lanzó con fuerza con su traje de baño de cortavientos al agua. Con un *plof* y sólo un pequeño *chof*, el objeto se hundió en un abrir y cerrar de ojos para nunca más ser encontrado: el lecho del río tenía al menos tres metros de profundidad en aquella zona y, lo que era mejor aún, había elegido un sitio donde el curso del Hudson hacía una curva, así que la corriente no sólo se llevaría la llave de tuercas lejos de Caldwell, sino que arrastraría el objeto más hacia el centro, lejos de la orilla.

De vuelta en el coche, entró y siguió su camino.

Estuvo por ahí conduciendo durante un rato, escuchando la radio local y muriéndose por saber qué diría la policía sobre lo que había pasado en aquel callejón. Pero no escuchó nada. Sólo *hip-hop* y *pop-rock* en FM y teorizadores conspiracionistas y charlatanes de derechas en AM.

Mientras seguía adelante, girando a la izquierda y a la derecha al azar, pensó en cómo habían sucedido las cosas aquella noche. Podía sentir cómo volvía a adoptar las viejas maneras y costumbres, y aquello no era bueno, aunque en cierto modo, parecía inevitable.

Era difícil cambiar tu interior. Muy difícil.

Lo cierto era que haber disparado a aquellos universitarios la noche anterior lo había conmocionado un poco, pero el incidente de la llave de tuercas que acababa de tener lugar le había parecido parte del trabajo, como siempre. Y el detonante del asesinato había sido mucho menor. Aquel tío ni siquiera había sido agresivo con ella en aquel club. Pero la había poseído y aquello había sido suficiente: un vistazo a aquella sonrisa de autosatisfacción al salir del baño en el que habían desaparecido, y aquel hijo de puta fue hombre muerto.

Pero las cosas no podían seguir así. Él era lo suficientemente listo para saber que, si seguía cargándose a hombres en el centro de la ciudad, las oportunidades de que lo pillaran aumentarían con cada cuerpo que fuera dejando atrás. Así que, o tendría que parar…, o limpiar lo que ensuciara.

Cuando estuvo convencido de que no lo habían seguido y cuando no fue capaz de seguir luchando con la necesidad de ver si decían algo en la tele, se fue a casa… o a lo que había sido su casa durante los dos últimos meses.

Era una casa de alquiler en las afueras de la ciudad, en un barrio lleno de familias jóvenes con niños pequeños y de parejas de ancianos sin hijos. Y dado el número de tíos que lo estaban pasando mal con la quiebra del negocio inmobiliario, le había resultado fácil encontrar algo.

Pagaba un alquiler de mil al mes. Estaba bien.

Se metió en el camino, cogió el mando de la puerta del garaje y esperó mientras los paneles se elevaban.

Qué extraño. La casa de al lado tenía las luces encendidas. Una en la puerta delantera, otra en la sala y una tercera en el piso de arriba. Hasta entonces la casa había estado siempre a oscuras.

Sin embargo, aquello no era de su incumbencia. Ya tenía bastante con lo suyo.

Aparcó en el garaje, pulsó el botón del mando y esperó hasta quedarse encerrado para que nadie lo viera salir. Una costumbre que había adquirido al espiar a su mujer. Una vez dentro de la casa, fue al baño del pasillo trasero y encendió la luz. En el espejo, se dio cuenta de que el bigote que se había puesto sobre el labio superior estaba torcido. Aquello no estaba bien, pero al menos nadie lo había mirado con cara de risa mientras iba hacia el coche. Tal vez había sucedido cuando estaba en el río.

Se arrancó la tira de pelo, lo arrojó al váter, tiró de la cisterna y pensó en limpiarse allí mismo la sangre, pero supuso que la ducha de arriba sería mejor. ¿Y la ropa? El forro polar lo había cubierto la chaqueta, que ahora estaba en el Hudson, pero los vaqueros estaban manchados.

Maldita fuera, los pantalones eran un problema. Había una chimenea en la sala, pero nunca la había usado, no tenía leña y, además, si la encendía cabía la posibilidad de que los vecinos olieran el humo y recordaran haberlo hecho.

Sería mejor lanzarlos al río al anochecer, como había hecho con la llave de tuercas.

La gorra. Llevaba la gorra puesta, también.

Sacó la gorra negra de su bolsillo trasero. Sólo tenía unas cuantas manchitas, pero eran suficientes para enviarla al mundo de la basura. Hoy en día, con todos esos tipos del CSI, los tejidos nunca quedaban lo suficientemente limpios. El fuego o la desaparición perpetua eran las únicas opciones que había.

Una vez en el piso de arriba, se detuvo al final de la escalera. Con ambas manos, se quitó la peluca y se arregló el pelo para alisárselo. Pensó que habría sido mejor darse una ducha antes de quitarse el disfraz, pero no podía esperar tanto. Además, tendría que pasar por la habitación para llegar al baño, así que ella lo vería de todos modos.

Fue hasta la puerta de la entrada.

—Ya estoy en casa.

Desde el otro extremo, ella lo miró desde la esquina, tan guapa, recatada y resplandeciente como siempre, sus ojos como piscinas de compasión y ternura, su piel de alabastro brillando bajo la tenue luz que se filtraba de la farola de fuera.

Él esperó una respuesta y luego se recordó a sí mismo que no llegaría nunca: la imagen de María Magdalena que había robado al amanecer permaneció tan inmóvil como lo había estado cuando se la había llevado de la iglesia.

Había tenido que llevársela. Ahora que sabía lo que su chica hacía para ganarse la vida, era su muestra de amor, el objeto que lo entretendría hasta que finalmente consiguiera de forma perpetua que ella volviera al sitio que le correspondía..., que era con él.

La imagen también le recordaba que no debía matarla por ser una zorra sucia y asquerosa. Ella era una mujer descarriada, extraviada, desviada del camino correcto. Algo de lo que él mismo era culpable. Pero él había cumplido su condena y se había vuelto a encarrilar...

Bueno, salvo pequeñas excepciones.

Mientras se arrodillaba delante de la imagen, alzó el brazo hasta agarrarle la cara con la palma de la mano. Le encantaba poder tocar a su chica, aunque era un poco decepcionante que ella no le devolviera la caricia ni lo idolatrara como debería.

Pero ésa era la razón por la que necesitaba a la real.

Capítulo 23

Marie-Terese estaba convencida de que Vin le iba a dar un beso en la boca.

Y una parte de ella deseaba exactamente eso, aunque también había entrado en pánico: tal vez, técnicamente hablando, hubiera estado practicando sexo en el club, pero hacía tres años que nadie la besaba. Y la última vez que había sucedido la habían obligado de forma violenta.

Sin embargo, en lugar de darle lo que ambos deseaban y temían, Vin se había limitado a apretar sus labios contra su frente y a atraerla hacia su pecho, y allí estaba ella, entre los fuertes brazos de un hombre cuyo corazón latía cerca de su oído, cuya calidez se estaba infiltrando en su propio cuerpo, cuya gran mano se movía en lentos círculos sobre su espalda.

Marie-Terese alisó con la mano sus pectorales. Bajo el cachemir, su cuerpo estaba duro, lo que indicaba que hacía mucho ejercicio.

Se preguntó qué aspecto tendría sin ropa.

Se preguntó cómo sería el tacto de su boca sobre la suya.

Se preguntó cómo sería estar con él piel sobre piel.

—Creo que tal vez deberíamos irnos —dijo él, y su voz resonó a través de su pecho.

—¿Tenemos que hacerlo?

Él contuvo el aliento y luego continuó.

—Creo que es lo mejor.

—¿Por qué?

Vin se encogió de hombros y, al hacerlo, su jersey acarició la mejilla de ella.

—Simplemente creo que es lo mejor.

¿La estaba rechazando educadamente? Dios santo, ¿y si ella lo había malinterpretado todo?

De repente, se incorporó separándose de él.

—Sí, creo que tienes razón…

Con las prisas, su mano resbaló sobre el fino tejido de su jersey y pasó por encima de algo duro que había bajo su cintura. Aunque no tan duro como un hueso.

—Maldita sea, lo siento —dijo él apartando sus caderas—. Sí, definitivamente es el momento de largarse de aquí…

Ella miró hacia abajo. Su erección era innegable, lo que, sorprendentemente, le hizo sentir una escandalosa respuesta sexual. Lo deseaba. Necesitaba tenerlo dentro de ella. Y todas las razones racionales para no hacerlo de repente no fueron más que patrañas.

Lo miró a los ojos y susurró:

—Bésame.

Vin, que se estaba poniendo de pie, se detuvo. Mientras su pecho se expandía, clavó la vista en el suelo y no dijo nada.

—Vale —dijo ella—, lo entiendo.

Tal vez su cuerpo la deseara, pero su mente se había bloqueado al pensar en estar con una puta.

En una rápida y horrible sucesión, vio pasar las caras de los clientes con los que había estado…, o al menos de los que se acordaba. Eran muchos, muchísimos más de los que podía contar, y se amontonaban en el espacio entre ella y aquel hombre que estaba sentado en la cama de su infancia y que tenía el aspecto más sexy del mundo.

A los otros no los deseaba. Había hecho lo imposible para alejarse tanto de ellos como podía, había utilizado capas de látex y barreras de contención para intentar mantener el mínimo contacto posible con ellos.

A Vin, sin embargo… A Vin quería sentirlo cerca y él no podía.

Aquél era de verdad el daño que se había causado a sí misma. Había asumido que, mientras no tuviera ninguna enfermedad y se mantuviera ilesa físicamente, los efectos a largo plazo se limitarían a una serie de recuerdos que desearía olvidar desesperadamente. Pero aquello era un cáncer, no una gripe. Porque sólo podía ver a Vin entre cientos de hombres, y él estaba tan cegado por la multitud anónima e invisible como ella.

Respiró hondo y pensó que en aquel momento sería capaz de renunciar a todo por poder empezar de cero con Vin. A todo menos a su hijo.

Marie-Terese se levantó de la cama, pero él la agarró de la mano antes de que ella pudiera salir disparada de la habitación.

—No sería capaz de limitarme a besarte —dijo clavando su ardiente mirada sobre ella—. Ésa es la única razón por la que me estoy resistiendo. Me gustaría poder decirte que soy un caballero y que una sola palabra tuya bastaría para detenerme, pero no me fío de mí mismo. Esta noche no.

Atrapada en la distancia que los separaba, lo único que ella pudo oír fue: «Las mujeres como tú no dicen que no».

Con voz ahogada, dijo:

—Ya sabes que soy una puta. No te detendré.

La expresión de Vin se enfrió y le soltó la mano.

Al cabo de un rato, se puso de pie y se quedó mirando hacia ella.

—No vuelvas a referirte a ti misma de esa manera delante de mí nunca más, ¿está claro? Nunca más. Me importa una mierda con quién hayas estado o con cuántos. Para mí no eres ninguna puta. Si quieres flagelarte, hazlo en privado y no intentes arrastrarme a mí.

Su instinto de supervivencia le hizo encogerse y apartarse de él, esperando que sus manos se curvaran convirtiéndose en puños y que fueran volando hacia ella.

La habían entrenado a conciencia en lo que los hombres furiosos les hacían a las mujeres.

Pero Vin se limitó a mirarla, y la ira de su rostro se secó y dio paso a un pálido pánico.

—Él te pegaba, ¿verdad?

Marie-Terese no pudo responder. Porque hasta un gesto afirmativo con la cabeza la habría hecho caer de lleno en una espiral de lágrimas. Aquella noche, como el propio Vin había dicho, no era la noche más apropiada para fiarse de uno mismo: dejar el trabajo la había hecho sentirse más fuerte, pero sólo temporalmente. En aquel preciso instante era condenadamente vulnerable.

—Dios santo —murmuró Vin.

Antes de que ella se diera cuenta, estaba de nuevo en sus brazos, de nuevo entre ellos y pegada a él. Mientras permanecían allí de pie juntos, a Marie-Terese se le ocurrió algo sobre la elección que había hecho…, algo que no quería analizar demasiado minuciosamente, así que lo dejó a un lado y lo guardó a buen recaudo.

Levantó la cabeza para mirarlo, y dijo:

—Quiero acostarme conmigo.

Vin se quedó inmóvil y le sujetó la cara entre sus suaves manos.

—¿Estás segura?

—Sí.

Al cabo de un largo rato, él redujo la distancia entre sus bocas y la besó dulce y lentamente. Qué suavidad. Era tan suave y delicado al acariciarla, al inclinar su cabeza hacia un lado y volverla a acariciar.

Era mejor de lo que recordaba, porque era mejor que nunca.

Mientras ella recorría sus brazos con las manos, se sintió como si ambos estuvieran suspendidos en el aire, atados por decisión propia, no atrapados por las circunstancias. Aún con lo suave que era el contacto entre ellos, con la dulzura de los labios de él, con lo cuidadosas que eran las manos de ella, la electricidad chisporroteaba entre ellos.

Vin se echó un poco hacia atrás. Respiraba profundamente y tenía los músculos del cuello tensos. Y no era lo único. Al mirarla, su cuerpo se preparó aún más para lo que iba a suceder a continuación.

Él se aclaró la garganta.

—Marie-Terese...

Ella estuvo a punto de pedirle que la llamara por su verdadero nombre, pero se contuvo.

—¿Sí? —susurró con una voz tan ronca como la de él.

—Quiero acostarme contigo.

Ella asintió y él la cogió en brazos para tumbarse sobre la cama, de manera que ella quedó sobre él. Sus cuerpos encajaban de forma espléndida, y las manos de él le apartaron el pelo de la cara y se lo pusieron sobre los hombros.

—Me gusta la sensación de sentirte debajo de mí —dijo ella.

Él sonrió.

—¿Y cómo me sientes?

—Duro —dijo arqueándose hacia él y frotándose contra su erección.

Vin se echó sobre la almohada resoplando, y ella posó sus labios sobre los rígidos tendones que delineaban su cuello y los besó ascendiendo hasta su afilada mandíbula. Ahora fue ella la que fusionó sus bocas y él la siguió mientras sus lenguas entraban y salían, sus manos recorrían sus cuerpos, y sus caderas se movían al ritmo antiguo y apremiante del sexo puro y duro.

No pasó mucho tiempo antes de que ella sintiera la necesidad de ir mucho más allá. Los pechos le dolían, los pezones le presionaban el sujetador y ella le cogió la mano y la deslizó bajo la camisa que llevaba puesta. El contacto de su palma sobre sus costillas hizo que le succionara la lengua y, para instarlo a seguir, guió su mano sobre ella.

—Vin...

Cuando él llegó con la mano a sus pechos, ella gimió e hizo que le frotara el pezón con el pulgar.

—Eres infernal para mi fuerza de voluntad. Absolutamente infernal...

Él cogió impulso y se irguió para poner la cabeza entre sus pechos, sobre la ropa.

—Necesito que te desnudes.

—Justo lo que yo estaba pensando —dijo ella y, sentándose sobre las caderas de él, deslizó el forro polar sobre la cabeza y le sobrevino una oleada de modestia. De repente sintió la necesidad de que su desnudez le pareciera hermosa. Lo necesitaba de verdad.

Como si le hubiera leído la mente, él murmuró:

—¿Prefieres hacer esto con la luz apagada?

Pues la verdad era que sí. Sólo que entonces no podría verlo.

—No soy perfecta, Vin.

Él se encogió de hombros.

—Ni yo. Pero te garantizo que cualquier cosa que decidas enseñarme me gustará, porque se trata de ti.

Ella dejó caer los brazos y, sosteniendo su mirada, dijo:

—Entonces quítame la camisa. Por favor.

Se sentaron para estar cara a cara y ella se quedó sentada sobre sus rodillas. Vin le desabrochó la prenda hasta el ombligo, mientras con la boca recorría su cuello, luego su clavícula y llegaba finalmente hasta el cierre delantero de su sujetador. Los ojos de él se volvieron hacia los de ella mientras extendía la mano para abrir el cierre.

No dejó que ambas partes se separaran cada una hacia un lado, sino que las mantuvo en su lugar.

Centímetro a centímetro, su boca fue recorriendo a besos el camino hasta sus pechos. Continuó dejando ver la piel hasta que llegó a su pezón y entonces retiró la copa de encaje por completo. Todo su cuerpo se estremeció de lujuria.

—Estás muy equivocada —gimió él—. Mírate… Eres perfecta.

Él extendió la lengua para lamerla una y otra vez.

Ver aquello estaba casi tan bien como sentirlo, y ambas cosas juntas, la vista y el tacto, le incendiaron la sangre hasta hacerla jadear.

Gracias a Dios que habían dejado la luz encendida.

Vin intercambió posiciones, poniéndola a ella debajo y alzándose sobre ella, con sus anchos hombros tapando el plafón del techo mientras la besaba de nuevo en la boca. Bajo su presión, ella se sintió pequeña y frágil, pero también poderosa: él respiraba profundamente porque la deseaba, porque su desesperación era tan aguda y acuciante como la de ella, porque necesitaba aquello tan intensamente como ella.

Estaban en aquello juntos.

Y entonces dejó de pensar, porque él dejó caer la boca sobre sus pechos, y empezó succionar con fuerza mientras le abría completamente la camisa y separaba la otra copa del sujetador.

Mientras él continuaba con lo que estaba haciendo, ella se moría por sentir el tacto de su piel sobre la de ella, así que agarró la parte de atrás de su jersey y empezó a tirar de él hacia arriba. Él acabó el trabajo, irguiéndose para descubrirse el pecho.

Ella observó su espalda en el espejo al otro lado de la habitación, mientras la luz del techo bañaba el espectacular despliegue de músculos que rellenaban sus hombros y envolvían su torso. Y la vista de sus pectorales no desmerecía en absoluto.

Él era una fantasía hecha realidad, su cuerpo era puras crestas de fuerza que se elevaban bajo su suave piel mientras él volvía a posar sus labios sobre el pezón de ella. Con los brazos arqueados para soportar el peso de su pecho, era un magnífico ejemplar de macho dispuesto a tirar por la borda cincuenta años de evolución y desarrollo mental en pos del apareamiento puro y duro que estaba a punto de tener lugar.

Hablando de perfección…

Marie-Terese se mordió los labios y hundió profundamente los dedos en su espeso cabello. Su cuerpo se fundía bajo su boca y su tacto, el calor la recorría de arriba abajo e intensificaba el dolor entre sus piernas. Cuando la necesidad erótica estaba a punto de desbordarse, ella separó los muslos y…

Ambos gimieron cuando su erección aterrizó justo en el lugar preciso.

Vin se arqueó hacia ella y las uñas de Marie-Terese arañaron la cinturilla de sus pantalones: lo de ser delicado y amable estaba muy bien, pero aquello estaba empezando a acelerarse y la preocupación de cómo comportarse desapareció de un plumazo.

—¿Puedo quitarte los vaqueros? —preguntó él. O gimió, más exactamente.

—Por favor.

Ella aguantó su peso sobre los talones mientras él le desabrochaba el botón de arriba, bajaba la cremallera y deslizaba el tejido vaquero por sus piernas. Sus bragas eran negras, y él se detuvo a admirarlas sobre su cuerpo.

—Dios santo… —murmuró.

Estiró sus temblorosas manos y pasó las yemas de los dedos por el ombligo. Ella esperó a que la besara de nuevo…, o a que se pusiera encima de ella…, o a que le quitara las bragas…

—¿Pasa algo? —dijo ella, con voz quebrada.

—No, nada en absoluto. Sólo que no me canso de mirarte.

Finalmente, volvió a subir hasta sus labios. Con la lengua dentro de su boca, se colocó sobre ella con todo el peso, dejando reposar su pecho sobre el de ella y las piernas de los dos se entrelazaron. Entre los dos fijaron un ritmo, y el erótico arqueo y repliegue la excitó hasta el punto de casi no poder respirar, y lo mismo le sucedió a él.

—Por favor… Vin…

Siguió besándola y deslizó la mano por su cadera y sobre su muslo, y luego rozó la goma de sus bragas.

—Necesito sentirte —dijo él.

Ella le agarró el antebrazo y presionó haciéndole mover los dedos hacia su centro, frotándolos sobre su calor oculto. Mientras se estremecía y dejaba caer sus piernas hacia los lados todavía más, él acercó la boca a su pecho y le chupó los pezones…, mientras frotaba lo que la ocultaba.

—Más —dijo ella.

Deslizándose bajo la delicada barrera, él se encontró con su suavidad y maldijo ferozmente mientras su cuerpo se tensaba de la cabeza a los pies, sus dientes entrechocaban y los tendones de su cuello se tensaban con dureza.

—Dios… —dijo él— mierda.

De repente se echó hacia atrás y miró hacia abajo.

—¿Qué? —preguntó ella sin aliento.

—Creo que acabo de tener un orgasmo.

Mientras él se ruborizaba, ella empezó a reírse sin parar.

—¿En serio?

Él sacudió la cabeza hacia ella.

—No son muy buenas noticias en un momento como éste. ¿Cinco minutos a partir de ahora? Perfecto. ¿Ahora mismo? Ya no tanto.

—Vaya, me hace sentir sexy —dijo ella pasándole la mano por la cara.

—No necesitas a nadie para eso.

Marie-Terese dejó que su caricia se deslizara lentamente sobre el pecho y el duro estómago, y luego más abajo, sobre su cinturón y sobre su...

Vin dejó caer la cabeza hacia atrás y dejó escapar un gemido. Sus pectorales se flexionaron y el torso se curvó.

—Mierda.

Moviendo la mano arriba y abajo sobre su erección, ella enterró la cara en el cuello de él y lo mordió ligeramente.

—No creo que te vaya a suponer un gran retraso.

La caja torácica de él se contrajo, y dejó escapar un suspiro.

—Tengo que desnudarme.

—Eso espero.

Las manos de él fueron directamente a su cinturón y a su bragueta, y sus pantalones cayeron al suelo a la velocidad de la luz. Unos calzoncillos negros contenían su sexo a duras penas. Su erección era una larga cresta embutida hacia un lado cuya cabeza luchaba para liberarse de la cinturilla que la retenía.

Antes de que a él le diera tiempo a volver a acostarse, ella extendió la mano e hizo resbalar aquellos calzoncillos por sus firmes muslos, dejando brotar su erección. Había tenido un orgasmo y su brillante y supurante cabeza hizo que ella se pusiera aún más a tono para lo que cada vez era más inminente.

Puso la mano alrededor de su miembro, le apretó el sexo y levantó la vista para ver cómo él ponía una mano contra la pared y dejaba caer la cabeza sin fuerzas. La acompañó en sus movimientos y ella vio a través del espejo el aspecto que tenía su espalda con el movimiento de sus caderas adelante y atrás. La contracción y relajación de los músculos de su torso y la manera en que su columna se ondulaba como una ola eran lo más erótico que había visto jamás.

Marie-Terese se separó de él, se quitó las bragas y se tendió a su lado. Lista.

Vin levantó la cabeza y la miró bajo sus cejas con los ojos plateados, que brillaban como el acero centelleante bajo el sol del mediodía.

Ambos se acordaron de lo mismo a la vez.

—¿Tienes un…?

—Tengo un condón…

«Gracias, Dios mío», pensó ella mientras él cogía la cartera y sacaba uno de esos sobrecitos azul Tiffany de Trojan. Ella estaba tomando la píldora, por cortesía de su visita regular a un médico sin cita previa que había en la ciudad y acababa de hacerse una revisión, pero no importaba cuánto le gustara Vin, no pensaba ser temeraria con su cuerpo con nadie.

O sexo seguro o nada.

Y ver cómo él los protegía a los dos era condenadamente sexy. Cuando estuvo listo, recuperaron la posición en la que estaban antes, con la cabeza de ella sobre el edredón, él medio encima de ella, medio de lado. El frío preservativo trazó un rápido camino de frescor contra su muslo, y ella deseó haber tenido un momento para sentir de verdad su sexo en alguna parte de ella. Pero entonces él se puso totalmente encima de ella y entre sus piernas notó su cabeza golpeando suavemente su núcleo.

Ella lo miró a los ojos mientras lo guiaba hacia dentro.

Fue perfecto. Cómo la llenaba y qué espectacular fue la unión. Qué maravilloso encontrar sus ojos y ver reflejado en ellos lo mismo que ella estaba sintiendo, la gloriosa sorpresa de lo bien que encajaban, la necesidad imperiosa de ir todavía más allá...

Y ella aún se llevó otra sorpresa más: por una vez en su vida no le dolió, porque su cuerpo realmente lo deseaba.

—¿Estás bien? —preguntó él con voz gutural.

—Más que bien.

Marie-Terese enroscó los brazos alrededor de sus hombros y lo atrajo hacia ella mientras se empezaban a mover juntos. Lo último que vio antes de cerrar los ojos fue la imagen de los dos en el espejo, sus cuerpos enroscados el uno en el otro, las piernas de ella muy abiertas, las caderas de él llevando las riendas. Cuando se encontró con sus propios ojos, su reflejo la sobresaltó. Tenía las mejillas ruborizadas y el cabello enredado alrededor de su fuerte brazo y la boca entreabierta. Parecía exactamente una mujer con la pareja apropiada.

Lo cual tenía sentido. Eso era el maravilloso sexo a la vieja usanza, entre dos personas que querían estar juntas por ninguna otra razón que la de hacer lo correcto en el momento correcto para ambos.

Cuando lo que el espejo revelaba se volvió borroso de las lágrimas que brotaban en sus ojos, ella los cerró y hundió la cara en el hombro de él.

De alguna manera él se las arregló para abrazarla y aun así mantener el ritmo.

Mientras Marie-Terese superaba el umbral del placer y entraba en esa especie de caída libre de la que sólo tenía un vago recuerdo, se aferró al hombre responsable de que se sintiera así y se dejó llevar. Su orgasmo hizo estallar otro por parte del sexo de él, y ella sintió aún más satisfacción mientras él se estremecía y pataleaba.

Pero entonces todo se estropeó. Durante una décima de segundo, ella pensó en lo que había estado haciendo por dinero y eso lo arruinó todo: una ráfaga helada nació de pronto en su pecho y desde allí se extendió hasta que todas sus venas se helaron y sus músculos se quedaron pegados contra unos huesos de hielo.

Vin se quedó quieto como si hubiera notado el cambio que ella había sufrido y levantó la cabeza de su cabello.

—Cuéntamelo.

Ella abrió la boca. Pero no salía nada.

—No pasa nada —dijo él dulcemente, tocando sus lágrimas con las yemas de los dedos—. Esto debe de ser duro para ti. Aunque lo hagas porque quieres, debe de ser duro.

Ella intentó con todas sus fuerzas recobrar el aliento sin el que se había quedado no por agotamiento, sino por el esfuerzo de evitar explotar.

—¿Y si vuelvo a recordar todo cada vez que esté…?

«Contigo», quería decir para acabar, pero le pareció un poco excesivo. Por el amor de Dios, ni siquiera sabía si iba a seguir en aquella ciudad la semana próxima.

Él la besó.

—Otros recuerdos ocuparán el lugar de todo eso. Llevará su tiempo, pero sucederá.

Ella miró hacia el espejo y pensó en la forma en que él se movía. Al recordar su tacto y su imagen, el frío se replegó un poco y fue sustituido por una oleada de calidez.

—Espero que tengas razón —dijo ella, pasándole las manos por el pelo—. De verdad lo espero.

Capítulo 24

Mientras permanecían acostados juntos, Vin tapó a Marie-Terese con la mejor manta que tenía: su propio cuerpo. Era condenadamente agradable estar encajado en su pequeña cama con ella, aunque tenía que tener cuidado con las manos y vigilar adónde iban. Con tanta piel femenina deliciosamente suave y al descubierto tan cerca...

Tras dos orgasmos, sólo uno de ellos a su debido tiempo, seguía teniéndola dura. Y seguía hambriento. Pero de ninguna manera pensaba presionarla.

Así que controló sus manos mientras la acariciaba lentamente, mantuvo sus caderas alejadas y fijó la vista en la habitación en lugar de, por ejemplo, en aquellos perfectos pezones rosados.

—Siento haber llorado —dijo ella, como si supiera que estaba preocupado.

—¿Hay algo que pueda hacer por ti?

Ella apretó los labios contra su pecho.

—Ya has hecho mucho.

Vaya, si aquello no hacía que se le hinchara el pecho…

—Me gustaría repetirlo en algún momento.

—¿Sí?

—Y pronto.

La sonrisa que ella le dedicó era radiante como un arco iris.

—Lástima que sólo tuvieras ese condón.

—Y que lo digas.

Permanecieron uno al lado del otro hasta que la fría brisa que entraba por la ventana anuló el efecto del aire caliente del conducto de ventilación que estaba sobre la cama.

—Estás helada —dijo él frotándole el brazo con piel de gallina.

—Sin embargo, estoy a gusto.

Él extendió un brazo y recogió su camisa del suelo. Mientras le ayudaba a ponérsela, se detuvo para admirar el movimiento de sus pechos.

—No deberías llevar sujetador. Nunca.

Ella se rió mientras se abrochaba los botones y él le pasó el forro polar que llevaba puesto y luego recogió también sus bragas.

Santo Dios…, sintió la tentación de quedárselas. Eso lo convertía en un pervertido y en un gilipollas, pero era su lado de hombre de las cavernas: quería tener algo de su chica con él.

Pero ella no era suya, ¿verdad? Joder, ¿qué mujer en su sano juicio se interesaría por un tío que acababa de dejar a su futura prometida? El colmo de la estabilidad, vaya.

—Creo que esto es tuyo —murmuró mientras le tendía con cuidado el trozo de tejido negro.

—Sí, debe de serlo. —Ella las cogió y lo deleitó con un condenado espectáculo mientras se las ponía. No porque se comportara de manera deliberadamente erótica, sino porque a él le daban ganas de comérsela estuviera como estuviera e hiciera lo que hiciera.

Aquello le hizo recordar el momento en que le había quitado los vaqueros. Se había quedado parado, mirándola durante largo rato, porque había tenido la tentación de comerla allí mismo, en aquel preciso instante: se había quedado inmóvil imaginándose que movía sus caderas hacia el extremo del colchón y que se arrodillaba en el suelo delante de ella para dedicarle todo su maldito tiempo.

En cierto modo, sin embargo, el sexo oral era más íntimo que la penetración, y a él le preocupaba que el hecho de estar con él le trajera malos recuerdos. Que había sido exactamente lo que había sucedido.

Ojalá hubiera más oportunidades. En breve. Y muchas.

Cuando ella estuvo vestida y con el sujetador en el bolsillo, salieron de su antiguo cuarto cogidos del brazo y, al pasar por delante del espejo, él cogió la estampa de la Virgen y la deslizó dentro de su chaqueta.

Una vez abajo, él apagó las luces y bajó la calefacción y, al llegar a la puerta delantera, se detuvo y echó un vistazo a su alrededor.

—Debería limpiar este sitio.

Sin embargo, algo le decía que no actuaría bajo ese impulso. Aunque tenía un equipo de hombres a los que podía enviar para deshacerse de toda aquella vieja basura y echar abajo los baños y la cocina, tenía un terrible problema de inercia en lo que a aquella casa se refería.

En cierto modo, le absorbían las ganas de vivir.

Durante el camino de vuelta a La Máscara de Hierro, le fue agarrando la mano a Marie-Terese todo el rato, soltándola sólo para cambiar de marcha.

Al entrar en el aparcamiento miró hacia ella. Estaba mirando por la ventana y el perfil de su barbilla y la forma en que el cabello le caía sobre el hombro eran increíblemente bellos.

Entonces se percató de lo que ella estaba mirando. El callejón que estaba en el otro extremo estaba acordonado con cinta para marcar escenas del crimen.

—¿Quieres que te siga hasta tu casa? —dijo él.

Ella asintió, con la mirada aún fija en el lugar en el que habían muerto aquellos chicos.

—¿Te importaría?

—Me encantaría. —Joder, que una mujer confiara en ti podía hacerte sentir tan alto como una montaña.

Marie-Terese giró la cabeza hacia él.

—Gracias por todo.

Él se inclinó lentamente por si el hecho de besarla tan cerca de donde había trabajado fuera excesivo. Ella no se apartó, sin embargo, y cuando sus labios se encontraron fugazmente, él inspiró hondo.

A ropa limpia y a frescor de mujer. A eso olía ella.

Mejor que cualquier perfume que hubieran fabricado nunca.

—¿Volveré a verte? —le preguntó él.

Ella agachó la cabeza y recogió su bolso del suelo.

—Eso espero.

Con una última sonrisa demasiado fugaz, abrió la puerta, salió y se fue hacia su coche. En lugar de utilizar un mando a distancia de seguridad, lo abrió con la llave propiamente dicha y le llevó media vida ponerlo en marcha.

No le gustaba aquel Camry que ella tenía. Demasiado poco fiable.

Y ya puestos, tampoco le gustaba la manera en que ella estaba evitando su mirada en aquel momento.

Cuando el coche finalmente decidió hacer lo que debía, ella arrancó y él condujo su cochazo fuera del centro de la ciudad, hacia otra zona de casas en las afueras. Inmediatamente supo cuál era la suya: la pequeña casa de madera que tenía rejas en todas las ventanas, incluso en las del segundo piso. El coche que estaba aparcado al lado de la acera justo enfrente era sin duda el de la niñera.

Vin esperó al pie de la acera mientras la puerta del garaje se elevaba y ella se metía dentro con el coche. Cuando los paneles rodaban ya para cerrarse, él mantuvo la esperanza de alcanzar a verla de nuevo, pero ella se quedó dentro del coche.

Lo cual sin duda era más seguro y, por lo tanto, algo muy positivo.

Esperó un rato más.

Y entonces apareció en la ventana de la cocina, levantando la mano y agitándola. Él le devolvió la despedida del mismo modo y puso la mano sobre el claxon para dar un pequeño pitido…, pero se detuvo, imaginándose que no le gustaría que hiciera nada que atrajera la atención sobre ella.

Se fue con el ceño fruncido, juntando las cejas, por la situación escalofriantemente obvia en la que ella se encontraba. Seguía huyendo de su ex marido… Huyendo no sólo atemorizada, sino aterrada y temiendo que la encontrara en algún momento. Por el amor de Dios, ni siquiera quería darle una oportunidad abriendo la puerta del coche antes de que se cerrara la puerta del garaje.

Lo primero que se le pasó por la cabeza fue construirle una fortaleza y blindar el puñetero sitio con un pelotón de soldados como Jim.

Lo siguiente fue la manera en la que ella había respondido a su pregunta antes de salir del coche:

—¿Volveré a verte?

—Eso espero.

Iba a huir. Tuvieran o no algo que ver con ella aquellas dos muertes de la noche anterior, iba a poner pies en polvorosa. Y la idea de no volver a verla nunca más, de no saber cómo le iba, de no hacer nada para ayudarla, lo hizo entrar en pánico.

Unos quince minutos más tarde, entró en el garaje del Commodore y aparcó al lado de su Range Rover negro. Por alguna razón, mientras entraba en el ascensor, le vinieron a la cabeza algunos ecos de la pesadilla que había tenido sobre Devina y volvió a oír aquella voz:

«Eres mío, Vin. Y yo siempre cojo lo que me pertenece».

En el piso veintiocho, salió al pasillo.

Vin se detuvo. La puerta de su dúplex estaba abierta y de él salían voces. Varias.

Era difícil de creer que Devina hubiera hecho ir a un servicio de mudanzas tan tarde, era más de medianoche, por el amor de Dios. Entonces, ¿qué demonios estaba ocurriendo?

Vin se acercó a grandes zancadas con la intención de, como mínimo, hacer pasar un mal rato a quien fuera que estuviera en su cuartel general e irrumpió en su casa con la escopeta cargada.

Policías.

Había cuatro policías en la entrada y todos le miraron al mismo tiempo.

Santo Dios, finalmente había sucedido. Todos aquellos sobornos a funcionarios del Estado, todas aquellas tergiversaciones, todas aquellas evasiones de impuestos… Al final lo habían pillado.

—¿Puedo ayudarles, agentes? —dijo con cara de póquer.

—Está aquí —gritó uno de ellos.

Mientras se preguntaba cuántos habría en su estudio, levantó la vista hacia la sala…

Juró en un susurro, dio unos cuantos pasos vacilantes hacia delante y se agarró al marco tallado de la puerta. El lugar tenía aspecto de haber sido azotado por una galerna, los muebles estaban descolocados, los cuadros torcidos y las botellas de licor rotas.

—¿Dónde está Devina? —preguntó.

—En el hospital —respondió alguien.

—¿Cómo dice?

—En el hospital.

Se volvió hacia el policía que había hablado. El tío estaba fuerte como un bulldog y la expresión de su cara también recordaba a uno.

—¿Está bien? ¿Qué ha pasado? —Vin observó las esposas que el hombre estaba sacando del cinturón—. ¿Para qué quiere eso?

—Queda detenido por asalto y agresión.

—¿Perdón?

—Queda detenido por asalto y agresión. —El policía no esperó su conformidad, sino que agarró la muñeca derecha de Vin y le puso las esposas. Un rápido tirón y Vin quedó atrapado—. Tiene derecho a permanecer en silencio. Cualquier cosa que diga podrá ser utilizada en su contra ante un tribunal. Tiene derecho a la presencia de un abogado durante el interrogatorio. Si no puede contratar a un abogado —dijo el tipo con tono irónico—, se le asignará uno de oficio. ¿Entiende estos derechos tal y como se los he expresado?

—¡No he estado aquí desde esta tarde! Y la última vez que vi a Devina se estaba yendo...

—¿Entiende sus derechos?

—¡Yo no he hecho nada de esto!

—¿Entiende sus derechos?

Hacía años que a Vin no lo detenían, pero aquello era como montar en una puñetera bicicleta; todo se repetía. Menos lo principal. Entonces sabía exactamente por qué se lo llevaban detenido, ya que realmente había cometido el delito.

—Contésteme a una pregunta —exigió dándose la vuelta para mirar de frente al madero—. ¿Por qué creen que yo le he hecho daño?

—Porque ella dijo que había sido usted y, a juzgar por sus heridas en los nudillos de su mano derecha, yo diría que ha tenido un altercado hace muy poco.

Devina había mentido. Genial.

—Yo no le he pegado. Nunca. No tenía razones para hacerlo.

—¿En serio? ¿Quiere decir que cuando ella le dijo que había estado con su colega le dio igual? Es difícil de creer.

—¿Con mi colega?

—Vamos a ficharlo. Luego podrá llamar a su abogado. —El policía echó un vistazo al desastre de la sala que, aun destrozada como estaba, seguía pareciendo cara—. Tengo la impresión de que no necesitará uno de oficio.

Capítulo 25

Jim se despertó el domingo tumbado de lado con *Perro* acurrucado contra su pecho y, de fondo, la televisión sin sonido.

Lo de estar de lado y lo de la televisión sin sonido formaban parte del procedimiento operativo habitual. *Perro*, sin embargo, era una agradable añadidura: era cálido, agradable y, por alguna razón, olía a brisa de verano. El único momento en que se le hacía un poco raro era cuando *Perro* soñaba y movía las patas nerviosamente, ponía la mandíbula en funcionamiento y dejaba escapar periódicamente gruñidos o bufidos apagados.

Se preguntaba con qué estaría soñando. Estaba claro que tenía algo que ver con correr por lo mucho que movía las patas, aunque esperaba que fuera él el perseguidor.

Jim arqueó el cuello para ver qué había en la televisión. En las noticias locales estaba aquella reportera casi guapa pero demasiado rubia, que obviamente cubría las mañanas de los fines de semana. Mientras daba las noticias, iban apareciendo imágenes a la izquierda de su cabeza y, de vez en cuando, la sustituían por algunas imágenes grabadas. Las elecciones de la junta escolar. El problema de los baches. El programa de jóvenes en riesgo de exclusión social.

Y entonces apareció una imagen conocida: la cara de Vin.

Jim se levantó de golpe, cogió el mando a distancia, subió el volumen…, y no pudo dar crédito a lo que oyó:

Vin había sido detenido por pegarle a su novia. Pronto fijarían la fianza. Devina había pasado la noche en el hospital en observación.

«Otra de las noticias —continuó la reportera— es que se ha producido una segunda y brutal agresión en el centro de la ciudad. Robert Belthower, de treinta y seis años, fue hallado después de medianoche en un callejón, cerca de donde fueron abatidas a tiros las dos víctimas del viernes. Actualmente se encuentra en el hospital San Francisco en estado crítico. Aún no se ha identificado a ningún sospechoso y el comisario Sal Funuccio ha emitido un comunicado escrito pidiendo prudencia…».

Jim acarició la espalda de *Perro*. Por Dios bendito… Vin diPietro podía ser muchas cosas pero ¿un maltratador? Resultaba difícil de creer, teniendo en cuenta cómo se había echado encima de aquellos dos universitarios por molestar a Marie-Terese.

¿Y habían encontrado a otro tío en un callejón? Aunque tal vez no estuviera relacionado con…

Por supuesto, como estaba claro que aquella puñetera tormenta necesitaba otro tornado más, su teléfono móvil se puso a sonar.

Jim cogió el aparato de la mesilla sin mirar dónde estaba, un truquillo que había aprendido después de años

344

trabajando en la oscuridad. Era increíble cómo el sonido podía compensar la falta de visión.

—Buenos días, cariño —dijo sin pararse a mirar quién era.

El grado de alegría de la voz de su antiguo jefe era casi equiparable al que él sentía.

—Ella no existe.

Jim apretó la mano sobre el teléfono, aunque aquello no era ninguna sorpresa.

—¿No has encontrado nada?

—Yo no he dicho eso. Pero tu Marie-Terese Boudreau es una identidad inventada por un tío en Las Vegas. Por lo que sé, la crearon hace unos cinco años y la primera en usarla fue una señora que acabó en Venezuela. Luego tu chica compró los documentos hace dos años, viajó hacia el este y se estableció en Caldwell, Nueva York. Vive en el ciento ochenta y nueve de la avenida Fern. Tiene teléfono móvil. —La boca de su jefe pronunció los dígitos y la memoria de elefante de Jim los retuvo al instante—. En su declaración de la renta, los formularios W-2 son de un sitio llamado ZeroSum y desde finales del pasado año hasta hace más o menos un mes, de La Máscara de Hierro. Consta como bailarina en ambos sitios. Tiene un menor a su cargo.

—¿Quién es en realidad?

Hubo una pausa.

—Ahora mismo ésa no es la cuestión.

La satisfacción de aquella voz profunda no era la clase de cosa que uno quería oír: significaba que te tenía cogido por las pelotas y que el que las sujetaba era un sádico de campeonato.

Jim cerró los ojos.

—No pienso volver. Te lo dije cuando me fui, estoy fuera.

—Vamos, Zacharias, ya conoces el percal. Una etiqueta en el dedo gordo del pie es la única forma de desvincularte de verdad de nosotros. La única razón por la que te he dejado tomarte unas pequeñas vacaciones es porque estabas demasiado nervioso. Pero por lo que veo parece que ya estás muuucho mejor.

Jim controló su impulso de darle un puñetazo a la pared.

—¿No podrías por una vez en tu miserable y maldita vida hacer algo sin esperar nada a cambio? Prueba. A lo mejor te gusta. Podrías empezar ahora.

—Lo siento. Esto es una negociación.

—¿Fue tu padre el que te hizo perder la moralidad a palos? ¿O eres un mierda de nacimiento?

—Podrías preguntarle a él si no hubiera muerto hace años. El pobre se cruzó en el camino de mi bala. Una pena, la verdad.

Jim se mordió el puñetero labio y apretó todos y cada uno de los músculos de la mandíbula y del cuello.

—Por favor…, necesito información sobre ella. Dímelo. Es importante.

Obviamente, el cabrón de Matthias no se dejó engatusar por ese rollo de «mamá, por favor».

—El «favor» que supuestamente te debo sólo llega hasta aquí. Si quieres más, tienes que darme algo que lo merezca. Y antes de que me preguntes, el encargo que tengo en mente está justo al lado de tu casa.

—He dejado de matar gente.

—Ya.

—Matthias, necesito saber quién es.

—Estoy seguro de ello. Y ya sabes dónde encontrarme.

La llamada se cortó y, por un momento, Jim consideró seriamente lanzar el teléfono al otro lado de la habitación. Lo único que lo detuvo fue *Perro*, que levantó su soñolienta cabeza y, de alguna manera, consiguió eliminar el impulso del brazo de Jim.

Dejó caer el teléfono sobre la colcha.

La mente le iba a mil por hora y estaba furioso, no sabía qué coño hacer con su vida…, así que se limitó a extender el brazo hacia el animal e intentó atusarle el pelo que tenía de punta entre las orejas.

—Fíjate bien en lo que te digo, colega: pareces Einstein recién levantado. De verdad.

El contacto visual era fundamental cuando estabas en prisión.

Vin lo había aprendido durante sus incursiones en el centro de menores: entre rejas, la forma en que recibías las miradas de los tíos con los que estabas era tu tarjeta de visita, y había cinco categorías principales.

Los yonquis nunca fijaban la vista, normalmente porque no eran capaces de controlar sus nervios ópticos más de lo que controlaban sus glándulas sudoríparas, sus intestinos o sus sistemas nerviosos. Como el equivalente en prisión de las estatuas de jardín, solían elegir un sitio y quedarse allí, y casi siempre se mantenían al margen de la acción porque no instigaban a nadie y los objetivos fáciles eran un aburrimiento.

Luego estaban los ratoncillos, que solían estar disfrutando de su primera incursión en el sistema penal y decir que estaban un poco acojonados era decir poco. Tenían los ojos como bolas de ping-pong y miraban a su alrededor al azar, sin sostener la mirada. Eso los convertía en blancos perfectos de burlas y agresiones verbales, pero normalmente no de puñetazos, porque eran de los que llamaban a los guardias por menos de nada.

Los hijos de puta, por otro lado, tenían una mirada más alerta, siempre estaban identificando debilidades y preparados para saltar. Eran de esos que picaban a todo el mundo y adoraban hacerse los malos, pero no eran peligrosos. Eran instigadores, pero dejaban a los exaltados hacer el trabajo sucio… Ellos sólo eran niños en un cajón de arena que rompían juguetes y les echaban la culpa a otros.

Los exaltados tenían mirada de locos y les encantaba pelear. A la mínima oportunidad se te echaban encima. Con eso está todo dicho.

Y, finalmente, estaban los auténticos sociópatas, aquellos a los que les importaba una mierda todo y que eran capaz de matarte y comerse tu hígado. O no. En cualquier caso, daba igual. Su mirada vagaba sin rumbo, como tiburones oculares que solían nadar a media distancia de la sala hasta que identificaban una víctima.

Vin estaba sentado entre una muestra representativa de los anteriores, sin formar parte de ninguno de aquellos grupos y encajando en una categoría bastante atípica: se mantenía alejado de las miradas del resto y esperaba que los demás tuvieran la misma deferencia. ¿Y si no la tenían?

—Vaya traje que te gastas.

Vin tenía la espalda apoyada contra la pared de cemento y la mirada clavada en el suelo, pero no le hacía falta levantar la vista para saber que, de los doce tíos que había en la celda, él era el único con un par de solapas.

Vaya, acababa de salir a escena un hijo de puta.

Vin se echó hacia delante deliberadamente y apoyó los codos sobre las rodillas. Con un puño en la mano, giró lentamente la cabeza hacia el tío que había hablado.

Tirillas. Cuello tatuado. Pendientes. El pelo tan corto que se le veía el cráneo. Y cuando el HDP sonrió como si estuviera esperando una comida a punto de ser servida, vio relucir un incisivo roto.

Estaba claro que pensaba que tenía a un ratoncillo novato agarrado por los cuernos.

Vin sacó a relucir sus propios dientes e hizo crujir los nudillos de su mano de pegar uno por uno.

—¿Te mola mi sayo, gilipollas?

Con la respuesta de Vin, Míster Personalidad se curó al instante de su *divertiditis*. Sus ojos castaños calcularon rápidamente el tamaño del puño de Vin y luego volvió a mirar aquellos ojos firmes que estaban clavados sobre él.

—Te he hecho una pregunta —dijo lentamente Vin en voz alta—. ¿Te mola mi sayo, gilipollas?

El tío sopesó su respuesta y Vin esperó que ésta fuera repugnante. Y debía de notarse, porque mientras el resto de los hombres parecían espectadores de un partido de tenis mirando a un lado y a otro, la tensión fue desapareciendo de los hombros del hijo de puta.

—Sí, es muy bonito. Un traje muy bonito. Sí.

Vin se quedó exactamente donde estaba mientras el otro tío se volvía a sentar en el banco. Y luego, uno por uno, fue mirando a los otros tíos del gallinero…, y uno por uno los hombres fueron bajando la mirada hacia el suelo. Sólo entonces Vin se relajó un poco.

Mientras la mitad de su cerebro seguía pendiente de la política de empresa, como la del resto, la otra mitad rebobinó para desentrañar cómo demonios había acabado donde estaba. Devina había mentido descaradamente a la policía y Dios sabía que él iba a descubrir qué coño había pasado en realidad. ¿Y lo del «colega»? ¿De qué diablos estaban hablando?

Volvió a pensar en el vestido azul que olía a colonia de hombre. La idea que le había estado rondando lo llevó a un estado peligrosamente psicótico, así que obligó a su cerebro a pensar en lo fundamental. Como el hecho de que a ella le había pegado otra persona, pero que eran su polla y sus pelotas las que estaban sobre la mesa.

Dios santo, si al menos el sistema de seguridad de su casa tuviera aquella mierda de seguimiento monitorizado que tenía su oficina… Entonces tendría un vídeo de cada una de las habitaciones, de lo que sucedía las veinticuatro horas del día, siete días a la semana.

El tintineo de unas llaves anunció la llegada de un guarda.

—DiPietro, su abogado está aquí.

Vin se levantó del banco y, cuando la puerta se abrió con un *clac*, él salió y puso las manos detrás de la espalda, mostrándoselas al guarda para que lo esposara.

Aquello pareció sorprender al tipo de las llaves, pero no a los que acababan de ser testigos de que Vin había estado a punto de meterse en el papel de Rocky con el hijo de puta.

Se oyó un «clic-clic» y él y el madero caminaron por un pasillo hasta otras barras de hierro que tuvo que abrir alguien a distancia. Después de aquello, giraron otra vez a la derecha y luego a la izquierda, y se detuvieron delante de una puerta que parecía sacada de un instituto, pintada de un beis asqueroso y con la ventana cubierta de alambre empotrado en el cristal.

En la sala de interrogatorios estaba Mick Rhodes con la espalda apoyada contra la pared del fondo, con los zapatos Oxford cruzados y un traje de doble pechera que Míster Personalidad también habría aprobado.

Mick permaneció inmóvil mientras el guarda le quitaba las esposas y abandonaba la sala. Cuando la puerta se cerró, el abogado sacudió la cabeza.

—Nunca me habría esperado esto.

—Pues ya somos dos.

—¿Qué demonios ha pasado, Vin? —Mick señaló entonces con la cabeza una cámara de seguridad, lo que indicaba que el privilegio abogado-cliente era probablemente más una teoría que una realidad allí en la comisaría.

Vin se sentó sobre la mesita y cogió una de las dos sillas.

—Ni puta idea. Llegué a casa alrededor de medianoche y la policía estaba en mi piso…, que estaba destrozado. Me dijeron que Devina estaba en el hospital y que dijo que había sido yo el que la había puesto así. Sin embargo, mi coartada es sólida. Estuve toda la tarde en la oficina hasta la noche. Puedo facilitarles vídeos en los que aparezco sentado en mi mesa durante horas.

—He visto el informe policial. Ella dijo que había sido agredida a las diez de la noche.

Mierda. Había dado por hecho que había sucedido antes.

—Bueno, ya hablaremos del cuándo y el dónde más tarde —murmuró Mick, como si supiera que la respuesta iba a ser complicada—. He movido algunos hilos. Tu fianza se fijará al momento. Serán unos cien mil, más o menos.

—Si me dan la cartera, puedo dárselos ahora mismo.

—Bien. Te llevaré a casa…

—Sólo para coger alguna ropa. —No quería volver a ver el dúplex, y mucho menos quedarse allí—. Me iré a un hotel.

—No me extraña. Y si necesitas alejarte de los medios de comunicación, puedes quedarte conmigo en Greenwich.

—Necesito hablar con Devina. —Necesitaba saber no sólo quién le había pegado, sino con quién demonios se había estado acostando. Él tenía muchos amigos… ¿Con un hombre como él con una fortuna como la suya? Él tenía amigos de todos los puñeteros tipos.

—Primero te sacaremos de aquí, ¿vale? Y luego hablaremos de los siguientes pasos.

—Yo no lo he hecho, Mick.

—¿Crees que estaría así vestido un domingo por la mañana si pensara lo contrario? Por el amor de Dios, tío, ahora mismo podría tener el *Times* entre mis manos.

—Al menos ésa es una prioridad que puedo entender.

Y Mick fue fiel a su palabra: gracias a una rápida fianza de cien de los grandes que Vin retiró de su tarjeta de débito, alrededor de las diez de la mañana estaba abandonando la comisaría y subiendo al Mercedes de su colega.

Sin embargo, que lo soltaran a duras penas era motivo de celebración. Mientras se dirigían hacia el Commodore, la cabeza de Vin estaba hecha un auténtico lío, corriendo desbocada mientras intentaba encontrar algún tipo de lógica interna a todo aquello.

—Vin, colega, vas a tener que escucharme no sólo porque soy tu hermano de fraternidad y puedes confiar en mí, sino porque además soy tu abogado. No vayas al hospital. No hables con Devina. Si te llama o se pone en contacto contigo, no interactúes con ella. —El Mercedes se detuvo delante del Commodore—. ¿Tienes una coartada que justifique dónde estuviste anoche entre las diez y las doce?

Vin miró fijamente el parabrisas recordando exactamente dónde había estado…, y lo que había estado haciendo. La decisión estaba clara.

—Ninguna que pueda revelar a la policía. No.

—¿Pero estabas con alguien?

—Sí. —Vin abrió la puerta—. No pienso involucrarla a ella…

—¿A ella?

—Puedes llamarme al móvil.

—Espera, ¿quién es esa «ella»?

—No es asunto tuyo.

Mick apoyó el antebrazo sobre el volante y se inclinó sobre el asiento.

—Si quieres salvar el culo, tendrás que reconsiderarlo.

—Yo no le he hecho daño a Devina. Y no tengo ni idea de por qué iba a querer que me metieran entre rejas por esta mierda.

—¿Ah, no? ¿Sabe algo de esa «ella» tuya?

Vin sacudió la cabeza.

—No, no lo sabe. Llámame.

—No vayas a ese hospital, Vin. Prométemelo.

—No va a ser lo primero que haga. —Cerró la puerta y se dirigió a toda prisa hacia la entrada del Commodore—. Confía en mí.

Capítulo 26

El diseño del complejo hospitalario San Francisco tenía una lógica como de granja de hormigas. Reflejaba una filosofía arquitectónica iterativa, como muchos de los centros médicos de su mismo tipo. Los edificios que cubrían sus hectáreas de terreno eran un batiburrillo de estilos y estaban situados donde podían meterlos, como estacas redondeadas metidas a la fuerza en agujeros cuadrados. En el complejo había un poco de todo: desde ladrillo gótico a los institucionales acero y cristal, pasando por enormes edificios de piedra con columnas. Lo único que tenían en común era que todo estaba hacinado.

Jim aparcó la camioneta en una plaza situada al lado de una torre de quince pisos y supuso que aquella enormidad sería un buen sitio para empezar, ya que era donde a él lo habían ingresado después de pasar por urgencias. Se abrió paso entre las hileras de coches, cruzó la calle y, pasando por debajo de la entrada cubierta, entró en el edificio después de atravesar una serie de puertas automáticas de cristal.

Ya en el mostrador de información, dijo:

—Estoy buscando a Devina Avale.

La mujer de ciento doce años de pelo azul que estaba encargada del mostrador le sonrió tan amablemente que él se sintió como un gilipollas por haberla reducido simplemente a una edad.

—Buscaré la habitación.

Mientras sus dedos con forma de ramitas hacían la búsqueda y picoteaban sobre el teclado, él pensó en cuánto más rápido había sido él en su apartamento. Se le había ocurrido que el nombre de Devina sería lo suficientemente poco usual en el mundo de las pasarelas como para encontrar a la novia de Vin buscando su nombre en Google, y la verdad es que no había sido difícil. Aunque en su profesión utilizaba solamente su nombre de pila, ella y Vin se habían fotografiado juntos en una gala de recaudación de fondos para el *Caldwell Courier Journal* hacía unos seis meses, y allí estaba, Avale.

—Está en el piso doce, habitación cincuenta y tres.

—Gracias, señora —dijo con una ligera inclinación.

—De nada. Puede usar los ascensores que están al lado de la tienda de regalos.

Él asintió y se dirigió apresuradamente hacia ellos. Había un puñado de gente esperando en grupo, todos ellos observando los numeritos que se veían sobre las tres puertas, y él se unió a la competición.

Parecía que había una carrera entre el del extremo derecho y el del centro.

El ascensor del centro ganó y él se apiñó con el resto de la gente, se unió al barullo de brazos extendidos para pulsar su piso y luego se situó mirando hacia el marcador digital de pisos que había arriba. *Din. Din. Din.* Las puertas se abrían. La gente se revolvía. *Din*. Las puertas se abrían. Más revoltijo.

Salió en el piso doce y no le dijo nada a nadie en el puesto de enfermeras. Había sido fácil llegar hasta ese punto, tal vez demasiado fácil, y no quería arriesgarse a que nada lo retrasara. Dios, no le sorprendería encontrar a un policía fuera de la 1253…, pero no había ninguno. Tampoco había ningún familiar o amigo rondando la puerta cerrada.

Llamó suavemente a la puerta y asomó la cabeza.

—¿Devina?

—¿Jim? —respondió en voz baja—. Espera un momento.

Mientras esperaba, miró a un lado y a otro del pasillo. Un carrito de la limpieza estaba aparcado entre la puerta de Devina y la de al lado, y un armario vertical sobre ruedas se dirigía hacia él desprendiendo un olor a judías verdes y hamburguesas que indicaba que era la hora de la comida. Las enfermeras estaban por aquí y por allá, por todas partes, y en el extremo del pasillo un paciente daba pasitos de bebé con su camisón de hospital y una mano apoyada en el soporte del suero.

Parecía como si hubiera sacado aquella cosa a pasear para que pudiera mear en los marcos de las puertas.

—Vale, ya puedes entrar.

Él entró en una sombría habitación exactamente igual a la que él había tenido: beis, austera y dominada por la cama de hospital en el centro. Al otro lado de la habitación, la cortina estaba cerrada para impedir el paso de la luz del sol y aún se movía ligeramente, como si ella acabara de cerrarla, tal vez para que no pudiera verle demasiado claramente la cara.

Que estaba hecha un desastre.

Tanto, que se quedó parado un momento. Sus bellos rasgos estaban distorsionados por la hinchazón de las mejillas, de la barbilla y de los ojos; tenía un labio rajado y los cardenales morados sobre su pálida piel eran como una mancha en un traje de novia: desagradables y trágicos.

—Estoy fatal, ¿no? —dijo ella mientras levantaba una mano temblorosa para cubrirse.

—Dios mío. ¿Estás bien?

—Lo estaré. Creo. Me tienen aquí porque tengo una conmoción. —Mientras ella tiraba hacia arriba de la fina manta que la cubría, Jim observó sus nudillos con ojos de lince. No tenía ningún moratón en ellos.

Lo que significaba que no se había hecho aquello a sí misma y que no se había resistido, o más exactamente no había podido hacerlo.

Mientras la miraba, Jim sintió cómo su determinación se movía como si estuviera intentando nivelarse. ¿Y si…? No, Vin no podía haberle hecho aquello.

¿O sí?

—Lo siento —murmuró Jim, hundiéndose en la esquina de la cama.

—No debí contarle lo nuestro… —dijo ella sacando un pañuelo de papel de una caja y llevándoselo bajo los ojos con cuidado—, pero el cargo de conciencia me estaba matando y… no me esperaba esto. También rompió el compromiso.

Jim frunció el ceño pensando en lo último que había oído, el plan había sido que el tío rompería con ella.

—¿Te pidió que te casaras con él?

—Por eso se lo tuve que contar. Se puso sobre una rodilla y me lo pidió…, y yo le dije que sí, pero luego tuve que contarle lo que había pasado. —Devina se echó hacia delante y lo agarró del antebrazo—. Si fuera tú, me mantendría alejado de él. Por tu propio bien. Está furioso.

Recordó la expresión del tipo cuando había estado hablando de que el vestido azul de Devina olía a la colonia de otro hombre, y no le resultó difícil imaginar que aquello fuera cierto. Pero había partes de aquella situación que no encajaban, aunque era difícil pensar así, mirando la cara de Devina, y su brazo, en el que había una serie de moratones con la forma de una mano de hombre.

—¿Cuándo te dan el alta? —preguntó él.

—Probablemente esta tarde. Dios, no me gusta nada que me veas así.

—Yo soy la última persona por la que debes preocuparte.

Se hizo el silencio.

—¿Puedes creer que hayamos llegado a esto? —dijo ella con suavidad.

No. En todos los sentidos.

—¿Vendrá algún familiar a recogerte?

—Vendrán por aquí cuando me vayan a dar el alta. Están muy preocupados.

—Entiendo por qué.

—La verdad es que, por una parte, me apetece verlo. Quiero hablar de esto. No sé…, y antes de que me juzgues, sé lo mal que eso suena. Debería alejarme, poner tanta distancia de por medio entre nosotros como fuera posible. Pero no me puedo ir tan fácilmente. Le quiero.

Su frustración le resultaba tan difícil de soportar como la condición en la que se encontraba, y Jim la cogió de la mano.

—Lo siento —susurró—. Lo siento muchísimo.

Ella le apretó la mano.

—Eres muy buen amigo.

Llamaron a la puerta con fuerza y una enfermera entró.

—¿Cómo vamos?

—Será mejor que me vaya —dijo Jim. Mientras se ponía de pie, saludó con la cabeza a la enfermera y se centró de nuevo en Devina—. ¿Hay algo que pueda hacer por ti?

—¿Me puedes dar tu número de teléfono? Sólo por si... No sé...

Él se lo dio, volvió a decir adiós y se marchó.

Mientras abandonaba la sala, se sintió como se había sentido en muchas de sus misiones militares: información contradictoria, acciones incomprensibles, decisiones impredecibles... Él ya había visto todo aquello antes, lo único que cambiaban eran los nombres y los lugares.

Dejando a un lado lo que sabía que era verdad, había muchas lagunas que rellenar y más preguntas que hacerse que respuestas sólidas.

Mientras entraba en el ascensor y veía cómo los números iban descendiendo hasta que en el indicador se vio una B, echó mano de su formación y experiencia: cuando no sabías qué estaba pasando, había que reunir información.

De vuelta en el mostrador de información, se acercó a la ancianita y señaló las puertas dobles por las que había entrado al edificio.

—¿Es ésa la única salida para los pacientes?

Ella sonrió de aquella manera amable, lo que le hizo pensar que debía de hacer unas galletas de Navidad realmente buenas.

—La mayoría sale por ahí, sí. Sobre todo si los vienen a recoger.

—Gracias.

—De nada.

Jim salió y echó un vistazo a la fachada del edificio. Había varios sitios donde se podía sentar y vigilar la salida, pero los pequeños bancos entre los árboles sin hojas que había a lo largo de la acera no eran lo suficientemente discretos. Y no había esquinas tras las que esconderse.

Miró más allá de la entrada cubierta hacia el aparcamiento, deseando con todas sus fuerzas encontrar un lugar…

Y justo en aquel momento, un cuatro por cuatro salió de una plaza de aparcamiento situada a dos de distancia de las marcadas con señales de reservado para discapacitados azules y blancas.

Tres minutos después, Jim aparcaba su camioneta en la plaza de aparcamiento, apagaba el motor y clavaba la vista en el hospital. El hecho de que tuviera que mirar por la ventana del monovolumen de al lado le proporcionaba el camuflaje perfecto.

Había aprendido hacía tiempo que la información que obtenías espiando solía ser la más útil.

—¿Estás listo? —gritó Marie-Terese desde la cocina.

—Casi —respondió también a gritos Robbie.

Ella le echó un vistazo al reloj y decidió que tendría que intervenir en persona para conseguir salir de casa a tiempo. Subió las escaleras alfombradas de una en una con sus silenciosos zapatos bajos sobre el dibujo en zigzag azul y marrón. Al igual que el resto de la decoración, la moqueta no se parecía en absoluto a lo que ella habría elegido, pero la elección era entendible dado que se trataba de una zona de gran tráfico de una casa de alquiler.

Encontró a su hijo delante del espejo, intentando que su corbata de mini hombre colgara recta.

Por un momento, le sobrevino una extrapolación maternal: tuvo una visión en la que lo veía de pie, desgarbado pero fuerte, de camino a su baile de graduación. Y luego orgulloso y alto en su graduación en la universidad. E incluso más tarde, con un esmoquin en su boda.

—¿Qué miras? —dijo él, moviéndose con nerviosismo.

Esperaba el futuro. Un futuro agradable y normal que estuviera lo más lejos posible de lo que habían sido los dos últimos años para ellos.

—¿Necesitas ayuda? —preguntó ella.

—No puedo. —Dejó caer los brazos a los lados y se giró hacia ella, capitulando.

Ella se acercó, se arrodilló ante él y aflojó el nudo torcido. Mientras lo hacía, él permaneció allí de pie con tanta paciencia y confianza, que era difícil no considerarse al menos una madre medio decente.

—Creo que vamos a tener que comprarte una americana de otra talla.

—Sí…, me empieza a apretar arriba. Y mira… ¿Ves? —Estiró los brazos y frunció el ceño por la manera en que las mangas se le subieron hasta los codos—. Lo odio.

Ella se ocupó con rapidez de la corta tira azul marino y roja, en absoluto sorprendida de que no le gustara cómo le quedaba la chaqueta. A su hijo siempre le había gustado ponerse trajes y prefería que los zapatos, y hasta las zapatillas de deporte, estuvieran impolutos. Lo mismo sucedía con todo lo que tenía: si abrías sus cajones o su armario, la ropa estaba toda perfectamente organizada y colgada, sus libros estaban alineados en las estanterías y la cama nunca estaba deshecha, a no ser que él estuviera entre las sábanas.

Su padre era igual de minucioso con su ropa y sus cosas.

Su hijo también había heredado el cabello y los ojos oscuros de Mark.

Dios…, habría preferido que no hubiera nada de aquel hombre en él, pero la biología era la biología. Y lo que a ella realmente le preocupaba, el temperamento y la mezquindad de su ex, nunca habían hecho acto de presencia.

—Hala, ya está. —Ella se giró y luchó contra la imperiosa necesidad de abrazarlo fuerte—. ¿Te parece bien?

—Es mucho más mejor que el que yo hice. —Ella levantó la cabeza hacia él—. Perdón, mejor que el que yo hice.

—Gracias.

Miró su reflejo y pensó en el coste de las nuevas chaquetas…, y de los zapatos…, y de los abrigos de invierno y de los pantalones cortos de verano e intentó no entrar en pánico. Después de todo, siempre podía ser camarera. No ganaría ni de lejos lo que ganaba con lo que había estado haciendo, pero sería suficiente. Tendría que ser suficiente.

Sobre todo cuando se mudaran a una ciudad más pequeña donde los alquileres serían más baratos.

Dios…, no quería irse de Caldwell. La verdad era que no quería. No después de la noche que había pasado con Vin.

—Vamos a llegar tarde, venga —dijo ella.

Una vez abajo, se pusieron juntos los abrigos y los guantes, y entraron en el Camry. La mañana era fría, así que el garaje parecía una nevera y el motor resolló y petardeó.

—Necesitamos un coche nuevo —dijo Robbie mientras ella giraba de nuevo la llave.

—Lo sé.

Se dirigió hacia la puerta del garaje y esperó mientras iba apareciendo el camino y el mundo que había más allá de ella. Salió marcha atrás, giró hacia el otro lado, pulsó de nuevo el botón del mando a distancia y salió hacia San Patricio.

Cuando llegaron a la catedral, había coches aparcados a ambos lados de la calle a varias manzanas. Dio una vuelta valorando las opciones ilegales y aparcó en un sitio que había en una esquina en el que sobresalía la parte trasera del coche. Bajó y rodeó el coche para ver si el parachoques estaba demasiado encima de la línea amarilla que señalaba la zona en la que no se podía aparcar.

Casi medio metro. Mierda.

Mientras las campanas de la catedral empezaban a sonar, decidió confiar en que si aparecía un policía fuera un buen cristiano, o ciego.

—Vamos —dijo tendiéndole la mano a Robbie, que salió del coche. Con la mano de él en la suya, caminó con rapidez y él la siguió sin despegarse de ella, para lo cual sus pequeños mocasines tenían que ir el doble de rápido sobre la acera desnuda.

—Creo que llegamos tarde, mamá —dijo sin aliento—. Y es por mi culpa. Sólo quería que mi corbata estuviera bien.

Ella lo miró. Mientras caminaban a toda prisa, la parte de arriba de su pelo se movía al mismo ritmo que su chaquetón de marinero, pero sus ojos estaban inmóviles: estaban fijos en la acera y parpadeaba demasiado rápido.

Marie-Terese se detuvo, le hizo detenerse y se agachó. Le puso las manos sobre los brazos y lo sacudió ligeramente.

—No hay nada de malo en llegar tarde. La gente llega tarde continuamente. Hacemos lo posible por llegar a tiempo siempre y eso es todo lo que podemos hacer, ¿vale? ¿Vale, Robbie?

Las campanas de la catedral se quedaron en silencio. Y al cabo de un momento, un coche pasó al lado de ellos. Luego, en la distancia, ladró un perro.

Se dio cuenta de que aquello no tenía nada que ver con llegar tarde.

—Cuéntamelo —susurró ella, colocando la cara a su misma altura de visión, aunque casi tuvo que tumbarse para hacerlo—. Por favor, Robbie.

Sus palabras explotaron dentro de su boca:

—Me gustaba más mi nombre de verdad. Y no quiero volver a mudarme. Me gustan mis niñeras y mi cuarto. Me gusta el Y. Me gusta como estamos aquí ahora.

Marie-Terese se sentó sobre los talones y tuvo ganas de matar a su ex marido.

—Lo siento mucho. Sé que esto ha sido muy duro para ti.

—Nos vamos a ir, ¿verdad? Ayer por la noche volviste temprano y te oí hablando con Quinesha. Le dijiste que tal vez tuvieras que hacer algunos arreglos —pronunció la palabra «arreglos» como «areglos»—. Me gusta Quinesha. No quiero más *areglos*.

Y dale con los *areglos*.

Miró a su hijo y se preguntó cómo iba a decirle que se tenían que mudar porque estaba absolutamente convencida de que «los malos tiempos», como él los llamaba, definitivamente habían vuelto.

El coche que había pasado a su lado antes volvió a pasar, obviamente porque no había encontrado sitio para aparcar.

—Ayer por la noche dejé el trabajo —dijo aproximándose tanto a la verdad como era posible—. Ya no trabajo de camarera donde trabajaba, porque no era feliz allí. Así que voy a tener que buscar otro trabajo en alguna parte.

Robbie levantó los ojos hacia los de ella y estudió su cara.

—Hay muchos restaurantes en Caldwell.

—Es verdad, pero tal vez no necesiten ayuda en este momento, y yo necesito ganar dinero para que podamos vivir de él.

—Ya. —Parecía estar reflexionando sobre el tema—. Vale. Eso es otra cosa.

De repente se relajó, como si lo que le había estado preocupando fuera un globo de helio que acabara de soltar al viento.

—Te quiero —dijo ella, odiando que estuviera pasando exactamente lo que a ella le preocupaba que pasara. Se iban por otras razones, no por el «trabajo». Pero ella no quería hacerle soportar aquella carga.

—Yo también, mamá —le dio un fugaz abrazo y sus pequeños brazos no consiguieron rodear siquiera la mitad de ella. Aun así, ella lo sintió en todo su cuerpo.

—¿Estás listo? —dijo ella de repente.

—Sí.

Volvieron a darse prisa haciendo sonar sus pasos de forma discordante sobre la acera hacia la catedral y sobre los anchos peldaños de piedra, y luego entraron a hurtadillas por la enorme puerta. Dentro del vestíbulo, se quitaron los abrigos y cogieron un programa del recibidor que estaba en el nártex. El hombre les metió prisa, y ella y Robbie se dirigieron hacia una de las puertas laterales y fueron sigilosamente hasta un banco en el que había bastante sitio.

Nada más sentarse, se oyó la llamada para que los niños se acercaran adelante para asistir a la escuela dominical. Sin embargo, Robbie se quedó a su lado. Nunca iba con los otros niños, nunca se lo había pedido y ella, obviamente, nunca lo había sugerido.

Mientras los sacerdotes y el coro oficiaban el servicio, ella respiró hondo y dejó que la balsámica calidez de la iglesia la empapara. Y por una décima de segundo, se imaginó cómo sería que Vin estuviera sentado con ella y con Robbie, tal vez al otro lado de su hijo. Sería agradable mirar más allá de la cabeza de su hijo y ver a un hombre al que amaba. Tal vez compartirían una sonrisa cómplice, como hacían de vez en cuando las parejas. Tal vez habría sido Vin el que hubiera ayudado a Robbie con la corbata.

Tal vez habría una hija entre los dos sujetalibros.

Frunciendo el ceño, Marie-Terese se dio cuenta de que, casi por primera vez en su vida, estaba soñando despierta. Fantaseando en toda regla sobre un futuro agradable y feliz. Dios… ¿Cuánto tiempo hacía de eso?

Desde los comienzos con Mark… Tanto hacía.

Lo había conocido en el casino Mandalay Bay. Ella y sus amigas, que habían cumplido veintiuno aquel año, habían volado a Las Vegas para pasar su primer fin de semana de chicas fuera de la ciudad, y recordaba lo ansiosas que estaban por saborear su libertad de verdaderas adultas.

Ella y sus amigas habían estado haciendo el tonto con apuestas de un dólar en el lado barato del cordón de terciopelo, y Mark estaba en una mesa de grandes apuestas en la zona VIP. Nada más verla había enviado a una camarera para invitarlas a la zona de lujo, donde las bebidas eran gratis y lo mínimo que podías apostar eran veinte dólares.

Al principio, ella había creído que era por Sarah. Sarah era y, sin duda alguna, seguía siendo una rubia de uno ochenta a la que cualquiera se imaginaba desnuda aunque fuera totalmente vestida. Aquella chica era un imán para los hombres y, teniendo en cuenta la cantidad de candidatos que tenía para elegir, tenía el listón muy alto. Y claro, alguien que se pudiera permitir apuestas altas era justo lo más apropiado para ella.

Pero no, Mark sólo había tenido ojos para Marie-Terese. Y lo dejó claro cuando le ofreció el brazo para guiarla hasta su asiento y Sarah se había tenido que valer por sí misma.

Mark y sus dos socios, como se había referido al par de trajeados que estaban con él, habían sido muy caballerosos aquella noche invitándolas a copas, charlando, siendo atentos. Había habido besuqueos y tonteo, el tipo de cosas que, cuando eres lo suficientemente joven como para creer en el *glamour*, te hacen sentir como una famosa.

Había sido el principio perfecto para el fin de semana: estar con veintiún años en la zona exclusiva del casino y rodeadas de hombres con trajes caros era justo lo que buscaban ella y sus amigas y, al cabo de tres o cuatro horas, habían subido a la suite de Mark. Tal vez no había sido lo más inteligente teniendo en cuenta que eran cuatro chicas y tres hombres y, después de haber pasado un rato juntos en una racha de suerte colectiva, se había creado la ilusión de la amistad y de la confianza.

Pero no pasó nada malo. Sólo más copas, charla y flirteo. Y Sarah sola en una habitación con el más alto de los dos «socios».

Al final de la noche, Marie-Terese había salido al balcón con Mark.

Aún podía recordar la sensación del aire seco y caliente volando sobre la centelleante vista del Strip de Las Vegas.

Habían pasado diez años, pero aquella noche aún permanecía tan clara en su memoria como el momento en que se había convertido en un recuerdo: ambos en aquella terraza, muy por encima de la ciudad hecha por el hombre, de pie uno al lado del otro. Ella admiraba la vista. Él la admiraba a ella.

Mark le había separado el pelo hacia un lado y la había besado en la nuca, proporcionándole en ese suave contacto la mejor experiencia sexual de su vida.

Sólo llegaron hasta ahí.

La noche siguiente había sido muy parecida, sólo que Mark las había llevado a todas a ver el concierto de Celine Dion y luego habían vuelto a las mesas. Brillante. Lujoso. Emocionante. Marie-Terese se había empapado de las cálidas ráfagas de promesas, romance y cuento de hadas y, al final de la segunda noche, había vuelto a aquella suite y había vuelto a besar a Mark en aquella terraza.

Y eso había sido todo.

A ella le había molestado que él no quisiera más, aunque no habría sido capaz de acostarse con él. Ella no era tan impulsiva como Sarah, que era capaz de conocer a un hombre e irse a la cama con él unas horas después.

Qué irónico haber acabado allí.

A la mañana siguiente tenían que irse, y Mark les había enviado su limusina para llevarlas al aeropuerto. Ella estaba decepcionada, pensando que allí se acababa todo: cuarenta y ocho horas de diversión, justo lo que el agente de viajes les había prometido y justo por lo que habían pagado.

Mientras ella y sus amigas se alejaban del hotel, había tenido la esperanza de que Mark apareciera corriendo y los hiciera detenerse agitando un brazo. Pero no lo había hecho, y ella había supuesto que el último recuerdo que tendría de él sería el momento en que le había besado la mano en la habitación del hotel en la que ella y sus amigas se habían hospedado juntas.

El peso aplastante de la vuelta a la normalidad había hecho que los ojos se le llenaran de lágrimas. Comparada con Las Vegas, su vida en su casa, con su trabajo de secretaria y sus clases nocturnas en la universidad, le parecía una especie de muerte en vida.

Cuando la limusina había llegado a la terminal, el conductor había salido y había abierto la puerta del coche, y un botones se había acercado y había empezado a descargar sus equipajes. Marie-Terese permanecía en la acera sin mirar a sus amigas porque no quería que se burlaran de ella por estar triste.

El chófer la había detenido.

—El señor Capricio me ha pedido que le dé esto.

La caja era aproximadamente del tamaño de una taza de café, y estaba envuelta en papel de seda rojo con un lazo blanco. Ella la había abierto al instante, tirando al suelo el papel del envoltorio y la cinta de raso. Dentro había una delicada cadena de oro con un colgante de oro en forma de M. También había un trozo de papel como los que venían dentro de las galletas de la fortuna. El mensaje decía: «Por favor, llámame en cuanto llegues a casa sana y salva».

Había memorizado al instante el número y había estado resplandeciente todo el viaje de vuelta a casa.

Había sido un comienzo perfecto. No había habido ningún indicio al principio de la manera en que se desarrollarían las cosas aunque, volviendo la vista atrás, se daba cuenta de que el colgante con la M había sido un símbolo de posesión, una especie de collar identificativo humano.

Dios, ella había llevado aquella cadena con tanto orgullo... Porque por aquel entonces quería que la reclamaran. Como mujer que se había criado con una madre atormentada y un padre ausente, la idea de que un hombre la quisiera era mágica. Y Mark no era un cualquiera de clase media, lo que ya habría sido un avance para ella, de todos modos. No, él pertenecía a la zona VIP, aunque ella era más de conserjería.

Y durante los siguientes dos meses, la había camelado a la perfección, seduciéndola con cuidado y calculadamente. Incluso le había dicho que no quería acostarse con ella antes de casarse para poder presentársela a su abuela y a su madre, que eran católicas, con la conciencia limpia.

Se casaron cinco meses después y las tornas cambiaron tras la ceremonia. Tan pronto como ella se mudó a aquella suite de hotel con él, Mark había empezado a controlarla como si la tuviera metida en un puño. Demonios, cuando su madre había muerto, él había insistido en que su chófer la acompañara a California, y no la había perdido de vista desde el segundo en que había puesto el pie fuera del avión hasta el momento en que había vuelto a pisar la suite.

¿Y lo del sexo después del matrimonio? Resultó que no había sido un gran sacrificio para él, porque se había estado acostando con sus numerosas amantes. Ella se había enterado cuando una de ellas había aparecido con una barriga del tamaño de un balón de baloncesto, como una semana después de que se hubiera secado la tinta de su certificado de matrimonio.

Volviendo al presente, se levantó con el resto de la congregación y cantó unas palabras del himnario que Robbie tenía en las manos.

Teniendo en cuenta lo que el pasado le había enseñado, le preocupó el cuento de hadas que se estaba montando en la cabeza sobre Vin.

El optimismo no estaba hecho para los débiles. Y soñar despierto podía traer problemas.

Él se sentó detrás de ella y ella ni se enteró. Eso era lo bonito de los disfraces.

Hoy él llevaba puesto su traje de profesional número uno, con lentillas azules y gafas con montura de alambre.

Había esperado en la parte de atrás de la iglesia a que ella llegara con su hijo y, al no verlos aparecer, se había imaginado que por primera vez se habían perdido los servicios y habían vuelto a casa. Él se había ido a buscar el coche, pero cuando ya se marchaba los había visto a ambos en la acera, hablando cara a cara. Había dado una vuelta a la manzana, y había observado cómo hablaban hasta que habían entrado corriendo en la catedral y habían desaparecido por las enormes puertas.

Cuando consiguió volver a aparcar el coche, ya iban por la mitad del servicio, pero se las arregló para sentarse justo detrás de ella y del niño deslizándose entre las sombras hasta sentarse en el banco.

Ella se pasó la mayor parte del servicio mirando los frescos que habían limpiado con la cabeza ladeada, con lo cual el ángulo de su mejilla era especialmente adorable. Como siempre, llevaba puesta una falda larga, un jersey —hoy ambos de color marrón oscuro— y unos pendientes de perlas. Se había recogido su oscuro cabello en un moño flojo y llevaba un suave perfume… ¿O tal vez era sólo aquel detergente de la lavandería o el suavizante que usaba?

Tendría que ir al supermercado para oler las Tide, las Cheer, las Gain y las Bounce, para ver cuáles eran.

Sentada en el banco, parecía la protagonista de *El precio de la pasión*, ayudando a su hijo a encontrar las páginas correctas en el himnario e inclinándose hacia él a veces cuando él tenía algo que preguntarle. Nadie habría osado pronunciar jamás la palabra «puta» en su presencia, y mucho menos refiriéndose a ella: parecía una de aquellas mujeres que habían concebido a su hijo de forma inmaculada.

Aquello le hizo pensar en el tío al que había golpeado con la llave de tuercas. No en lo de matarlo, aunque evidentemente aquello no había salido como lo había planeado porque el muy bobo sólo estaba en coma: otra razón por la que los disfraces eran tan absolutamente necesarios. No, pensó en la cara de liberación que tenía aquel hombre al salir de aquel baño sucio e indecente de aquel club sucio e indecente.

Qué mentira era la impresión que ella daba.

Le hervía la sangre de rabia, pero no era el momento adecuado para eso y, para distraerse, miró los delicados músculos que trepaban por la nuca de ella. Suaves rizos se formaban alrededor de la suave curva, y más de una vez se sorprendió inclinándose hacia delante como si pudiera tocarla.

O tal vez ponerle las manos alrededor del cuello.

Y apretar hasta que ella fuera suya y sólo suya.

Se imaginó cómo sería dominar sus forcejeos y reclamarla como suya, poder ver el éxtasis en sus ojos mientras moría.

Mientras se recreaba en el futuro, a punto estuvo de actuar en consecuencia de su impulso pero, afortunadamente, la parte cantada del servicio le ayudó a romper su furiosa concentración y a mantener las manos ocupadas. También miraba a su hijo de vez en cuando para evitar obsesionarse tanto con ella en un lugar en el que, si perdía el control, lo perdería todo.

El hijo se portaba tan bien. Era tan adulto. El hombrecito de la casa, sin duda.

Ella nunca le dejaba ir con los otros niños a la escuela dominical, lo mantenía siempre pegado a ella. Aquello resultaba un poco frustrante, aunque era inteligente por parte de ella no perderlo de vista. Muy inteligente.

Aunque no debería preocuparse. El niñito iba a estar con su padre muy pronto…, y ella iba a estar con su marido para toda la vida.

Tenía planeado el futuro perfecto para todos.

Capítulo 27

Vin cruzó la puerta del dúplex encerrado en sí mismo y sintiéndose como si alguien le hubiera dado un rodillazo en la barriga. Desde el pasillo, se quedó mirando la sala hecha un desastre sin poder dar crédito a lo que estaba viendo.

Mientras entraba en la habitación, lo único que lograba hacer era sacudir la cabeza. Los sofás estaban volcados, los cojines de seda pisoteados y algunas de las esculturas habían sido derribadas de sus bases. La alfombra estaba echada a perder al lado del mueble bar, manchada por el licor que se había derramado de las botellas rotas, e iba a tener que volver a pintar y empapelar las paredes porque parecía que hubieran lanzado contra ellas un par de botellas de Burdeos.

Se quitó el abrigo y lo tiró sobre uno de los sofás destrozados mientras deambulaba por el que en su día había sido un espacio perfecto. Era increíble cómo todos aquellos objetos de incalculable valor se habían convertido en basura tan rápidamente. Joder, sólo faltaba una capa de mugre y unos cuantos residuos orgánicos, y aquello parecería un contenedor.

Se agachó y recogió algunos pedazos rotos de un espejo veneciano. Lo habían golpeado con algo que recordaba vagamente a una espalda humana: el centro del objeto estaba roto formando una larga columna con forma de torso humano.

La fina capa de polvo blanco que lo cubría todo parecía indicar que la policía había estado muy ocupada buscando huellas dactilares.

Joder, estaba más claro que el agua que alguien se había dedicado a destrozar la habitación.

Vin fue hacia el mueble bar y puso los pedazos rotos de cristal al lado de algunas de las botellas rotas. Luego retomó la búsqueda de lo que, sin duda, los policías habían estado buscando.

No había ni rastro de sangre. Aunque tal vez se habían llevado los objetos en los que ella había dejado alguna marca.

Además, los cardenales eran hemorragias internas, así que la falta de sangre no tenía por qué querer decir nada.

Durante su estancia en el edificio, sin duda la policía habría interrogado al guarda de la entrada, aunque él no podía asegurar que Vin no estuviera en el apartamento. Después de todo, los residentes podían subir directamente en los ascensores desde el aparcamiento del garaje.

Vin fue hacia el teléfono y llamó a recepción. Cuando respondió una voz masculina, él no se anduvo con rodeos.

—Gary, soy Vin. ¿Le has dado acceso a la policía a las cintas de seguridad de los ascensores y de las escaleras del edificio?

No hubo ninguna pausa en absoluto.

—Dios mío, señor DiPietro, ¿por qué lo ha hecho?

—Yo no he sido. Lo juro. ¿Tiene la policía las cintas?

—Sí, se lo han llevado todo.

Vin exhaló aliviado. No había forma de que hubiera llegado al dúplex sin aparecer en una de aquellas grabaciones. De hecho, demostrarían que él había salido del edificio por la mañana y que no había vuelto hasta después de medianoche.

—Y usted salía en la cámara —dijo el guarda.

Vin parpadeó.

—¿Qué?

—Subió en ascensor desde el garaje a las diez en punto. Está en la cinta.

¿Qué? Aquello era imposible. A aquella hora estaba en el coche, yendo hacia los Woods con Marie-Terese.

—Un momento. ¿Viste mi cara? ¿De verdad la viste?

—Sí, clara como el agua. Ella entró por la puerta principal y subió al dúplex, y veinte minutos más tarde usted subió desde el garaje. Llevaba puesta su gabardina negra y se fue como media hora después, con su gorra de los Boston Sox bajada.

—No era yo. No...

—Sí lo era.

—Pero... yo no aparqué mi BMW en mi plaza..., yo no estaba, y mi otro coche estaba allí. No utilicé mi pase para entrar. Explícame...

—Le traerían hasta aquí y entraría por la puerta normal. No lo sé. Mire, tengo que irme. Estamos probando la alarma de incendios.

La comunicación se cortó.

Vin colgó el auricular y se quedó mirando el teléfono con la sensación de que todo el puñetero mundo había perdido la maldita cabeza. Al cabo de un rato se dirigió hacia el sofá, puso los cojines más o menos en orden y prácticamente se dejó caer de culo.

El sistema de alarma del edificio empezó a sonar y las luces estroboscópicas brillaron de forma intermitente desde sus puestos en el pasillo de entrada, y él se sintió como si estuviera en el sueño que había tenido, aquél en el que Devina caía sobre él como salida de *La noche de los muertos vivientes*.

Estaban colocando las piezas de ajedrez a su alrededor, bloqueando sus movimientos, acorralándolo.

«Eres mío, Vin. Y yo siempre cojo lo que me pertenece».

Mientras oía de nuevo aquellas palabras en su cabeza, el sonido de la alarma resultó ser el acompañamiento perfecto al pánico que ardía en sus venas. Mierda. ¿Qué demonios hacía ahora?

Salida de la nada, la voz de Jim Heron se abrió paso superponiéndose la de Devina: «Estoy aquí para salvar tu alma».

Vin ignoró aquel comentario absolutamente inútil, se levantó y fue hacia su estudio en busca de algo que tuviera mucha más capacidad para tranquilizarlo. Se acercó a las botellas intactas de licor, se sirvió un *bourbon*, se lo bebió y rellenó el vaso achatado. La televisión se había quedado encendida, pero estaba sin volumen y, mientras se sentaba tras la mesa, sus ojos se clavaron en las noticias locales.

Cuando al cabo de un rato apareció una fotografía al lado de la cabeza rubia de la presentadora, no se sorprendió en absoluto. A ese paso, haría falta que lanzaran una bomba radiológica en el centro de Caldwell para conseguir que se inmutara.

Extendió el brazo para coger el mando.

«… Robert Belthower, de treinta y seis años, fue encontrado a primera hora de la noche en un callejón cercano a donde fueron tiroteadas las dos víctimas del viernes por la noche. Actualmente se encuentra en el hospital San Francisco en estado crítico. Todavía no ha sido identificado ningún sospechoso…».

Era el tío de La Máscara de Hierro. El que había salido del baño con Marie-Terese.

Vin cogió el teléfono y marcó.

Nadie contestó hasta el cuarto tono, y la voz de Jim era fría, como si no quisiera responder:

—¿Qué tal, amigo mío?

Vin tuvo la tentación de burlarse preguntándole si todavía quería salvar su alma.

—¿Has visto las noticias?

Largo rato de vacilación.

—¿Te refieres a Devina?

—Sí, pero yo no lo hice, lo juro. La última vez que la vi fue cuando rompí con ella por la tarde y encima dejé que se marchara de mi casa con el anillo que le había comprado. Pero en realidad te llamo por lo del tío que han encontrado en un callejón del centro medio muerto de una paliza. Estuvo con Marie-Terese anoche. Lo vi con ella. Con él ya son tres hombres en veinticuatro horas que han… ¿Hola? ¿Jim? —Nadie respondió, lo que dejaba claro cuál era el problema—. Mira, yo no le he hecho esa mierda a Devina, aunque sé que no me vas a creer. —Otro largo silencio—. ¿Hola? Por el amor de Dios, ¿de verdad crees que sería capaz de hacerle daño a una mujer?

—Creía que llamabas para hablar conmigo.

Ahora le tocó a él hacer la pausa.

—¿Por qué?

Otro largo silencio.

—Ella dijo que te lo había contado. Lo nuestro.

—¿Lo vuestro? ¿Qué vuestro?

—Ella dijo que por eso se te había ido la olla y le habías pegado.

Vin apretó la mano sobre su vaso.

—Exactamente, ¿qué hay que contar sobre vosotros dos?

La leve maldición que llegó del otro lado de la línea fue pronunciada en el idioma universal del sexo que no debía haber tenido lugar.

Los músculos que rodeaban los hombros de Vin y que bajaban por sus brazos se tensaron.

—Me estás tomando el pelo. Me estás tomando el puñetero pelo.

—Lo siento…

El vaso se hizo añicos en la mano de Vin y el *bourbon* se desparramó por todas partes empapándole la manga y el puño, y salpicando la parte delantera de la camisa y los pantalones.

Finalizó la llamada lanzando el teléfono al otro lado de la habitación.

Jim presionó la tecla de finalización de llamada y sería capaz de apostar que aquélla no era la manera en que Vin había colgado.

No, tenía la sensación de que fuera cual fuera el teléfono que hubiera estado en la oreja de Vin, era ahora carne de recogedor.

Genial. Una puñetera maravilla.

Se frotó los ojos y se volvió a centrar en la entrada del edificio del complejo hospitalario mientras repasaba la primera parte de la conversación: otro tío relacionado con Marie-Terese al que le habían dado una paliza. Y cuando Vin llamó, aquello había sido lo primero que tenía en mente, incluso por delante del hecho de que…, vaya, era verdad, era sospechoso de haberle pegado una paliza a su novia con sus propios nudillos.

Toda aquella mierda de Marie-Terese era más fuerte que nunca para él. Lo que en cierto modo no parecía muy positivo.

Joder, aquella misión en concreto iba a caer en barrena hacia el infierno.

Jim bajó la mirada hacia su reloj y volvió a fijarse en cada una de las personas que entraban y salían por aquellas puertas. Era casi la una, así que se suponía que la familia de Devina estaría a punto de llegar de un momento a otro, y ella se iría con ellos.

Dios, Devina era una mentirosa en toda regla.

Se sintió como si fuera un sacrilegio haber llegado a aquella conclusión teniendo en cuenta el aspecto de la cara de aquella mujer, pero la verdad era la que era: Vin no sabía lo del jueves por la noche ni lo que había sucedido en la camioneta de Jim. No tenía ni idea. La ignorancia pura y dura se había reflejado en su voz estupefacta.

¿Por qué había mentido ella diciéndole que se lo había contado? ¿Y en qué más habría mentido?

Por supuesto, aquello hacía que la versión de Vin fuera mucho más creíble.

La una de la tarde llegó y se fue, igual que la una y media. Y luego las dos. Devina tenía que estar a punto de salir, suponiendo que le llevara alrededor de una hora hacer el papeleo y que su gente llegara a tiempo. Y que no saliera por otro lado.

Y que alguien fuera a recogerla.

Deseando tener un cigarro a mano, cogió el teléfono y frotó la lisa superficie de la pantalla hasta que se calentó. Verdad. Necesitaba una inyección de verdad en aquella situación. Necesitaba saber quién era Marie-Tercse y quién era Devina, y qué coño estaba pasando.

Por desgracia, aquello le iba a costar…

De pronto Devina emergió de las puertas de doble hoja con unas grandes gafas cubriéndole la mayor parte de la cara. Llevaba puesto un traje negro de yoga y su gran bolso de piel de cocodrilo le hacía parecer delgada como un alfiler. Mientras salía a la acera de la entrada cubierta, la gente la miraba al pasar, como si intentaran ubicarla en el universo de los famosos.

No había nadie con ella.

Y los cardenales que tenía en la cara habían desaparecido. Todos. Como si la hubieran retocado con Photoshop, tan maravillosa y perfecta como en la cena del viernes por la noche.

Una punzada de alerta, fría como el hielo, de esas que sólo había sentido un par de veces en su vida, invadió las venas de Jim.

Algo no encajaba. En absoluto.

Se enderezó en el asiento de la camioneta y se preparó mientras observaba la acera bajo los pies de ella.

La luz que se derramaba del cielo creaba ecos pequeños y alargados de las cosas sobre el suelo, pero ella no tenía sombra. Tenía forma, pero no sustancia, figura pero no carne.

Era el enemigo.

Estaba viendo al enemigo.

Se había tirado al enemigo.

Como si oyera sus pensamientos, Devina miró justo hacia donde él estaba aparcado. Y luego sus cejas se tensaron y su cara se giró lentamente a un lado y a otro, lo que le hizo pensar que ella no podía ver exactamente dónde estaba él, pero que sabía que alguien la estaba vigilando.

La expresión de su cara era fría como el hielo. No había ni rastro de la calidez que irradiaba delante de Vin o que había desplegado con Jim en la camioneta o en el coche o en aquella cama de hospital.

Fría. Como el hielo.

Fría como un asesino en serie.

Y hablando de verdades: ella era una seductora, una mentirosa y una manipuladora…, e iba a por Vin. Y no sólo para casarse con él, sino para hacerse con su mismísima alma.

En pleno pecho, Jim sintió también la certeza de que ella sabía quién era él y qué era. Lo había sabido desde aquella primera noche en la que se habían acostado, porque lo había seducido aposta. Demonios, aquella lógica era irrefutable. Sus nuevos jefes, los Cuatro Colegas, lo habían sacado a jugar y parecía que el otro bando también había enviado al campo a uno de sus empleados…, que sabía más que Jim.

Mientras aquel viejo estribillo de *El demonio vestido de azul* le daba vueltas en la cabeza, empezó a hacerse preguntas sobre los tíos de las Harleys que tampoco tenían sombra. Y que, seguramente, también eran unos mentirosos.

Maldición.

Devina escudriñó de nuevo el aparcamiento, le contestó con brusquedad a un pobre tipo que le dio unos golpecitos en la espalda por error y luego levantó la mano para llamar a uno de los taxis de la fila de la derecha. Cuando el taxi se acercó, ella se subió y se fueron.

Hora de largarse, pensó Jim mientras ponía en marcha su camioneta y salía marcha atrás de la plaza de aparcamiento. Ella conocía su coche, aunque sólo lo había visto en la oscuridad, así que como no estaba totalmente de incógnito, tuvo que quedarse a dos coches de distancia por detrás de ella y rezar para que el taxista no tuviera el hábito de saltarse los semáforos en ámbar.

Mientras la seguía, cogió el móvil para hacer una llamada y, al pulsar la tecla de enviar, lo único que le importó fue conseguir lo que necesitaba. Nada de lo que tuviera que hacer sería demasiado. Ningún sacrificio sería demasiado grande o demasiado degradante. Estaba de vuelta en el mundo de la determinación, y se sentía tan resuelto y obstinado como una bala en pleno vuelo.

—Zacharias —dijo cuando le cogieron el teléfono.

El hijo de puta de Matthias soltó una carcajada.

—Últimamente hablo más contigo que con mi propia madre.

—No sabía que tenías. Creía que habías nacido de un huevo.

—¿Me llamas para discutir sobre árboles genealógicos o hay alguna otra razón?

—Necesito la información.

—Vaya. No sé por qué tenía la sensación de que recapacitarías.

—Pero quiero información sobre dos identidades. No sólo de una. Y no podré trabajar para ti hasta que acabe lo que estoy haciendo en Caldwell.

—¿Y qué estás haciendo exactamente?

—Eso no es de tu incumbencia. —Aunque Matthias iba a conseguir una fotografía bastante nítida de los involucrados.

—¿Cuánto tiempo estarás ocupado?

—No lo sé. Menos de seis meses. Puede que ni siquiera un mes.

Hubo una pausa.

—Te daré cuarenta y ocho horas. Luego serás mío.

—Yo no soy de nadie, gilipollas.

—Sí, ya. Te enviaré un correo electrónico explicándolo todo.

—Oye, no pienso largarme de Caldwell hasta que haya dejado todo bien atado. Así que envía lo que quieras, pero si crees que vas a poder mandarme al otro lado del charco pasado mañana para cargarme a alguien, debes de tener la cabeza en el culo.

—¿Cómo sabes lo que te voy a pedir?

—Porque tanto tú como mis anteriores jefes siempre me habéis pedido lo mismo —dijo Jim con la voz quebrada.

—Bueno, tal vez lo intercalaríamos un poco con otras cosas si no fueras tan condenadamente brillante en lo que haces.

Jim apretó el teléfono móvil y decidió que, si hacía alguna puñetera broma más, colgaría el teléfono siguiendo el método de Vin.

Se aclaró la garganta.

—Por correo electrónico no. Ya no tengo ninguna cuenta.

—De todos modos te iba a enviar un paquete. No creerás en serio que me fío de Hotmail o de Yahoo!, ¿verdad?

—Vale. Mi dirección es...

—Como si no la supiera ya. —Aquella risa de nuevo—. Entonces supongo que quieres el expediente de Marie-Terese Boudreau, ¿no?

—Sí, y...

—¿El de Vincent DiPietro?

No le sorprendió en absoluto.

—No. El de Devina Avale.

—Qué interesante. ¿No será por casualidad la mujer que dice que fue el bueno de Vincent el que la mandó al hospital anoche? Vaya elementos de los que te rodeas. Son todos una panda de violentos.

—Y pensar que sólo están un escalón por encima de tus gustos.

Eso ya no le hizo tanta gracia.

—¿Cómo dices eso? No es inteligente morder la mano que te da de comer... Sí, creo que es cierto.

—Que sepas que prefiero disparar que usar los dientes.

—Tengo clarísimo lo mucho que te gustan las pistolas, muchas gracias. Y a pesar de la opinión de mierda que tienes de mí, tengo el informe completo de inteligencia sobre Marie-Terese aquí delante. —Matthias, muy a su favor, fue al grano—. Su verdadero nombre es Gretchen Moore, nacida en Las Vidas, California. Treinta y un años. Licenciada por la Universidad de California en San Diego. Madre y padre fallecidos. —Se oyó un ruido como si estuviera revolviendo papeles y un gruñido, como si Matthias estuviera cambiando de postura. Pensar en el hecho de que aquel tío tuviera que sufrir un dolor crónico fue condenadamente placentero—. Ahora viene lo interesante. Se casó con Mark Capricio en Las Vegas, hace nueve años. Capricio es un auténtico numerario de la Mafia, un mierda enfermo con un trastorno de personalidad como una catedral, a juzgar por sus antecedentes penales. Un auténtico rompehuesos. Evidentemente, ella intentó dejarlo hace unos tres años y él le pegó, cogió al niño y se largó. A ella le llevó un par de meses encontrarlo y los servicios de un investigador privado. Cuando recuperó al niño se divorció de ese gilipollas, se compró la identidad de Marie-Terese y desapareció. Finalmente acabó en Caldwell, Nueva York. Desde entonces trata de pasar lo más desapercibida posible, y con razón. Los hombres como Capricio no dejan escapar a sus mujeres.

Santo cielo. Entonces era más que probable que aquellos dos chicos muertos y el hombre al que le habían pegado la paliza en el callejón la pasada noche implicaran que Capricio la había encontrado. Tenía que ser. Vin había dicho que la víctima de la segunda agresión fue un chico al que había visto con ella…

—Aunque en lo que se refiere a su ex marido, ella no tiene por qué preocuparse a corto plazo.

—¿Perdón? —dijo Jim.

—A Capricio le han echado veinte años en la prisión federal por un cóctel de delitos graves entre los que se incluyen malversación, lavado de dinero, intimidación de testigos y perjurio, y después de eso tiene un puñado de delitos graves estatales por los que cumplir condena, como el de cómplice de asesinato, agresión sexual y lesiones. Ese tío podría ser una pregunta de examen en la facultad de Derecho, por el amor de Dios. —Otro cambio de postura acompañado por una maldición en voz baja—. Al parecer, cayeron sobre él justo en el momento en el que Gretchen / Marie-Terese iba a dejarlo. Lo cual es lógico. Probablemente se estaba volviendo cada vez más violento en casa a medida que los federales y la policía de Nevada lo iban cercando. Cuando secuestró al niño, estaba huyendo de la ley, no simplemente de su mujer, con lo cual el hecho de que estuviera tres meses desaparecido demuestra el peso de sus contactos. Sin embargo, está claro que alguien lo delató. Tal vez el investigador privado que ella contrató le apretó las tuercas apropiadas en el momento oportuno a uno de sus encubridores, amenazándolo con entregarlo a la policía. Quién sabe.

—Me pregunto si la familia de él va a por ella.

—Sí, he leído lo de los dos muertos a tiros en ese callejón. No creo que sea su familia. Se limitarían a matarla a ella y a llevarse al niño. No hay ninguna razón para exponerse a riesgos añadidos liquidando a inocentes.

—Sí, y además matar a alguien sólo porque ha estado con ella implica algo personal. Así que la pregunta es ¿quién va a por ella, suponiendo que ella sea el hilo conductor entre las agresiones de la noche del viernes y de la del sábado?

—Un momento, ¿se han cargado a alguien más, en el peor sentido de la palabra?

—Y yo que pensaba que lo sabías todo.

Hubo una larga pausa y volvió a oír la voz de Matthias, esta vez sin su habitual tono tocapelotas.

—Yo no lo sé todo. Aunque me llevó su tiempo darme cuenta de eso. De todos modos, haré lo de Devina para ti. Siéntate al lado del teléfono a esperar mi llamada.

—A la orden.

Cuando colgó, Jim se sintió como si se hubiera puesto un traje familiar: las conversaciones con Matthias seguían siendo como siempre. Rápidas, directas al grano, inteligentes y lógicas. Ése era el problema. Siempre habían trabajado bien juntos.

Tal vez demasiado bien.

Jim se volvió a centrar en su persecución, siguiendo al taxi de Devina mientras se dirigía por el centro de la ciudad al antiguo barrio de los almacenes. Cuando llegaron al laberinto de construcciones industriales que habían sido convertidas en *lofts*, hizo girar al taxi en la calle Canal sobre sí mismo y doblar en la siguiente calle a la izquierda. Él rodeó la manzana y la sincronización fue perfecta: cuando estaba llegando a Canal, alcanzó a ver a Devina saliendo del taxi para dirigirse a zancadas hacia una puerta. Entró usando una llave y él dio por hecho que tenía una casa allí.

Jim continuó su camino y, mientras salía de aquel barrio, hizo otra llamada.

Chuck, el capataz de la cuadrilla del Grupo DiPietro respondió con la brusquedad habitual.

—Sí.

—Chuck, soy Jim Heron.

—¿Qué tal? —Oyó una exhalación, como si el tío estuviera a medio cigarro—. ¿Cómo te va?

—Bien. Quería decirte que mañana voy a ir a trabajar.

La voz del tipo se suavizó un poco.

—Eres un buen hombre, Heron. Pero no te pases.

—No, si estoy bien.

—Bien, me alegro.

—Oye, estoy intentando ponerme en contacto con dos de los tíos del trabajo y me preguntaba si tendrías sus números.

—Tengo el número de todos menos el tuyo. ¿Cuáles quieres?

—El de Adrian Vogel y el de Eddie Blackhawk.

Se hizo el silencio, y la imagen del tío masticando la colilla de un puro fue irrefrenable.

—¿De quién?

Jim repitió los nombres.

—No sé de quién me hablas. No hay nadie que se llame así en la obra de la ribera. —Dudó un momento, como si se preguntara si Jim seguía aún allí—. ¿Seguro que no necesitas un par de días más?

—Tal vez haya entendido mal los nombres. Tienen cada uno una Harley. Uno tiene el pelo corto y *piercings*. El otro es enorme y tiene una trenza que le cuelga por la espalda.

Otra exhalación.

—Oye, Jim, te vas a tomar mañana libre. Te veré el martes como muy pronto.

—¿No hay nadie así en la cuadrilla?

—No, Jim, nadie.

—Supongo que me he confundido, entonces. Gracias.

Jim lanzó su teléfono móvil al asiento de al lado y estrujó el volante. No formaban parte de la cuadrilla. Vaya sorpresa.

Porque aquel par de cabrones no eran más reales de lo que lo era Devina.

Dios, en ese nuevo trabajo parecía estar rodeado de mentirosos. Lo que lo devolvía a un territorio familiar, ¿no?

Su teléfono sonó y lo cogió.

—¿No puedes encontrarla, verdad? Devina Avale no es más que aire.

Esta vez Matthias no se rió.

—Nada. Ni un puto dato. Es como si hubiera salido de la nada. La cuestión es que tiene todas las identificaciones superficiales en orden, pero sólo hasta llegar a cierto punto. No tiene certificado de nacimiento. No tiene padres. Existe sólo desde hace siete meses y su número de la Seguridad Social es en realidad el de una mujer muerta. No es una gran tapadera, lo que significa que debería haber encontrado algo de su «yo» real. Pero es un espejismo.

—Gracias, Matthias.

—No pareces sorprendido en absoluto.

—No lo estoy.

—¿En qué demonios te has metido?

Jim sacudió la cabeza.

—La misma mierda con otro nombre. Eso es todo.

Hubo un breve silencio.

—Espera mi paquete.

—A la orden.

Jim colgó, se guardó el teléfono en el bolsillo de delante de la chaqueta y decidió que ya era hora de ir a dar la cara al Commodore. Vin diPietro tenía derecho a saber quién y qué era su ex, y esperaba que el tío estuviera dispuesto a escuchar la verdad, aunque sonara demasiado a ficción.

De pronto, le vino a la mente el recuerdo de Vin levantando la vista desde el taburete del vestuario de La Máscara de Hierro.

«¿Crees en los demonios?».

Jim esperaba que aquélla fuera sólo una pregunta retórica.

Capítulo 28

E ra curioso lo del cristal. Cuando lo rompías se mosqueaba y te mordía para devolvértela.

Vin estaba arriba, en el baño principal del dúplex, rodeado de gasas y esparadrapo. Lo que se había hecho en la mano al estrujar aquel vaso de *bourbon* hasta hacerlo añicos era demasiado para el mundo de las tiritas, así que tuvo que pedir refuerzos al surtido de la Cruz Roja y la cosa no estaba yendo demasiado bien. Como tenía la herida en la mano derecha, parecía una enfermera que no paraba de maldecir sin saber qué hacer, manejando con torpeza las vendas, las tijeras y el esparadrapo.

Ser su propio paciente era una mierda. Sólo por su vocabulario lo habrían inhabilitado, o como quiera que se dijera en la jerga hospitalaria. Y eso sin hablar de su incompetencia.

Estaba a punto de acabar con aquella terrible experiencia, cuando sonó el teléfono que estaba al lado de los lavabos, vaya gracia. Con unas tijeras de uñas diminutas sujetas con la mano izquierda, una tira de gasa entre los dientes y la mano derecha de todo menos disponible, necesitó toda su coordinación para responder la llamada.

—Déjalo subir —le dijo al guarda del vestíbulo.

Después de haber colgado el auricular, hizo una chapuza con el esparadrapo y dejó todo aquel revoltijo sobre la encimera tal y como estaba para dirigirse hacia las escaleras y bajar hasta la puerta de la entrada. Cuando el ascensor hizo *din* y se abrió, él ya estaba en el pasillo, esperando.

Jim Heron salió y no perdió el tiempo con saludos ni esperando a que lo invitaran a hablar. Algo que era de agradecer.

—El jueves por la noche —dijo—. No te conocía. No la conocía. Debería habértelo contado pero, a decir verdad, cuando os vi juntos no me apeteció joder las cosas. Fue un error y lo siento con toda mi alma…, sobre todo que no te hayas enterado por mí.

Todo el rato que estuvo hablando, los brazos de Heron colgaban muertos a los lados de su cuerpo, como si estuviera dispuesto a pelearse si las cosas tomaban ese cariz, y su voz era tan firme e inexpresiva como su mirada. Nada de rodeos. Nada de artimañas. Nada de gilipolleces.

Y mientras Vin lo miraba, en lugar de rabia, que era lo que esperaba sentir hacia ese tío, sólo sintió agotamiento. Agotamiento y un agudo dolor en la mano.

De pronto, se dio cuenta de que se estaba empezando a hartar de citar a su puto padre en lo relativo a las mujeres. Gracias a aquel legado, durante los últimos veinte años, la naturaleza desconfiada de Vin había visto muchas sombras donde no las había y, sin embargo, ahora se le había escapado que la persona con la que dormía lo había engañado.

Demasiadas energías invertidas, todas en el lugar errado.

Dios santo, la verdad era que Devina no le importaba. En aquel momento no le importaba en absoluto lo que hubiera hecho cuando estaban juntos.

—Mintió sobre lo que pasó aquí anoche —dijo Vin toscamente—. Devina mintió.

No hubo ningún tipo de duda en la respuesta:

—Lo sé.

—¿De verdad?

—No me creo ni una palabra de lo que ha dicho sobre nada.

—¿Y eso por qué?

—Fui a verla al hospital porque no acababa de creerme toda esta mierda. Y ella me soltó ese rollo lleno de corazones y flores de que te había contado lo que había pasado el jueves por la noche, y que ésa había sido la razón de que la agredieras. Pero tú no lo sabías, ¿no? Ella nunca te dijo nada, ¿verdad?

—Ni una palabra. —Vin dio media vuelta y se dirigió al dúplex. Como Jim no lo siguió, dijo por encima del hombro—: ¿Te vas a quedar ahí como una estatua, o vienes a comer algo?

Obviamente, comer era mejor que imitar al mármol y cuando hubieron cruzado los dos la puerta principal, Vin la cerró con llave y echó la cadena. Tal y como estaban las cosas últimamente, no pensaba jugársela con nada.

—Santo cielo —dijo Jim—. Tu sala…

—Sí, Vince McMahon la ha redecorado.

Ya en la cocina, Vin sacó un poco de fiambre frío y el tarro de Hellman's con la mano izquierda.

—¿Pan de centeno o de masa fermentada?

—De masa fermentada.

Vin se preparó mientras cogía un poco de lechuga y tomate del cajón de las verduras.

—Necesito saber qué paso. Con Devina. Cuéntamelo todo. Bueno, todo no. Pero ¿cómo te engatusó?

—¿Seguro que quieres saberlo?

Sacó un cuchillo del cajón.

Tengo que hacerlo, tío. Lo necesito. Me siento como... Me siento como si hubiera estado con alguien a quien no conocía en absoluto.

Jim dejó escapar un juramento y se sentó en uno de los taburetes al lado de la encimera de la barra.

—Para mí sin mucha mayonesa.

—Vale. Ahora dispara.

—No creo que sea quien dice ser, por cierto.

—Qué curioso, yo tampoco.

—Es decir, he investigado su expediente.

Vin levantó la vista mientras intentaba retirar la tapa azul del tarro de plástico.

—¿Me vas a decir cómo lo has conseguido?

—Nunca en la vida.

—¿Y el resultado fue...?

—Ella no existe, literalmente. Y créeme, si mis contactos no son capaces de desvelar su verdadera identidad, nadie puede.

Vin puso menos Hellman's en el pan de masa fermentada de Jim y más en su propio pan de centeno, pero fue un trabajo chapucero e impreciso. Estaba claro que no era ambidiestro.

Por Dios, lo de Devina no le sorprendía en absoluto...

—Sigo esperando los detalles del jueves por la noche —dijo—. Y vamos a hacernos un favor y limitarnos a hablar. No tengo energías para ser educado en este momento.

—Joder... —Jim se frotó la cara—. Vale. Ella estaba en La Máscara de Hierro. Yo estaba con unos amigos, supongo que podría llamárseles así, aunque «hijoputas» también valdría. Da igual, el caso es que ella me siguió hasta el aparcamiento cuando me fui. Hacía frío. Ella parecía desorientada. Estaba... ¿Estás seguro de esto?

—Sí. —Vin cogió un tomate, lo puso en una tabla de cortar y empezó a cortarlo en rodajas con la habilidad de un niño de cinco años. Aunque más bien debería decir trinchar—. Sigue.

Jim sacudió la cabeza.

—Estaba enfadada contigo. Y parecía muy insegura.

Vin frunció el ceño.

—¿Cómo que estaba enfadada?

—¿Cómo...? ¿Te refieres a por qué? No entró en detalles. No le pregunté. Yo solamente... Yo quería que se sintiera bien consigo misma.

Ahora era Vin el que sacudía la cabeza.

—Devina siempre se siente bien. Ésa es la cuestión. No importa de qué humor esté, en el fondo es dura. Fue una de las cosas que me atrajeron de ella. Bueno, eso y el hecho de que es una de las mujeres que más confían en su físico que he conocido jamás. Pero eso es lo que pasa cuando te hacen perfecta.

—Dijo que tú querías que se pusiera implantes en los pechos.

Los ojos de Vin se movieron con rapidez.

—¿Me tomas el pelo? No dejé de decirle que era perfecta desde la noche que la conocí, y realmente lo pensaba. Nunca quise que cambiase nada.

De pronto, las cejas de Jim dibujaron una mirada tensa y dura en su cara.

—Parece que te tomaron el pelo, amigo. —Vin partió la lechuga y fue hasta el fregadero para lavar un par de hojas—. Deja que adivine, ella te abrió el corazón, tú viste una mujer vulnerable liada con un hijoputa, la besaste, tal vez nunca te planteaste que las cosas llegaran tan lejos.

—No me podía creer dónde habíamos acabado.

—Te daba pena, pero también te atraía. —Vin cerró el agua y sacudió la lechuga romana—. Querías darle algo que la hiciera sentir bien.

Jim bajó la voz.

—Eso fue exactamente lo que pasó.

—¿Quieres saber cómo me engatusó a mí?

—Sí. Por supuesto.

De vuelta en la encimera, Vin sacó unas lonchas de *roast beef* finas como el papel.

—Fui a la inauguración de una galería. Ella estaba allí, sola, con un vestido que tenía un escote que le llegaba hasta el final de la espalda. En el techo había ese tipo de luces que iluminan directamente los cuadros que estaban a la venta y, cuando entré, la vi de pie delante del Chagall que había ido a comprar con la luz iluminando la piel de su espalda. Extraordinaria. —Añadió una capa de tomate hecho harapos y una suave sábana de lechuga, y luego les puso el pan de arriba a los sándwiches.

—¿Cortado o entero?

—Entero.

Le pasó el pan de masa fermentada a Jim y cortó su pan de centeno por la mitad.

—Ella se sentó delante de mí en la subasta y estuve oliendo su perfume todo el rato. Pagué una pasta por el Chagall, y nunca olvidaré la manera en que se giró sobre el hombro cuando sonó el martillo. Aquella sonrisa era todo lo que deseaba ver en la cara de una mujer en ese momento. —Vin dio un mordisco y lo recordó con claridad mientras masticaba—. Me gustaba el rollo sucio, ya sabes, en plan porno. Y sus ojos me decían que no tenía problemas con ese tipo de mierdas. Se vino a casa conmigo aquella noche y me la tiré directamente sobre el suelo. Luego en las escaleras. Y finalmente en la cama. Dos veces. Me dejó hacerle de todo y le gustó.

Jim parpadeó y dejó de masticar, como si estuviera intentando encajar la situación salida de *Leave it to Beaver* que le había contado con la rutina a lo Vivid Video que Vin había vivido.

—Ella era —dijo Vin mientras se inclinaba hacia un lado y cogía dos servilletas— exactamente como yo quería que fuera. —Le pasó una a Vin—. Me daba carta blanca para hacer cualquier cosa relacionada con los negocios, le daba igual que me fuera durante una semana o que no la avisara. Venía conmigo cuando quería que viniera y se quedaba en casa cuando no quería. Era como un reflejo de mis deseos.

Jim se limpió la boca.

—O, en mi caso, de lo que me conmovería.

—Exacto.

Terminaron sus sándwiches y Vin hizo dos más, y mientras se comían la segunda ronda, estaban más tranquilos, como si ambos estuvieran recordando el tiempo pasado con Devina…, y preguntándose cómo podía haberlos engañado tan fácilmente.

Vin acabó rompiendo el silencio.

—Dicen que estoy en uno de los vídeos de seguridad de anoche. Subiendo en el ascensor. El guarda de seguridad dice que él vio mi cara, pero eso es imposible. Yo no estaba aquí. Fuera quien fuera, no era yo.

—Te creo.

—Pues vas a ser el único.

Jim se detuvo con el pan de masa fermentada a medio camino de la boca.

—No tengo muy claro cómo decir esto.

—Bueno, si tenemos en cuenta que me acabas de decir que te has tirado a mi ex novia, es difícil imaginar que haya algo más complicado que eso.

—Esto lo es.

Vin se detuvo a medio mordisco, sin gustarle la mirada de la cara del otro.

—¿Qué?

Jim se tomó su condenado tiempo, hasta que acabó su maldito almuerzo. Finalmente, esbozó una tensa sonrisa.

—Ni siquiera sé cómo empezar.

—¿Hola? ¿Y lo que me acabas de contar del sexo con mi ex novia? Venga ya, échale un par.

—Vale. Joder. Tu ex no tiene sombra.

Ahora le tocó a Vin reírse.

—¿Es eso algún tipo de jerga militar?

—¿Quieres que te diga por qué creo que no eras tú el que estabas en el ascensor anoche? Por lo que tú mismo has dicho. Ella es un reflejo, un espejismo… No existe y es realmente peligrosa y sí, sé que esto no tiene ningún sentido, pero es lo que hay.

Vin acabó lentamente lo que le quedaba de su *roast beef*. El tío estaba serio. Mortalmente serio.

Vin se preguntó si sería posible que pudiera hablar, por una vez, de la otra cara de su vida. De aquella parte que implicaba cosas que no se podían tocar o ver, pero que claramente habían influido tanto en él como en el ADN de sus padres.

—Dijiste que ibas a salvar mi alma —murmuró Vin.

Jim apoyó las manos sobre la encimera de granito y se inclinó. Bajo la manga corta de su camiseta blanca lisa, los músculos de sus brazos se tensaron con el peso.

—Y te lo vuelvo a repetir. Tengo un feliz nuevo trabajo que consiste en salvar a la gente del abismo.

—¿De qué?

—De la condenación eterna. Como ya te he dicho…, en tu caso, yo creía que lo que tenía que hacer era asegurarme de que te quedabas con Devina, pero ahora tengo más claro que el agua que ése sería el resultado incorrecto. Entonces tiene que significar otra cosa, pero no sé qué.

Vin se limpió la boca y se quedó mirando las enormes y hábiles manos de Jim.

—¿Me creerías si te dijera que tuve un sueño sobre Devina en el que parecía salida de *28 días después*, toda podrida y hecha un desastre? Decía que yo le había pedido que viniera a mí, que habíamos hecho una especie de trato en el que no había vuelta atrás. ¿Y sabes lo más ridículo de todo? Que no parecía un sueño.

—Y creo que no lo era. Antes de mi pequeña sesión de desconexión del viernes provocada por el alargador, te habría dicho que estás loco. Pero ahora puedes apostar la cabeza a que me creo cada una de tus palabras.

Finalmente al menos había algo a su favor, en lugar de en su contra, pensó Vin mientras decidía poner todas las cartas sobre la mesa.

—Cuando tenía diecisiete años fui a esa… —Dios, incluso con lo bien que se estaba tomando Jim las cosas, se sentía como un completo idiota—. Fui a esa vidente que leía la mano…, ésa de la ciudad. ¿Recuerdas ese «trance» bajo el que estaba en la cafetería? —Jim asintió, y él continuó—. Me pasaba muchas veces, y necesitaba... Joder, necesitaba alguna manera de pararlos. Me estaban arruinando la vida, me hacían sentir un tío raro.

—¿Porque veías el futuro?

—Sí, y eso no mola nada, ¿sabes? Yo nunca quise que me pasara y habría hecho cualquier cosa para pararlo. —Las imágenes del pasado de sus desmayos en centros comerciales, escuelas, bibliotecas y cines le inundaron el cerebro—. Era una tortura. Nunca sabía cuándo me iban a sobrevenir los trances y no sabía qué decía durante ellos, y la gente que no salía corriendo decía que estaba loco —soltó una sonora carcajada—. Tal vez habría sido diferente si fuera capaz de adivinar los números de la lotería, pero lo único que he tenido siempre para compartir han sido malas noticias. En fin, que ahí estaba yo, con diecisiete años, perdido, desesperado, con un par de padres violentos y alcohólicos en casa incapaces de ofrecerme cualquier tipo de ayuda o consejo. No sabía qué más hacer, adónde ir, con quién hablar. ¿Con papá y mamá? Y una mierda, no les habría preguntado qué hacer de comida, no les iba a preguntar sobre aquello. Así que un día próximo a Halloween, que es mi cumpleaños, por cierto, vi en la última página del *Courier Journal* un puñado de anuncios de esos parapsicólogos, curanderos, o como se diga, y decidí darle una oportunidad a uno de ellos. Fui al centro de la ciudad, llamé a algunas puertas y finalmente una de ellas se abrió. La mujer parecía entender la situación. Me dijo qué hacer y me fui a casa y lo hice..., y todo cambió.

—¿Cómo?

—Los trances pararon, por una parte, y por la otra empecé a tener la suerte de mi lado. Mis padres acabaron por implosionar. Te ahorraré los detalles, pero digamos

que su final fue simplemente una consecuencia del alco-
holismo. Después de su muerte me sentí aliviado, libre
y diferente. Cumplí dieciocho, heredé la casa y los trabajos
de mi padre como fontanero…, y así empezó todo.

—Un momento, has dicho que te volviste diferente.
¿En qué?

Vin se encogió de hombros.

—Cuando era niño, era un vago. Ya sabes, nunca me
interesó mucho la escuela, me limitaba a dejarme llevar.
Pero cuando mis padres murieron, mi calma desapareció.
Empecé a sentir una especie de hambre. —Puso la mano
sobre la barriga—. Siempre tenía hambre. Nada era ni ha
sido nunca suficiente. Es como si estuviera obsesionado
en lo que se refiere al dinero, como si estuviera muerto de
hambre, no importa cuánto dinero haya en mis cuentas ni
cuántas cosas tenga. Antes pensaba que era sólo porque
había pasado de adolescente a adulto en el momento en
que mis padres se fueron, es decir, porque tenía que mantenerme yo mismo ya que nadie más iba a hacerlo. Pero
no estoy seguro de que eso lo explique todo. La cuestión
es que, mientras trabajaba a jornada completa con aquellos
fontaneros, me metí en el tráfico de drogas. El dinero que
te proporcionaba era una locura y cuando se empezó a
amontonar, yo sólo quería más y más. Me pasé a la construcción porque era algo legal y eso era importante, no
sólo porque me daba miedo ir a la cárcel, sino porque entre rejas no podría hacer tanta pasta como hacía fuera. Era
implacable y no me disuadían ni la ética ni la ley. Lo único
que me preocupaba era el instinto de supervivencia. Nada
conseguía detenerme… hasta hace dos noches.

—¿Qué cambió entonces?

—Miré a los ojos a una mujer y sentí algo más.

Vin llevó la mano al bolsillo trasero y sacó la estampa de la Virgen. Después de pasarse un buen rato mirándola, la puso sobre la encimera y la giró para que Jim pudiera verla.

—Cuando la miré a los ojos..., me sentí satisfecho por primera vez en mi vida.

Jim se inclinó y se quedó mirando la imagen. Santo cielo... era Marie-Terese. El cabello oscuro, los ojos azules, el rostro suave y amable.

—Vale, da un miedo que te cagas.

Vin se aclaró la garganta.

—No es la Virgen María, ya lo sé. Y la de la imagen no es ella. Pero cuando vi a Marie-Terese, el ardor de la boca del estómago se suavizó. Devina no hacía más que alimentar mis ansias. Ya fuera el sexo que teníamos y los lazos que presionábamos, o las cosas que ella quería o los sitios a los que íbamos. Era una catapulta constante para mi hambre. Marie Terese, sin embargo, es como un bálsamo. Cuando estoy con ella no necesito estar en ningún otro lugar. Nunca.

Volvió a coger bruscamente la estampa y puso los ojos en blanco.

—Por Dios, ¿tú me estás oyendo? Esto suena a película del canal Lifetime, o a alguna mierda de ésas.

Jim esbozó una sonrisa.

—Sí, bueno, si la cosa no funciona, siempre puedes dedicarte al mundillo de las tarjetas de felicitación desde la cárcel.

—Justo el cambio de profesión que estaba buscando.

—Es mejor que el de las placas de matrícula.

—Mucho más ingenioso, ciertamente.

Jim pensó en Devina y en el supuesto sueño que Vin había tenido. Había muchas posibilidades de que aquello no hubiera sido una pesadilla. Por el amor de Dios, si a plena luz del día se presentaba sin sombra, ¿qué otros trucos guardaría bajo la manga?

—¿Qué hiciste exactamente? —preguntó Jim—. A los diecisiete.

Vin cruzó los brazos sobre el pecho y casi se pudo oír un sonido de absorción mientras retrocedía hacia el pasado.

—Hice lo que aquella mujer me dijo que hiciera.

—¿Y qué fue? —Cuando Vin se limitó a sacudir la cabeza, Jim supuso que se trataba de algo muy fuerte—. ¿Esa mujer sigue viva?

—No lo sé.

—¿Cómo se llama?

—¿Qué más da? Eso forma parte del pasado.

—Pero Devina no, y están a punto de acusarte de algo que no has hecho gracias a ella. —Se oyó una retahíla de juramentos, mientras Jim asentía con la cabeza—. Has abierto una puerta, y no es mala idea volver atrás y coger la llave para cerrarla para siempre.

—Ése es el problema. Yo pensaba que la estaba cerrando. En cuanto a lo de esa mujer, fue hace unos veinte años. Dudo que podamos encontrarla.

Mientras Vin empezaba a recoger, Jim observó el desastre de vendaje que tenía en la mano.

—¿Cómo te has hecho daño?

—Hice añicos un vaso mientras hablaba contigo.

—Vaya.

Vin dejó de retorcer el envoltorio del pan de masa fermentada para cerrarlo.

—Estoy preocupado por Marie-Terese. Si Devina es capaz de hacerme esto a mí, ¿de qué no será capaz?

—Estoy de acuerdo. ¿Ella sabe algo de…?

—No, y prefiero que siga así. No quiero involucrar a Marie-Terese en esta mierda.

Otra prueba de que Vin no era ningún idiota.

—Oye…, en cuanto a ella. —Jim quería tener cuidado al soltarle aquello—. Le eché un vistazo a su expediente después de que me dijeras que aquel otro tío al que se cargaron en el centro de la ciudad había estado con ella.

—Dios mío… —Vin giró en redondo desde la alacena que había abierto—. Su ex marido. La ha encontrado. Es…

—No es él. Él está en la cárcel. —Jim soltó lo que el cabrón de Matthias había descubierto y qué sorpresa…, cuanto más avanzaba la historia, más fruncía el ceño Vin—. Conclusión —dijo Vin—: aunque es posible que un socio de Capricio la esté siguiendo, no es probable teniendo en cuenta las otras muertes porque a ellos sólo les interesaría Marie-Terese.

Vin maldijo, lo que significaba que se daba cuenta del panorama y de sus implicaciones.

—¿Y entonces quién es? Eso suponiendo que ella sea el nexo de unión entre las dos agresiones.

—Ésa es la cuestión.

Vin se recostó contra la encimera con los brazos cruzados y con pinta de tener ganas de pegarle a alguien.

—Por cierto, lo ha dejado —dijo al cabo de un rato—. Ya sabes, esa mierda de La Máscara de Hierro. Y creo que va a huir de Caldwell.

—¿En serio?

—Yo no quiero que lo haga, pero tal vez sea lo mejor. Podría ser alguno de esos hombres del club que ella... Eso.

Sus labios empalidecieron como si las entrañas se le hubieran congelado, y Jim se dio cuenta de que las cosas habían progresado entre ambos. Rápidamente. Aunque no apostaría a *Perro*, sí se jugaría la camioneta y la Harley a que Vin y Marie-Terese se habían convertido en amantes, porque aquella expresión que tenía el tío en la cara era como de corazón roto.

—No quiero perderla —murmuró Vin—. Y no me hace ninguna gracia que tenga que huir para seguir viva.

—Bueno —dijo Jim—, entonces supongo que tú y yo tendremos que hacer que esté a salvo quedándose aquí.

A salvo de Devina... y de quienquiera que fuera el psicópata que la perseguía.

Al menos Jim sabía qué demonios hacer con los tarados obsesionados con mujeres. En cuanto a Devina, tendría que librarse de ella como fuera.

Entretanto Vin levantó la vista y, cuando sus miradas se cruzaron, Jim asintió una sola vez como si supiera que las cosas se iban a poner feas y lo asumiera. Extendió la mano vendada y dijo:

—Excelente plan, amigo mío.

Jim estrechó con cuidado la pata que le ofrecían.

—Tengo la sensación de que va a ser un placer trabajar contigo.

—Lo mismo digo. Supongo que la pelea del bar era sólo el calentamiento.

—Está claro que sí.

Capítulo 29

Cuando Marie-Terese se sentó tras el último salmo del oficio, sintió vibrar su teléfono en el bolso y metió la mano dentro para detener aquel traqueteo.

Robbie la miró, pero ella se limitó a volver a sentarse en el banco y dirigirle una pequeña sonrisa. Según sus cálculos, había tres posibilidades en relación a la llamada: que se hubieran equivocado de número, que fuera alguna de las niñeras… o Trez. Y aunque su antiguo jefe le caía fenomenal, esperaba que no fuera él.

De pronto, pensó en algo que había aprendido en la universidad sobre los paracaidistas veteranos. Había sido en la clase de psicología como parte de un estudio de la sensación de peligro y la ansiedad. Cuando les preguntaron a los paracaidistas si alguna vez habían tenido miedo y cuándo, éstos, aunque habituados a asumir riesgos, sorprendentemente respondieron que la única vez que se habían puesto nerviosos había sido en su último salto, como si hubieran consumido toda su suerte a lo largo del tiempo y fueran a tener la mala suerte de hacerse daño justo cuando lo dejaban.

Qué curioso, con dieciocho años y sentada en una sala de lectura le había parecido realmente ridículo. Con todos los saltos que habían llevado a cabo aquellos individuos de altos vuelos, ¿por qué iban a perder sus nervios de acero en el último?

Ahora ella sentía lo mismo.

Tal vez hubiera renunciado la noche anterior..., pero ¿y si era Trez quien la llamaba para pedirle que volviera para entrevistarse de nuevo con la policía? ¿Y si aquella vez no se trataba de los disparos, sino de lo que había estado haciendo por dinero?

Sentada al lado de su hijo en la iglesia, por primera vez el riesgo que había asumido le pareció real. Lo cierto era que la evolución de camarera sexy a algo más se había producido en un ambiente en el que aquello era una «decisión de trabajo» que mucha gente de su alrededor había tomado sin problemas. De repente, sin embargo, se dio cuenta de que debía de haberse vuelto loca. Si la metían en la cárcel, Robbie acabaría en una casa de acogida con ambos progenitores entre rejas.

Estaba segura de que ni Trez ni su primer jefe habían tenido nunca problemas con la policía, pero ¿cómo había podido ella depositar tanta confianza en esos antecedentes teniendo en cuenta lo que estaba en juego?

Dios... Al liberarse de aquella sórdida vida paralela, veía la elección que había hecho por dinero con unos ojos muy diferentes...

Miró a toda la gente que estaba alrededor en los bancos y se quedó de una pieza al darse cuenta de que la manera en la que veía ahora sus actos era el punto de vista normal. El resultado era que estaba horrorizada con su comportamiento.

«Ten cuidado con lo que deseas», pensó. Le habría gustado ser una de esas personas que se preocupaban sin razón porque eso le parecía mucho más sencillo que estar donde había estado. Pero ahora que probaba de aquella medicina, lo que había hecho parecía lo más terrible, irresponsable y peligroso del mundo.

Aunque en realidad, así había vivido ella durante los últimos diez años, ¿no? Su matrimonio con Mark había sido el primer paso de una especie de vida sin ley que ella sólo conocía de la televisión. Arreglárselas para mantener a salvo a su hijo había sido el segundo. Dedicarse a la prostitución para ganar dinero para sobrevivir había sido el tercero.

Miró a través de la larga nave lateral hacia el altar y se enfadó consigo misma y con las decisiones que había tomado. Era la única persona que Robbie tenía en la vida y aunque ella pensaba que lo había antepuesto a todo, la verdad es que en realidad no era así.

Y el hecho de que no hubiera tenido muchas otras opciones, si tenía en cuenta el dinero que debía, no le sirvió de consuelo.

Cuando el oficio terminó, ella y Robbie se levantaron y se unieron a la multitud que se reunió en el vestíbulo alrededor del padre Neely. Durante la mayor parte del trayecto, se limitó a hacer que Robbie siguiera adelante sin detenerse, aunque de vez en cuando saludaba con la cabeza a la gente que conocía del grupo de oración o de otros domingos, ya que no lo podía evitar sin resultar maleducada.

Robbie la agarraba de la mano como si fuera el hombre, abriéndole camino en lugar de dejarse guiar, o al menos eso era lo que él creía. Cuando llegaron hasta donde estaba el cura, la soltó y fue el primero en estrecharle la mano.

—Una misa preciosa —dijo Marie-Terese apoyando suavemente las manos sobre los hombros de su hijo—. Y la restauración de la catedral está yendo muy bien.

—Está, está. —El padre Nelly miró a su alrededor sonriendo. Era alto, tenía el cabello blanco y una delgadez perfecta para un religioso. De hecho, en cierto modo se parecía a la catedral, pálido y etéreo—. Le hemos dado un buen empujón, ya era hora.

—Me alegro de que estén limpiando también las imágenes —dijo señalando con la cabeza hacia el sitio vacío donde estaba la imagen de María Magdalena—. ¿Cuándo la van a volver a traer?

—Pero querida, ¿no te has enterado? La han robado. —La gente la estaba empujando y el padre Nelly empezó a mirar a otros fieles sonriendo—. La policía está buscando al vándalo. Sin embargo hemos tenido suerte, si pensamos en lo que se podría haber llevado.

—Es terrible. —Marie-Terese le dio unos golpecitos a Robbie y él se dio por aludido, cogiéndola de la mano y volviendo a guiarla—. Espero que la recuperen.

—Yo también. —El cura se inclinó hacia delante y le apretó el antebrazo, mirándola con sus amables ojos bajo las cejas de algodón—. Que te vaya bien, hija mía.

Él siempre era amable con ella. Aunque lo sabía.

—A usted también, padre —dijo ella bruscamente.

Ella y Robbie salieron a la fría tarde de abril y, mientras ella miraba hacia el cielo blanco lechoso, olió un cambio en el aire.

—Vaya, creo que va a nevar.

—¿De verdad? Sería genial.

Mientras caminaban por la acera, los motores de los coches empezaron a encenderse por todas partes, mientras se apagaba el *Times 500* del domingo y la congregación se apresuraba a volver a sus casas para apoltronarse en los sofás y en los sillones con el periódico. Al menos aquello era lo que ella suponía que hacían, dado el número de personas que veía salir del kiosco con los brazos llenos de *The New York Times* y de la edición dominical del *Caldwell Courier Journal*.

Sin que se lo pidiera, Robbie la cogió de nuevo de la mano mientras se dirigían hacia la acera del final de la manzana y buscaban juntos un hueco en la sucesión de parachoques contra parachoques. A su lado, ella estaba preocupada por lo que le depararía el teléfono, aunque por supuesto no quería comprobarlo con él cerca. Se le daba bien poner cara de póquer, pero tampoco tanto.

Resultó que había ganado la apuesta a las normas de aparcamiento y que la grúa no se había llevado el Camry, aunque su motor no estaba muy contento con el frío que había entrado. Finalmente, sin embargo, consiguió ponerlo en marcha e incorporarse al tráfico...

Desde el asiento de atrás, su bolso dejó escapar un ligero ronroneo: el teléfono estaba vibrando de nuevo, esta vez al lado de su cartera, lo que provocaba aquel sonido.

Estiró el brazo e intentó alcanzar el aparato, pero las hábiles manitas de Robbie llegaron antes.

—Pone «Trez» —anunció mientras le pasaba el móvil.

Ella presionó el botón de descolgar aterrorizada.

—¿Sí?

—Tienes que venir al club ahora mismo —dijo Trez—. La policía está aquí por lo de la agresión y quiere hacerte unas preguntas.

—¿Qué agre…? —Miró a Robbie—. Lo siento, ¿a qué te refieres?

—Anoche encontraron a otro hombre en un callejón. Lo habían golpeado, estaba malherido y está en estado crítico en el hospital. Oye, es alguien con quien yo te vi, y también otros. Tienes que…

—¡Mamá!

Marie-Terese dio un frenazo, el Camry derrapó imitando el sonido de un cerdo chillando y se detuvo muy cerca del parachoques de un cuatro por cuatro que tenía preferencia. La bocina del otro coche atronó y el móvil le resbaló de las manos para ir a rebotar en el salpicadero y ponerse a dar tumbos hasta la ventanilla de Robbie, antes de desaparecer en el suelo a sus pies.

El Camry se detuvo con la brusca elegancia de un toro y ella se giró hacia su hijo.

—¿Estás bien?

Mientras le pasaba las manos sobre el pecho, él asintió y soltó poco a poco la mano que estaba aferrada al cinturón de seguridad.

—Creo… que el semáforo… estaba en rojo.

—Está claro que sí. —Ella se separó el pelo de la cara y miró a través del parabrisas.

El furioso conductor del cuatro por cuatro miró para ella, pero en cuanto le vio la cara su enfado se aplacó, lo que le dio una idea de la cara de pavor que debía de tener. Él articuló un «¿Se encuentra bien?», ella asintió y él se despidió con la mano antes de seguir su camino.

Sin embargo, Marie-Terese necesitaba un minuto. Gracias a Dios que el Camry prácticamente había quedado aparcado al lado de la acera.

Bueno, sobre la acera.

Por el retrovisor vio a un hombre saliendo de un Subaru azul que se había hecho a un lado tras ella. Mientras se acercaba, se subió un poco más las gafas sobre la nariz e intentó alisarse su escaso pelo rubio bajo el frío viento. Se dio cuenta de que lo conocía del grupo de oración y de la tarde anterior en los confesionarios.

Presionó el botón de la ventanilla mientras pensaba que le parecía raro que se acercara. Parecía tímido y casi nunca hablaba en las reuniones. Lo que supuestamente le hacía encajar en la misma tribu que ella.

—¿Está todo el mundo bien? —preguntó mientras se inclinaba apoyando el antebrazo sobre el techo del coche.

—Sí, pero hemos estado cerca. —Ella le sonrió—. Gracias por parar.

—Iba detrás de ti, debería haber tocado el claxon o algo cuando vi que no frenabas en el cruce. Supongo que ibas distraída. ¿Tú también estás bien, hijo?

Robbie guardó silencio, con la mirada baja y las manos en el regazo. No le gustaba mirar a los ojos a los hombres, y Marie-Terese no tenía ningún interés en obligarle.

—Está bien —dijo ella mientras se resistía al impulso de volver a comprobar si se había hecho daño.

Se produjo una larga pausa y luego el hombre retrocedió.

—Supongo que estaréis de camino a casa. Cuidaos.

—Tú también, y gracias de nuevo por preocuparte.

—De nada. Nos vemos pronto.

Mientras subía la ventanilla, se oyó un graznido procedente del suelo, a los pies de Robbie.

—¡El teléfono! —exclamó ella—. No, Trez... Robbie, ¿puedes pasármelo?

Robbie se agachó y cogió el aparato. Antes de dárselo, preguntó con tono grave:

—¿Quieres que conduzca yo hasta casa?

Marie-Terese estuvo a punto de echarse a reír, pero la detuvo la seriedad de su rostro.

—Estaré más atenta. Te lo prometo.

—Vale, mamá.

Ella le dio una palmadita en la rodilla mientras se ponía de nuevo el teléfono en la oreja.

—¿Trez?

—¿Qué coño ha sido eso?

Con un gesto de dolor, ella separó el receptor de la oreja.

—Bueno…, había un semáforo en rojo que no vi muy bien. —Miró por todos los espejos del coche y por todas las ventanillas antes de poner el intermitente—. Pero nadie está herido.

El Subaru azul pasó a su lado y ella saludó con la mano al conductor. Paul… Peter… ¿Cómo se llamaba?

—Por Dios bendito… Casi me da un ataque al corazón —murmuró Trez.

—¿Qué estabas diciendo? —Como si el reciente error de conducción no hubiera sido suficiente susto.

—¿Por qué no me llamas cuando llegues a casa? No sé cuántos semáforos hay entre tú y…

—Ahora voy atenta. —Ella se incorporó al tráfico lentamente—. Lo juro.

Hubo algún gruñido orientado hacia los hombres sobre la conexión. Luego dijo:

—Vale…, ahí va. La poli ha aparecido aquí hace una media hora para volver a hablar con los empleados y contigo en particular. Supongo que habrán ido a tu casa y que luego habrán intentado llamarte y, al no poder ponerse en contacto contigo, vinieron aquí. No sé mucho, sólo que hay una huella en ambas escenas que parece sugerir una relación entre las dos agresiones. Por ejemplo, la pisada de una zapatilla de deporte. No creo que yo deba saber eso, por cierto, lo que pasa es que dos de los policías salieron a echar un cigarro mientras repasaban unas fotos y fíjate, los pillé. Venga. Adivina.

Lo primero que pensó Marie-Terese fue que Vin no llevaba zapatillas de deporte, o al menos ambas noches llevaba mocasines.

Qué extraño: su principal preocupación era si Vin estaba involucrado o no, no que Mark hubiera enviado a alguien desde la cárcel para seguirla. Sin embargo, la cuestión era que ya había huido una vez de su ex y podía volver a hacerlo, pero el temor de volver a caer en manos de otro hombre violento no era algo de lo que se pudiera librar tan fácilmente.

—Trez, ¿tienes alguna idea de cuándo...? —Miró hacia Robbie, que estaba dibujando siluetas en su ventanilla con la yema del dedo—. ¿Sabes cuándo pasó? ¿Anoche?

—Después de irte tú.

Así que no podía haber sido Vin...

—Tu hombre está en problemas, por cierto.

—¿Perdona?

—Vin DiPietro. Su cara sale en todas las noticias. Imagínate: su novia está en el hospital y ha dicho que fue él el que la ha hecho acabar allí.

Mientras le golpeaba la segunda ronda del drama, Marie-Terese levantó el pie del acelerador y miró hacia arriba a conciencia mientras se acercaba a un cruce. Verde. «El verde significa que puedes seguir», se dijo a sí misma.

«Y seguir significa acelerar». Presionó con cuidado con el pie y el Camry respondió con el entusiasmo de un paciente con respiración asistida.

—¿Por casualidad estabais los dos juntos anoche alrededor de las diez? —murmuró Trez.

—Sí.

—Entonces puedes respirar tranquila. Según las noticias, ésa es la hora a la que ella dice que sucedió todo.

Marie-Terese suspiró aliviada, aunque por poco tiempo.

—Dios mío… ¿Y ahora qué va a hacer?

—Está en libertad bajo fianza.

—Yo puedo ayudarle. —Aunque tan pronto como las palabras salieron de su boca, se preguntó si aquello era verdad. Lo último que necesitaba era que su cara saliera en las noticias: no había manera de saber si ella había estado «a salvo» de Mark hasta el momento porque él había decidido dejarla en paz…, o porque la gente a la que había enviado a por ella aún no la había encontrado.

—Sí, aunque tal vez deberías intentar mantenerte al margen —dijo Trez—. Él tiene dinero y contactos y al final las mentiras acaban saliendo a la luz. En cualquier caso, ¿puedo decirle a la policía que vendrás ahora a hablar con ellos?

—Sí, pero diles que esperen ahí. —Lo último que quería era que Robbie tuviera que ver de nuevo a la policía, así que el club era el mejor sitio para verlos—. Llamaré ahora mismo a la niñera.

—Sólo una cosa más.

—¿Sí?

—Aunque ya estás fuera del negocio, un pasado como el nuestro tiene un gran alcance, ¿lo pillas? Por favor, ten cuidado con la gente que está a tu alrededor y, cuando dudes, llámame. No te quiero alarmar, pero no me gustan nada esas agresiones a gente que ha tenido algo que ver contigo.

A ella tampoco.

—Lo haré.

—Y si necesitas huir de Caldwell, yo puedo ayudarte.

—Gracias, Trez. —Colgó y miró a su hijo—. Voy a tener que salir un ratito esta tarde.

—Vale. ¿Puede venir Quinesha?

—Lo intentaré. —Cuando se detuvieron en un semáforo en rojo, Marie-Terese marcó rápidamente el número del servicio de niñeras y pulsó la tecla de llamada.

—Mamá, ¿quién es ese «él» al que quieres ayudar?

Mientras el teléfono sonaba, miró a su hijo a los ojos. Y no supo qué decir.

—¿Es él la razón por la que sonreías en la iglesia?

Ella colgó antes de que le contestaran.

—Es un amigo.

—Ya. —Robbie agarró la doblez de sus pantalones chinos.

—Sólo un amigo.

Las cejas de Robbie se juntaron.

—A veces tengo miedo.

—¿De qué?

—De la gente.

Qué curioso, ella también.

—No todo el mundo es como tu… —No quiso acabar la frase—. No quiero que creas que todo el mundo es malo y que te hará daño. La mayoría de la gente es buena.

Robbie pareció estar reflexionando sobre el tema. Al cabo de un rato, levantó la vista hacia ella.

—Pero ¿cómo sabes la diferencia, mamá?

El corazón de Marie-Terese se detuvo. Dios, había momentos en los que, como madre, te quedabas sin palabras y se te hacía un agujero en el pecho.

—No tengo una buena respuesta para eso.

El semáforo se puso en verde y siguieron adelante mientras Robbie fijaba la vista en la carretera que se extendía ante él y ella le dejaba un mensaje a las niñeras. Cuando colgó, deseó que estuviera mirando tan fijamente la carretera para ayudarla con los semáforos. Aunque no creía que fuera tan simple.

Estaban a medio camino de casa cuando le vino a la cabeza «Saul». Aquel hombre del grupo de oración se llamaba Saul.

Cuando Jim regresó del Commodore, aparcó delante del garaje y salió del coche. Mientras subía las escaleras, *Perro* separó las cortinas del ventanal con la cabeza y, a juzgar por la forma en que sus orejas apuntaban hacia el aire y el meneo de su cara, estaba claro que su rechoncha cola se estaba moviendo a la velocidad de un avión a propulsión.

—Sí, he vuelto, muchachote. —Jim preparó la llave mientras se acercaba a la puerta, pero se detuvo antes de introducirla en la brillante cerradura Schlage último modelo que había instalado después de mudarse.

Miró hacia atrás por encima del hombro y se fijó en el sucio camino. Había una marca reciente de rodadas sobre el suelo medio congelado.

Alguien había venido y se había ido mientras él estaba fuera.

Mientras *Perro* bailaba claqué de emoción al otro lado de la puerta, Jim hizo un barrido visual del paisaje y luego miró hacia abajo, hacia las escaleras de madera. Había un montón de pisadas embarradas, todas ellas ya secas y con la marca Timberland en la suela, lo que indicaba que eran sólo suyas.

Con lo cual, fuera quien fuera el que había estado allí, o se había limpiado antes los pies en la hierba o había levitado hasta su choza: tenía la sensación de que no se habían limitado a entrar en su camino, girar en redondo y largarse.

Se llevó la mano a la parte baja de la espalda, desenvainó su cuchillo y usó la mano izquierda para poner la llave en funcionamiento.

Los chasquidos de la puerta hicieron aumentar el tic-tic de las patas de *Perro* sobre el suelo desnudo..., y también provocaron un leve ruido de raspado.

Jim esperó analizando los sonidos del recibimiento de *Perro*, intentando discernir si había alguien más allí. Cuando se convenció de que no, abrió la puerta tan bruscamente como le era posible sin hacer daño a *Perro* y recorrió la habitación con la mirada.

No había nadie, pero al entrar vio la causa de las rodadas de abajo.

Con *Perro* correteando a su alrededor, Jim se agachó y recogió un rígido sobre de papel Manila que descansaba sobre el linóleo, justo debajo del hueco del correo. No llevaba ningún nombre. No había dirección de devolución. Aquello pesaba como un libro y fuera lo que fuese lo que había allí dentro parecía un libro: rectangular y con las esquinas rectas.

—¿Te apetece salir afuera, chicarrón? —le dijo a *Perro* señalando el amplio espacio abierto.

Perro salió trotando con su característica cojera y Jim esperó en la puerta con el paquete en las manos mientras la actividad se centraba en la zona limítrofe de los arbustos que estaban al lado del camino.

Mientras sujetaba la versión del cabrón de Matthias de una tarta de frutas, tuvo que convencer a su estómago para que no enviara órdenes de evacuación de aquellos dos sándwiches de *roast beef* que Vin le había preparado.

El problema era el siguiente: tu cerebro podía decidir lo que le diera la gana, pero eso no significaba que a tu cuerpo le fueran a entusiasmar los planes.

Cuando *Perro* subió las escaleras y atravesó la puerta, se dirigió directamente hacia su cuenco de agua.

Con una embestida rápida como un rayo, Jim se deshizo del paquete y llegó antes que él al cuenco para vaciarlo y lavarlo con jabón. Mientras lo volvía a llenar, el corazón le latía a un ritmo lúgubre y constante.

La cuestión era que el paquete era un poco mayor que la ranura del buzón, así que habían tenido que entrar. Y aunque no era probable que hubieran envenenado el agua de *Perro*, el animal se había convertido de algún modo en su familia en los últimos tres días, y eso significaba que era inaceptable correr cualquier riesgo, por pequeño que fuera.

Perro se puso a beber y Jim fue hacia la cama, se sentó y cogió el sobre. En cuanto *Perro* hubo terminado, se acercó cojeando y esperó como si quisiera saber qué había dentro del paquete.

—No te lo puedes comer —dijo Jim—. Pero puedes mearle encima, si quieres. Puedes estar seguro de que te perdonaría. Completamente.

Con la ayuda de su cuchillo, rasgó el papel rígido y grueso, abrió una rendija que se hizo mayor y dejó entrever el contenido.

Un ordenador del tamaño de una antigua cinta VHS.

Sacó el objeto y dejó que *Perro* lo inspeccionara olfateándolo. Evidentemente lo aprobó, porque le dio un golpe con la pata y se hizo un ovillo al tiempo que bostezaba.

Jim abrió la pantalla y pulsó el botón de encendido. El Windows Vista se cargó y, qué curioso, cuando fue al menú inicio y abrió el Outlook que le habían instalado, ya tenía una cuenta abierta. Y su contraseña era la misma que la antigua.

En el buzón de entrada encontró un correo electrónico de bienvenida de Outlook Express que ignoró, y dos de un remitente anónimo.

—Bueno, *Perro*, cuando creí estar fuera, me arrastraron de vuelta —dijo sin intentar siquiera imitar a Al Pacino.

Jim abrió el primer correo electrónico y fue directo al archivo adjunto, que resultó ser un archivo Adobe de un informe personal que tendría tranquilamente unas quince páginas.

La foto de la esquina superior izquierda era la de un tipo duro que Jim conocía, y los detalles incluían su última dirección conocida, sus datos personales, sus evaluaciones, sus premios y sus carencias. Mientras Jim miraba y memorizaba el informe de inteligencia, no dejaba de mirar el reloj de la parte baja de la pantalla. Había empezado en cinco minutos, rápidamente había descendido hasta dos y cuando los tres dígitos separados por los dos puntos fueran sólo ceros, el archivo se convertiría en basura cibernética, como si nunca hubiera existido. Lo mismo sucedería, sólo que inmediatamente, si intentaba reenviar, imprimir o guardar el archivo.

Matthias era así de astuto.

Por eso aquella mierda de la memoria fotográfica.

En cuanto al informe propiamente dicho, a primera vista no parecía haber nada fuera de lo normal; era un simple resumen de los datos de un tío de operaciones secretas que era como el archivo electrónico: sólo éter hasta que desaparecía por completo. A no ser por las tres letras reveladoras que había al final, al lado de la palabra «Situación».

«DEC».

Vaya, así que ésa era la misión. En la rama militar en la que Jim había estado, no se podía estar desaparecido en combate. Podías estar SA, RE, o CP: en servicio activo, en reserva o en una caja de pino. El último era un término técnico usado solamente de forma extraoficial, por supuesto. Jim estaba RE, lo que significaba que, técnicamente, podía ser reclamado en cualquier momento y tendría que acudir o las letras MUERTO aparecerían en breve en su estado. La verdad era que había tenido que chantajear al cabrón de Matthias para conseguir entrar en la reserva aunque, con lo que le debía el tío, se podía haber quedado en aquella situación. Eso si no hubiera tenido que volver a vender su alma.

Bueno…, la misión era evidente: Matthias quería que matara a aquel tío.

Jim volvió a echarle un vistazo rápido al informe hasta que estuvo seguro de que podía cerrar los ojos, leer el texto y ver la foto en el interior de sus párpados. Entonces el reloj marcó cero y aquello desapareció.

Leyó el segundo correo electrónico. Otro archivo para abrir y otro marcador en la esquina inferior que se puso en marcha al hacerlo. Esta vez sólo había una foto del tipo, pero tenía la cara llena de golpes. Lucía una brecha en la frente de la que brotaba un *tsunami* de sangre. Sin embargo, no era ninguna víctima. Tenía los nudillos heridos de pelear y había una reja roja tras su cabeza y sus hombros.

La imagen del soldado era una foto escaneada de un folleto de un grupo de combate de artes marciales mixtas clandestino. El código postal era el 617. Boston.

El nombre por el que era conocido el soldado era a la vez cursi de cojones y condenadamente acertado, si es que no había cambiado: Puño. El real era Isaac Rothe.

Ese archivo duró sólo ciento ochenta segundos y Jim los invirtió en mirar la foto. Lo había visto en varias ocasiones, alguna vez pegado a él mientras trabajaban juntos.

Perro se acercó hasta el regazo de Jim y se hizo un ovillo, apoyando la cara en el teclado.

Sí, Matthias quería que matara a Isaac porque había desaparecido del mapa, así que aquello era un trabajo rutinario en el que se aplicaban las normas habituales. Lo que significaba que si Jim no lo hacía lo haría otro, y esa segunda parte implicaría que Jim amaneciera también muerto.

Así de simple.

Jim pasó la mano por el flanco de *Perro* y le preocupó quién iba a alimentar y a cuidar al animalillo si pasaba algo malo. Joder, era extraño tener algo por lo que mantenerse con vida…, pero Jim no soportaba la idea de que el animal volviera a estar perdido y solo, hambriento y asustado de nuevo.

Demasiados hijos de puta por el mundo a los que les importaría una mierda un perro zarrapastroso, feo y cojo.

Pero aun así, la idea de matar a Isaac le parecía repugnante. Dios sabía que Jim deseaba con todas sus fuerzas dejar aquello, así que no podía culpar a aquel tío por largarse: una vida en la dudosa cuerda floja entre lo correcto y lo incorrecto, lo legal y lo ilegal, era una vida dura.

Si al menos el muy idiota hubiera tenido el sentido común de no hacer nada público, aunque fuera clandestino.

Pero habrían acabado encontrándolo. Siempre lo hacían…

Los sonidos gemelos de los motores de unas Harleys acercándose al garaje hicieron que él y *Perro* giraran la cabeza, y que *Perro* empezara inmediatamente a mover el rabo mientras los rugidos se silenciaban abajo.

Se oyó el sonido de unas botas subiendo las escaleras, y el animal saltó de la cama y fue hacia la puerta.

Llamaron con fuerza y sólo una vez.

Perro arañaba la puerta y su emoción lo hacía parecer más zarrapastroso de lo normal, así que antes de que el pobre animal se muriera de éxtasis, Jim se levantó y se acercó.

Abrió la puerta y vio los fríos ojos de Adrian.

—¿Qué quieres?

—Tenemos que hablar.

Jim cruzó los brazos sobre el pecho mientras Eddie se arrodillaba y le demostraba su cariño a *Perro*. A juzgar por cómo reaccionó el animal, era difícil de creer que los moteros jugaran en el equipo de Devina, pero que no fueran uña y carne no quería decir que fueran legales: Jim sólo tenía que pensar en las sombras que no había visto y en la confusión en la voz de Chuck, el capataz, cuando le había preguntado por aquellos dos.

Aquello hacía que uno se preguntara qué coño era lo que estaba de pie en el umbral de su puerta.

—Los dos sois unos mentirosos —dijo Jim—, así que lo de hablar no tiene mucho sentido, ¿no te parece?

Mientras *Perro* se ponía patas arriba para que Eddie pudiera rascarle la barriga como era debido, Adrian se encogió de hombros.

—Somos ángeles, no santos. ¿Qué esperas?

—Entonces conocéis a esos cuatro ingleses chiflados.

—Sí, los conocemos. —Adrian miró deliberadamente hacia la nevera—. Oye, esta va a ser una conversación larga. ¿Podrías invitarnos a unas birras?

—¿Existís?

—Cerveza. Y luego hablamos.

Mientras Eddie se ponía de pie con *Perro* en sus fuertes brazos, Jim levantó la palma de la mano.

—¿Por qué me mentisteis?

Adrian miró a su compañero de piso, y luego lo volvió a mirar a él.

—Dudaba de que supieras reaccionar ante esta mierda.

—¿Y qué te ha hecho cambiar de opinión?

—El hecho de que te imaginaras lo que es Devina y no salieras por patas. Creíste lo que viste en aquella acera del hospital.

—O lo que no vi, en este caso.

Jim los miró a ambos pensando que estaba claro que lo habían estado siguiendo y que tal vez Devina los había detectado a ellos y no a él en el aparcamiento del hospital.

—No —dijo Adrian—. Te ocultamos para que no te pudiera ver. Eso era lo que ella había captado cuando miraba a su alrededor. Tiene sus ventajas que ella crea que estás solo y que no tienes ni idea de nada.

—Tíos, ¿también leéis la mente?

—Y sé perfectamente lo mal que te caigo en este momento.

—No creo que sea ninguna novedad para ti —dijo Jim, preguntándose si alguna vez le tocaría trabajar con gente que no fuera gilipollas—. Entonces…, vosotros dos estáis aquí para ayudarme.

—Sí. Igual que Devina va a tener a gente que la ayude a ella.

—No me gustan los mentirosos. Tengo mucha experiencia con ellos.

—No volverá a pasar. —Adrian se pasó una mano por su ridículamente espléndido cabello—. Oye, esto no es fácil para nosotros… La verdad es que desde el principio he tenido mis dudas de que elegirte a ti fuera una buena idea, pero ése es mi problema. La cuestión es que estás aquí y punto, así que o curramos juntos o ella tendrá una seria ventaja.

Demonios…, esa lógica era condenadamente aplastante.

—Me tomé todas las Coronitas la otra noche, así que sólo tengo Budweiser —dijo Jim al cabo de un rato—. De lata.

—Y eso es justo lo que un ángel desea —contestó Adrian.

Eddie asintió.

—Por mí perfecto.

Jim se apartó y abrió más la puerta.

—¿Estáis vivos?

Adrian se encogió de hombros mientras entraban.

—Es difícil contestar a eso. Pero sé que me gusta la birra y el sexo, ¿qué te parece?

—¿Qué es *Perro*?

Eddie respondió a esa pregunta:

—Considéralo un amigo. Un amigo muy bueno.

El animal, o lo que quiera que fuera, meneó el rabo tímidamente como si hubiera entendido todo lo que había dicho y le preocupara que se hubiera enfadado, y Jim se sintió obligado a inclinarse hacia él y rascarle un poco la barbilla.

—Supongo que no necesito llevarlo a vacunar, ¿no?

—No.

—¿Y la cojera?

—Él es así. —La enorme mano de Eddie acarició el áspero pelaje del perro—. Es lo que hay.

Mientras él y *Perro* se sentaban en la cama y Adrian deambulaba por la habitación, Jim metió su paja mental en la nevera, cogió tres Buds y repartió las latas como si fueran cartas. Un trío de *cracs* y *psss* invadió la habitación y luego se escuchó un *ahhhh* colectivo.

—¿Cuánto sabéis de mí? —preguntó Jim.

—Todo. —Adrian echó un vistazo a su alrededor y se quedó mirando los montones gemelos de ropa limpia y sucia de Jim—. Parece que los armarios no son lo tuyo, ¿no?

Jim le echó un vistazo a su ropa.

—No.

—Qué irónico, la verdad.

—¿Por qué?

—Ya lo verás. —Adrian se sentó en la mesa. Tiró de la caja de zapatos llena de piezas de ajedrez hacia él, y miró dentro—. A ver, ¿qué quieres saber? ¿Cosas sobre ella? ¿Sobre nosotros? ¿Cualquier cosa?

Jim le dio otro trago a su Bud y se lo pensó.

—Sólo me importa una cosa —dijo—. ¿Es mortal?

Los dos ángeles se quedaron callados. Y negaron lentamente con la cabeza.

Capítulo 30

Teniendo en cuenta por lo que lo habían detenido y la manera en que se estaban desarrollando los acontecimientos, Vin no se podía creer lo que ponía en la pantalla de su móvil cuando éste empezó a sonar.

Mientras aceptaba la llamada, silenció el programa de noticias locales y se agarró fuerte.

—¿Marie-Terese?

Hubo una pausa.

—Hola.

Hizo girar su silla de oficina, observó Caldwell desde las alturas y le resultó difícil asumir que hacía sólo unas cuantas noches había contemplado aquel paisaje con una gran sensación de dominación. Ahora sentía que su vida estaba absolutamente fuera de control, y él luchaba para quedarse donde estaba en lugar de por ser el rey de la montaña.

Nunca había sido de los que se andaban por las ramas, así que dijo:

—¿Has oído las noticias? ¿Sobre mí?

—Sí. Pero tú estabas conmigo anoche a la hora en que eso sucedió. Sé que tú no lo hiciste.

Una sensación de alivio lo inundó, aunque sólo en lo que se refería a esa parte en concreto de la tormenta de mierda.

—¿Y lo de la otra agresión en el callejón?

—Estoy yendo hacia La Máscara de Hierro. La policía quiere hablar conmigo.

—¿Puedo verte? —le espetó con una desesperación que le habría sorprendido a él mismo en circunstancias normales.

—Sí.

A Vin le sorprendió la rápida respuesta, aunque obviamente no la pensaba discutir.

—Estoy en casa, en el Commodore, así que puedo ir a cualquier sitio a cualquier hora.

—Iré hasta ahí en cuanto acabe con la policía.

—Estoy en el piso veintiocho. Le diré al portero que te estoy esperando.

—No sé cuánto tiempo me va a llevar, pero puedo enviarte un mensaje cuando esté de camino.

Vin miró hacia la izquierda imaginándosela quién sabe a cuántas manzanas al suroeste de donde él estaba.

—Marie-Terese…

—¿Sí?

Pensó en ella y en su hijo. Pensó en el tipo de gente de la que se había mantenido alejada hasta entonces. Su ex podría estar a punto de salir de la cárcel, si no lo había hecho ya y, aunque aquellas agresiones no estuvieran relacionadas con ella o fuera otro el que las estuviera llevando a cabo, ella necesitaba seguir siendo lo más discreta posible.

—No intentes protegerme.

—Vin...

—Te lo explicaré mejor cuando vengas —dijo bruscamente—. Pero digamos simplemente que sé cuánto tienes que perder si tu cara sale en los medios de comunicación.

Se hizo el silencio. Luego ella dijo:

—¿Cómo?

Él pudo intuir por la tensión que percibió en su voz que no le había parecido bien que indagara su pasado.

—Mi amigo Jim tiene contactos. En realidad yo no le pedí que lo hiciera, pero él me contó lo que había averiguado.

Se produjo una larga pausa. Tan larga que le hizo desear con todas sus fuerzas haber esperado a tenerla delante para haber soltado aquella pequeña bomba. Pero entonces ella suspiró.

—La verdad es que por una parte es un alivio que lo sepas.

—No es necesario que te diga que no se lo contaré a nadie.

—Confío en ti.

—Bien, porque yo nunca haría nada que te hiciera daño. —Ahora era el turno de Vin de quedarse callado—. Dios mío, Marie-Terese...

Oyó el leve chirrido de los frenos.

—Acabo de llegar al club. Hablamos en un rato.

—No me protejas. Por favor.

—Ahora nos vemos...

—No hagas nada. No dejes que mi mierda te salpique. Por el bien de tu hijo y por el tuyo. No merece la pena arriesgarse.

Se detuvo al llegar a aquel punto. De ninguna manera iba a contarle toda la verdad sobre Devina, en parte porque ni él la entendía completamente y, sobre todo, porque no le hacía ninguna gracia la idea de que Marie-Terese creyera que estaba loco.

—No es justo —su voz se quebró— que te acuse de eso. No lo es.

—Lo sé. Pero confía en mí cuando te digo que yo me ocuparé de eso. Yo me ocuparé de eso.

—Vin...

—Sabes que tengo razón. Te veo en un rato. —Colgaron y él rezó para que ella entrara en razón y se imaginó, dada la contradicción que reflejaba su voz, que estaba haciendo bien el cálculo mental.

Eso era bueno.

En lugar de ir hacia el centro de la ciudad para intentar encontrar a la parapsicóloga a la que había acudido en busca de ayuda cuando tenía diecisiete años —que era lo que pretendía—, Vin se pasó la siguiente hora en la sala, recogiendo trozos de cristal y libros con encuadernación de piel rotos y volviendo a poner los sofás y las sillas en su sitio. Hasta sacó la aspiradora e intentó resucitar la alfombra consiguiendo algún progreso con los fragmentos y absolutamente ninguno con las manchas de alcohol. No se separó del teléfono en todo el rato y, cuando le llegó el mensaje de Marie-Terese diciendo que ya estaba en camino, enrolló la Dyson en el armario y corrió escaleras arriba para ponerse una camisa limpia.

Ya casi estaba saliendo de la habitación cuando se acordó de que seguía llevando puestos los pantalones y los *bóxer* que tenía en la cárcel.

Rápido. Vuelta a la escalera.

Tras un segundo viaje al pasillo, enseguida llevó puestos unos favorecedores pantalones negros de vestir y unos *bóxer* negros. Se cambió también los calcetines. Los zapatos eran los mismos mocasines Bally que llevaba puestos la semana anterior.

Su coordinación fue perfecta.

El teléfono sonó justo cuando llegó al vestíbulo, y le dijo al portero que la dejara subir. De camino hacia la puerta, Vin comprobó en el espejo hecho añicos que llevaba la camisa perfectamente metida por dentro de los pantalones y que tenía el pelo bien peinado, algo bastante femenino, si se paraba a pensarlo, pero qué importaba.

Fuera, en el pasillo, el ascensor llegó con un *din* y él se mantuvo un poco retirado para dar a Marie-Terese un poco de espacio, aunque hubiera preferido haberla estrechado directamente entre sus brazos…

Dios, estaba preciosa. Con unos simples vaqueros, aquel forro polar rojo oscuro, el pelo suelto y sin maquillar, le pareció que estaba realmente atractiva.

—Hola —dijo como un idiota.

—Hola. —Ella se subió el bolso aún más sobre el hombro, y sus ojos se movieron hacia la puerta abierta del dúplex. Al toparse de golpe con su dorada entrada principal, enarcó ligeramente las cejas.

—¿Quieres entrar? —dijo mientras se echaba hacia un lado y hacía un gesto con la mano—. Aunque debo advertirte que se ha quedado todo hecho un desastre después de…

Ella pasó por delante de él y él inspiró profundamente. Al parecer el olor a ropa limpia seguía siendo su perfume preferido.

Vin cerró la puerta, echó el pestillo y puso la cadena en su lugar. Aun así, su casa no le pareció ni la mitad de segura de lo que debería ser: sintió un escalofrío de paranoia por Devina que le hizo preguntarse si aquel tipo de artilugios convencionales conseguirían mantenerla alejada de cualquier sitio al que ella quisiera ir.

—¿Puedo ofrecerte algo de beber? —Alcohol no, por supuesto. Al menos no en la sala. Dios sabía que allí no quedaba nada.

Marie-Terese señalo hacia las cristaleras.

—Esto está hecho… —Vaciló mientras se fijaba en una mancha que había en la alfombra. Después le echó un vistazo a la habitación, ignorando la vista.

—Estaba aún peor antes de que intentara limpiarlo un poco —dijo él—. Dios santo…, quién sabe qué habrá pasado aquí.

—¿Por qué iba a mentir tu novia?

—Ex novia —le recordó él.

Marie-Terese se miró en el espejo roto, y la visión de sus facciones entremezcladas en el campo de grietas le puso los pelos de punta de tal manera, que tuvo que alejarse para escapar de su torturador reflejo.

Ella se giró y lo miró con ojos asustados.

—Vin…, el hombre al que atacaron. Era al que ayudé en el baño. Entramos juntos y hablamos de una chica a la que quería impresionar. —Se tapó la boca con la mano y empezó a temblar—. Dios mío…, estuvo conmigo y luego…

Vin avanzó, la rodeó con los brazos y la abrazó pegándola a él. Ella respiró hondo y él lo sintió desde los muslos hasta las costillas. Maldita sea, sería capaz de matar para protegerla.

—No puede ser Mark —dijo ella pegada a su camisa—. Pero ¿y si ha enviado a alguien para que me busque?

—Ven aquí. —La cogió de la mano y empezó a caminar hacia el sofá. Pero entonces se planteó si de verdad

432

quería hablar con ella entre los restos de cualquiera que fuera el acto violento que allí había tenido lugar.

Se detuvo y pensó en el estudio, pero recordaba haber estado con Devina sobre aquella maldita alfombra. Arriba... Sí, vale, la habitación estaba totalmente prohibida y no sólo porque pedirle a Marie-Terese que fueran allí habría tenido connotaciones que él no quería, sino porque también le recordaba demasiado a Devina.

Vin se decantó por la mesa del comedor. La llevó hasta allí y puso dos sillas en ángulo para poder estar frente a ella.

—¿Sabes? —dijo ella mientras se quitaba el bolso y se sentaban juntos—, en realidad soy una chica dura de pelar.

Él no pudo evitar sonreír.

—Me lo creo.

—Parece que has llegado en un momento difícil.

Vin extendió la mano y tocó uno de los mechones de cabello rizado que le caía al lado de la cara.

—Me gustaría poder hacer algo para ayudar.

—Me voy de Caldwell.

Se le paró el corazón. Estuvo a punto de protestar, pero no tenía ningún derecho a hacerlo. Además, era complicado rebatir la decisión: probablemente fuera lo mejor.

—¿Adónde irás? —preguntó.

—A cualquier sitio. No lo sé.

Sobre su regazo, sus manos se enredaban y se retorcían como si estuvieran escenificando los pensamientos que se le pasaban por la mente.

—¿Tienes suficiente dinero? —le preguntó, aunque sabía lo que le iba a decir.

—Saldremos adelante. Como sea… Robbie y yo saldremos adelante.

—¿Me dejarás ayudarte?

Ella sacudió la cabeza lentamente.

—No puedo hacer eso. No puedo deberle nada a nadie más. Ya lo estoy pasando suficientemente mal para poder pagar a la gente a la que le debo dinero.

—¿Cuánto debes?

—Aún me faltan otros treinta mil —dijo ella dejando de mover las manos—. Empecé con unos ciento veinte.

—¿Y si yo te los diera para que saldaras la deuda de una vez por todas? Seguro que te están cobrando intereses…

—Una deuda es una deuda —dijo ella sonriendo tristemente—. Hubo un tiempo en el que esperaba que llegara un hombre que me rescatara de mi vida. Y uno lo hizo…, sólo que el rescate se convirtió en una pesadilla. Ahora soy yo la que me rescato a mí misma, lo que significa que pago con mis propios medios. Siempre.

¿Pero treinta mil dólares? Por Dios, si para él eran calderilla.

Y pensar que ella había pagado todo aquel dinero haciendo…

Vin cerró los ojos un momento. Mierda, no soportaba las imágenes de su cabeza. Aun tratándose de simples suposiciones de lo que ella se había visto obligada a hacer, lo fustigaban. Sería tan fácil para él conseguir que ella se olvidara de todo, aunque entendía sus razones: precisamente ese tipo de actitud salvadora la había decepcionado en su época dorada y la lección había sido demasiado difícil de aprender como para olvidarse de ella.

Él se aclaró la garganta.

—¿Qué te ha dicho esta vez la policía?

—Me han enseñado una foto del tío y yo les he dicho que lo había visto en el club y que había hablado con él. Me daba pánico que hubiera aparecido de repente algún testigo presencial que les hubiera dicho que me había visto entrar con él en el baño, pero el agente no mencionó nada de eso. Y luego…

Hubo una larga pausa y él tuvo la sensación de que ella estaba intentando elegir las palabras adecuadas.

Él maldijo en voz baja.

—Dime que no les has dicho que habías estado conmigo anoche.

Ella le cogió las manos, agarrándolas con fuerza.

—Por eso me voy.

Mientras el corazón de Vin se paralizaba, se preguntó si no debería decirle a aquella cosa que dejara de latir del todo.

—No puede ser. Dios mío…, deberías haberte mantenido al margen de…

—Cuando me preguntaron qué había hecho después de hablar con aquel tipo, les dije que me había ido con un tal Vincent diPietro y que tú y yo habíamos pasado la noche juntos. Desde las nueve y media hasta más o menos las cuatro de la mañana. —En lugar de retirar las manos, las dejó donde estaban—. Vin, ya he hecho suficientes cosas en mi vida de las que avergonzarme. Permití que un hombre abusara de mí durante años… incluso delante de mi hijo. —Su voz se quebró, pero luego se fortaleció—. Me he prostituido. He mentido. He hecho cosas por las que antes miraba por encima del hombro a otras mujeres. Y ya es suficiente. No quiero más.

—Joder —murmuró—. Jo-der.

Sin pensarlo, se inclinó hacia ella y le dio un fugaz beso, luego separó las manos de las de ella y se levantó. Incapaz de controlarse, caminó de un lado a otro de la sala una y otra vez. Ella no dejaba de mirarlo con un brazo tendido sobre el respaldo de la ornamentada silla en la que estaba.

—Le he dado a la policía mi número de móvil —dijo ella— y volveré para testificar si es necesario. Supongo que Robbie y yo haremos las maletas esta noche y desapareceremos. Si la prensa no sabe dónde encontrarme, mi cara no aparecerá en ningún sitio.

Vin se detuvo en el umbral de la puerta de la sala y pensó en la cinta de seguridad en la que se suponía que estaba su cara. Marie-Terese no tenía ni idea de en qué se había metido, porque ese simple caso de agresión tenía mucha más miga. Así que sí, lo mejor era que se fuera de la ciudad. Tenía la sensación de que él y su colega Jim *el rarito* iban a tener que buscar una manera de librarse de Devina, porque no iba a bastar con decirle que se fuera y punto.

En cuanto a quién estaría siguiendo a Marie-Terese, no podía ser Devina porque el problema había empezado... Mierda, la noche que había visto por primera vez a Marie-Terese en La Máscara de Hierro.

—¿Qué? —dijo Marie-Terese.

Repasó los detalles de aquella noche. Devina se había ido antes de que él y Jim hubieran dejado K. O. a aquellos dos universitarios. Lo que significaba que en teoría era posible que ella pudiera haberlos asesinado en el callejón... Sólo que aquello no tenía sentido. ¿Por qué iba a ir ella a por unos hombres que habían estado con Marie-Terese? Como en el caso de su ex marido, no tenía razones para involucrar a terceras personas y, además, Vin no tenía tanta relación con Marie-Terese en aquel momento.

—¿Qué se te está pasando por la cabeza, Vin?

Nada que le pudiera contar, por desgracia. Nada en absoluto.

Recorrió la habitación una vez más y entonces cayó en la cuenta. Ella había dado la cara por él, así que la pelota estaba en su tejado. Y él era un hombre que siempre se aprovechaba de ese tipo de cosas.

—Espera aquí —dijo—. Ahora vuelvo.

Salió apresuradamente de la habitación y fue hacia el estudio.

Cinco minutos más tarde volvió con las manos llenas, y cuando Marie-Terese vio lo que llevaba, se quedó boquiabierta sin poder dar crédito.

Vin negó con la cabeza y le impidió hablar.

—Has dicho que siempre pagas tus deudas. —Uno por uno fue sacando cinco tacos de billetes de cien dólares—. Bueno, estoy seguro de que permitirás que yo haga lo mismo.

—Vin…

—Cincuenta mil dólares. —Cruzó los brazos sobre el pecho—. Cógelos. Úsalos para pagar la deuda y para ir tirando un par de meses.

Marie-Terese protestó desde su silla:

—Estoy diciendo la verdad, no haciéndote un favor…

—Lo siento, pero no te vas a salir con la tuya. Estoy en deuda contigo por haberme protegido, y he decidido que la tarifa actual por dicho compromiso es de cincuenta de los grandes. Así que tendrás que asumirlo.

—Y una mierda. —Ella cogió el bolso de encima de la mesa y se lo colgó en el hombro—. Yo no soy…

—¿Ninguna hipócrita? Lamento discrepar. ¿Crees que eres la única que tiene su orgullo? ¿Estás diciendo que yo no puedo sentirme en deuda contigo? Bonita actitud retrógrada.

—Estás dándole la vuelta a lo que he dicho.

—¿Sí? —Señaló con la cabeza hacia el dinero—. No creo. Y tampoco creo que estés lo suficientemente loca como para largarte de la ciudad sin dinero. Si usas tus tarjetas de crédito dejarás un rastro. Si retiras los fondos de tu cuenta bancaria dejarás un rastro.

—Vete al infierno.

—Tengo la sensación de que ya lo he hecho, muchas gracias. —Se inclinó y empujó los tacos hacia ella—. Coge el dinero, Marie-Terese. Cógelo a sabiendas de que no implica ningún compromiso. Si no me quieres volver a ver nunca más en la vida, lo aceptaré. Pero no te vayas sin nada. No me puedes hacer eso. No sería capaz de soportarlo.

Hubo un tenso silencio y él se dio cuenta de que era la primera vez desde que había empezado a ganar pasta que regalaba alguna. O al menos que lo intentaba. A lo largo de los años, nunca había financiado obras de caridad ni causas de ningún tipo. Si el dinero salía de su bolsillo, tenía que ser a cambio de algo tangible y siempre con un valor añadido.

—Vas a aceptar esto —murmuró—, porque no estamos en la época de los caballeros andantes. No estoy intentando salvarte. Estoy saldando una deuda y dándote una de las herramientas que vas a necesitar para construirte un futuro mejor.

Ella no respondió, y él le dio un golpecito a uno de los fajos.

—Míralo así: voy a ayudarte a comprar tu propio caballo blanco... Gretchen, por el amor de Dios, necesitas aceptar el dinero.

El muy cabrón había usado su nombre real.

Maldito fuera.

Dios..., hacía tanto tiempo que nadie le llamaba Gretchen. Para Robbie ella era «mamá». Para el resto del mundo era Marie-Terese. Sin embargo, siempre le había encantado su verdadero nombre y al escucharlo le entraron ganas de recuperarlo.

Gretchen... Gretchen...

Se quedó mirando el dinero. Vin tenía razón: si lo aceptaba estaría muchísimo más desahogada. Sólo que..., ¿en qué se diferenciaba eso de la situación anterior? Seguía siendo el rescate de un hombre.

No le parecía lo correcto.

Fue hacia él y le puso las manos a ambos lados de la cara.

—Eres un hombre realmente encantador, Vincent di-Pietro. —Lo atrajo hacia sus labios y él se dejó llevar apoyando con cuidado las manos en sus hombros mientras sus bocas se encontraban—. Y quiero darte las gracias.

La alegría brilló en las duras facciones de su rostro. Pero sólo un instante.

—Siempre recordaré tu gesto —murmuró.

—No tienes por qué tomar el camino difícil —dijo él juntando las cejas—. Tú...

—Pero es lo que he aprendido. Las cosas están difíciles para mí ahora, porque antes intenté tomar el camino fácil. —Le sonrió pensando que recordaría la forma en que la miraba durante el resto de su vida—. Ése es el problema de los caballos. Tienes que pagarlos tú misma, o siempre estarás cogiendo las riendas de otro.

Él la miró largo y tendido.

—Me estás rompiendo el puñetero corazón en este momento, en serio. —Sus manos le apretaron los brazos y luego se relajaron mientras él retrocedía—. Es como…, puedo extender el brazo y tocarte, pero tú ya te has ido.

—Lo siento.

Él miró el dinero.

—¿Sabes? Nunca me había dado cuenta antes, pero el dinero es sólo papel, si lo piensas.

—Estaré bien.

—¿De verdad? —dijo sacudiendo la cabeza—. Lo siento, no debería haber dicho eso.

Pero tenía razones para estar preocupado. Diablos, ella también lo estaba.

—Te mantendré informado.

—Me gustaría que lo hicieras. ¿Tienes alguna idea de adónde irás?

—No lo sé. No he dedicado mucho tiempo a pensar en eso.

—Bueno… ¿Y si te dijera que tengo una casa vacía que te podría dejar? Está en otro Estado. —Él levantó la mano cuando ella iba a contestar—. Sólo un momento. Está en Connecticut, en la zona de los ranchos. Es una granja, pero está cerca del pueblo, así que no estarías aislada. Podrías pasar allí un par de noches, recomponerte y decidir adónde te dirigirás. Y es mejor que un hotel, porque no tendrás que usar tarjeta de crédito. Podrías dejar tu casa esta noche cuando haya oscurecido y llegar allí en menos de dos horas.

Marie-Terese frunció el ceño mientras se lo pensaba.

—Nada de regalos, ni de dinero, ni de ataduras —dijo él—. Sólo un lugar para que tú y tu hijo descanséis. Y cuando estéis preparados para iros, sólo tienes que cerrar la puerta y enviarme las llaves por correo.

Marie-Terese caminó hacia las ventanas del comedor y observó la increíble vista mientras intentaba imaginarse cómo sería el día siguiente y la semana y el mes…

No se le ocurrió nada. Ni lo más mínimo.

Lo que era una señal bastante clara de que necesitaba un lugar en el que estuviera a salvo para decidirlo.

—Vale —dijo en voz baja—. Eso sí lo acepto.

Oyó a Vin acercarse desde atrás y, mientras sus brazos la rodeaban, ella se dio la vuelta y lo abrazó también.

Se abrazaron durante mucho, mucho tiempo.

Era difícil decir cuándo cambiaron las cosas para ella, cuándo empezó a notar no sólo lo confortable que era estar apoyada sobre su ancho pecho, sino también la calidez de su cuerpo, la fuerza de sus músculos y el aroma de su cara colonia.

Sin embargo era cariñoso.

Y tan fuerte.

Y tan…

Marie-Terese recorrió su espalda con las manos sintiendo la suavidad de la camisa de seda que él llevaba puesta, pero concentrándose en el hombre fuerte que había bajo el tejido. De repente le vino a la cabeza su reflejo en el espejo de su antiguo cuarto, desnudo sobre ella, con los músculos contrayéndose a lo largo de su columna.

Vin echó las caderas hacia atrás.

—Creo… Creo que probablemente deberíamos…

Ella se arqueó hacia él y sintió la erección que él estaba intentando ocultar.

—Acuéstate conmigo antes de irme. ¿Te acostarías conmigo?

El cuerpo entero de Vin se estremeció.

—Dios, sí.

La cogió de la mano y ambos se lanzaron rápidamente hacia la escalera. Por instinto ella fue hacia la izquierda, hacia una habitación negra y dorada con una cama enorme, pero él la arrastró en la otra dirección.

—Ahí no.

La llevó a una habitación más pequeña y decorada en cálidos tonos rojizos y tostados. Mientras aterrizaban en el colchón cubierto de raso, se fundieron cadera con cadera, sus bocas se fusionaron, sus lenguas se encontraron y sus manos empezaron a buscar cremalleras, botones y hebillas de cinturones.

Ella casi le arrancó la camisa y cuando su pecho estuvo al descubierto, recorrió con las manos su suave piel y sus tensos músculos. Se echó hacia atrás para ayudarle con el cierre de los vaqueros y con la parte de arriba, y luego se centró en quitarle los pantalones a él.

—Santo Dios —gruñó él mientras ella le bajaba los pantalones de vestir hasta la mitad de los muslos y le agarraba su erección por encima de los calzoncillos.

Unieron sus bocas y ella le chupó la lengua y lo acarició a través del algodón fino y flexible de sus *bóxer* hasta que su cabeza asomó por encima de la cinturilla. En el momento en que estuvieron piel sobre piel, él rompió el contacto con sus labios e inspiró silbando a través de sus dientes apretados.

Sus Armani siguieron el mismo camino que sus pantalones piernas abajo al ser arrancados de sus piernas, y ella se situó sobre su pecho besándolo, mordisqueándolo, dejando que su cabello cayera sobre él y le hiciera cosquillas mientras ella iba descendiendo.

Justo cuando asía erguida su erección y estaba a punto de ponerla entre sus labios, las manos de él se tensaron sobre sus brazos.

—Espera...

Una única y brillante lágrima se formó en su punta y resbaló por su cabeza hacia la mano de ella.

—Tu sexo no quiere esperar, Vin —dijo ella con voz ronca.

Otra lágrima siguió a la primera, como si sus palabras fueran tan eróticas como cualquier cosa que le pudiera haber hecho físicamente.

—Necesito que sepas una cosa.

Marie-Terese frunció el ceño.

—¿Qué?

—Yo... —Le puso ambas manos sobre la cara y la acarició con tanta fuerza que parecía como si quisiera lijarle las facciones—. Cuando estoy contigo, no soy el mismo. Me refiero a que no soy igual que con nadie con quien haya estado últimamente.

—¿Es eso algo bueno?

—Por supuesto. —Dejó caer los brazos—. Pero he hecho bastantes cosas por ahí, para ser sincero. Con desconocidas.

Marie-Terese notó que se le enarcaban las cejas como si tuvieran voluntad propia.

—¿Como qué?

Él sacudió la cabeza como si no quisiera recordarlo.

—Nada de hombres. Aunque eso es casi el único palo que no he tocado. Es sólo que no me he hecho ninguna prueba y no siempre he tomado precauciones. Creo que mereces saberlo antes de que hagamos algo más arriesgado que besarnos y practicar sexo con preservativo.

—¿No eras monógamo con Devina? —Aunque mientras hacía la pregunta se dio cuenta de que no tenía sentido, porque ella tampoco había sido monógama con él.

—A veces había otras mujeres además de ella. No sé si me explico.

Una desagradable imagen de Vin cubierto de carne femenina le vino a la mente.

—Guau.

Estuvo a punto de hacer un chiste sobre el hecho de que un hombre hiciera ruborizarse a una prostituta, pero dadas sus reacciones anteriores cuando ella había sacado a colación su «profesión», lo dejó pasar.

—Pero contigo no va a ser así. —Sus ojos recorrieron el cabello, el rostro y los pechos desnudos—. Para mí tú eres todo lo que necesito, todo lo que quiero. No puedo describirlo. Sólo cuando me besas soy lo que soy después de... ¿Qué?

Ella sonrió mientras lo acariciaba con suavidad.

—Haces que me sienta valiosa.

—Ven aquí y deja que te demuestre exactamente hasta qué punto.

La atrajo con cariño hacia sus brazos, pero ella se resistió negándose a que la entretuviera. Era curioso, extraño y maravillosamente poco familiar que siguiera queriendo hacerle lo que iba a hacer antes.

—Vin, por favor, déjame darte esto... —Movió la mano arriba y abajo, y vio cómo él dejaba caer la cabeza entreabriendo la boca y elevando el pecho—. Y me aseguraré de que no acabes. ¿Qué te parece?

Antes de que él pudiera oponerse, ella se inclinó y usó la cabeza de él para separar sus labios. De repente, él gimió y sus caderas se alzaron haciendo que la erección penetrara más profundamente dentro de su boca. Mientras ella lo lamía, los puños de él arrugaron el edredón, los músculos de sus brazos se tensaron y sus pectorales y sus abdominales se pusieron rígidos.

Estaba espléndido de aquella manera, tendido sobre el raso rojo con su enorme cuerpo excitado hasta un punto de no retorno…

En aquel momento caliente y erótico, él estaba exactamente donde Marie-Terese quería que estuviera.

Capítulo 31

Un momento… ¿Cómo? ¿Que Vin le dio qué?

Jim miró al otro extremo del estudio para ver a Adrian, y no le gustó la expresión de su cara. Aquel cabrón parecía haber palidecido un poco.

—Un anillo —dijo Jim—. Le dio un anillo de compromiso. O al menos él dijo que ella se había quedado con él cuando rompieron.

La jeta del ángel se tensó aún más.

—¿De qué era?

—Era un diamante.

—La piedra no. ¿De qué material era el engarce?

—No lo sé. De platino, supongo. Vin es del tipo de tíos que siempre hace todo a lo grande. —Eddie negó con la cabeza, maldijo y Jim dijo—: Vale, ahora viene el feliz momento en el que me contáis por qué tenéis la cara de que alguien se hubiera meado en vuestros depósitos de gasolina.

Adrian se bebió de un trago el resto de la cerveza y puso la lata sobre la mesa de la cocina hecha polvo.

—¿Sabes algo de magia negra, amigo?

Jim negó con la cabeza lentamente, en absoluto sorprendido por el cariz que estaba tomando la conversación.

—¿Por qué no me ilustras?

Adrian metió la mano en la caja de zapatos llena de piezas de ajedrez y uno por uno fue sacando todos los peones y alineándolos.

—La magia negra es real. Existe y es más común de lo que crees, y no hablo de cantantes que arrancan la cabeza de murciélagos a mordiscos sobre un escenario, ni de un puñado de quinceañeros que se emborrachan y juegan con una güija, ni de los supuestos investigadores de hechos paranormales que se dedican a pajear sus glándulas de adrenalina en espeluznantes caserones antiguos. Estoy hablando de mierda real que te jode vivo. Estoy hablando de la manera en que los demonios se apoderan de las almas. Estoy hablando de hechizos y maldiciones que no sólo tienen efecto en este mundo, sino en el que viene después.

Se produjo una significativa pausa, pesada y oscura, que Jim rompió agitando las manos y cantando a voz en grito: «Yabadabadú».

Al menos Eddie se rió. Adrian le hizo un corte de manga y fue hacia la nevera a coger otra cerveza.

—No seas gilipollas —le espetó el tío mientras hacía chasquear una birra.

—Creo que dos de este grupo estaban exagerando. —Jim se echó hacia atrás en la cama para apoyarse contra la pared—. Oye, sólo sentí la necesidad de romper la tensión. Sigue.

—Esto no es ninguna broma. —Jim asintió y Adrian le dio un gran trago a la lata de Budweiser, de nuevo sentado en su sitio y con aspecto de estar buscando en su archivo mental—. Aprenderás muchas cosas con el tiempo. Consideremos que ésta es la lección número uno. Los demonios coleccionan cachivaches de sus objetivos humanos. Cuantos más consigan mejor, y se quedan con ellos a menos que alguien los recupere. Esa práctica conlleva una especie…, considéralo un sistema de valoración. Los regalos tienen más valor que las cosas que roban, y algunos de los más valiosos son los regalos hechos de metales preciosos. Como el platino. O el oro. O la plata, en menor medida. Son como vínculos. Y cuantos más consigan de una persona, más fuertes serán los lazos que los unen.

Jim frunció el ceño.

—¿Para qué? Me refiero a qué consigue Devina, además de una cuenta con PODS*.

—Cuando lo mate podrá tenerlo a su lado toda la eternidad, esos vínculos se traducen en una especie de propiedad, de hecho. Los demonios son como parásitos. Se pegan a ti y puede que les lleve años hacerse con tu alma, pero acaban haciéndolo. Se introducen en la mente de las personas, manipulan sus decisiones y cada día, semana y mes que pasan, van invadiendo lentamente la vida que controlan por medio de la corrupción, el engaño y la destrucción. El alma se va debilitando por la infección y, cuando llega al punto adecuado, el demonio interviene y tiene lugar un accidente mortal. Tu chico, Vin, está ahora justo en ese punto crítico. Ella ha puesto el engranaje en marcha, y el primer paso ha sido su detención. Es un efecto dominó, así que todo empeorará rápidamente.

---

* PODS, *payable on death*. Término utilizado en ciertas cuentas bancarias, en el que el pago se hace a una persona específica tras la muerte del poseedor de la cuenta. (*N. del E.*)

—Dios santo.

—O más bien su antónimo, en este caso.

Mientras las preguntas se arremolinaban en la cabeza de Jim, dijo:

—Pero ¿por qué Vin? ¿Por qué ella lo eligió a él entre todos?

—Tiene que haber un punto de entrada. Considéralo como si contrajeras el tétanos por culpa de un clavo oxidado. Hay una lesión en el alma y el demonio entra a través de la «herida».

—¿Qué puede provocar una herida?

—Muchas cosas. Cada caso es diferente. —Adrian movió los peones y los colocó en forma de «x» —. Pero una vez que el demonio está dentro, hay que echarlo.

—Habéis dicho que Devina es inmortal.

—Aun así podemos mandarle una puñetera orden de desalojo. —Eddie emitió un ronco gruñido de aprobación—. Y eso es lo que te vamos a enseñar a hacer.

Bueno, aquélla no era una lección que le molestara demasiado aprender.

Jim se pasó una mano por el pelo y se levantó de la cama.

—¿Sabéis qué? Vin dijo algo sobre… Vin dijo que cuando tenía diecisiete años había ido a una especie de adivina, a una parapsicóloga, o algo así. Tenía aquellos ataques en los que veía el futuro y estaba desesperado por hacer que desaparecieran.

—¿Y qué le dijo ella que hiciera?

—No me lo ha contado, pero los ataques desaparecieron hasta hace poco. Sin embargo sí mencionó que después de seguir las instrucciones, por así decirlo, su suerte cambió radicalmente.

Adrian frunció el ceño.

—Tenemos que averiguar qué hizo.

Eddie abrió la boca:

—Y necesitamos conseguir el anillo. Ella está intentando atarlo aún más fuerte antes de matarlo, y ése es un vínculo condenadamente fuerte.

—Yo sé dónde vive —dijo Jim—. Bueno, o más bien la vi entrar en un almacén del centro de la ciudad.

Adrian se puso de pie y Eddie hizo lo mismo.

—Pues vamos a darle un poco al allanamiento de morada, ¿no? —dijo Ad mientras recogía los peones y los volvía a meter en la caja. Cuando acabó la cerveza, hizo crujir los nudillos—. La última pelea que tuve con esa zorra acabó demasiado rápido.

Eddie puso los ojos en blanco y miró a Jim.

—Fue en la Edad Media y todavía no lo ha superado.

—¿Por qué hace tanto tiempo?

—Nos suspendieron —dijo Eddie—. Éramos un poco más descarriados de lo que los jefes estaban dispuestos a aceptar.

Adrian sonrió como un hijo de puta.

—Como ya te he dicho, me gustan las mujeres.

—Normalmente a pares. —Eddie bajó a *Perro* y le acarició las orejas—. Volveremos, *Perro*.

Perro no pareció muy contento con que se fueran y empezó a dar vueltas alrededor de todos los pies de la sala, incluidos los del sofá, lo que parecía indicar que pensaba que el mueble iba a ayudarlos.

No era exactamente lo que Jim tenía en mente.

No, él iba a entrar con algo un poco más potente.

Fue hasta las estanterías vacías de la esquina del fondo, sacó una bolsa de lona negra y abrió la cremallera dejando ver un maletín de acero inoxidable de aproximadamente un metro veinte por un metro. Movió el dedo índice sobre las teclas para abrir el cierre y levantó la tapa. Dentro, las tres pistolas de acabado gris mate recubiertas de esponja de picos no reflejaban ni un ápice de luz. El rifle de asalto lo dejó donde estaba. Del par de SIG cuyas culatas habían sido especialmente diseñadas para él, cogió la que encajaba con su mano derecha.

Adrian negó con la cabeza como si la automática no fuera más que una pistola de agua.

—¿Qué piensas que vas a hacer allí exactamente con ese pedazo de metal, Harry el Sucio?

—Es mi sistema de protección, qué pasa.

Jim revisó rápidamente el arma, cerró el maletín y guardó la bolsa de lona. La munición estaba detrás de las latas en la alacena que estaba bajo el fregadero, y cogió la suficiente para llenar el cargador.

—No puedes matarla con eso —dijo Eddie con suavidad.

—No os ofendáis, pero hasta que no lo vea no lo creeré.

—Y por eso fracasarás.

Adrian maldijo y fue hacia la puerta.

—Genial, ya está otra vez haciendo de Yoda. ¿Podemos irnos antes de que haga levitar mi puñetera moto?

Mientras Jim cerraba todo y bajaban por las escaleras, *Perro* se subió al respaldo del sofá y los observó a través de la ventana. Arañó un poco el cristal, como si estuviera protestando porque lo dejaran al margen de la acción.

—Vamos en mi camioneta —dijo Jim cuando llegó a la zona de grava—, hace menos ruido.

—Y tiene radio, ¿no? —Con dramática concentración, Adrian empezó a calentar la voz emitiendo unos sonidos que parecían un alce de espaldas sobre un rallador de queso.

Jim sacudió la cabeza mirando a Eddie mientras abrían las puertas.

—¿Cómo aguantas ese ruido?

—Sordera selectiva.

—Ilumíname, maestro.

El viaje a la ciudad duró unos cuatrocientos años, duración debida al hecho de que Adrian encontró la emisora de clásicos del rock: *Panama*, de Van Halen, nunca había sonado tan mal, pero aquello no fue nada comparado con lo que le pasó a *I Would Do Anything for Love (But I Won't Do That)* de Meat Loaf, que obviamente se refería a que Adrian cerrara su puñetera boca.

Cuando llegaron al barrio de los almacenes, Jim puso punto final al *cacaoke* de Ad. Nunca se había sentido tan feliz de mover la rueda del volumen.

—El edificio está dos calles más allá.

—Ahí hay un sitio para aparcar —dijo Eddie señalando hacia la izquierda.

Después de aparcar la F-150 caminaron una manzana más, giraron a la derecha y sorprendentemente otra vez fueron agraciados con el don de la oportunidad. Justo cuando estaban doblando la esquina, un taxi se detuvo delante de la puerta en la que Devina había desaparecido antes.

Los tres se agacharon para esconderse y un momento después, el taxi pasó con Devina en el asiento trasero poniéndose carmín en los labios con un pequeño espejo en la mano.

—Ella nunca hace nada sin motivo —dijo Adrian en voz baja—. Ésa es una de las cosas que puedes apuntarte. Todo lo que sale de su boca es casi siempre mentira, pero sus acciones siempre tienen una razón. Tenemos que entrar, encontrar ese anillo e irnos rápidamente.

Fueron apresuradamente hacia las puertas de doble hoja, las empujaron para abrirlas y entraron en un vestíbulo con la riqueza arquitectónica de una cámara frigorífica: el suelo era de cemento, las paredes estaban encaladas y hacía más frío que en la calle. Los únicos muebles fijos que había, además de la lámpara de techo de estilo industrial, eran una hilera de buzones de correo de acero inoxidable y el interfono con una lista de cinco nombres.

Devina Avale era la número cinco.

Por desgracia, las puertas interiores estaban cerradas con pestillo, pero Jim tiró de ellas de todos modos.

—Siempre podemos esperar a que alguien...

Adrian se acercó, agarró la manilla y abrió una de las hojas de la puerta sin despeinarse.

—O simplemente podrías abrir esa mierda —dijo Jim sarcásticamente.

Ad enseñó su radiante mano y sonrió abiertamente.

—Soy bueno con las manos.

—Está claro que mejor que con las cuerdas vocales.

Odiaba trabajar.

Odiaba pasarse el día llevando a gente desagradecida por Caldwell en un taxi que olía a lo que fuera que había comido el último conductor. Pero había que ver el lado práctico de la vida y, además, al menos su objeto de deseo solía estar en casa durante el día.

También estaba su política de ignorancia. No miraba a sus clientes, se negaba a ayudarles con el equipaje y nunca hablaba más de lo estrictamente necesario. Era una buena manera de ir tirando, sobre todo teniendo en cuenta cómo habían acabado sus últimas persecuciones nocturnas. No había razón para arriesgarse a activar el débil recuerdo de nadie. Nunca se sabía lo que la gente era capaz de recordar de un escenario de un crimen.

Otra lección que había aprendido por las malas.

—¿Qué tal mi carmín?

Al oír aquella voz femenina apretó las manos sobre el volante. Le importaba una mierda qué aspecto tenía el carmín de la boca de alguna estúpida mujer.

—Le he preguntado que qué tal mi carmín. —El tono era ahora más cortante e hizo que sus manos apretaran aún con más fuerza el volante.

Antes de que ella repitiera la pregunta y de que él se pusiera borde, echó un vistazo por el espejo retrovisor. Si cualquier zorra que fuera en el asiento de atrás esperaba que él…

Aquellos ojos negros lo atraparon y lo agarraron con tanta fuerza como si ella se hubiera echado hacia delante y le hubiera inmovilizado el cuello con el brazo. Y luego sintió cómo ella se acercaba a él y…

—Mi carmín —dijo ella con una pronunciación deliberadamente ardiente.

Él miró fugazmente hacia la carretera, que estaba despejada hasta el semáforo que había dos manzanas más allá, y volvió a mirar inmediatamente por el retrovisor.

—Ehh… Está bien.

Con un golpe deliberado de su dedo índice, en cuya uña llevaba hecha la manicura, se borró la línea del labio inferior. Luego frunció los labios y los relajó.

—Veo que eres un hombre religioso —murmuró, cerrando su espejo de bolsillo.

Le echó un vistazo a la cruz que estaba pegada al salpicadero.

—El taxi no es mío.

—Vaya. —Ella se echó el pelo hacia atrás y se quedó mirándole.

No pasó mucho rato hasta que se sintió como si la calefacción estuviera al máximo, y hasta comprobó si el calefactor llevaba demasiado tiempo encendido. No. Era sólo el efecto de una mujer bella mirándolo como si existiera. Lo que sucedía tan a menudo como...

—¿Cómo te llamas? —susurró ella.

Sin lograr articular palabra y de repente inseguro de la respuesta, señaló a la licencia del taxi que tenía su foto. Leyendo lo que estaba escrito, dijo:

—Saul. Saul Weaver.

—Bonito nombre.

Cuando llegaron al semáforo en rojo del cruce, frenó, y en cuanto el taxi se hubo detenido por completo, él volvió a mirar por el espejo... retro... visor...

El iris de sus ojos se expandió hasta que no hubo ninguna zona blanca que contrastara con el denso negro y, aunque aquello debería haberle hecho gritar, se sintió como si un orgasmo líquido hubiera reemplazado la sangre de sus venas.

El placer lo invadió, elevándolo aunque permanecía en el asiento del taxi, invadiéndolo aunque su piel permanecía intacta, poseyéndolo aunque no había ninguna correa tangible entre ellos.

—Saul —dijo la mujer. Su voz se había transformado y sonaba a la vez tan profunda como la de un hombre y tan velada como la de una mujer—. Sé lo que quieres.

Saul tragó saliva y oyó su voz en la lejanía.

—¿Lo sabes?

—Y sé cómo puedes conseguirlo.

—¿Lo sabes?

—Métete en ese callejón, Saul. —Ella se abrió el abrigo, mostrando una blusa blanca ceñida que dejaba ver sus pezones tan claramente como si nada los cubriera—. Hazte a un lado, Saul, y deja que te diga lo que tienes que hacer.

De un volantazo, se metió en las sombras entre dos edificios altos y paró el motor del taxi. Mientras se volvía para verla, se quedó finalmente prendado: por muy cautivadores que fueran sus ojos en el espejo, el resto de ella era exagerado. Era irreal, y no sólo por su belleza. Al mirar aquellas dos fosas negras se sentía plenamente aceptado, plenamente comprendido, y sabía sin ninguna duda que con ella encontraría lo que estaba buscando. Ella tenía sus respuestas.

—Por favor…, dímelo.

—Ven aquí, Saul. —La mujer recorrió su cuello con sus dedos de impecables uñas hasta llegar a la clavícula—. Y ábreme tu corazón.

Capítulo 32

Evitar terminar no iba a ser fácil.

Mientras Marie-Terese obraba maravillas con su erección, Vin se sintió como si su piel estuviera en llamas, su sangre hirviera y su médula espinal se hubiera convertido en un relámpago. Cada vez que ella succionaba y deslizaba la mano, lo llevaba directo al borde de un precipicio del que su cuerpo estaba deseando dejarse caer y del que no tenía la menor intención de soltarse. Dios…, tanto autocontrol lo estaba matando en el mejor de los sentidos; tenía la cabeza recostada sobre la almohada, los muslos rígidos, el corazón a mil. Ella lo estaba elevando hasta el cielo y haciéndolo descender a los infiernos en igual medida, y él quería que aquello durase para siempre.

Pero lo cierto era que no iba a aguantar mucho más.

Levantar la cabeza requirió todo su esfuerzo, y cuando miró hacia la parte baja de su cuerpo, sintió un espasmo de placer. La boca de Marie-Terese estaba abierta, sus hermosos pechos colgaban exuberantes y llenos, sus pezones se frotaban contra sus muslos…

—Mierda. —Se irguió y la alejó de su erección clavándole los dedos en la parte superior de los brazos mientras luchaba por no correrse.

—¿Te vas a...?

Vin la interrumpió besándola con fuerza y haciéndola rodar. Antes de que pudiera detenerse, le puso un brazo por debajo de una de las rodillas y tiró de ella hacia arriba. Estaba rugiendo, estaba desbocado, estaba...

—¡Te necesito ya, Vin! —Las uñas de ella se clavaron en su trasero mientras se quedaba tendida sin fuerzas debajo de él.

—Joder..., sí...

Pero ambos se quedaron inmóviles al mismo tiempo y dijeron a la vez: «condón».

Vin gruñó y extendió el brazo hacia la mesilla de noche. Ese movimiento lo introdujo aún con más fuerza en sus curvas y ella no mejoró la situación moviéndose contra él de forma ondulante.

Mientras la sensación erótica de carne sobre carne reverberaba por todo su cuerpo, Vin perdió el contacto con el Trojan que había cogido y el cuadradito se le escapó como si hubiera tomado clases de vuelo.

—¡Maldita sea!

Se agachó hacia el suelo con las caderas levantadas y su polla lo acompañó aterrizando justo en el caliente y dulce centro de ella. Con una rápida sacudida, él se echó hacia atrás, porque no quería perder el control y...

Joder, las cosas no irían bien en el nivel inferior mientras el cuadrado jugara a mantenerse alejado de su escurridiza mano.

—Deja que te ayude —dijo Marie-Terese uniéndose a la caza.

Ella fue la que finalmente atrapó el premio azul celeste, flexionándose hacia arriba y riéndose mientras lo sujetaba por encima de su cabeza.

—¡Lo tengo!

Vin empezó a reírse con ella y, de repente, la atrajo hacia él y la abrazó. Todavía seguía con una erección completa y a punto de correrse, pero también se sentía liviano y libre mientras ambos se reían y rodaban juntos, descolocando el edredón. El condón se perdió en el proceso, reapareciendo y desapareciendo alternativamente como un pez en el agua.

El objeto acabó pegado en uno de sus flancos, como si finalmente hubiera decidido ser reclamado. O como si hubiera decidido reclamarlo a él.

Vin lo despegó, lo abrió y se lo enfundó. La hizo rodar de nuevo sobre la espalda, se abrió camino con los codos entre sus muslos y le separó el cabello de los ojos.

La colisión fue inminente y eléctrica, pero el momento fue suave y dulce: ella estaba absolutamente radiante mientras le miraba.

—¿Qué? —susurró ella, poniéndole una mano en la cara.

Vin se tomó su tiempo para memorizar sus facciones y la sensación que tenía al sentirla debajo de él, no sólo observándola con los ojos, sino sintiéndola con la piel y con el corazón.

—Hola, bella dama… Hola.

Ella se ruborizó, estaba preciosa, y la besó con intensidad acariciando su lengua con la de él mientras sus cuerpos encajaban. Levantó las caderas y su erección se puso en posición. Luego empezó a echarse hacia delante lentamente, deslizándose dentro de ella. Mientras ella lo acogía en su centro, aquella espectacular opresión le provocó un temblor, dejó caer la cabeza entre su hermoso cabello y se dejó llevar.

Largo, profundo, penetrante... Ya no había risas, sólo una deliciosa desesperación que lo asfixiaba y lo revivía alternativamente. Le sucedió lo mismo que cuando ella tenía la boca sobre él: era de esas cosas que le gustaría que no acabaran nunca, aunque era imposible.

Vencido, Vin rugió mientras se contraía de la cabeza a los pies y en la distancia la oyó pronunciar su nombre, sintió sus uñas descendiendo por su columna y absorbió las olas de su liberación.

Cuando recuperaron el aliento, él aún seguía duro al agarrar el preservativo por la base para retirarlo.

—Ahora vuelvo.

Cuando terminó en el baño, volvió y se tendió al lado de ella.

—¿Sabes que tengo ahí dentro? —dijo señalando con el pulgar hacia la habitación de mármol en la que había entrado para limpiarse.

—¿Qué? —Ella recorrió sus brazos y sus hombros con las manos.

—Una ducha de siete chorros.

—¿De verdaaaaad?

—Sí. Larry, Curly, Moe, Joe y Frankie.

—Un momento, ¿sólo cinco tienen nombre?

—Bueno, también está Freaky, pero no sé si le gusta la compañía mixta.

La carcajada de ella fue como otra especie de orgasmo para él, una de esas cosas que le ponían cachondo.

—¿Me dejarás visitarte? —susurró él—. Cuando te vayas.

Error. Aquello hizo que la alegría se borrara al momento de su cara.

—Lo siento —dijo de inmediato—. No debería haberte preguntado eso. Mierda, no debería…

—Me gustaría.

Respondió en voz tan baja como él había preguntado, aunque el «pero» no pronunciado pendía entre ellos como un jirón de humo acre.

—Ven conmigo —dijo él, decidido a zanjar el tema. No pensaba tirar por la borda el poco tiempo que les quedaba juntos, si así era—. Deja que te quite mi sudor de tu piel.

Ella se aferró a sus brazos, tensando las manos para detenerlo.

Él negó con la cabeza y le rozó los labios con los suyos.

—Nada de promesas, lo entiendo.

—Me gustaría poder hacerlas.

—Lo sé. —Deslizó las piernas fuera de la cama y la levantó en volandas—. Pero en este momento estás aquí, ¿no?

Ella lo abrazó en el aire mientras entraban en el baño. Él la sostuvo en alto manteniéndola alejada del suelo de mármol mientras abría los grifos de la ducha, la mantuvo en sus brazos mientras ponía la mano bajo el chorro y esperó hasta que estuviera lo suficientemente caliente.

—No hace falta que me tengas en brazos —le dijo ella con la cabeza hundida en su cuello.

—Ya lo sé. Es que no quiero dejarte escapar mientras sigues aquí.

—¿Has visto alguna vez *Atracción fatal*? —preguntó Adrian.

Mientras las puertas del montacargas del almacén de Devina se cerraban, Jim miró hacia el otro lado de lo que era, básicamente, un espacio del tamaño de una habitación. Demonios, se podría subir un piano de cola en aquella maldita cosa.

—¿Cómo? —preguntó.

—*Atracción fatal*. La película. —Adrian pasó las manos arriba y abajo sobre las paredes metálicas—. Hay una escena buenísima en un ascensor como éste. Está entre mis diez favoritas.

—Déjame adivinar, las otras nueve son de Internet.

Eddie pulsó el botón en el que ponía «CINCO» y el aparato se sacudió como un potro salvaje.

—En esa película Glenn Close era una psicópata.

Adrian se encogió de hombros y la maliciosa sonrisa que se dibujó en su cara pareció indicar que se estaba incluyendo en la película, por así decirlo.

—¿Y eso hasta qué punto es importante?

Eddie y Jim se miraron como si estuvieran poniendo los ojos en blanco. ¿Para qué iban a hacerlo físicamente? Como cogieras esa costumbre siendo colega de Adrian, te podías pasar toda la vida mirando al techo.

En el quinto piso, el ascensor se detuvo con una sacudida y las puertas vibraron mientras Eddie accionaba la palanca de apertura y las abría.

El pasillo estaba limpio, pero oscuro como la boca de un lobo. Los ladrillos de las paredes estaban unidos por un mortero antiguo y descuidado y el suelo de listones de madera estaba gastado por el uso. A la izquierda había una puerta metálica a la altura del ascensor con una señal de «SALIDA» encima. A la derecha del todo había otra puerta que estaba hecha de paneles de acero niquelado.

Jim desenfundó la pistola y le quitó el seguro.

—¿Es posible que viva con alguien?

—Actúa en solitario, hablando en términos generales. Aunque a veces ha tenido animales de compañía.

—¿Rottweilers?

—Cobras escupidoras. Cabezas de cobre. Le gustan las serpientes. Aunque luego a lo mejor las recicla y las usa para hacerse zapatos y bolsos. Quién coño sabe.

Mientras caminaban hacia la puerta niquelada, Jim silbó suavemente. Apilados uno encima del otro, los siete cerrojos brillaban como medallas de honor en el pecho de un soldado.

—Cielo santo, mirad los cerrojos que tiene esto.

—Hasta los paranoicos tienen enemigos, hijo —murmuró Adrian.

—Ahórrate la mierda esa de «hijo».

—¿Cuántos años tienes? ¿Cuarenta? Yo tengo cuatrocientos como mínimo.

—Vale, está bien. —Jim miró hacia atrás por encima del hombro—. ¿Puedes usar tu magia para esto, abuelo?

Adrian hizo girar su dedo anular, puso la mano en el pomo y no sucedió absolutamente nada.

—Joder, la ha bloqueado.

—¿Qué quieres decir?

—Es el peor tipo de conjuro. —Adrian señaló muy serio a Eddie con la cabeza—. Esto es cosa tuya.

Mientras el silencioso hombre daba un paso hacia delante, Adrian agarró a Jim del brazo y lo echó hacia atrás. Será mejor que le dejes un poco de espacio.

Eddie levantó la mano, cerró los ojos y se quedó inmóvil como una estatua. Su fuerte cara con prominentes labios y mandíbula cuadrada cobraron un aire de tranquila determinación y, al cabo de un rato, empezaron a emanar de él unos débiles cánticos aunque, según Jim podía ver, los labios del hombre…, del ángel…, de lo que fuera, no se estaban moviendo.

Un momento, no estaba cantando.

Empezaron a salir ondas de energía de la palma de la mano del ángel como el calor asciende del asfalto en verano, haciendo un rítmico sonido mientras ondeaban en el aire.

Uno por uno se fueron produciendo una serie de cambios mientras se iban abriendo los cerrojos, y luego hubo un clic final y la puerta se abrió de par en par como si el espacio que había tras ella hubiera exhalado.

—Vaya —murmuró Jim mientras los párpados cerrados de Eddie se abrían.

El tipo inspiró profundamente y movió los hombros en círculos como si los tuviera entumecidos.

—Tenemos que ser rápidos. No sabemos cuánto tiempo va a estar fuera.

Adrian entró primero con una especie de odio vicioso ardiendo en su rostro, y Eddie lo siguió inmediatamente detrás.

—Qué coño… —dijo Jim al entrar.

—Siempre coleccionando —bufó Adrian—. La muy zorra.

Lo primero que a Jim se le vino a la cabeza fue que aquel enorme espacio abierto parecía una puta tienda de liquidación de muebles. Había cientos y cientos y cientos de relojes, todos agrupados por tipos aunque desorganizados: los de pie formaban un irregular círculo en la esquina del fondo, como si anduvieran merodeando por allí y se hubieran quedado inmóviles al abrirse la puerta. Los relojes circulares de pared estaban clavados en las gruesas vigas de madera que ascendían verticales del suelo al techo. Los relojes más importantes de sobremesa estaban diseminados por las estanterías, al igual que los despertadores y los metrónomos.

Pero los relojes de bolsillo eran los más peculiares.

Colgados de las vigas de doble T del alto techo como arañas de sus hilos, los relojes de bolsillo de todas las épocas y formas colgaban de cuerdas negras.

—El tiempo sigue corriendo…, corriendo…, corriendo hacia el futuro —dijo Adrian arrastrando las palabras mientras caminaba de un lado a otro.

Aunque en realidad no era así. Todos y cada uno de aquellos relojes estaban parados. Qué diablos, más que parados. Los péndulos de aquellos relojes de pie estaban congelados en el espacio, en la parte superior de sus arcos.

Jim apartó la vista de aquella mezcolanza almacenadora de tiempo y encontró otra colección.

Devina tenía un único tipo de mueble: cómodas. Debía de haber unas veinte o treinta, y estaban todas juntas y apiñadas con desorden, como si la del medio hubiera convocado una reunión urgente y hubieran acudido todas corriendo. Al igual que los relojes, eran todas diferentes. Unas eran antiguas y parecían sacadas de un museo, otras eran modernas y de líneas limpias, y otras eran baratijas hechas en China de las que vendían en Target.

—Joder, apuesto a que lo ha guardado en una de esas —dijo Adrian mientras él y Eddie se acercaban a la caótica asamblea.

—¿A qué huele? —preguntó Jim frotándose la nariz.

—Mejor no preguntes.

Y una mierda. Había algo que no iba nada bien y no era sólo por el hecho de que ella tuviera un serio trastorno obsesivo compulsivo en lo que a decoración se refería: el aire estaba inundado de un olor que hacía que a Jim se le pusieran los pelos de punta. Era un olor dulce… Demasiado dulce.

Jim dejó a Eddie y a Adrian buscando su aguja en el pajar y se fue a investigar. Como cualquier *loft*, aquel espacio no tenía división alguna salvo una en la esquina, que debía de ser el baño.

Lo que hacía que los cuchillos de la cocina estuvieran totalmente a la vista.

Sobre la encimera de granito había todo tipo de cuchillos: de caza, de los ejércitos suizos, de trinchar carne, de carnicero, objetos cortantes hechos en la cárcel, cuchillos de cocina profesionales y cúters. Sus filos eran largos y cortos, lisos y dentados, oxidados y brillantes. Y, al igual que los relojes y las cómodas, formaban un batiburrillo de mangos y puntas que apuntaban hacia cualquier lado sin orden ni concierto.

Aunque él era un hombre que había vivido un montón de situaciones desagradables, aquello era nuevo para él.

Jim se sentía como si hubiera entrado en el mundo al revés.

Respiró hondo para intentar despejar la mente, pero acabó tapándose la nariz. Aquel olor… ¿Qué sería? ¿Y de dónde venía?

Llegó a la conclusión de que venía del baño.

—No entres ahí, Jim —gritó Eddie mientras él iba hacia allí—. ¡Jim! No…

A la mierda. Aquel olor era el equivalente olfativo del sabor de los peniques nuevos en la boca, y sólo había una cosa que podía hacer...

Eddie apareció delante de él salido de la nada, cortándole el paso.

—No, Jim. No puedes entrar ahí.

—Sangre. Huele a sangre.

—Lo sé.

Jim habló con lentitud, como si Eddie hubiera perdido la maldita cabeza.

—Así que ahí dentro hay alguien sangrando.

—Si abres esa puerta podrías disparar una alarma de seguridad. —Eddie señaló al suelo—. ¿Lo ves?

Jim frunció el ceño y miró hacia abajo. Justo delante de sus botas había una línea de polvo apenas perceptible, como si una mano cuidadosa lo hubiera espolvoreado por allí.

—Si abres ahí —dijo Eddie— cruzarás la barrera y nuestra protección se esfumará.

—¿Por qué?

—Antes de irse untó el canto de la puerta con un tipo concreto de sangre y ese polvo pertenece a una tumba. Si uno pasa sobre el otro liberará una energía que ella sentirá tan claramente como si de una explosión atómica se tratara.

—¿Qué tipo de sangre es? —preguntó Jim, aunque sabía que no le iba a gustar la respuesta— ¿Y por qué no lo hizo en la puerta por la que entramos?

—Necesita un ambiente controlado para deshacer el maleficio. En el pasillo de fuera se arriesga a que el personal de la limpieza mueva el polvo o a que alguien toque algo. Y todas estas cosas —dijo Eddie señalando a su alrededor con la mano— no son ni la mitad de importantes que lo que hay ahí dentro.

Jim se quedó mirando la puerta cerrada como si de repente se fuera a convertir en Superman y pudiera ver a través de ella.

—Jim. Jim no puedes entrar ahí. Tenemos que encontrar el anillo y largarnos.

Allí estaba pasando algo más, pensó Jim. Como Adrian había admitido antes en su estudio, los ángeles tenían la costumbre de contarle sólo lo que necesitaba saber en el momento y de no darle ni una pizca más de información. Así que estaba claro que allí estaba pasando alguna mierda que él ignoraba…

—Jim.

Jim se quedó mirando el pomo que tenía al alcance de la mano. Estaba un poco harto de mantenerse al margen y si era necesario un enfrentamiento con Devina para ponerse al corriente, pues bienvenido fuera.

—Jim.

Capítulo 33

Agua caliente sobre sus pechos y muslos…, labios calientes sobre la boca, vapor caliente creando una nube a su alrededor. Marie-Terese pasó las manos enjabonadas sobre los enormes hombros de su amante, maravillándose ante la diferencia entre sus cuerpos. Él era durísimo, sus músculos se flexionaban y se relajaban a medida que ambos se movían uno contra otro trasladándose, frotándose, buscando y encontrando. La caliente erección de él chocó contra la parte superior del estómago de ella, que estaba tan preparada entre las piernas para más como él.

Los labios de Vin se liberaron de ella y se hundieron en su cuello, para bajar a continuación por su clavícula…, y seguir aún más abajo, inclinándose para chuparle los pezones antes de lamerle las duras puntas. Mientras ella hundía los dedos en su resbaladizo cabello empapado, él se arrodilló sobre el mármol delante de ella, apretando los labios y dedicándole una tórrida mirada. Cuando sus ojos se encontraron, la boca de él fue hasta su ombligo para rozarlo suavemente, como había hecho el agua antes de ser reemplazada por su rosada lengua.

Marie-Terese se apoyó contra la pared de mármol entre dos de los chorros y ensanchó su posición mientras él le besaba la cadera. Unos dientes blancos hicieron una fugaz aparición sobre el hueso y luego arañaron la piel de la parte inferior de su ombligo, antes de volver sobre sus pasos arrastrando los labios.

Más abajo.

Para dejarle aún más espacio, ella puso un pie sobre el banco de mármol que habían construido en la esquina y su boca se lanzó inmediatamente a la cara interna de su muslo. Él era urgente y dulce a la vez mientras se acercaba más y más al núcleo que latía con fuerza entre sus piernas. Se moría porque él estuviera exactamente en el sitio al que se dirigía y, cuando se detuvo en el extremo superior de la cara interna de su muslo, ella apenas si podía respirar.

—Por favor… —dijo con voz ronca.

Vin se lanzó hacia delante y la lamió de forma certera y con seguridad. Mientras la aguda voz de ella se superponía al sonido del agua al caer, los dedos de él se hundieron en sus muslos y gruñó contra su sexo. Los adictivos lengüetazos mezclados con los chupetones que la succionaban hicieron que acabara sentada en el banco apoyando un pie contra la jabonera de la pared, mientras dejaba caer el otro sobre el final de la espalda de él.

Y entonces él se puso serio. Le levantó la cabeza y, mirándola a los ojos, acercó dos de sus dedos y se los metió en la boca. Cuando salieron completamente brillantes de entre sus labios, se volvió a inclinar sobre el sexo de ella para volver a poner allí su rosada lengua.

La gruesa penetración se vio acrecentada por un repentino cosquilleo en la parte superior del sexo de ella.

Marie-Terese se corrió con fuerza, de forma ruidosa y prolongada, y cuando finalmente ya no pudo más, se derrumbó contra la dura piedra, con el cuerpo muerto como la propia agua. Después de deslizarlos fuera de ella, él lamió los dedos pasando la lengua por encima de ellos y a su alrededor mientras la miraba bajo las cejas.

La tenía dura. Tal vez demasiado, a juzgar por lo que notaba a la altura de las caderas.

—Vin…

—¿Sí? —Su voz sonó como a grava.

—El dormitorio, donde están los condones, está muy lejos.

—Sí.

Ella bajó la vista hacia su erección.

—No me gustaría que tuvieras que esperar tanto.

La sonrisa de él era feroz.

—¿Qué estás pensando?

—Quiero mirar.

Él se rió en voz baja con voz profunda y se recostó sobre la pared de cristal, separando los muslos y con su enorme erección recorriendo su estriado estómago. Dios, estaba espectacular en contraste con el mármol color crema.

—¿Qué quieres mirar exactamente?

Ella se sonrojó. Por el amor de Dios, se había sonrojado de verdad. Pero entonces él se tumbó en el suelo de la ducha, brillando de la cabeza a los pies, listo para el sexo… y esperando instrucciones.

—¿Qué quieres que te enseñe? —dijo arrastrando las palabras.

—Quiero que pongas la mano…

—¿Aquí? —dijo él poniendo una sobre el pecho.

—Más abajo…

—Mmm… —Su enorme mano resbaló hacia abajo sobre las costillas, hasta los abdominales superiores—. ¿Aquí?

—Más abajo.

Él pasó de largo la cabeza de su erección y se dirigió hacia la cadera.

—¿Aún más abajo?

—A la izquierda. Y más arriba.

—Ah, ¿te refieres a aquí? —Su mano encontró su erección y él se arqueó cerrando los ojos.

—Dios, sí…

Hizo rodar sus caderas manteniendo la mano inmóvil de manera que ella consiguió exactamente lo que quería: una increíble vista de su rotunda cabeza a través de su puño desapareciendo, apareciendo y volviendo a desaparecer. Su fuerte pecho subía y bajaba y los labios se entreabrían mientras se daba placer.

—Vin…, eres tan hermoso.

Sus párpados se levantaron poco a poco y él se quedó mirándola, atrayéndola con sus brillantes ojos.

—Me encanta que me mires…

Y diciendo eso puso la otra mano entre los muslos y agarró su potente saco. Mientras lo apretaba, trabajó su erección con largas caricias y empezó a gemir.

—No sé cuánto voy a aguantar…

Santo cielo. El edificio podría estar en llamas y ella no habría sido capaz de moverse mientras él se apretaba de nuevo el saco y luego se centraba en la cabeza de su erección. Tras pellizcarse a sí mismo con el dedo gordo, se puso a dos manos y el aliento le salió a borbotones.

La miraba fijamente a los ojos mientras se masturbaba.

Estaba tan sensual, tan expuesto ante ella sin esconder nada, a la vez vulnerable y poderoso.

—¿Vas… a hacer… que… me… aguante? —gimió entre bocanada y bocanada de aire.

Ella lo recorrió con su mirada ávida y aquella erótica imagen de él se le quedó grabada en la memoria para siempre, tan indeleble como si la hubiera esculpido en piedra.

—Tengo que…

—Córrete para mí —dijo ella. Quería que durara para siempre, pero sabía que pronto le empezaría a doler en serio.

Ahora su pecho empezó a bombear de verdad y también sus manos, más rápido y lo suficientemente fuerte como para que los músculos de sus brazos se tensaran.

Con el orgasmo se corrió sobre la barriga y los muslos porque parecía no poder parar. Y sus ojos nunca abandonaron los de ella, aunque sus manos finalmente descansaron, se soltaron y cayeron hacia un lado.

Mientras su respiración se normalizaba, ella sonrió y fue hacia él, le agarró la cara y lo besó con suavidad.

—Gracias.

—Cuando te apetezca otro espectáculo de este tipo, ¿me lo harás saber?

—Puedes darlo por hecho.

Cuando finalmente se aclararon y salieron de la ducha, tenían unas sonrisas de «qué gusto» idénticas en la cara, y Vin le acercó una toalla bordada con sus iniciales que cogió de uno de los toalleros eléctricos. El trozo de tejido de toalla blanco era tan grande que la cubría desde el pecho hasta el tobillo, y cuando se hizo un turbante en la cabeza con otra de ellas, se sintió como si la hubieran envuelto en una suavidad aterciopelada.

Vin cogió una tercera toalla, se secó el pelo hasta que le quedó de punta y se cubrió las caderas.

—Me gusta verte dentro de mis toallas.

—Y a mí me gusta estar dentro de ellas.

Él se acercó y la besó, y en la pausa que siguió a continuación, a ella se le hizo un nudo en la garganta.

Sabía lo que él quería decir. Y estaba de acuerdo en que era muy, muy pronto para eso.

—¿Quieres comer algo? —perguntó él.

—Yo… Creo que debería marcharme. —Aún tenía que hacer muchas maletas.

—Bien…, vale.

La tristeza hizo más denso el aire lleno de vapor mientras deslizaban los brazos uno alrededor del otro y salían del baño…

—¿Interrumpo?

Marie-Terese se quedó inmóvil y Vin también.

La mujer con la que había llegado a La Máscara de Hierro estaba de pie allí en el dormitorio, con las manos colgando sueltas a los lados, el largo y brillante cabello sobre los hombros y el abrigo negro atado con fuerza alrededor de su diminuta cintura.

Su rotunda inmovilidad hacía que tuviera exactamente el mismo aspecto que cualquier modelo moderna tendría a primera vista, pero no tenía nada que ver con ellas.

Nada que ver.

En primer lugar, si había resultado malherida la noche anterior, su cara no mostraba ninguna señal; sus facciones y su piel eran tan suaves y prístinas como el mármol recién cortado. En segundo lugar, parecía perfectamente capaz de matar a alguien mientras los miraba fijamente a los dos.

Dios santo. Sus ojos. No había ningún borde blanco alrededor de su negro iris, y su deslumbrante mirada no era sino un par de pozos tan oscuros y sin fondo como sumideros.

¿Pero podría aquello ser posible?

Mientras la piel de la parte trasera del cuello de Marie-Terese se tensaba, la mujer la miró fijamente y sonrió como un asesino en serie mirando a su próxima víctima.

—He visto tu bolso abajo en la mesa del comedor, querida. A juzgar por la cantidad de dinero que había al lado, yo diría que tus tarifas se han disparado. Enhorabuena.

La dura voz de Vin cortó el aire.

—¿Cómo has entrado? He cerrado todo…

—¿Es que no lo pillas, Vincent? Tu puerta siempre estará abierta para mí.

Vin se interpuso haciendo de escudo a Marie-Terese.

—Lárgate. Ahora mismo.

El sonido de su carcajada fue como el de unas uñas rascando una pizarra, estridente y estremecedor.

—Desde que nos conocimos siempre me he salido con la mía, Vin, y eso no va a cambiar ahora. He invertido mucho en ti, y estoy convencida de que es el momento de que vuelvas a casa.

—Que te follen, Devina.

—Tú ya lo has hecho, desde luego —dijo la mujer arrastrando las palabras—. Y muy bien, debo añadir. Pero no has sido el único. Tu amigo Jim también lo hizo bien y creo que me gustó más que tú. Con él no necesité a nadie más.

—Sí, yo también necesitaba más de lo que tú me dabas —le espetó Vin.

Una oleada de frialdad emanó de la mujer y sus ojos, aquellos horribles agujeros negros, se volvieron hacia Marie-Terese y se quedaron clavados en ella.

—Tú conoces a Jim, ¿no? ¿Has estado alguna vez a solas con él? Digamos... ¿en un coche? ¿Tal vez cuando lo llevaste de vuelta a casa ayer?

¿Cómo demonios sabía aquello?, se preguntó Marie-Terese.

Mientras el cuerpo de Vin se ponía tenso, la mujer continuó.

—Cuando lo llevaste de vuelta a su mierda de estudio encima del garaje, te gustó el olor de su polla, ¿no? Pero se la habrías chupado aunque no te gustara. Necesitas todo el dinero que puedas conseguir, y él estaba dispuesto a pagarte.

Marie-Terese le dirigió una mirada llena de odio a través de la habitación.

—Eso nunca ha pasado. Nunca. Yo no he estado en su casa.

—Porque tú lo digas.

—No, porque lo digas *tú*. Sé lo que he hecho y lo que no, y con quién. Tú, sin embargo, eres una zorra desesperada que está intentando retener a alguien que no la quiere.

La mujer retrocedió un poco y Marie-Terese tuvo que admitir que aquello le produjo cierta satisfacción.

Pero entonces Vin se hizo a un lado y al mirar su pálido rostro se dio cuenta de que, por desgracia, Trez tenía razón. Un pasado como el suyo tenía muchas repercusiones, y Vin y ella no se conocían lo suficiente como para que se hubiera creado entre ellos siquiera una rudimentaria confianza, mucho menos el tipo de fe que debía tener un hombre para creer que una prostituta no ejercería su «trabajo» con su amigo.

Gracias a Dios que llevaba tantas toallas encima, pensó.

Porque de pronto se sintió como si estuviera fuera bajo el viento helado.

—Jim.

De pie, delante de la puerta del baño de Devina, Jim analizó la expresión de la cara de Eddie: mortalmente seria. Para ser más exactos, aquella mole no dudaría en interponerse si Jim hacía cualquier movimiento hacia el pomo de la puerta.

Relajando sus tensos músculos, Jim desbloqueó su cuerpo y giró la cabeza hacia las cómodas. Adrian abría cajones de manera metódica y revolvía lo que había dentro de ellos, que obviamente era mucho a juzgar por el barullo.

—De acuerdo —murmuró Jim—. Supongo que deberíamos unirnos a la caza del huevo de Pascua.

—Sé que es difícil —dijo Eddie—, pero debes confiar en mí.

Eddie le dio una palmadita en la espalda y juntos se volvieron para dirigirse hacia su colega. Jim lo siguió en uno de los pasos...

Y giró en redondo precipitándose hacia el pomo de la puerta. Mientras el ángel caído maldecía a gritos, Jim abrió de un tirón el panel de madera y se detuvo en seco.

Una chica colgaba desnuda y boca abajo sobre la bañera de porcelana, con las piernas abiertas en V y los tobillos atados con cuerda negra al tubo circular que debía sujetar una cortina de ducha. Tenía las manos atadas con la misma cuerda negra y pegadas fuertemente al cuerpo, de manera que sus dedos rozaban apenas la parte superior de su sexo. Alrededor del ombligo tenía profundos cortes en forma de algún tipo de dibujo, y su piel blanca estaba cubierta de sangre roja que le corría por el torso, antes de dividirse alrededor del saliente de su barbilla y su mandíbula y fluir por su rubio cabello.

La bañera tenía el tapón puesto y estaba llena.

Dios santo… Ella colgaba un par de centímetros por encima de la bañera. Tenía los ojos abiertos y miraba fijamente hacia el frente, pero su boca se movió imperceptiblemente…

—¡Está viva! —gritó Jim echándose hacia delante.

Eddie lo sujetó y le gritó:

—No, no lo está. Y tenemos que salir de aquí ahora mismo, gracias a ti.

Jim se soltó y salió corriendo con las manos levantadas, dispuesto a desatar la compleja colección de nudos…

Una mano dura y fuerte se posó sobre su hombro.

—Está totalmente muerta, tío, y ahora tenemos un problema. —Cuando Jim agitó la cabeza violentamente y luchó para soltarse, Eddie alzó la voz—. Está muerta, esos son espasmos involuntarios, no señales de vida. ¿No ves los cortes que tiene a los lados del cuello?

Jim recorrió con la mirada el cuerpo, buscando desesperadamente el más leve amago de respiración o de reconocimiento en su cara de que la iban a salvar, algo…, cualquier cosa…

—¡No! —Señaló a los dedos que se movían ligeramente—. ¡Está viva!

Mientras se resistía hasta ponerse a gritar, la escena cambió ante sus ojos, pasando del horror actual al recuerdo de la tragedia. Vio a su madre rodeada de sangre, con los ojos apenas parpadeando, a su madre intentando formar las palabras necesarias para conseguir que él la dejara.

La tranquila voz de Eddie le entró directa en el oído, como si el tío en lugar de estar hablando le estuviera implantando las palabras:

—Jim, tenemos que irnos de aquí de una puta vez.

—No podemos dejarla aquí. —¿Era aquélla su voz? ¿Aquel graznido agudo?

—Se ha ido. Ya no está aquí.

—No podemos dejarla… Está…

—No está con nosotros, Jim. Y tenemos que irnos. Para salvar a Vin tenemos que sacarte de este puto sitio.

La voz de Adrian estalló desde la puerta de la entrada:

—¿Qué coño te pasa…?

—Cállate la puta boca, Ad. —Las palabras de Eddie atajaron la interrupción—. Lo último que necesita en este momento es que le toques las pelotas. Jim…, quiero que salgas de ahí caminando hacia atrás.

Jim sabía que tenía razón. La chica estaba muerta, la habían desangrado como a un animal y aquello no era lo peor. Su máscara funeraria congelada era de horror, como si hubiera sufrido lo indecible.

—Venga, Jim.

Que Dios le ayudase, sabía que tenía que escuchar al ángel y obligarse a aceptar que no había ninguna batalla que librar allí: el momento del conflicto y la posibilidad de victoria habían llegado y se habían ido sin que él se diera cuenta siquiera de que existían. Y Eddie tenía razón en lo de que tenían que quitarse de en medio. En aquel momento, arriesgarse a tener un altercado con Devina no habría sido buena idea.

Precisamente ahora que un tercio del equipo se había vuelto completamente majareta.

Jim iba a darse la vuelta cuando desde atrás la enorme mano de Eddie le agarró la cara y se la sujetó en la posición en la que la tenía.

—Mantén la mirada al frente y sal hacia atrás conmigo. No muevas la cabeza. ¿Me has entendido? Quiero que camines hacia atrás conmigo y que mantengas la cabeza donde la tienes. Vamos a retroceder…

—No quiero dejarla ahí —gimió—. Joder…

Aquel sufrimiento, el terror grabado en los suaves y pálidos rasgos de su hermoso rostro. ¿Quiénes eran sus padres? ¿Quién era ella? Mientras miraba el cadáver de la joven, lo memorizó todo sobre ella, desde el lunar que tenía en el muslo hasta el azul claro de sus ojos sin vida, pasando por el dibujo que le habían hecho con cortes en el estómago.

—Se ha ido —dijo Eddie con suavidad—. Su cuerpo es sólo los restos, su alma ya no está aquí. No puedes hacer nada por ella, y ahora mismo nos encontramos en una situación peligrosa. Necesitamos sacarte de aquí.

Sin embargo, cuanto más miraba hacia ella, más empezaban de nuevo sus entrañas a gritar y no podía…

De repente, oyó una ráfaga de ruido similar al de patas de roedores en una cloaca. No eran cientos de ratas, sin embargo. Los relojes se habían puesto en marcha, todos ellos habían cogido brío exactamente en el mismo momento, el caótico tictac de los innumerables relojes de segunda mano se oyó en el *loft*, invadiendo el aire.

De pronto, la voz de Adrian sonó lúgubre en lugar de enfadada.

—Tenemos que irnos…

480

Sus palabras fueron interrumpidas por un ruido sordo y, a continuación, por una reverberación que salió del suelo, tan grande que hizo vibrar la ventana tintada del baño y formó olas en la superficie de la sangre de la bañera.

—Ahora mismo.

—No quiero dejarla ahí…

La voz de Eddie se convirtió en un rugido.

—Se ha ido. Y necesitamos…

—¡Que te den! —gritó Jim arremetiendo hacia delante.

Los enormes brazos de Eddie eran barras de hierro. Aunque Jim luchaba por soltarse de forma salvaje, arañándolo y tirando de él, no consiguió nada.

Se oían voces, la suya y la de Adrian. Pero Eddie se mantuvo en silencio mientras empezaba a sacar a Jim de la habitación.

Luego Eddie interrumpió el caos vocal y el refregar de ropa:

—¡Dale un puto puñetazo! ¡No consigo que deje de mirar el espejo!

Adrian apareció, cerró un puño y echó el brazo hacia atrás. El golpe fue fuerte y rápido, el estruendo se oyó por encima del resto… y dejó sin sentido a Jim conforme a sus deseos.

Cayó aturdido cuan largo era, con los talones de sus Timberland arañando el duro suelo y con la cabeza sonando como una campana. Cuando sus botas hubieron atravesado el umbral de la puerta del baño, Adrian la cerró de un portazo y Eddie levantó a Jim del suelo y se lo cargó a la espalda como los bomberos.

Mareado y desorientado, Jim intentó descifrar una nueva serie de sonidos extraños que llegaban desde muy lejos. Miró hacia la encimera de la cocina y vio que los cuchillos se estaban moviendo, colocándose, poniendo orden en el caos en el que se encontraban. Y lo mismo sucedía con los tocadores, lo cual explicaba las reverberaciones: las cómodas temblaban bajo sus patas, buscando posiciones como soldados llamados a filas.

Apenas recordaba haber salido del *loft* y no se había quedado con la mayor parte del viaje escaleras abajo…, pero el aire frío de fuera lo revivió lo suficiente como para poder desembarazarse de los brazos de Eddie y llegar a la camioneta por su propio pie.

Mientras Adrian los llevaba lejos del almacén, lo único que Jim conseguía ver era la cara de la niña.

Esta vez no hubo canciones mientras se iban.

Ni charlas.

Capítulo 34

Las burlas de Devina rebotaron en la máquina de *pinball* interior de Vin, accionando todo tipo de campanas demoníacas y puntos de penalización: Jim y Marie-Terese habían estado solos en su coche de vuelta a su estudio...

—¿Te acuerdas de todos con los que has estado? —le dijo Devina a Marie-Terese—. Debes de tener una memoria increíble. Aunque en este momento sólo importa uno de esos hombres, ¿no es cierto, Vin?

Aquello era una encrucijada, pensó él, un lugar en el que había que elegir si ir hacia un lado o hacia el otro.

Y tenía más claro que el agua que si se dejaba convencer por lo que Devina estaba diciendo, estaría perdido para siempre, aunque a una parte de él le parecía irrefutable lo que decía: Marie-Terese había estado a solas con Jim y había estado con hombres por dinero, y si ambos habían estado juntos sexualmente hablando, él no sería capaz de superarlo.

Devina empezó a hablar en voz baja.

—Siempre has temido acabar como tu padre. Y aquí estás, puteado por una zorra.

Vin dio un paso vacilante hacia ella, alejándose de Marie-Terese. «Puteado por una zorra…».

Las palabras de Devina le hicieron visualizar con más detalle imágenes de su padre y de su madre.

Las palabras de Devina y la realidad de lo que Marie-Terese había hecho para ganarse la vida.

«Puteado por una zorra…».

Miró fijamente a Devina, viéndola como realmente era…

—Tienes toda la razón —susurró él dándose cuenta de cuál era la verdad.

De pronto, la cara y los ojos de Devina cambiaron, la compasión suavizó sus rasgos e hizo desaparecer la rabia.

—Yo no quiero eso para ti. Nada de eso. Sólo tienes que volver a mí, Vin. Vuelve.

Él caminó hacia delante, acercándose más y más, y ella alzó los brazos hacia él. Cuando estaba delante de ella, él extendió el brazo y le metió uno de aquellos oscuros rizos por detrás de la oreja. Inclinándose, él acercó la boca y le tiró del pelo con más fuerza.

—Vin…, sí, Vin —pronunció su nombre con alivio y triunfo—. Así es como debe ser…

—Que te den. —Ella empezó a retroceder, pero él la retuvo agarrándola por el cráneo—. Tú eres la zorra.

Trez lo había dicho. En La Máscara de Hierro le había dicho que llegaría un momento en el que tendría que confiar en lo que sabía de Marie-Terese, en lugar de en lo que siempre había temido que fuera verdad de una mujer que le importaba.

—No eres bienvenida aquí —dijo él, soltando a Devina con un empujón y volviendo hacia Marie-Terese. Mientras cogía a su chica por los brazos y la ponía detrás de él, deseó haber estado en el dormitorio principal, porque allí era donde estaba su pistola—. Fuera.

De repente, el aire que rodeaba a Devina se arremolinó como si su furia estuviera causando una alteración molecular y él se preparó para el impacto. En lugar de arremeter contra él, sin embargo, pareció recomponerse.

Con un espeluznante dominio, caminó hacia la cristalera y lo primero que pensó él fue en hacer que Marie-Terese saliera de la habitación. Por desgracia, la distancia entre la cristalera y la puerta abierta era demasiado pequeña, así que Devina podría cerrarla con facilidad y la muy zorra estaba mirando hacia el cristal, con lo cual era como si tuviera ojos en el cogote.

—No puedes romper el pacto, Vin. Esto no funciona así.

—Y una mierda.

Devina dio media vuelta y se acercó, como quien no quiere la cosa, a la cama. Se agachó, recogió sus *bóxer* y observó el edredón arrugado y los cojines desperdigados.

—Qué desorden. ¿Quieres contarme exactamente qué le has hecho, Vin? ¿O tengo que usar mi imaginación? Ella tiene mucha práctica, estoy segura de que te ha satisfecho.

Devina cambió de sitio un cojín con parsimonia, volviéndolo a poner contra el cabecero. Aprovechando su breve distracción, Vin actuó con rapidez, empujó a Marie-Terese hacia atrás, hacia el baño, y cerró de un portazo la puerta. Cuando oyó que el cerrojo se cerraba al momento, respiró hondo, aunque estaba claro que Devina no tenía problemas para burlar las mejores cerraduras Schlage.

Las negras órbitas de Devina miraron hacia arriba.

—Sabes que si quiero entrar ahí, puedo hacerlo.

—Por encima de mi cadáver. Y algo me dice que eso no puede ser, ¿verdad? Si me hubieras querido matar, o a ella, lo habrías hecho nada más haber entrado aquí.

—Piensa lo que quieras, si esto te hace sentir mejor.

—Ella se inclinó y cogió algo del edredón revuelto—. Vaya, qué tenemos aquí. Creo que he…

Devina se detuvo en seco a mitad de discurso y giró la cabeza para mirar por los ventanales. De pronto, sus cejas descendieron sobre los agujeros negros de sus ojos y los rasgos de su cara se transformaron fugazmente, mostrando por un instante lo que era en realidad: por una décima de segundo, toda aquella hermosa belleza fue sustituida por capas de carne podrida y gris. Hasta juraría que le llegó un olor a carne muerta.

Joder, tal vez aquello debería haberle sorprendido más, pero sabía por experiencia que lo que no tenía sentido y era inexplicable no era menos real porque estuvieran locos. Y lo que era más importante, Marie-Terese estaba al otro lado de una delgada puerta y él iba a luchar hasta la muerte para proteger a su chica, fuera lo que fuera lo que le atacara.

Podía ser humano, demonio…, o una combinación de ambos. Las definiciones no importaban.

Devina se volvió hacia él. Deslizó algo en el bolsillo de su abrigo y dijo con una extraña voz reverberante:

—Os veré muy pronto. Tengo asuntos que resolver en otro sitio.

—¿Vas a hacerte un tratamiento facial? —dijo él—. Buena idea.

Bufó como si quisiera arrancarle los ojos, se esfumó en una niebla gris y desapareció de la habitación como un fantasma, ardiendo de rabia mientras atravesaba la alfombra y se dirigía escaleras abajo.

Vin dio un salto hacia delante, cerró de un portazo la puerta del dormitorio y echó la llave, aunque tenía la sensación de que con la forma que ella había adoptado, podría colarse por debajo. Aun así, aquello era lo único que él podía hacer.

Fue directo al baño y llamó a la puerta.

—Se ha ido, aunque no sé por cuánto tiempo…

Marie-Terese abrió la puerta de golpe. Estaba pálida y muerta de miedo, pero sus primeras palabras fueron:

—¿Estás bien?

En aquel momento supo que la quería. Así de simple.

Sin embargo, no había tiempo para entretenerse con esas mierdas en ese momento.

Vin le dio un fugaz beso.

—Quiero que salgas ahora mismo de aquí. Por si vuelve.

Y en cuanto Marie-Terese estuviera a salvo, llamaría a Jim. Necesitaba un maldito copiloto, y no se le ocurría nadie mejor que un hijo de puta que ya le había ganado la partida a la muerte una vez, y que no tenía pinta de asustarse por mierdas que harían que la mayoría de tíos se cagara en sus Calvin Klein.

De pronto, ella se tambaleó.

—Creo que me voy a desmayar…

—Baja la cabeza. Vamos, arrodíllate para que pueda…

Él posó su mano sobre el hombro desnudo de ella y la tumbó cuidadosamente en el suelo. Luego la inclinó de manera que su larga melena rozaba el mármol y sus manos le caían hacia los tobillos.

—Respira hondo lentamente.

Mientras ella hacía un par de temblorosas respiraciones, le entraron ganas de arrancarse la piel a tiras. Maldito fuera, él era peor que su ex marido. Mucho más destructivo.

Aunque su corazón estaba en el lugar correcto por primera vez en su vida adulta, la había expuesto a algo más horrible que cualquier cosa que la Mafia se pudiera sacar de la manga.

Y eso que esa panda de matones no eran precisamente unas nenazas.

Marie-Terese levantó la vista hacia él.

—Sus ojos… ¿Qué coño acabo de ver?

—¡Vin! ¿Estás ahí, Vin?

Al escuchar aquel grito sordo, se inclinó hacia el umbral de la puerta y gritó:

—¿Jim?

—Sí —fue la respuesta—. He venido con refuerzos, como se suele decir.

—En ese caso sube. —Aquello era perfecto. Había una puerta trasera en el segundo piso por la que podrían sacar a Marie-Terese, y sería fantástico poder hacerlo con ayuda.

—Voy a correr hacia él y a ponerme algo encima —le dijo a ella—. ¿Qué te parece si te vas vistiendo tú también?

Ella asintió y él la besó, le dio la ropa y luego cerró la puerta del dormitorio al salir.

Mientras unas pesadas botas golpeaban las escaleras, Vin fue a su habitación, se puso unos pantalones de chándal y cogió la pistola de la mesilla, deseando todo el tiempo que los «refuerzos» fueran del estilo de Jim.

Y al parecer lo eran. Aquellos dos cabrones enormes eran los que habían ido al hospital después de que Jim se hubiera electrocutado, y a pesar de ir vestidos de civil, tenían mirada de luchadores.

Jim, por su parte, tenía la mirada vidriosa y vacía de quien acaba de tener un grave accidente de coche. Estaba claro que había recibido malas noticias hacía poco, pero aun así su voz fue fuerte y plana mientras señalaba primero con la cabeza al de la izquierda.

—Éste es Adrian. Y Eddie. Son una especie de amigos nuestros, no sé si me entiendes.

«Gracias a Dios», pensó Vin.

—No podríais haber llegado en mejor momento —dijo estrechándoles la mano—. No sabéis quién se acaba de ir.

—Apuesto a que sí —murmuró Jim.

—Tengo que hacerte algunas preguntas —dijo el de los *piercings*—. Conocemos a tu novia. Y muy bien, por desgracia.

—No es mi novia.

—Bueno, aún no ha salido de tu vida, desgraciadamente. Pero vamos a intentar ocuparnos de eso. Aquí, nuestro amigo Jim dice que cuando tenías diecisiete años hiciste una especie de ritual. ¿Podrías describirlo?

—Se suponía que tenía que librarme de lo que tenía dentro de mí.

Por supuesto, Marie-Terese abrió la puerta de la habitación de invitados en aquel momento. Llevaba puestos sus vaqueros y su forro polar, se había recogido el pelo hacia atrás y llevaba las manos metidas en los bolsillos delanteros de su jersey.

—¿Qué tenías dentro de ti? —preguntó.

Vin se frotó la cara y volvió a mirar a los hombres. Antes de que encontrara la forma apropiada de enmascarar la verdad, Marie-Terese interrumpió sus acrobacias mentales.

—Quiero saberlo todo, Vin. Con pelos y señales. Merezco saberlo ahora que la he visto de cerca porque, francamente, no estoy segura de lo que acabo de ver.

Mierda. Aunque lo único que él quería era mantenerla al margen del asunto, se sentía presionado para aceptar su razonamiento. Pero joder, deseaba con todas sus fuerzas haber evitado esa conversación.

—Caballeros, ¿nos conceden un minuto? —dijo sin separar los ojos de los de ella.

—¿Tienes alguna cerveza por ahí? —preguntó Adrian.

—En la nevera que está al lado del mueble bar en la sala de estar. Jim conoce el camino.

—Qué bien. Porque él es el que la necesita. Vosotros bajad cuando estéis listos y no os preocupéis, nos aseguraremos de que Devina no vuelva aquí. Supongo que tendrás sal en la cocina.

—Sí. —Lo miró frunciendo el ceño—. Pero ¿para qué necesitas…?

—¿Dónde está?

Después de encogerse de hombros y decirle que mirara en alguna de las alacenas, el tío fue de nuevo hacia las escaleras y Vin guió a Marie-Terese hacia la cama. Sin embargo, él no era capaz de estarse quieto, así que se levantó y empezó a dar vueltas.

Fue hacia los ventanales preguntándose por qué la vida lo había puesto en aquella tesitura. Se preguntó por qué había empezado donde lo había hecho. Se preguntó cómo iban a acabar las cosas para él.

Miró hacia abajo, hacia la autopista que había al lado del río, y al ver los coches que circulaban por sus carriles correspondientes, envidió a la gente que estaba tras aquellos volantes y en aquellos asientos de acompañante. Estaba claro que la gran mayoría de ellos estaban haciendo cosas normales, como ir a casa o a ver una película o intentando tomar importantes decisiones como qué iban a cenar.

—¿Vin? Cuéntamelo. Prometo no juzgarte.

Él se aclaró la garganta y deseó con todas sus fuerzas que aquello fuera cierto.

—¿Por casualidad crees en…?

Vale, ¿y ahora cómo iba a terminar aquella frase? ¿Enumerando un puñado de cosas como güijas, cartas de tarot, magia negra, vudú y…, demonios, sobre todo demonios?

Genial. Fantástico.

Ella rompió el silencio que él no se atrevía a llenar.

—¿Te refieres a los episodios que sufres?

Él se frotó la cara.

—Oye, lo que voy a decir no va a sonar real… Qué coño, ni siquiera va a sonar plausible. Pero ¿podrías hacer el favor de no irte hasta que haya acabado, por muy extraño que parezca todo?

Él continuó observando el paisaje porque no quería que ella viera la expresión de debilidad que él sabía que tenía en la cara, y al menos su voz sonaba medio normal.

El cabecero de la cama chirrió, lo cual indicaba que ella se había sentado más atrás en el colchón.

—No voy a ir a ninguna parte. Te lo prometo.

Otra razón para quererla. Como si necesitara más.

Vin respiró hondo y se lanzó al vacío de los proverbios:

—Cuando eres joven crees que todo lo que te pasa, lo que pasa a tu alrededor, dentro de ti, es normal, porque no conoces otra cosa. Hasta que cumplí cinco años y empecé a ir a la guardería, no me di cuenta por las malas de que otros niños no podían mover tenedores sin tocarlos o hacer que dejara de llover en sus patios traseros o saber qué iba a haber para cenar sin hablar con sus madres. Mis padres no podían hacer nada de lo que yo hacía, pero yo ya me sentía absolutamente diferente a ellos de todos modos, así que no me pareció extraño. Simplemente creía que no eran iguales porque eran padres, no niños.

No quiso entrar en las diferentes formas en que había aprendido que no era como los otros niños, ni en lo que aquellos mierdecillas le hacían para castigarlo por salirse de lo normal: el hecho de que las pandillas de niños le pegaran a menudo o de que las chicas se burlaran y se rieran de él no iba a hacer que ella lo entendiera mejor o lo creyera. Además, siempre había odiado que se compadecieran de él.

—Aprendí rapidísimamente a callarme lo que podía hacer, y no fue difícil ocultarlo. Básicamente, en aquel momento sólo hacía algunos trucos de magia barata, nada que se interpusiera en mi vida, pero aquello cambió cuando cumplí los once años y empecé con la mierda esa de las posesiones. Aquello era un gran problema. Sucedía cuando y donde le daba la gana. Yo no podía controlarlo y, en lugar de pasarse con los años, como sucedió con lo de la manipulación y la clarividencia a pequeña escala, la cosa fue a peor.

—Tenías un don —dijo ella no sin cierto asombro.

Él volvió la cabeza por encima del hombro. Su cara había recuperado el color casi por completo, lo que era más de lo que él esperaba, pero no estaba de acuerdo con lo que ella había dicho.

—Yo lo veía más como una maldición. —Volvió a mirar las hileras de coches diminutos que estaban lejos, muy lejos allá abajo—. A medida que iba creciendo, me fui haciendo más grande y más fuerte, y el hecho de que me agredieran dejó de ser un problema, pero los episodios no paraban y cada vez me frustraba más porque me sentía como un bicho raro. Finalmente decidí hablar con alguien, así que acudí a aquella parapsicóloga del centro de la ciudad. Me sentía como un maldito idiota, pero estaba desesperado. Ella me ayudó, me dijo lo que tenía que hacer y, aunque no la creí, cuando llegué a casa hice lo que ella me dijo..., y todo cambió.

—¿Dejaste de tener los ataques?

—Sí.

—¿Y por qué han vuelto?

—No lo sé. —Y tampoco sabía por qué habían empezado.

—¿Vin? —Cuando él se dio la vuelta para mirarla, ella dio unos golpecitos en la cama—. Ven a sentarte. Por favor.

Él escrutó su rostro y lo único que vio fue calidez y empatía, así que se acercó y plantó el trasero sobre el colchón, al lado de ella. Apoyó los puños sobre el edredón, descargó su peso en los hombros y ella posó la mano con delicadeza en su espalda y lo acarició dibujando un círculo lentamente.

Su caricia le proporcionó una fuerza increíble.

—Cuando los ataques cesaron, todo cambió. Y curiosamente, sin tener nada que ver, mis padres murieron de forma accidental poco después. Aquello no me pilló demasiado por sorpresa porque, con lo violentos que eran el uno con el otro, era sólo cuestión de tiempo. Cuando se fueron, yo dejé el colegio y me puse a trabajar con el jefe de mi padre como ayudante de fontanero. Acababa de cumplir los dieciocho, así que podía trabajar legalmente en el negocio y convertí en mi profesión aprender de todo. Así fue como acabé en lo de la construcción. Nunca me he cogido unas vacaciones. Nunca he mirado atrás y siempre desde entonces la vida ha sido…

Qué curioso, hasta hace un par de días él habría dicho «maravillosa».

—La vida ha tenido muy buen aspecto desde fuera, desde entonces.

Pero estaba empezando a pensar que lo único que había hecho era darle una brillante y bonita mano de pintura a un establo podrido. Nunca había sido feliz, no había disfrutado del dinero que había ganado… Había engañado a personas honradas y expoliado innumerables hectáreas de terreno, ¿y todo para qué? Lo único que había hecho había sido alimentar la solitaria que tenía en su interior y que lo dominaba. Nada de aquello lo había satisfecho.

Marie-Terese lo cogió de la mano.

—Entonces… ¿Quién es esa mujer? ¿Qué es?

—Es… No sé cómo responder a ninguna de esas preguntas. Tal vez esos tipos que vienen con Jim puedan hacerlo. —Miró hacia la puerta y luego a Marie-Terese—. No quiero que pienses que soy un bicho raro. Aunque no puedo culparte si lo haces.

Dejó caer la cabeza y, por primera vez en mucho, mucho tiempo, deseó ser otra persona.

Las palabras eran mejor que nada cuando se trataba de explicar algo, pero eso no significaba que fueran suficientes ni por asomo en ciertas situaciones.

Ésta era una de ellas, pensó Marie-Terese.

En su vida, las cosas como las que mencionaba Vin sucedían en las películas o en los libros..., o te las susurraban cuando tenías trece años y dormías fuera de casa con tus amigas..., o eran mentiras que se publicitaban en la contraportada de revistas baratas. No formaban parte del mundo real, y su mente estaba intentando encajarlo.

El problema era que ella había visto lo que había visto: una mujer con dos agujeros negros en vez de ojos y con un aura que parecía contaminar hasta el aire que la rodeaba; y ahora, un hombre orgulloso cabizbajo, avergonzado por algo que no era ni culpa suya, ni algo que deseara.

Marie-Terese continuó acariciándole los hombros, deseando poder hacer algo más para tranquilizarlo.

—No sé... —Ella dejó la frase a la deriva.

Sus reservados ojos grises la miraron.

—... qué vas a hacer conmigo, ¿verdad?

Bueno, sí. Pero no quería verbalizar aquel pensamiento por temor a que lo malinterpretara.

—No pasa nada —dijo él, extendiendo las manos para apretarle una de las suyas antes de levantarse de la cama—. Créeme, no te culpo en absoluto.

—¿Qué puedo hacer por ti? —preguntó ella mientras él se alejaba.

Él la miró desde la ventana.

—Irte de la ciudad. Y tal vez no deberíamos vernos. Probablemente sea más seguro para ti, y para mí eso es lo único importante ahora mismo. No pienso dejar que te atrape. No importa lo que tenga que hacer. No va a llegar hasta ti.

Lo miró fijamente y sintió un profundo escalofrío mientras se daba cuenta de que él era su cuento de hadas hecho realidad: de pie delante de ella, estaba dispuesto a luchar por ella en cualquier campo en el que tuviera lugar la batalla. Estaba dispuesto a asumir heridas y a hacer sacrificios por ella. Él era el caballero andante que ella buscaba cuando era más joven y que creía que no encontraría nunca a medida que iba creciendo.

Y lo más importante, cuando él podía haber creído fácilmente las mentiras que aquella mujer había dicho, cuando podía haber hecho caso a Devina al soltar ésta aquella absoluta falacia de que ella había estado con Jim, él había elegido quedarse a su lado en lugar de despreciarla.

Los ojos se le llenaron de lágrimas.

—Oye, debería ir abajo a hablar con ellos —dijo él bruscamente—. Supongo que querrás irte.

Pero ella sacudió la cabeza y se puso de pie, pensando que los dos podían jugar al juego del caballero de la brillante armadura.

—Si no te importa, me quedaré. Y no creo que seas ningún bicho raro. Creo que eres… —intentó elegir las palabras adecuadas—, que eres exactamente como eres. Eres un hombre más que maravilloso y un gran amante, y, eres tú. —Ella sacudió la cabeza—. No cambiaría nada de ti y tampoco me das miedo. Lo único que me hubiera gustado es haberte conocido hace muchos años. Pero así son las cosas.

Hubo un largo silencio.

—Gracias —dijo él con la voz quebrada.

Ella fue hacia él, lo rodeó con los brazos y murmuró:

—No tienes por qué darme las gracias. Es lo que siento.

—No, es un regalo —dijo él con la cara hundida en su pelo—. Habría que darle siempre las gracias a las personas que te dan algo irreemplazable, y para mí la aceptación es lo más inestimable que me podrías ofrecer jamás.

Ella se dejó caer sobre su pecho, y él pronunció dos pequeñas palabras:

—Te quiero.

Los ojos de Marie-Terese se abrieron como platos, pero él se echó hacia atrás y levantó la mano para evitar que ella tartamudeara.

—Es lo que siento. Es el punto en el que estoy. Y no espero ningún tipo de respuesta. Sólo quería que lo supieras. —Señaló con la cabeza hacia la puerta—. Vamos abajo a dar la cara.

Ella vaciló y él tiró de ella suavemente.

—Vamos.

Él la besó y ella permitió que la guiara para salir de la habitación. Y dadas las vueltas que le estaba dando la cabeza, le sorprendió que su sentido del equilibrio fuera lo suficientemente bueno como para permitirle bajar las escaleras y llegar a la sala de estar sin caerse.

Incluso mientras se unían al resto, ella tuvo la sensación de que debería decirle algo como respuesta, cualquier cosa, pero la verdad era que no parecía que él estuviera esperando ningún tipo de reciprocidad ni reconocimiento.

Y extrañamente eso le hizo sentirse halagada en cierto modo, probablemente porque significaba que su regalo para ella era incondicional.

Estaba claro que los hombres habían encontrado la cerveza, ya que todos ellos tenían una botella en las manos, y Jim le presentó a los dos que venían con él. Por alguna razón confió en ellos, algo que era muy poco frecuente dados los sentimientos que solían despertar en ella los miembros del sexo opuesto grandes y musculosos.

Antes de que ninguno de ellos pudiera hablar, ella preguntó alto y claro:

—¿Qué diablos es ella? ¿Y hasta qué punto debo preocuparme?

Todos los hombres se la quedaron mirando como si le hubieran salido dos cabezas.

Eddie fue el primero en recuperarse. Se inclinó hacia delante y apoyó los codos sobre sus rodillas enfundadas en unos vaqueros. Tras un momento de concentración, se limitó a encogerse de hombros, como si hubiera intentado encontrar una manera de suavizar las cosas y decidiera pasar de mentir.

—Un demonio. Y si te dijera que debes estar muy preocupada me quedaría corto.

Capítulo 35

Vin estaba absolutamente impresionado con su chica. Acababa de darle una horrorosa y aterradora bienvenida al mundo irreal, luego le había soltado una bomba en forma de «te quiero» y aun así ella se mantenía firme, mirando a Eddie con ojos seguros e inteligentes mientras asimilaba su respuesta.

—Un demonio —repitió.

Eddie y Adrian asintieron al unísono y Jim se sentó en el sofá, se puso la botella fría de cerveza sobre la cara hinchada y se tumbó sobre los cojines desordenados. El discreto suspiro que salió de su boca parecía indicar que si el nuevo cardenal que lucía tenía mala pinta, aún dolía más.

Sólo Dios sabía cómo… Un momento, Adrian tenía heridas en los nudillos.

—¿Qué significa eso? —dijo ella.

La voz de Eddie sonó desapasionada y sensata.

—La idea habitual que se tiene de ellos encaja muy bien en este caso. Es un ser demoníaco que se adueña primero de las vidas y luego de las almas de las personas. Ha sido creada para la destrucción y quiere conseguir a Vin. Cualquier cosa o persona que se interponga en su camino está en peligro inminente.

—Pero ¿por qué Vin? —Miró hacia el otro lado de la estancia—. ¿Por qué tú?

Vin abrió la boca, pero no consiguió articular palabra.

—Yo… La verdad es que no tengo ni idea.

Eddie paseaba arriba y abajo, yendo desde las estanterías hasta el espejo destrozado.

—Has dicho que habías ido a una parapsicóloga que te había recomendado hacer un ritual. ¿Qué hiciste para atraerla hacia ti?

—Ésa es la cuestión —dijo Vin—. Yo no la llamé. Yo intentaba librarme de las visiones. Eso era todo.

—Hiciste algo.

—Pues no fue presentarme voluntario para esta mierda, te lo aseguro.

Eddie asintió y miró hacia atrás por encima del hombro.

—Te creo. El problema es que estoy segurísimo de que te tendieron una trampa. No sé qué te dijeron exactamente, pero apostaría que no era para acabar con esos trances. La cuestión es que, para que Devina salga a escena, tienes que haberla dejado entrar. —Eddie volvió a mirar a Marie-Terese—. Así que, en este caso, creo que lo que le dijeron que hiciera lo dejó totalmente expuesto y Devina se aprovechó de ello.

—¿Entonces ella no tiene nada que ver con sus visiones?

—No. Ella puede eclipsarlas mientras sus vínculos con él sean fuertes, pero probablemente las está volviendo a tener porque esos vínculos se han debilitado un poco. En cuanto a lo de por qué él, considéralo el equivalente metafísico de un accidente de coche. Vin estaba en el lugar equivocado en el momento equivocado, gracias a un consejo nefasto. —Eddie miró de nuevo a los ojos a Vin—. ¿Cómo encontraste a aquella parapsicóloga? ¿Quería vengarse de ti por alguna razón?

Así que las visiones iban a volver. Genial.

—Ni siquiera la conocía. —Vin se encogió de hombros—. Era sólo una mujer del centro de la ciudad que elegí al azar.

Eddie pareció estremecerse, como si Vin le acabara de decir que un fontanero lo había operado del colon.

—Ya, vale... ¿Y ella qué te dijo?

Vin deambuló con las manos en las caderas. La noche en que había subido las escaleras y se había encerrado en su viejo cuarto le vino a la memoria, y lo que recordó haber hecho no era algo que le resultara precisamente agradable compartir con tan variopinta compañía.

Eddie pareció darse cuenta.

—Bueno, hablaremos de eso más tarde. ¿Dónde lo hiciste?

—En mi cuarto. En la casa de mis padres... Un momento, para el carro. ¿Soy yo el responsable de todo esto? —Vin se frotó el pecho, un asfixiante peso sobre el corazón le impedía respirar bien—. Si no hubiera acudido a ella, ¿no habría tenido..., vivido esta vida que tengo?

El que calla otorga.

—Joder, maldita sea. —Y entonces cayó en la cuenta. Devina había dicho que ella le había dado todo... ¿Significaba eso que le había quitado también cosas de en medio?—. Dios mío, ¿los muertos también? ¿Estás diciendo que yo también soy el culpable de las muertes?

—¿De qué muertes?

—De las de mis padres. Murieron aproximadamente una semana después.

Eddie miró a Adrian.

—Depende.

—¿De si les deseé la muerte?

—¿Lo hiciste?

Vin se quedó mirando a Marie-Terese con la esperanza de que, mientras respondía, ella pudiera ver el arrepentimiento en sus ojos. Mierda, sus padres se habían portado fatal el uno con el otro y aún peor con él, pero eso no significaba que él quisiera ser la causa de su fallecimiento.

—Había dos cosas que yo deseaba cuando era más joven —dijo con dureza—. Quería ser rico y quería salir de su reino de terror.

—¿Cómo murieron? —preguntó Eddie en voz baja, como si supiera que era algo muy fuerte.

—Después de que yo hubiera hecho lo que hice arriba, en mi habitación, continué con mi vida normal, yendo al colegio y todo eso, bueno, más o menos, porque hacía muchas pellas. Nunca pensé que fuera a funcionar, así que no pensaba en eso. Hasta que caí en la cuenta de que no me había desmayado en toda una semana, no empecé a preguntarme si habría solucionado mi problema. —Vin se acercó a los ventanales para ver el paisaje, pero en lugar de eso acabó clavando la vista en una mancha de la alfombra. La había dejado la botella rota de *bourbon*, y la oscura marca en forma de círculo era de las que ningún limpiador de alfombras iba a conseguir eliminar—. Recuerdo que volví a casa después de hacer el turno de mi padre, algo que solía hacer cuando él estaba demasiado borracho para sostenerse en pie. Era sobre las doce de la noche. Puse la mano en el pomo de la puerta, miré hacia la luna llena y me entusiasmé al contar los días que habían pasado. No me podía creer que me hubiera curado. Y entonces entré en casa y los encontré a los dos cubiertos de sangre al pie de las escaleras. Ambos estaban muertos. Probablemente uno de ellos había empujado al otro y se habían caído los dos.

—Tú no eres el problema —interrumpió Eddie.

Vin apoyó las manos en la ventana y dejó caer la cabeza.

—Maldita sea.

Sin razón aparente y probablemente porque era la única cosa que podía hacerle sentir peor de lo que ya estaba, pensó en un sándwich de mantequilla de cacahuete y mermelada. En uno en concreto. En el único que le había hecho su padre.

Los dos habían llegado tarde de hacer un trabajo y no había cena en la mesa. Algo lógico, porque la única persona que podía haberla hecho estaba desmayada en el sofá con un cigarro hecho cenizas en la mano.

Su padre había ido a la nevera a coger una cerveza, pero había roto con la tradición al coger de paso el pan, la mermelada y la crema de cacahuete. Había encendido un cigarro, había sacado cuatro rebanadas, había untado la fresa y luego la crema Jif. Después de coger una Miller, le había lanzado uno de los sándwiches a Vin y había salido de la cocina.

Había huellas negras en el pan blanco porque su padre no se había lavado las manos.

Vin había tirado el sándwich a la basura, había usado el fregadero y el jabón y se había hecho uno limpio.

Por alguna razón, ahora lamentaba no haberse comido aquella maldita cosa.

—¿Qué hiciste? —preguntó Eddie—. ¿Cuál fue el ritual?

—La parapsicóloga me dijo... —Vin retrocedió en el tiempo.

Después de haberse desmayado delante de todo el colegio en una puñetera convivencia, había reventado y había acudido al periódico en busca de parapsicólogos porque se imaginó que, si ellos veían el futuro como él, quizá sabrían cómo demonios dejar de ver cosas antes de que ocurrieran.

El sábado por la mañana cogió la bici y pedaleó hasta la orilla del río, donde había un puñado de pequeños escaparates andrajosos con letreros baratos de neón que ponían cosas como «Se echan las cartas», «Lecturas astrológicas» y «Fiabilidad 100%, 15$». Había entrado en la primera de las puertas, que tenía dibujada una mano con un círculo sobre ella, pero había cola. Así que se fue a la siguiente, pero estaba cerrada. A la tercera fue la vencida.

Dentro, el oscuro lugar olía a algo que no pudo reconocer. Oscuro y especiado.

Más tarde supo que olía a sexo sin limitaciones para adultos.

La mujer apareció tras una cortina de cuentas, iba vestida de negro, tenía el cabello negro y llevaba los ojos perfilados de negro, pero en lugar de un caftán, una peluca y los párpados arrugados, llevaba un mono ajustado y parecía salida de *Playboy*.

Él la deseaba. Y ella lo sabía.

Mientras le invadía el recuerdo de cuando la había conocido, se obligó a volver al presente.

—Le dije lo que quería y ella pareció entenderlo inmediatamente. Me dio una vela negra y me dijo que fuera a casa y que la derritiera en la cocina. Cuando estuviera líquida tenía que quitarle la mecha y dejarla a un lado. Luego... —Miró a Marie-Terese y deseó con todas sus fuerzas tener otra historia que contar—. Luego se suponía que tenía que cortarme un mechón de pelo y echarlo dentro, junto con un poco de sangre y..., algo más.

Vin no era de los que se andaban con rodeos ni de los que vacilaban. Pero admitir delante del gallinero y de una mujer que quería que formara parte de su vida que hacerse una paja había sido parte de la historia, no era del tipo de cosas que le gustaba hacer.

—Ya, vale —dijo Eddie, salvándole el culo—. ¿Y después qué?

—Tenía que enfriar la cera, volver a darle forma, ponerle la mecha e ir arriba. Desnudarme. Dibujar un círculo con sal. Mmm... —Frunció el ceño. Qué extraño. La primera parte la recordaba clarísimamente, pero lo que venía después no—. A partir de ahí está borroso... Creo que me volví a cortar y dejé gotear la sangre en el centro del círculo. Me tendí y encendí la vela. Dije unas palabras, no recuerdo cuáles eran exactamente. Algo así como..., no sé, como invocar algo para aliviar cargas, o alguna mierda así.

—Que en realidad era una patraña —dijo Eddie con firmeza—. Pero entonces, ¿qué sucedió?

—No... No me acuerdo muy bien. Debí de quedarme dormido, porque me desperté una hora más tarde.

Eddie sacudió la cabeza con gravedad.

—Sí, es un ritual de posesión. La cera que te dio tenía parte de ella, tú añadiste tu mitad y así fue como se abrió la puerta.

—¿Quieres decir que aquélla era Devina?

—Se presenta de muchas formas. En forma de hombre, de mujer. Puede ser un adulto, un niño.

Adrian intervino.

—Creemos que pasa de los animales y de los objetos inanimados. Pero esa zorra tiene sus trucos. Empieza el espectáculo. ¿Hay alguna posibilidad de que podamos acceder a esa casa? ¿O vamos a tener que entrar por la fuerza?

—La verdad es que aún la conservo.

Los dos tíos respiraron hondo.

—Bien —dijo Eddie—. Vamos a tener que ir allí para intentar sacarla de dentro de ti. Tendremos más posibilidades de éxito si volvemos al lugar donde se llevó a cabo el ritual.

—También vamos a necesitar volver a hacernos con tu anillo —añadió Adrian.

—¿Con el diamante? —preguntó Vin—. ¿Por qué?

—Es parte de la conexión. Jim dijo que creía que estaba engarzado en platino.

—Claro que sí.

—Bueno, ahí lo tienes. Metal noble y regalado por ti.

—Pero yo no se lo di. Ella lo encontró.

—Pero lo compraste para ella. Tus pensamientos y sentimientos en el momento en que lo compraste están incrustados en el metal. El propósito es transformador.

Vin retiró las manos y se puso de pie decorosamente. Sus palmas dejaron las marcas en el frío y resbaladizo cristal y él las observó mientras desaparecían.

—Decís que roba almas. ¿Significa eso que va a intentar matarme?

Eddie habló en voz baja.

—Pero podemos intentar evitarlo.

Vin se dio la vuelta y miró a Marie-Terese. La emoción la dominó y tuvo que apoyarse en el marco de la puerta. Él fue hacia ella y la estrechó entre sus brazos. Mientras se abrazaban, él se sintió una vez más sorprendido y agradecido de que ella lo aceptara..., incluso después de haber retirado otra de las capas de la cebolla.

—¿Qué podemos hacer para mantener a salvo a Marie-Terese? —preguntó—. ¿Hay algo que pueda hacer para protegerse? Porque Devina acaba de irse después de vernos juntos.

Mientras consideraban la respuesta, los ojos de ella brillaron y luego se volvieron hacia Eddie.

—Me voy a ir de la ciudad esta noche por otras razones. ¿Eso ayudaría? ¿Y hay algún..., eh..., encantamiento, o?

Sus titubeos lo decían todo tanto de su incredulidad como de su resignación a que aquella mierda rara hubiera puesto lo «real» en su realidad.

Eddie la miró a los ojos.

—Devina puede estar en todas partes y en cualquier sitio, así que para que estés a salvo hay que liberar a Vin. Si la sacamos de dentro de él, entonces por definición tú estarás fuera de su alcance, porque tú no eres lo que ella quiere o lo que ha reclamado. Ella sólo tiene ojos para él..., y para cualquiera que se interponga entre él y ella.

Adrian maldijo.

—A esa zorra sólo le interesa la gente que lleva su nombre. Es una de sus pocas virtudes.

—Puede que la única —secundó Eddie.

—Pues vamos allá —interrumpió Vin—. Ahora mismo. Vamos a la casa a solucionar esto, porque Devina se fue a todo correr Dios sabe por qué. Y no quiero que vuelva aquí y...

—Va a estar entretenida durante un rato. Créeme. —Desde el otro lado de la sala, Adrian sonrió como un hijo de puta—. Ella odia el desorden, y a mí se me da realmente bien toquetear sus cajones*.

Vin frunció el ceño.

—Cuidado con lo que dices.

—No, no me refiero a ese tipo de..., ya sabes... —Adrian levantó ambas manos—. Me refiero a los cajones de las cómodas...

—¿Te devolvió Vin el pendiente? —dijo de repente Jim a Marie-Terese—. El aro que perdiste fuera de La Máscara de Hierro.

—¿Cómo sabías que...? —Marie-Terese frunció el ceño—. Sí, lo hizo.

—¿Y dónde está?

Se llevó las manos a los lóbulos de las orejas.

—Vaya, lo he vuelto a perder.

Vin recordaba que lo llevaba puesto al entrar en el dúplex.

—En la cama —dijo él aterrorizado—. Devina recogió algo de la cama. Maldita sea.

Mientras Vin corría escaleras arriba con Marie-Terese pisándole los talones, Jim supuso que debería ayudar, pero

---

* *Drawer* en el original, que puede traducirse como «cajones» o «calzones». (N. de la T.)

se sentía como si le hubieran pegado el trasero y las mejillas con pegamento al sofá.

Adrian dejó la cerveza y salió tras ellos.

—Si Devina tiene un pendiente de oro de esa mujer, estaremos más metidos aún en la mierda.

Jim volvió a acercar su Dogfish a la cara y dejó descansar de nuevo la cabeza sobre el cojín. Cerrar los ojos era peligroso porque estaba mareado, así que mantuvo los párpados lo más caídos posible, pero viendo una línea de la sala, en su momento perfecta y ahora hecha un desastre.

Joder, destrozar las cosas era mucho más fácil que limpiarlas, ¿verdad?

—Ella era una virgen, ¿no? —dijo en voz baja—. La niña que estaba sobre la bañera.

—Sí.

—Parte de un ritual.

Hubo una pausa.

—Sí.

Dios, y él que pensaba que lo que había visto en el ejército era horrible. Lo que había encontrado aquella tarde, sin embargo, había sido absolutamente trágico: una niña como aquélla debería estar en el centro comercial, o algo así, y sin embargo para ella ya no habría más cuadernos de instituto, ni clases de biología ni chicos en los bailes.

—¿Qué pasará con su cuerpo? —preguntó él.

—Supongo que Devina se deshará de él. Y tendrá que hacerlo muy pronto.

—Entonces, cada vez que esa zorra tiene que salir de casa, ¿mata a alguien?

—El precinto dura cierto tiempo o hasta que alguien que no sea ella lo rompa. Ésa era la otra razón por la que no quería que atravesaras aquella puerta.

Genial. Ahora tenía una muerte más sobre su conciencia, porque estaba más claro que el agua que ella iba a volver a proteger de nuevo aquel espacio.

Jim se llevó la botella a la boca y le dio un largo sorbo. Cuando hubo tragado, dijo:

—Pero ¿qué tiene de especial aquel baño? No había nada dentro.

—Nada que tú hayas visto, gracias a Dios.

Eddie empezó a merodear por allí. La mayoría de los cuadros y los libros habían sido puestos de nuevo más o menos en su sitio, muestra de que Vin o su asistenta habían estado limpiando un poco. Pero nada parecía estar bien, y Jim pensó que era como si a una mujer le despeinara su peinado de peluquería un viento huracanado: no importaba lo que hiciera para intentar arreglarlo, no iba a volver a quedarle igual.

Eddie alineó los lomos de una colección de libros con sus enormes manos de movimientos suaves y precisos.

—El baño es donde ella guarda su espejo, que es su vía de entrada y salida a su mundo. También lo usa para vestirse y cambiar de aspecto. Es la fuente de todo lo que ella es, la base de su poder.

—Y entonces ¿por qué no hemos roto esa mierda? —protestó Jim sentándose erguido—. Joder, tíos, sois un verdadero coñazo, ¿por qué no lo rompisteis hace años?

—Si lo rompes pasa a ser tu dueño —la voz de Eddie se tensó—. Puede atraparte si lo miras, pero aunque fueras hacia él con los ojos vendados y un martillo, en cuanto se hiciera añicos los pedazos se astillarían formando mil portales, y te absorberían los mirases o no.

510

Bruscamente, Eddie se trasladó a una parte diferente de la estantería y se volvió a poner manos a la obra colocando más cosas.

—Se pondrá lívida al ver que hemos roto el precinto y se cagará en Adrian por haber revuelto su mierda. Y lo que es más, va a tener que cambiar de domicilio. No querrá dejar ese espejo en un lugar en el que puede peligrar.

—Pero ¿por qué iba a preocuparle dónde esté? Si esa maldita cosa no se puede romper, ¿qué importa eso?

—Bueno, podemos romperlo…, pero el que lo haga se sacrifica. Para siempre. Su vida eterna no tendría nada que ver con lo que viste cuando fuiste a conocer a los jefes. Acabamos con el predecesor de Devina de esa manera, e implicó una pérdida considerable para el equipo.

Una misión suicida. Fantástico.

—Y entonces, ¿qué poder tenemos?

—Podemos atraparla en él. Es difícil de hacer, pero es posible.

Se oyeron pasos bajando las escaleras y Adrian dio la noticia:

—No hemos encontrado el pendiente, así que tenemos que suponer que lo tiene Devina.

Eddie sacudió la cabeza como si le hubieran añadido otro ladrillo a la carga que llevaba sobre sus espaldas.

—Maldita sea.

Mientras Vin ponía un brazo protector alrededor de Marie-Terese, Adrian fue a coger el abrigo.

—Esto es lo que hay: Marie-Terese, ahora tú también tendrás que estar presente en el ritual y no podrás irte a casa antes de hacerlo. No a menos que quieras correr el riesgo de que ella te siga y meta en esto a tu hijo.

La mujer se estremeció.

—¿Cómo..., cómo sabías que tengo un hijo? Un momento. Habéis investigado mis antecedentes.

Adrian se encogió de hombros y mintió.

—Sí, así es. ¿Hay alguien que se pueda quedar con el pequeño?

Marie-Terese levantó la cabeza hacia Vin y asintió.

—Sí. Y si ella no puede quedarse, buscarán a alguien que la releve.

—Bien, porque no podemos purificar tu casa ni establecer un perímetro sin que Devina se entere de dónde vives, y no quiero pelearme con ella delante de tu hijo.

—Tengo que hacer una llamada.

—Un momento —interrumpió Vin—. ¿Por qué no podemos ocuparnos de la parte que afecta a Marie-Terese aquí, ahora?

—No tenemos lo que necesitamos para hacerlo y, como ha dicho Eddie, hay más posibilidades de éxito si volvemos adonde abriste la puerta hacia Devina. Primero hacemos que salga de ti y luego, si no encuentro el pendiente, haremos lo mismo con Marie-Terese. Las buenas noticias son que su vínculo no es tan fuerte y que estará más segura con nosotros. Supongo que estarás de acuerdo en que no podemos arriesgarnos.

Obviamente Vin estaba de acuerdo, porque asintió con gravedad.

—Por supuesto.

—Ahora llama a la niñera, ¿vale? —Mientras la mujer cogía el teléfono, Adrian señaló a Jim con la cabeza—. Tú y Eddie iréis a supervisar el ritual a la vieja casa, pero yo ayudaré con los preparativos antes de irme.

Jim frunció el ceño, preguntándose por la dura línea de la mandíbula del tipo.

—¿Y tú adónde vas?

—Voy a recuperar el puñetero diamante y el pendiente. Eddie maldijo entre dientes.

—No me hace ninguna gracia que vayas solo.

Mientras miraba a su compañero, los ojos de Adrian se volvieron antiguos. Realmente antiguos.

—Tenemos que usar todas las armas que tenemos. Y admitámoslo, lo que yo puedo hacerle es una de las mejores de las que disponemos.

Sí, y apostaba a que no hablaba de hacerle la manicura y la pedicura, pensó Jim.

Mientras ultimaban los detalles para la batalla nocturna, Jim supo que debía volver a la carga. Aquella actitud entumecida y como drogada tenía que llegar a su fin, y no sólo porque iban a enfrentarse al enemigo. La cuestión era que, hasta ahora, él había asumido que «ángel caído» era equivalente a vida eterna. Pero estaba claro que ese no era el caso, y si perdía a Eddie y a Adrian antes de aprender más cosas básicas, estaba jodido.

Unos diez minutos más tarde, él y los chicos volvían a dirigirse hacia el ascensor del edificio para salir del Commodore. La camioneta no estaba a más de una manzana, y el paseo bajo el aire frío le ayudó.

—Primera parada, supermercado Hannaford —dijo Adrian poniéndose de nuevo al volante.

Jim y Eddie se apretujaron en la cabina y Jim cerró la puerta.

—Me gustaría dejar fuera a *Perro* si vamos a estar fuera toda la noche.

—De todos modos, yo tengo la moto en tu casa. —Adrian miró por el retrovisor y salió de la plaza de aparcamiento.

Mientras avanzaban, Jim pensó en los dos tíos con los que iba y se preguntó qué tipo de trucos se guardaban en la manga, además de, obviamente, tener la capacidad de decidir cuándo y por quién dejarse ver. Podían burlar cerrojos y cadenas de puertas, algo que había comprobado no sólo en el almacén de Devina, sino en el dúplex de Vin...

Entonces se acordó de algo.

Jim rodeó el grueso pecho de Eddie para mirar a Adrian.

—La noche en que salimos los tres juntos..., el miércoles por la noche. ¿Por qué me señalaste a Devi,na como si quisieras que me la tirara?

Adrian se detuvo en un semáforo en rojo y lo miró sólo para continuar mirando a través del parabrisas en silencio.

—¿Por qué, Adrian? —repitió más que preguntando, gruñendo.

Su ancha mano se deslizó por el volante dibujando lentamente un círculo.

—Ya te lo he dicho. No quería trabajar contigo.

Jim frunció el ceño.

—No me conocías de nada.

—Y no quería trabajar contigo, no me caías bien y soy un gilipollas. —Levantó un dedo, un gesto que se suele interpretar como «cálmate»—. Pero me disculpé. ¿Te acuerdas?

Jim se volvió a recostar en el asiento.

—Tú me incitaste. Prácticamente me entregaste a ella.

—No fui yo quien la siguió en aquel aparcamiento. Yo no me la tiré...

—¡Ni la habría visto de no haber sido por ti!

—¿De qué demonios estás hablando? Es condenada-mente imposible que no te hubieras dado cuenta de...

—Callaos. Los dos. —Eddie descruzó los brazos co-mo si estuviera dispuesto a acabar con aquello por las ma-las, si era necesario—. Eso es agua pasada. Déjala correr, Jim.

Jim apretó los dientes. Colega, aquello era como estar con la banda de tiburones de Matthias. Hasta la gente con la que trabajabas, que supuestamente estaba en tu mismo bando, era capaz de servirte de cena al enemigo.

—Dime una cosa, Eddie —escupió.

—¿Qué?

—En esa escala de vinculación de la que estabas ha-blando, ¿es el sexo una de las maneras con las que Devina se vincula a la gente? —Al obtener la callada por respues-ta, volvió a preguntar—: ¿Lo es? ¿Lo es?

—Sí —contestó finalmente el tío.

—Vete a la mierda, Adrian —dijo Jim en voz alta y clara—. Vete a la puta mierda.

Adrian dio un volantazo hacia la derecha, clavó el pie en el freno y detuvo el coche. Mientras las bocinas de otros coches bramaban y la gente maldecía, aquel hijo de puta salió y rodeó el capó con la expresión de quien lleva una palanca en la mano.

Abrió la puerta de Jim de un tirón.

—Vamos a arreglar esto. Bájate.

La furia de Jim explotó alimentada por la muerte de aquella niña inocente, por el miedo dibujado en el rostro de Marie-Terese, por la agresión que Adrian estaba llevan-do a cabo..., y por el hecho de haber tenido a un demonio entre las piernas y haberlo montado hasta que ambos se habían corrido.

Lo cual no era poco.

—¿Os importaría no hacer esto en público, cabezas de chorlito? —ladró Eddie.

Imposible. Los puños de Jim estuvieron en alto y listos para volar antes de que las suelas de sus botas pisaran el arcén de la carretera, y la postura de Adrian era igualmente amenazadora.

—Te dije que lo sentía —le espetó Adrian—. ¿Crees que me gusta este trabajo? ¿Crees que estaba preparado para volver y encontrarme con un puto novato?

Jim no se molestó en hablar. Se limitó a coger impulso para darle un puñetazo a aquel cabrón en plena mandíbula. Sus nudillos salieron disparados y alcanzaron el objetivo en un abrir y cerrar de ojos. El impacto fue tal, que el cráneo del ángel caído se echó hacia atrás convirtiendo su maravilloso cabello en un peinado a lo Farrah Fawcett, con los mechones volando al viento.

—Eso por lo del baño de Devina, hijo de puta —dijo Jim—. Ahora me desahogaré por las otras mierdas.

Adrian escupió sangre.

—Te di el puñetazo para salvarte, hijo.

—Que te den. Vejestorio.

Fue la última palabra que se cruzaron en un rato.

Adrian cogió carrerilla, agarró a Jim por la cintura y lo empotró contra un lado de la camioneta. Aunque el dolor del impacto le recorrió todo el cuerpo, Jim se limitó a hacerle caso omiso a pesar de la abolladura que estaba seguro que había dejado en el lateral delantero de la chapa. Sin perder un segundo, agarró a Adrian por el pelo y le dio un cabezazo en la nariz a la que convirtió en un géiser que los bañó a ambos. La respuesta de Ad fue igual de rápida y le devolvió el insulto a Jim dándole un rodillazo tan

516

fuerte en la ingle que le hizo agarrarse las pelotas y le provocó arcadas.

«Joooooooooooder». Nada hacía que un hombre viera más las estrellas que un golpe directo en sus atributos con un sólido hueso. Se le nubló la vista y su tripa se planteó seriamente enviar por correo aéreo la cerveza que se acababa de tomar en casa de Vin a la camisa de Ad. Gracias a su fuerza de voluntad y sólo a su fuerza de voluntad, fue capaz de superar su agonía viril para arremeter contra Ad agarrándolo por las pantorrillas y haciéndole perder el equilibrio hasta que se cayó al suelo, sobre la hierba.

Salieron rodando. Siguieron rodando. Puños volando. Intercambio de gruñidos. Barro por todas partes.

Lo único que los distinguía de un par de animales era que estaban vestidos.

Y lo único que los hizo detenerse fue que Eddie se interpuso y levantó a Jim por la parte de atrás del cuello de la camisa y por la cinturilla de sus vaqueros, y lo sacó de allí. Arrastró a Jim fuera de la pelea y lo lanzó hacia un lado como si fuera una rama caída de un árbol, y él aterrizó de bruces sobre una mierda marrón, con todo el cuerpo dolorido como si hubiera salido de un anuncio de HeadOn.

O, en su caso, de EntodoelputocuerpoOn.

Inspiró aquel aire helado que olía a suciedad fresca y a sangre, y al mismo tiempo le dolió todo y se sintió mucho mejor.

Se relajó tumbado de espaldas, dejó caer las manos a los lados y miró hacia el lechoso cielo. En las nubes que había allá arriba, le pareció ver la cara de la niña que habían dejado en aquel baño: era como si lo estuviera observando, vigilándolo.

Levantó un brazo e intentó tocar su cara, pero el remolino de vientos primaverales cambió la forma de la nube, haciendo desaparecer sus preciosos y trágicos rasgos.

Descubriría quién era.

Y la vengaría.

Como había vengado a su madre.

Aquellos cabrones del Camaro habían sido los primeros tres hombres a los que había matado.

—¿Habéis acabado, niños? —dijo Eddie ásperamente—. ¿O voy a tener que azotaros el culo hasta que tengáis que esperar al invierno que viene para volver a sentaros?

Jim inclinó la cabeza y miró a Adrian. Aquel cabrón no parecía estar mejor de lo que Jim se sentía.

—¿Tregua? —dijo el tío con los labios ensangrentados.

Jim inspiró lo más profundamente que pudo, hasta que el dolor impidió que sus costillas se expandieran más. Qué demonios. Tal vez no confiara en ninguno de ellos, pero necesitaba ayuda…, y por desgracia tenía experiencia en trabajar con tíos que eran unos mierdas.

—Sí —respondió toscamente—. Tregua.

Capítulo 36

Vale, te quiero. Esta noche llegaré un poco más tarde. Pórtate bien con Quinesha. ¿Qué? —Mientras Vin los conducía hacia la zona residencial de la ciudad, Marie-Terese oía hablar a su hijo y se le ponía un nudo en la garganta. Su voz era tan cercana, y a la vez tan lejana—. Sí. Sí, puedes. Te quiero. Adiós.

Finalizó la llamada y miró fijamente la pantalla esperando a que Vin le preguntara qué tal había ido la conversación. Siempre que ella cogía el teléfono, ya fuera algún vendedor, o la empleada del hogar o alguien preguntando por él, Mark quería saberlo todo.

Pero Vin no preguntó y no parecía esperar que ella lo informara. Y aquel espacio era agradable. Le gustaba que él le diera poder de decisión, y aquello decía mucho del respeto y la confianza, y de todas esas cosas que ella no había tenido la primera vez.

Tuvo ganas de darle las gracias. En lugar de ello, murmuró:

—Quería comer helado. Supongo que soy una madre horrible. Seguramente se saltará la cena. Cena temprano, a las cinco.

La mano de Vin cubrió las suyas.

—No eres una madre horrible. Puedo asegurártelo.

Al pasar al lado de una parada de autobús, ella miró por la ventanilla. Todos los que estaban de pie en la marquesina de Plexiglas se quedaron mirando el M6 que Vin conducía, y cuando otro grupo de peatones se quedó también mirando el coche un poco después, ella tuvo la sensación de que allá por donde Vin pasaba despertaba miradas de envidia, de asombro... y de avaricia.

—A Mark también le gustaban los coches buenos —dijo ella sin ningún motivo en especial—. Pero era más de Bentleys.

Dios, recordaba cuando iba en sus coches. Los cambiaba cada año en cuanto salía un modelo nuevo y, al principio, ella se sentaba en el asiento del acompañante a su lado con la barbilla alta y acariciaba el cuero con las manos. Por aquel entonces, cuando la gente miraba, su pecho se henchía de orgullo porque el hombre al que pertenecían los coches era el suyo, porque ella formaba parte de algún exclusivo club del lujo que excluía al resto de personas, porque ella era una reina con su rey.

Pero ya no. Ahora, para ella la gente que se los comía con los ojos no eran más que personas atrapadas en una fantasía. El hecho de que condujeras o fueras sentado en un moderno BMW no quería decir que te hubiera tocado la lotería de la vida. Resultaba que ella había sido mucho, mucho más feliz sobre la dura acera que sobre el suave asiento.

Y en circunstancias muchísimo mejores, teniendo en cuenta cómo había acabado.

—Sin embargo soy una mala madre —murmuró—. Le mentí. Tuve que hacerlo.

—Hiciste lo necesario para sobrevivir.

—Y voy a tener que seguir mintiéndole. No quiero que lo sepa nunca.

—Y no hay ninguna razón para que lo sepa. —Vin sacudió la cabeza—. Creo que el trabajo de un padre es proteger a sus hijos. Tal vez esté chapado a la antigua, pero eso es lo que creo. Él no tiene por qué saber lo que tú has sufrido. Ya es suficiente que tú lo tengas que sobrellevar.

El pensamiento que había estado entrando y saliendo de su cerebro desde que había estado con Vin la noche anterior reapareció. Y no se le ocurrió ninguna razón para no exteriorizarlo.

—Lo hice para sobrevivir, pero a veces creo… —Se aclaró la garganta—. Yo soy universitaria. Soy licenciada en marketing. Podría haber conseguido trabajo.

Al menos en teoría podría haberlo hecho. Una de las razones que se lo había impedido era que no confiaba cien por cien en su documentación falsa. Temía que si hacía una entrevista para un trabajo normal, su número de la Seguridad Social apareciera como perteneciente a otra persona.

Pero otro de los motivos por los que había tomado aquella decisión era más oscuro.

Vin negó con la cabeza.

—No puedes echar la vista atrás y volver a poner todo en tela de juicio. Lo hiciste lo mejor que pudiste dada la situación en la que te encontrabas…

—Creo que quería castigarme a mí misma —soltó. Él la miró y sus ojos se encontraron—. Me culpo a mí misma por lo que mi hijo ha tenido que soportar. Yo elegí al

521

hombre equivocado para casarme y ése fue mi error, pero mi hijo lo sufrió. Estar con aquellos hombres. Lo odiaba. Lloraba cada noche al terminar y a veces me sentía físicamente enferma. Seguí con eso por el dinero, es cierto…, pero me estaba haciendo daño a mí misma deliberadamente.

Vin le cogió la mano, se la llevó a los labios y la besó con fuerza.

—Escúchame bien: el gilipollas era tu ex, no tú.

—Debería haberlo dejado antes.

—Y ahora eres libre. Te has librado de él y ya no tienes que hacer esa… mierda nunca más. Eres libre.

Ella miró fijamente a través del parabrisas. Pero si aquello era verdad, ¿por qué se sentía aún tan atrapada?

—Tienes que perdonarte —dijo Vin bruscamente—. Es la única manera de superar esto.

Dios, era una egoísta. Suponiendo que todo lo que habían dicho aquellos hombres en el dúplex fuera cierto —y teniendo en cuenta que, después de lo que había visto en los ojos de Devina, sería idiota si no se lo creyera—, Vin acababa de descubrir aquella noche que prácticamente había asesinado a sus propios padres.

—Tú también —dijo apretándole la mano—. Tú necesitas hacer lo mismo.

El gruñido que emitió era más que una señal de *stop*, e igual que él había respetado su privacidad, ella respetó la de él: por mucho que deseara que hablara de lo que le habían dicho, no pensaba presionarlo.

Apoyó la cabeza contra el reposacabezas y lo observó mientras conducía. Era rápido y tranquilo al volante, y tenía las cejas más abajo y los labios más apretados de lo normal debido a la concentración.

Estaba tan contenta de haberlo conocido. Y agradecida de que hubiera confiado en ella en aquel momento crucial.

—Gracias —dijo.

Él la miró y esbozó una sonrisa.

—¿Por qué?

—Porque me creíste a mí y no a ella.

—Por supuesto.

Su respuesta fue tan firme como su mano sobre el volante y, por alguna razón, aquello hizo que se le saltaran las lágrimas.

—¿Por qué lloras? —Metió una mano en la chaqueta y sacó un pañuelo blanco impoluto—. Toma. Por favor, cariño, no llores.

—Estoy bien. Es mejor que me desahogue ahora y no más tarde.

Después de secarse las mejillas con las yemas de los dedos, cogió el cuadrado de lino súper suave y súper fino y lo extendió sobre su regazo. Todavía tenía un poco de máscara de pestañas del maquillaje que se había puesto para ir a la iglesia, y no tenía intención de estropear aquel delicado tejido usándolo de verdad, pero aun así le gustaba tenerlo. Le gustaba pasar el dedo una y otra vez sobre sus iniciales bordadas, VSdP.

—¿Por qué lloras? —repitió con cariño.

—Porque eres increíble. —Tocó la «V» escrita en mayúsculas—. Y porque cuando dices cosas como que me quieres me las creo y eso me da pánico. —Tocó la «S»—. Y porque me he odiado mucho, pero cuando tú me miras no me siento tan sucia. —Finalmente tocó las letras «dP», correspondientes a su apellido—. Pero creo que sobre todo es porque tú me haces mirar hacia el futuro, y eso es algo que no he hecho nunca.

—Puedes confiar en mí. —Su mano se encontró de nuevo con la de ella—. Y en cuanto a tu pasado, no se trata de lo que has hecho, sino de quién eres. Para mí eso es lo que importa.

Ella se secó más lágrimas mientras lo miraba desde el otro asiento y, aunque su bello rostro se volvió borroso, no le importó porque ya estaba empezando a conocer sus rasgos de memoria.

—Deberías usar mi pañuelo.

—No quiero ensuciarlo.

—Tengo muchos más.

Ella bajó de nuevo la vista hacia sus iniciales.

—¿Qué significa la «S»?

—Sean. Mi segundo nombre es Sean. Mi madre era irlandesa.

—¿En serio? —Los ojos de Marie-Terese se humedecieron todavía más—. Ése es el verdadero nombre de mi hijo.

—Quedaos ahí, gilipollas.

Eddie cerró la puerta del lado del conductor con tanta fuerza que toda la camioneta se sacudió y, mientras se dirigía a grandes zancadas hacia la entrada del Hannaford, la gente se desviaba de su camino para apartarse del de él.

A Jim aún le dolían las pelotas. Mucho. Era como si las hubiera hecho rodar sobre trozos de cristal, le hormigueaban y le dolían al mismo tiempo.

En el asiento de al lado, Adrian se frotaba el hombro con cara de indignación.

—El muy cabrón nos ha mandado quedarnos aquí como relegándonos del servicio. Que se vaya a la mierda.

Jim miraba fijamente por la ventana. Una madre pasó al lado de la camioneta con un bebé en brazos y, cuando le vio la cara, lo rehuyó.

—No creo que seamos aptos para el consumo visual.

Adrian extendió un brazo y enfocó el retrovisor hacia él.

—¿Qué dices? Si estoy guapísimo. Guau. Tengo…

—Una pinta asquerosa —dijo Jim acabando la frase—. Pero al menos tú podrías caminar erguido si tuvieras que hacerlo. ¿No tenías que ir a por las joyas?

Adrian se palpó la nariz.

—Creo que me la has roto.

—Y yo probablemente me habré quedado estéril para el resto de mi vida. Al menos tu hinchazón se irá.

Adrian se recostó y cruzó los brazos sobre el pecho. Al unísono, ambos respiraron hondo.

—Puedes confiar en mí, Jim.

—La confianza no es algo que se pueda fabricar. Hay que ganársela.

—Entonces lo haré.

Con un ruido evasivo, Jim cambió de postura con cuidado en el asiento y a sus huevos no les gustó el reposicionamiento. Después de negociar una postura cómoda, volvió a mirar a la gente del aparcamiento. Seguían un ritmo predecible: salían de los coches, entraban en el centro comercial y salían con carros llenos o con un par de bolsas colgando de las manos. Mientras era testigo de todo eso, se le ocurrió pensar lo grande que era la distancia que lo separaba del resto del planeta. Y no sólo porque ahora estuviera participando en un juego paranormal que la mayoría de aquellos buenos clientes del supermercado no se hubieran creído que fuera real.

Él siempre había estado en un mundo aparte. Desde que había encontrado a su madre sobre el suelo de aquella cocina, había sido como si lo hubieran arrancado de la tierra de raíz y se lo hubieran llevado al otro lado de la carretera a otra parcela de tierra. Su trabajo tampoco ayudaba. Ni su personalidad. Y ahora estaba sentado al lado de un ángel caído que tal vez existiera o tal vez no…, y que jugaba sucio.

Joder, y qué más daba si se quedaba estéril. Nunca había querido tener hijos, y mantener alejado su ADN de mierda del acervo genético era sin duda lo mejor que podía hacer por la humanidad.

Unos diez minutos después, Eddie salió con un carro lleno de bolsas de plástico, y mientras se subía a la parte de atrás y empezaba a descargar las cosas, Jim no pudo soportar más sus propios pensamientos y salió a ayudarle: todas aquellas mamás y sus queridos hijitos iban a tener que joderse si no les gustaba su aspecto.

Eddie no dijo ni una palabra mientras trabajaban juntos, lo cual era un claro indicio de que, aunque Jim y Adrian en cierto modo habían solucionado sus diferencias, Eddie no se había subido al tren de la ñoñería. Francamente, tenía aspecto de estar enfadado con todo y todos.

Y sin ánimo de ofender, la lista de la compra de aquel tío era realmente extrañísima.

Había los suficientes paquetes de sal Morton como para descongelar toda una autopista. Un montón de botellas de agua oxigenada y hamamelis. Vinagre a destajo. Limones. Salvia fresca empaquetada en cajas transparentes.

¿Y cuatro latas enormes de guiso de carne Dinty Moore?

—¿Qué demonios vamos a hacer con todo esto? —preguntó Jim.

—Muchas cosas.

En los quince minutos que les llevó volver a la casa de Jim, el silencio fue un poco menos tenso. Mientras se acercaban al garaje, la cara de *Perro* separó las cortinas del ventanal.

—¿Hay que subir algo? —preguntó Jim mientras se bajaban.

—Sólo una bolsa, ya la cojo yo.

Jim llegó a las escaleras con las llaves en la mano, y en cuanto abrió la puerta, *Perro* empezó con su ritual de bienvenida corriendo en círculos sobre el rellano y moviendo el rabo como si fuera una hélice.

Jim giró la cabeza para mirar hacia abajo, frunció el ceño y le dio unas palmaditas al perro con aire ausente. Allí, en el camino, Eddie y Adrian estaban de pie uno al lado del otro, y Eddie sacudía la cabeza y hablaba mientras Adrian clavaba la vista en un punto al lado de su oreja izquierda, como si ya lo hubiera oído todo antes y no le hubiera interesado en absoluto ni la primera vez.

Finalmente, Eddie lo agarró por el cuello y lo obligó a mirarle a los ojos. Los labios de Adrian se movieron ligeramente y Eddie apretó los ojos.

Después de un fugaz abrazo, Adrian se fue haciendo rugir el motor de su Harley.

Eddie maldijo mientras cogía una de las bolsas de la parte trasera de la camioneta y subió ruidosamente las escaleras.

—¿Tu cocina funciona? —preguntó mientras entraba y *Perro* lo rodeaba y meneaba el rabo a sus pies.

—Sí.

Diez minutos después, él y Eddie estaban sentados delante de dos enormes cuencos de estofado, lo que explicaba lo del Dinty Moore.

—Hacía años que no comía esto —dijo Jim levantando la cuchara.

—Tienes que alimentarte.

—¿Qué le dijiste a Adrian?

—No es cosa tuya.

Jim sacudió la cabeza.

—Lo siento, respuesta incorrecta. Yo formo parte de este equipo y creo que dada la cantidad de mierda que los dos sabéis sobre mí, ya va siendo hora de que empecéis a devolverme el puñetero favor.

Eddie esbozó una sonrisa forzada.

—Es increíble que vosotros dos no os llevéis mejor.

—Tal vez lo haríamos si me contarais las cosas.

El largo silencio que vino después se rompió cuando Eddie bajó su cuenco para que *Perro* se pudiera poner manos a la obra con las sobras.

—Hay tres cosas que sé de Adrian —dijo el tío—. Uno: hace siempre lo que le da la gana y cuando le da la gana. No tiene sentido razonar con él ni intentar convencerle. Dos: es capaz de pelear hasta que no pueda mantenerse en pie por algo en lo que cree. Y tres: los ángeles caídos no viven para siempre.

Jim se recostó en su silla.

—Eso me preguntaba.

—Sí, no somos eternos, sólo relativamente. Y eso es un hecho que no se puede ignorar en lo que respecta a él.

—¿Por qué?

—Conducta temeraria. Uno de estos días se le acabará la suerte y lo perderemos. —Eddie acarició lentamente la espalda de *Perro*—. He compartido muchas cosas con ese cabrón a lo largo de los años. Lo conozco mejor que nadie, y probablemente yo sea la única persona realmente capaz de trabajar con él. Cuando se vaya lo pasaré fatal…

Eddie no siguió, pero no fue necesario.

Jim también había perdido una vez a un compañero y te quitaba las ganas de vivir.

—¿Qué le va a hacer a Devina esta noche?

Esta vez respondió sin dilación:

—Mejor no preguntes.

Capítulo 37

Antes de dejar el dúplex, Vin había cogido un rápido picnic para él y Marie-Terese, cuyos restos estaban ahora esparcidos sobre la desportillada mesa de la vieja cocina de su familia: el papel de aluminio en el que estaban envueltos los sándwiches, las Coca-Colas ya casi vacías y la bolsa de patatas fritas Cape Cod que habían compartido iban a ser fáciles de limpiar.

El postre era la única manzana Granny Smith que tenía en casa de la que él había ido cortando alternativamente un trozo para ella y otro para él. En aquel momento ya había más corazón que manzana, y estaba cortando la última rodaja aprovechable alrededor de las semillas para ella.

Sin motivo alguno, pensó en lo que le había dicho a Marie-Terese:

«No se trata de lo que has hecho… sino de quién eres».

Estaba convencido de que aquello era absolutamente aplicable a ella…, y también de que no lo era en absoluto a él. La manera en la que había vivido su vida había sido exactamente el reflejo de él, un cabrón sediento de dinero sin ningún escrúpulo en absoluto.

Pero al igual que ella, él estaba dejando atrás su antigua vida. Todavía tenía aquel instinto muy dentro de sí, sólo que ahora lo consideraba un problema, no algo en relación a lo que actuar. Y el problema era que no tenía ni idea de qué le depararía el futuro.

—Toma, el último trozo. —Cogió la rodaja del filo del cuchillo y se la pasó al otro lado de la mesa—. Lo he cortado con cuidado.

Ella extendió su preciosa mano y aceptó lo que él le daba.

—Gracias.

Mientras se lo comía, él recogió y metió los restos en la bolsa de Whole Foods en la que había traído la comida.

—¿Cuándo van a venir? —preguntó ella.

—Una hora después de anochecer, han dicho. Según parece ese tipo de cosas siempre se hacen en la oscuridad.

Ella sonrió fugazmente y se limpió la boca con una servilleta de papel. Se inclinó hacia un lado y miró por la ventana mientras el cabello rebotaba suelto sobre su hombro.

—Aún hay bastante luz.

—Sí.

Él miró alrededor imaginándose qué aspecto podría tener la casa. Encimeras de granito. Electrodomésticos de acero inoxidable. Echar abajo la pared de la derecha y levantar un anexo para hacer una sala de estar. Quitar toda la moqueta. Pintar. Papel de pared. Remozar aquella mierda de baños.

Una familia joven sería feliz allí.

—Ven conmigo —dijo él, cogiéndola de la mano.

Marie-Terese puso su palma sobre la de él.

—¿Adónde?

—Afuera.

La llevó a través del garaje hasta el jardín, que no era nada del otro mundo. El césped era tan atractivo como la barba de un anciano, y el roble de la parte de atrás era como el esqueleto de un árbol que en su momento había sido exuberante, pero al menos no hacía tanto frío como antes.

La rodeó con los brazos, la apretó contra él y le cerró los ojos suavemente con las yemas de los dedos.

—Una playa —dijo ella.

—Quiero que te imagines que estamos en una playa.

—En Florida. En México. En el sur de Francia. En California. Donde quieras.

Ella recostó la cabeza contra su pecho.

—Vale.

—El color del cielo está cambiando a melocotón y dorado, y el mar está tranquilo y azul. —Vin miraba fijamente el sol poniente mientras le hablaba, intentando imaginárselo sobre el horizonte del océano en lugar de sobre el tejado de asfalto de la casa de estilo ranchero de al lado.

Vin empezó a moverse cambiando su peso de un lado a otro, y ella lo acompañó, meciéndose en sus brazos.

—El aire es suave y cálido. —Él apoyó la barbilla sobre su cabeza—. Y las olas avanzan y retroceden sobre la arena, avanzan y retroceden. Hay palmeras por todas partes.

Le acarició los hombros, esperando que ella se estuviera imaginando lo que él describía, esperando que ella se abstrajera del lugar en el que estaban en realidad: el cutre jardín trasero de una mierda de casita en el frío Caldwell, en Nueva York.

La costa más cercana que tenían estaba llena de rocas y era de un río.

Él cerró los ojos y se concentró en sentir a la mujer que tenía entre sus brazos, y fue ella y no sus palabras la que transformó su paisaje. Para él, ella era la razón de aquella cálida sensación.

—Eres un gran bailarín —le dijo ella apoyada en su pecho.

—¿De verdad? —Notó cómo asentía sobre su pecho—. Bueno, eso es porque tengo una buena pareja.

Se estuvieron moviendo juntos hasta que la luz empezó a desaparecer del cielo y la temperatura bajó demasiado. Entonces Vin se detuvo y Marie-Terese alzó la cabeza hacia él.

Él le puso la mano en la cara y se le quedó mirando, y ella susurró:

—Sí.

La llevó de nuevo adentro y fueron hacia su cuarto. Cerró la puerta, se recostó contra ella y la miró mientras le quitaba el forro polar por la cabeza y luego desabrochaba su sencilla blusa blanca. Lo siguiente fue el sujetador, lo que implicó que, cuando se inclinó para quitarse los vaqueros, sus pechos se balancearan.

Vin ya la tenía dura antes de que ella se empezara a desnudar, pero su belleza y su naturalidad hicieron que se le estrujara contra los pantalones.

Y aun así no era cuestión de sexo.

Cuando ella estuvo desnuda ante él, él se le acercó lentamente y la besó largo y tendido. Notaba su cuerpo cálido y suave bajo las manos, pequeño y terso comparado con el suyo… Le encantó el contraste y la sensación de protegerla. Le encantaba su olor y su sabor.

Sostuvo sus pechos con las manos, se puso uno de sus pezones entre los labios y lo chupó mientras acariciaba el otro con el pulgar. Ella, arqueándose contra él, pronunció su nombre con urgencia.

Adoraba cómo sonaba.

Con la mano que tenía libre, le acarició un muslo y fue hacia atrás, deslizándose entre sus piernas.

Dios, estaba tan preparada para él. Húmeda y caliente.

Maldiciendo entre dientes, la llevó hasta su vieja cama y la tumbó. En un instante, él estaba como Dios le había traído al mundo apretado a su lado, notando la polla sobre su estómago mientras juntaban las caderas.

Más besos. Manos sobre su piel. Sobre la de ella.

Marie-Terese acabó encima de él con los muslos separados sobre sus caderas y el sexo abierto para él. Cuando él se puso el condón, ella lo cubrió con un ritmo lento y devastador que lo dejó sin aliento y sin sentido. En respuesta, él se arqueó levantando la espalda de la cama y ese gesto hizo que penetrara aún más profundamente.

Ella puso las manos sobre sus hombros, se sujetó y movió sus caderas adelante y atrás cayendo en un ritmo maravilloso.

Mientras Marie-Terese lo tomaba, él estaba más que dispuesto a darle lo que quisiera. Jadeaba desesperado debajo de ella mientras su cuerpo lo trabajaba a la perfección.

Ella tenía los párpados entornados mientras lo miraba, y sus ojos parecían fuego azul.

Pero lo consumían sin dolor.

—Ésa es la casa de Vin.

Eddie señaló una casa de tamaño *Happy Meal* que estaba a la derecha y Jim se hizo a un lado con la camioneta y aparcó. Por cuestión de hábito, examinó el lugar. El típico barrio residencial de clase media-baja, con la mayoría de los coches aparcados en los caminos de acceso, farolas cada veinte metros, salas de estar y cocinas iluminadas. No había peatones, al ser de noche todos estaban ya dentro. No había mucho donde ocultarse porque los arbustos y los árboles estaban sin hojas.

Mientras él y Eddie bajaban del coche y cogían el alijo que llevaban en la bolsa de la parte trasera, la brillante luz convirtió todo a escala de grises haciendo que el paisaje pareciera una fotografía en blanco y negro.

El BMW de Vin estaba en el camino de entrada y las luces de dentro estaban encendidas, así que cuando llegaron a la puerta principal, llamaron. La respuesta llegó inmediatamente en forma de grito procedente del piso de arriba, pero tardaron un rato en abrirles y la razón era bastante obvia: estaba claro que alguien había estado revolviendo con los dedos el pelo de Vin, y tenía las mejillas sonrojadas.

Lo primero que pensó Jim al entrar fue que los muebles baratos no envejecían bien. Por lo que podía ver, todo, desde el marchito papel de pared al sofá cutre de la sala de estar, pasando por la destartalada cocina de la parte de atrás, había sido fabricado en Sears Roebuck hacía veinte años.

Eran las mismas cosas con las que él había crecido y era la primera vez desde que había conocido a Vin que pensaba que tenía algo en común con él.

Eddie dejó en el suelo una de las bolsas y se fijó en un curioso trozo nuevo de moqueta en la entrada.

—Murieron aquí al pie de las escaleras. Tus padres.

—Sí. —Vin se movió, incómodo—. ¿Cómo lo sabes?

—Puedo ver sus sombras. —Eddie dio un paso hacia un lado, miró a Jim, y señaló hacia abajo con la cabeza.

Jim se preguntó dónde estaba el problema, porque cuando él bajó la vista hacia el suelo lo único que pudo ver fue...

Se frotó los ojos para asegurarse de que había visto bien, pero sí, así era. En la base de las escaleras, donde estaba el trozo de moqueta más nuevo, pudo ver una extraña alteración, un eco visual de lo que habían sido dos personas entrelazadas en un montón. La mujer tenía el pelo encrespado y desteñido, y llevaba una bata de casa amarilla. El hombre llevaba un mono verde como los de los electricistas y los fontaneros. Las manchas de sangre bajo sus cabezas cubrían metros de moqueta.

Jim se aclaró la garganta.

—Sí, yo también lo veo.

Marie-Terese apareció en la parte de arriba de las escaleras.

—¿Adónde tenemos que ir?

—Lo hice en mi cuarto —dijo Vin.

Eddie dejó parte de su cargamento en la entrada y se dirigió al segundo piso.

—Entonces iremos allí.

Con todas las bolsas que llevaba, Jim tuvo que ponerse de lado para poder subir y Vin fue lo suficientemente majo como para coger parte de la carga.

—¿Qué es todo esto? —preguntó.

—Una montaña de sal.

Mientras los cuatro se metían en una habitación decorada con papel azul marino desvaído y muebles de colegial de los años setenta, Eddie se agachó y puso la alfombra trenzada en el centro.

—¿Lo hiciste aquí?

Era evidente, dado el círculo medio borrado que había quedado sobre las tablas del suelo.

—¿Hay que limpiarlo antes? —preguntó Jim.

—¿Limpiar qué? —Vin se arrodilló y pasó las manos sobre el suelo de falsa madera—. Ahí no hay nada.

—Está justo…

Eddie agarró a Jim por el brazo negando con la cabeza y empezó a abrir bolsas. Le pasó un paquete de sal Morton a Vin y otro a Marie-Terese.

—Vosotros, chicos, vais a dibujar una línea alrededor del perímetro del piso de arriba. Debe ser una barrera continua, menos en esa ventana —dijo señalando hacia la derecha—. ¿Está claro? Si hay muebles por el medio no pasa nada, rodeadlos y luego volved a pegaros a la pared. Hay más en esas bolsas, si la necesitáis.

Cuando pareció satisfecho con la manera en que estaban haciendo las cosas, sacó un par de puros baratos de la chaqueta y le dio uno a Jim junto con un poco de sal.

—Tú y yo vamos a hacer lo mismo abajo y alguna otra cosa.

—A la orden.

Cuando volvieron al piso de abajo, Eddie sacó un mechero Bic negro y encendió su habano, o lo que fuera. Mientras exhalaba algo que olía a aire puro del océano, le ofreció la llama y Jim se dobló por la cintura y encendió el suyo. Una sola inhalación y se sintió como en el cielo. El sabor de aquel tabaco era increíble, no se parecía a nada que hubiera tenido antes en la boca. Si aquello iba a formar parte de sus próximas obligaciones, estaría encantado de subir a bordo.

Joder, cómo le gustaba fumar. Obviamente la preocupación por el cáncer ahora no formaba parte de su lista.

Eddie se metió el mechero en el bolsillo y sacó la sal.

—Vamos a ir de habitación en habitación exhalando mientras hacemos una barrera aquí abajo. Estamos purificando el ambiente y creando un obstáculo para ella. Hay más Morton en esa bolsa.

Jim bajó la vista hacia la chica del paraguas de la caja de sal.

—¿En serio esto va a mantener alejada a Devina?

—Le hará más difícil entrar. Adrian intentará mantenerla ocupada lo máximo posible, pero aún con su considerable talento, ella se dará cuenta de que algo pasa.

Jim rompió el precinto de su bote de sal y se dio cuenta de que le gustaba cómo se sentía. Para bien o para mal —bueno, sobre todo para mal—, estaba diseñado para pelear, y no sólo porque era un hijo de puta de tomo y lomo. Llevaba la lucha en la sangre, en el cerebro y en el corazón.

Había echado de menos las misiones.

Inclinó el bote de Morton hacia abajo y expulsó el humo alegremente mientras iba dejando caer un fino río blanco por el pitorro plateado sobre la sucia moqueta. Eddie se estaba encargando de la parte de atrás de la casa, donde estaban el pasillo y la cocina, así que Jim se dirigió a la sala de estar. Era un trabajo rápido, sólo había que recorrer el zócalo separando las polvorientas cortinas del camino, y era satisfactorio: se sentía como si estuviera meando en su propio territorio, marcando su terreno.

Joder, casi tenía ganas de que aquella zorra entrara por esa puerta sólo para poder patearle el culo.

Hablando de cambios radicales. En el pasado, él había trazado religiosamente una línea inamovible entre hombres y mujeres. Nunca había dudado en matar a un hombre. Ni en desfigurarlo, pisotearlo o dejarlo K. O. Con las mujeres, sin embargo, la cosa era totalmente diferente. Si una mujer se abalanzaba sobre él con un cuchillo, él la desarmaba. Y punto. Sólo le haría daño si no tuviera más remedio, y lo haría de la forma más leve y pasajera posible.

Pero para él Devina ya no era una mujer. Diablos, ella no era una mujer y punto.

La sal susurraba mientras él iba dibujando su temblorosa rayita y, aunque no era fácil depositar demasiada confianza en algo que se utilizaba para sazonar las patatas fritas del McDonald's, no creía que Eddie fuera tonto. En absoluto.

Y el puro molaba. Un montón.

Cuando acabaron, el piso de abajo de la casa olía a Florida y necesitaba una DustBuster, y mientras se dirigían al segundo piso, Eddie dibujó una línea blanca en cada uno de los peldaños hasta que las escaleras parecieron una pista de aterrizaje.

Vin y Marie-Terese habían estado ocupados y cuando Eddie hubo supervisado su resultado, les dijo que se sentaran en la pequeña cama y le pidió a Jim que lo acompañara hasta el baño situado arriba, en el rellano. Utilizando el lavabo como cuenco, mezcló el agua oxigenada, el hamamelis y el zumo de limón con el vinagre blanco con sus propias manos, moviendo los dedos por toda la solución.

Mientras los vapores de aroma acre penetraban en las narices de Jim, Eddie empezó a hablar en voz baja mientras continuaba haciendo círculos en el lavabo. Las palabras eran apenas más audibles que una respiración y en un idioma que Jim no entendía, pero repetía la misma frase una y otra vez.

De pronto, el olor que desprendía cambió. Ya no era desagradable, sino fresco como un prado en primavera.

Eddie sacó las manos y se las secó en los vaqueros, luego extendió un brazo hacia su abrigo e hizo aparecer dos cosas de cristal...

—¿Son pistolas? —preguntó Jim.

—Claro. —El tío le quitó el tapón a una de ellas y la sumergió mientras las burbujas salían flotando a la superficie, hasta que tuvo la barriga llena. Se la pasó a Jim—. Métela en tu funda. Esta cosa funcionará de verdad contra ella, no como tu automática.

Mientras Eddie rellenaba la suya, Jim le dio la vuelta al cristal húmedo en sus manos. El arma era una maldita obra de arte, tallada en cuarzo transparente, suponía, y diseñada con precisión. La empuñó, apuntó a un objetivo en la pared del baño y apretó el gatillo. Un hilo fino y contundente de solución se estrelló justo donde él quería.

—Genial —murmuró mientras enfundaba su SIG.

—Te enseñaré a hacerlas. —Eddie selló la barriga de su pistola y la guardó al final de la espalda—. Que sepas tallar madera ayudará.

Cuando volvieron con el resto, Vin estaba dando vueltas por la habitación y Marie-Terese estaba sentada en la cama. Eddie dejó caer su abrigo y revolvió en las bolsas de Hannaford que ahora estaban casi vacías.

Sacó la salvia fresca, abrió el envase de plástico y le dio el ramillete de hojas a Marie-Terese.

—Tú sujeta esto y mantente alejada. No importa lo que veas ni lo que suceda, no lo sueltes y agárralo con las dos manos. Te protegerá.

—¿Y yo qué hago? —reclamó Vin.

Eddie giró la cabeza y lo miró por encima del hombro.

—Quítate la ropa.

Capítulo 38

La última vez que Vin se había desnudado en público había sido muy diferente.

Mientras se quitaba la camisa, los pantalones y los *bóxer* y los dejaba sobre el tocador, se aseguró de dejar la pistola arriba del todo, centrada sobre el montón. Cuando se dio la vuelta, estaba preparado para acabar de una vez con lo que fuera. Era curioso, sólo lo habían operado una vez en la vida, hacía como una década. Le habían tenido que reconstruir una rodilla tras años jugando al baloncesto, al tenis y corriendo sobre ella, y ahora se sentía exactamente igual que entonces: a punto de volver a la normalidad. Esperaba que el resultado cuando el dolor desapareciera fuera el esperado.

Miró a Marie-Terese. Estaba sentada sobre la cama, completamente quieta, sujetando las ramitas de salvia fresca entre las manos de manera que las suaves hojas sobresalían entre sus pulgares y los tallitos colgaban libres en el extremo más alejado. Cuando sus miradas se encontraron, no pudo evitar ir hacia ella y darle un fugaz beso en la boca. Ella estaba asustada, pero era fuerte…, y aunque él deseaba con todas sus fuerzas que ella no hubiera formado parte de aquello, estaba de acuerdo con Adrian: ni una oportunidad en lo que a ella se refería. Podría no haber más oportunidades con ella nunca más, por lo que tenían que asumir que Devina se había llevado aquel pendiente.

Eddie sacó una brújula y cuatro velas blancas, y después de practicar un poco de supervivencia a lo boy scout con el artilugio, él y Jim encontraron el norte, el sur, el este y el oeste, y marcaron los cuatro puntos en el suelo desnudo con los cirios. Luego derramaron más sal en el círculo alrededor de la instalación. Mientras Vin los miraba, tuvo que admitir que el anillo que ellos estaban dibujando era más perfecto que el que él había hecho veinte años antes, pero entonces había tenido que darse prisa. No sabía cuánto tiempo permanecerían sus padres desmayados.

—Como he dicho, lo que hiciste fue un ritual de posesión. —Eddie caminó en círculo para encender las cuatro mechas—. Cogiste tres elementos tuyos como hombre: cabello, sangre y…, ya sabes, y se los ofreciste a ella. Ella aceptó los regalos y se instaló en tu piel espiritual, por así decirlo. La vamos a echar de ti.

—Ya, pero escucha —interrumpió Vin—. ¿Estás seguro de que no nos podemos ocupar de Marie-Terese antes de pasar a lo mío?

—No. Tú eres el meollo de la cuestión. Tú llamaste a Devina a ti. Además, el vínculo de Marie-Terese es más fácil de romper, suponiendo que el pendiente esté en manos de Devina. —Desapareció en el baño del pasillo y volvió con las manos goteando, como si fuera un cirujano—. Jim, ve a mi abrigo y saca el rollo de piel que está en el bolsillo derecho.

Jim lo buscó y sacó un paquetito de veinticinco por cinco centímetros atado con un lazo de raso blanco.

—Ábrelo.

Las manos de Jim desataron el lazo y desenrollaron la piel con rapidez, descubriendo una daga.

De cristal.

—No toques el cuchillo —dijo Eddie.

—¿Qué demonios vas a hacer con eso? —protestó Vin.

—Te vamos a abrir —dijo señalando el círculo de velas encendidas—. Esto es cirugía espiritual y antes de que preguntes: sí, te va a doler que te cagas. Pero cuando hayamos acabado no te quedará ninguna cicatriz, ni nada por el estilo. Ahora túmbate con la cabeza hacia aquí, apuntando al norte.

Vin observó la cara de los dos hombres que lo miraban fijamente. Sombrías. Serias. Sobre todo la de Eddie.

—Nunca había visto un cuchillo como ése —murmuró Vin mirando el objeto.

—Es de cristal —dijo Eddie como si supiera que Vin necesitaba unos segundos antes de empezar el ritual—. Y venga, respira hondo que tenemos que empezar. —Miró hacia su colega—. ¿Jim? Quédate al lado de Marie-Terese. Acabarás haciéndolo tú mismo, pero por ahora estás en el equipo de observación. Si la cosa se pone fea ocúpate de ella.

—¿Puedes leer la mente? —le preguntó Vin.

—A veces. ¿Ahora podemos ponernos manos a la obra? No sé cuánto tiempo será capaz de retenerla Adrian.

Vin miró a los ojos a Marie-Terese con la esperanza de que pudiera leer en ellos todo lo que le gustaría poder decirle. Cuando ella asintió como si lo entendiera perfectamente, entró en el círculo de sal y se tendió en el centro. Eddie había calculado el tamaño a la perfección: las plantas de los pies de Vin rozaron justo el extremo opuesto después de que éste pusiera la cabeza justo donde estaba la vela que señalaba el norte.

—Cierra los ojos, Vin.

Vin miró por última vez a Marie-Terese y luego bajó los párpados e intentó relajarse. Notaba el suelo duro bajo los omóplatos, el trasero y los talones, y el corazón estaba a punto de salírsele de la caja torácica. Aunque lo peor era no poder ver nada. No sólo le hacía sentirse aislado, sino que le hacía percibir todos los sonidos demasiado altos: desde su propia respiración hasta los pasos de Eddie caminando a su alrededor, pasando por la retahíla de palabras raras que éste susurraba sobre su cuerpo desnudo. Percibía todo en alta definición, y eso le estaba poniendo los nervios de punta.

No tardó mucho en perder la paciencia. Allí estaba él, tendido como si fuera una especie de comida a punto de ser consumida, delante de Marie-Terese, quien, sin duda...

Notó una sutil vibración a través del suelo.

Vin sintió aquella reverberación como de diapasón, primero en las manos y en los pies y luego por todo su interior, dibujando círculos concéntricos que iban hacia su centro. Mientras absorbía las rítmicas ondas, una sutil brisa le hizo cosquillas en el vello de los brazos, de los muslos y del pecho, y se preguntó si alguien habría abierto una ventana.

No..., las cosas habían empezado a dar vueltas.

No tenía muy claro si era él el que giraba o la habitación, pero de pronto las ondas y la brisa se fundieron y se convirtieron en indiscernibles mientras giraban a su alrededor…, o mientras él giraba. Como si se tratara de agua precipitándose por un desagüe, alcanzó mayor velocidad, se le revolvió el estómago y las nauseas hicieron que el sándwich que había comido con Marie-Terese se estropeara y se echara a perder en su tripa.

Justo cuando iba a vomitar, el torbellino se detuvo y le sobrevino una sensación de ingravidez. Las vueltas se habían acabado, estaba suspendido en el aire cálido, y menos mal. Respiró hondo y sintió que se le acomodaba el estómago y que la tensión de sus brazos y piernas desaparecía a la vez que sus músculos se relajaban.

Y entonces recobró la vista. Gracias a Dios. Aun con los párpados bajados, pudo ver una luz blanca. La fuente estaba en algún lugar bajo él, atravesando el suelo sobre el que se suponía que estaba tumbado, y su cuerpo dibujaba una silueta sobre la luz.

La cara de Eddie apareció sobre la suya propia.

Su boca se movía como si estuviera hablando. Vin no oyó las palabras que pronunciaba, aunque las reconoció en su cabeza:

«Respira hondo y quédate muy quieto».

Vin intentó asentir, pero cuando Eddie sacudió la cabeza se limitó a pensar en la palabra «sí» para sus adentros.

El cuchillo de cristal se elevó sobre el pecho de Vin, firmemente agarrado por las grandes manos de Eddie. La luz blanca lo alcanzó y un brillante arco iris de colores centelleó, explotando a lo lejos en tonos rosa, azul celeste y amarillo pálido, pero también en rojo sangre, azul marino y amatista profundo.

En la cabeza de Vin aparecieron palabras ininteligibles mientras Eddie hablaba cada vez más rápido.

Preparándose, Vin fijó la vista en el filo afilado como una cuchilla.

Iría directo al corazón. Lo sabía.

Cuando el inevitable descenso llegó, le pareció rápido como un rayo y lento como un siglo, y el impacto fue peor de lo que se esperaba. En el momento en que la daga se hundió en su cuerpo, Vin se sintió como si cada nervio de su cuerpo transmitiera aquel dolor.

Entonces Eddie lo abrió en canal.

Vin gritó en medio de la tormenta con el cuerpo partido en dos a la altura del esternón, y su columna se tensó mientras él se arqueaba hacia arriba. Apenas entendía las palabras que Eddie pronunciaba. Entonces su brillante mano se introdujo en el núcleo de la agonía, empeorándola considerablemente.

Exploración. Movimiento de mano. Un fuerte tirón.

Fuera lo que fuera lo que Eddie estaba agarrando e intentaba arrancar estaba bien sujeto, y Vin apenas podía respirar por la gran presión que sentía sobre sus costillas y pulmones. Jadeando, luchó por coger aire en medio de todo aquello.

Empezó a gritar de nuevo. Lo cual no tenía sentido, porque estaba sin aliento.

Mientras la batalla por la extracción se recrudecía, Vin luchaba por aguantar no por sí mismo, sino por Marie-Terese. No iba a morir delante de ella. No iba a...

Pero Eddie no lo dejaba y aquella cosa no se soltaba, y a Vin empezaron a fallarle las fuerzas. Su corazón pasó de palpitar con fuerza a ir a trompicones y luego a dejar de bombear, y con la fibrilación llegó un frío entumecedor que lo invadió por completo. Intentó luchar contra él, intentó volver a poner su cuerpo en funcionamiento, pero no le quedaban fuerzas de las que tirar. Aunque su mente y su alma quisieran quedarse, su cuerpo estaba acabado.

Pero entonces el demonio se soltó.

Al principio notó un ligero resbalón, como si sólo uno de los tentáculos que estaban aferrados a él se despegara. Pero entonces se rompió otro, y otro, y un racimo de ellos. Y…

Con una chirriante rasgadura, como si se estuviera rompiendo un trozo de metal, una cosa negra fue arrastrada de su interior, arrancada, liberada…, y lo primero que pensó fue que sentía el cuerpo mucho más ligero con su ausencia. Lo segundo fue que seguía muriéndose…

A Vin lo salvó la luz blanca.

De pronto, como si supiera el poco tiempo que le quedaba, lo resucitó. Aquella luminosidad cálida como una manta redujo el dolor y luego lo borró por completo como si la tortura no hubiera existido nunca. Se alzó libre, claro y transparente, mimetizándose con lo que le rodeaba.

Lloró rebosante de alivio y gratitud.

Era la primera vez en treinta y tres años que estaba solo en su propia piel.

Los ojos de Jim no sabían adónde mirar.

Cada vez que un coche pasaba lentamente por la carretera, miraba por la ventana. ¿Algún ruido por la casa? ¿El crujido de un árbol? ¿La brisa que hacía vibrar la ventana? Daba igual. Estaba constantemente mirando cada esquina, esperando que Devina apareciera rugiendo.

Y aun así lo que había en el centro de la habitación lo estaba consumiendo.

Nunca había visto nada parecido. Desde el momento en que el suelo había cedido bajo Vin y aquel haz de luz blanca había salido de no se sabía dónde, hasta el instante eléctrico en el que Eddie se había puesto manos a la obra con el cuchillo y había empezado a tirar, todo había sido increíble.

Dios, qué cuchillo.

Era la cosa más bonita que Jim había visto nunca: cuando la luz lo iluminó, surgió de él un espectro infantil de vivos colores. Los tonos eran tan brillantes y claros que se sintió como si sus ojos fueran de nuevo jóvenes y los vieran por primera vez.

Pero la lucha… Estaba seguro de que Vin iba a morir. Eddie lo había apuñalado en el punto donde incidía la luz, y había metido el brazo dentro de su pecho y había empezado a tirar como si quisiera sacar un coche de un pantano. Y, como respuesta, Vin había gritado desde la lejanía dejando salir la agonía de su garganta mientras su cuerpo se tensaba.

En aquel momento Marie-Terese se había precipitado hacia delante, pero Jim la había retenido. El instinto le decía que ella no debía interponerse en lo que estaba sucediendo, no importaba lo grave que fuera la situación. Las interrupciones no formaban parte de las reglas del juego y, aunque aquel hombre muriera en medio del mismo, lo correcto era intentar mantenerse al margen.

Jim la sujetó lo más fuerte que pudo y ella acabó apoyada contra él clavándole con fuerza las uñas en el antebrazo mientras miraba, tan impotente como él para influir en el resultado.

Todo dependía de Eddie y de Vin, y de la suerte que tuvieran.

Y entonces sucedió. Eddie empezó a ganar la batalla. Aquello de lo que estaba tirando empezó a ceder, primero por momentos y luego con una explosiva separación final que hizo que el ángel se cayera de culo.

Pero no había tiempo para celebraciones.

En cuanto aquella cosa negra se quedó libre en el aire como una sombra de aspecto vicioso volando suelta, inmediatamente se dirigió como una bala hacia Marie-Terese. Ondeando en el aire, se recompuso, se oscureció como si estuviera cogiendo fuerzas y se dirigió hacia la mujer.

Jim metió a Marie-Terese detrás de él y la empujó contra la pared. Sacó rápidamente la pistola, abrió el tapón del depósito y vació lo que había dentro sobre ella, hasta que la nariz y las puntas del pelo le gotearon.

Deseó haber tenido un cubo lleno de aquella mierda.

Girando la cabeza en redondo, se preparó mientras la sombra se lanzaba hacia ellos. El impacto no fue ninguna fiesta, aquel humeante don Nadie era como mil aguijones de abeja a través de la piel. Marie-Terese gritó…

No, no fue ella. Aquella cosa gritó y se escindió en unos pedazos que parecían balines tirados por el suelo.

La muy cabrona volvió a cobrar forma, pero no volvió a atacar. Salió disparada por la única ventana que no tenía sal en el alféizar, y el súbito ruido del cristal hecho añicos resonó por toda la casa.

En ese preciso instante, la luz del círculo salió succionada de la habitación y su salida fue incluso más ruidosa, una bomba sónica que le reventó los tímpanos a Jim e hizo que el espejo que estaba sobre el tocador se hiciera pedazos. Eddie salió disparado hacia atrás por el estallido de energía y se empotró contra la pared justo en el momento en que Vin apareció en el suelo pálido, tembloroso y cubierto de sudor.

Mientras se hacía un ovillo tumbado de lado y se llevaba las rodillas al pecho, Marie-Terese se libró de Jim y salió corriendo hacia él.

—¿Vin? —dijo acariciándole el pelo hacia atrás—. Dios, está helado. Pásame el edredón.

Jim retiró de un tirón la colcha de la cama y se la puso en las manos; luego fue a ver a Eddie, que parecía estar inconsciente.

—¿Cómo va todo por aquí, grandullón? ¿Eddie?

El tipo reaccionó repentinamente y miró a su alrededor como si estuviera momentáneamente perdido. A su favor había que decir, sin embargo, que incluso durante su ausencia había mantenido la daga de cristal apretada en el puño, con los nudillos blancos como si se la fueran a arrancar de la mano con unas tenazas.

No tenía expresión de triunfo.

Cuando intentó ponerse en pie, Jim lo agarró por debajo de las axilas y le ayudó a levantarse del suelo y sentarse sobre la cama.

—A juzgar por tu cara, no parece que esto haya ido muy bien.

Eddie respiró hondo un par de veces.

—Él está limpio… Y buena idea lo de empaparla.

—Pensé que sería lo más eficaz. —Jim levantó la gruesa trenza del hombro del tío y no consiguió entender por qué Eddie parecía tan decepcionado—. No lo pillo. ¿Cuál es el problema?

Eddie se quedó mirando la ventana rota y agitó la cabeza.

—Ha sido demasiado fácil.

Jooooodeeeer.

Si aquello había sido como un paseo por el parque, Jim se preguntaba cómo demonios sería una verdadera pelea.

Capítulo 39

Saul entró en el camino de su casa aturdido y aparcó el taxi. Bajo el brillo de la luz del garaje, levantó los ojos hacia el espejo retrovisor e inclinó la cabeza hacia un lado. Con el dedo cortado se frotó la calva que tenía al lado de la oreja y recordó que había estado con la mujer en el asiento trasero del taxi.

Habían practicado sexo.

Había sido la primera vez desde que había estado en la cárcel, hacía diez años.

Le había gustado…, al menos hasta el final. Justo después de acabar, cuando él yacía sin fuerzas al lado de ella, se había apoderado de él un letargo extraño y asqueroso que le había hecho sentirse más atrapado que relajado.

Entonces fue cuando ella sacó las tijeras. Se había movido tan rápido que él apenas la habría podido detener si hubiera estado alerta: un tijeretazo en el pelo y un trozo de piel. Luego ella había frotado la sangre de él con lo que le había sacado de la cabeza, se había bajado de su regazo y sus manos habían desaparecido bajo su falda.

Después de eso, ella lo había dejado donde lo había llevado: en el asiento de atrás del taxi.

Ni siquiera se había molestado en cerrar la puerta y, aunque el frío le había hecho estremecerse, había tenido que esperar un rato antes de ser capaz de estirar el brazo para cerrarla. Se había subido la cremallera y había sucumbido al agotamiento, ignorando los graznidos de la radio y el hecho de que no era muy inteligente por su parte permitirse estar en una situación tan vulnerable en el centro de la ciudad ni siquiera a la luz del día.

El sueño que había tenido mientras dormía había sido horrible y bajo aquella luz, ahora tenue, giró la cabeza para comprobar que no hubiera nadie en el asiento trasero con él. Por supuesto, no lo había. Se había encerrado en el coche al volver a ponerse al volante.

Dios…, aquella pesadilla. En ella se lo había tirado un monstruo decadente que era y no era la mujer con quien él había estado…, y en el sueño él hacía una especie de trato con ella. Sólo que no podía recordar qué obtenía él a cambio de lo que le había dado.

Su amada… Tenía algo que ver con su amada.

Ya estaba oscuro cuando dos jóvenes *punks* le habían despertado al abrir las puertas delanteras del taxi para registrar su mochila y su chaqueta.

Por voluntad propia, su mano había salido disparada hacia delante y había agarrado por la cola de caballo al que estaba al lado del volante. Lo agarró con fuerza y se dio cuenta de que era cien veces más fuerte que antes de dormirse. Más fuerte, pensó. Se sentía como una máquina de matar.

El chico del otro lado del taxi miró a Saul, dejó caer la cartera que tenía en la mano y desapareció a la velocidad del rayo.

Saul le había partido el cuello al de la cola de caballo arrastrándolo a medio camino del asiento trasero y girándole la cabeza hasta que había sonado un «crac» y se había convertido en un cadáver.

Dejó el cuerpo enfriándose en el suelo al lado de donde había estado aparcado el taxi. Y al levantar la vista se encontró con una cámara de seguridad.

Pero vaya suerte. La luz roja que indicaba que aquella cosa estaba encendida no parpadeaba. Así que no había ninguna grabación de él con la mujer, o de los dos chicos.

«Nada de suerte —le había dicho una voz—. Es parte del trato».

Y entonces se había acordado: él deseaba librarse de los ojos entrometidos, poder hacer lo que le diera la gana sin preocuparse de que lo cogieran. No más armas de camuflaje, nada de encubrir pistas, de disfrazarse y de conspirar.

Y así era.

Se subió por el lado del conductor sintiéndose a la vez con un peso encima y eufórico, y fue entonces cuando se dio cuenta de que el motor llevaba encendido desde que la mujer se había marchado. Entonces, ¿por qué no se había muerto por inhalación de monóxido de carbono? Hacía frío y la calefacción había estado encendida todo el rato.

En su cabeza oyó a alguien que le decía: «Vete a casa».

En cuanto sus manos agarraron el volante, inmediatamente fijó su dirección respondiendo a un poderoso impulso que sentía en el medio del pecho: necesitaba ir a casa.

«Date prisa».

Era lo único que sabía y fue exactamente lo que hizo. Condujo desde el centro de la ciudad hacia las afueras a través de los barrios periféricos lo más rápidamente que pudo, mientras que tras sus otros asesinatos había respetado la ley como si fuera la esposa de un predicador.

Aunque ahora, a pesar de ese extraño poder que lo recorría, se sentía embotado y desactivado: lo único que podía hacer era mantener la mirada fija al frente.

Muy en el fondo de su mente le preocupaba que no le importara lo que había hecho por tercera vez en su vida en aquel callejón. Debería haber devuelto el taxi y desaparecer. Lo de los sueños estaba muy bien y era muy bonito, pero eran fantasía, no realidad. Y a todo aquel que asesinaba a alguien podían pillarlo...

«A ti no. Ya no».

«Entra».

El pensamiento le sobrevino con la claridad de una campanada en una noche silenciosa. Abrió las puertas, salió y miró a su alrededor, todavía con dificultades para entender la transformación que había sufrido. Se notaba diferente en su propia piel, y por muy bueno que aquello fuera, se sentía como un ganador de lotería cuyo billete tenía que ser aún comprobado. ¿Y si se lo quitaban? ¿Y si algo se le acercaba por detrás y...?

«No te preocupes por eso. Entra».

Sacó las llaves de su casa y se dio cuenta de que había una camioneta aparcada delante de la casa de al lado y un moderno coche en el camino de entrada, pero no les prestó atención. Tenía que entrar.

De pie en la entrada, miró de pasada la sala de estar vacía y se centró en la cocina, que estaba sembrada de bolsas del McDonald's, de cajas de pizza y de botellas vacías de Coca-Cola. ¿Y ahora qué? No tenía ni hambre ni sed ni estaba cansado, y no tenía ni puñetera idea de por qué tenía que estar dentro de casa.

Esperó.

No sucedió nada así que, como hacía siempre, fue al piso de arriba.

En cuanto entró en la habitación, la estatua de mármol de su chica le dio fuerzas y lo miró fijamente, y él se precipitó hacia delante, cayendo de rodillas ante ella. Sostuvo la perfecta cara de mármol entre sus manos y sintió cómo sus palmas calentaban la fría piedra.

Y entonces fue cuando se acordó del trato, palabra por palabra.

La voz de la mujer del taxi resonó en su cabeza: «Por un pequeño precio puedes tener exactamente lo que quieres. Puedo decirte lo que tienes que hacer para conseguirla y retenerla. Y yo protejo lo que es mío. No dejaré que te pase nada. Nunca».

«Puedes tener exactamente lo que quieres».

«Mátala y será tuya».

—Sí —le dijo a la estatua—. Sí..., amor mío.

Lo único que tenía que hacer era ir hasta su casa y entrar en ella. Tenía que encontrar la manera de acercarse lo suficiente a Marie-Terese como para...

El sonido de una ventana al romperse le hizo levantar la cabeza. Un cristal estalló en la casa de al lado y se rompió con tanta fuerza que alcanzó la casa de Saul, golpeando los perfiles de aluminio con un «ratatata».

A continuación, y con un bendito silencio como contrapunto, las cortinas se hincharon hacia fuera del agujero que había quedado como si la presión de dentro fuera mayor que la de fuera...

Y vio a su amada.

Bajo la luz de la lámpara del techo, la cara perfecta de Marie-Terese se dibujó con líneas de terror y miedo mientras miraba hacia donde había estado la ventana. Tenía el cabello y la ropa empapados y sus mejillas estaban pálidas, lo que le hacía parecerse aún más a la estatua.

Mientras la contemplaba, asombrado y feliz, no le preocupó que la viera. Como estaba en la oscuridad, era invisible para ella y para los otros dos hombres que la acompañaban.

Qué interesante…, uno de ellos era el de aquel horrible club. Había estado en aquel vestíbulo golpeando al par de universitarios que Saul había matado después en el callejón.

«No hay tiempo que perder. Ve…, ve…».

Saul se puso en pie de un salto, salió corriendo de la habitación y bajó las escaleras acordándose asombrado todo el tiempo de la mujer del taxi.

Ella sí que tenía poder. Auténtico poder.

En menos de lo que canta un gallo metió el torso en el taxi y cogió la pistola que tenía bajo el asiento del conductor.

Marie-Terese envolvió a Vin en el edredón y lo atrajo hacia sus brazos. Su cuerpo era un cubito de hielo, un objeto estático que irradiaba frío. Y mientras ella lo frotaba, intentando que su cuerpo entrara en calor, él no colaboraba en absoluto. Estaba inquieto, nervioso y sobresaltado, como si no supiera dónde estaba o no pudiera entender qué había pasado.

—Shh… Estoy aquí —le dijo.

Obviamente, el sonido de su voz era justo lo que él necesitaba oír, y se calmó.

—Vin, quiero que te apoyes en mí. —Tiró de él y él la siguió inmediatamente para recostarse en su regazo mientras la abrazaba—. Shh…, tú estás bien. Y yo también…

Mientras la cara de él se hundía en su costado, ella no daba crédito a lo que había visto, pero aun así no dudaba de que hubiera sido real. Por otro lado, estaba convencida de que sólo se había enterado de parte de lo que en realidad había sucedido.

Por suerte, Eddie sólo había escenificado el apuñalamiento, deteniendo el cuchillo transparente cuando la punta estaba directamente sobre el esternón de Vin. Pero la agonía había sido real para ambos hombres mientras luchaban. Y entonces…, bueno, en realidad no sabía qué había sucedido después: Eddie se echó hacia atrás como si hubiera sacado algo de dentro de Vin, y entonces Marie-Terese sintió un pánico agudo y punzante sin motivo aparente, al menos al principio.

Aquello cambió rápido. Sintió que un espíritu demoníaco se fijaba en ella, y en aquel momento Jim la puso detrás de él y luego la empapó con un líquido que olía a mar. Mientras ella escupía, el demonio pareció romperse a su alrededor, y entonces fue cuando la ventana se hizo añicos.

Vin se giró entre sus brazos y la miró a la cara.

—¿De verdad estás bien?

Apenas podía pronunciar palabra de lo que le castañeteaban los dientes.

—Estoy bien.

—Estás empapada.

Le separó el pelo mojado hacia atrás.

—Creo que esto me ha salvado.

Eddie habló desde la cama con voz grave.

—Sí. Jim tomó una buena decisión.

El hombre asintió una vez, más preocupado por la pésima forma en la que se encontraba su colega que por cualquier tipo de cumplido.

—¿Estás seguro de que no necesitas nada? —le preguntó a Eddie.

—Por el que deberíamos preocuparnos es por Adrian. Ella no ha aparecido y él no está aquí, y eso significa...

Problemas, pensó Marie-Terese.

—Problemas —dijo Jim acabando la frase—. Así que voy a rellenar esto con la salsa mágica.

Mientras se dirigía al baño, Vin dejó escapar un gruñido e intentó sentarse.

—Así —dijo ella poniéndole los brazos alrededor del torso y levantando su torso del suelo. Cuando él consiguió ponerse derecho, ella le quitó el edredón de debajo de la cadera y lo volvió a tapar con él.

Él se pasó las manos por el pelo, alisándolo.

—¿Ya ha acabado? ¿Soy libre?

Eddie se puso en pie tambaleándose.

—No del todo. No hasta que recuperemos el diamante.

—¿Puedo ayudar?

—No, es mejor que se ocupe uno de nosotros.

Vin asintió y, al cabo de un rato, empezó a levantarse. Aunque él pesaba mucho más que ella, ella le ayudó como pudo hasta que él pudo sostenerse por sí mismo, y entonces lo dejó para que pudiera moverse por la habitación.

Él se fue a vestir y, para evitar parecer mamá gallina, ella alejó la vista para mirar por la ventana rota.

Mientras observaba los daños, las preguntas se le arremolinaron en su cabeza entremezclándose. Los cristales estaban destrozados y no quedaba de ellos más que algunos restos en los marcos. Miró hacia fuera. Abajo, en el suelo, había pedazos y añicos de cristal y madera, pero ninguno de ellos mayor que un bolígrafo.

—Apártate de ahí —dijo Eddie acercándose y apartándola con su enorme cuerpo—. No está sellada, lo que significa...

Eddie dio un grito ahogado y se echó las manos al cuello, como si lo hubieran agarrado por detrás a través del hueco. Mientras se inclinaba hacia atrás, su cabeza y sus hombros empezaron a caerse a través de la abertura, y Marie-Terese se lanzó hacia él... sólo para conseguir que la arrastraran a ella también.

—El cuchillo... —dijo Eddie jadeante.

Todo empezó a suceder a cámara lenta mientras ella gritaba por encima del hombro. Gracias a Dios Jim ya estaba en ello y corría desde el pasillo hacia el cuchillo de cristal que habían dejado encima de la cama. En cuanto lo cogió, Eddie se puso manos a la obra liberándose para darse la vuelta y apuñalar algo que estaba fuera de la ventana.

Marie-Terese se aferró a una de las piernas de Eddie mientras Jim abrazaba como un oso al tipo por la cintura. Mientras trabajaban juntos, Vin cogió su pistola de encima de la cómoda y se dio la vuelta apuntando hacia la maraña. Ella confiaba en que él no disparase a menos que...

En el extremo de la habitación, a través de la puerta abierta, pudo ver a un hombre subiendo por las escaleras. Ascendía en silencio y se movía con una determinación implacable. Él giró la cabeza y sus miradas se cruzaron...

Saul..., del grupo de oración. ¿Qué hacía...?

Él levantó la pistola que llevaba en la mano y la giró hacia ella, apuntándole.

—Mi amada —dijo con reverencia—. Mía ahora y siempre.

Se oyó el sonido del arma automática.

Vin gritó algo justo mientras Jim se interponía en el camino de la bala: con la elegancia de un atleta, saltó en el aire poniendo el pecho en el camino de lo que iba destinado a ella, abriendo los brazos y ofreciéndole el torso plano al que disparaba para ocupar la mayor superficie posible y así protegerla a ella.

Mientras el agudo y potente sonido resonaba, Eddie se cayó por la ventana dando tumbos por el tejado.

Y entonces se oyó un segundo disparo.

Capítulo 40

Vin salió de su letargo en el momento en el que quedó claro que había problemas en la ventana. Tenía los pantalones a medio subir cuando oyó el jaleo y lo primero que pensó fue en Marie-Terese, aunque al parecer no era a ella a la que estaban estrangulando. Jim reaccionó con rapidez, sin embargo, y le dio a Eddie aquel cuchillo de cristal y lo sujetó con cada gramo de sus músculos. Y Marie-Terese estaba allí ayudando, haciendo lo que podía para evitar que el hombre fuera arrastrado hacia fuera por Dios sabía qué.

Lo primero que se le ocurrió a Vin fue coger la pistola que había dejado sobre su ropa y eso fue lo que hizo, tan rápido como pudo. Le quitó el seguro con el pulgar y apuntó con el cañón del arma hacia el amasijo de cuerpos de la ventana. No tenía ni idea de a qué demonios disparar, así que se quedó quieto…

Y entonces la expresión de la cara de Marie-Terese cambió de repente de la determinación a la sorpresa mientras miraba hacia la puerta.

Había alguien más en la casa.

Vin giró sobre sus pies descalzos y vio la imagen que se le había revelado durante su trance: un hombre con escaso pelo rubio estaba girando la esquina en la parte de arriba de las escaleras y apuntando con una pistola a un determinado punto de la habitación. Sí..., era ésa. Iba a apretar el gatillo y la bala iba a volar por el aire a toda mecha, y alcanzaría a Marie-Terese.

—¡No! —gritó Vin mientras se oía el disparo.

Por el rabillo del ojo vio cómo Jim se ponía delante, interceptando con su pecho el plomo que iba dirigido a ella. Con el impacto, retrocedió y la hizo caer.

El instinto de Vin fue ir hacia ella, pero ésa no era la reacción correcta. Se giró con la pistola y supo que tenía que asegurarse de que el intruso no disparase un segundo tiro, era lo único que podía hacer para aumentar las posibilidades de todos de sobrevivir.

Aunque tenía la fría y mortal sospecha de que Jim sería una baja irreversible.

Levantando con firmeza el arma, Vin fue hasta el umbral de la puerta y se encontró a un hombre al menos ocho centímetros más bajo que él.

Se trataba de ver quién apretaba antes el gatillo, y el factor sorpresa jugó a favor de Vin. El que había disparado dio por hecho ingenuamente que había sólo tres personas en la habitación.

Vin no dudó en disparar una descarga directa al corazón del tipo, y el impacto hizo que el hombre perdiera el blanco y apretara con el dedo índice al mismo tiempo. Lo que hizo que Vin recibiera un tiro en el hombro.

Por suerte, era el izquierdo.

Mientras el intruso se desplomaba de espaldas cuan largo era y su arma salía disparada, Vin le apuntó con la pistola y disparó otra bala y otra más sobre el tío, de manera que no hubiera ninguna posibilidad de que pudiera parpadear y mucho menos coger un arma.

Con cada disparo, el hombre se sacudía con las piernas y los brazos muertos como una marioneta.

—Marie-Terese, ¿te ha dado? —gritó Vin mientras se desvanecía el estruendo.

—No… Pero, Dios mío… Jim apenas respira y Eddie se ha caído por la ventana.

La sangre de la mano que Vin tenía libre salpicó los vaqueros del intruso cuando se acercó sobre el tipo, sin dejar de apuntar en ningún momento hacia las escaleras. Sin embargo, aún no se creía que aquel cabrón estuviera muerto, así que puso la pistola delante de la pálida cara que tenía ante él mientras escuchaba atentamente por si se oían más pasos en el piso de abajo.

—Coge tu teléfono y llama a emergencias —le dijo Vin a Marie-Terese.

—Ya estoy marcando —respondió ésta.

Él quería mirar por encima del hombro para verla con sus propios ojos, pero no iba a correr ese riesgo. No sabía si habría entrado alguien más en la casa, y el pecho del intruso aún se movía imperceptiblemente.

Mientras los segundos se convertían en minutos, a Vin le satisfizo en gran medida la manera en que el color estaba abandonando las anodinas facciones del rostro de aquel hombre, aunque Santo Dios… ¿Quién sería? ¿Qué sería?

Aunque si una bala podía detenerlo, lo más probable es que fuera un simple humano.

La voz de Marie-Terese voló por la habitación.

—Sí, ha habido un tiroteo en el ciento dieciséis de la avenida Crestwood. Hay dos hombres…, tres, heridos. Necesitamos una ambulancia ahora mismo. Marie-Terese Boudreau. Sí…, sí. Sí…, no, no es mi casa…

Los párpados del intruso se abrieron de repente y Vin se encontró ante un par de ojos de color castaño claro que miraban fijamente más allá de lo que tenían delante. Con un temblor entumecido, aquellos labios grisáceos empezaron a moverse.

—Noooooo… —La palabra duró toda una horrible exhalación, como si lo que estuviera viendo hiciera que a su lado las pesadillas parecieran una comedia.

Con un grito sofocado y un temblor, el tío pasó a mejor vida con una expresión de terror congelada en su rostro, mientras un hilo de sangre le brotaba de la comisura de los labios.

Vin dio un par de patadas a aquellas piernas, y luego escuchó con atención. Podía oír el viento que silbaba escaleras arriba, pero no se escuchaba nada más en ningún otro sitio.

Caminó hacia atrás lentamente, moviendo la pistola de derecha a izquierda por si alguien venía desde atrás del piso de abajo o salía de alguna de las puertas.

Una vez dentro de la habitación, aflojó la mano en la que llevaba el arma y Marie-Terese se adelantó para abrazarlo con fuerza. Estaba temblando, pero se había comportado como una mujer fuerte desde el primer momento en que habían estado juntos.

—¿Puedes reanimar a Jim o prefieres sujetar la pistola?

—No, yo me ocuparé de él. —Ella se acercó al hombre, se arrodilló y puso la oreja al lado de la boca de Jim—. Aún respira, pero con poca intensidad.

Se quitó con rapidez el forro polar, lo enrolló, lo puso contra la herida que él tenía en el pecho y presionó mientras le miraba el pulso.

—Es muy débil, pero aún late, así que no puedo hacerle el masaje cardíaco. La ambulancia debería estar aquí en cinco minutos.

Lo que, en una situación como aquélla, era una eternidad.

—No dispares —dijo una voz aturdida desde el piso de abajo—. Soy yo.

—¿Eddie? —gritó Vin—. ¡Le han dado a Jim!

Cuando Eddie apareció en lo alto de las escaleras, parecía que lo había pillado un tren y, mientras se acercaba cojeando, le echó un vistazo al intruso.

—Ése está bien muerto. ¿Cómo está Jim?

—Bien —susurró Marie-Terese acariciándole la cara al hombre—. Estás bien y te vas a recuperar. Lo lograrás.

Vin dejó la pistola sobre la cama y se arrodilló al otro lado de Jim, imitando la posición que Marie-Terese tenía sobre el suelo mientras tocaba al hombre que estaba allí tendido.

—Me ha salvado —dijo ella acariciando con su delicada mano el grueso brazo de Jim—. Me has salvado, Jim. De no haber sido por ti, ahora estaría muerta. Por Dios, Jim, me has salvado la vida.

Vin echó un vistazo a aquel enorme pecho y no necesitó una licenciatura en medicina para darse cuenta de que la herida que tenía era fatal. Jim respiraba de la misma manera superficial que había hecho el intruso, y pronto seguiría el mismo camino que el agresor: estaba empalideciendo a un ritmo alarmante, lo que indicaba que tenía una hemorragia interna.

Mierda, lo único que podían hacer era esperar a que los profesionales vinieran con la camilla. La reanimación cardiopulmonar no era una opción, ya que Jim tenía pulso y respiraba por sí mismo, y hacer presión no iba a servir de nada con una arteria rota.

Por primera vez en su vida, Vin rezó para oír llegar las sirenas.

A Jim ya le habían disparado antes. Y lo habían apuñalado. Y también lo habían colgado una vez. Había resultado herido en peleas a puñetazos, con palancas, navajas y botas. Hasta lo habían atravesado con una pluma Montblanc.

En todas aquellas situaciones, sabía que iba a sobrevivir. No importaba cuánto le doliese, o cuánto sangrara, o lo cruel que fuera el arma, sabía que no estaba malherido.

Y ahora sabía, con la misma certeza, que la bala de su pecho había dejado en su estela el tipo de rastro desgarrador que le iba a hacer recibir su auténtica recompensa.

Ángel o no, se estaba muriendo.

Curiosamente, no dolía demasiado. Por supuesto notaba una aguda quemazón y tenía problemas para respirar, lo que le llevó a pensar que o sus pulmones estaban empezando a llenarse de sangre, o que la cavidad de su pecho se estaba inundando, pero en general estaba a gusto. Tal vez tenía un poco de frío, pero estaba a gusto.

Lo cual era un claro indicio de que tenía una conmoción.

Seguramente aquella pequeña bala le había dado en una arteria.

Abrió la boca sólo por instinto, no porque quisiera rezar ni para pedir que la ambulancia se diera prisa: se estaba ahogando en su propio cuerpo, en resumidas cuentas.

Y la verdad es que no era un mal final. Gracias a los Cuatro Colegas sabía que pronto vería a su madre. Y esperaba encontrarse con la encantadora niña rubia que no merecía morir como lo había hecho.

Todo eso le hacía sentirse en paz.

Curiosamente, mientras se imaginaba a aquellos cuatro tipos ingleses vestidos de blanco con su perro, les deseó lo mejor y sintió pena por ellos. Al parecer aquellos ángeles estaban equivocados. Él no era la respuesta a sus problemas…, aunque al menos había conseguido encauzar a Vin y a Marie-Terese por el buen camino.

Y era extraño, pero al final había sido él el que se había visto en una encrucijada y no Vin.

Cuando vio el cañón de aquella arma preparado para el *rock and roll*, en lo único que había pensado era en Vin y Marie-Terese. Salvarla a ella significaba salvarlos a ambos, y su amor valía mucho más que una miserable vida.

Era la primera vez que hacía aquello. La primera vez que no sólo no había sido en absoluto egoísta, sino que había actuado movido por otros sentimientos que no fueran la ira o la venganza. Y nunca había tenido nada tan claro, excepto la necesidad de vengar a su madre hacía todos aquellos años.

Reuniendo las pocas fuerzas que le quedaban, Jim enfocó la mirada y vio a Marie-Terese y a Vin inclinados sobre él. Vin le había cogido la mano y hablaba con él. Su cara estaba seria hasta el punto de la distorsión, sus rasgos estaban contraídos, sus ojos ardían. Jim intentó concentrarse y poner los oídos en funcionamiento, pero el sonido lo superaba. Lo más seguro era que el hombre le estuviera diciendo que aguantara, que la ambulancia estaba en camino… «Por Dios, Jim, no nos dejes»…

Al otro lado, Marie-Terese lloraba en silencio mientras sus bonitos ojos resplandecían de pena y sus lágrimas de cristal le resbalaban por las mejillas y le caían a él sobre el pecho. Le estaba agarrando la otra mano y le frotaba lentamente el brazo como si intentara hacerle entrar en calor.

Él no sentía nada, pero le conmovió ver cómo lo acariciaba.

Por desgracia, no le quedaba mucho tiempo con ellos y no tenía aliento para hablar…, así que hizo lo único que pudo.

Con sus últimas fuerzas, Jim les juntó las manos, uniéndolas sobre el agujerito que tenía en el pecho que lo había cambiado todo para los tres, sujetando cada una de las dos mitades de manera que fueran sólo uno.

Mientras su visión se iba desvaneciendo, miró aquellos dedos, los pequeños y los grandes entretejidos. De repente, tuvo la seguridad de que el futuro se iba a portar bien con ellos. El demonio había salido de Vin y de algún modo tenía la certeza de que aquellos talismanes estaban en manos de Adrian. Aquellas dos buenas personas rotas iban a curarse mutuamente y a caminar durante las horas, días y años de sus décadas uno al lado del otro, y aquello era lo correcto; estaba bien.

Había hecho algo bueno. Después de tantos años llevándose vidas, había salvado una. Y contaba como dos.

Y en la encrucijada había elegido de forma inteligente.

De pronto, el pecho de Jim se elevó y tosió con fuerza mientras la boca se le encharcaba. Su siguiente respiración no fue más que un gorgoteo y su corazón empezó a jugar a la rayuela. Ya faltaba poco. Muy poco.

Estaba impaciente por ver a su madre. Y le sorprendió hasta qué punto lo que había hecho le hacía sentirse en paz.

Mientras unas luces rojas jugueteaban en el techo —señal de que una ambulancia había entrado en el camino—, Jim dejó escapar su último aliento..., y falleció con una sonrisa en los labios.

Capítulo 41

El trayecto en ambulancia fue agitado por la velocidad y con mucha luz por el parpadeo de las luces. Las sirenas, sin embargo, sólo se oían a intervalos.

Marie-Terese lo interpretó como una buena señal.

Sentada en un banco empotrado al lado de Vin, con una mano aferrada a una barra de acero inoxidable para sujetarse y la otra apretando la cálida mano de él, supuso que si su estado fuera realmente grave, aquella cosa ruidosa y estridente sonaría constantemente.

O tal vez sólo estaba intentando autoconvencerse.

Tumbado en la camilla, Vin tenía los ojos cerrados y estaba pálido, pero le apretaba la mano. Y cada vez que pasaban por un bache, hacía un gesto de dolor, retraía los labios y dejaba ver sus blancos dientes, lo que tenía que significar que no tenía ninguna conmoción grave ni estaba en coma. Y aquello era bueno, ¿no?

Al menos comparado con lo que podría haber sido.

Levantó la cabeza hacia la doctora. La mujer estaba concentrada en la pantalla de un aparato de electrocardiogramas portátil y su expresión era hermética.

Marie-Terese se inclinó hacia un lado e intentó ver lo que mostraba la máquina…, pero lo único que vio fue una línea blanca que hacía una especie de dibujo sobre un fondo negro. No tenía ni idea de lo que significaba.

Rezó para ver a través de la ventana trasera de la ambulancia más farolas en las aceras y edificios, en lugar de centros comerciales o calles residenciales y coches aparcados al lado de los bordillos, porque aquello significaría que estarían finalmente en el centro de la ciudad.

Y no sólo por el bien de Vin.

Se dio la vuelta y echó el trasero hacia delante en el asiento para ver a través del parabrisas delantero, y le consoló el hecho de que la ambulancia que iba delante de ellos —que llevaba a Jim— todavía llevara las luces puestas. Los médicos habían valorado la gravedad de ambos hombres, habían pedido un segundo equipo y habían atendido primero a Jim. Ella se había quedado en el pasillo con Eddie mientras metían un desfibrilador portátil y golpeaban su pecho herido una vez…, dos veces…

El hombre del estetoscopio pronunció las palabras más agradables que había oído jamás: «Tengo pulso».

Esperaba que pudieran sacarlo adelante. La idea de que Jim tuviera que morir por haberla salvado a ella era casi insoportable.

Y en cuanto a Saul…, no había necesitado un transporte rápido para el hospital. Tenía tiempo de sobras.

Dios santo… ¿Saul?

Era casi invisible en aquellas reuniones del grupo de oración, era sólo un hombre tranquilo y medio calvo que tenía la patética mirada de quien está constantemente en el lado de los perdedores en la ecuación de la vida. Ella no había visto nada que la llevara a pensar que estaba obsesionado con ella, pero el problema era que era el tipo de hombre del que no te acordabas.

Recordó que se lo había encontrado en la iglesia la noche anterior cuando se iba a confesar, y se preguntó cuántas veces le habría pasado desapercibida su presencia. Después de todo, había sido el primer coche en pararse cuando casi había tenido el accidente ese día después de misa. Lo que hacía suponer que iba justo detrás de ella.

¿Cuántas veces la habría seguido a casa? ¿Habría ido a La Máscara de Hierro?

Con un escalofrío, se preguntó si habría matado él a aquellos hombres con los que ella había estado.

Todo aquello no hizo precisamente que se alegrara por el tipo de hombre que había sido su ex marido. Pero dio gracias por las precauciones que había tomado por culpa de Mark.

Por el parabrisas delantero vio pasar volando las oficinas del *Caldwell Courier Journal* y le apretó la mano a Vin.

—Ya casi estamos.

Él abrió los párpados. Aquellos ojos grises que habían sido lo primero que la había cautivado volvieron a hacer el truco: los miró fijamente y tuvo la sensación de que se tropezaba y se caía, y que no tenía ni idea de dónde iba a aterrizar.

Aunque aquello ya no era verdad, ¿no? Ella sabía exactamente el tipo de hombre que era él, y no era de esos con los que tenía que tener cuidado.

Era el hombre que necesitaba en su vida. Que quería en su vida.

Se inclinó hacia él, le alisó el pelo hacia atrás, acarició su barba de un día y lo miró a los ojos.

—Te quiero —dijo doblándose para darle un beso en los labios—. Te quiero.

La mano de él apretó la suya.

—Yo también te quiero.

Caray, aquella voz ronca la iluminó por dentro.

—Bien. Entonces estamos empatados.

—Estamos…

La ambulancia dio un bote al pasar por encima de algo que había en la carretera y todo, desde las máquinas de la doctora hasta Vin, que estaba en la camilla, dio un salto. Él dejó escapar un feroz bufido y cerró los ojos, y ella volvió a mirar de nuevo por la ventana delantera deseando ver el resplandor de las luces del complejo hospitalario de San Francisco con la esperanza de que, de alguna manera, el hecho de establecer contacto visual con su ruta hiciera que la cosa se acelerase.

«Vamos…, vamos…».

De pronto las luces de freno de la ambulancia de delante se encendieron mientras reducía hasta el límite la velocidad, y la que llevaba a Vin y a ella reaccionó con rapidez y adelantó a su líder.

—¿Por qué reducen la velocidad? —protestó mientras la doctora volvía a colocar el monitor del electrocardiograma—. Han apagado las luces. ¿Por qué van más despacio?

El movimiento de cabeza que obtuvo por respuesta no fue ninguna sorpresa. Era una tragedia: sólo había que darse prisa si la persona estaba viva. Que era por lo que nadie le había hecho caso a Saul cuando lo declararon muerto.

La muerte proporcionaba toda una eternidad para ocuparse de los cuerpos. No había ninguna prisa.

Marie-Terese se obligó a respirar y los ojos se le llenaron de lágrimas. Soltó la barra a la que se estaba agarrando y se las secó. Lo último que quería era que Vin abriera los párpados y la viera disgustada.

—Dos minutos —gritó el conductor desde delante.

La doctora cogió un formulario.

—Señora, me he olvidado de preguntarle. ¿Es familiar directa de él?

Ella se secó los ojos, se recompuso por el bien de Vin y supo al instante que de ninguna manera se iba a arriesgar a que la dejaran a un lado en lo que se refería a sus cuidados. Para los médicos y los enfermeros del servicio de urgencias, los conocidos y los amigos eran simplemente eso.

—Soy su mujer —dijo.

La mujer asintió y tomó nota.

—¿Y su nombre es?

Ni siquiera vaciló.

—Gretchen. Gretchen Capricio.

—Es usted un hombre muy afortunado.

Dos horas más tarde le decían esas maravillosas palabras a Vin, mientras la doctora que había registrado su entrada se desprendía de sus guantes de cirujano de color azul claro y los tiraba a un contenedor naranja de residuos biológicos peligrosos.

Tenía toda la razón del mundo. Sólo había necesitado anestesia local y unos cuantos puntos para cerrar los orificios de entrada y de salida. Nada de huesos rotos, de tendones seccionados ni de nervios dañados. El cabrón de la pistola sólo había atravesado carne, lo cual eran buenas noticias.

Vin había tenido mucha suerte.

Por desgracia, su reacción a las buenas noticias fue girarse y vomitar dentro de la cuña rosa que tenía al lado de la cabeza. Y el hecho de mover el torso hizo que el dolor en el hombro fuera de campeonato, lo que le hizo vomitar más, lo que empeoró el dolor, y así sucesivamente.

Pero aun así no le quedó más remedio que darle la razón a la mujer del pijama de cirujano. Tenía suerte. Era el cabrón con más suerte sobre la faz de la tierra.

—Aunque no tolera el Demerol —dijo la doctora.

Gracias por la información, pensó Vin. Se había estado retorciendo desde que se lo habían dado hacía unos treinta minutos.

Cuando su último ataque de arcadas perdió entusiasmo, se acomodó sobre la almohada y cerró los ojos. Mientras una mano le mojaba la boca y la cara con una toalla empapada, sonrió. Marie-Terese —Gretchen, en realidad— seguía siendo magnífica con la toalla.

Dios quisiera que no tuviera que poner esa habilidad en práctica de nuevo con él pronto.

—Le voy a poner una inyección para las nauseas —dijo la doctora— y si los vómitos remiten, podemos darle de alta. Hay que retirar los puntos en diez días, pero su médico de cabecera puede hacerlo. Le vamos a poner la vacuna del tétanos y le voy a recetar unos antibióticos orales, aunque tenemos aquí algunas muestras y ya le hemos dado uno. ¿Alguna pregunta?

Vin abrió los párpados y miró no a la doctora, sino a Gretchen. Ella lo amaba. Se lo había dicho en la ambulancia. Había oído salir aquellas palabras de su propia boca.

Así que no, no tenía ninguna pregunta. Sabiendo que eso era lo que ella sentía, era capaz de superar casi todo.

—Póngame la inyección para que me pueda ir de este maldito sitio, doctora.

La mujer se enfundó unos guantes nuevos, le quitó la tapa a una jeringa y le clavó la aguja directamente en la vena. Mientras ella apretaba el émbolo, él no sintió nada, lo que hizo que aquello casi mereciera la pena.

—Esto debería aliviarlo inmediatamente.

Vin aguantó la respiración, sin esperar realmente...

Joder. El efecto fue automático, como si le estuvieran acariciando la tripa en plan «no pasa nada, grandullón». Respiró estremeciéndose y todo su cuerpo se relajó dejándole claro, como si la vomitona no hubiera sido suficiente, lo mal que se había encontrado.

—Vamos a ver si el efecto se mantiene —dijo la doctora mientras volvía a tapar la jeringa y la tiraba en un contenedor naranja—. Descanse aquí un rato, y cuando le dé el alta pediremos un taxi para usted y para su esposa.

Para él y para su esposa.

Vin se llevó la mano de Gretchen a la boca y le rozó los nudillos con un beso.

—¿Te suena bien, cariño? —le preguntó.

—Perfecto. —Una sonrisa se dibujó en sus labios—. Siempre y cuando tú estés preparado. Querido.

—Por supuesto.

—Muy bien, volveré para ver cómo va. —La doctora fue hacia la cortina y separó el espacio de Vin del resto de la sala de urgencias—. La policía quiere verle. Puedo decirles que se pongan en contacto con usted...

—Dígales que pasen —dijo Vin—. No hay ningún motivo para esperar.

—¿Está seguro?

—¿Qué es lo peor que puede ocurrir? ¿Que empiece a vomitar de nuevo y utilice sus bolsillos en lugar de mi cuña? Estoy dispuesto a arriesgarme.

—Como quiera. Si se alargan demasiado pulse el botón de la enfermera y haremos algo. —La doctora asintió y volvió a correr la cortina—. Suerte.

Mientras la cortina se cerraba, Vin le apretó la mano a Gretchen con urgencia, porque no sabía cuánto tiempo tenían.

—Quiero que me digas la verdad.

—Siempre.

—¿Qué le ha pasado a Jim? ¿Ha…?

La manera en que ella tragó saliva antes de responder se lo dijo todo, y para evitar que ella tuviera que verbalizarlo, le besó la mano de nuevo.

—Shh, tranquila. No es necesario que lo digas…

—Era tu amigo. Lo siento muchísimo…

—No sé cómo decir esto, así que lo soltaré y punto. —Le frotó el acelerado pulso de la muñeca con el pulgar—. Estoy contentísimo de que sigas aquí. Por tu hijo. Por mí. Jim actuó de manera increíblemente altruista y heroica, y aunque desearía con todas mis fuerzas que no hubiese muerto por ello, estoy realmente agradecido por lo que hizo.

Ella dejó caer la cabeza y asintió, y su pelo rizado cayó hacia delante. Mientras él dibujaba círculos sobre los finos huesos de su muñeca, examinó las brillantes ondas con la mirada. La última acción de Jim sobre la tierra había dejado un gran legado: una vida por delante, un hijo que aún tenía a su madre y un amante cuyo corazón no había sido destrozado por la pérdida.

Un magnífico legado.

—Era un hombre de verdad. —Vin se aclaró la garganta—. Ése sí que era un hombre de verdad.

Permanecieron allí en silencio uno al lado del otro, él tumbado en la camilla y ella sentada en una silla de plástico, con las manos fuertemente entrelazadas, como las había unido sobre su pecho el hombre que le había salvado a ella la vida.

Al otro lado de la cortina gris y azul podían oír el ajetreo de gente, sus voces superpuestas y el sonido de los zapatos que se arrastraban por el suelo al pasar rozando con los hombros la cortina, haciendo que se balanceara de los ganchos metálicos.

Él y Gretchen, en cambio, permanecían inmóviles.

La muerte obraba ese efecto sobre las personas, pensó Vin. Les hacía quedarse quietos en su sitio en medio de la marabunta y el barullo de sus vidas, aislándolos en un silencio inmóvil. En el momento en el que se apoderaba de ti todo cambiaba, pero su efecto era como el de un coche que chocaba contra un muro: lo de dentro seguía adelante porque no podía hacer otra cosa…, y el resultado era el caos final: toda la ropa que la persona había usado se convertía en una especie de exposición histórica de la que se desharían unos llorosos seres cercanos y queridos…, y sus suscripciones de revistas e informes de cuentas y recordatorios de citas dentales pasaban de la bandeja de correo de entrada a la de la papelera…, y el lugar donde vivía dejaba de ser un hogar para convertirse en una casa.

Todo se detenía… y nada volvía a ser como antes.

Dios, cuando te comunicaban que alguien a quien conocías había muerto, era como si tú también murieras un poco: te detenías por un momento y te quedabas al margen del ajetreo de la vida mientras el sonido del timbre resonara en tu mente y en tu cuerpo. Y como los humanos somos un coñazo, normalmente lo primero que pensamos es: «No, no puede ser».

La vida, sin embargo, no tenía botón de rebobinado y estaba más claro que el agua que no le interesaban las opiniones del gallinero.

La cortina se abrió para dar paso a un hombre fornido de cabello y ojos oscuros.

—¿Vin diPietro?

Vin se obligó a prestar atención.

—Sí..., soy yo.

El hombre entró y sacó una placa.

—Soy el detective De la Cruz, de Homicidios. ¿Cómo está?

—Llevo diez minutos sin vomitar.

—Me alegro por usted. —Saludó con la cabeza a Gretchen e hizo una pequeña inclinación—. Lamento que nos tengamos que volver a ver tan pronto..., y en estas circunstancias. Y ahora, ¿podrían darme una versión rápida de lo que sucedió? Y por cierto, ninguno de los dos está detenido, pero si prefieren hablar con un abogado delante, lo entiendo.

Aún no había hablado con Mick Rhodes. Él sin duda le recomendaría que no abriera la boca sin él delante, pero Vin estaba demasiado cansado para preocuparse por eso y, de todos modos, no estaba de más prestarse a cooperar cuando habías actuado dentro de los límites de la ley.

Vin agitó la cabeza hacia delante y hacia atrás sobre la almohada.

—No, está bien, detective. En cuanto a lo que pasó..., estábamos arriba en el dormitorio con... —Sin saber por qué, sintió un fuerte impulso que le decía que no debía mencionar a Eddie. Era tan fuerte que no fue capaz de resisitirse— Con Jim.

El detective sacó un pequeño bloc de notas y un bolígrafo, al más puro estilo Colombo.

—¿Qué hacían en la casa? Los vecinos han dicho que no suele haber nadie en ella.

—Es mía y finalmente había decidido arreglarla para ponerla a la venta. Yo soy constructor y Jim trabaja…, trabajaba para mí. Estábamos allí hablando sobre el proyecto, viendo las habitaciones… Supongo que me debí de dejar la puerta de delante abierta y estábamos arriba cuando sucedió. —Mientras el detective asentía y tomaba notas en su bloc, Vin le dio un tiempo para que lo pudiera apuntar todo—. Estábamos en la habitación hablando, y lo siguiente que recuerdo es que oí el disparo de un arma. Todo sucedió condenadamente rápido… Jim se puso delante de ella de un salto y recibió el disparo. Yo estaba al lado de la cómoda de espaldas a la puerta y cogí mi arma que, por cierto, está registrada y para la que tengo licencia. Le disparé al tío con la pistola y se desplomó.

Más anotaciones en el bloc.

—Le disparó varias veces.

—Sí, lo hice. Para que no tuviera oportunidad de volver a disparar.

El detective volvió a echarle un vistazo a su cuaderno y las páginas llenas de tinta crujieron. Levantó de nuevo la cabeza y sonrió fugazmente.

—Muy bien… Y ahora inténtelo de nuevo y esta vez dígame la verdad. ¿Por qué estaban en la casa?

—Ya le he dicho…

—Había sal por todas partes y olor a incienso, y la ventana de ese dormitorio de arriba estaba rota. El lavabo del segundo piso estaba lleno con algún tipo de solución, y había botellas vacías de cosas como agua oxigenada por todas partes. Y el círculo dibujado en el suelo en el medio de la habitación en la que estaban tampoco estaba mal. Ah, y lo encontraron sin camisa y descalzo, un atuendo un poco extraño para hacer negocios. Así que…, aunque me creo lo de los disparos porque puedo rastrear las balas como el mejor, están con el agua al cuello por todo el resto.

No se oyó ni una mosca.

—Creo que deberíamos contarle la verdad, cariño —dijo Gretchen.

Vin la miró y se preguntó: «¿Exactamente qué verdad, querida?».

—Por favor, háganlo —dijo el detective—. Es más, les diré lo que yo creo, por si les sirve de ayuda. El tío que usted mató se llamaba Eugene Locke, alias Saul Weaver. Es un asesino convicto que salió de la cárcel hace unos seis meses. Había alquilado la casa de al lado y estaba obsesionado —dijo el detective señalando a Gretchen con la cabeza— con usted.

—Eso es lo que no entiendo… ¿Por qué…? —Gretchen se detuvo—. Un momento, ¿cómo sabe eso? ¿Qué han encontrado en su casa?

El detective apartó la vista de sus notas para fijar la vista en un punto intermedio.

—Tenía fotos suyas.

—¿Qué tipo de fotos? —preguntó en un tono inexpresivo.

Mientras Vin le acariciaba la mano, el detective la miró a los ojos.

—Hechas con gran angular y teleobjetivo.

—¿Cuántas?

—Muchas.

La mano de Gretchen se tensó contra la de Vin.

—¿Encontraron algo más?

—Había una estatua arriba. Habían denunciado su desaparición de la catedral de San Patricio.

—Dios mío, la de María Magdalena —dijo Gretchen—. Vi que había desaparecido de la iglesia.

—Ésa era. Y no sé si se ha dado cuenta o no, pero se parece mucho a usted.

Vin reprimió las ganas de volver a matar a aquel tío.

—¿Podría ser ese tal Eugene…, Saul o como se llame el responsable de las muertes y las palizas de los callejones?

El detective hojeó su libreta.

—Ya que está muerto y que, por lo tanto, es imposible calumniarlo… Les diré que creo que puedo relacionarlo con ambos incidentes. Por ahora, el hombre al que hirieron en la cabeza anoche está resistiendo. Si lo consigue, supongo que describirá a su agresor como un hombre moreno, porque cuando registramos la casa de Locke encontramos una peluca de hombre negra con pequeños restos de sangre en ella. La policía científica ya está haciendo pruebas y creo que los restos encajarán con una o con todas las víctimas. También tenemos la huella de un zapato de la primera escena del crimen que ha resultado ser condenadamente parecida a la del calzado que Locke llevaba esta noche.

—Así que si juntamos todas las piezas… —Volvió a hojear el bloc y miró a Gretchen—. Creo que Locke se cargaba a los hombres con los que usted bailaba en el club, lo que explica esas agresiones. Y fue cuestión de suerte, o más bien desgracia, que viviera en la casa de al lado de donde ustedes estaban esta noche. Porque él no sabía que esa casa era suya, ¿no?

Vin sacudió la cabeza.

—Estuve allí una vez más el mes pasado, y antes de eso…, ni me acuerdo. Y no creo que supiera mi nombre para buscar en el registro de propiedades. Además, ¿cuánto tiempo llevaba viviendo allí al lado?

—Desde que salió de la cárcel.

—Ya, pues ella y yo no nos conocíamos hasta hace tres días.

De la Cruz hizo otra anotación.

—Vale, yo he sido sincero. ¿Qué les parece si me devuelven el favor? ¿Quieren contarme de verdad qué hacían allí?

Gretchen habló antes de que Vin pudiera hacerlo.

—¿Cree en los fantasmas, detective?

El hombre parpadeó un par de veces.

—Mmm… No lo tengo muy claro.

—Los padres de Vin murieron en esa casa. Y él quiere arreglarla. El problema es que hay un espíritu malo en ella. O había. Estábamos intentando echarlo.

Vin alzó las cejas. Santo cielo. Aquello era fantástico, pensó.

—¿En serio? —preguntó el detective mientras sus ojos castaños miraban alternativamente a uno y a otro como en un partido de tenis.

—En serio —dijeron Vin y Gretchen a la vez.

—¿No me están tomando el pelo?

—No le estamos tomando el pelo —respondió Vin—. Se suponía que la sal creaba una barrera, o alguna mierda así, y el incienso era para purificar el aire. Oiga, no voy a fingir que tengo clarísimo todo eso. —Qué diablos, aún no tenía claro nada—. Pero sé que lo que hicimos funcionó.

Porque se sentía diferente. Era diferente. Ahora era él mismo.

De la Cruz pasó una página para tener una en blanco y escribió algo.

—¿Saben? Mi abuela podía predecir el tiempo. Y tenía una mecedora en el ático que se movía sola. ¿Qué tiraron por la ventana?

—¿Podría creer que se rompió sola? —respondió Vin.

De la Cruz miró hacia arriba.

—No lo sé.

—Pues así fue.

—¿Creen que lo que hicieron de verdad funcionó?

—Lo hizo. —Vin se frotó los ojos con la mano que tenía libre hasta que su hombro protestó con tal ímpetu que no pudo ignorarlo y tuvo que parar—. O esperemos que así haya sido.

Hubo una pausa y luego De la Cruz miró hacia Gretchen.

—Tengo una pregunta rutinaria para usted, si no le importa. Le dijo a los médicos que se llamaba Gretchen Capricio, pero para mí consta como Marie-Terese Boudreau. ¿Le importaría ayudarme un poco con eso?

Gretchen le explicó minuciosamente su situación y, mientras hablaba, Vin observaba su bello rostro y deseaba poder borrar de él todo el dolor del pasado y el estrés del presente. Tenía sombras en los ojos y bajo ellos pero, como él esperaba, su voz era fuerte y tenía la cabeza alta.

Joder, estaba enamorado de ella.

El detective sacudió la cabeza cuando ella terminó.

—Lo siento mucho. Y la entiendo perfectamente…, aunque me hubiera gustado que hubiera sido sincera desde el principio con nosotros.

—Sobre todo me daba miedo la prensa. Mi ex marido está en la cárcel, pero los miembros de su familia están por todo el país…, y algunos de ellos son policías. Después de lo que pasó con mi hijo, ya no confío en nadie. Ni en la gente con placa.

—¿Qué le ha hecho sincerarse esta noche?

Sus ojos giraron hacia Vin.

—Ahora las cosas son distintas y me voy a ir de la ciudad. Le diré dónde estoy pero… tengo que irme de Caldwell.

—Después de todo esto, lo entiendo… Aunque vamos a necesitar poder ponernos en contacto con usted.

—Volveré cuando me necesiten.

—De acuerdo. Y oiga, hablaré con mi sargento. Dar una identidad falsa a la policía es un delito, pero dadas las circunstancias… —Dejó a un lado el cuaderno—. La gente que trabaja aquí me ha dicho además que usted les dijo que era su esposa.

—Quería quedarme con él.

De la Cruz esbozó una sonrisa.

—Yo lo hice una vez. Mi esposa y yo teníamos una cita, y ella se rebanó un dedo con un cuchillo preparando una ensalada para la cena. Cuando la llevé a urgencias, mentí y les dije que estábamos casados.

Gretchen se llevó la mano de Vin a los labios y la besó fugazmente.

—Me alegro de que lo entienda.

—Lo entiendo. Perfectamente. —El detective señaló a Vin con la cabeza—. ¿Así que ustedes dos acaban de empezar a salir?

—Sí.

—Supongo que a su anterior novia no le hizo gracia, ¿no?

—No... Mi ex novia era infernal. —Literalmente.

De pronto, Vin se acordó del desastroso estado en el que había quedado su dúplex y de las mentiras que Devina le había dicho a la policía.

—Ella es cruel, detective. Más de lo que se pueda imaginar. Y yo no le pegué, ni aquella noche ni nunca. Mi padre pegaba a mi madre, así que no puedo soportar esas mierdas. Me largaría dejando atrás todo lo que tengo antes de levantarle la mano a una mujer.

Los ojos del detective se entornaron y su mirada aguileña se clavó en Vin. Al cabo de un rato, el tipo asintió.

—Bueno, ya veremos. Yo no me ocupo de esas cosas porque no es de mi departamento..., pero no me sorprendería que descubrieran algo más, como la participación de una tercera persona, o algo así. He mirado a la cara a muchos maltratadores y usted no es de ese estilo.

De la Cruz guardó el cuaderno y el boli, y miró el reloj.

—Vaya, fíjese. Lleva casi media hora sin vomitar. Es una buena señal. Puede que le dejen largarse de este chiringuito.

Vin extendió la mano que tenía libre aunque a su hombro no le hizo ninguna gracia.

—¿Sabe, detective? Es usted un buen tipo.

Una mano firme acudió al encuentro de la de Vin para estrechársela.

—Espero que les vaya bien a los dos. Estaremos en contacto.

Cuando el tipo se fue, la cortina se onduló y cayó de nuevo para colocarse en su sitio. Vin respiró hondo.

—¿Cuánto crees que tendré que esperar antes de irme?

—Vamos a darles media hora más y si no vienen a verte iré a buscar a la doctora.

—Vale.

El problema era que esperar como un buen chico sintiéndose impotente nunca se le había dado bien. A los cinco minutos ya estaba pensando en pulsar el botón para llamar a la enfermera, cuando la cortina se volvió a abrir.

—Justo a tiempo… —Vin frunció el ceño. No era ninguna enfermera ni ningún médico, era Eddie, que tenía una cara tan sombría como si acabara de perder a un amigo y se hubiera caído desde la ventana de un segundo piso.

No era para menos.

El primer instinto de Vin fue incorporarse y sentarse, pero aquello no fue nada bien. Su hombro pegó un alarido de cantante de ópera y tuvo que cerrar la garganta para no vomitarse encima, aunque al menos no era por culpa del Demerol.

Mientras Gretchen se abalanzaba sobre una cuña limpia y Eddie levantaba ambas manos haciendo el gesto universal de «soooooo», Vin se tambaleó a punto de echar todo fuera.

Gracias a Dios aquella mierda remitió y el estómago acabó por asentársele.

—Lo siento —dijo bruscamente—. Tengo algunos problemillas.

—Tranquilo. No pasa nada.

Vin cogió aire por la nariz y lo soltó por la boca.

—Siento lo de Jim.

Gretchen se acercó a Eddie y lo agarró por la parte superior de sus enormes brazos. De pie delante de él, era a la vez diminuta pero con un aspecto feroz.

—Le debo la vida.

—Los dos se la debemos —añadió Vin.

Eddie le dio un breve abrazo y asintió con la cabeza una vez hacia Vin. Estaba claro que era de los que controlaban sus emociones, algo que Vin respetaba.

—Gracias. Y ahora, vamos al grano. —Eddie metió la mano en el bolsillo, y cuando extendió la palma de la mano en el medio estaban el anillo con el diamante y el pendiente de oro—. Adrian hizo lo que debía y se los quitó. Los dos sois completamente libres y, según las normas, ahora estáis fuera de su alcance. No tenéis que preocuparos porque vuelva. Pero guardad esto, ¿de acuerdo?

Gretchen cogió ambas cosas y lo volvió a abrazar, y Vin dejó que su abrazo dijera todo lo que a él le gustaría poder decir, pero no se atrevía. Se le estaba haciendo un nudo en la garganta, y no porque su estómago se estuviera preparando para otra evacuación: a veces un sentimiento de inmensa gratitud tenía el mismo efecto en la garganta que una náusea. La cuestión era que no se podía ni imaginar por lo que habrían pasado aquellos hombres para ayudarlos a él y a Gretchen. Jim estaba muerto, Eddie tenía un aspecto de mierda y sólo Dios sabía lo que Adrian le había hecho a Devina.

—Cuidaos, ¿de acuerdo? —murmuró Eddie, dándose la vuelta para irse—. Tengo que irme.

Vin se aclaró la garganta.

—En cuanto a Jim..., no sé si tenéis pensado reclamar su cuerpo, pero me encantaría enterrarlo como se merece. Sin escatimar en gastos. Así de claro.

Eddie volvió la cabeza por encima del hombro con una mirada grave en sus extraños ojos de color castaño rojizo.

—Eso sería genial. Os dejo encargados de eso. Y estoy seguro de que os lo agradecería.

Vin asintió una vez, el trato estaba hecho.

—¿Quieres que te avisemos? ¿Me das tu número de teléfono?

El tipo recitó algunos números que Gretchen escribió en un trozo de papel.

—Mándame un mensaje con los detalles —dijo Eddie—. No estoy seguro de dónde estaré. Me tengo que largar.

—¿No quieres que te vea un médico?

—No hace falta. Estoy bien.

—Vale. Cuídate. Y gracias… —Vin dejó las palabras a la deriva porque no sabía cómo expresar lo que tenía en el corazón.

Eddie esbozó su ancestral sonrisa y levantó la mano.

—No tienes que decir nada más. Puedo sentirlo.

Y se fue.

Mientras la cortina se ondulaba al cerrarse, Vin miró por debajo del dobladillo cómo aquellas botas camperas giraban a la derecha, daban un paso y se esfumaban. Como si nunca hubieran estado allí.

Vin se llevó la mano derecha a la cara y se frotó los ojos.

—Creo que tengo alucinaciones.

—¿Quieres que avise a la doctora? —dijo Gretchen muy preocupada—. Puedo pulsar el botón de la enfermera.

—No, estoy bien. Lo siento, creo que es sólo que estoy agotado. —Seguramente el tío había girado a la izquierda y en aquel momento estaría saliendo apresuradamente por la puerta de urgencias en plena noche.

Vin atrajo a Gretchen hacia sí.

—Tengo la sensación de que ahora todo ha acabado. Toda esta historia.

Bueno, menos por el hecho de que sus visiones habían vuelto para quedarse, al menos según Eddie. Pero tal vez aquello no era tan malo. Tal vez pudiera encontrar una manera de canalizarlas o de usarlas positivamente.

Frunció el ceño y se dio cuenta de que había encontrado un nuevo objetivo. Sólo que éste beneficiaría a otros, no a sí mismo.

No era un mal final, dadas las circunstancias.

Gretchen abrió la mano y las joyas, sobre todo el diamante, brillaron.

—Si no te importa, meteré esto en una caja fuerte.

Ella los metió en el fondo de uno de los bolsillos de sus vaqueros y Vin asintió.

—Sí, no vaya a ser que los volvamos a perder, ¿no?

—No. Eso nunca más.

Capítulo 42

Cuando el taxi se detuvo delante de la casa de alquiler de Gretchen, la luz del amanecer empezaba a aparecer sobre Caldwell bañándolo todo de un agradable color melocotón y dorado. El camino de vuelta del San Francisco había sido condenadamente mejor que el de ida a urgencias en la parte trasera de aquella ambulancia, pero Gretchen sabía que Vin estaba lejos de encontrarse bien. Tenía la cara verdosa, tensa, y estaba claro que sentía dolor, e iba a tener problemas para moverse con el brazo en cabestrillo. Ademá, parecía un sin techo con la enorme camisa que le habían dado en el hospital con aquel inmenso cuello abierto. Éste dejaba ver el vendaje súper blanco que iba desde la base del cuello hasta un lado del pecho.

—Siguiente parada el Commodore, ¿no? —dijo el conductor volviendo la cabeza.

—Sí —contestó Vin con voz exhausta.

Gretchen miró por la ventanilla hacia su pequeña casa. El coche de la niñera estaba aparcado delante, en la calle, y la luz de la cocina estaba encendida. En el piso de arriba, la habitación de Robbie tenía la luz apagada.

No quería que Vin volviera solo al dúplex.

No estaba segura de cómo reaccionaría Robbie al conocerlo.

Se sentía entre la espada y la pared.

Se volvió hacia Vin y buscó sus rasgos familiares y bellos. Estaba hablando con ella..., acariciándole la mano, probablemente diciéndole que descansara, que se cuidara, que lo llamara cuando fuera a...

—Por favor, entra —le soltó—. Quédate conmigo. Te acaban de disparar y necesitas a alguien que te cuide.

Vin se detuvo a mitad de la frase y se quedó mirándola. Que fue precisamente lo que hizo el taxista por el espejo retrovisor. Tanto la parte de la invitación como la de la herida de bala resultaron sin duda igualmente sorprendentes para cada uno de los hombres, respectivamente.

—¿Y Robbie? —preguntó Vin.

Gretchen levantó la vista y se encontró con la mirada del conductor. Dios, ojalá hubiera alguna manera de levantar una barrera para que el tío que estaba al volante no pudiera oír aquello.

—Os presentaré. Y veremos qué pasa.

La boca de Vin se tensó y ella se preparó para un no.

—Gracias..., me gustaría conocer a tu hijo.

—Bien —susurró ella con una combinación de alivio y miedo—. Vamos allá.

Pagó la carrera y salió antes del taxi para poder ayudar a Vin, pero él sacudió la cabeza y se agarró a un lado del taxi para levantarse. Una buena idea considerando la forma en que se contrajeron los músculos de su antebrazo.

Teniendo en cuenta lo que pesaba, era más probable que ella se cayera sobre él que le ayudara a ponerse de pie.

Cuando se hubo erguido, ella lo agarró del brazo bueno, cerró la puerta y lo guió por el camino de la entrada.

En lugar de intentar buscar las llaves, llamó suavemente a la puerta y Quinesha abrió inmediatamente.

—Dios mío, qué aspecto tenéis.

La mujer dio un paso atrás y Gretchen llevó a Vin hasta el sofá, donde más que sentarse cayó sobre los cojines, lo que le hizo pensar que las rodillas le habían fallado.

Durante un largo rato, todos esperaron para ver si había que llevarlo corriendo al baño.

Cuando teóricamente todo pareció estar bajo control, Quinesha no hizo demasiadas preguntas. Se limitó a darle a Gretchen uno de sus rápidos y fuertes abrazos, preguntó si había algo que pudiera hacer y se largó cuando estaba recibiendo un «gracias pero no, de verdad».

Gretchen cerró la puerta con llave y dejó el bolso sobre el desvencijado sillón orejero que estaba al lado de la tele. Vin dejó caer la cabeza hacia atrás y sus párpados se desplomaron, y ella no se sorprendió que él hiciera una serie de respiraciones profundas para recuperarse mientras se quedaba totalmente inmóvil.

—¿Quieres ir al baño? —le preguntó ella esperando que no tuviera que vomitar otra vez.

Él sacudió la cabeza y ella fue a la cocina, sacó un vaso de la alacena y lo llenó de hielo. Gracias a su hijo había dos cosas que siempre tenía en casa: *ginger ale* y galletas saladas, también conocidas como «curalotodo de madres». Aunque a Robbie lo educaban en casa, jugaba con otros niños en el Y, y todas las niñeras llevaban niños con gripes, resfriados y virus estomacales.

Una madre nunca sabía cuándo iba a necesitar la combinación mágica.

Abrió una lata nueva de Canada Dry, echó la bebida gaseosa sobre el hielo y observó cómo las burbujas se volvían locas y la espuma subía hasta el borde del vaso. Mientras esperaba a que volviera a bajar, sacó un paquete de galletas y puso un montón de cinco centímetros sobre una servilleta de papel doblada.

Justo cuando iba a acabar de llenar el vaso, oyó la voz grave de Vin procedente de la sala de estar:

—Hola.

Su primer instinto fue salir corriendo para tranquilizar a Robbie, pero sabía que si lo hacía parecería que había algún problema y haría que las cosas fueran más dramáticas de lo que ya iban a ser. Cogió lo que había ido a buscar para Vin y se obligó a entrar tranquilamente en la sala.

Como siempre que se levantaba de la cama, Robbie tenía el pelo de punta en la parte de atrás de la cabeza, y su pijama de Spiderman le hacía parecer más pequeño de lo que era porque ella se lo había comprado aposta dos tallas mayor de lo que necesitaba.

De pie dentro de la habitación, observaba fijamente a su invitado con mirada cautelosa pero curiosa.

Dios…, el corazón le iba a mil, tenía la garganta seca y el hielo del *ginger ale* tintineaba en el vaso por el temblor de sus manos.

—Éste es mi amigo Vin —le comunicó con tranquilidad.

Robbie giró la cabeza para mirarla y luego volvió a mirar hacia el sofá.

—Qué tirita más grande. ¿*Tas* cortado?

Vin asintió lentamente.

—Sí.

—¿*De* qué?

Gretchen abrió la boca, pero Vin fue más rápido con la respuesta.

—Me caí y me hice daño.

—¿Por eso llevas también el cabestrillo?

—Sí.

—No parece que tengas muchísima fiebre.

—No creo que tenga fiebre.

Hubo una larga pausa. Y luego Robbie dio un paso hacia delante.

—¿Me dejas ver tu tirita?

—Sí, claro. —Aunque claramente le costó una gran agonía, Vin se quitó la tira del cabestrillo del hombro y desabrochó lentamente su camisa prestada. Echó el trapo hacia atrás y le mostró el relleno, la venda y el esparadrapo.

—Guaaaaaaau —dijo Robbie caminando hacia delante y extendiendo la mano.

—No le toques, por favor —dijo Gretchen rápidamente —. Le duele.

Robbie retiró la mano.

—Lo siento. ¿Sabes? Mi mamá me cura muy bien los cortes.

—¿Sí? —dijo Vin toscamente.

—Ajá. —Robbie miró hacia atrás—. ¿Ves? Ya trae el *ginger ale*. —Bajó la voz hasta que fue sólo un susurro y añadió—: Siempre me da *ginger ale* y galletitas saladas. No son mis *más* favoritas, pero siempre me siento mejor después de comérmelas.

Gretchen se acercó al sofá y puso las galletas sobre la mesa, al lado de Vin.

—Toma. Esto te asentará el estómago.

Vin cogió el vaso y miró a Robbie.

—¿Te importa que me quede tirado en tu sofá un rato? La verdad es que estoy muy cansado y necesito un lugar para descansar.

—Sí. Puedes quedarte aquí hasta que estés *mucho mejor del todo.* —El niño extendió la mano y se presentó—. Soy Robbie.

Vin estiró su brazo bueno.

—Encantado de conocerte, amigo.

Después de estrecharse la mano, Robbie sonrió.

—Tengo una idea, también.

Mientras salía de la habitación, ella le dijo:

—¿Puedes quitarte el pijama, por favor?

—Sí, mamá.

A Gretchen le costó muchísimo controlarse para no agarrarlo y abrazarlo al pasar, pero se estaba comportando como el hombre de la casa, y hasta los niños de siete años tienen su orgullo.

—¿Crees que ha ido bien? —preguntó Vin con suavidad.

—Muy bien. —Parpadeó con rapidez y se sentó a su lado—. Y por favor, bébete un poco de eso.

Vin le agarró la mano, se la apretó con rapidez y luego bebió un sorbo.

—No creo que esté preparado para las galletas saladas.

—Pueden esperar.

—Gracias por dejarme conocerlo.

—Gracias por ser tan bueno con él.

—Me quedaré en el sofá, ¿vale?

—Sí, nosotros podemos dar clase en la cocina. Lo educo en casa, y hoy es lunes.

—Te quiero —dijo Vin girando la cabeza hacia ella—. Te quiero tanto que duele.

Ella sonrió y se inclinó para besarlo.

—Debe de ser tu hombro el que habla.

—No, viene más del medio del pecho. Creo que se llama... ¿corazón? No estoy muy seguro porque nunca había tenido uno.

—Creo que debe de ser el corazón, sí.

Hubo una pausa.

—¿Aún piensas mudarte a mi granja?

—Si te sigue pareciendo bien, sí.

—¿Te importa tener a alguien más en una de las habitaciones de invitados mientras estáis allí? Ya sabes, un inquilino. Es una casa grande, y él podría usar el cuarto de la sirvienta que está encima de la cocina mientras tú y Robbie tenéis el segundo piso para vosotros solos. Y yo puedo responder por él. Es ordenado, limpio, tranquilo y respetuoso. Hace mucho que lo conozco. Está intentando rehacer su vida y va a necesitar un lugar donde quedarse.

Ella le acarició la cara y pensó que no hacía tanto que se conocían en cuanto a horas se refería... Pero teniendo en cuenta por lo que habían pasado, era como si el tiempo equivaliera a años perrunos. O más.

—Creo que sería genial.

Se besaron de nuevo fugazmente y él dijo:

—Si no funciona, me iré inmediatamente.

—No sé por qué creo que todo va a ir bien.

Vin sonrió y bebió un poco más.

—Hacía años que no bebía *ginger ale*.

—¿Qué tal el estómago...?

Robbie volvió a bajar, todavía en pijama.

—¡Toma, esto te ayudará!

Mientras le tendía su cómic favorito de Spiderman, Gretchen cogió el vaso de soda para que Vin pudiera aceptar el regalo.

—Esto parece muy guay —murmuró Vin mientras ponía el cómic en el regazo y lo abría por la primera página.

—Te hace pensar en otra cosa —dijo Robbie asintiendo como si tuviera décadas de experiencia—. A veces cuando te duele necesitas distracción.

Pronunció «distracción» como «distarción».

—Tengo que prepararme para el cole. Quédate aquí. Bébete eso. Mamá y yo te vigilaremos.

Robbie salió de la habitación como si lo hubiera solucionado todo.

Y la verdad era que así Vin estaba más feliz que una perdiz.

Capítulo 43

Otra vez la hierba fresca.

Aunque al menos esta vez Jim sabía dónde coño estaba.

Mientras abría los ojos y recibía un fogonazo verde brillante y esponjoso, giró la cara hacia un lado y respiró hondo profundamente. Le dolía todo el cuerpo, no sólo donde le había alcanzado la bala, y esperó a que las cosas se calmaran un poco antes de intentar hacer cualquier movimiento brusco como…, ay, mover la cabeza o algo así.

Suponía que lo de estar boca abajo significaba que de verdad estaba muerto…

Un par de zapatos blancos de cordones perfectamente abrillantados invadieron su campo visual y, sobre los pulcros zapatos, unos pantalones de pinzas de lino planchados con una raya perfecta colgaban con el largo perfecto sobre los tobillos.

El extremo se levantó de repente y apareció Nigel en cuclillas.

—Qué alegría volver a verte. Y no, tienes que volver abajo otra vez. Tienes más misiones por delante.

Jim gruñó.

—¿Voy a tener que morirme primero cada vez antes de venir aquí? No es por ofender, pero no me jodas, puedo daros mi número de móvil para que me llaméis.

—Lo has hecho muy bien —dijo Nigel. El hombre…, el ángel…, lo que fuera extendió la mano—. Muy bien, la verdad.

Jim le dio un empellón al primaveral campo y se giró. Mientras estrechaba la mano que le tendía, el cielo estaba tan brillante que tuvo que parpadear con rapidez y alejar rápidamente la mano para poder frotarse los ojos.

Joder, vaya viaje. Pero al menos aquellas dos personas estaban bien.

—Os olvidasteis de la parte más importante de la información —le dijo al ángel—. La encrucijada era mía, ¿no? Cuando la bala salió volando la elección clave en todo aquello fue mía, no de Vin.

—Sí. Elegiste salvarla a ella en lugar de a ti mismo, y ése fue el punto crítico de inflexión.

Jim dejó caer los brazos a los lados.

—Era una prueba.

—Has muerto aposta.

—No me digas.

Colin y los otros dos dandis se acercaron, los tres vestidos como Nigel, con pantalones de pinzas blancos y jerséis de cachemir de color melocotón, amarillo y azul celeste, respectivamente. La parte de arriba de Nigel era de color coral.

—¿No lleváis nunca ropa de camuflaje? —gruñó Vin mientras se impulsaba hacia arriba con las palmas de las manos—. ¿O hiere eso vuestra sensibilidad?

Colin se agachó y apoyó las rodillas sobre la hierba, lo que le hizo suponer que en la lavandería del cielo tenían lejía Clorox.

—Estoy bastante orgulloso de ti, colega.

—Nosotros también. —Bertie le acarició la cabeza a su lebrel—. Lo has hecho de maravilla.

—Sí, señor, de maravilla —asintió Byron con sus gafas de color rosa que parpadearon bajo la luz difusa—. Claro que yo sabía que harías una elección inteligente. Siempre he estado seguro, sí, siempre lo he estado.

Jim se fijó en Colin.

—¿Qué más me estáis ocultando, tíos?

—Me temo que la cosa funciona en base a lo que necesitas saber, chico.

Jim dejó caer la cabeza hacia atrás sobre la columna, y miró el lechoso cielo azul que parecía a la vez estar a kilómetros de distancia y lo suficientemente cerca para tocarlo.

—Por casualidad no conoceréis a un cabrón llamado Matthias, ¿no?

Se levantó una suave brisa que pasó susurrando entre las briznas de hierba, nadie respondió a la pregunta y Jim intentó ponerse de pie. Bertie y Byron se inclinaron para ayudarlo, pero él los apartó aunque su trasero guardaba tanto equilibrio como un lápiz de pie sobre su goma.

Jim sabía qué venía ahora. Otra misión. Había siete almas allá fuera y sólo había salvado a una... ¿O habían sido dos?

—¿De cuántos más me tengo que ocupar? —preguntó.

Colin hizo un amplio movimiento con el brazo hacia la izquierda.

—Compruébalo tú mismo.

Jim frunció el ceño y miró hacia el castillo. En lo alto de su pared en forma de torre, ondeando con la brisa, había una enorme bandera triangular de color rojo vivo. Aquella cosa era increíblemente brillante, tenía un color tan llamativo como el verde de la hierba. Mientras observaba cómo bailaba el vals con la brisa, se quedó paralizado.

—Por eso vestimos con tonos pastel —dijo Nigel—. Tu primera bandera de honor ha sido desplegada y nada salvo esta hierba debe rivalizar con ella.

—¿Es por Vin?

—Sí.

—¿Qué va a pasar con ellos?

Byron tomó la palabra.

—Vivirán enamorados durante el resto de sus días, y cuando vengan aquí pasarán juntos y dichosos toda la eternidad.

—Siempre que no la jodas con los otros seis —intervino Colin, levantándose—. O abandones.

Jim levantó el dedo hacia él como si fuera una pistola.

—Yo nunca abandono.

—Ya veremos…, ya veremos.

—Eres un gilipollas.

Nigel asintió con seriedad.

—La verdad es que sí.

—¿Porque soy lógico? —Al ángel no pareció molestarle aquella etiqueta en absoluto, o «en ab-soluto», como él diría—. Siempre hay un momento en toda tarea en el que uno se empieza a quemar porque ve ante sí demasiados escalones empinados. Todos hemos estado en ese punto y tú también lo estarás. Sólo esperamos que cuando llegues a él…

—No voy a abandonar, imbécil. No te preocupes.

Nigel cruzó los brazos sobre el pecho y se quedó mirando inexpresivamente a Jim.

—Ahora que Devina te conoce y que le has arrebatado algo, empezará a centrarse en tus debilidades. Esto se convertirá en algo mucho más duro y mucho más personal.

—Por mí esa zorra puede ir empezando.

Colin sonrió.

—Es increíble que no nos llevemos mejor.

Byron se aclaró la garganta.

—Creo que deberíamos dedicar un momento a apoyar a Jim en lugar de desafiarlo más. Ha hecho algo maravilloso y muy valiente, y yo, por mi parte, estoy muy orgulloso.

Mientras Bertie empezaba a meter baza y *Tarquin* meneaba el rabo, Jim levantó las manos.

—Estoy bien… Por Dios, no, abrazos no…

Demasiado tarde. Byron rodeó a Jim con unos brazos sorprendentemente fuertes y lo abrazó, y luego Bertie hizo lo mismo mientras *Tarquin* se levantaba y apoyaba las patas sobre los hombros de Jim. Los ángeles olían bien, tenía que admitirlo…, igual que el humo que salía de los puros que Eddie había encendido.

Por suerte, sin embargo, Nigel y Colin no eran de la hermandad del abrazo.

A veces había suerte.

Era curioso, Jim se sentía un poco conmovido, aunque nunca lo admitiría. Y, de pronto, se sintió preparado para volver a la carga. Por alguna razón aquella bandera, aquel símbolo tangible de éxito, lo motivó enormemente. Tal vez porque en su antigua vida él contaba si había hecho bien su trabajo por medio de lápidas, y aquella ondulante bandera resultaba mucho más atractiva y motivadora.

—Vale, esto es lo que hay —le dijo al grupo—. Hay algo que necesito hacer antes de mi próximo caso. Tengo que encontrar a un hombre antes de que se lo carguen sin más. Tiene que ver con mi antigua vida y no es la típica situación de la que pueda pasar.

Nigel sonrió y clavó sus ojos extrañamente bellos en los de Jim como si lo supiera todo.

—Claro, debes hacer lo que creas conveniente.

—Entonces ¿vuelvo aquí cuando haya acabado o…?

Otra vez aquella sonrisa de sabelotodo.

—Simplemente ocúpate de las cosas.

—¿Cómo me pongo en contacto con vosotros?

—No nos llames, nosotros lo haremos.

Jim maldijo entre dientes.

—¿Seguro que no conocéis a Matthias?

Colin tomó la palabra.

—Recuerda que Devina puede presentarse como cualquier cosa y cualquier persona. Hombre, mujer, niño, ciertos animales. Ella es omnipresente en sus numerosas formas.

—Lo tendré en cuenta.

—No te fíes de nadie.

Jim asintió mirando hacia el ángel.

—Tranquilo tío, tengo un montón de experiencia en eso. Una cosa… ¿Os comunicabais conmigo por la tele, o estaba perdiendo la puta chaveta?

—Ve con Dios, James Heron —dijo Nigel, levantando la mano—. Has demostrado que eres digno rival de nuestro enemigo. Ahora vuelve a hacerlo, cabrón cabezota.

Jim echó un último vistazo a los muros del castillo y se imaginó a su madre segura y feliz al otro lado de ellos.

Luego brotó de la mano del ángel un chorro de energía que lo redujo a moléculas y lo hizo salir volando.

Duro. Frío.

Ay, joder.

Esos fueron los primeros pensamientos de Jim cuando se volvió a despertar y, al abrir los ojos, le golpeó otro fogonazo de luz lechosa y difusa que no parecía proceder de ninguna fuente en particular, lo que le hizo preguntarse si aquella mierda de mano tan cantosa de Nigel no se habría jodido y lo habría hecho aterrizar otra vez justo donde estaba.

Pero aquel aire no era fresco. Y en lugar de estar tumbado sobre la hierba mullida, se sentía como si estuviera tumbado sobre un trozo de acera.

Entonces le retiraron una sábana de la cara y a Jim casi le da algo.

—¿Qué? —dijo Eddie—, ¿listo?

—¡Joder! —dijo agarrándose el pecho—. ¿Me quieres matar del susto?

—Ya es un poco tarde para eso.

Jim miró a su alrededor. La sala en la que estaban tenía baldosas de color verde claro en el suelo, en las paredes y en el techo, y toda una pared cubierta de puertas de acero inoxidable de un metro por cincuenta centímetros con manillas de cámara frigorífica. Había mesas vacías de acero inoxidable con balanzas colgando y mesas con ruedas colocadas ordenadamente en filas, y los lavabos del otro extremo eran del tamaño de bañeras.

—¿Estoy en la puta morgue?

—Bueno, sí. —El «obviamente» fue implícito.

—Dios santo…

Jim se sentó y vio que, efectivamente, había una bolsa para cadáveres con un inquilino dentro dos mesas más allá, y un cadáver cubierto con una sábana y una etiqueta en un pie que sobresalía de la puerta de al lado.

—Vaya, así que lo de las etiquetas en los dedos de los pies es cierto.

Eddie se encogió de hombros.

—No les van a decir ellos su nombre.

Jim maldijo y giró las piernas para bajarlas de la mesa sobre la que estaba, y entonces fue cuando vio a Adrian. El ángel estaba de pie dentro de la sala al lado de las puertas de doble hoja manteniéndose inusualmente al margen. Aunque su postura solía ser desgarbada, tenía los brazos cruzados tensamente sobre el pecho y los pies uno al lado del otro. Su boca no era más que una línea, tenía la piel del color de los Kleenex y miraba fijamente el suelo de baldosas con las cejas gachas. Sus oscuras pestañas contrastaban con sus pálidas mejillas.

Estaba dolorido. Por dentro y por fuera.

—Te he traído ropa —dijo Eddie—. Y sí, volví a buscar a *Perro*. Está en nuestra camioneta más feliz que una perdiz.

—¿Entonces estoy muerto?

—Más tieso que la mojama. Así funciona esto.

—¿Pero sigo teniendo a *Perro* aunque esté… fiambre?

Dios, se preguntaba si había alguna palabra políticamente correcta para los muertos. ¿O es que si habías estirado la pata no tenías que preocuparte de lo políticamente correcto?

—Sí, es tuyo. Estés donde estés, él estará contigo.

Por alguna razón, aquello le hizo sentir un alivio momentáneo.

—¿Quieres estos trapos?

Jim miró lo que Eddie tenía en los brazos y luego se miró a sí mismo. Su cuerpo parecía el mismo, grande, musculoso y sólido. Los ojos, la nariz y las orejas parecían funcionar correctamente.

¿Cómo demonios iba a trabajar?

—Éste no es ni el momento ni el lugar para dar explicaciones —dijo Eddie tendiéndole la ropa.

—Ya te digo. —Jim cogió los vaqueros, la camiseta de AC/DC y la cazadora de cuero. Las botas eran militares. Los calcetines eran gruesos y blancos. Y todo era de su talla.

Mientras se vestía, no dejaba de mirar a Adrian una y otra vez.

—¿Se pondrá bien? —preguntó Jim en voz baja.

—En un par de días.

—¿Puedo ayudar?

—Sí, pasa de hacerle preguntas.

—A la orden. —Después de atarse las botas, Jim se puso la chaqueta sobre los hombros—. Oye, ¿cómo vamos a explicar que he resucitado? Quiero decir que van a echar en falta un cuerpo...

—No. —Jim señaló hacia la mesa en la que Jim había estado y..., santo cielo. Allí estaba su cuerpo. Tendido como un filete de ternera con la piel grisácea y un orificio de bala justo en el centro del pecho.

—Tu período de prueba ha finalizado —dijo Eddie mientras volvía a poner la sábana en su sitio sobre la cara—. Ya no hay marcha atrás.

Jim bajó la vista hacia los picos y valles que se marcaban bajo la mortaja y pensó que se alegraba muchísimo de que su madre no estuviera viva para «llorarlo». Hacía que aquella mierda fuera mucho más fácil.

Y se había quitado de encima a Matthias.

Aquello le hizo esbozar una sonrisa.

—Eso de estar muerto y enterrado tiene sus ventajas, ¿no?

—A veces sí, a veces no. Como todo. Venga, larguémonos de aquí.

Todavía mirando su cadáver, añadió:

—Me voy a subir a Boston durante un tiempo, no sé cuánto. A los chicos de arriba les ha parecido bien.

—Y nosotros iremos contigo. Somos un equipo.

—¿Aunque no tenga nada que ver con vosotros?

—Sí.

La idea de tener sus propios guardaespaldas le resultó atractiva. Estaba claro que tres personas abarcaban más terreno que una, y Dios sabía cuánto tiempo le llevaría encontrar al objetivo de Matthias.

—Vale, genial.

En aquel momento entraron dos personas con batas blancas, ambas con tazas de café en la mano y bocas nerviosas. Jim se dispuso a esconderse detrás de algo, de lo que fuera, y luego se dio cuenta de que aunque él podía verlos a ellos, oler lo que estaban bebiendo y oír sus Crocs sobre el suelo de baldosas, ellos no tenían ni idea de que había tres personas más en la habitación con ellos.

O más bien no personas, supuso.

—¿Quieres hacer el papeleo de ése? —dijo el tío de la derecha señalando con la cabeza el cadáver de Jim.

—Sí. Y tengo el nombre de una persona a la que llamar si nadie lo reclama. Se llama… Vincent DiPietro.

—Anda, él fue el que construyó mi casa.

—¿Sí? —Dejaron las tazas sobre una mesa y cogieron unas carpetas con unos formularios.

—Sí, mi mujer y yo vivimos en la urbanización que está abajo, al lado del río. —El hombre se acercó, retiró la sábana de encima de los pies de Jim y leyó la etiqueta que tenía atada al dedo gordo.

—Debe de estar bien.

—Sí. —Empezó a rellenar los cuadrados uno por uno—. Aunque fue caro. Tendré suerte si me puedo retirar a los ochenta años.

Jim se tomó un momento para despedirse de sí mismo, lo cual fue condenadamente extraño, pero también un alivio: al llegar a Caldwell quería empezar de nuevo y vaya si lo había conseguido. Ahora todo era diferente: él mismo, lo que hacía, para quién trabajaba.

Era como si hubiera vuelto a nacer y el mundo fuera algo nuevo una vez más.

Mientras Jim abandonaba la morgue con sus compinches, se sintió curiosamente motivado y completamente preparado para volver a la carga. Y tenía la sensación de que en los siguientes dos años, lo de «esa zorra puede ir empezando» iba a ser la maldita banda sonora de su vida.

Y entonces se acordó.

—Tengo que volver al almacén —les dijo en el pasillo—. Ahora mismo. Quiero recuperar el cuerpo de esa niña.

La voz de Adrian sonó como una escofina.

—Se ha ido. Todo lo que había allí ha desaparecido.

Jim se detuvo en el medio del pasillo. Un celador que empujaba un carrito lleno de sábanas los atravesó a los tres, literalmente. Jim no sintió más que un escalofrío y tal vez en otras circunstancias habría alucinado, pero en aquel momento estaba obsesionado y sólo le importaba una cosa.

—¿Adónde se la ha llevado Devina? —preguntó.

Adrian se encogió de hombros con los ojos todavía fijos en el suelo mientras sus *piercings* brillaban oscuros bajo la luz fluorescente del pasillo.

—Adonde le haya dado la gana. Cuando me desperté en el suelo en medio de aquel lugar, estaba vacío.

—¿Cómo se habrá llevado todas aquellas mierdas tan rápido? Había un montón.

—Tiene ayuda. De la que se puede movilizar lo suficientemente rápido. Si no hubiera estado encadenado habría… —se interrumpió—. Les llevó unas dos horas, creo. Tal vez más. En aquel momento yo estaba pero no estaba.

—¿Y se llevaron el cuerpo de la niña?

Adrian asintió.

—Para deshacerse de él.

—¿Cómo lo hacen?

El ángel empezó a andar de nuevo, como si hubiera dado por concluida la conversación por el momento.

—Pues como todo el mundo. Lo cortan en pedazos y lo entierran.

Mientras Jim los seguía, la necesidad de venganza lo dejó mudo y su foco se agudizó en el punto del dolor. Iba a tener que descubrir más cosas sobre la niña, sobre su familia, sobre dónde había acabado el cuerpo. Y tarde o temprano le arrebataría aquella víctima inocente a Devina.

Pues sí, parecía que aquello se iba a convertir en algo personal.

Absoluta y condenadamente personal.

Jim tenía trabajo que hacer.

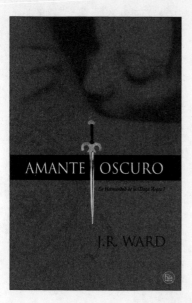

AMANTE OSCURO

La Hermandad de la Daga Negra I

J.R. WARD

AMANTE
ETERNO

La Hermandad de la Daga Negra II

J.R.
WARD

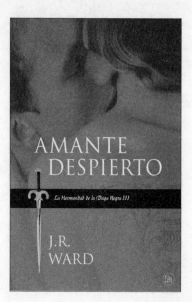

AMANTE
DESPIERTO

La Hermandad de la Daga Negra III

J.R.
WARD

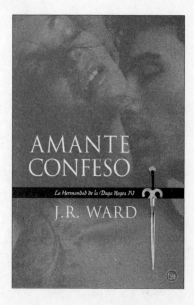

AMANTE
CONFESO

La Hermandad de la Daga Negra IV

J.R. WARD

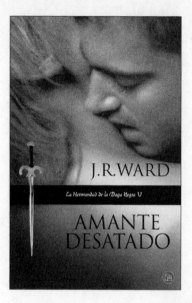

J.R. WARD

La Hermandad de la Daga Negra V

AMANTE
DESATADO

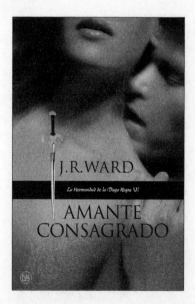

J.R. WARD

La Hermandad de la Daga Negra VI

AMANTE
CONSAGRADO